Les Fiancés du Rhin

Marie-Bernadette Dupuy

Les Fiancés du Rhin

ÉDITIONS
FRANCE
LOISIRS

Édition du Club France Loisirs,
avec l'autorisation des Éditions JCL inc.

Éditions France Loisirs,
123, boulevard de Grenelle, Paris.
www.franceloisirs.com

© Les Éditions JCL inc. 2010.
ISBN : 978-2-298-03286-4

*Isabelle, ma belle-fille aux grands yeux bleus,
a été, sans le savoir, l'inspiratrice de cet ouvrage.*

*Née en Alsace, elle a passé quatre ans de son enfance en Bavière,
plus précisément à Bamberg. Moi qui avais tant admiré ce superbe
pays, où j'avais suivi les traces de l'impératrice Élisabeth d'Autriche,
dite Sissi, je n'ai eu qu'à franchir le Rhin pour étudier avec passion
l'histoire dramatique et mouvementée de l'Alsace, une magnifique
région chère au cœur de tous les Français pour avoir beaucoup souffert
des dernières guerres mondiales.*

Après Femmes impériales, *dédié à ma chère maman, où la Bavière
et l'Autriche sont à l'honneur, je tenais à rendre hommage à l'Alsace.*

Marie-Bernadette Dupuy

NOTE DE L'AUTEURE

Dans ce roman, j'ai souhaité évoquer un terroir bien connu des Français : l'Alsace. Ce vocable fait souvent penser aux cigognes, aux vins blancs pétillants, à tout un folklore coloré et lumineux. Il désigne aussi une région splendide qui a terriblement souffert des conflits successifs opposant la France à l'Allemagne. Cette région a eu du mal à retrouver son identité.

Les Alsaciens ont subi la domination de leurs voisins au cours des siècles passés, jusqu'à être annexés à l'Allemagne dès 1871, après de sanglants combats. Ils ne seront libérés de cette emprise du Reich qu'en 1918, à la grande joie de la plupart de ses habitants. Cependant, en temps de paix, beaucoup franchissaient le Rhin, fleuve frontière. L'amour pouvait naître en dépit des nationalités. Dans cet ouvrage se noueront des liens sincères entre une jeune Alsacienne et un Allemand.

Noëlle et Hans ne sont qu'un exemple fictif, mais en racontant leur histoire je voulais démontrer que la haine et la rancœur sont à la base de bien des injustices, de bien des crimes également. Quant à l'amour, il se moque des frontières, et les gens de cœur, les justes, se trouvent parfois dans les rangs ennemis.

Le combat de Noëlle commence en septembre 1939 et s'achève à la fin de la guerre, en 1945. Je le retrace au fil de ces pages, mettant en scène un nouveau personnage féminin dont la foi en l'amour et la générosité sont les seules armes.

M.-B. D.

1

La fête du Pffiferdaj

Ribeauvillé
Premier dimanche de septembre 1928

À coups de coude, le visage déformé par l'anxiété, Clémence Weller se frayait un passage dans la foule. Il régnait un tel vacarme dans la petite ville que ses appels semblaient aussitôt étouffés. Elle continuait pourtant à crier, des sanglots dans la voix.

— Noëlle! Noëlle!

La jeune femme examinait d'un regard anxieux chaque silhouette d'enfant sans jamais reconnaître sa fille, qui portait une robe jaune à pois blancs et un chapeau de paille orné d'un ruban vert. Ces détails devenaient extrêmement importants pour sa mère, au bord de la panique.

«Je lui avais pourtant déconseillé de s'éloigner et surtout je lui avais dit de tenir la bandoulière de mon sac, se disait-elle en luttant contre les larmes. Il peut lui arriver n'importe quoi, avec toute cette cohue!»

La vie n'avait guère souri à Clémence. Elle en gardait une mine sévère, une attitude guindée. C'était pourtant une personne assez gracieuse, bien que trop maigre. Dépourvue de poitrine, la taille droite semblable à celle d'un homme, elle avait de plus un visage rude aux traits accusés. Seuls ses yeux d'un bleu très clair lui conféraient du charme. Ce jour-là, elle portait un tailleur beige et un chemisier de la même couleur. Ses cheveux bruns fluides et fins, disciplinés par une résille en velours noir, étaient attachés sur sa nuque.

— Noëlle! appela-t-elle encore.

Un couple d'amoureux étroitement enlacés l'empêchait d'avancer.

— Pardon! s'exclama-t-elle d'un ton rageur. Laissez-moi passer, à la fin!

Consciente de son impolitesse, elle expliqua:

— J'ai perdu ma fille, Noëlle. Elle a neuf ans! Nous ne sommes pas d'ici. Vous ne l'avez pas vue? Une jolie petite fille aux boucles blondes, enfin plutôt châtain blond. Elle porte un chapeau de paille avec un ruban vert et des souliers vernis!

— Désolé, madame! fit le jeune homme. Il y a trop de monde, je n'ai pas fait attention. Mais elle ne risque rien, à mon avis. Le défilé arrive et, comme tous les gamins, elle a dû se faufiler au premier rang.

— Oui, peut-être, fit-elle, tremblante. Mais, vous savez, elle n'est pas habituée à se promener seule.

Son interlocuteur eut un geste d'impuissance. De plus en plus paniquée, Clémence poursuivit son chemin.

Comme chaque année depuis six siècles, la ville célébrait la plus ancienne fête d'Alsace, le Pffiferdaj, la fête des ménétriers. C'était l'occasion pour les viticulteurs et les agriculteurs de la région de vendre leur production de l'été et de se faire connaître. La bière et les vins du pays coulaient à flots dans une atmosphère transportée de vive allégresse.

Clémence et sa fille étaient arrivées la veille à Ribeauvillé. Le tramway relié à la ligne de chemin de fer Strasbourg-Mulhouse les avait déposées devant le jardin public. Elles s'étaient rendues à la pension de famille indiquée par l'homme que Clémence devait rencontrer. En toutes choses, la jeune femme avait suivi les indications qu'il lui avait données dans une courte lettre.

« Noëlle était si heureuse, hier soir, d'aller habiter à la campagne, se souvint-elle. Et moi aussi je me félicitais d'avoir trouvé un emploi. Mon Dieu, faites que je retrouve ma petite ! »

Tout en marchant, Clémence se remémorait la fillette à son réveil, pieds nus, une longue chemise de nuit rose dissimulant son corps potelé. Toutes les deux avaient contemplé de la fenêtre le spectacle animé de la rue. Les commerçants exposaient des tonnelets de vin, des paniers regorgeant d'oignons dorés et de tresses d'ail. Malgré l'heure matinale, montaient jusqu'à elles des odeurs de sucre chaud et de graisse mise à frire. Elles étaient enfin sorties, enjouées, pressées de profiter de la fête.

La jeune mère se mit à pleurer. Il avait suffi d'une minute, elle ne savait plus ni quand ni où, pour que Noëlle lâche sa main et disparaisse tout à coup.

« Qu'est-ce qui a pu l'attirer ? se demandait-elle. D'autres enfants ? Une bête ? Elle aime tant les chiens... ou bien quelqu'un l'a emmenée. »

Cette dernière éventualité l'épouvanta. Elle dut s'appuyer à un mur. De la musique retentissait, toute proche.

— Le défilé ! vociféra un adolescent en agitant sa casquette.

Les spectateurs furent propulsés en avant. Bousculée, malmenée, Clémence dut avancer au même rythme.

On se pressait pour admirer le passage des musiciens qui ouvraient le cortège. Ils paradaient dans leurs longues robes de velours vert, coiffés d'un chapeau pointu, en jouant du fifre et du tambour. Le joyeux défilé allait parcourir toute la vieille ville

11

médiévale aux grosses maisons à colombages. De jeunes garçons habillés à la façon des baladins de jadis dansaient en jonglant avec des balles de cuir.

— Les chars! Les chars! cria une femme.

Tout de suite, il y eut un mouvement général du côté indiqué. On se tordait le cou pour apercevoir les lourds véhicules décorés d'une profusion de feuillages et de grappes de raisin servant de décor à des tonneaux d'une taille impressionnante. Autour de Clémence, les gens applaudissaient et riaient, mais elle était bien incapable de partager cette atmosphère de liesse. Un hennissement perçant raviva sa peine. « Oh! Des chevaux! se désola-t-elle. Noëlle qui les aime tant! »

Des cavaliers en pourpoint de tissu doré souligné de fausses pierreries avançaient deux par deux. Certains tenaient des lances, d'autres des écus ornés de blasons. Ils étaient censés évoquer les écuyers du seigneur de Ribeaupierre, qui avait régné sur la région six cents ans plus tôt. Tous les écoliers du gros bourg connaissaient la légende. Un jour de la Saint-Jean d'été, au temps lointain du Moyen Âge, le sire de Ribeaupierre avait croisé au bord d'un chemin un pauvre hère en larmes, entouré de sa femme et de leurs enfants. Le noble personnage avait déclaré qu'il n'aimait pas voir pleurer sur ses terres. Le malheureux avait répondu qu'il avait cassé son fifre, son seul gagne-pain. Le seigneur lui avait jeté une bourse remplie d'or et lui avait dit de venir au château faire danser belles dames et jeunes damoiseaux. Quelques jours plus tard, un joyeux cortège de baladins était monté jusqu'au château de Ribeaupierre, tandis que les fifres répandaient une musique enchanteresse. Le généreux sire avait été sacré roi des ménétriers et, tous les ans, les musiciens ambulants étaient revenus jouer de mélodieuses sérénades au château en portant une couronne de fleurs à Notre-Dame de Dusenbach, leur sainte patronne.

Le Pffiferdaj perpétuait ce rendez-vous qui occupait des mois en amont artisans, couturières et commerçants. Tout ceci, Clémence l'ignorait. Elle se détourna pour ne plus voir les cavaliers.

La Grand-Rue était le cœur marchand de Ribeauvillé. Les victuailles y abondaient ainsi que les winstubs[1] qui proposaient du vin au gobelet, du sylvaner, du riesling, de l'edelzwicker, mais aussi du tokay, un pinot rouge qui tournait vite la tête. La jeune femme buta contre l'éventaire d'un charcutier : de larges planches posées sur deux tréteaux, où trônaient trois marmites de choucroute chaude dégageant une senteur aigrelette mais appétissante. Une montagne de saucisses et de côtes de porc grillées fumaient dans un plat en porcelaine. Elle s'écarta un peu, ce qui la mena à la devanture d'une boulangerie. La patronne semblait veiller sur son présentoir garni de flamme-kueches, de grandes tartes salées, garnies de crème, d'oignons et de lard, qu'on flambe avant de les servir. Elle portait la grande coiffe à ailes noires du costume traditionnel et, sous son tablier blanc, une jupe rouge et un corsage en dentelle.

— Une petite part, madame ? proposa-t-elle à Clémence. Vous êtes toute pâle, il faut manger un morceau.

L'offre était assortie d'un bon sourire qui soulagea un peu l'accablement de la jeune femme.

— Oh, je ne pourrais rien avaler ! répliqua-t-elle en approchant. Figurez-vous que j'ai perdu ma fille. Je l'ai appelée, je l'ai cherchée, mais je ne la vois nulle part.

— Ne vous en faites pas trop, madame. Il est

_____

1. Buvettes, débits de vin en Alsace.

fréquent que des gosses se perdent pendant le Pffiferdaj, à cause de la foule, du défilé... On a beau les surveiller, ils n'en font qu'à leur tête. Quel âge a-t-elle, votre petite?

— Neuf ans.

— Mais c'est une grande fille, ça! Ne vous mettez pas la tête à l'envers; elle ne doit pas être bien loin. Dites, vous n'êtes pas d'ici, vous? Remarquez, un jour de Pffiferdaj, il vient du monde de tous les côtés, même de Strasbourg et de Metz. Tenez, une fois, j'ai servi des Parisiens.

Clémence annonça tout bas, comme s'il agissait d'un aveu de la plus haute importance:

— Je viens pour du travail. J'avais rendez-vous avec la personne qui va m'embaucher, place de la Mairie, à midi. Je n'irai pas si je n'ai pas retrouvé ma fille, je n'irai pas...

Un gros sanglot l'empêcha d'en dire plus. La boulangère, les poings sur les hanches, parut réfléchir.

— Comment se nomme-t-elle, cette personne?

— Monsieur Johann Kaufman, soupira Clémence.

— Johann! reprit la femme. Vous m'en direz tant! Et il vous a dénichée comment?

Clémence allait répondre quand un garçon d'une douzaine d'années vint se camper devant le magasin. Il était vêtu lui aussi du costume traditionnel alsacien, un pantalon noir et une chemise blanche à col droit sous un gilet rouge à boutons dorés. Un petit chapeau noir cachait ses cheveux blond foncé, coupés très court. Il tenait dans ses bras une corbeille en osier où restaient quelques bretzels. Une fillette blonde en robe jaune le suivait de près.

— C'est Pierre, mon fils cadet! lui confia la commerçante. Il vend dans les rues, ça lui apprend le métier.

Mais Clémence ne l'écoutait plus. Elle se précipita sur son enfant.

—Noëlle! gémit-elle. Mais où étais-tu passée? J'ai eu si peur! Merci, mon Dieu, merci!

Noëlle se laissa embrasser et cajoler sous l'œil ému de la boulangère.

—Elle pleurait, assise toute seule au bord d'une fontaine, expliqua le garçon. J'ai préféré la conduire chez nous, maman.

—Tu as bien fait, Pierre! Donne-lui un bretzel, à cette mignonne. Tout va mieux, n'est-ce pas, ma petite dame?

Clémence approuva, encore mal remise de ses émotions. Noëlle accepta le biscuit d'une belle couleur dorée en remerciant tout bas. Cependant, elle le garda à la main sans le manger. Ses grands yeux bleu gris se perdaient parmi la foule alentour.

—Elle est jolie, votre petite! fit remarquer la boulangère. Ces beaux cheveux blonds, ces grands yeux bleus et ce teint de lait! On ne lui donnerait pas son âge, par contre. Pierre, à neuf ans, faisait déjà une tête de plus.

—Je vais vous acheter un kougelhopf[2], dit soudain Clémence, autant dans l'espoir de prendre congé que pour manifester sa reconnaissance à la commerçante et à son fils. Je me suis affolée un peu vite. C'est la première fois que Noëlle s'égare.

La boulangère emballa le kougelhopf dans du papier. Comme Clémence lui était sympathique, elle crut bon de préciser:

—Johann Kaufman est un honnête homme, mais travailler chez les Kaufman... Je vous plains! Oh, ce n'est pas lui, qui est mauvais, même s'il est près de ses

---

2. Brioche aux raisins secs, cuite dans un moule en terre.

sous et ne pense plus qu'à ses terres. J'en connais une qui vous mènera la vie dure : sa vieille mère, Martha. Il n'y a pas pire teigne dans la région. Méfiez-vous-en comme de la peste ! C'est elle qui commande et qui tient les cordons de la bourse. Vous pensez, une exploitation pareille ! Johann plante du houblon et de la betterave. Il a des vignes aussi, bien sûr. Enfin, je vous souhaite bonne chance !

Une cliente fit diversion. Clémence en profita pour s'éloigner en remerciant encore du bout des lèvres. Noëlle se cramponna à la bandoulière de son sac.

— Nous n'avons pas pu admirer le défilé ensemble ! lui dit sa mère. Pourquoi m'as-tu lâchée, méchante fille ?

— J'avais entendu les chevaux ! répondit l'enfant. Je les ai vus, maman. Des messieurs jouaient de la musique.

Elles remontaient la Grand-Rue en direction de la place de la mairie. Le flot des badauds les ralentissait. L'église sonna midi.

— Maintenant je suis en retard ! déplora la jeune femme. Même si tu avais entendu les chevaux, il fallait rester près de moi, Noëlle.

La fillette balbutia un pardon rêveur. Elle fixait le sommet d'une haute tour dépassant les toits de la ville : un nid de cigognes couronnait l'édifice. Un des oiseaux, perché sur une patte d'un rouge vif, grattait son ventre du bout de son long bec tout aussi rouge.

— Regarde, maman, les cigognes ! Tout là-haut !

Clémence n'était pas d'humeur à oublier l'incident, malgré la vue des beaux oiseaux.

— Oui, je les vois, mais ce sont celles que nous avons observées hier soir. Je crois qu'elles ne vont pas tarder à partir vers le Sud. Elles reviendront au printemps. Noëlle, écoute-moi : tu sais que je dois discuter avec le monsieur qui va me donner du travail. Sois bien raisonnable et polie, ne bouge pas, ne dis rien, surtout. Et mange ton bretzel!

—Je le garde pour ce soir, à l'hôtel, répliqua la petite.

—Ce soir, nous dormons à la campagne, chez les gens qui vont m'employer. Et là-bas aussi, tu devras être sage, ne pas faire de bruit.

—Oui, maman!

Clémence s'arrêta brusquement. Son cœur soumis à rude épreuve s'affola de nouveau. Elle venait d'apercevoir une enseigne suspendue à deux piquets, au-dessus d'un éventaire débordant de bouteilles de vin et de tonnelets: *Maison Kaufman, Bières et Vins*.

—Allons-y! s'empressa-t-elle de dire à la fillette.

*

Johann Kaufman, à quarante-deux ans, souffrait d'un léger surpoids dû à son appétit féroce. C'était un homme grand, épais, au teint vif et au regard gris-vert. Il portait un beau costume vert foncé en velours côtelé, une chemise blanche égayée d'un nœud papillon rouge et un chapeau en feutre flambant neuf. Veuf sans enfant, héritier d'un domaine prospère, ce viticulteur se consacrait à ses terres, qui produisaient notamment un cru des plus réputés, le kirchberg[3]. Secondé par six ouvriers agricoles, il plantait de la betterave et aussi du houblon qu'il vendait aux brasseurs.

Il faisait savourer un verre de son riesling à un restaurateur de Strasbourg, quand une jeune femme à l'allure empruntée s'approcha, accompagnée d'une fillette.

—Monsieur Kaufman? interrogea la nouvelle venue.

Il comprit tout de suite à qui il avait affaire: c'était

---

3. Grand cru alsacien produit dans la région de Ribeauvillé.

sûrement Clémence Weller. D'un geste, il l'invita à patienter. Vite, elle recula, du rouge aux joues.

«Je l'ai dérangé! se dit-elle. Il est occupé. Mon Dieu, que je suis maladroite! S'il renonçait à m'engager?»

Ses craintes n'étaient pas fondées. Après avoir serré vigoureusement la main de son interlocuteur, Johann Kaufman contourna l'éventaire et vint la saluer.

—Madame Weller, je suppose?

—Bonjour, monsieur! Excusez-moi, j'aurais dû attendre, mais j'étais déjà en retard. Je vous présente ma fille, Noëlle.

Kaufman, de l'index, obligea l'enfant à relever le menton.

—Bonjour, mademoiselle! As-tu profité du défilé?

—Oui, monsieur.

—Bien! J'espère que tu te plairas chez moi. C'est une grande ferme: il y a des oies, des bœufs, des chevaux et un chien.

Noëlle se montra moins craintive. Elle aimait les animaux et, jusqu'à présent, elle avait rarement eu l'occasion d'en approcher. Le regard pâle de l'homme lui parut plein de gentillesse. Clémence se sentit apaisée. Johann Kaufman montrait de l'intérêt à sa fille. Il avait une voix grave et un accent traînant, mais il s'exprimait avec douceur.

—Tu as entendu ça, Noëlle? dit-elle à sa fille. Tu en as, de la chance! Dis merci à monsieur Kaufman.

—Mais non, il n'y a pas de quoi! s'exclama celui-ci. J'avais prévu de déjeuner avec vous, madame Weller. Je ne sais pas si vous êtes comme moi, mais à midi je suis toujours affamé. J'ai réservé une table pour trois à l'auberge du Château. C'est un bon ami, Friedrich Bauer, qui la dirige. On y mange bien.

Johann ponctua le propos d'un franc sourire.

18

Clémence nota qu'il avait de belles dents, fortes et blanches. Il la dévisagea d'un air perplexe.

—Elle est mignonne, votre petite! Je n'ai pas eu d'enfants, à mon grand regret! soupira-t-il. Parfois, je me demande pourquoi je me donne tant de mal sur mes terres, puisque je n'ai pas d'héritier. Enfin, un lointain neveu par alliance m'envoie ses vœux tous les ans, mais il n'aura rien. Je préfère encore mettre le feu à mes vignes.

Clémence approuva d'un air embarrassé. Les propos de Kaufman la désorientaient, car il se confiait à elle comme si elle était au courant de ses histoires de famille. Sans rien ajouter, il retourna derrière son éventaire et parla tout bas aux deux hommes qui se tenaient là, sanglés de tabliers en toile brune, un chapeau noir sur la tête. Elle supposa, à leur attitude pleine de déférence, qu'ils étaient des employés du viticulteur. Ce dernier lui fit signe d'avancer un peu.

—Ne soyez pas timide, madame Weller! s'écria-t-il. Venez que je vous présente. Voici Hainer Risch, mon contremaître, et voici Charles, un de mes ouvriers, le meilleur. Il habite au domaine; je ne pourrais pas me passer de lui.

La jeune femme échangea des poignées de main en souriant.

—Je compte engager madame Weller pour faire du secrétariat et gérer la maisonnée, expliqua le viticulteur. Et voici Noëlle, sa fille. Rien n'est encore décidé pour de bon, mais il n'y a aucune raison pour que cette affaire-là ne marche pas.

Les deux hommes caressèrent à tour de rôle la joue de la fillette. Le dénommé Charles, un homme de taille moyenne, mais vigoureux et le teint hâlé, déclara:

—Tu auras une camarade de jeux, à la ferme. Liesele, ma fille, doit avoir ton âge ou un peu plus.

Vous ferez le chemin de l'école ensemble, avec Berni, mon fils. Lui, il n'a que sept ans.

La nouvelle soulagea Clémence. En fait, elle ignorait tout du lieu où elle allait peut-être vivre désormais. Son arrivée à Ribeauvillé le jour même de la fête du Pffiferdaj tenait à quelques lignes parues dans un journal, à la rubrique des petites annonces.

Domaine viticole cherche une jeune femme sérieuse et instruite pour une place de secrétaire et gouvernante. Logée, nourrie, bon salaire.

Il fallait écrire à Johann Kaufman, Ribeauvillé. Clémence s'y était employée, soignant son écriture. Elle avait son brevet d'études secondaires et s'estimait qualifiée pour superviser les comptes et pour rédiger les courriers. Lasse d'habiter un logement exigu et sombre de Mulhouse, elle avait guetté le facteur pendant une interminable semaine. Sa lettre précisait qu'elle était veuve et élevait seule son enfant de neuf ans. La réponse de Johann Kaufman l'avait transportée de joie.

Chère madame, vous me convenez. J'ai besoin d'une personne expérimentée et de bonnes mœurs. Si vous pouviez vous trouver à Ribeauvillé le premier dimanche de septembre, cela m'arrangerait bien. Je vous attendrai à midi place de la Mairie. Nous discuterons mieux à ce moment-là des conditions que je vous propose. Mais, de mon côté, je le répète, a priori vous me convenez.

Suivaient des directives pour prendre le tramway et trouver le lieu exact de l'éventaire de la maison Kaufman. Il n'avait pas fait allusion à Noëlle, ce que Clémence avait considéré comme favorable.

Avec quel plaisir elle avait quitté la grande ville ouvrière, où depuis le siècle dernier les industries chimiques et textiles se développaient à un rythme effréné! Le trajet en train, au cœur d'un environnement encore verdoyant où prairies et vignes se succédaient, avait enchanté Noëlle.

«C'est surtout pour elle que j'ai eu envie de cet emploi à la campagne», songeait Clémence en marchant à côté de Johann.

— Cela lui fera du bien de changer d'air, de pouvoir jouer dehors matin et soir.

— Vous ne semblez pas très résistante! déclara soudain Kaufman.

Il la jaugeait, vaguement déçu par sa physionomie. Depuis son veuvage, il se rendait une fois par mois à Strasbourg, dans une maison close. Les femmes, il les aimait rondes de partout et rieuses. Celle-ci lui faisait l'effet d'une maigrichonne sans autre intérêt que son éducation et sa discrétion.

— J'ai travaillé des années en usine! précisa Clémence. Je suis dure à la tâche, monsieur. Et puis, pour m'occuper de vos écritures, je n'ai pas besoin de trop de muscles.

Il ricana, un peu confus. Elle rit aussi en le défiant d'un regard lumineux.

«Bah! Elle est quand même assez jolie!» estima-t-il.

Quelques minutes plus tard, il montrait à Clémence la tour des Bouchers, flanquée d'un vestige de remparts, la Halle aux blés et, sur les collines alentour, la silhouette arrogante des ruines des trois châteaux des seigneurs de Ribeaupierre.

— Le paysage est superbe! reconnut-elle.

— Vous dites vrai! rétorqua-t-il. Je ne m'en lasse pas.

Ils s'installèrent bientôt à la terrasse de l'auberge, sous une tonnelle dont les arceaux étaient couverts de chèvrefeuille. Les tables étaient égayées de nappes à carreaux rouges et blancs avec serviettes assorties. Des pichets en terre cuite étaient disposés çà et là. Noëlle retenait son souffle, impressionnée d'être assise dans un lieu aussi plaisant.

Johann commanda une bouteille d'edelzwicker, un vin de table ordinaire.

—Ils font un excellent waedele[4], ici, ajouta-t-il. Cela vous tente?

—Je prendrai comme vous, assura Clémence. Mais, pour ma fille, ce n'est pas la peine de compter un repas en plus, je partagerai avec elle.

Cette suggestion témoignait des restrictions que s'imposait la jeune mère et d'un penchant pour l'économie. Satisfait, Johann joua les outragés.

—Quelle idée! Cette petite mangera à sa guise.

Noëlle fut vite confrontée à une assiette garnie d'un gros morceau de viande, luisant de graisse chaude, avec une quantité redoutable de pommes de terre. Elle y fit honneur en prenant des mines de chaton gourmand.

—Eh bien, ça fait plaisir de la voir se régaler! commenta Kaufman.

Il avait servi du vin à Clémence, mais elle ne vidait pas son verre, contrairement à lui qui termina la bouteille. Il lui en fallait plus pour être ivre. Cependant, cela acheva de le détendre.

—Alors, vous êtes veuve, madame? lança-t-il en allumant un cigare.

—Oui, monsieur! Noëlle n'a même pas eu le temps de connaître son papa.

Le viticulteur fit un rapide calcul. Le père de la fillette était mort en 1919.

—C'est bien triste, hein! maugréa-t-il. Il y en a eu, du malheur, avec cette maudite guerre, et elle en a fait,

_____

4. Jarret de porc servi avec une salade de pommes de terre et du raifort.

des orphelins! Peut-être que votre mari a été blessé sur le front et ne s'en est pas remis?

—Vous ne vous trompez guère! répondit très vite Clémence.

Jugeant que sa répartie pouvait paraître insolite, elle rectifia:

—Disons qu'il n'a pas combattu, sinon j'aurais une pension. Mais c'est quand même la guerre qui l'a tué. Excusez-moi, j'évite le sujet.

Elle désigna Noëlle d'un signe de tête. Kaufman opina d'un air complice.

—Il y a cinq ans, j'ai perdu mon épouse. Elle a été emportée par une pneumonie. Ce n'est pas gai tous les jours, d'être condamné au célibat! Les jours d'hiver sont les plus sinistres, même si le froid et la neige ne m'empêchent pas de battre la campagne. Ma mère se couche tôt. Les soirées sont bien longues.

Clémence lui adressa un regard rempli de compassion. Ce robuste quadragénaire lui plaisait. Ils restèrent un moment silencieux. La serveuse débarrassa pour apporter ensuite trois portions de tarte aux mirabelles. Enfin, Johann Kaufman décréta:

—Ma décision est prise. Vous me paraissez sérieuse et capable. Je vous engage. Ce qui est dit est dit. Mon contremaître vous conduira à la maison vers quinze heures. Je dois rester ici, j'ai des clients à voir. Hainer passera vous prendre à l'hôtel. Vous ferez le trajet en calèche. Charles et moi, nous rentrerons en camion.

—En calèche! jubila Noëlle.

—Elle aime tant les chevaux! fit remarquer Clémence, enchantée elle aussi.

Kaufman précisa que l'exploitation était située à deux kilomètres à l'est de Ribeauvillé et que son vignoble s'étendait au-delà des champs de betteraves.

—Je vous verrai ce soir, madame Weller, déclara-t-il

après avoir réglé la note. Ma mère vous attend. Oh! Je vous préviens, elle n'est pas commode! Mais aussi, à son âge, soixante-huit ans, on ne peut guère lui demander de changer ses manières.

—Je ferai en sorte de ne pas la contrarier, assura Clémence. Merci pour ce bon repas, monsieur. Je ne vous ai pas encore remercié de m'avoir engagée, surtout en acceptant la présence de ma fille. C'est vraiment généreux de votre part.

Johann dépassait sa future secrétaire d'une bonne vingtaine de centimètres et faisait trois fois sa carrure. Il lui dédia un bon sourire.

—Votre compagnie était bien agréable, madame Weller! Et j'aime les enfants, savez-vous? Votre petite est sage comme une image.

Le viticulteur s'éloigna. La jeune femme demeura plantée devant le grand tableau noir où étaient inscrits les menus du jour. Elle éprouvait un immense soulagement, car elle avait joué sa dernière carte en se rendant à Ribeauvillé. Tout ce qu'elle possédait l'attendait à l'hôtel, dans deux grosses valises. Le logement de Mulhouse étant un garni, Clémence avait donné son congé, et emporté uniquement son linge et de menus objets.

Rendue dolente par toute la nourriture ingurgitée, Noëlle se mit à bâiller.

—Pendant que je préparerai nos affaires, tu vas faire la sieste, lui dit sa mère.

Elles rentrèrent tranquillement à l'hôtel. La fête du Pffiferdaj continuait, mais Clémence n'entendait plus la musique ni ne voyait les étalages colorés. Ce déjeuner avec Johann Kaufman avait métamorphosé le cours monotone de son existence.

«C'était la première fois que j'étais assise en face d'un homme, à une table de restaurant, sous une tonnelle! songeait-elle. La première fois qu'un homme me servait du vin, offrait une limonade à ma fille...»

Clémence éprouva une sensation de renouveau, d'exaltation. Tout à coup, elle regretta de ne pas être plus jolie, plus attirante. Dans la chambre, quand Noëlle fut endormie, elle se regarda dans le miroir de l'armoire. Son reflet la démoralisa.

«Je suis bien sotte de rêvasser. Monsieur Kaufman n'a que faire d'un laideron comme moi.»

Elle s'assit au bout du lit et attendit l'arrivée du contremaître.

*

Noëlle se croyait au paradis. Blottie contre sa mère, elle contemplait le tableau des collines barrant l'horizon, recouvertes d'un tapis de vignobles vert et or. Des nuages cotonneux, d'un blanc pur, défilaient lentement sur le bleu intense du ciel. La calèche suivait une route étroite, bordée de buissons d'églantiers. Au-delà s'étendaient des champs de betteraves à sucre. Les larges feuilles brillantes composaient à perte de vue une mer paisible que le vent d'été agitait mollement. L'époque de la récolte approchait.

Clémence montra à sa fille un petit étang lové au creux d'un cercle de saules. Une cigogne fouillait l'eau de son bec.

—Elle pêche du poisson, ma Noëlle, expliqua la jeune femme. Comme bien des oiseaux, les cigognes ne sont pas toujours dans leur nid.

—Je parie que celle-là loge sur votre toit, madame Weller, dit le contremaître. Vous voyez, ces bâtiments, là-bas, derrière la haie de sapins?

—Oui!

—C'est le domaine Kaufman. Nous y serons dans

dix minutes. Dites, on ne l'entend pas souvent, votre fille. Tout le contraire de Liesele, la gamine de Charles, une vraie pipelette. Le patron lui a annoncé l'arrivée de votre Noëlle. Elle doit nous guetter, juchée sur la barrière.

Hainer Risch se tut et fit claquer son fouet. Le cheval, un animal puissant de couleur noir d'encre, prit le trot.

Le léger véhicule tressauta. Noëlle éclata de rire. Elle ne se lassait pas d'observer les mouvements du cheval, qui remuait ses oreilles et secouait la queue pour chasser les mouches. Clémence se sentait moins à l'aise que sa fille à l'idée d'être confrontée à la vieille madame Kaufman.

— Nous y voici! déclara le contremaître.

L'attelage franchit un porche et entra dans une vaste cour. Clémence ne savait plus où regarder. Plusieurs constructions se dressaient autour d'eux. Elle fixa la demeure trapue, au crépi ocre jaune mettant en valeur le quadrillage de colombages en bois sombre. Les fenêtres à petits carreaux s'ornaient de jardinières débordantes de géraniums d'un rose éclatant. Derrière les vitres d'une propreté extrême s'alignaient, à mi-hauteur, des rideaux en dentelle blanche.

— Là, c'est chez le patron, annonça Hainer.

Un grand chien roux sortit de la pénombre d'une grange et vint aboyer près de la calèche.

— Il n'est pas méchant, mais c'est un bon gardien. Son nom, c'est Lorrain.

— Lorrain, Lorrain! appela aussitôt Noëlle.

Trois enfants accouraient, une fille en tête, son visage poupin encadré par deux longues tresses couleur de miel. Les garçons, empruntés dans leurs habits du dimanche, restaient en arrière.

— Qu'est-ce que je disais! ajouta le contremaître.

Madame Weller, je vous présente Liesele et son frère Berni, le petit rouquin, ainsi que Güsti, mon fils.

— Il vous ressemble, concéda la jeune femme; aussi brun que vous et le même nez.

Clémence descendit avec précaution du véhicule et aida Noëlle. La fillette était rouge d'émotion. D'abord, le cheval qu'elle avait caressé dans la rue de Ribeauvillé, puis le chien, et maintenant les enfants inconnus qui l'encerclaient en gloussant de curiosité. La tête lui tournait!

— Laissez-la respirer! gronda Hainer. C'est une demoiselle de la ville, et bien élevée, elle!

Il avait insisté sur le dernier mot. Liesele poussa un cri de surprise.

— Hé! Pourquoi tu as les cheveux courts, toi? s'étonna-t-elle en ébouriffant les boucles de Noëlle.

— La maîtresse d'école, à Mulhouse, elle voulait qu'on se coupe les cheveux, à cause des poux, avoua la petite, mortifiée.

— Elle a des poux, elle a des poux! claironna Berni.

— Continue comme ça et tu recevras la plus belle claque de ta vie, garnement! fit une voix féminine dont les intonations lentes évoquaient le patois alémanique[5].

Clémence n'avait pas vu approcher une grande femme en robe de coton bleu, protégée par un large tablier gris. Ses cheveux châtains sortaient à peine d'un foulard bariolé noué sur la nuque. Elle portait un seau rempli d'épluchures de légumes.

— Vous êtes madame Weller? avança-t-elle. Moi, c'est Marguerite, l'épouse de Charles et la mère de ces deux vauriens. Je vous souhaite la bienvenue, madame. Liesele, porte ça aux cochons et fais visiter le jardin à la demoiselle.

5. Variété de haut allemand parlé en Suisse et en Alsace.

— Elle s'appelle Noëlle, précisa Clémence. Va, ma chérie, tu voulais tant voir les animaux!

Ces mots firent ricaner Berni et Güsti. D'autorité, Liesele prit la fillette par la main. Elle désigna le seau à son frère qui s'en empara sans discuter.

— Et pas d'entourloupes! recommanda Marguerite. Si Noëlle se plaint de vous, c'est la fessée.

Les quatre enfants s'éloignèrent en direction d'un bâtiment plus bas que les autres, au toit de chaume grisâtre.

La femme conduisit Clémence jusqu'à une maisonnette enserrée entre deux constructions identiques.

— Gilbert Kaufman, le père du patron, tenait à garder ses ouvriers sur place. Il y a donc trois logements : le nôtre, celui de Hainer et le vôtre. J'ai tout astiqué avec Liesele et, comme j'ai fait cuire du pain, je vous ai préparé un baeckeofe[6]. Le four était encore chaud, autant en profiter.

— C'est très gentil à vous, madame, assura Clémence. Je n'en ai pas mangé depuis longtemps. Attendez, il faut de la viande, du porc ou de l'agneau, des pommes de terre et des oignons, c'est bien ça? Et, bien sûr, un four à pain!

— Quand même, s'étonna Marguerite, stupéfaite que la nouvelle venue s'enquière de la recette, on en sert en ville, dans les restaurants!

— Oui, mais figurez-vous que je me suis assise dans une auberge pour la première fois aujourd'hui, à Ribeauvillé. Je travaillais en usine, à Mulhouse, et je devais économiser. Monsieur Kaufman a eu la gentillesse de m'inviter.

---

6. Plat typiquement alsacien composé de viandes et de légumes cuits à l'étouffée dans un plat en terre cuite, composé de deux parties que l'on ferme à l'aide d'une pâte à la farine et à l'eau.

La voix de la jeune femme tremblait un peu. Marguerite lui jeta un coup d'œil intrigué. Elle pensa que cette frêle personne à la triste figure ne pèserait pas lourd en face de la vieille madame Martha.

—Entrez! lui dit-elle en s'effaçant sur le seuil du logement. Je peux vous appeler Clémence? Nous sommes voisines.

—Mais oui!

La pièce était d'une parfaite propreté. Des carreaux rouges, encore humides d'avoir été lavés à grande eau, couvraient le sol. Les murs blanchis à la chaux repoussaient le soleil. L'ameublement se limitait au strict nécessaire : une table, deux chaises paillées, une cuisinière en fonte émaillée et un bahut étroit dont le dessus s'ornait d'un napperon en lin. L'unique porte gardait la trace d'anciennes peintures rouges et jaunes et d'un décor central de fleurs. Derrière la fenêtre ouverte sur la cour se trouvait une banquette où il serait plaisant de coudre ou de lire.

« C'est encore plus petit que l'appartement de Mulhouse, songea-t-elle, mais c'est plus joli. Le ménage sera vite fait, au moins. »

—Il y avait une chambre à l'étage, expliqua Marguerite, mais le patron y entrepose des vieilleries. Et puis, l'été, on étouffe, là-haut, tandis qu'on y gèle dès novembre. Vous serez mieux là, pour dormir, avec votre fille. Vous pouvez ranger votre linge dans ce gros coffre; les mites n'y vont pas.

Clémence contempla le lit en bois de très grande taille, aux montants sculptés. Des colonnes touchaient le plafond et une suite de tringles en cuivre soutenaient de lourds rideaux d'un bleu sombre.

—Autant vous le dire, ce meuble vient de la grande maison des patrons. La pauvre madame Amélie est morte dedans, et monsieur Johann s'en est débarrassé,

29

tant il lui rappelait de mauvais souvenirs. Il l'aimait, son épouse, et Dieu m'est témoin que c'était une dame généreuse.

Marguerite se signa et garda le silence un moment. Cela ne dura pas.

— Vous pourrez allumer la cuisinière en fin de journée, ajouta-t-elle. J'ai mis le baeckeofe dans le four. Si ça vous tente, vous pourrez venir boire une chicorée chez nous, histoire de faire connaissance.

Pleine de bonne volonté, elle décida d'exhiber la lourde cocotte en terre cuite. Elle souleva le couvercle. Une alléchante odeur se répandit, savant mélange de légumes fondus et de viande grasse épicée.

— Nous allons nous régaler, Noëlle et moi. Je ne sais pas comment vous remercier. Je suis vraiment très bien accueillie. Oh mais! J'ai même droit à un bouquet!

Un vase en faïence, garni de roses rouges aux pétales veloutés, trônait au milieu de la table.

— Ordre du patron! sourit la mère de Liesele. Il parle de vous avec beaucoup de respect, parce que vous êtes instruite. Il paraît qu'il vous embauche comme secrétaire.

— Je rêvais d'enseigner, avoua la jeune femme, mais la guerre a coupé court à mes études. Le père de mon enfant est mort et mon instruction n'a servi à rien. Même à l'usine, je n'ai pas pu obtenir de place dans les bureaux.

Marguerite hocha la tête. Soudain, elle se tapota le front en gloussant.

— Dieu, que je suis sotte! Votre buffet contient tout ce qu'il faut pour cuisiner : de la farine, du sucre, du café, du vermicelle.

Elle ajouta avec un regard entendu, soucieuse du bien-être de la jeune femme :

— Berni apportera un bidon de lait devant votre

porte tous les matins. Je trais les vaches à six heures. Pour les légumes et la viande, il faut demander à mon mari, Charles. Il a les clefs du cellier.

—Je devrais peut-être me présenter à madame Martha Kaufman, maintenant? s'alarma Clémence.

—Surtout pas! s'écria Marguerite. Elle m'a chargée de vous dire que le dimanche personne ne travaille et qu'en conséquence elle vous recevra demain matin, lundi. Mais vous pouvez être sûre qu'elle vous a examinée de la tête aux pieds, de derrière sa fenêtre. Vous la verrez bien assez tôt!

Clémence ne fit aucun commentaire, malgré l'appréhension qui l'étreignait. Elle avait appris à courber l'échine, à se plier à la volonté des plus forts; or, il semblait qu'ici Martha Kaufman imposât sa loi.

Les deux femmes se mirent à discuter des horaires de l'école, de la date de la rentrée et du matériel exigé par l'institutrice.

Noëlle, de son côté, continuait à se méfier de Berni et de Güsti, mais elle éprouvait pour Liesele un début d'adoration. Cette robuste fille, qui était en fait son aînée de deux ans, lui paraissait capable de toutes les hardiesses. Dans l'étable, elle s'était faufilée le long du flanc des vaches, pour aller leur embrasser le mufle, qu'elle prétendait soyeux et chaud.

—Je sais les traire! disait-elle en palpant les pis gonflés.

Rien ne lui faisait peur, même pas la douzaine de cochons enfermés dans la porcherie, de grosses bêtes à la peau rose marbrée de taches noires. Liesele venait de se percher sur la barrière à claire-voie pour vider le seau d'épluchures dans une auge en ciment. Aussitôt, les cochons s'étaient rués sur la nourriture, grognant, couinant et se bousculant.

—Maman dit que si Berni et Güsti tombaient dans

l'auge, ils seraient dévorés en un quart de temps, affirma-t-elle. Faut pas rire, c'est arrivé dans une ferme, du côté de Riquewihr! Des truies ont mangé un marmot de trois ans; elles n'ont rien laissé. Tu as bien compris, Noëlle, ne t'approche pas toute seule des cochons.

— En plus, tu es dodue, ils auraient de quoi faire du lard! renchérit Güsti, qui, à onze ans, commençait à s'intéresser aux attraits typiquement féminins.

— Cochon toi-même! répliqua Liesele en lui pinçant le bras.

Les trois enfants de la ferme Kaufman étaient vifs et bruyants. Oubliant sa timidité, Noëlle ne tarda pas à les imiter. Quand Liesele l'entraîna au pas de course vers la mare aux canards, la fillette perdit son chapeau de paille et ne s'en aperçut même pas.

Berni entreprit de jeter des cailloux dans l'eau et bientôt ce fut à qui produirait le plus d'éclaboussures. Une cane de Barbarie au plumage noir et rouge s'enfuit en battant des ailes.

— Et voilà, mademoiselle de la ville! proclama Güsti. On s'amuse bien chez nous!

— Regarde, là-bas, ce sont les champs de houblon, coupa Berni. Une fois, je me suis égaré dedans et ça sentait si fort que je me suis endormi. Papa m'a retrouvé quand il faisait nuit.

Noëlle ne connaissait le houblon que de nom. Elle vit une étendue de grands piquets qui maintenaient des fils de fer sur des centaines de mètres. Des sortes de lianes au feuillage jauni s'entortillaient à l'infini.

— Monsieur Kaufman plante du houblon pour fabriquer la bière qu'il réserve à ses ouvriers et aux journaliers, expliqua Liesele. J'en bois toujours un peu en cachette; j'adore la mousse.

La petite troupe se rendit à l'écurie. Noëlle découvrit une rangée de six stalles, mais trois seulement étaient occupées. Le cheval noir qui avait mené la calèche les salua d'un bref hennissement.

—Lui, c'est Guillot, l'étalon! énonça Liesele. Le roux s'appelle Jacquot. Il tire le tombereau pendant les vendanges. Il va bientôt reprendre du service, quand il faudra récolter les betteraves. Et voilà ma préférée, ma belle Margot, la jument blanche : elle attend un petit.

—C'est quoi, la différence entre un étalon et une jument? demanda innocemment Noëlle.

Les garçons poussèrent des cris railleurs. Les joues rouges, ils se tordaient de rire.

—Tu n'es pas futée, toi! brailla Güsti. L'étalon, il a des...

—Tais-toi! hurla Liesele. Viens, Noëlle. Ce sont de véritables idiots. Tu n'auras qu'à poser la question à ta mère. Moi, je n'ai pas envie que tu répètes de vilains mots. Après, je me ferai punir.

Elles traversèrent la cour pavée en se tenant la main. Noëlle marchait comme dans un rêve. Enfant solitaire, trop timorée à l'école pour se faire des cama-rades, elle avait trouvé une protectrice, une grande sœur en Liesele. Son bonheur toucha à l'extase quand le grand chien trottina à leur rencontre et qu'elle put le caresser.

Clémence les regarda approcher de sa fenêtre et s'accouda un instant à l'appui en bois verni. Elle recula avec brusquerie après avoir jeté un coup d'œil vers la maison du maître. Un visage dur, au teint blême, se devinait derrière une des vitres. La jeune femme avait senti le poids d'un regard haineux, la mimique méprisante d'une bouche sans lèvres. Bouleversée, elle se réfugia près du buffet, hors de vue.

—Maman, claironna Noëlle en entrant dans la pièce suivie de Liesele, j'ai vu des cochons, des vaches, les canards de la mare, et je sais le nom des chevaux...

Guillot, Jacquot et Margot. C'est monsieur Kaufman qui les choisit, les noms, et tous en «o»!

— Dans quel état es-tu, ma pauvre chérie! se désola sa mère, consternée. Ta robe est trempée, tes chaussures sont boueuses. Et ton chapeau? Où est ton chapeau?

— Je le retrouverai, madame! la rassura Liesele. Ne la grondez pas, on se salit plus qu'en ville, à la campagne!

— Je m'en souviendrai! soupira Clémence.

Envahie par une peur indéfinissable, elle retenait ses larmes. La lumière déclinait et les murs privés de soleil lui paraissaient écrasants, comme le lit géant où l'épouse de Johann Kaufman avait agonisé.

— Tu es fâchée, maman? interrogea Noëlle tout bas.

— Non, mais, à l'avenir, sois plus soigneuse.

Clémence aida sa fille à se changer, puis elle ferma la porte et la fenêtre. Tout lui coûta un effort, alors qu'elle aurait dû se réjouir: allumer la cuisinière, que Marguerite avait garnie de petit bois et de bûches de chêne, et servir le baeckeofe, dont elle n'apprécia même pas la saveur. Enfin, renonçant à rendre visite à ses voisins, elle coucha Noëlle et s'allongea à ses côtés sans mettre sa chemise de nuit. L'idée d'affronter la vieille Martha Kaufman la rendait malade. Incapable de s'endormir, elle guetta les bruits nouveaux qui s'élevaient des communs, le meuglement d'une vache, le choc d'un sabot ferré contre le pavé...

Le bruit d'un moteur la fit sursauter à dix heures du soir. Des portières claquèrent. Clémence perçut des éclats de voix. Charles et le patron discutaient des ventes de la journée. Tout de suite, elle fut rassurée.

«J'ai été engagée par Johann, se dit-elle. Je lui conviens; il s'est montré aimable avec moi. Je n'ai rien à craindre.»

Cinq minutes plus tard, elle sombrait dans un profond sommeil, à l'abri des rideaux de velours.

2

Le domaine

Le chant du coq réveilla Clémence. Il faisait encore très sombre dans la pièce, malgré la clarté bleuâtre que dispensait un petit œil-de-bœuf aménagé au-dessus de l'évier.

«C'est lundi, je commence à travailler aujourd'hui!» songea-t-elle en se rapprochant de Noëlle qui dormait à poings fermés. Au milieu de la nuit, la jeune femme avait eu froid sur le lit, et s'était glissée entre les draps.

Vite, elle se leva et s'apprêta, après avoir allumé la lampe à pétrole.

«Je dois faire bonne impression. Monsieur Kaufman ne m'a pas précisé à quelle heure je devais me présenter chez lui et sa mère. En fait, il ne me semble guère exigeant.»

Clémence n'était pas une obsédée de l'élégance. Une robe en lainage gris à col blanc, assortie de bas noirs et de ses chaussures les plus neuves, lui parut convenir. Elle brossa ses cheveux et en fit un chignon. Une fois prête, elle eut envie d'un bon café, mais elle y renonça.

«Je ne vais pas mettre le fourneau en route pour si peu!» se raisonna-t-elle.

Sa montre indiquait six heures trente. Clémence s'assit sur une chaise et, préoccupée par le moindre élément qui pouvait la faire passer pour négligente, examina les ongles de ses mains. Les bruits de l'extérieur lui parvenaient, trahissant l'agitation matinale du domaine. Un cheval fit claquer ses sabots ferrés sur les pavés de la cour, alors que le chien aboyait par intermittence. Quelqu'un marchait en traînant les pieds. Soudain on frappa au volet.

«Oh! Et Noëlle qui dort!»

La jeune femme s'empressa d'ouvrir la porte. D'abord, elle vit Marguerite, puis, en arrière-plan, la calèche attelée et Charles, l'ouvrier de Kaufman, qui vérifiait le fonctionnement du frein. Les bâtiments proches aux toits de chaume semblaient écrasés par un épais brouillard gris.

— Bonjour, Clémence, dit la visiteuse. Nous aurons une belle journée, dès que cette purée de pois se dissipera. Avez-vous bien dormi?

— Oui, merci! chuchota-t-elle en se retournant pour jeter un coup d'œil vers le lit aux rideaux tirés.

— Vous m'avez l'air d'une mère poule! constata Marguerite. Liesele est déjà à l'étable pour la traite. Tant que c'est les vacances, mes enfants me secondent de leur mieux. Je voulais vous proposer du café, je viens d'en faire une cruche.

— Justement, j'en rêvais! avoua Clémence. Mais je ne voudrais pas laisser Noëlle seule.

— Dieu du ciel, elle ne risque rien, votre petite! Au pire, si elle se réveille, elle sortira et vous appellera. De toute façon, ne lambinez pas, madame Martha est sûrement prête à vous recevoir.

Cette affirmation affola Clémence. Elle regarda vers la maison cossue érigée sur leur droite.

— Dans ce cas, j'y vais! s'écria-t-elle. S'il vous plaît, Marguerite, venez de temps en temps surveiller Noëlle. Elle sait s'habiller, mais il faudrait lui donner à déjeuner.

—Ne vous inquiétez pas, j'ai du lait chaud, du pain et de la confiture. Venez donc avaler une tasse de café. Vous êtes pâle à faire peur!

Clémence suivit Marguerite. Elle entra dans le logement voisin sans pouvoir contrôler ses tremblements de nervosité. La pièce principale lui parut accueillante. Les meubles étaient massifs, peints en vert et jaune. Une grosse cuisinière en fonte noire aux barres de cuivre étincelantes dégageait une bonne chaleur. Aux poutres du plafond pendaient des chapelets d'oignons blonds et des tresses d'ail.

—Nous avons deux chambres à l'étage, signala Marguerite. Ne vous gênez jamais avec mon mari et moi. Si vous aimez manger en compagnie, vous pouvez apporter votre frichti.

—C'est très aimable à vous, répliqua Clémence qui n'avait aucune envie de manger avec cette famille.

Pendant des années, elle avait partagé son quotidien avec sa fille. Elles avaient leurs habitudes. Elles prenaient le repas du soir face à face, à la suite de quoi elles jouaient aux dames ou aux petits chevaux. Maintenant, ces heures paisibles risquaient d'être bousculées.

—Et surtout ne soyez pas impressionnée par l'ogresse! ajouta soudain Marguerite.

—Quelle ogresse? demanda la jeune femme, tout en se doutant qu'il s'agissait de Martha Kaufman.

—La vieille patronne, bien sûr! C'est Liesele qui l'a surnommée comme ça, et tous ceux qui travaillent ici sont d'accord. Ils forment un drôle de couple, son fils et elle. Monsieur Kaufman supporte sans broncher ses récriminations, mais au fond il n'en fait qu'à sa tête. Ne vous en faites pas: elle ne peut pas vous renvoyer.

Clémence opina, de plus en plus angoissée.

—Cette fois, j'y vais! dit-elle avec un air paniqué.

—Bonne chance! plaisanta Marguerite.

Munie de ce viatique, Clémence sortit et marcha vaillamment jusqu'à la double porte de la maison Kaufman. Une tête de lion sculptée dans le bois la narguait, cachant un heurtoir en bronze. Elle frappa et patienta. Personne ne se manifestait. Elle asséna un autre coup de butoir en espérant de toutes ses forces voir apparaître Johann. «Quand même, il est tôt, et il sait que je vais venir!» se rassura-t-elle.

— Qu'est-ce que c'est que ce raffut? maugréa Martha Kaufman.

Il y eut un cliquetis de clef tournée dans la serrure, un juron étouffé. Le battant s'écarta d'un coup.

C'était une forte personne, vêtue d'une belle robe noire alourdie de dentelles et de festons. Ses cheveux d'un blanc jaunâtre étaient coupés court, suivant la mode qui se répandait depuis la fin de la guerre. Son visage rond et plat au teint sanguin affichait peu de rides, la peau étant comme tendue par la graisse. D'une taille imposante, elle dépassait Clémence de dix centimètres.

— Vous êtes qui, vous? s'emporta-t-elle en pointant un index fripé vers la poitrine de la malheureuse, très impressionnée.

— Je suis madame Weller, la nouvelle secrétaire du domaine.

— La nouvelle secrétaire du domaine, rien que ça! pérora la vieille dame. Je ne suis pas au courant! Les comptes, je les tiens fort bien et je m'occupe du courrier aussi. Ce qui manque, chez nous, c'est une femme de ménage. Savez-vous encaustiquer les parquets? Taper les carpettes?

Complètement désarçonnée, Clémence n'osa pas répondre. Martha Kaufman dardait sur elle ses yeux d'un brun intense.

— Pour le ménage, vous me paraissez trop sotte! renchérit-elle. Revenez demain et adressez-vous au contremaître Hainer. Il y aura de l'embauche pour le ramassage des betteraves.

—Madame Kaufman, vous faites erreur! J'ai été engagée par votre fils Johann. Je loge à côté de chez Marguerite. Je ne veux pas travailler dans les champs, j'ai étudié, vous comprenez, et...

—Et puis quoi encore? Ce sera les betteraves ou rien du tout.

Clémence ne savait plus quelle conduite adopter. Elle allait abandonner toute tentative de conciliation quand une voix forte retentit, au fond du couloir.

—Maman, fais entrer madame Weller!

Johann Kaufman apparut, en pantalon de velours et guêtres de cuir. Le chapeau et la veste en tweed qu'il arborait lui donnaient fière allure.

—Entrez, madame, ma mère vous met à l'épreuve. Elle se distrait à sa façon.

Martha recula, une moue méprisante l'enlaidissant davantage.

—Si tu souhaites faire entrer n'importe qui chez nous, tant pis pour toi, Johann! ronchonna-t-elle. Je m'en lave les mains. Je ne sais pas où tu l'as ramassée, celle-là, mais elle ne ressemble à rien.

Sur ces mots, la vieille femme ouvrit une autre porte qu'elle claqua violemment derrière elle. Avec un sourire d'excuse, comme si ce n'étaient que des paroles en l'air, Johann conduisit Clémence dans une petite pièce agrémentée d'étagères où s'alignaient de gros classeurs de différentes couleurs. Il tapota une pile d'enveloppes posée au coin du bureau en chêne clair.

—Pour aujourd'hui, rien de compliqué! dit-il. Vous avez une liste d'adresses, là, vous les transcrivez sur chaque enveloppe. Je pars pour Strasbourg récupérer des prospectus à l'imprimerie. Ensuite, vous pourrez faire un peu de rangement.

«Il veut savoir ce dont je suis capable!» songea Clémence.

— Pour ma mère, reprit le viticulteur, ne vous formalisez pas. Son petit numéro est joué, elle vous laissera en paix, maintenant. Je lui avais annoncé votre arrivée et l'emploi que vous alliez tenir. Seulement, ça l'amuse de prétendre le contraire.

— Je crois que ma présence la perturbe! dit très bas la jeune femme. Sinon, elle ne serait pas aussi déchaînée.

— Elle sera obligée de s'y faire, conclut Johann. Vers midi, rentrez chez vous. Je suppose que cette brave Marguerite garde votre fille? Prenez le temps de déjeuner, une heure environ. Au revoir, madame Weller.

Il souleva son chapeau et sortit. Clémence dut se contenir pour ne pas le supplier de rester encore un peu. Elle redoutait d'avoir à combattre de nouveau l'inquiétante vieille dame. Pendant de longues minutes, elle demeura figée, aux aguets, redoutant d'entendre un bruit de pas dans le couloir. Très lentement, elle alla prendre place sur la chaise la plus proche.

«Voyons, je suis sotte! se dit-elle. Madame Martha a voulu me faire peur, par simple malice. Souvent les personnes d'un certain âge deviennent aigries.»

Elle avait dû affronter, à l'usine de Mulhouse, des collègues tout aussi retorses. Cette idée la rassura. De sa belle écriture droite et ronde, elle commença son travail.

*

Noëlle se réveilla en sursaut. Quelque chose de froid et humide lui parcourait le visage. Elle écarquilla ses grands yeux bleus et poussa un petit cri de surprise. Le gros chien roux, Lorrain, ses pattes avant

40

pleines de boue posées sur le bord du lit, lui léchait les joues et le nez.

—Alors, ça te plaît, comme toilette? demanda Liesele, debout dans l'encadrement des rideaux qu'elle venait de tirer. Tu es propre, Nel. Viens vite déjeuner, ma mère va partir aux champs, après.

—Après quoi? s'enquit la fillette, encore ensommeillée.

—Que tu es bécasse! Après ton petit déjeuner, tiens! Et moi, je dois te garder, parce que ta mère à toi est chez l'ogresse.

Malgré un accent prononcé, Liesele parlait rapidement avec force grimaces et mimiques. Noëlle repoussa le chien tout en le caressant et se leva.

—Ne mets pas de beaux vêtements comme hier, lui conseilla Liesele. Je t'emmène dans un endroit très sale.

—Qui c'est, l'ogresse? s'écria Noëlle. J'ai lu un conte, et il y avait un ogre très méchant qui mangeait les enfants. Maman m'a dit que ça n'existait pas.

—L'ogresse Martha, elle existe, pauvre bécassine. C'est la mère du patron, une grosse bonne femme aux yeux méchants. Tu la verras bien assez tôt. Je te parie qu'elle te tirera tout de suite une oreille, et fort, je t'assure. Dépêche-toi, tu lambines!

—Je la laisserai pas faire! riposta Noëlle qui enfilait un pantalon en toile et un gilet de laine sur sa chemise de corps.

Liesele fouilla une des valises et dénicha une paire de chaussettes.

—As-tu des bottes en caoutchouc, Nel? dit-elle en inspectant la pièce.

Comme sa protégée répondait par la négative, Liesele déclara qu'elle lui en prêterait. Bientôt elles se retrouvèrent dans la cour. La brume se levait, dévoilant un ciel bleu pastel, presque mauve. Noëlle eut un sourire très doux en observant un couple de cigognes qui nichait sur une cheminée en brique rouge. Liesele suivit son regard et déclara :

— Elles viennent pondre ici depuis six ans, je les reconnais bien. Monsieur Kaufman a fait condamner le conduit de la cheminée, pour être sûr qu'elles reviendraient au domaine. Il paraît que ça porte bonheur.

Noëlle n'en doutait pas. Depuis la veille, son existence lui paraissait beaucoup plus captivante. Il y avait tellement de choses nouvelles à voir.

« Surtout les animaux, les chevaux... », pensa-t-elle avec un sourire radieux.

Chez Marguerite, la fillette dut avaler un bol de lait chaud sucré à la mélasse et deux tranches de pain beurré.

— Où est Berni ? interrogea-t-elle, la bouche pleine.

— Avec mon mari, répondit la femme. Ici, tout le monde met la main à la pâte. Charles nettoie l'écurie et Berni l'aide. Toi et Liesele, vous allez curer la porcherie.

— Et les cochons, ils seront là ? s'alarma Noëlle. Moi, ils me font peur.

— Avoir peur des cochons ! En voilà une petite de la ville ! ironisa Marguerite. Quand ils seront changés en jambon ou en saucisse, en auras-tu peur encore ?

— Non, madame ! répondit timidement la fillette qui se sentait ridicule sous le regard moqueur de Liesele.

— Les gorets finissent au saloir et on se régale ! chantonna la fillette. Nel, veux-tu voir le saloir de ma mère ?

Marguerite tira un coup sec sur une des nattes de sa fille.

— Donne-lui son prénom de baptême, toi, sinon gare à tes fesses! Si madame Weller t'entendait. Nel! C'est juste bon pour un garçon ou un chien. Bon, je vous laisse toutes les deux. Liesele, tu débarrasseras et tu rinceras la vaisselle. Je reviens pour midi.

Il n'était que huit heures. Marguerite chaussa des bottillons en caoutchouc, noua un foulard sur ses cheveux et se couvrit les épaules d'un châle en laine. Dès qu'elle fut partie, Liesele poussa un gros soupir.

— Vivement l'école! Je préfère le calcul et la lecture au fumier! En plus, les maîtresses sont vraiment gentilles Tu ne seras pas dans ma classe, mais on se verra à la récréation. Je suis contente que tu habites là. Ce n'était pas drôle tous les jours avec Berni et Güsti. Ils ne sont pas futés, surtout Güsti. Tu sais ce qu'il fait? Il tue des oiseaux au lance-pierre. Je l'ai déjà réprimandé, mais il continue.

Noëlle approuva en silence, tout en décidant, à l'avenir, d'éviter le fils du contremaître. Ensemble, les deux filles mirent de l'ordre avant de gagner le bâtiment où s'agitaient les cochons. Des grognements sourds résonnaient derrière la porte secouée par des coups de groin.

— Je vais les lâcher, ils fileront droit dans le petit bois de noisetiers, là-bas. Viens derrière moi! Ils ne te connaissent pas, comprends-tu?

Les grosses bêtes à la peau rose semée de plaques noires se ruèrent à l'extérieur dans une galopade pesante. Leurs sabots fendus étaient maculés de boue grise. Le mâle, un verrat qui pesait au moins cent cinquante kilos, se laissa distancer par les truies et les petits. Il parut monstrueux à Noëlle.

— Liesele! se lamenta-t-elle. Il me regarde! Il a l'air pas du tout content!

— File, toi! tempêta l'adolescente. Lorrain, Lorrain!

Où est-il encore, ce chien? J'aurais dû prendre un bâton.

L'énorme cochon poussa un cri aigu et s'éloigna en trottinant. Noëlle éclata en sanglots.

—J'ai eu peur! balbutia-t-elle en guise d'explication. Je préfère les chevaux.

—Si tu pleurniches chaque fois qu'on sort les gorets, nous deux, il y aura des inondations! rétorqua Liesele. Au travail, Nel.

Pendant plus d'une heure, elles nettoyèrent le bâtiment. Il fallait ramasser le fumier, remplir une brouette et la vider à l'extérieur, dans un angle de mur où s'entassaient d'autres couches de litière souillée. L'odeur acide du lisier était difficilement supportable; pourtant Noëlle ne se plaignit pas. Elle mania le râteau et la pelle avec concentration. Cela força l'admiration de sa camarade.

—Moi qui croyais que tu allais baisser les bras au bout de cinq minutes! s'étonna-t-elle. Tu es rudement courageuse.

—Si tu le fais, je peux le faire, soupira la fillette.

—C'est gentil, ça, Nel!

Liesele abandonna la brouette qu'elle poussait et vint baiser la joue de Noëlle. Ce geste affectueux scellait un pacte d'amitié et de respect mutuel qui ne devait jamais se démentir.

Elles répandaient de la paille fraîche quand Güsti fit son apparition, trois mésanges mortes accrochées par les pattes à sa ceinture.

—Espèce d'idiot! fulmina Liesele. Si monsieur Kaufman apprend que tu as chassé ces jolis oiseaux, il te punira.

—Si tu le lui dis, je raconterai à ton père que le fils du chef de gare t'a embrassée sur la bouche! claironna le garçon.

—Ce n'est pas bien, de rapporter, crut bon de dire Noëlle d'un ton sérieux.

—Toi, la pouilleuse, t'en mêle pas. Tu ne feras pas longtemps ta fière, et ta mère non plus! D'abord, change de parfum, tu sens la crotte!

La silhouette du contremaître se découpa dans l'encadrement de la porte. Le soleil montait et une lumière blanche découpait la stature massive de Hainer Risch. Il attrapa son fils par le col de sa veste et le tira en arrière.

—Espèce de garnement! gronda l'homme. Ne viens pas ennuyer les filles. Elles ont fini de curer la porcherie, tandis que toi, toujours occupé à baguenauder, tu aurais mis le double de temps! Demain, ce sera ton tour, tu es prévenu! Et donne-moi ces bestioles avant que le patron revienne.

Güsti s'empressa d'obéir. Il suivit son père sans discuter. Liesele quitta le bâtiment, suivie de Noëlle.

—Où allons-nous? questionna la petite.

—Surveiller les cochons. Ils mangent tout ce qu'ils trouvent. Dans le bois de chênes, là-bas, ce n'est pas trop grave, mais il ne faut pas qu'ils aillent traîner du côté des champs de betteraves. Donne-moi la main.

Elles quittèrent la cour du domaine par un portillon envahi de liserons. Après avoir suivi un chemin qui serpentait entre des haies de noisetiers, elles s'assirent sur un tronc d'arbre abattu. La terre exhalait un éphémère parfum de fin d'été. Une clarté dorée baignait le paysage scintillant d'humidité nocturne.

—La maman de Güsti est partie il y a cinq ans, dit Liesele d'un ton grave. Depuis, il se venge sur les plus faibles que lui. C'est mon père qui me l'a expliqué.

—Partie au ciel?

—Non, partie ailleurs, on ne sait pas où, avec un autre monsieur que Hainer.

Noëlle n'avait jamais eu ce genre de conversation avec quiconque. Liesele la considérait comme une grande. Elle se sentit secrètement flattée.

—Moi, mon papa est mort avant ma naissance, répliqua-t-elle. Mais je ne suis pas méchante comme Güsti.

—Ce n'est pas pareil du tout, Nel! Lui, il l'a connue, sa mère. Elle lui manque encore. Mes parents pensent que Hainer devrait se remarier, mais il ne veut pas.

—Maman non plus ne veut pas se remarier et c'est tant mieux!

Liesele fit la moue et considéra le gracieux profil de la fillette, son nez retroussé, le battement de ses longs cils blonds... Noëlle lui faisait songer à une poupée de porcelaine, ronde, rose, avec des yeux bleus.

—Tiens, lui dit-elle, j'ai pris des carrés de chocolat et deux pommes. Nous les avons bien mérités.

Elles mangèrent en silence en contemplant l'alignement des coteaux que les vignobles agrémentaient d'un feston vert et or. Des hirondelles parcouraient le ciel immense dans un ballet rapide, ponctué de cris aigus. Quelque part, un cheval lança un hennissement impatient. Le chien roux surgit d'un buisson.

—Lorrain! se réjouit Noëlle.

L'animal posa sa grosse tête hirsute sur les genoux de l'enfant qui le caressa sans se lasser.

—Il a l'air de t'aimer, ce vieux Lorrain, lui confia Liesele. Sais-tu qu'il nous accompagne à l'école et qu'il attend l'heure de la sortie, devant le portail? Je l'ai même dressé à porter mon cartable. Tu verras...

Noëlle soupira de bonheur, à l'instant précis où Clémence fondait en larmes devant Martha Kaufman.

La jeune femme avait trié des courriers et aéré le bureau de Johann. N'osant pas se mettre en quête d'un chiffon à poussière, elle avait utilisé son mouchoir pour nettoyer le dessus d'un meuble et le sous-main du viticulteur. Chaque objet la fascinait, du coupe-papier en ivoire à l'encrier en forme de chat. Elle avait retourné entre ses mains le combiné de l'appareil téléphonique. C'était la première fois qu'elle en touchait un.

La grande maison paraissait déserte. Clémence, intriguée par un calendrier représentant une scène de vendanges, n'avait pas entendu un pas feutré dans le couloir voisin. La porte de la petite pièce s'ouvrit lentement.

— Ah! Je vous y prends, à fouiller dans les affaires de mon fils! avait tempêté la vieille Martha.

— Mais je ne fouille pas, madame! avait vite protesté Clémence, déconcertée. Je rangeais, sur les conseils de monsieur Kaufman. J'ai transcrit les adresses comme il me l'a ordonné, j'ai trié des paperasses et...

— Des paperasses! avait répété son interlocutrice. Elles sont bien trop bonnes pour une créature de votre genre, nos paperasses. Introduire une étrangère sous notre toit! Mais quelle mouche a piqué mon fils?

C'était une confrontation éprouvante pour la jeune femme. Devant l'imposante maîtresse de maison, dont la gorge rebondie s'ornait d'un plastron en satin noir et d'un lourd collier en argent, elle n'avait qu'une envie : s'enfuir.

— Allons, ma fille, avait déclaré la fameuse ogresse, ne faites pas la mauvaise tête. Rien qu'à votre allure, on voit d'où vous sortez. Filez en cuisine. Il est dix heures et demie, le repas de midi devrait déjà mijoter. Il faudra aussi laver le carrelage du cellier. Ce sera toujours mieux qu'arracher les betteraves! C'est une tâche ingrate qui vous laisse les mains rouges, des ampoules plein les doigts. Je vous épargne ça. Vous devriez me remercier!

—Madame, je suis désolée, mais que ce soit le ménage, la cuisine ou les betteraves, rien de tout cela n'entre dans mes fonctions, avait répondu Clémence avec l'énergie des faibles poussés à bout. Monsieur Kaufman m'a dit que je pouvais déjeuner chez moi.

Un tremblotement dans l'intonation avait indiqué à Martha que sa proie n'était pas de taille à se battre contre elle. Après l'intimidation, elle avait essayé la ruse.

—Mon fils a des lubies comme d'autres ont des verrues. Il vous a embauchée, grand bien lui fasse. Mais j'ai mon mot à dire. Tant que je ne pourrai pas vous faire confiance, je vous aurai à l'œil. Une bonne domestique doit être docile et savoir courber l'échine.

Ces derniers mots avaient profondément choqué Clémence. Elle s'était crue tombée dans un piège, au milieu d'une famille de fous.

—Madame, il y a une erreur, je vous assure! avait-elle certifié. Je ne suis pas votre domestique, ni celle de monsieur Kaufman qui a été très clair. J'ai un emploi de secrétaire. Si vous refusez de l'admettre, je ferais mieux de regagner mon logement et d'attendre votre fils.

Martha Kaufman avait eu alors un geste inouï. Très vite, elle s'était saisie d'une cravache en cuir, dont elle devait bien connaître l'emplacement et l'avait brandie en l'air, comme pour frapper la jeune femme. Clémence, abasourdie, s'était mise à pleurer.

Elles en étaient là, toujours face à face. La vieille dame ne lâchait pas la cravache.

—Je ne resterai pas ici un jour de plus! hoquetait Clémence. Vous n'avez absolument pas le droit de me menacer comme ça!

Sa voix tremblait tant qu'elle avait de la difficulté à parler. Très vite, en pensée, elle tentait d'arranger son proche avenir.

«J'ai un peu d'argent d'avance, très peu, mais assez pour louer une chambre à Mulhouse. Je me ferai embaucher n'importe où, dans un winstub s'il le faut, mais je gagnerai de quoi nourrir ma fille. Je dois partir.»

Martha Kaufman semblait suivre ce raisonnement sur les traits blêmes de sa victime. Satisfaite de l'avoir vaincue, elle lui indiqua la porte du bureau :

— Pas un jour de plus, voilà qui est bien dit! gronda la vieille dame. Je ne vous raccompagne pas. Prenez vos cliques et vos claques ainsi que votre petite bâtarde, et que je ne vous revoie plus!

Clémence prit la fuite sans jeter un regard en arrière. Elle courut vers son logement et s'y enferma pour se lamenter en paix. Le mot «bâtarde» résonnait dans sa tête.

«Que les gens sont méchants et cruels! songeait-elle, allongée sur le lit, secouée de spasmes de chagrin. Que savent-ils de ma vie, de mes tourments? Est-ce ma faute si le père de mon enfant m'a abandonnée?»

Le passé refaisait surface. Clémence se revit dix ans auparavant, jeune fille timide, attirée comme un papillon par les paroles enjôleuses d'un bel infirmier aux yeux bleus. L'homme, âgé de trente ans, lui avait offert six mois de bonheur avant de la faire sienne, dans une chambre mansardée, à Colmar.

«Je croyais qu'il m'épouserait et je lui ai cédé. Il disait m'aimer, il m'avait acheté une bague. Mon Dieu, que j'ai été naïve!»

Une douleur poignante la terrassa. De nature sensuelle, elle avait adoré son amant. Mais ensuite, pire que l'abandon, il y avait eu le manque. Privée de ses caresses, de ses baisers, des heures de plaisir et d'ivresse qu'ils partageaient, elle avait cru mourir de cette atroce sensation de vide, quand il s'était avéré que le bel infirmier ne reviendrait jamais réparer sa faute.

« Et ma petite chérie est née la veille de Noël, à Colmar. Je souffrais le martyre à l'hôpital, loin de tous, pendant que la ville entière rutilait de lumières. »

Elle se souvenait trop bien de la neige qui blanchissait les toits des très anciennes maisons à colombages. De la salle sinistre où elle luttait pour mettre son bébé au monde, Clémence apercevait un bout de ciel cotonneux et des cheminées. Son seul réconfort, dès qu'elle avait pu tenir dans ses bras sa petite fille rose et blonde, avait été de l'appeler Noëlle. Partout, elle faisait courir le bruit que le père du bébé était mort des suites d'une grave blessure de guerre.

— Lorrain, Lorrain ! fit une voix mélodieuse et gaie à l'extérieur.

La jeune femme se redressa en frottant ses joues humides de larmes. Presque aussitôt, on frappa aux volets encore accrochés.

— Maman, tu es là ? demanda Noëlle. Viens vite voir, le gros chien me suit partout. J'ai gardé les cochons avec Liesele. Ouvre, maman !

— Je me change, lança-t-elle à sa fillette. Attends un peu. Va chez Marguerite, je te rejoins.

— D'accord !

Clémence guetta le bruit décroissant des pas de la petite. Lorrain aboya. « Ma chérie sera bien désolée de s'en aller d'ici ! Elle avait déjà une amie et était si contente d'avoir toutes ces bêtes à soigner. Mais je ne peux pas rester, ça non ! La vieille Martha n'est pas une ogresse, c'est une pauvre folle, un monstre ! »

Elle devait se calmer. L'eau froide du broc y contribua. Recoiffée, le visage tuméfié par sa crise de larmes, Clémence boucla ses valises. Elle découvrit les traces de pattes sur les draps et des traînées brunes à la hauteur de l'oreiller.

« De toute façon, c'est mieux de vivre en ville.

Noëlle prendrait de mauvaises manières, à courir avec ces petits paysans! »

Dix minutes plus tard, Clémence pénétra chez sa voisine. Marguerite avait rapporté de son expédition dans les champs un panier regorgeant de betteraves encore terreuses.

— Nous, les employés du domaine, expliqua la mère de Liesele, nous pouvons nous servir avant la récolte, qui débutera demain si le patron a recruté assez de bras. Je vais laver tout ça et en faire cuire une dizaine au four.

— Où est ma fille? questionna la visiteuse. Je lui avais recommandé de venir chez vous.

— Votre gamine est au potager, en compagnie de Berni et de Liesele. Je leur ai dit de couper de l'oseille pour l'omelette. Dites, vous en avez, une sale mine!

Clémence s'assit sur le banc près de la cuisinière. Elle se sentait transie malgré le soleil qui illuminait les géraniums roses égayant l'appui de la fenêtre. Tout bas, elle confessa:

— Je renonce à garder mon emploi. Je venais vous dire adieu, Marguerite. Je compte voir le contremaître sitôt après le déjeuner pour qu'il nous conduise à la gare de Ribeauvillé cet après-midi. Je laisserai une lettre à monsieur Kaufman.

— Ah, la vieille a eu le dernier mot, alors! fulmina la femme. Dans quel état elle vous a mise! Prenez un verre de schnaps[7], ça vous remontera.

L'alcool, fort et amer, eut l'effet prévu. Ragaillardie, Clémence hocha la tête, comme en admiration devant sa propre défaite.

— Figurez-vous que Martha Kaufman a failli me battre avec une cravache! certifia-t-elle.

— Pardi, ça marche à tous les coups, s'insurgea

---

7. Alcool ménager à base de pommes de terre ou de grains.

Marguerite en s'installant sur un tabouret face à la jeune femme. Vous n'êtes pas la première. Ni la dernière, à mon avis! J'ai mon idée sur ses manigances. L'ogresse décourage toutes les candidates. Cela fait un moment que le patron engage une secrétaire, de préférence jeune et célibataire. Moi, je crois qu'il se sert de ça pour trouver une épouse. La vieille s'en doute et elle s'arrange pour se débarrasser de celles qui viennent ici. Elle ne veut pas partager son fils. Et elle continue à tout diriger tant qu'il est sous sa coupe. Tenez, l'été 1926, une belle rousse est arrivée tout droit de Sélestat. Le soir même, Hainer la ramenait à la gare. L'ogresse l'avait mise aux fourneaux et s'était débrouillée pour l'ébouillanter, au niveau du poignet. Je vais vous dire, Clémence, à ce rythme, le patron n'est pas prêt de se remarier. Et si sa mère vit encore vingt ans, il sera trop vieux lui aussi. Pourtant, celle qui tiendrait bon, qui ne filerait pas comme un lièvre, elle décrocherait le gros lot. Monsieur Kaufman a du bien, des terres, de bons vignobles. Et encore, vous n'avez pas visité toute la maison.

L'esprit échauffé par l'alcool, Clémence réfléchissait. Si vraiment Johann cherchait une femme, cela changeait l'angle des choses.

— Ce n'est pas très honnête de sa part, à votre patron, fit-elle remarquer. Faire miroiter un travail bien rétribué à une personne juste pour l'examiner!

— Il n'a guère le temps de procéder autrement, répliqua Marguerite. J'en ai parlé à mon mari, mais Charles prétend que je me trompe, que le patron a beaucoup de soucis, de livres de comptes à tenir à jour. Moi, je n'en démords pas : il voudrait dénicher la perle rare. En trois ans, vous êtes la cinquième secrétaire qu'il nous présente. Cela dit, aucune des autres n'avait d'enfant. C'est son grand regret, au patron, de ne pas avoir eu de gosses.

Indécise, Clémence gardait le silence. Johann lui plaisait. Elle s'imagina en femme respectable, marchant au bras du viticulteur dans les rues de Ribeauvillé.

«Non, c'est idiot. Je suis laide et les hommes m'évitent. Monsieur Kaufman a dû être déçu en me rencontrant. C'est pour cela qu'il est parti, sachant que de toute façon sa mère ferait en sorte de m'expédier au diable. Il sera soulagé, ce soir, que je sois loin. Mais si je tentais ma chance! Si j'étais la seule à m'accrocher, peut-être qu'à la fin il se déciderait à m'épouser quand même.»

Une image la ravit en pensée. Elle était couchée près du viticulteur dans un grand lit à baldaquin, la joue contre son épaule virile. Le feu lui monta aux joues.

Des rires retentirent dans la cour. Les trois enfants revenaient du jardin.

— Mangez donc avec nous! proposa Marguerite. On pense mal, le ventre vide. Vous savez, je n'ai pas cherché à retenir les autres filles qui venaient pour la place de secrétaire, mais vous, Clémence, vous m'êtes sympathique. Et puis il y a votre Noëlle. Ma Liesele l'a prise sous son aile.

Clémence accepta. Charles entra dans la pièce sur les talons de son fils Berni. Noëlle se jeta au cou de sa mère.

— Maman, j'ai beaucoup travaillé. J'ai curé la porcherie avec Liesele, et elle a dit que j'étais forte et courageuse. Tout à l'heure, nous devons donner du grain et de l'herbe aux canards.

La petite fille affichait un large sourire comblé. Ses prunelles d'azur scintillaient d'une joie innocente. Dans ce spectacle, la discrète jeune femme crut voir un signe du destin. «Noëlle souffrirait de quitter le domaine! Allons, du cran, je suis capable de tout endurer pour mon enfant. Cela assurerait son avenir, si je devenais madame Clémence Kaufman. Oh! Cela sonne bien, Clémence Kaufman. »

Liesele disposa six assiettes sur la table. Marguerite battait les œufs à l'aide d'un fouet métallique. Charles, qui paraissait d'une nature taciturne, fixait le rond en bois gravé à ses initiales dans lequel il roulait sa serviette après chaque repas.

—Tout s'est bien passé pour vous, madame Weller? s'enquit-il d'un ton neutre.

—Oui, presque! répliqua-t-elle. La vieille dame n'est pas facile, mais je m'habituerai. Elle me surveille de près, mais j'ai l'habitude. Dans l'atelier de l'usine, à Mulhouse, le contremaître avait les mêmes manières.

Marguerite dévisagea Clémence avec une expression d'heureuse surprise.

—Il faut tenir le coup!

—Madame Martha dressait les chevaux, dans sa jeunesse, expliqua Charles. Il paraît que c'était une rude cavalière. Et elle a perdu deux fils pendant la guerre, les frères aînés du patron. Il y a de quoi rendre amer n'importe qui.

La conversation n'intéressait pas Liesele et Noëlle, assises côte à côte. Elles bavardaient en chuchotant, mêlant leurs chevelures blondes. Berni grignotait un quignon de pain. Le garçon roux et au teint tavelé dévisageait Clémence d'un œil espiègle.

—Berni, au lieu de bayer aux corneilles, lança son père, va plutôt chercher de la presskopf[8] dans le garde-manger. Madame Weller, Marguerite la prépare elle-même. Vous verrez, c'est un délice.

—Appelez-moi Clémence, puisque nous allons être voisins!

Soulagée de la détermination dont faisait preuve la

---

8. Hure de porc persillée.

sixième secrétaire du patron, Marguerite versa enfin l'omelette dans la poêle où avaient fondu les feuilles d'oseille finement hachées. La graisse d'oie était brûlante. Aussitôt un grésillement prometteur s'éleva.

Le repas fut vite terminé. Charles avala une tasse de café et repartit aux champs. Liesele annonça qu'elle emmenait Noëlle faire une promenade jusqu'au ruisseau.

— Avec Berni! précisa sa mère. Cueillez des orties; je ferai une pâtée aux canards.

— Ne te pique pas, ma chérie! s'inquiéta Clémence.

Le trio s'esquiva en riant d'impatience. Les deux femmes restèrent seules.

— Vous avez donc décidé de résister à la vieille harpie? plaisanta Marguerite.

— Disons que je vais essayer. Elle n'osera pas me frapper, de toute façon.

— Non, parce qu'elle craint son fils, mais méfiez-vous de tout. Si elle vous ordonne de cuisiner ou de faire le ménage, refusez. Quelqu'un vient de Ribeauvillé trois fois par semaine, la maison est bien tenue. C'est juste un prétexte pour vous rabaisser.

— Je serai prudente, Marguerite. Merci bien pour ce bon déjeuner.

Clémence repassa à son logement. Elle ouvrit les volets et arrangea les rideaux sur les tringles, comme pour manifester sa volonté de ne pas quitter les lieux. Avant de retourner chez les Kaufman, elle examina son reflet dans le minuscule miroir rond suspendu au-dessus de l'évier.

« Je ne suis pas affreuse, non plus! se dit-elle. Trop maigre au goût des hommes, mais je sais être douce et affectueuse. Le père de Noëlle ne s'en plaignait pas. »

Le bouquet de roses sur la table attira son attention. Elle crut en comprendre le sens, Marguerite ayant précisé que c'était une idée du patron.

« C'était une gentille attention! » songea-t-elle.

Tout bas, elle adressa une prière à la Sainte Vierge. Mains jointes, tête basse, la fragile jeune femme implora Marie de lui donner de la force et une chance d'être enfin heureuse.

« Pourquoi finirais-je ma vie sans amour? Pourquoi ne pourrais-je pas satisfaire les désirs légitimes d'un époux? Et cet époux, je voudrais bien que ce soit Johann. »

Il lui fallut cependant beaucoup de volonté pour agiter de nouveau le heurtoir de bronze. Il était treize heures trente. Là encore, elle patienta plusieurs minutes. La vieille dame ouvrit d'une dizaine de centimètres seulement, ce qui l'empêchait de pénétrer dans le couloir.

— Qu'est-ce que vous voulez? pesta Martha. Je croyais que vous ne deviez pas rester un jour de plus ici?

— J'ai changé d'avis! rétorqua Clémence, irritée. Je vous prie de me laisser entrer. Je ne reçois d'ordres que de monsieur Kaufman. Il m'a recommandé de ne pas me soucier de vous, mais c'est la moindre des choses. Si je peux vous être utile...

Un instant déroutée, Martha hésita. Néanmoins, la reprise des hostilités la réjouissait. Elle tira le battant et fit de la place à Clémence, sidérée de remporter la première manche.

— Il faudrait lessiver le sol du cellier, ma fille! ajouta l'ogresse avec un regard plein de jubilation. Et secouer les tapis du salon. Ah, j'oubliais, vous viderez mon pot de chambre, aussi.

Clémence prit un air impassible, alors qu'elle bouillonnait d'une colère sourde. « Je lui montrerai à cette vieille sorcière, oui, je lui montrerai qui je suis vraiment. Rien que pour la faire enrager, j'épouserai son fils. »

Soudain, une évidence s'imposa à la jeune femme. Celle qui se marierait avec Johann aurait Martha pour belle-mère durant quelques années encore. «Tant pis! On verra bien qui usera l'autre!»

Sans récriminer, épiée par la vieille dame, Clémence se livra à toutes les tâches exigées. Elle estimait contrer l'ogresse en se montrant soumise et efficace. Les mains glissantes d'eau savonneuse, elle nettoya le sol du cellier, pavé de carreaux rouges usés. Les trous en bas des murs, ménagés pour évacuer le liquide, étaient bouchés et elle dut en gratter le contenu.

«On dirait de la terre fraîche et du foin, nota-t-elle. Mon Dieu, elle aurait préparé son coup pendant le repas de midi! Elle supposait donc que je reviendrais!»

Il en fut de même pour les tapis du salon. D'abord, la pièce suscita l'admiration de Clémence. Elle était de belle dimension, et ses murs tapissés d'un luxueux papier à ramages rouge et or s'ornaient de tableaux représentant des paysages du Haut-Rhin. Une peinture la fascina particulièrement. On y reconnaissait les ruines du château de Ribeaupierre, comme surgies d'un foisonnement de verdure. Cela lui rappela le déjeuner à l'auberge de Ribeauvillé, sous la tonnelle envahie de chèvrefeuille, en compagnie de Johann.

Martha Kaufman s'était installée dans un fauteuil en cuir. Sa présence pesante et l'écho de sa respiration sifflante empêchèrent la jeune femme de contempler les meubles imposants, en chêne brun, décorés de frises sculptées sur les montants et les tiroirs.

La cheminée en bois peint était encombrée de bibelots en faïence. Clémence s'émerveilla. Les statuettes alignées avaient été réalisées avec beaucoup de talent et figuraient les personnages populaires du livre de Hansi[9]. Elle dut lutter pour ne pas prendre

---

9. Hansi (1873-1951), dessinateur alsacien, symbole de la résistance alsacienne à l'occupation allemande. Son style naïf illustrait les traditions de sa région.

entre ses doigts la petite fille coiffée d'un gros nœud noir traditionnel.

—Vous n'allez pas fouiner, au moins! maugréa la vieille dame. Il faut déplacer le guéridon et la banquette pour tirer le tapis du milieu dans la cour.

Clémence vit alors les plaques de cendre grise, sans nul doute répandue exprès sur la trame de laine. Ce fut un dur labeur qui lui brisa le dos et lui fit inhaler des nuées de poussière. Sa soumission muette vint à bout des nerfs de l'ogresse. Voir cette petite femme fluette exécuter ses quatre volontés sans protester la déroutait.

Vers seize heures, Martha lui indiqua où se trouvait sa chambre, mais cette fois elle ne la suivit pas.

Clémence faillit abandonner en soulevant le pot en fer émaillé. Il paraissait plein, et le couvercle dégageait une odeur écœurante.

«Je ne sais même pas où le vider!» se dit-elle, l'estomac à l'envers.

Lestée de son redoutable fardeau, la jeune femme erra à l'étage, mais ne trouva pas les commodités; les autres portes donnant sur le palier étaient fermées à clef. Elle dut descendre l'escalier. Les relents d'urine qui se dégageaient du récipient lui donnaient un vrai début de nausée.

—Madame? Où dois-je aller? demanda-t-elle sur le seuil du salon dans lequel Martha tricotait, assise près d'une fenêtre.

—Eh! Faites le tour de la cour et des bâtiments, vous finirez par trouver le bon endroit, ma fille! Ou, mieux, demandez conseil à ce brave Hainer.

C'était un moyen d'humilier Clémence. Elle longea les bâtiments, en plein soleil, sans oser s'y aventurer. Finalement, elle se glissa dans l'étable où somnolaient les deux vaches du domaine et se résigna à vider le seau dans un recoin encombré de fumier.

« Elle me le paiera! se dit-elle. Ce soir, je me plaindrai à Johann et cela m'étonnerait qu'il soutienne sa mère. »

Par chance, Clémence ne croisa âme qui vive. Elle se hâta vers un large évier en ciment situé à l'extérieur de l'écurie. Elle rinça le seau à plusieurs reprises et le rapporta.

— Ce sera comme ça tous les jours, l'informa Martha. Et pas un mot à mon fils, sinon je lui raconterai que vous m'avez volée.

— Non, madame! lança Clémence sans réfléchir. D'abord, je dirai à monsieur Kaufman comment vous m'avez traitée. Et si vous tenez à me voir m'échiner, je préfère ramasser des betteraves avec Marguerite. Je ne suis pas idiote. Vous avez renversé de la cendre sur le tapis et bouché les trous d'évacuation du cellier.

Aucun employé ne tenait tête à Martha Kaufman. Sidérée, elle étudia les traits banals de la jeune femme avec une sorte de respect.

— Pourquoi m'avez-vous obéi, dans ce cas? dit-elle d'un ton sec.

— Parce que je n'aime pas mentir. Quand je parlerai à votre fils, je n'inventerai rien, même pas l'histoire du pot de chambre. Je ne pense pas qu'il appréciera. Je suis sa secrétaire, pas votre esclave!

Un sang neuf coulait dans ses veines. Elle découvrait que, parfois, il était plus facile de se battre que de fuir. Depuis la naissance de Noëlle, elle courbait le dos et encaissait les moqueries ou les mauvaises blagues des ouvriers de l'usine. Quelque chose avait vu le jour en elle, lorsqu'elle avait bu du vin blanc à l'auberge et traversé la campagne dans la calèche du domaine.

« J'en ai assez d'être pauvre et esseulée, décida-t-elle sans rien montrer des sentiments qui bousculaient sa nature craintive. Je ferai la conquête de Johann, pour posséder tous ces beaux meubles, pour toucher les figurines en faïence. L'ogresse n'y pourra rien!»

Martha fit une grimace étrange, la lèvre inférieure tendue en avant, laquelle dévoilait sa dentition jaunie. Elle fit claquer sa langue.

—Mon Johann ne gobera pas vos salades! assura-t-elle enfin.

—Nous verrons. Maintenant, je retourne dans le bureau finir le rangement.

La jeune femme espérait le retour du viticulteur. Elle tremblait de nervosité et ne toucha à rien. De la fenêtre, elle vit Marguerite sortir de chez elle, un panier sur la hanche. Charles rentra en gilet de corps, ses épaules hâlées luisantes de sueur. Le chien roux se coucha devant l'écurie. Mais le maître des lieux tardait. Clémence se décida à ordonner des classeurs et des registres. Elle vérifia le libellé des adresses sur les enveloppes pour s'assurer qu'elle n'avait pas commis d'erreurs. Quand la pendule accrochée près du calendrier sonna sept heures, elle quitta la petite pièce sans bruit.

Noëlle l'attendait, assise sur le pas de la porte de leur maisonnette. La fillette avait les joues roses et les cheveux fous.

—Maman, je veux habiter là toujours! déclara-t-elle avec un sourire angélique.

—Je te promets que ton vœu sera exaucé! répondit Clémence.

3

Clémence Weller

Clémence se répétait intérieurement les mots qu'elle venait de dire à sa fille : « Je te promets... » Elle s'engageait dans une voie difficile, mais cela lui était égal.

—Je l'aime, notre petite maison, proclama Noëlle en entrant dans la pièce. C'est mieux qu'en ville, je suis tout de suite dehors. Tout à l'heure, Berni va nous apporter des œufs que tu pourras faire cuire à la coque. Marguerite a dit qu'il y avait des coquetiers dans le placard.

—Nos voisins sont vraiment très gentils, remarqua Clémence. Nous avons de la chance. Je vais faire de la soupe au vermicelle, j'ai ce qu'il faut.

Elle avait rassemblé dans un cabas en cuir le peu d'épicerie qu'elle avait à Mulhouse : des cubes à bouillon, trois paquets de pâtes alimentaires, du sel, du poivre et une boîte en fer contenant des biscuits.

—Ce sera notre premier repas, toutes les deux, ma chérie ! annonça-t-elle. Veux-tu mettre le couvert ?

La fillette s'empressa de rendre service. Elle disposa les assiettes face à face, en respirant les roses d'un blanc veiné de rouge. Par la fenêtre restée ouverte, on entendait les chevaux s'ébrouer dans l'écurie et les cochons grogner. Soudain, le visage carré de Johann Kaufman s'y encadra.

— Eh, bonsoir, mesdames! s'écria-t-il. On se prépare à dîner?

Le cœur de Clémence s'emballa immédiatement. Elle courut ouvrir la porte.

— Entrez, monsieur, entrez!

— Non, je ne veux pas déranger! protesta-t-il. J'avais juste une question, madame Weller. Comme vous le savez, j'ai rapporté des prospectus de Strasbourg pour mes principaux clients, mais je n'ai pas trouvé la pile d'enveloppes que vous deviez préparer. C'est que je voulais les cacheter ce soir, pour que Hainer les poste demain.

Clémence devint blême. Elle bredouilla «les enveloppes» en réfléchissant très vite.

— Mais elles sont prêtes, monsieur! dit-elle d'un ton péremptoire.

— Alors, dites-moi où vous les avez rangées, répliqua Johann avec gentillesse. Je n'ai rien vu sur mon bureau, ni ailleurs!

Elle devait gagner du temps et dénoua les cordons de son tablier.

«C'est un coup de sa mère! se disait-elle. Que faire? Si je l'accuse, il peut se vexer, car c'est sa mère, quand même! Mais il ne doit pas penser que je n'ai pas fait ce petit travail, sinon il n'aura plus du tout confiance en moi.»

— Je vous accompagne, monsieur, dit-elle. Je vous montrerai l'emplacement exact. Noëlle, sois sage, je reviens tout de suite.

La jeune femme éteignit le réchaud sous la casserole où l'eau frémissait. Elle marcha près de Kaufman qui riait en silence.

— Ce n'était pas la peine de vous déplacer, protesta-t-il. Peut-être bien que c'est encore un tour de maman. Vous savez, à son âge, elle ne peut pas s'empêcher de jouer les tyrans. Elle ne vous a pas trop ennuyée, au moins? Je l'ai interrogée; elle prétend que vous n'êtes pas sortie du bureau.

—Ah! fit Clémence sans se décider à dénoncer la vieille dame.

—Quoi «ah»? demanda-t-il. Franchement, je n'ai pas cru ma mère. La femme de ménage ne vient que demain et pourtant le grand tapis du salon est battu de frais et le cellier reluit comme un sou neuf.

Ils étaient devant la double porte. Clémence fixa le lion sculpté d'un air songeur.

—Madame votre mère m'a priée de faire du nettoyage; j'ai cru rendre service en acceptant.

—Il fallait refuser! protesta-t-il Ce n'est pas dans vos attributions. Je m'en doutais. Le contremaître vous a vue chargée d'un pot de chambre. Je suis vraiment désolé. Je crois qu'elle a pris l'habitude de tout régenter et elle ne supporte pas les nouveaux venus. Je lui passe bien des choses, parce que, de toute façon, elle nie toujours. Comment serons-nous, à son âge?

Clémence avait rougi à l'évocation du pot de chambre. Elle leva ses yeux clairs sur l'homme, avec une expression de courage et de tendresse qui le troubla.

—Il vaut mieux en rire, monsieur Kaufman. Votre maman me menaçait de ramasser des betteraves, sinon. Mais je suis prête à travailler aux champs si je peux rester ici. Je tenais à vous le dire : je me plais chez vous. Ma fille aussi. Nous serions malheureuses de rentrer à Mulhouse. Je me sens capable de tenir vos comptes et le courrier chaque matin, et d'aider à la récolte. Le houblon sera bientôt prêt.

—Vous vous y connaissez en houblon? s'étonna-t-il.

—Mon père en plantait quelques rangs pour brasser sa bière de table. Quand j'étais petite, je lui donnais un coup de main.

—Vous pouvez aider pour les betteraves, mais c'est éreintant! avança-t-il. On n'est jamais trop nombreux, c'est sûr. Je les vends à la sucrerie d'Erstein, dans le Bas-Rhin. La récolte est expédiée par le train. Tout doit être ramassé avant la mi-novembre, quand il commence à geler le matin.

—Je voudrais essayer, insista Clémence.

Johann l'observait. Malgré une physionomie un peu masculine, il lui trouva une sorte de beauté.

«Elle a un regard intelligent, et du charme. Dommage qu'elle soit si maigre!» Il tenta d'imaginer ses formes sous la robe grise mal coupée et se moqua de lui-même. Toutes les femmes étaient à peu près faites de la même manière, avec plus ou moins de rondeurs. Celle-là avait eu un enfant comme les autres.

—Eh bien, entrons! dit-il, honteux de l'avoir déshabillée en pensée.

Clémence le frôla par mégarde, au moment de franchir la porte du bureau où il faisait sombre. Elle perçut la dureté de l'avant-bras effleuré et huma un parfum d'eau de Cologne.

«C'est un homme soigneux, songea-t-elle, et tellement robuste; il me soulèverait d'un rien.»

Une chaleur oubliée irradia son ventre. Elle désira à en perdre le souffle le contact du viticulteur. Si seulement il avait pu la prendre à la taille, la serrer contre lui, elle en serait morte de plaisir.

—Alors, ces fameuses enveloppes, où sont-elles? plaisanta-t-il. Soit vous êtes une étourdie, soit ma vieille mère les a cachées!

Il riait encore. Clémence joua le jeu. Le mauvais tour de Martha les rendait complices.

—Je cherche, je cherche! affirma-t-elle en brassant des classeurs, puis un registre relié en cuir.

—Moi aussi, je cherche, pardi!

—Je les avais laissées bien en vue, au coin de votre bureau. La liste était à côté. Je vous l'assure. J'espère qu'elles n'ont pas fini au feu.

—Ah! ça, aucun risque! Ma mère respecte le moindre timbre-poste usagé qui sert au domaine Kaufman. Elle s'est contentée de les cacher pour vous faire fâcher.

Clémence poussa un petit cri de victoire. Elle venait de dénicher la pile d'enveloppes sous un gros dictionnaire. Johann s'approcha et les prit.

—Dites, vous en avez, une belle écriture! remarqua-t-il. Des pleins et des déliés, pas une rature! Vous pouvez retourner près de votre fille, madame Weller. Désolé pour le dérangement.

Le viticulteur s'installa derrière le lourd meuble en chêne et alluma un cigare.

—Je ne vous raccompagne pas, dit-il en souriant, vous connaissez le chemin. Demain, il ne vous arrivera rien de méchant, je vous le promets.

Ivre d'une joie adolescente, Clémence courut jusqu'à son logis. Elle avait envie de chanter et de pleurer tout à la fois. «Qu'il est bon, qu'il est gentil avec moi! Quel homme! Je suis heureuse, heureuse!» Elle avait l'impression d'être dédommagée des pénibles efforts de la journée.

Noëlle l'accueillit en brandissant un petit panier en osier garni de six gros œufs d'un jaune orangé.

—Berni est venu pendant que tu étais chez le patron, maman.

—Eh bien, nous allons nous régaler, ma petite chérie.

Sur ces mots, elle embrassa la fillette sur le front en lui caressant les cheveux. Radieuse, Noëlle estima en secret que c'était la meilleure journée de sa jeune vie.

*

Johann Kaufman prit son temps pour plier ses prospectus et les mettre sous enveloppe. Il n'était pas pressé de se trouver face à sa mère, sous la grosse lampe à abat-jour de porcelaine de la cuisine. Martha n'aurait laissé à personne le soin d'établir le menu de la semaine. Elle veillait à servir de savoureux petits plats à son fils, comme elle l'avait fait pour son mari, Gilbert.

Ce soir-là, une odeur appétissante de graisse brûlante annonçait des brotwurst, ces saucisses à frire confectionnées avec de la viande de porc et du pain trempé. La recette était ordinaire, mais les Kaufman se réclamaient d'une longue dynastie paysanne. Ils avaient du bien, de l'argent et des terres, mais n'en tiraient pas orgueil, tout au plus une satisfaction tranquille.

«Le kirchberg sera fameux l'an prochain! pensa le viticulteur en examinant un petit carnet à couverture noire où il notait les dates principales des travaux du domaine. Il faudrait encore plusieurs jours de franc soleil pour le houblon. Il sécherait plus vite.»

Cela lui fit songer à Clémence Weller. Il aurait juré que, tout à l'heure, quand ils cherchaient les enveloppes, elle était émue, peut-être même troublée.

«Sa voix avait une intonation singulière, elle respirait fort. Dame, ce bout de femme a très bien pu se tenir à l'écart des hommes, en ville, depuis son veuvage. Hé! Qui sait, je lui donne peut-être des vapeurs!»

Il eut un rire silencieux. Cela le flattait. Johann ne dédaignait pas les prostituées de Strasbourg, à l'occasion, quand il était las de se soulager tout seul, en évoquant son épouse trop tôt disparue.

—Johann! Viens dîner!

Sa mère l'appelait du couloir. Il se leva à regret et

la rejoignit. Pour lui, elle savait sourire et discuter de choses agréables. Ancienne cavalière, Martha se complaisait à parler chevaux.

— Nous mangeons des brotwurst, annonça-t-elle. Et j'ai ouvert un bocal de nos asperges avec la sauce que tu préfères, celle avec des œufs durs.

— C'est bien, maman.

Elle lui servit de la bière dans un bock en grès décoré d'un dessin représentant une cigogne perchée sur une patte au milieu d'un fouillis de roseaux. Johann utilisait l'objet fidèlement depuis ses treize ans. Il lui vouait une adoration puérile.

— As-tu rencontré des connaissances, à Strasbourg, Johann? demanda la vieille dame.

— Non, je suis juste passé à l'imprimerie! répondit-il entre deux bouchées.

Il attendit le dessert, du fromage blanc sucré au miel, pour aborder le sujet qui le préoccupait.

— Sais-tu, maman, que les enveloppes que madame Weller avait préparées pour moi se sont déplacées par magie?

— Qu'est-ce que tu racontes?

— Il y a de curieux phénomènes dans la maison Kaufman, reprit-il. Madame Weller les avait posées au coin de mon bureau, et je la crois sur parole, mais nous les avons retrouvées dans un placard, sous le dictionnaire.

— Qui ça, nous? Hainer t'a aidé? grommela sa mère.

— Non, je n'allais pas déranger ce brave Risch! Madame Weller était tellement tracassée qu'elle a tout planté là pour me venir en aide. Maman, je voudrais que tu ne tourmentes pas cette jeune femme. Je sais que tu lui as demandé de faire des tâches ménagères, juste pour la rabaisser. Tu me prends pour un imbécile? Je ne peux pas garder de secrétaire ici, tu les fais toutes fuir! J'ai pourtant besoin d'aide pour mes paperasses.

Martha pinça les lèvres. Elle ignorait ce qu'avait révélé Clémence à son fils.

— C'est que je me méfie, mon pauvre Johann. Tu introduirais n'importe qui chez nous si je ne réfléchissais pas à ta place. Et, la dernière en date, c'est la pire; chafouine, menteuse, et moche à faire peur.

C'était toujours le même discours. Avec lassitude, le viticulteur vida son bock et le reposa.

— Tu devrais être contente qu'elle soit moins jolie que les autres! pesta-t-il. Tu ne veux pas que je me remarie et tu te montres dure et détestable. Avais-tu besoin de faire vider un pot de chambre à madame Weller? Hein? J'ai payé assez cher l'installation de toilettes à chasse d'eau à l'étage et au rez-de-chaussée. Un luxe! Moi, je me contentais du cabinet derrière la porcherie.

— Elle s'est donc plainte, cette gourde! s'emporta Martha.

— Eh non! Hainer l'a vue qui tournait dans la cour. Tu m'inquiètes, maman! Depuis quand mijotais-tu ton plan?

— Ce n'est pas ma faute si j'ai eu les intestins dérangés au point de ne pas pouvoir me rendre dans tes toilettes modernes. Il fallait bien le vider, ce seau! Les employés servent à ça!

Ils se fixèrent un long moment, tous deux sur la défensive. Johann se leva pesamment et alla se pencher sur sa mère.

— Laisse Clémence Weller en paix! C'est une personne cultivée qui me sera très utile. Sa fille et Liesele sont déjà de bonnes camarades.

— Elle te sera utile, sans blague? persifla Martha.

Tu comptes l'attirer dans ton lit! Mais, mon fils, ce n'est qu'un sac d'os.

— Quand je t'écoute, je comprends mieux pourquoi papa s'est pendu! lança-t-il.

La vieille femme fut touchée en plein cœur, Johann n'ayant jamais été aussi cruel. Elle s'accrocha au bord de la table à deux mains, comme si elle avait le vertige.

— Tais-toi, Johann! Ce sont les Allemands qui ont tué ton père! Pendant la guerre, il y avait trop de restrictions, trop de contraintes. Gilbert n'a pas supporté de voir ses chevaux réquisitionnés, ni ses vignes mises à mal. Il a trop souffert, tu le sais, ça! Et quand tes frères sont morts le même mois sur le front, à Verdun, mais dans les rangs ennemis, parce qu'ils avaient été mobilisés de force dans l'armée allemande, ça, ton père n'a pas pu l'admettre.

Martha refoulait ses larmes. Elle ne pleurait jamais, et de la sentir prête à sangloter déconcerta son fils. Il eut tout de suite des remords.

— Je te demande pardon, maman!

Johann se rassit en soupirant. Il lorgna le buffet où était rangée la bouteille de schnaps.

— Buvons un coup, toi et moi, dit-il tout bas d'un ton enjôleur. Rien n'a été facile après la mort de papa. Allez, remets-toi.

Mais elle le dévisageait, presque haineuse. Comment oublier le matin où Johann était entré dans la maison, livide, les yeux écarquillés, en criant la terrible nouvelle: «Papa s'est pendu dans l'écurie!»

Des années s'écouleraient encore; Martha Kaufman n'effacerait pas l'instant tragique qu'elle avait partagé avec l'unique fils qui lui restait.

«Je l'ai suivi! se souvint-elle. Je ne voulais pas le croire, même si au fond de moi je savais qu'il disait vrai. Mon Gilbert se balançait au bout d'une corde accrochée à une poutre. Et cette malheureuse imbécile d'Amélie s'est mise à hurler. Une bonne à rien, ma belle-fille! Elle n'a pas été fichue de donner un enfant à Johann.»

—Maman, implora-t-il, je suis désolé, j'ai parlé à tort et à travers. Pardon! Aussi, tu as exagéré, aujourd'hui, avec Clémence Weller.

—Je ne t'ennuierai pas longtemps! répliqua-t-elle. Ma douleur, là, au cœur, s'est réveillée. Demain, tu me conduiras à Ribeauvillé. Je veux consulter le docteur Steinman. En passant au village, je préviendrai la femme de ménage de reporter sa journée à jeudi.

—Steinman? s'étonna son fils. Celui de Mulhouse? Tu ne vas pas y aller sans moi. Je t'accompagnerai. Viens, je vais t'aider à monter te coucher.

Martha s'appuya de tout son poids sur le bras de Johann. Elle baissait la garde et, haletante, s'accordait des gémissements.

—Tu n'as pas l'air bien, s'inquiéta-t-il. Je t'ai fait de la peine, ma pauvre maman. N'y pense plus; papa t'aimait fort, il me l'a toujours dit.

—Il ne m'aimait pas assez pour se battre! coupa sa mère avec lassitude. Il m'a abandonnée.

—Je suis là, moi, maman...

—Je n'ai guère d'importance dans ta vie. Tu passes ton temps dans les champs, dans les vignes ou à Strasbourg. Et moi, je t'attends.

Comme chaque soir, Johann délaça les bottines de la vieille dame et dégrafa le dos de sa robe. Il s'assura qu'elle avait une carafe d'eau sur sa table de chevet.

—À l'heure de te souhaiter une bonne nuit, je te monterai ta tisane et des biscuits à la cannelle.

Le couple mère-fils avait un rituel bien établi. Johann revenait dans la chambre quand il s'apprêtait à se mettre au lit lui aussi. Il embrassait sa mère sur la joue gauche. Elle lui caressait les doigts en clignant des paupières, comblée.

—Demain, à Mulhouse, nous déjeunerons au restaurant, tous les deux, renchérit-il. Une choucroute avec du vin blanc et de la poitrine fumée, chez Müller. Qu'en dis-tu?

Martha consentit à sourire, mais il vit une larme le long de son nez. Vaincu, il sortit en se maudissant de lui avoir causé du chagrin. Dès que la porte se referma, sa mère se redressa, les mâchoires crispées, l'œil furieux.

«Pauvre crétin! gronda-t-elle. Et dire que je n'ai plus que toi à aimer!»

*

Le lendemain matin, à six heures, Hainer Risch frappa aux volets de Clémence. Elle se leva, s'emmitoufla dans un châle et ouvrit sa porte. De découvrir le contremaître sur fond de brouillard la surprit. Elle pensait que Marguerite lui apportait du lait.

—Madame Weller, je viens de la part du patron. Il est obligé de conduire madame Martha à Ribeauvillé, pour prendre le tram jusqu'à Mulhouse. La grande maison doit rester fermée à clef. Si le cœur vous en dit, je vous embauche pour les betteraves. La petite peut suivre; il y aura mon fils et les enfants de Charles.

—D'accord! Je serai prête dans dix minutes, le temps de réveiller Noëlle et de la faire déjeuner.

—Mettez de vieux vêtements et des caoutchoucs aux pieds. Je crois qu'il va pleuvoir! ajouta Hainer.

Il la salua en soulevant sa casquette et s'éloigna. Clémence frissonna. Elle était sensible à l'humidité et endurait mal le froid.

«Nous sommes encore en été, pourtant, se

raisonna-t-elle. Pourvu que je tienne le coup! Je n'ai jamais récolté de betteraves.»

Lorsqu'elle sortit dans la cour avec Noëlle, il pleuvait pour de bon, une pluie fine et tiède. Le grondement d'un moteur résonnait sur le chemin tout proche. Le domaine était envahi par une vingtaine de personnes vêtues d'un ciré ou d'un manteau. Un énorme tombereau dont le bois était devenu grisâtre au fil des années se dressait devant la grange. Un cheval tout aussi énorme y était attelé. L'animal, tête baissée, mangeait son picotin d'avoine dans un sac en cuir accroché à son licol.

— Hé! Clémence, l'apostropha Marguerite du pas de sa porte, vous en avez, une dégaine! C'est donc fini, le secrétariat?

— Pour aujourd'hui, oui. On verra plus tard.

Liesele bouscula sa mère et se rua vers Noëlle qu'elle tira par la main.

— On prend de l'avance, claironna-t-elle. Viens, ma Nel, on sera les premières arrivées.

Clémence fronça les sourcils. Le surnom lui déplaisait. Mais Marguerite éclata de rire.

— Liesele adore trouver des noms; ne vous vexez pas! Venez donc boire un café, nous avons le temps.

La jeune femme retrouva avec plaisir la cuisine bien chaude et colorée de sa voisine.

— Le mois de septembre, c'est là où nous avons le plus de travail, mon mari et moi. Les betteraves, le houblon et la vigne. Le patron va commencer les vendanges demain. Hainer se charge des champs, monsieur Kaufman des vignes. Il embauche deux équipes, presque toujours les mêmes gens. Il y en a qui viennent de Riquewihr. La paie est bonne, ici.

Elles s'assirent à table. Marguerite montra d'un geste du menton trois formes rondes couvertes de torchons immaculés.

—Je me suis couchée tard, expliqua-t-elle. J'avais mis à lever des kougelhopfs pour les servir à midi. Je dois m'occuper du repas. Une grande table est installée sous le hangar. Comme ça on est à l'abri du soleil ou de la pluie. J'ai préparé des riweles[10] avec la cousine de Hainer : de la nourriture qui tient au corps. Et le patron a acheté de la charcuterie, hier.

Clémence opinait, déjà affamée. Elle n'avait rien pris afin de ne pas être en retard. Marguerite détailla ses vêtements.

—Vous osez porter un pantalon ? demanda-t-elle.

—Monsieur Risch me conseillait de prendre de vieux habits. Je tiens ce pantalon de l'usine. Il était déchiré et on l'avait jeté à la poubelle. Je l'ai récupéré et raccommodé. Et ma veste ne craint plus rien.

—Qu'est-ce que ça vous change, d'être déguisée en homme ! constata Marguerite. Mais le bonnet noir, il vous va bien.

Clémence pensa qu'elle était sûrement ridicule. En sirotant sa tasse de café, elle fut reprise par l'heureuse insouciance de la veille. « La vieille dame n'est pas là, ma fille s'amuse avec son amie et Johann reviendra ce soir, et tous les soirs », rêvassait-elle.

—Ainsi, l'ogresse vous a causé du souci, hier ? questionna Marguerite. Risch nous a raconté, à Charles et à moi. Quel chameau, cette vieille !

—Oh ! Elle ne me chassera pas ! Je lui ai tenu tête à ma façon et je crois que ça a fonctionné. Si vous voulez, Marguerite, je vous donnerai un coup de main, à midi. Monsieur Kaufman m'a dit de faire ce que je voulais comme travail.

—Eh bien, vous avez de la chance, vous !

Elle ponctua ces mots d'un clin d'œil amusé.

---

10. Sorte de spaghettis alsaciens.

Clémence était aux anges. Dix minutes plus tard, les deux femmes se dirigèrent vers les champs de betteraves. Ils s'étendaient de chaque côté d'un chemin caillouteux, jouxtant sur la droite la plantation de houblon. La terre brunie par l'averse se devinait à peine entre les larges feuilles d'un vert sombre, veinées de pourpre.

— C'est la première année que les racines se gorgent de sucre pour affronter l'hiver et vivre jusqu'à l'été suivant, expliqua Marguerite en prenant le bras de Clémence. La troisième année, le patron met le sol en jachère après l'avoir fumé. Avec lui, il n'y a pas de perte, il connaît son métier. Comme dit souvent mon mari, monsieur Kaufman produit moins que d'autres, mais de meilleure qualité. Son kirchberg a gagné des prix et se vend bien. Les betteraves, c'est d'un bon rapport aussi. En plus de la sucrerie Erstein, qui achète la récolte, on fournit le domaine en sucre pour l'année. Et Charles se procure à bas prix de la mélasse que j'utilise en l'aromatisant à la vanille.

Liesele et Noëlle, perchées sur le siège du tombereau, leur faisaient signe. L'homme qui menait le cheval de trait arrêta sa bête et sauta au sol.

— Regardez votre gosse, elle rayonne! observa Marguerite. Elle se plaît davantage ici qu'en ville.

— Oh, tant qu'elle peut approcher des chevaux ou des chiens, ma Noëlle est au paradis. Dites-moi en quoi consiste le travail. Je ne veux pas avoir trop l'air d'une novice devant les autres employés.

— Les hommes déterrent les betteraves; ils ont les outils pour ça. Les femmes et les enfants remplissent des paniers et des cuves qu'il faut vider ensuite dans le tombereau. Hainer viendra en camion avant le déjeuner et il chargera la récolte du matin dans la benne. Dieu, qu'il a coûté cher, ce camion! Mais le patron n'a pas rechigné à la dépense. C'est moderne, selon lui.

Clémence retint un soupir admiratif. Johann Kaufman, dont chacun prononçait le nom avec respect, devenait un héros à ses yeux. Il n'était guère séduisant, mais elle le trouvait beau et viril. Son début d'embonpoint, elle le transformait en force invincible.

—Maman! cria Noëlle. Liesele dit que je peux monter sur Coco, le cheval. Il ne bougera pas.

La jeune femme se mit à courir en agitant les mains.

—Pas question, descends tout de suite de là-haut! En voilà, des idées, grimper sur cette grosse bête!

Les ouvriers qui se dispersaient entre les rangs de betteraves se retournèrent, l'air narquois. Chaque année, la plupart des enfants jouaient à chevaucher le placide Coco, qui ne bronchait pas.

Disciplinée, Noëlle rejoignit sa mère. Tout rentra dans l'ordre, Marguerite ayant menacé Liesele d'une bonne claque.

Une heure plus tard, Clémence n'en pouvait déjà plus. Les mains terreuses, les ongles sales, elle avait terriblement mal au dos. Elle avait l'impression d'être la seule à ralentir le rythme. Même Berni et Güsti trimaient dur, sans paraître épuisés. Liesele et Noëlle couraient ici et là, rieuses et débordantes d'énergie. Une pluie fine continuait à imprégner le sol, à perler les vêtements, les chevelures, le feuillage dense et luisant des betteraves.

«Combien de fois me suis-je penchée et relevée? Combien de paniers ai-je portés? Mes habits sont trempés, en plus. Je ne tiendrai pas longtemps, hélas!»

—Chante donc, Willemine! s'écria soudain un garçon d'une vingtaine d'années. Si tu chantes, je te ferai danser samedi.

Une belle fille brune releva le bord de son vieux

chapeau. Elle posa son panier à ses pieds et commença à chanter. Tout de suite, des femmes l'imitèrent, et ces voix réunies évoquaient une douce plainte née de la terre gorgée d'eau. Clémence s'immobilisa, frémissante de mélancolie. Elle connaissait par cœur la chanson...

Quand je vais au jardin,
Jardin d'amour,
Les fleurs se penchent vers moi,
Me dis': N'ayez pas d'effroi;
Voici la fin du jour...
Et celui qu'on aime va venir de même
En ce séjour...
Quand je vais au jardin, jardin d'amour [11].

Willemine se tut et salua avec un rire de gorge. Un homme se mit à siffler le refrain. Le monotone et pénible labeur se poursuivit, mais rythmé de bavardages, d'appels réjouis et de joyeuses plaisanteries. On savait qu'à midi Marguerite servirait de la bière de ménage, aigrelette et fraîche, et qu'il y aurait du pain frais et du jambon.

— Ce serait plus dur si le soleil tapait! assura Hainer qui venait de s'approcher de Clémence. Dites, madame Weller, je me mêle de ce qui ne me regarde pas, mais vous deviez aligner des chiffres et rédiger des courriers, à ma connaissance. Le patron m'a juré ses grands dieux que vous lui avez demandé de travailler aux champs. Je ne peux pas le croire!

— Pourtant, c'est la vérité! répondit-elle du ton le plus énergique possible. Au moins, ici, l'air est meilleur qu'à l'usine. Et tout le monde est de bonne humeur.

---

11. Chant alsacien.

— Si vous le dites! s'étonna le contremaître.

Clémence réussit à lui sourire et reprit son ouvrage. Elle frappa une lourde racine oblongue contre le bord du panier pour la débarrasser de la terre collante et grumeleuse qui y adhérait.

Bien avant midi, Liesele lui tapota l'épaule.

— Madame Weller, ma mère rentre au domaine préparer le repas. Elle a besoin de votre aide.

— Je viens! dit la jeune femme avec un infini soulagement.

Marguerite l'attendait, campée au milieu du chemin. Il ne pleuvait plus. Les nuages s'effilochaient et refluaient, dévoilant des pans de ciel bleu.

— Nous aurons chaud, tout à l'heure! décréta la grande femme.

*

Clémence n'avait jamais participé à un repas aussi animé. Charles l'avait placée à sa droite, au bout de la longue table. Ce n'était que des planches posées sur quatre tréteaux, couvertes de vieux draps en lin gris, mais il fallait bien ça pour la vingtaine de personnes qui étaient embauchées pour la récolte. Les enfants et les adolescents, assis tous ensemble, bavardaient tant et riaient si fort, que cela gênait parfois les conversations des adultes. Seul Hainer Risch manquait. Le contremaître déjeunait chez lui. Son fils Güsti avait eu la permission de rester avec son grand ami Berni.

Marguerite servait tout son monde, secondée par la jolie Willemine et une autre femme. Après quatre plats de charcuterie, composés de saucisson en tranches, de jambon fumé et de pâté de canard, chacun dégustait les riweles. Les pâtes chaudes, agrémentées d'une sauce à la crème fraîche, de lardons et d'échalotes grillées, combleraient les plus solides appétits.

—Votre petite Noëlle se pourlèche les babines, dit Charles à Clémence. Moi, ça me fait plaisir, une gosse qui a de l'appétit! Liesele paraît costaude, mais en bas âge elle nous a causé du souci; on lui voyait les côtes. Impossible de lui faire avaler le moindre morceau!

—Je n'ai jamais eu ce problème avec ma fille. Cela dit, moi qui n'ai pas souvent faim, aujourd'hui, j'ai un creux dans l'estomac.

—C'est le bon air de notre campagne qui vous fait du bien, affirma Marguerite. Je parie que vous allez vous remplumer, si vous continuez à travailler aux champs.

Willemine observa avec attention Clémence, assise près d'elle sur le banc. Un peu embarrassée par cet examen, la jeune femme baissa la tête.

—Dites, madame Weller, si ça vous tente, ma mère tient le salon de coiffure de Ribeauvillé. Je l'aide le samedi, quand je ne m'esquinte pas les ongles à déterrer les betteraves!

—Ah! Voilà que notre Willemine traque des clientes! plaisanta Charles.

—Et alors, j'ai l'œil! Madame Weller devrait se couper les cheveux à la nouvelle mode et les friser. Sans blague, ça vous irait mieux que ces tiges toutes raides!

Des éclats de rire suivirent la remarque. Noëlle en oublia son assiette. Elle ne supportait pas qu'on s'en prenne à sa mère. Liesele devina son irritation.

—Laisse, chuchota-t-elle à son oreille. Willemine n'est pas méchante du tout. Elle voudrait être actrice de cinéma et elle colle des affiches de films partout dans la boutique de sa mère.

—N'empêche, maman n'a pas des tiges raides. Moi, ils me plaisent, ses cheveux.

Clémence déplorait d'être le point de mire de la tablée. Elle répondit très bas à la jeune fille qu'elle y réfléchirait.

—Je ne sais pas quand je retournerai à Ribeauvillé, ajouta-t-elle, mais figurez-vous que j'avais déjà pensé à changer de coiffure.

—Eh bien, faites confiance à une professionnelle, renchérit la brune Willemine.

Le soleil inondait la cour sur laquelle s'ouvrait le hangar couvert de tuiles rousses. Le bâtiment, construit récemment, s'appuyait au mur de la grange. L'air circulait, apportant des odeurs diverses d'écurie et d'étable.

—Je prépare du café, annonça Marguerite.

—Et la bière, tu as fermé le robinet? plaisanta le jeune homme qui avait demandé à Willemine de chanter.

—Oui, si tu continues à en boire, tu ne vaudras plus rien cet après-midi, Thomas, rétorqua-t-elle. Le café, ça facilite la digestion, surtout que dans le mien je mets de la chicorée.

—Radine! riposta-t-il en riant.

La mère de Liesele lui pinça la joue au passage. Charles sortit un harmonica de sa veste et joua un air bien cadencé.

—Moi, je danse! s'exclama Willemine. Sans toi, Thomas!

Liesele frappa des mains, imitée par Güsti et un autre gamin. Il régnait entre tous ces gens réunis pour la récolte des betteraves une saine camaraderie où les ragots et les jalousies n'avaient pas de place. Clémence en concevait un profond étonnement.

«J'ai vécu trop repliée sur moi-même, toutes ces années, se dit-elle. Peut-être que j'aurais pu me faire des amis, à Mulhouse. Mes collègues de l'usine ont souvent cherché à sympathiser, mais je les ignorais. Maintenant j'ai l'impression de me réveiller.»

Willemine tournait en rond, les poings aux hanches, un sourire effronté sur les lèvres. Elle ne quittait guère Thomas des yeux.

« Ces deux-là seront bientôt amoureux, songea Clémence. Mon Dieu, comme je voudrais être aussi resplendissante que cette fille. Moi aussi, je danserais en public, si j'avais son corps, sa taille fine, sa poitrine... »

Les hommes fumaient en attendant le café promis. Une poule naine d'un noir de jais s'était perchée sur une poutrelle et observait le remue-ménage des humains. Une femme entonna une chanson à danser, de l'ancien temps, que les enfants reprirent aussitôt en chœur.

Allons, Cath'rin', va lacer tes souliers!
Mets ta p'tit' robe et ne t'arrête pas!
Didle, dudle, dadle,
Schroum, schroum, schroum!
On commence à sauter!
Allons, Cath'rin', allons! De la gaîté!
Allons! fais vite une roue en dansant!
Tress' et couronnes vol't en tourbillons.
En rond, joyeusement,
Tourne donc, ma petite, avec éclats!
Il faut rire aujourd'hui, d'main c'est fini.
Lorsque la nuit viendra, nous rentrerons.
Didle, dudle, dadle,
Schroum, schroum, schroum!
Demain, en rechignant,
On balaiera le plancher à danser.

Hainer Risch arrivait à pas lents, sa pipe entre les dents. Il s'appuya à un pilier en pierre et assista avec un vague sourire aux évolutions du couple formé par Willemine et Thomas. Marguerite sortait de sa cuisine, encombrée d'un plateau où étaient empilés de petits bols en terre cuite autour d'une grosse cruche en grès.

—Toujours à l'heure pour mon café! lança-t-elle au contremaître.

—Eh oui, c'est le meilleur de la région, répliqua-t-il.

Charles jouait encore de son harmonica. Le chien s'était couché au milieu de la grande cour pavée. Clémence contempla les colombages de la maison des Kaufman, les «balconnières» de géraniums d'un rose vif, les fenêtres aux rideaux de dentelle. Ici, tout respirait l'aisance et l'ordre, dans un calme apaisant.

«Si Johann pouvait apparaître et s'asseoir parmi nous! songea-t-elle. Il serait sans doute surpris de me voir habillée en pantalon et en chemise. Mais au moins il ferait attention à moi.»

Elle l'appelait Johann, comme un ami de longue date, alors qu'elle ne le connaissait que depuis trois jours. Noëlle la vit plongée dans de mystérieuses pensées. La fillette lui fit un signe de la main sans réussir à attirer son attention.

—Viens donc, dit Liesele, on va manger des mûres sur le chemin. Le patron garde des ronciers pour qu'ils aient des fruits. Ma mère en fait des confitures.

Elles se levèrent et, escortées par Berni et Güsti, filèrent par le portillon en bois.

—Il faut rire aujourd'hui! Demain c'est fini! fredonnait Berni.

Bientôt, hommes et femmes reprirent la direction des champs. La présence silencieuse du contremaître avait sonné la fin de la pause. Marguerite promit de les rejoindre dès qu'elle aurait débarrassé la table.

—Je peux vous donner un coup de main, lui proposa Clémence.

—D'habitude, c'est Willemine qui en profite pour écourter ses heures de récolte, mais là, elle suit

Thomas comme son ombre. De toute façon, à deux, on va plus vite.

— Et si je faisais la vaisselle aussi! dit la jeune femme.

— J'en connais une qui ferait n'importe quoi pour ne pas retourner brasser des betteraves! s'esclaffa Marguerite. Je ne dis pas non. Moi ça me distrait la tête d'être avec les autres. Vous verrez, quand le patron commencera à vendanger, il y aura deux fois plus de monde à nourrir. Mais ce sera à la fin du mois. Monsieur Kaufman possède des vignobles de l'autre côté de Ribeauvillé. Ce sont les plus précoces. Par ici, ce sont des cépages tardifs. C'est la nature qui commande. Pour les betteraves aussi. Elles donnent du sucre la première année de plantation et, si on en laisse en terre, la seconde année elles servent à engraisser les cochons. Plus de sucre!

— Vous en savez plus que moi en agriculture, nota Clémence.

— Je suis d'une famille de paysans et je n'en ai jamais eu honte. Et vous? Vos parents sont de quel endroit? De Mulhouse, sûrement?

Les deux femmes discutaient tout en multipliant les allers et retours entre le hangar et la maison de Marguerite. La question directe prit Clémence au dépourvu.

— Mes parents? Non, ils ne sont pas de Mulhouse.

— D'où, alors?

— Un village plus au nord, enfin, bien plus au nord..., indiqua la jeune femme évasivement d'une voix faible.

Marguerite n'insista pas. L'Alsace, déchirée après la prise de pouvoir des Prussiens en 1870, avait tellement souffert. Elle était ensuite devenue l'enjeu d'une guerre effroyable qui s'était achevée dix ans plus tôt. Dix ans pour reconstruire une identité bien française, après un demi-siècle à plier l'échine sous le joug allemand, mais à fraterniser également, loin des chefs politiques. Des liens d'amitié s'étaient créés malgré la frontière naturelle que représentait le Rhin; on s'était établi sur une rive ou sur l'autre. Après le 11 novembre 1918, cependant, plus de cinquante mille Alsaciens d'origine allemande certaine avaient dû traverser le fleuve pour rejoindre leur pays. Ils abandonnaient une maison aimée, les quelques ares ou hectares exploités, un emploi, des camarades. Les plus revanchards parmi les vrais Français, une expression chère à Martha Kaufman, s'étaient montrés parfois un peu trop véhéments dans la manière de chasser leurs anciens voisins de porte ou les fermiers d'à côté. Et comme l'accent alémanique était proche de l'accent allemand, ainsi que les prénoms, les noms ou la cuisine, on ne savait jamais bien qui était qui.

Charles Merki était un brave homme. Il avait expliqué tout ça à son épouse quand il l'avait retrouvée, après son engagement volontaire dans les troupes françaises. Il ne gardait aucune haine en lui, ce qui n'était pas le cas de certains de ses compatriotes. Marguerite avait adopté les idées de son mari. Si Clémence Weller n'aimait pas parler de son lieu de naissance et de ses parents, elle ne l'y obligerait pas.

—Moi, j'ai de l'estime pour vous, conclut-elle. Même qu'on pourrait se tutoyer, puisque nous sommes amenées à nous côtoyer tous les jours.

—Avec plaisir, Marguerite! répondit la jeune femme.

—Range les deux salières et la poivrière sur cette étagère, je les prends sans même regarder. Si on me les déplace, je suis perdue.

—Tu as raison, je suis pareille.

Elles se sentirent tout de suite plus intimes, par le miracle de ce son bref, le *tu*.

—Vas-tu te faire couper les cheveux? questionna

Marguerite en souriant. Moi je ne le ferai pas à cause de mon Charles qui serait furieux. Mais peut-être que Willemine a raison : ça te donnerait un genre.

— Un drôle de genre, oui ! répliqua Clémence.

Les mains plongées dans l'eau chaude additionnée de cristaux de soude, elle hocha la tête en s'imaginant frisée comme un mouton, la nuque dégagée. « Si cela déplaisait à Johann ? Non, je ne courrai pas ce risque. Je resterai telle qu'il m'a vue pendant le Pffiferdaj. »

Ribeauvillé, 18 septembre 1928

C'était le jour de la rentrée des classes. Clémence avait fait à pied le trajet du domaine Kaufman au village, en tenant la main de sa fille. Noëlle aurait préféré partir pour l'école dans le camion conduit par Charles, avec Liesele et Berni, mais sa mère avait refusé l'offre du contremaître.

Maintenant, la jeune femme et son enfant entraient dans Ribeauvillé, resplendissant d'un or tendre grâce à un soleil plus automnal.

— Je voulais arriver à l'école avec Liesele, se plaignit Noëlle. Je ne connais aucune fille, à part elle. On va se moquer de moi parce que je suis nouvelle.

— La marche est un sport excellent, répliqua Clémence. Cela te permet de bien respirer, de te muscler. Je sais que tu te dépenses beaucoup à courir dans les champs du matin au soir, mais je tenais à connaître le chemin que tu prendras avec tes camarades. J'ai vu une mare qui me semble assez profonde, près du petit bois de chênes. Ne t'en approche jamais ! Et, dès qu'il pleuvra, il y aura beaucoup de flaques. N'y trempe pas tes chaussures.

— D'accord, maman ! promit la fillette, impatiente de retrouver Liesele.

Clémence l'attira contre elle et couvrit ses joues de

baisers. Noëlle se dégagea. Elle apercevait le portail de l'école à la façade crépie d'ocre jaune. Un cadran solaire, juste au-dessus de la porte principale, indiquait l'heure.

—Tu vas parler à la maîtresse? s'inquiéta-t-elle.

—Juste lui dire bonjour, puisque je l'ai déjà rencontrée quand je t'ai inscrite. N'aie pas peur, je m'en irai vite. Tu joues les grandes, ma chérie, depuis que tu connais Liesele. Avant, tu me suppliais de t'attendre toute la journée dans la cour de récréation.

—Mais j'étais petite, avant! protesta Noëlle.

—Bien sûr, tu as neuf ans à présent, c'est très âgé! plaisanta Clémence sans entrain.

Les seize jours qui venaient de s'écouler à une vitesse stupéfiante n'avaient rien apporté de neuf. Accaparé par les vendanges, Johann Kaufman semblait ne plus se préoccuper de sa secrétaire. Elle l'avait croisé trois fois dans la cour et il s'était contenté de la saluer avec une sorte de petit rire timide. La jeune femme avait continué à porter des paniers de betteraves du champ au tombereau, puis du tombereau au camion à benne. Elle n'était plus entrée dans la maison des patrons. Martha Kaufman l'épiait derrière ses rideaux, intriguée par la volte-face de l'intruse, comme elle la surnommait, qui trimait aux champs malgré sa prétendue instruction.

«Après les vendanges, peut-être que Johann aura besoin de moi dans son bureau!» pensait Clémence le soir, dans son lit. Elle ne s'endormait qu'après avoir entendu le bruit d'un moteur dans la cour ou le heurt métallique des sabots du cheval.

—Maman, la maîtresse vient de sonner la cloche. Viens! implora Noëlle.

Quelques enfants chahutaient sous le préau, devant les portes des commodités, percées d'une ouverture en forme de losange. Une voix d'homme, associée au timbre plus clair d'une femme, appela les écoliers. Les garçons se rangèrent d'un côté du perron à quatre marches, les filles de l'autre. Charles et Hainer avaient déjà quitté les lieux.

—Tu es la seule maman à être encore là, fit remarquer sa fille, rouge comme un coquelicot.

Tout aussi embarrassée, Clémence poussa Noëlle en fin de rang, vers Liesele qui faisait des grimaces, une de ses manies. L'institutrice, en robe grise et tablier de coton bleu, s'avança vers Clémence.

—Bonjour, madame Weller. Bonjour, Noëlle. J'espère que tu as tout ce qu'il te faut dans ton cartable?

—Oui, maîtresse. Le plumier, les buvards et les cahiers.

—Voici son déjeuner, dit timidement la jeune femme, en tendant une sacoche en tissu.

Mademoiselle Rosine, originaire de Troyes, approuva en souriant. Elle avait son idée sur Clémence, qui, à son avis, était une personne bien éduquée, mais très mère poule.

—Ne vous inquiétez pas, madame Weller, Noëlle se plaira ici. Pour la première journée, je vais lui demander d'effectuer certains exercices, afin de me rendre compte de son niveau. Allez, les enfants, en classe et pas de bavardages.

L'institutrice inspirait un grand respect à Clémence. De taille moyenne, bien proportionnée, elle arborait une coiffure démodée, mais qui lui allait à merveille : deux épaisses nattes d'un blond foncé relevées en couronne autour du front. Une broche en or fermait le haut col de son corsage. On la disait célibataire à trente-deux ans, ce qui surprenait, car elle avait une jolie bouche rose, un nez mutin et des prunelles gris-bleu.

—Au revoir, madame Weller! dit-elle d'un ton raffermi.

Clémence tourna les talons. Des rires fusèrent chez

les garçons. Berni tira la langue à Noëlle, qui se retenait de pleurer. Après avoir fanfaronné, la fillette cédait à la panique inévitable de la rentrée.

—Nel, tu ne vas pas me faire honte! menaça Liesele tout bas. Tu la reverras, ta mère!

—J'ai envie de pleurer parce que maman va au salon de coiffure et ce soir elle n'aura plus la même tête.

Une petite fille brune en tablier noir se mit à rire. Elle s'approcha de la nouvelle pour préciser:

—Que tu es bête, toi! La coiffeuse, elle va pas lui couper la tête, à ta mère, juste les cheveux!

—Silence! ordonna mademoiselle Rosine. Vous entrez dans le couloir par deux et vous accrochez votre manteau là où se trouve une étiquette à votre nom.

Quand toutes les élèves furent installées à leur pupitre, Noëlle se retrouva seule. Elle ne comprenait pas pourquoi, mais, pleine de foi en la bonté humaine, elle ne leva pas le doigt et ne posa aucune question. La salle de classe la charmait. Des cartes géographiques ornaient un des murs. Des planches illustrées de dessins d'oiseaux, d'animaux et de fleurs complétaient la décoration, sur la cloison où trônait une étroite armoire grillagée. Bientôt elle saurait qu'il s'agissait de la bibliothèque.

Posé sur une estrade, le bureau de la maîtresse était entouré de deux tableaux noirs. La fillette adorait écrire avec une craie, pour le petit bruit ténu que ça faisait et la matière même de l'objet.

«Je vais tellement bien travailler que maman ne sera plus jamais triste, décida-t-elle. Elle sera fière de moi si j'ai de bonnes notes.»

Pendant ce temps-là, Clémence se promenait sur la grande place de Ribeauvillé. Elle avait peine à reconnaître le tracé des rues et les maisons qu'elle avait vues de la fenêtre de l'hôtel. La jeune femme avait découvert le gros bourg le jour du Pffiferdaj. La foule des curieux et des badauds, les fanions colorés suspendus d'une façade à l'autre, les étalages bariolés, tout ceci n'était plus qu'un souvenir aigre-doux. «J'ai eu si peur de ne plus retrouver Noëlle, que je n'ai pas profité de la fête... Ensuite, il y a eu le déjeuner avec Johann et, là encore, j'étais mal remise, j'osais à peine le regarder.»

Elle déambula jusqu'à la tour des Bouchers. Les cigognes s'étaient envolées vers le Sud. «Marguerite nous prédit un hiver rigoureux!» songea-t-elle en obliquant vers une rue transversale.

De penser à Marguerite la réconforta. Elles étaient en très bons termes, sans pourtant échanger de confidences. L'essentiel de leurs conversations avait trait à des recettes de cuisine ou à la qualité des vins produits par le domaine Kaufman. Clémence connaissait par cœur les bâtiments. La mère de Liesele lui avait fait visiter le chai, la remise à calèches, l'écurie, la porcherie et l'étable, ainsi que les autres dépendances où l'on stockait des vieilleries ou du matériel indispensable.

Le tintement d'un carillon de porte la fit sursauter. Clémence observa une devanture en panneaux de bois peints d'un vert pistache souligné de jaune. Une dame distinguée, vêtue d'un tailleur en tweed, venait de pénétrer dans le salon de coiffure identifié par une enseigne. «Ah, j'ai trouvé! C'est bien ici, comme l'a indiqué Willemine.»

Elle hésitait encore à emboîter le pas à la femme. D'une main, elle toucha ses mèches plates d'un châtain terne. «Tant pis, j'y vais! se dit-elle. Au pire, je les laisserai repousser.»

Deux heures plus tard, la jeune femme ressortait. Elle avait les joues brûlantes de nervosité. Son reflet dans le miroir l'obsédait. «Je suis vraiment changée!

pensa-t-elle. Mon visage paraît moins long, moins émacié. D'ailleurs, Marguerite affirme que j'ai pris du poids. »

Plus loin, elle se regarda à nouveau dans la vitre d'une boutique de quincaillerie. Des bouclettes serrées auréolaient son front et couvraient ses oreilles. « Ce n'est plus moi du tout ! » se désola-t-elle.

Par pure nostalgie, elle alla d'un pas rapide jusqu'à l'auberge où Johann Kaufman l'avait invitée le jour de leur première rencontre, quand le Pffiferdaj animait toute la petite ville. La terrasse était déserte, les feuillages entrelacés dans la tonnelle jaunissaient. Le vent frisquet avait rassemblé les clients à l'intérieur.

« Je ferais mieux de me mettre en route. J'ai promis à Marguerite de repasser son linge. Je retournerai aux betteraves demain. »

Elle jeta un coup d'œil navré sur ses ongles abîmés, sur ses doigts que la terre humide commençait à gercer. Mais elle avait une compensation : son corps se forgeait au fil des jours.

« Je pourrai bien faire n'importe quoi, je serai toujours seule, pensa-t-elle sans prendre garde à une voix masculine qui la hélait. Un laideron ! »

— Madame Weller ! Oh ! Madame Weller ! Clémence !

Cette fois, elle s'immobilisa. C'était bien l'intonation de Johann, son timbre grave, un peu rauque. Il la rattrapa en une enjambée.

— Je croyais avoir la berlue, déclara-t-il lentement. Mais non, c'est bien vous. Je vous ai reconnue à votre manière de marcher.

Malade d'embarras, elle subissait son regard admiratif. Très vite, elle expliqua :

— Je suis allée chez la coiffeuse. Je trouvais plus pratique d'avoir les cheveux courts pour travailler avec Marguerite.

—Dites, en voilà, une bonne idée! Parole d'homme, ça vous va bien, les frisettes! Comment dire, ça vous avantage!

Le compliment était à double tranchant. Clémence se consola malgré tout, à cause de la lueur d'intérêt qui se lisait dans les yeux de son patron.

—Je ne vous ai pas beaucoup vue, ces derniers temps! ajouta-t-il. Je surveille les vendanges, dans mes vignes autour de Ribeauvillé. Mais, la semaine prochaine, on attaque les parcelles derrière le domaine.

—Je sais, répondit-elle, troublée de le sentir si proche. Noëlle est entrée en classe ce matin... J'en ai profité pour jouer les coquettes.

—Et vous êtes venue comment?

—Oh, à pied, ça m'a détendue. J'étais un peu angoissée. Un premier jour de classe, c'est si important pour une enfant.

—Eh bien, je vais vous reconduire au domaine. Un ami m'a prêté sa voiture, puisque j'ai mon permis depuis l'an dernier. Avant, je me contentais des chevaux et de ma calèche, mais j'ai pour projet d'acheter une automobile. Venez, elle est garée près de la mairie.

Clémence crut rêver. Johann se tenait près d'elle, il lui vantait la qualité des raisins, grâce à une floraison précoce et à une fin d'été chaude et sèche. Elle ne faisait qu'approuver, que sourire à ses mots, mais elle était chavirée de bonheur.

« Quelle femme douce et réservée! » songeait-il, de plus en plus séduit par les boucles couleur noisette que le soleil faisait briller. Le délié du cou et la finesse des épaules finirent par l'émouvoir. Il eut envie de poser sa main sur la nuque de Clémence, de caresser la peau d'un blanc laiteux, entre la chevelure soyeuse et le col de son corsage.

—Si je ne devais pas être dans les vignes à midi, je

vous inviterais à déjeuner! avoua-t-il. Ce sera pour une autre occasion.

— C'est déjà trop gentil de me ramener en voiture, monsieur Kaufman.

— Dans la vie, il faut être galant, répliqua-t-il en riant. Mon père m'a assez fait la leçon sur ce point.

La jeune femme prit place dans le véhicule, sur le siège avant. Elle avait conscience de gens alentour, des ménagères, leur cabas à la main, des hommes en costume qui saluaient le viticulteur. Mais une chose beaucoup plus importante et capable de faire battre son cœur à grands coups lui revenait à l'esprit. «Dans la rue, tout à l'heure, Johann m'a appelée. Il criait madame Weller, puis il a dit Clémence. Clémence... Je voudrais qu'il prononce encore mon prénom, souvent!»

L'automobile démarra en un tour de manivelle. Johann se montra silencieux. Il analysait, presque inquiet, l'attirance et les sentiments naissants qu'il éprouvait pour sa passagère. Bercée par le ronronnement du moteur, Clémence contemplait le dessin des hautes collines et les ruines du vieux château de Ribeaupierre. Enfin, elle remercia en pensée la jolie Willemine pour son conseil.

— Vraiment, renchérit alors Johann, ça vous va bien, cette coiffure! Au fait, demain matin avant de partir, je glisserai l'enveloppe contenant votre paie sous votre porte. Vous n'avez pas beaucoup fait de secrétariat, mais Hainer m'a raconté comment vous travaillez dur dans les champs. Toute peine mérite salaire.

«Toute peine mérite salaire! se répéta Clémence. Et si c'était vrai? Moi qui ai tant souffert, je serai peut-être payée de retour bientôt?»

Elle se tourna vers l'homme et contempla son rude profil avec une infinie tendresse.

4

Mensonges et silences

Domaine Kaufman, 3 novembre 1928

— Maman, j'ai encore eu une image! clama Noëlle en tapant ses bottines contre la pierre du seuil pour en décrocher les amas de terre boueuse. La maîtresse dit que je suis une des meilleures élèves.

Clémence se réchauffait près de la cuisinière. Le mois de novembre commençait, noyé de pluies froides. Un vent âpre soufflait des hautes collines entourant la plaine de Ribeauvillé.

— C'est bien, ma chérie! Montre-moi un peu ça.

La jeune femme s'assit sur un tabouret peint en rouge, décoré de fleurs jaunes et de feuilles vertes en volutes. Elle l'avait récupéré dans le grenier de son logement.

— Regarde, maman! C'est toujours un dessin du monsieur que tu aimes bien : Hansi.

— Nous en avons, de la chance, ma Noëlle! Range-la vite dans la boîte avec les autres.

— Tu avais promis que ce soir, on les collerait toutes dans un cahier.

— Eh bien, d'accord!

Ravie, Noëlle mit ses pantoufles et ôta son ciré ruisselant de pluie. La fillette s'était adaptée à sa nouvelle existence avec une rapidité propre aux enfants heureux. Son école lui plaisait et Liesele était devenue son idole aux nattes blondes, comme disaient Marguerite et Charles en riant. Berni aurait fait n'importe quoi pour lui faire plaisir. Quant à Güsti, sermonné par son père, il ne la tourmentait plus. Bref, Clémence se répétait que tout allait bien dans le meilleur des mondes, à un détail près : elle voyait trop rarement Johann Kaufman. «La récolte des betteraves est finie, le houblon sèche et les vendanges sont terminées également. Mais lui, il n'est jamais là!»

Depuis leur rencontre au village, suivie du trop court trajet en voiture, le viticulteur semblait l'éviter. «C'est ma faute, aussi, j'ai continué à travailler aux champs. Je voulais surtout éviter sa mère. J'ai coupé du raisin à ne voir plus que des grappes quand je me couchais, encore des grappes, toujours des grappes. Mais Johann ne se mêle pas aux vendangeurs, il ne surveille même pas les hottes, il ne partage pas le repas de ses employés. Charles prétend que le patron se consacre à la suite des opérations, dans le chai. La seule fois où je me suis approchée du bâtiment, je n'ai pas osé y entrer. Mais j'ai entendu sa voix.»

Attristée, elle se leva sans entrain et disposa deux assiettes à potage sur la table. Noëlle chantonnait, adorable avec ses boucles folles, sa jupe de gros velours brun et son joli gilet bleu assorti à ses prunelles couleur du ciel.

«Je ne vois plus Johann, je ne m'occupe pas du secrétariat, mais j'ai bien reçu ma paie de septembre et celle d'octobre. J'ai pu habiller ma fille à ma convenance. Marguerite a raison quand elle prétend que le patron est très généreux.» Elle jeta un coup d'œil satisfait aux chauds bas de laine roses à motifs gris qui moulaient les mollets rebondis de l'enfant.

— Tu admires toujours ton image? lui demanda-t-elle.

— Oui, c'est ma préférée.

Clémence s'approcha. Elle avait souvent l'impression de délaisser sa fille; à Mulhouse, leurs relations étaient beaucoup plus intimes. Au domaine, elles apprenaient à se séparer sans en souffrir. Noëlle avait Liesele et les deux garçons pour s'amuser et bavarder, alors que la jeune femme passait la plus grande partie de son temps en compagnie de Marguerite.

— Regarde, maman! Les enfants marchent dans la neige, ils ont le costume alsacien, comme pendant le Pffiferdaj. Mais on dirait qu'ils n'ont pas froid, qu'ils sont contents. Moi aussi je voudrais porter le gros nœud en tissu noir, à Noël. Tu pourrais m'en coudre un?

— Peut-être, si tu es sage.

— Mais je suis sage, protesta la petite. Dis, est-ce que je suis aussi mignonne que la fille de l'image?

— Oui, tu es encore plus ravissante qu'elle. Et tu as le même sourire! Viens manger ta soupe, ma chérie.

— Maman, tu es très jolie avec tes cheveux courts. Lundi dernier, quand tu es venue me chercher à Ribeauvillé, mes copines m'ont dit que tu étais à la mode et très belle.

Le compliment toucha Clémence. Elle était retournée au salon de coiffure pour que la mère de Willemine réalise une indéfrisable, un terme qui commençait à circuler dans le milieu féminin. La première fois, la coiffeuse avait seulement utilisé un fer très chaud pour obtenir un effet d'ondulation.

— Si je portais des robes courtes, j'aurais encore plus de succès, plaisanta la jeune femme.

— Tu es déjà une des seules mamans à te promener en pantalon, pouffa Noëlle.

— Je suis frileuse et certaines actrices en mettent, maintenant.

Elles continuèrent à bavarder pendant le repas. En fin d'après-midi, Clémence préparait toujours le même potage de légumes, avec un poireau, deux carottes et une dizaine de pommes de terre. Puis elles mangeaient du saucisson cuit ou du jarret de porc froid.

—Comme dessert, je voudrais une tartine de confiture de mûres! s'écria la fillette.

Les quatre enfants avaient cueilli une grande quantité de baies en septembre. Pour récompenser Noëlle qui accomplissait sa tâche avec acharnement, Marguerite lui avait donné six pots en verre bien remplis, soigneusement scellés à la paraffine. Elle avait expliqué à Clémence que cela ne lui coûtait rien, puisque les fruits poussaient sur les ronces et que le patron lui procurait de la mélasse et quelques kilos de sucre.

—Tu as une bonne idée, ma chérie, reconnut-elle en souriant. J'en prendrai aussi, mais dans le fromage blanc.

«C'est souvent au moment où l'on n'attend rien qu'il se produit quelque chose», se dit la jeune femme quand on toqua à ses volets. Elle avait discerné la manière de s'annoncer de Johann. «Marguerite frappe un bon coup à la porte, Hainer pianote du bout des doigts. C'est lui, c'est Johann!»

Noëlle soupira. Elle n'avait pas envie d'être dérangée, alors que sa mère et elle allaient coller les images de Hansi dans le cahier promis. Mais déjà Clémence enlevait son tablier, se mordillait les lèvres et s'empressait d'ouvrir.

—Entrez, monsieur Kaufman, proposa-t-elle le plus aimablement possible.

—Non, je n'ai pas le temps, madame Weller. Je suis invité chez un bon client, à Riquewihr. J'y vais en camion avec ce brave Risch qui a besoin de se distraire un peu. Je passais vous dire de venir demain matin dans mon bureau. J'ai du travail par-dessus la tête. Toute la comptabilité du mois dernier, les fiches de paie des journaliers et du courrier. Je vous expliquerai tout ça.

— C'est entendu, je viendrai dès sept heures, assura-t-elle.

— Oh, je ne serai pas debout si tôt! Disons neuf heures, précisa Johann.

Il recula et se fondit dans la nuit pluvieuse. Clémence rentra et referma la porte. Elle avait un air si singulier que Noëlle s'inquiéta, d'autant plus qu'elle avait entendu les paroles de Johann.

— Qu'est-ce que tu as, maman? Tu as peur de la vieille dame?

— Non, je ne l'ai pas vue de près depuis des semaines. Je pense qu'elle n'est pas aussi odieuse qu'on le croit.

La jeune femme débarrassa la table en oubliant qu'elles devaient prendre le dessert. Son cœur battait la chamade.

«Demain, je serai avec lui, peut-être toute la journée, songeait-elle, bouleversée. Je mettrai mon corsage jaune à broderies et mes escarpins.»

Toute rêveuse, elle prépara le nécessaire pour la toilette de sa fille: une cuvette en faïence sur une petite commode, la savonnette et de l'eau tiède.

— Maman, on va quand même coller les images de Hansi?

— Bien sûr, quand tu seras en pyjama!

Noëlle ne réclama pas sa tartine de confiture. Elle s'installa à la table, une main posée sur la boîte en fer qui contenait son trésor. Clémence sortit du buffet un cahier à la couverture chamarrée de volutes rouges et brunes, relié avec un tissu ciré. Très gaie soudain, elle esquissa un pas de danse pour retourner chercher un pot de colle dans le tiroir.

—J'aime bien quand tu es comme ça, avoua Noëlle.

—Je vais te dire un secret. Cela me soulage de travailler dans la maison des patrons. J'en avais assez de jouer les paysannes!

—Qu'est-ce que c'est, des paysans? interrogea la fillette.

—Oh! Je t'expliquerai un autre soir. Ouvre donc ta boîte magique.

Elles étalèrent sur la nappe douze images aux vives couleurs. Cela surprit Clémence.

—Mais je croyais que tu n'en avais que sept! La maîtresse a dû te donner un grand nombre de bons points. Noëlle, je trouve cela singulier. Celle-ci, avec les cigognes qui volent, il me semble que Berni me l'a montrée dimanche dernier. D'où viennent ces cinq images en plus?

Noëlle piqua du nez, les joues rouges. Elle n'avait pas prévu ce coup du sort.

—Berni, il m'a offert les cigognes, et une fille, Marlène, m'a échangé les quatre autres.

—Contre quoi? interrogea sa mère un peu sèchement.

—Contre les images d'animaux sauvages que j'ai eues dans mon école de Mulhouse. Marlène en avait tellement envie.

—Bon, dans ce cas, tu as bien fait. Allons, tu ne vas pas pleurer, ma chérie!

Elle prit sa fille par les épaules et l'embrassa sur le front. La jeune femme ne soupçonnait pas qu'à neuf ans Noëlle se posait une foule de questions. Comme à Mulhouse, elle affrontait dans la cour de récréation la curiosité de ses camarades. On lui demandait pourquoi elle n'avait pas de papa et où habitaient ses grands-parents. Si elle répondait vite au sujet de son père, mort avant sa naissance, elle ne savait que dire pour le reste d'une famille dont sa mère ne lui parlait jamais.

—Laissez-la tranquille! tempêtait Liesele.

Mais, si l'adolescente parvenait à la rassurer, rien n'empêchait Noëlle de réfléchir au problème.

Clémence contemplait une image représentant une maisonnette sous la neige, avec sa façade à colombages. Un chien était assis sur le perron.

—Ma Noëlle, sais-tu que dans le salon des Kaufman, sur la cheminée, j'ai vu des figurines inspirées de ces dessins? Elles sont ravissantes. Je les aurais bien touchées, mais la vieille dame me surveillait.

—Je voudrais tant les voir, moi aussi! s'exclama la fillette.

—Un jour, peut-être!

Elles eurent vite collé les douze images sur trois pages du cahier. Noëlle bâilla.

—Vite, au lit! dit Clémence.

Les enfants du domaine partaient à sept heures et demie. Ils parcouraient plus de deux kilomètres sur un chemin longeant la route goudronnée. Lorrain, le chien roux, les accompagnait sur une grande partie du trajet, puis il rôdait autour de Ribeauvillé pour aller se poster devant le portail de l'école à quatre heures trente de l'après-midi.

—Quand il neigera, ajouta-t-elle en couchant sa fille, il faudra partir un peu plus tôt. Souvent, cela rend la marche plus pénible.

—Oui, maman! dit à mi-voix Noëlle, ensommeillée. Mais on fera des batailles de boules de neige et on verra des renards. Liesele l'a dit.

La jeune femme ferma les yeux quelques secondes. Que lui apporteraient l'hiver et ses longues nuits de gel? Elle vibrait d'un désir refoulé, celui d'avoir un homme à ses côtés pour la réchauffer et l'enlacer.

«Demain! se répéta-t-elle en silence. Demain, je verrai bien s'il s'intéresse à moi.»

Sous le toit séculaire des Kaufman, la vieille Martha, un bonnet à volants sur ses cheveux gris argent, se tenait à peu près le même discours.

«Demain, elle revient! Johann se moque de mes mises en garde. Ah ça! Il va me le payer très cher!»

*

Clémence se trouva à nouveau le nez à la hauteur de la tête de lion et du heurtoir en bronze. Elle espérait que Johann lui ouvrirait la porte en personne. Il était neuf heures. En longue jupe noire et veste imperméable, Marguerite balayait les pavés de la cour. Le ciel lourd de nuages accordait une pause aux humains. Il ne pleuvait pas.

—Frappez encore! avait-elle conseillé à la jeune femme. Le patron est rentré à trois heures du matin; il doit dormir.

«Je le sais, qu'il est revenu très tard! se dit Clémence. Le bruit du camion m'a réveillée. Peut-être que chez son bon client il rencontre une personne plus jolie que moi?»

Elle se perdait dans des pensées amères quand le battant s'écarta. Martha Kaufman avança sa lourde figure livide.

—Mon fils m'a recommandé de vous conduire dans son bureau, assura-t-elle d'un ton poli. Il finit son petit déjeuner et il arrive.

La soudaine bienveillance de l'ogresse surprit Clémence. Elle entra dans la maison, à la fois impatiente et sur ses gardes.

—Voulez-vous une tasse de café, madame Weller? proposa Martha. Il est encore chaud.

—Non, merci, madame. C'est très aimable. Je n'en bois pas trop le matin.

—Ah! Si vous êtes comme moi, cela me donne des palpitations. Installez-vous, chère madame Weller. Je retourne à mon fourneau. Je prépare des knepfles[12] pour midi. Connaissez-vous la recette?

—Des knepfles? répéta la jeune femme. Oui, bien sûr.

—Je les sers à Johann avec une salade de chicons bien vinaigrée, dans laquelle j'ajoute des échalotes coupées très fin. Il se régale.

Clémence ne comprenait pas le revirement de la vieille dame. Pourtant, le «chère madame Weller» lui parut de trop et elle flaira un piège.

—Je suis certaine que vous êtes une excellente cuisinière, affirma-t-elle en pénétrant dans le bureau.

Martha approuva d'un air entendu et croisa les mains sur son ventre rebondi. Elle portait une robe en velours noir, ornée d'un col en dentelles. Une broche magnifique étincelait à l'emplacement du cœur. Clémence ne put s'empêcher d'admirer le bijou en or qui représentait un papillon aux larges ailes, incrustées d'éclats de diamant et de rubis.

—Un cadeau de mon mari, Gilbert, indiqua Martha. Cette broche vaut une petite fortune. Mon regretté Gilbert, qui nous a quittés bien trop tôt, me gâtait beaucoup.

Johann fit son apparition, en chemise blanche, nœud papillon et costume de tweed gris. Le viticulteur sentait bon l'eau de Cologne. Ses cheveux grisonnants étaient soigneusement peignés en arrière.

---

12. Boulettes de pommes de terre cuites et de jaunes d'œufs pochés.

— Maman, qu'est-ce que tu racontes encore à madame Weller?

— Je lui parlais de ton père, le meilleur homme du pays! Il savait gérer un domaine agricole, lui.

Sur ces mots fielleux, Martha Kaufman sortit de la pièce. Gênée, Clémence se plongea dans l'examen d'une revue consacrée aux automobiles.

— Ne vous formalisez pas, affirma Johann. Ma mère m'en veut, parce que j'ai décidé d'améliorer mes revenus en plantant des choux, mais pas n'importe lesquels : les choux Brunswick pour la choucroute. Charles va labourer les champs de betteraves et nous allons semer des graines pour repiquer les plants à la dernière lune du mois de mars.

— C'est une excellente idée, dit Clémence en relevant la tête.

Il vit alors qu'elle avait du rouge sur les lèvres. Ce détail lui rappela les prostituées qu'il fréquentait une fois par mois à Strasbourg.

— Vous êtes encore plus à votre avantage, avec vos frisettes et du fard! confessa-t-il, pris d'une soudaine envie de la prendre dans ses bras.

— Merci, monsieur! chuchota-t-elle, enchantée de la remarque. Si vous voulez bien me montrer ce que je dois faire...

Johann contourna le meuble qui trônait près de la fenêtre. Elle le suivait quand il s'arrêta brusquement. La jeune femme faillit le bousculer.

— Eh! plaisanta-t-il. Il n'y a guère de place ici, on est obligés de se rapprocher.

— Je suis d'une maladresse! se désola-t-elle.

— Mais non, mais non, assura-t-il en riant tout bas. Tenez, asseyez-vous à ma place. Jouez un peu les patronnes. Ce siège a connu trois générations de Kaufman.

Très émue, Clémence crut déceler un message prometteur dans ces paroles. Elle s'empressa de se caler dans le gros fauteuil en cuir, car ses jambes chancelaient. Il se pencha et lui expliqua ce qu'il voulait.

— Il faudrait écrire des courriers de remerciement à mes clients les plus fidèles : des restaurateurs de Saverne et de Colmar. Vous utiliserez mon papier à entête et je signerai ce soir. Ensuite, vérifiez les salaires versés ; je les ai notés dans ce carnet, là.

Le bras du viticulteur frôlait la joue de la jeune femme. Elle fut prise d'une faiblesse langoureuse, au point de s'imaginer frottant son visage contre le tissu de laine.

— J'ai bien compris, monsieur ! dit-elle d'une voix bizarre.

— Tout va bien, au moins ? s'étonna-t-il. Vous trouvez cela trop compliqué ?

— Pas du tout ! C'est simple comme bonjour. Je suis contente de faire des écritures et des comptes, le travail dans les champs est pénible, parfois. Mais j'ai pris l'habitude. Et Marguerite prétend que je me suis remplumée, à force d'exercices physiques.

C'était une allusion assez directe à son corps de femme, comme si elle l'invitait à la regarder. Johann le comprit confusément. Il n'osa pas faire de commentaires, mais en se redressant il jeta un coup d'œil dans l'entrebâillement du corsage jaune. Il crut deviner les rondeurs d'une poitrine discrète.

— Eh bien, je vous laisse en paix, madame Weller. Je vais au chai. Hainer m'attend pour tester nos vins. Ils sont encore bien verts, mais le goût se précise.

Johann sortit, comme s'il avait le diable à ses trousses. Clémence posa le porte-plume qu'elle avait pris et ferma les yeux. Elle avait été sensible à la tension qui naissait entre eux dès qu'ils se trouvaient seuls. Malgré son peu d'expérience, elle avait la certitude que cela ressemblait à un désir mutuel.

« Même s'il me demandait de coucher avec lui, je refuserais. Je ne veux pas être abandonnée deux fois. Noëlle n'a pas de père, je lui en donnerai un. Un homme fortuné, respecté. »

La jeune femme se berça de folles rêveries jusqu'à midi, si bien qu'il lui restait la moitié de son ouvrage à terminer après le déjeuner. Martha Kaufman ne se montra pas quand elle quitta la maison de maître pour rejoindre son modeste logement.

—Hé! Clémence, appela Marguerite de sa fenêtre entrouverte, je t'offre un café? Charles casse la croûte à Ribeauvillé; il a dû prendre le camion pour acheter des semis de choux. Viens donc, nous serons à notre aise.

En épouse réfléchie, la mère de Liesele n'entrevoyait aucun changement dans son existence bien ordonnée, mais elle s'enflammait au sujet de Clémence.

—Alors, tu l'as revu de près, le patron! dit-elle aussitôt en coupant deux tranches épaisses de kougelhopf. Je suis sûre qu'il a le béguin pour toi depuis que tu t'arranges. Juré, chaque fois qu'il traverse la cour, je l'observe et il regarde ta fenêtre.

—Si tu l'avais entendu, lui dévoila la jeune femme. Il a dit que je devais jouer les patronnes, en précisant que le fauteuil en cuir avait servi à trois générations de Kaufman.

—Ah, si ce n'est pas une déclaration, ça! renchérit Marguerite. Tu es sur la bonne voie, Clémence. Déjà, tu ne t'es pas enfuie. Compte donc, ça fait deux mois que tu es là et la vieille patronne te fiche la paix.

—Mieux encore, ce matin elle m'a fait la causette, très gentiment. Je n'en revenais pas. Peut-être que son fils a pris ma défense et qu'il lui a demandé de ne plus m'ennuyer!

Une telle éventualité rendit muettes les deux femmes. Marguerite insista pour garder Clémence à déjeuner.

—J'ai un reste de civet de lièvre. La sauce te donnera du rose aux joues. Charles a tué deux bêtes à la chasse, qui pesaient six livres chacune. J'ai même fait du pâté.

Elles mangèrent en silence, chacune perdue dans ses pensées. La conversation reprit au moment de boire le café, avec toujours le même sujet: Johann Kaufman.

—Comment était son épouse? s'enquit Clémence. Il n'y a pas de photographie d'elle ni dans le bureau ni dans le salon.

—L'ogresse a dû les cacher, si elle ne les a pas brûlées. Cette pauvre madame Amélie a vécu un enfer avec une belle-mère aussi ignoble. C'était une jolie femme, brune, apparemment en bonne santé, mais elle n'a pas pu mener sa grossesse à terme, ce qui laisse supposer qu'elle avait une malformation quelque part. Elle était toute contente de se découvrir en espoir de famille, mais deux mois plus tard c'était fini.

—Quelle désolation! concéda Clémence.

—Oh oui! La malheureuse est devenue mélancolique et elle a perdu l'appétit. Madame Martha la tourmentait, la traitait de tous les noms. Le patron ne riait jamais, à cette époque. Quand Amélie s'est éteinte, il a vidé un tonnelet de bière et il a dormi jusqu'au matin des obsèques. Mais sa vieille mère n'a pas versé une larme. Hoppla[13], parlons d'autre chose! Cette femme, méfie-toi d'elle, c'est une teigne.

—Je te crois, Marguerite.

Clémence retourna à son travail. Elle n'eut pas besoin de frapper, Martha devait guetter son arrivée.

---

13. Juron alsacien signifiant «Arrêtons là».

— Ah! Madame Weller, vous êtes ponctuelle!

— C'est la moindre des choses, madame!

— Oui, en effet. Je vous attendais pour vous dire que je monte me reposer. J'ai le cœur fatigué. Mon docteur est formel, je dois faire la sieste tous les après-midi pendant la digestion. Quand vous en aurez terminé au bureau, si vous pouviez épousseter les meubles du salon... La femme de ménage ne viendra que la semaine prochaine, elle a pris froid.

— Cela ne me dérange pas du tout, madame, assura aimablement Clémence, de plus en plus surprise par la cordialité de Martha.

Tout en espérant le retour de Johann, elle s'acquitta de la comptabilité. Mais les heures passaient et personne ne se manifestait. La grande maison bien chaude et confortable était plongée dans un silence ouaté que troublaient les rafales du vent.

«Noëlle sera transie en rentrant de l'école! songea la jeune femme en marchant vers le salon. Je lui ferai des tartines.»

Elle se réjouissait de pouvoir contempler à nouveau les figurines en faïence qui évoquaient avec tant de grâce l'imagerie de Hansi et se promit qu'un jour sa fille pourrait les admirer elle aussi.

«Je n'ai pas de chiffon à poussière!» observa-t-elle à voix basse après avoir inspecté toute la pièce.

Soucieuse de satisfaire la vieille dame, Clémence ouvrit les portes d'un superbe buffet entièrement sculpté. Elle examina le contenu d'un placard mural tapissé comme le reste des murs.

«Quel bel endroit! se disait-elle. Je n'ai jamais vu autant de tissus précieux, d'objets de prix! Comme j'aimerais habiter ici.»

Elle aperçut enfin un petit coffre disposé au pied d'une fenêtre. Il contenait un bidon de cire et des carrés de lainage effilochés. Vite, elle traqua la moindre trace de saleté, en achevant sa tâche devant la cheminée. Les statuettes semblaient lui sourire.

— Que faites-vous là, madame Weller? fit soudain une voix masculine.

C'était le contremaître, chargé d'un seau de charbon. Hainer était préposé au chauffage de la maison.

— Madame Kaufman m'a priée d'épousseter les meubles et les bibelots, répondit Clémence, les joues en feu.

Elle tenait à la main une cigogne en porcelaine dont le toucher lisse la ravissait.

— Eh bien, vous êtes remontée dans son estime. La patronne n'autorise personne à rester dans le salon sans surveillance. Même la femme de ménage nettoie et cire en présence de madame Martha.

— J'avais fini, de toute façon, affirma-t-elle en rangeant la cigogne à sa place.

Jamais elle n'avait pris le temps d'étudier la physionomie de Hainer. C'était un homme robuste. Ses cheveux bruns étaient semés de fils blancs et il affichait un visage dur, ridé, aux mâchoires proéminentes. Ses yeux étroits, très noirs, n'exprimaient aucun sentiment particulier.

— Je rentre chez moi, puisque monsieur Kaufman n'est pas encore là pour vérifier les papiers que j'ai préparés. Vous lui direz qu'il n'a plus qu'à signer au bas des pages, comme nous en avions convenu.

— D'accord! Bonsoir, madame Weller.

Clémence fut soulagée de retrouver son petit logis. Elle s'empressa de remettre du bois dans le poêle et de faire tiédir du lait pour Noëlle.

« Je dois être patiente! dit-elle à son reflet cent fois consulté dans le miroir accroché près de l'évier. Tout s'arrange doucement. »

Johann, lui, s'étonna de ne pas trouver sa mère dans la cuisine. Martha l'accueillait chaque soir à la grande table où leurs deux couverts présidaient, accompagnés d'une cruche de bière et d'une corbeille de pain tranché.

— Maman! appela-t-il en bas de l'escalier.

Il monta, intrigué. La vieille dame était couchée. Sa lampe de chevet éclairait ses traits poupins, ravagés par les larmes.

— Qu'est-ce que tu as, maman? demanda-t-il. Ton cœur?

— Oui, mon pauvre cœur est brisé. Cette fois, je n'y survivrai pas.

Se voulant rassurant, il s'assit au bout du lit et tapota l'édredon.

— Raconte-moi ce qui te tracasse!

Martha fixa son fils d'un air accablé. Elle lui tendit des doigts dodus qu'il caressa avec délicatesse.

— J'avais décidé de tolérer ta secrétaire, de me montrer accommodante, et j'en suis bien punie, mon enfant.

La douceur chagrine de sa mère ébranlait le viticulteur, plus habitué à ses colères et à ses reproches.

— Ah! déclara-t-il en soupirant. Il s'agit encore de Clémence Weller!

— Hélas! Nous avions discuté gentiment, Johann, et je l'ai jugée posée et convenable. Tu sais que je dois me reposer, le médecin a insisté. Je suis montée et j'ai dormi. Trop longtemps, pour mon malheur. Cette fille a volé ma broche, celle que ton père m'avait offerte pour notre anniversaire de mariage, un an avant sa mort. Mon pauvre Gilbert, s'il apprenait ce qui s'est passé!

Johann se gratta les favoris grisonnants qui mangeaient la moitié de ses joues. Il flairait une entourloupe, mais, prudent, il préférait savoir le fin mot de l'histoire.

— As-tu une preuve, maman? C'est grave, d'accuser quelqu'un sans preuve. As-tu vu Clémence prendre le bijou?

— Hainer l'a surprise qui fouinait dans le salon. Elle s'est enfuie aussitôt. Alors il a frappé à la porte de ma chambre et m'a prévenue. Nous sommes descendus tous les deux et, je te le jure, mon fils, la broche n'était plus dans le coffret en ivoire où je la range. Hainer m'a dit qu'elle avait une mine équivoque quand il l'a découverte.

— Mais que faisait-elle dans le salon? insista-t-il. Elle devait rester au bureau...

— Je m'en doute, Johann! Tu imagines le choc que j'ai eu! Depuis, je ne tiens plus sur mes jambes. Cela me tuera.

Martha, le souffle court, éclata en sanglots. Un tel spectacle acheva d'émouvoir le viticulteur. Sa mère ne pleurait jamais.

« Si elle a autant de chagrin, qu'elle se rend malade à ce point, songea-t-il, c'est qu'elle dit la vérité! »

— Maman, calme-toi, je vais la récupérer, ta broche, trancha-t-il en se levant. J'avais confiance en madame Weller. Elle n'est pas très futée de voler un bijou aussi cher sous notre nez. Je dois l'interroger. Si je trouve ton papillon chez elle, je la congédie ce soir même. Hainer m'accompagnera. Comme ça, si elle est coupable, il la conduira à Ribeauvillé.

La vieille femme s'accrocha à deux mains au poignet de son fils. Elle lui présenta un visage crispé, ruisselant de larmes.

— Johann, je suis désolée. Clémence Weller t'a dupé

et elle a dû en abuser d'autres avant toi. Tu es trop bon, aussi! Sois discret, que sa petite fille n'ait pas honte.

Il jeta un regard soupçonneux à sa mère qui, tout à coup, se comportait de manière totalement nouvelle. Cet excès de miséricorde commençait à sonner faux. Martha fit marche arrière. Elle se rallongea, paupières closes, en respirant par saccades.

—Maman! Je préviens le docteur. J'ai fait installer le téléphone, ce n'est pas pour rien.

—Agis au mieux, mon fils, articula-t-elle faiblement. Peut-être qu'il est déjà trop tard.

Furieux et déçu, Johann Kaufman dévala l'escalier. Il chaussa ses bottillons et enfila un ciré. En quelques minutes, il était allé chercher Hainer et tous deux cognaient aux volets de Clémence.

Noëlle, qui se plaignait de maux de ventre, était déjà au lit. Sa mère préparait une tisane d'anis étoilé et de verveine, salutaire pour de légers ennuis gastriques.

Les chocs sourds qui ébranlèrent les volets la firent crier de surprise.

—Mais qui frappe aussi fort? balbutia-t-elle.

—Madame Weller, ouvrez donc, je dois vous parler! hurla Johann Kaufman, sur un ton rude.

Apeurée, la fillette se redressa. Clémence, affolée, se rua sur la porte.

—Monsieur, que se passe-t-il? bredouilla-t-elle, la bouche sèche, car il s'était toujours montré respectueux.

Il entra, suivi du contremaître. Les deux hommes regardaient partout dans la pièce comme si un personnage invisible s'y cachait.

—Commence à chercher dans les meubles, Risch! ordonna le viticulteur.

—Enfin, c'est incroyable! protesta doucement Clémence. Expliquez-vous. Pourquoi venir fouiller chez moi?

—J'ai eu tort de vous faire confiance, madame! coupa Johann. Ma mère, qui est au plus mal par votre faute, affirme que vous avez volé sa broche en or, sertie de pierres précieuses. Un papillon. C'était le dernier cadeau de mon père. Hainer peut témoigner : il vous a vue dans le salon, occupée à fouiner.

Noëlle écoutait, bouche bée. Elle éprouvait la peur instinctive des enfants confrontés à la violence verbale dans une situation de crise. De grosses larmes roulaient sur ses joues. Clémence dut s'appuyer à la table; son corps s'amollissait.

—Je vais m'évanouir! gémit-elle.

Johann haussa les épaules comme s'il connaissait le procédé. L'émotion extrême de la jeune femme plaidait pour sa culpabilité. Quand elle s'écroula de tout son long, dans un bruit étouffé, il poussa un juron incrédule. Noëlle éclata en sanglots terrifiés.

—Maman! Maman est morte!

Hainer Risch examina Clémence, puis il la souleva et la coucha près de sa fille.

—Elle n'est pas morte, ne pleure pas! dit-il à la fillette. Tapote-lui les joues, secoue-la, elle va se réveiller.

Kaufman évitait de regarder du côté du lit. Il seconda Hainer dans ses recherches, mais il y avait peu de meubles, encore moins de linge et aucun endroit propice à dissimuler un bijou.

—Je monte dans le grenier, patron, indiqua le contremaître. Avec le fouillis qu'il y a là-haut!

Clémence avait repris ses esprits. Noëlle l'avait secouée si fort en la couvrant de baisers qu'elle ouvrait des yeux ébahis.

—Vous me décevez! maugréa le viticulteur.

C'était intolérable à entendre pour une femme amoureuse.

—Mais enfin! Si j'avais volé la broche, je me serais

enfuie avec ma fille dès cinq heures! Les voleurs ne traînent pas sur le lieu de leur crime. Et pourquoi aurais-je pris ce bijou, alors que vous me versez un salaire plus qu'intéressant, surtout par rapport au travail que je fournis? Je vous ai déjà dit combien je suis heureuse ici, que j'espérais rester très longtemps au domaine! Alors?

—Vous avez eu envie de vous venger à cause de l'histoire du pot de chambre, du tapis à battre, dix fois trop lourd pour vous? insinua Johann avec une moue contrariée. Je n'ai jamais vu ma mère aussi accablée. Elle pleurait! Martha Kaufman pleurait, elle qui n'a pas eu une larme pour ma pauvre épouse, ni pour mes frères tombés au front.

—Peut-être a-t-elle simplement égaré sa broche? dit Clémence en se relevant. Je me souviens très bien qu'elle la portait ce matin, sur sa robe en velours noir. Elle m'a laissée dans le bureau et je ne l'ai revue qu'à deux heures, quand elle m'a expliqué ses problèmes de santé, qui l'obligeaient à faire une sieste. C'est à ce moment-là qu'elle m'a demandé d'épousseter les meubles du salon, ce que je faisais quand monsieur Risch est entré avec le seau de charbon.

Le contremaître réapparut au même instant. Il avait descendu l'étroit escalier menant au grenier sans aucun bruit.

—Alors? interrogea Kaufman.

En guise de réponse, Hainer Risch présenta sa paume gauche qui contenait le papillon en or.

—Voilà, patron! Au moins, elle n'a pas eu le temps de le revendre. Je ne vous comprends pas, madame Weller.

Noëlle continuait à suivre les discussions sans broncher. Elle ne croyait pas sa mère capable de voler un bijou. Cela lui délia la langue:

—Maman n'a pas pris la broche! cria-t-elle d'une petite voix émue. D'abord, elle n'aime pas les bijoux, elle en met pas!

—Tais-toi, petite! coupa sèchement Johann.

Il était très rouge, les paupières plissées par la colère. Mais il déplorait encore davantage la sottise de Clémence. Maintenant il serait obligé de la renvoyer, alors qu'il éprouvait de l'attirance pour elle. Hainer lui remit la broche d'un air affligé.

—Est-ce que je téléphone à la gendarmerie, patron?

—Bien obligé, Risch! Je ne peux pas cautionner un vol commis sous mon toit au détriment de ma mère.

Clémence renonça à se défendre. Même si elle parvenait à prouver son innocence, et elle ne voyait pas comment, l'incident venait de tout gâcher entre Johann et elle. La jeune femme avait échafaudé tant de rêveries qui s'effondraient comme un château de cartes!

—Maman n'a pas volé! s'égosilla Noëlle. C'est moi! Et puis, je savais pas à qui c'était!

—Qu'est-ce que tu racontes? gronda le contre-maître.

—En rentrant de l'école, j'ai vu que la porte de la grande maison était mal fermée, alors j'ai avancé dans le couloir. Je voulais voir les figurines de Hansi! Et par terre j'ai trouvé le papillon en or et je l'ai pris. Je voulais l'offrir à maman pour Noël, parce qu'elle a jamais de cadeau. Faut pas appeler les gendarmes!

La jeune femme marcha vers le lit, saisit sa fille par le tissu de sa chemise de nuit et l'attira à sa portée. Puis elle la gifla de toutes ses forces.

—Tu n'as pas honte, Noëlle! Est-ce que tu te rends compte de la gravité de ton acte? Tu as neuf ans, tu n'es plus un bébé! Tu te doutais bien que la broche appartenait à madame Kaufman!

Les joues zébrées de marques rosâtres, à demi hébétée, la fillette ne répondit pas tout de suite. Sa mère reprit:

— Il fallait me montrer le bijou, me le remettre et je l'aurais rapporté à madame Kaufman. C'est très mal!

Infiniment soulagé, Johann vit le moment où Clémence allait frapper de nouveau la petite.

— Laissez, madame Weller, c'est une bêtise de gosse! Bon, ça mérite une punition, je vous l'accorde. Mais moi-même, à onze ans, j'avais chipé la montre en argent de mon grand-père, qui l'avait oubliée sur le coin d'un meuble. J'ai eu droit à vingt coups de martinet.

Clémence pleurait en silence, humiliée.

— Elle sera punie, je vous l'assure, s'emporta-t-elle. Déjà, Noëlle, tu donneras ton cahier d'images à Güsti ou à Berni, qui le méritent, eux. Ensuite tu n'auras pas de dessert pendant deux mois. En plus, je t'avais interdit de monter seule au grenier. Interdit!

Noëlle gardait la tête baissée. Ses joues lui cuisaient. Hainer crut bon de faire remarquer:

— Un enfant sans père, ça prend vite de mauvaises manies!

— Je l'ai pourtant éduquée avec soin, monsieur Risch! gémit la jeune femme.

Le visage ravagé par le chagrin, elle se tourna vers Johann:

— Monsieur Kaufman, si vous le souhaitez, je quitterai le domaine dès demain. Ma fille a très mal agi et je m'en sens responsable. Il vaut mieux que nous partions.

Ces mots qu'elle prononçait lui brisaient le cœur. Elle perdrait l'amitié de Marguerite, son logement douillet, la satisfaction de travailler pour l'homme qu'elle aimait en secret.

—Je crois que vous n'avez pas le choix! approuva Hainer. Vous êtes de mon avis, patron? Je conduirai madame Weller à la gare du tram demain. Vous trouverez quelqu'un d'autre sans peine.

Le viticulteur déboutonna son col. Il avait trop chaud, tout à coup. Clémence se trouvait à cinquante centimètres de lui. Elle portait une robe usagée, en lainage gris, qui moulait ses formes graciles. Tout à l'heure, quand elle s'était évanouie et que Risch l'avait couchée sur le lit, Johann avait vu ses jambes si fines, moulées de bas noirs.

« Elle me tourne les sangs, cette sauterelle! Je ne pouvais plus penser au vol, à ma mère, j'avais envie de... »

—Pourquoi diable voulez-vous partir? répliqua-t-il. Votre gosse a fait une sottise, mais vous, non! Je ne vais pas me creuser la cervelle et gâcher mon temps à passer encore une annonce. Restez donc, madame Weller, je ne vous renvoie pas. Et toi, Noëlle, tu as intérêt à être sage. Je te défends d'entrer chez moi sans permission.

La fillette acquiesça de manière presque inaudible. Clémence, qui reprenait espoir, se montra plus sévère que nécessaire.

—Noëlle, demande pardon à monsieur Kaufman!

—Pardon, monsieur. Je le ferai plus jamais.

C'était bredouillé, confus. Johann s'en contenta. Il retourna le bijou entre ses doigts, avant de le ranger dans la poche de son veston.

—Où l'as-tu dénichée, la broche, Hainer? questionna-t-il sans même regarder son contremaître.

—C'est vrai, ça, où l'avais-tu cachée? renchérit Clémence.

L'enfant poussa un grand cri de peur et s'enfonça sous le drap. Des sanglots déchirants retentirent.

—Elle est bien assez malheureuse, soupira Johann Kaufman. Il n'y a rien de pire que la honte!

Ce constat, énoncé d'un ton las, intrigua la jeune femme. Elle se confondit en excuses, très pâle sous la lumière crue de l'ampoule électrique du plafonnier.

—N'en parlons plus, trancha le viticulteur. Je vais expliquer à ma mère ce qui s'est passé. Elle n'en voudra pas à une gamine. Et, pour être franc, j'avais remarqué que le fermoir de la broche était défaillant. Je le ferai réparer la prochaine fois que j'irai à Strasbourg. Bonsoir, madame Weller, je vous verrai demain dans mon bureau, à huit heures. Avez-vous rédigé les lettres?

—Bien sûr! répondit-elle. Mais si cela dérange votre mère de me revoir dans la maison, je peux travailler dehors ou soigner les bêtes.

—Allons, ne vous mettez pas dans un état pareil! dit gentiment Johann. Moi, ce que j'aime, c'est comprendre les choses. L'affaire est réglée, inutile de vous rendre malade.

Les deux hommes sortirent. Quand Hainer claqua la porte derrière lui, un souffle glacé vint frôler les jambes de Clémence qui, aussitôt, fut secouée de frissons.

—Noëlle, appela-t-elle, sors de ta cachette. Je suis vraiment fâchée, tu sais? Monsieur Kaufman était furieux, lui aussi, et il avait raison. Pourquoi as-tu pris ce bijou? Réponds!

La petite fille émergea du fouillis de literie. Elle avait piètre allure, échevelée, les joues marbrées de larmes et d'ecchymoses. Clémence alla s'asseoir près d'elle.

—J'attends tes explications! répéta-t-elle. J'ai failli me retrouver à la rue à cause de toi.

—C'est un mensonge, maman! confessa Noëlle d'une

toute petite voix. J'ai menti, parce que je voulais pas que tu ailles en prison.

—Ne me raconte pas de sornettes!

—Maman, moi, je n'ai pas touché à la broche de la vieille dame. Je ne suis pas entrée dans la maison. C'était pour t'aider, tout ce que j'ai dit. J'ai eu tellement peur!

—Peux-tu le jurer, Noëlle? demanda encore sa mère, certaine soudain que sa fille était sincère.

—Tu veux pas que je jure!

—Ce soir, si! C'est très grave, ma chérie.

—Alors je le jure! Je n'ai pas pris la broche. Quand monsieur Risch a voulu prévenir les gendarmes, j'ai dit que c'était moi.

Elle lança un regard limpide à la jeune femme avec une telle expression d'amour que Clémence pleura à son tour.

—Viens dans mes bras, mon ange! Je m'étonnais, aussi, que tu aies commis une si vilaine chose. Et je t'ai giflée, en plus.

Noëlle se blottit contre elle, confiante, câline. Tout bas, elle dit de nouveau:

—Je te le jure, maman. En rentrant de l'école, Liesele m'a emmenée voir les chevaux. J'ai donné du pain dur à Guillot, l'étalon. Après, je suis venue là, et j'ai goûté. Tu es arrivée de bonne heure.

Clémence réfléchissait à cet incident bizarre. Soulagée, elle pouvait remettre en ordre chaque événement de la journée. Une conclusion s'imposa.

«Martha Kaufman m'a tendu un piège. Elle était bien trop aimable avec moi, ce matin», songea-t-elle.

Elle se revit en train d'admirer le papillon en or sur la robe sombre de l'ogresse.

«J'aurais dû me méfier! Elle a tout calculé, j'en suis sûre, pour que son fils me chasse. On ne garde pas une voleuse dans un domaine pareil, dans une maison pleine d'objets de valeur. Mais comment a-t-elle pu venir chez moi et monter jusqu'au grenier? Mon Dieu, cette vieille sorcière est d'une férocité incroyable. Elle joue la comédie et, à mon avis, elle n'a aucun remords.»

—Maman, tu n'es plus en colère? demanda Noëlle, inquiète du silence de sa mère.

—Oh non, ma chérie! Tu as menti pour me protéger, tu es la meilleure enfant du monde.

Elle berça sa fille, comme si c'était encore un nourrisson.

«Ma seule richesse sur cette terre, c'est mon enfant! se disait-elle. Je devrais peut-être m'en aller d'ici, pour lui éviter de souffrir des roueries de la vieille Kaufman. Si elle s'en prenait à Noëlle? Mais je ne peux pas renoncer à Johann. Dès que j'ai été lavée de tout soupçon, il s'est vite calmé. Peut-être a-t-il des sentiments pour moi?»

—Je dois faire la vaisselle, ma chérie, dit-elle enfin.

—Je peux t'aider, maman. Dis, en vrai, qui a volé la broche?

Noëlle paraissait préoccupée. Elle aussi avait réfléchi, bien à l'abri dans les bras de sa mère.

—C'est bizarre, parce que le papillon, monsieur Risch l'a quand même trouvé chez nous, dans le grenier. Je me demande où?

—Mais oui, évidemment, poursuivit Clémence en affinant sa réflexion. Je t'ai interrogée, là-dessus, et tu n'en savais rien. Puisque ce n'était pas toi la coupable, si tu avais donné une mauvaise réponse, Hainer aurait deviné que tu mentais et j'étais à nouveau accusée.

—C'est pour ça que j'ai fait semblant de pleurer très fort.

—Tu es vraiment mon ange gardien, reconnut la jeune femme. Je crois que nous devons oublier cette histoire. N'en parle pas à Liesele, je t'en prie. J'expliquerai ce qui est arrivé à Marguerite, mais je n'ai pas envie que toute l'école te traite de voleuse.

— D'accord, maman!

Elle rangea la pièce, aidée par la fillette qui n'avait plus de maux de ventre ni envie de dormir.

« Nous l'avons échappé belle! » se répéta Clémence une fois couchée. Elle non plus ne parvenait pas à s'endormir, obsédée par l'affreuse scène, l'entrée fracassante de Johann et du contremaître, l'accusation, ses tiroirs fouillés de même que ses valises où elle gardait ses vêtements d'été.

« L'ogresse ne gagnera pas la bataille! » se promit-elle au milieu de la nuit, ayant tour à tour épousé le viticulteur en imagination, mis dehors son hypothé-tique belle-mère, dansé au milieu du salon, ou bien, vision plus pénible, quitté le domaine un matin de neige, rejetée par Johann en personne à cause d'une nouvelle ruse de la vieille dame.

Quant à Martha Kaufman, elle veilla tard. Assise dans son lit, le dos calé contre trois oreillers, elle cher-cha pourquoi son plan machiavélique avait échoué. Le bijou rutilait, posé sur sa table de chevet.

« Mon grand idiot de fils était tout fier de me rapporter la broche! De m'expliquer qu'il s'agissait d'une bêtise de gosse! On lui ferait avaler des couleuvres. La petite cruche prétend que c'est elle et il gobe ça! Hainer n'est pas futé. Si je le pouvais, je récupérerais l'argent que je lui ai donné. Quel crétin, ce Risch! Il n'a pas osé insister, sans doute. »

Elle devrait trouver un autre moyen de se débar-rasser de Clémence Weller.

« Moi qui la jugeais vulnérable et peureuse, elle s'accroche. Je lui en ferai voir de toutes les couleurs, le moment venu. Mais sans l'aide de Risch. »

Le contremaître lui avait souvent servi de complice pour écarter de la maison Kaufman les secrétaires ou les femmes de ménage trop jeunes, trop jolies. Martha alternait les façons de s'assurer sa docilité. Quelquefois, elle le payait. Sinon le chantage prenait le relais, car Hainer avait commis une grave erreur dans sa jeunesse et elle était la seule à le savoir. Amélie, belle-fille, s'était mêlée de tout dans la maison. Elle n'en voulait pas une autre. Si Johann lui reprochait sa détermination à le voir rester veuf, elle promettait de lui trouver la perle rare.

— Je t'épargne des déceptions, mon fils! Tu souhaites te remarier et avoir enfin un héritier, c'est bien normal. Mais tu n'épouseras pas n'importe quelle intrigante.

— À t'écouter, maman, répliquait-il, tout ce qui porte jupon est une intrigante sans scrupules.

Le soir où avait eu lieu cette discussion, ni l'un ni l'autre ne pouvait prévoir l'apparition de Clémence Weller dans leur vie, ni le fait qu'elle porterait le plus souvent des pantalons.

*

Le lendemain, sur le chemin de l'école, Noëlle retint Liesele en arrière, laissant les deux garçons les distancer. Malgré la mise en garde de Clémence, la fillette avait besoin de se confier à sa grande amie. Elle lui raconta tout avec tant d'émotion que de grosses larmes embuèrent ses yeux.

— C'est un sale coup de l'ogresse! assura l'adolescente. Elle déteste tout le monde, surtout les autres femmes.

— Même ta mère? Marguerite est si gentille.

— Ma mère, elle ne la craint pas. La tienne, si, parce qu'elle n'a pas de mari.

—Et alors?

—Tu n'as pas l'âge pour que je t'explique! rétorqua Liesele qui écoutait aux portes.

Noëlle chercha à l'attendrir. Elle lui prit la main et fit un sourire implorant.

—Explique-moi, je ne suis plus un bébé! Ce sera un secret, juré!

—Mes parents pensent que le patron embauche des secrétaires pour choisir une femme. Il a envie de se remarier. Mais l'ogresse Martha l'en empêche. Tu as compris? Vu ce que tu m'as dit, Hainer est dans le coup, encore une fois.

Liesele cracha par terre. Il n'y avait plus aucune trace d'enfance chez cette fille de bientôt douze ans. Elle perdait du sang tous les mois, observait les animaux qui s'accouplaient, connaissait les jurons les plus vulgaires et méprisait la plupart des adultes. Cela la rendait forte, dure et rusée.

—Mon père n'aime pas Hainer Risch, ajouta-t-elle en grimaçant. Tu peux être sûre qu'il avait déjà la broche sur lui en montant dans votre grenier. Mais je te félicite, tu l'as eu, ce couillon! Ta mère n'a pas fini d'en baver.

—Tu as dit un gros mot, fit remarquer Noëlle en riant.

—Hoppla, Nel! soupira Liesele. Et n'oublie pas, c'est un secret.

Elles pressèrent le pas. Le clocher de l'église Saint-Grégoire sonnait huit heures. Un ciel couleur de plomb fondu pesait sur la campagne dépouillée par l'automne. Des feuilles mortes s'entassaient dans le creux des ornières.

—Les cigognes sont parties, se désola brusquement Liesele. Tu entends ça, Nel, il n'y a plus une seule cigogne au pays. Un jour, je ferai comme elles, je m'envolerai et j'irai jusqu'en Afrique, pour passer l'hiver au soleil. Il va neiger, et moi je n'aime pas la neige.

La fillette guettait avec impatience le premier flocon, mais, craignant de déplaire à sa grande amie, elle préféra se taire. Devant le portail de l'école, Liesele reprit une attitude convenable. Sous ses manières hardies, elle tenait à bien étudier pour ne pas décevoir ses parents. En cela aussi Noëlle l'imitait.

*

À la même heure, Clémence entrait dans le bureau de Johann Kaufman. Assis derrière le meuble cossu encombré de papiers et de registres, il semblait présider une assemblée invisible.

—Bonjour, monsieur! dit-elle timidement.

Il se leva tout de suite, une étrange expression sur le visage. Elle le trouva très embarrassé, rouge de la tête aux pieds.

—Madame Weller! Quelle affaire idiote, n'est-ce pas, ce prétendu vol de broche! Moi qui vous avais préparé une surprise. Eh oui, j'ai acheté quelque chose pour vous, hier. J'étais tout content. J'ai été d'autant plus vexé, hier soir, il faut me comprendre. Regardez donc!

Le viticulteur désignait une petite table en bois léger sur laquelle trônait une machine à écrire.

—Une Underwood! précisa-t-il. Il paraît que c'est un modèle performant. Comme ça, je pourrai vous dicter le courrier. J'aime le progrès, moi! De nos jours, une secrétaire a besoin de matériel.

Clémence contempla la machine avec un sincère étonnement. Elle en avait aperçu dans les locaux administratifs de l'usine, à Mulhouse, sans penser qu'un jour elle en utiliserait une.

—Je n'ai pas appris la dactylographie, confessat-elle, mais je vais m'entraîner tous les matins. Si vous saviez comme je suis contente!

—Déjà, vous employez le mot adéquat, la dactylographie, comme le vendeur qui m'a vanté la perfection de cet engin. Il n'y en a pas beaucoup au domaine qui sont aussi instruits que vous.

La jeune femme hésitait entre le rire et les larmes. Après le drame de la veille, elle s'attendait à tout, sauf à ça. Elle avait imaginé Johann froid, distant, rempli de réprobation à l'égard d'une mauvaise mère incapable de donner une éducation correcte à son enfant.

—Monsieur, je voudrais vous présenter encore une fois des excuses pour le geste de Noëlle. Jamais ma fille n'avait agi ainsi. Je me demande ce qui lui est passé par la tête. Je tiens tellement à ce que nous restions en bons termes.

—Moi aussi, croyez-moi. Mais votre fille est toujours avec Liesele et Berni. Les gosses bavardent autant que nous. Sans doute, votre petite aura entendu le récit des sales tours que vous a joués ma mère. Elle aura voulu vous venger en vous offrant le bijou de l'ogresse.

Comme elle protestait d'un geste gêné, Kaufman ajouta:

—Je ne suis pas sourd, madame Weller! Je sais comment les enfants surnomment ma mère. Ils ne peuvent pas s'imaginer toutes les souffrances qui l'ont rendue aussi méchante. Bien, il serait temps d'étrenner la machine à écrire. Je dois envoyer un courrier à une brasserie de Strasbourg, la maison Kammerzell. C'est un des plus beaux établissements de la ville, place de la Cathédrale. Ils vont servir mon riesling en pichet.

—Voilà une bonne nouvelle! s'enflamma Clémence.

Elle portait une jupe droite en serge brune qui la faisait paraître encore plus mince. Un corsage en soie blanc rehaussait son teint, ainsi qu'un gilet en tricot rouge aux boutons de nacre. Johann détailla son habillement d'un air songeur. Il l'observa discrètement quand elle s'assit à la petite table qui faisait face à son bureau.

«Je suis bien content de pouvoir la garder! pensa-t-il. Elle n'est pas jolie, c'est vrai, mais je ne peux pas me l'ôter de l'esprit.»

Cela lui rappelait l'époque où il rencontrait sa future femme, Amélie, dans une guinguette au bord du Rhin.

«J'étais fou d'impatience, je sellais mon cheval et je faisais la route le cœur gonflé de joie. Dès que je la voyais, je me calmais. Ensuite, c'était dur de se séparer. Celle-là non plus, je n'ai pas envie de la quitter.»

Si Clémence avait pu lire les pensées de son patron, elle aurait été encore plus rassurée. Mais, encore émue par l'histoire du bijou, elle ne parvenait pas à croire que cela n'aurait pas de conséquences. Pourtant, la courtoisie de Johann démentait ses appréhensions. Son premier contact avec l'une des touches du clavier qui produisit un petit bruit sec lui redonna le sourire.

— Hé! fit-il. C'est un bon début!

— Oui! approuva-t-elle avec une mine réjouie.

Une tierce personne, présente à ce moment-là, les aurait considérés comme un couple d'ingénus, amusés par une merveille mécanique que les pays civilisés estimaient déjà bien courante. Ils avaient en commun une spontanéité juvénile, l'art de se réjouir d'un rien, bien qu'ils fussent des adultes accomplis. Johann condamnait les cheminées où nichaient les cigognes et Clémence chérissait les images de l'école, signées Hansi.

La lettre fut tapée en une heure. Le résultat enchanta le viticulteur qui s'exclama :

— Maintenant, on me prendra davantage au sérieux. Qu'en dites-vous, Clémence?

Elle le dévisagea, étonnée.

— Vous me permettez? dit-il. Madame Weller, c'est un peu solennel. Nous allons travailler ensemble...

— Je vous le permets, monsieur, mais je préfère vous appeler monsieur. Sinon, que penseront les gens d'ici, et surtout votre mère?

Il la trouva sensée et soucieuse de sa réputation. Clémence venait de marquer un point de plus dans la conquête de Johann Kaufman.

5

Soir de fête

Domaine Kaufman, 3 décembre 1928

Clémence et Marguerite s'adonnaient à leur occupation favorite, par ce temps de grand froid. Elles buvaient un café au lait en dégustant une tarte au fromage blanc garnie de raisins et de pommes cuites. De la massive cuisinière en fonte se dégageait une chaleur exquise, encore plus appréciée quand des rideaux de neige ruisselaient du ciel.

—Je parie que les enfants vont revenir de l'école très excités, dit Clémence en souriant. Ils auront les pieds glacés et les vêtements humides. Je crois que je ferais mieux de rentrer chez moi et de préparer une grande bassine d'eau chaude. Noëlle aura besoin d'une toilette soignée. Ensuite, elle se mettra en pyjama et en chaussons.

—Quelle mère poule tu fais! Laisse-les arriver! On ne pouvait pas prévoir qu'il se mettrait à neiger. Ce matin, le ciel était clair, j'ai même vu un coin de bleu. Demain, nous les équiperons comme il faut.

Elles se turent un instant pour regarder la cour du domaine ensevelie sous un lourd manteau blanc. Les premiers flocons étaient tombés vers midi et, depuis, cela ne cessait plus.

—En tout cas, tu as bien travaillé, Marguerite,

ajouta enfin Clémence. Ton calendrier de l'avent est vraiment magnifique.

— Oh! Ce n'est pas si compliqué. Je tends une pièce de toile sur deux baguettes en bois, je couds dessus vingt-cinq petits sacs en cotonnade rouge et je brode les nombres. Cela m'a occupée tous les soirs depuis la mi-novembre. Avant, je fabriquais des étuis en papier d'emballage dans lesquels je cachais des bonbons.

— Et là, qu'est-ce que tu as mis à l'intérieur des sacs?

— Des bouchées au chocolat fin fourrées aux pralines! Mes deux garnements en raffolent. Hélas! Liesele devient une jeune fille, bientôt elle pensera plus aux garçons qu'à ses cadeaux de Noël.

— Je t'admire! avoua la jeune femme. Tu soignes les bêtes, tu cuisines de bons plats et tu arrives encore à confectionner de jolies choses. Moi, je ferai un petit sapin, sinon Noëlle serait chagrinée. J'avais du mal à m'en procurer un gratuitement, à Mulhouse. Mais ici, j'irai dans le bois, le long de la plantation de houblon.

— Je t'accompagnerai; je coupe le mien là-bas tous les ans.

Marguerite engloutit une dernière bouchée de tarte. Clémence dégusta le fond de sa tasse de café. Au volant de la voiture grise qu'il venait d'acquérir, Johann s'était absenté pour la journée. La coûteuse automobile, achetée d'occasion, fascinait Berni et Güsti.

— As-tu réfléchi, Marguerite, à la question que je t'ai posée ce matin, après le départ des enfants?

— Au sujet de Risch?

— Tu le sais bien. Depuis que Noëlle m'a dit que ta fille soupçonnait Risch d'avoir le bijou sur lui le soir où monsieur Kaufman a exigé de fouiller mes affaires, je ne dors plus tranquille.

— Que tu es nigaude! Ça date d'un bon mois, cette affaire. Pourquoi te rendre malade? La vieille dame te fiche la paix, le patron se montre très gentil, que vas-tu chercher?

— Mais, Marguerite, tu sais bien, toi aussi, que ma fille n'avait pas pris la broche. C'est un acte de malveillance à mon égard, nous sommes bien d'accord? Et, je m'en souviens, j'avais fermé la porte à clef. Sur le coup, j'étais si terrifiée que je n'ai pas pensé à ce genre de détail. Quelqu'un a un double et il est entré chez moi! Reconnais que c'est fâcheux. Plus j'y pense, plus je déduis qu'il s'agit de Hainer.

Clémence eut le sentiment que son amie était mal à l'aise.

— Oh! toi, quand tu veux une chose, tu n'as pas peur d'insister, affirma Marguerite. Charles m'a conseillé de me taire. Il a compris que tu voulais me tirer les vers du nez.

— Ah, c'est ça! Ton mari t'a défendu de me renseigner!

— Charles n'aime pas les embrouilles et il tient à garder sa place au domaine. Mais, bon, écoute, je te dis le peu que je sais en confidence. Juste parce que je t'aime bien, Clémence. Hainer Risch travaille pour les Kaufman depuis la fin de la guerre. D'où vient-il, cet homme, je l'ignore. C'est madame Martha qui l'a embauché, une semaine après l'enterrement de monsieur Gilbert, l'ancien patron. Il y a un secret là-dessous, je te l'accorde. Charles et moi, nous avons souvent remarqué que la vieille dame le tient au collet, Hainer!

— Comment ça, elle le tient au collet?

— Il lui obéit en tout et souvent il lui rend visite l'après-midi, mais le patron ne s'aperçoit de rien. On dirait que cette vieille harpie a un moyen de s'assurer ses services, à Risch. Peut-être qu'elle le paie de la main à la main dès qu'il accomplit une vilaine besogne, ou bien c'est autre chose.

— Quelle autre chose! interrogea Clémence.

— Là, tu m'en demandes trop! Mais je pense comme Liesele qu'il y a de fortes chances que Hainer soit monté dans ton grenier avec le bijou dans sa poche. Sa patronne espérait se débarrasser de toi en t'accusant de vol.

— Eh bien, c'est raté! lança la jeune femme d'un ton assuré. Mais à l'avenir je me méfierai de Hainer autant que je me méfie de l'ogresse. Tu connais la dernière? Elle se plaint que la machine à écrire fait trop de bruit, qu'elle ne peut ni se reposer ni lire. Il faut dire que monsieur Kaufman m'a confié une grosse pile de documents à retaper, des dossiers de vente qui datent de six ans au moins. Il veut que toute sa comptabilité soit dactylographiée. Il dit que cela fait plus propre que les écritures à la main. J'en ai au moins jusqu'à l'année prochaine.

— Hé! Ne te plains pas, Clémence. Le patron n'a rien trouvé de mieux pour te voir chaque jour dans son bureau.

Marguerite lui fit un clin d'œil. Son visage émacié pétillait de malice ainsi que ses yeux couleur noisette.

— Viendras-tu à la messe de Noël avec nous? ajouta-t-elle. Pour l'occasion, Charles décore la calèche. Même s'il neige dru, le patron conduit madame Martha à Ribeauvillé. Mais cette année nous irons en camion, nous tous, et je parie que monsieur voudra prendre son automobile.

— Je rêve d'aller avec vous! assura Clémence. Quand je vivais à Mulhouse, je n'avais même plus le cœur d'aller à la messe de la Nativité. Tu comprends, c'est aussi l'anniversaire de ma fille, cette date-là. Et mettre un bébé au monde un soir de fête, quand on est seule, ce n'est pas gai.

Justement, tu dois rattraper le temps perdu, conclut Marguerite.

Domaine Kaufman, le 24 décembre 1928

Noëlle avait collé son nez au carreau. Elle savait que, dans une heure exactement, sa mère et elle partiraient pour Ribeauvillé en calèche. Cela lui paraissait magique et son jeune cœur souffrait presque de trop de bonheur. Il neigeait à gros flocons. Sur le rebord de la fenêtre, mais à l'extérieur, Clémence avait disposé de petits verres rouges où brûlaient des chandelles. Liesele et Berni avaient fait de même dans toute la cour, illuminant la margelle du puits, les ouvertures de l'écurie et de l'étable, le dessus des portes des bâtiments. On aurait cru à une pluie d'étoiles qui se serait abattue sur le domaine.

Sans renoncer à sa contemplation, la fillette respira avec délices le parfum du sapin qu'elle venait de décorer. L'arbre, d'un vert sombre, exhalait une forte odeur de sève et de résine. Il était orné de fleurs en papier crépon, de quatre boules en verre d'un doré étincelant et d'un angelot en plâtre.

— Qu'est-ce que tu attends, ma chérie? lui demanda Clémence. Tu es trop grande maintenant pour croire à saint Nicolas?

— Je voudrais voir la belle jeune fille vêtue de blanc qui porte une couronne de verdure avec des bougies allumées. Tu m'as dit son nom hier, mais je l'ai oublié.

— Ah! Kristkindel, la messagère de Jésus, porteuse de paix et de bonheur.

— Oui, c'est ça, Kristkindel! s'écria Noëlle. Je suis sûre qu'elle ressemble à Liesele.

— Ton amie est trop turbulente et désobéissante pour être comparée à Kristkindel! remarqua la jeune femme.

Elle se coiffait, debout en face du miroir mural qu'elle avait acheté la semaine précédente dans une boutique de Ribeauvillé. Son reflet lui convenait, ce qui était rare. Ses cheveux avaient un peu repoussé et elle ne les frisait plus. Ils gardaient cependant la trace des boucles et ondulaient joliment.

— Ta robe est très belle, maman, affirma la fillette en s'éloignant à regret de la fenêtre.

Clémence, qui s'estimait riche grâce au salaire confortable que lui versait Johann Kaufman, avait fait des folies. Une couturière du village avait confectionné pour elle un fourreau en velours grenat, coupé au goût de la mode actuelle, à mi-mollet, et ceinturé d'une bande de tissu brodé de strass.

— Mets du rouge à lèvres, suggéra Noëlle. J'aime bien.

— Toi, tu seras coquette, fit remarquer Clémence en riant.

Elle suivit le conseil de sa fille, puis sortit d'un écrin en cuir un sautoir en fausses perles. Le long collier auquel il fallait donner deux tours raviva l'éclat du velours.

— Voilà, je suis prête, dit-elle. Et toi, ma chérie, tourne un peu que je t'admire. Tu es ravissante.

Noëlle s'exécuta avec entrain. C'était une soirée unique, une vraie soirée de fête.

« Mon Dieu, qu'elle est mignonne ! » se disait Clémence.

En large jupe de laine rouge festonnée de galons verts et en corsage blanc, chaussée de bottillons fourrés flambant neufs, Noëlle portait le nœud noir à grandes ailes du costume alsacien. Il rehaussait la blondeur de ses boucles soigneusement lavées et peignées.

« On dirait que la terre a décidé de tourner à l'envers ! songea la jeune femme. Johann nous conduit à la messe en calèche, et c'est Hainer qui emmène l'ogresse en automobile. Pardon, mon Dieu. Je ne dois plus appeler cette vieille dame ainsi. Elle s'est tenue tranquille depuis un mois. »

La décision du viticulteur avait néanmoins semé la stupeur générale. La responsable initiale de l'événement était mademoiselle Rosine, l'institutrice. Pendant la période de l'avent, elle avait eu l'idée de faire répéter des chansons à ses cinq meilleures élèves, dont Noëlle. Les écolières pourraient interpréter *Mon beau sapin* et *Douce Nuit* dans l'église Saint-Grégoire. Les parents avaient été priés d'habiller les fillettes en costume traditionnel, dans la mesure où ils le pouvaient.

Clémence avait veillé plusieurs soirs afin de coudre elle-même les vêtements de Noëlle. Et elle n'avait pas pu s'empêcher de confier la nouvelle à Johann Kaufman.

— Je serai si heureux d'écouter ces gentilles gosses chanter! avait-il dit, réjoui à l'avance.

« C'est un bon début! avait-elle pensé. Il n'en veut pas à ma fille pour la broche. J'aimerais tellement lui expliquer qu'elle s'est accusée dans le seul but de me protéger! »

Il s'était produit un autre incident, dans l'écurie, une semaine avant cette veille de Noël. Le viticulteur avait apporté du pain dur à ses chevaux. Charles avait mis de l'orge à cuire dans un gros chaudron calé au-dessus d'un réchaud à charbon. Le froid empirait, la couche de neige atteignait trente centimètres. Kaufman, emmitouflé, avançait le long des stalles et là, à un mètre de lui, Noëlle fredonnait en sourdine une des chansons. Elle faisait des gestes et esquissait un pas de danse, étrennant la jupe rouge brodée et le nœud en satin noir. Dès qu'elle l'avait vu approcher, elle s'était tue, prête à s'enfuir.

— Ah! Tu répètes en cachette! avait-il dit d'une voix forte. Tu vas attraper du mal; il y a des courants d'air glacé, ici.

Elle n'osait plus bouger, ni même le regarder. Le

patron dont tous parlaient avec respect lui semblait colossal, autoritaire.

— Pardon, monsieur! avait-elle déclaré. Je m'en vais!

— Je ne te chasse pas, mais si tu tousses, si ton nez coule, tu n'iras pas à la messe. Au fait, t'es-tu confessée dimanche? Tu sais, pour la broche de ma mère?

— Non, monsieur! s'était-elle résignée à répondre, car elle ne voulait plus mentir. En vrai, je n'ai rien fait, moi. Liesele sait qui a pris la broche. Güsti le lui a dit. Monsieur Risch l'avait dans sa poche quand il est rentré de l'école. Oui, monsieur, maman n'ose pas en parler. Je vous jure que c'est la vérité. Demandez à Güsti, il a vu son père avec le papillon en or au creux de sa main. Après, monsieur Risch l'a vite remis dans sa poche de veste.

Johann n'avait pas ri, ni même grondé la fillette. L'étalon Guillot hennissait, réclamant son pain dur, mais le viticulteur se grattait le menton, perplexe.

— Dans ce cas, pourquoi as-tu raconté des sornettes?

— Je voulais pas que maman aille en prison! Elle n'avait rien fait, et moi, des dames de l'Assistance publique seraient venues me chercher.

Noëlle avait fixé de ses beaux yeux bleus l'homme silencieux. Dans la pénombre de l'écurie où flottait l'odeur chaude de l'orge cuite, sa blondeur et son teint de porcelaine faisaient l'effet d'une apparition lumineuse.

— Et, à ton avis, pourquoi mon contremaître aurait-il manigancé une histoire pareille? Risch travaille pour moi depuis dix ans.

Elle avait haussé les épaules. Kaufman, en se remémorant les circonstances du drame, pesait la valeur de cette version des faits. Sa mère affirmait que

Risch était monté la prévenir que Clémence fouillait le salon. Cela se tenait. Il flaira une ruse de la vieille dame.

« Comment se serait-il débrouillé si je ne l'avais pas envoyé dans le grenier chercher le bijou ? Bah ! Il me l'aurait proposé, sans doute. »

Il y avait une chose que ni Marguerite ni Charles, et encore moins Martha Kaufman, ne soupçonnaient. Johann n'accordait pas toute sa confiance à Hainer. En fait, il n'était pas si dupe que ça de certains arrangements entre sa mère et le contremaître. Amélie s'en était plainte, les derniers mois avant sa mort.

« Ce serait un coup monté contre Clémence ! Eh bien, ils ne vont pas être déçus, ces deux-là. Je les aurai à l'œil, maintenant. »

— Tu as bien fait d'être honnête, Noëlle, avait-il conclu. Sais-tu, je vous conduirai à l'église en calèche, ta maman et toi, avec des couvertures sur les genoux. Tu peux lui annoncer ça. Mais, attention, c'est notre secret à tous les trois.

Soulagée et radieuse, Noëlle s'était sauvée en courant. Elle se sentait lavée de ses fautes imaginaires. Et la promesse du trajet dans la nuit, au trot de l'étalon, représentait le plus beau cadeau du monde.

Quand Clémence avait écouté le récit de sa fille, elle l'avait prise entre ses bras avant de fondre en larmes.

— Tu es vraiment mon petit ange gardien, ma chérie ! Et monsieur Kaufman est un grand cœur, un homme de bien, capable de croire une enfant.

La jeune femme avait continué en pensée l'éloge de celui qu'elle aimait.

« Il semble m'apprécier de plus en plus. Nous bavardons ensemble, nous rions souvent pour des riens. Comme je voudrais pouvoir le remercier ! »

Le grand soir était arrivé. Dans la cour illuminée, le cheval noir les attendait, attelé à la calèche dont la capote en cuir se couvrait de neige, des pompons rouges et des grelots accrochés à son harnachement. Johann en personne vint frapper à la porte.

— C'est l'heure de se mettre en route, mesdames! leur cria-t-il.

Clémence lui ouvrit. Elle recula aussitôt afin de se montrer à son avantage. Ses cheveux scintillaient de propreté, le collier irisé par la lumière mettait en valeur son élégant fourreau pourpre. Quitte à prendre froid, elle retardait le moment de mettre son manteau défraîchi et son écharpe.

— Que vous êtes élégante! affirma-t-il d'un ton sincère. Je suis fier d'aller à la messe avec une si jolie dame.

Le compliment enchanta Clémence, aussi bien que Noëlle qui s'empressait de s'habiller chaudement.

— Je suis presque prête! assura la jeune femme. Mon manteau, un bonnet, des gants, et j'arrive.

Elle souriait, encore bouleversée par ce qualificatif de « si jolie dame ». Johann, qui l'observait, songea tout à coup au superbe manteau de fourrure rangé dans l'ancienne chambre de son épouse. Il l'avait offert à Amélie, un hiver particulièrement rude, ainsi que le manchon et la toque. C'était de la martre, une parure d'un prix assez exorbitant.

« Et ça ne sert plus à personne, ça dort dans une housse, avec de la naphtaline pour repousser les mites. »

— Dites, Clémence, avança-t-il d'une voix enjouée, vous aurez froid, en calèche. Patientez un peu, je n'en ai pas pour longtemps.

— Comme vous voulez! déclara-t-elle, intriguée.

Le viticulteur se rua dans le couloir de la grande maison. Avec son chapeau à plume de faisan et son épaisse veste fourrée, il était équipé pour affronter la température redoutable de la nuit. Très vite, il devint cramoisi, car il faisait très chaud à l'intérieur. Martha Kaufman descendait l'escalier, elle aussi emmitouflée.

— Où cours-tu, mon fils? s'étonna-t-elle. Tu as oublié quelque chose?

Elle le toisait, furieuse d'être évincée par Clémence. Johann lui avait expliqué, non sans malice, qu'elle serait beaucoup mieux à l'arrière de l'automobile qu'en plein vent.

— Madame Weller n'a pas de bon manteau; je vais lui prêter l'ensemble en martre d'Amélie!

— As-tu perdu la tête? s'égosilla-t-elle. Que penseront les gens, à l'église? Mon Dieu, la veille de Noël, tu affiches la relation coupable que tu entretiens avec cette... cette catin!

— N'use pas ta salive ni ton souffle, maman! répliqua-t-il en continuant à monter vers le palier. Ton cœur est fragile, tu n'as pas oublié, au moins?

Martha Kaufman ne sut que répliquer. Jamais son fils ne s'était moqué d'elle.

— Si cette fille se pavane à la messe en fourrure, je reste ici!

En guise de réponse, elle eut droit aux pas lourds de Johann qui marchait rapidement à l'étage.

— Mais il me nargue, cet imbécile! dit-elle entre ses dents.

Hainer Risch apparut, sa casquette à la main. Il portait son costume du dimanche sous un ciré noir.

— Madame, j'ai démarré la voiture, nous pouvons partir.

— Oh, vous! dit-elle en lui lançant un regard excédé. Vous me le paierez! La Weller est plus rusée que vous et moi, Risch. Après les fêtes, il faudra l'expédier au diable.

La vieille femme suivit le contremaître jusqu'à l'automobile dont le moteur tressautait avec des bruits de ferraille inquiétants. Martha jeta un coup d'œil envieux à l'étalon, toujours impassible, puis elle fixa un instant la fenêtre du logis de Clémence.

— Je dois changer de tactique! déclara-t-elle si bas que Hainer ne l'entendit pas.

Plus haut, d'un ton rauque pareil à un aboiement, elle ajouta:

— Eh bien, Risch, ouvrez-moi la portière et, dès que je serai assise dans cette saleté de machine, filez!

Clémence et Noëlle guettaient le retour de Johann. Il entra enfin, sans même frapper, encombré d'une housse volumineuse.

— Et voilà! s'écria-t-il. Vous serez mieux pour faire le trajet. J'ai horreur des choses inutiles.

Le viticulteur exhiba maladroitement le splendide manteau de fourrure. La jeune femme recula, une main sur la bouche.

— Regardez, il y a la toque et le manchon. C'était à mon épouse. Elle ne l'a mis que deux hivers. Allez, dépêchez-vous! Vous savez, Amélie avait du cœur. Elle aurait donné sa chemise pour réchauffer un pauvre, comme on dit.

— Non, je ne peux pas! protesta Clémence. C'est très gentil, et je serais flattée d'être si élégante, mais ce serait inconvenant, monsieur.

— Maman, je t'en prie, mets-le! implora Noëlle, émerveillée par la somptueuse fourrure d'un brun chatoyant.

— La petite a raison! Et nous finirons par être en retard à force de discuter. Je ne vois pas où est le mal. Je vous prête tout ça pour la messe de Noël. Eh! Si vous attrapez un rhume pendant le voyage, je n'aurai plus de secrétaire, moi!

—Dans ce cas, c'est d'accord! soupira Clémence qui ne parvenait pas à croire à sa chance.

Sous le regard ébloui de sa fille, elle revêtit le manteau avec un plaisir infini. C'était confortable, chaud et luxueux. Timidement, elle se coiffa de la toque et glissa ses mains dans le manchon.

—Que tu es belle, maman! applaudit Noëlle.

Johann Kaufman approuva d'un signe de tête. Il se sentait joyeux comme un gamin qui a fait une bonne action.

—Il faut partir! insista-t-il.

—Goûtez mes bredeles! supplia Clémence. J'en ai préparé une montagne! Noëlle, vite, apporte le plat, que monsieur Kaufman choisisse.

—Des bredeles! Tiens, ma mère n'en a pas cuit, cette année, mais je parie que Marguerite en a fait le double de vous, dit-il malicieusement.

La fillette lui présenta une large assiette en faïence rouge où s'empilaient plusieurs petits biscuits de différentes formes. En Alsace, il était de coutume dans tous les foyers que la maîtresse de maison offre des bredeles à ses amis ou à ses enfants, le soir de Noël.

—Ceux en forme d'étoile sont à l'anis! précisa Clémence. Les ronds sont parfumés à l'orange.

—Et les tresses, là, les torsades, c'est moi qui les ai faites, confia Noëlle. Elles sont aux noix et j'ai mis du chocolat en poudre dans la pâte.

Poliment, Johann prit un bredele de chaque sorte. Il les dégusta en moins d'une minute, ce qui stupéfia la petite fille. Mais alors qu'elle le comparait à un ogre, dont il avait la carrure et l'appétit, le viticulteur se pencha sur elle.

—Dis-moi, Noëlle, connais-tu la légende des bredeles?

—Non, monsieur!

—Tu n'as pas remarqué comme le ciel était rouge, au coucher du soleil?

Elle tenta de se souvenir et ne vit que l'image d'un ciel gris et bas. Clémence crut bon d'intervenir.

—En effet, le couchant était rouge et doré.

—Ah! Vous l'avez vu comme moi, jubila Kaufman. C'était la mère Noëlle, qui fabrique elle aussi des bredeles. Ses lutins garnissent tant le fourneau que cela enflamme le ciel, la veille de Noël. Cette fois, allons-y!

La fillette sortit en premier, tant elle avait hâte de grimper dans la calèche. La cour saupoudrée de neige lui fit l'effet d'un monde enchanté. Charles avait dégagé à la pelle des allées étroites pour faciliter les va-et-vient entre les bâtiments et les logements. Noëlle marcha bien droit vers l'étalon, avec l'impression que ce sentier verglacé, constellé de flocons gelés, avait été tracé uniquement pour elle. Le cheval s'ébroua, ce qui fit tinter ses grelots.

L'enfant s'assura que son nœud en satin était bien en place sur ses cheveux, puis elle courut vers Guillot. Alentour, les verres rouges resplendissaient. Elle vit des branches de sapin accrochées à la margelle du puits.

«Cette fois, c'est vraiment Noël!» se dit-elle, émue.

Transfigurée, Clémence s'avançait à son tour, suivie de Johann. Au même instant, la famille Merki sortit aussi. D'abord Liesele et Berni, puis Charles et Marguerite, endimanchés.

—Oh! Nel, s'égosilla l'adolescente, on se retrouve devant l'église!

—Oui! répondit la fillette en riant.

Marguerite, elle, décocha un léger coup de coude à son mari. Elle lui chuchota à l'oreille :

—Vois-tu ce que je vois? Clémence porte la fourrure de madame Amélie, et même la toque et le manchon. Je mettrais ma main au feu qu'il l'épousera l'été prochain.

— Chut! la sermonna Charles. Les affaires de cœur du patron ne nous concernent pas. Qu'est-ce que tu deviens commère!

Ils s'installèrent tous les quatre dans le camion. Johann avait aidé Clémence à s'asseoir sur la banquette en moleskine rouge de la calèche. Noëlle s'était blottie contre sa mère. Il leur couvrit les jambes d'une épaisse couverture en belle laine blanche. Sans le vouloir, il avait effleuré les cuisses de la jeune femme. Elle lui adressa un regard ardent qui devait le hanter jusqu'à Ribeauvillé.

«Elle me plaît! Oui, elle me plaît bien!» songea-t-il en se calant sur le siège avant. Les guides en mains, il fit claquer sa langue.

— En route, Guillot! Va, va!

Le puissant cheval noir s'élança au trot. Ses sabots munis de crampons écrasèrent la neige fraîche. Clémence fixait le large dos de l'homme qui s'agitait un peu, selon les mouvements du véhicule.

«Quel bonheur! pensait-elle. Johann veille sur moi: il m'a prêté ce magnifique manteau, pour que je n'aie pas froid. Il a sûrement des sentiments pour moi. Oh, s'il m'aimait autant que je l'aime!»

Bien au chaud, fière de son costume, Noëlle n'osait pas bouger. Une joie immense gonflait son cœur. Elle estima que c'était son cadeau d'anniversaire, le plus beau des cadeaux. Pendant des années, elle se souviendrait de cette promenade nocturne en calèche.

— Voudrais-tu que je te raconte une autre histoire, petite? proposa soudain Johann en se retournant autant que possible. Connais-tu la légende des oiseaux de Noël? Je ne parle pas de toi, hein, mais de la fête de la Nativité...

— Oui, monsieur, je veux bien.

— Ah! Tant mieux, alors! Et comme ça tu comprendras pourquoi je vous ai chargés, Liesele, Berni et toi, de remplir les mangeoires qui sont suspendues sous le hangar, avec de l'eau tiède dans certaines et des graines dans les autres.

— Ce matin, je m'en suis occupée, monsieur, mais toute seule, parce que Marguerite lavait les cheveux de Liesele, et Berni jouait avec Güsti.

— Tu es une brave fille, coupa-t-il. Sais-tu que cette histoire, mon grand-père me la racontait déjà?

Clémence étreignit Noëlle avec tendresse. Johann Kaufman toussa pour éclaircir sa voix.

— Par le passé, les hivers étaient bien plus rudes que de nos jours, commença-t-il. À Noël, de la neige et de la glace recouvraient toute l'Alsace. Pour cette raison, des nuées d'oiseaux tout transis, qui venaient de la plaine et des vallées, du Nordgau comme du Sundgau, s'étaient réunies en un grand vol pour s'abriter dans la vallée du Tannenberg, là où la bise serait moins cruelle. Une fois arrivés, ils se réfugièrent dans les branches basses des sapins, tout silencieux et malheureux, les pauvres. Mais c'était la nuit de Noël, et une belle dame était partie en traîneau dans la vallée, pour entendre la messe de minuit. Au retour, son cocher ne put empêcher le cheval, qui était noir comme Guillot, de trotter jusqu'au vallon. La dame découvrit alors le peuple des oiseaux. Il n'y avait que les hiboux, les grands-ducs et les chouettes qui chuintaient. Mais les merles, les fauvettes, les mésanges, les pinsons, les rossignols et les moineaux, et même les corbeaux, se taisaient en attendant le jour. La dame eut bien du chagrin.

— Moi aussi, j'aurais eu du chagrin! fit remarquer Noëlle.

— Bien sûr! renchérit Johann. Où en étais-je? Oui, elle rentra dans son château et donna des ordres. Il fallait secourir le peuple des oiseaux. Dès l'aube, elle retourna dans le vallon escortée de ses domestiques et ils installèrent des mangeoires pleines de blé et surtout des abreuvoirs garnis d'eau tiède. Tu imagines comme ils étaient contents, les oiseaux, petits ou grands, et comme ils se régalèrent. Une fois rassasiés, ils chantèrent de joie et de gratitude. Le soleil apparut au beau milieu du concert. Et là, il y eut un miracle! Les oiseaux chantaient un cantique de Noël, en hommage à la belle dame au grand cœur. On dit que jamais en Alsace ne fut chanté un si merveilleux cantique! Chaque année, la dame se dévoua pour nourrir les oiseaux pendant l'hiver, et toi, Liesele et Berni, vous devez faire comme elle. Au printemps, vous serez récompensés par de jolis chants dans le jardin.

Clémence essuya une larme. Elle connaissait la légende des oiseaux de Noël. Sa mère la racontait dès que la neige recouvrait les collines et les prés. La jeune femme ferma les yeux. Ce rappel de son enfance la bouleversait.

« Comment vont mes parents? se demanda-t-elle. Ils doivent se sentir bien seuls, pendant ces jours de fête! Que je suis lâche! J'aurais dû leur envoyer une carte postale, mais je n'ose pas. Ils ignorent même l'existence de Noëlle. »

Johann sifflait l'air de *Mon beau sapin*. Les grelots tintinnabulaient au rythme du trot régulier de l'étalon. Éperdue de joie, éblouie, Noëlle admirait les champs et les vignes transformés en vastes étendues de neige, de même que les arbres dont la ramure, dépouillée de feuillage, s'ornait d'un poudroiement de givre.

« J'avais tellement honte! se dit encore Clémence.

Papa m'avait répété que je devais rester sage et ne pas salir le nom de la famille, si je rencontrais un garçon. De plus, maman me conseillait de ne pas me marier, de poursuivre mes études. Ils auraient été tellement déçus en apprenant la vérité. »

Elle se revit dix ans auparavant, quittant la maison Weller au petit jour, chargée de ses valises. Sur la table de la cuisine, elle avait laissé une lettre qui expliquait son départ.

« Je me souviens de chaque mot! *Papa, maman, j'ai le droit d'aimer et de vivre avec celui que j'aime. Il m'emmène à l'étranger et nous serons bientôt mariés. Je vous donnerai des nouvelles. Clémence.* »

La jeune femme décida de ne plus penser à son passé douloureux, surtout par un si beau soir. Depuis l'abandon de son amant, la période de Noël avait pour elle le goût amer du chagrin et de la solitude.

—Vous n'êtes pas bavarde, Clémence, s'étonna Johann. Au fait, vous ne rendez pas visite à votre famille, pour le jour de l'An?

—Non! répliqua-t-elle très vite. Je n'ai que ma fille.

Noëlle tressaillit. Elle n'avait donc ni père ni grands-parents. Cependant, enthousiasmée par la vision de Ribeauvillé et du clocher de l'église Saint-Grégoire ceinturé d'une guirlande électrique, elle décida qu'elle s'en moquait. Liesele serait sa grande sœur, Berni, son petit frère.

Derrière eux, le camion roulait lentement, ses phares jaunes semblables aux prunelles d'une grosse bête. Le viticulteur mit le cheval au galop. Les roues projetaient de longues éclaboussures de neige humide.

—J'entends sonner le carillon de l'église, annonça-t-il. Nous risquons d'être en retard à la messe. Mais nous ne serons pas les seuls, Charles n'osera jamais me doubler et, d'ailleurs, il n'y a pas la place sur la route.

Clémence, comme sa fille, s'avança un peu sur la banquette. Ils entraient déjà dans une rue du gros bourg en habit de lumière. Sur la place de la mairie, décoré d'une ribambelle d'ampoules de couleur, rutilait un gigantesque sapin aux lourdes branches d'un vert sombre. Les portes des maisons s'ornaient de couronnes de houx ou de lierre, enrubannées de satin rouge. Certaines boutiques demeuraient ouvertes, comme les pâtisseries ou les boulangeries, et des senteurs de sucre chaud et de miel se répandaient malgré le vent glacé.

Johann arrêta l'étalon près d'une auberge d'où s'élevaient des rires et de la musique.

—Attendez-moi une minute, indiqua-t-il. Le patron est un ami; je vais lui demander de surveiller Guillot. Il ne bronche pas, d'habitude, mais mieux vaut être prudent.

Dès qu'elles furent seules, Noëlle se jeta au cou de sa mère. Clémence l'embrassa sur le front.

—Tu es heureuse, maman? Monsieur Kaufman est vraiment gentil avec nous.

—Mais oui, je suis heureuse! Et je le serai encore plus quand tu chanteras dans l'église, toute belle avec ton costume.

Le viticulteur revenait déjà, un sachet en papier rose entre les doigts. Il avait un grand sourire malicieux.

—Vous pouvez descendre, Clémence. Noëlle, regarde ce que j'ai acheté dans l'auberge, pour tes camarades et toi.

La fillette découvrit cinq bonshommes en pain d'épice. Les silhouettes rudimentaires avaient figure humaine, grâce aux yeux en raisins secs et à la bouche en fondant rouge.

—Oh! merci, monsieur! dit-elle avec des yeux ébahis.

—C'est que je n'ai pas d'enfant à gâter, moi,

expliqua-t-il en croisant le regard de Clémence. Cette année, il n'y a même pas de sapin dans le salon de la maison Kaufman. Mais j'en ai vu un très joli chez vous. Hein, Noëlle?

— Oui, monsieur, je l'ai décoré avec maman.

Ils marchaient vers l'église Saint-Grégoire, dont le parvis était occupé par des vendeurs de houx, de gui et de sapins. Les portes grandes ouvertes laissaient entrevoir la foule et l'éclat éblouissant des cierges. Quatre filles coiffées du large nœud en satin noir se ruèrent vers Noëlle.

— Viens vite, tu es en retard! cria l'une d'elles. Mademoiselle Rosine t'attend!

— Dépêche-toi! recommanda Clémence.

Dans un geste spontané, sans doute une réminiscence de son passé d'homme marié, Johann prit le bras de la jeune femme pour entrer dans l'église. Elle tressaillit de surprise, mais se détendit aussitôt.

« Qu'il fasse ce qu'il veut! » se dit-elle.

Martha Kaufman n'en vit rien, pas plus que Marguerite et Charles, assis sur les premiers bancs. Déjà des notes joyeuses s'élevaient de l'harmonium. L'institutrice jouait l'air de *Mon beau sapin* [14]. Les petites chanteuses se mirent en place devant l'autel. Johann lâcha le bras de Clémence pour la devancer en fendant l'assistance de sa haute stature. On le saluait, on lui souriait.

— Restons là, balbutia-t-il, une fois parvenu à hauteur de la chapelle dédiée à saint Joseph. Nous sommes aux premières loges.

Elle battit des paupières, troublée d'être si proche de lui. Afin de retrouver son calme, elle contempla la

---

14. D'après le chant allemand « O Tannenbaum » de Ernst Anschütz (1824).

statue de la Vierge à l'enfant de Dusenbach, qui portait, comme sa fille, la coiffe traditionnelle, mais de couleur dorée. Jamais Clémence n'avait remarqué avant ce soir la beauté du sanctuaire, magnifiée par le majestueux sapin dressé à gauche du chœur. L'arbre était illuminé par une guirlande électrique et orné de confiseries, de rubans rouges et de fils argentés.

Mon beau sapin, roi des forêts!
Que j'aime ta verdure!
Quand par l'hiver, bois et guérets
Sont dépouillés de leurs attraits...

Noëlle chantait de tout son cœur, les mains derrière le dos pour cacher le sachet contenant les bonshommes en pain d'épice. Elle levait les yeux au ciel pour ne pas voir les grimaces de Liesele, installée sur une chaise, à un mètre d'elle.

Toi que Noël planta chez nous,
Au saint anniversaire,
Joli sapin, comme ils sont doux,
Et tes bonbons, et tes joujoux...

Les écolières furent applaudies sous le regard patient du curé. Elles interprétèrent ensuite *Douce Nuit*[15], mais en allemand.

Stille Nacht, heilige Nacht!
Alles schläft; einsam wacht...

Il y eut presque immédiatement des murmures de désapprobation. Une voix de femme cria tout haut que

---

15. De Franz Xaver Gruber (1818).

c'était une honte. Clémence reconnut le timbre rauque de Martha Kaufman. Mais le couplet suivant fut en français, ce qui rasséréna les mécontents.

—Dix ans se sont écoulés depuis la fin des conflits, lui dit Johann à l'oreille. L'Alsace est redevenue française, mais il y a toujours des revanchards, dont ma mère. Savez-vous qu'il m'arrive d'avoir envie de tout laisser tomber ici et de m'établir dans le sud de la France, en Dordogne? J'ai une cousine qui vit à Périgueux. Je l'aime beaucoup.

Clémence répondit par un sourire vibrant de tendresse. Il se confiait à elle et cela l'enchantait.

—Vous abandonneriez le domaine de votre père? s'étonna-t-elle. Vos vignes?

—Je m'abrutis de travail, mais je préférerais parfois profiter de la vie et de mes avoirs.

Un vieillard à barbe blanche leur fit signe de se taire. Les fillettes faisaient la révérence, tenant leurs jupes du bout des doigts pour bien montrer les broderies traditionnelles et paraître plus gracieuses. La tête penchée, elles riaient de fierté. Une petite brune perdit son nœud, mal fixé, et cela provoqua une vague générale de gaîté. Noëlle s'empressa de le ramasser et essaya de le remettre en place. Mais l'institutrice les entraînait loin de l'autel.

L'office commençait. Mademoiselle Rosine, le long de la travée latérale, bouscula Hainer Risch.

—Faites attention, vous! morigéna-t-il à voix basse. Déjà que vous encouragez les enfants du pays à parler allemand. C'est fini, la germanisation!

L'enseignante haussa les épaules et s'éloigna en soupirant:

—Paix sur la terre aux hommes de bonne volonté!

Noëlle rejoignit sa mère tant bien que mal. Réfugiée avec ses amies près du confessionnal, elle avait pris le temps de manger son bonhomme en pain d'épice. Clémence la félicita et Johann lui chatouilla le menton. De son banc, Martha Kaufman les épiait.

« C'est un comble ! songeait-elle, malade de rage impuissante. Mon fils parade avec la Weller ! Elle se croit arrivée au but. Et il lui a prêté le manteau de fourrure de cette pauvre sotte d'Amélie. Risch a du pain sur la planche. Mon pauvre Risch... »

Sa voisine, l'épouse du notaire, lui adressa un aimable sourire tout en préparant déjà de la monnaie pour la quête.

— Vous vous faites rare, ma chère Martha, affirma-t-elle sans élever le ton. La dernière fois que je vous ai vue à l'église, c'était à Pâques.

— Je ne sais pas si j'y remettrai les pieds ! répliqua-t-elle. Pour entendre chanter Noël en allemand ! Cette personne, Rosine Heinz, doit apprendre de drôles de leçons à ses élèves !

— Je suis de votre avis, c'était de mauvais goût.

Clémence était bien loin de telles préoccupations. Elle avait hâte de se retrouver dans la calèche, de traverser à nouveau la campagne enneigée. Une heure plus tard, Johann lui reprit le bras pour sortir dans les premiers. Noëlle les précédait, tout aussi pressée que sa mère.

— Vous dînez seule avec la petite ? demanda le viticulteur.

— Non, Marguerite nous a invitées. C'est bien gentil de sa part. Depuis la naissance de Noëlle, je n'ai jamais été en bonne compagnie les soirs de fête. Enfin, j'avais ma fille.

Il ne répondit pas, déjà abattu à la perspective du repas que sa vieille mère lui avait préparé. Ils mangeraient face à face dans la grande cuisine, la pièce la plus chaleureuse de la maison Kaufman.

—Vous allez me juger fils indigne, mais ce qui me plairait à moi ce serait de m'attabler à l'auberge de mon ami Franz et d'y passer la moitié de la nuit. Il brasse lui-même sa bière, la meilleure de la région, ambrée, veloutée. Mais, dame! si je laissais ma vieille mère un soir comme celui-ci, elle ne me le pardonnerait pas.

«Est-elle capable de pardonner quoi que ce soit? s'interrogea Clémence. Cette femme est sournoise, haineuse!»

Pendant le trajet du retour, il se remit à neiger en abondance. La crinière et le corps de l'étalon furent bientôt constellés de gros flocons. Noëlle était si contente de passer le reste de la soirée chez Liesele qu'elle en oublia d'être timide.

—Mes camarades se sont régalées, monsieur! dit-elle alors qu'ils apercevaient les toitures du domaine. Je leur ai raconté très vite la légende des oiseaux, mais Marlène la connaissait.

—Comme presque tous les gens d'ici! répliqua-t-il. Vous êtes née dans quelle région d'Alsace, Clémence?

—Vers Haguenau! répondit-elle, trop distraite par des pensées romantiques pour se montrer vigilante.

—Haguenau? La ville?

—Non, la région! avança-t-elle en regrettant d'avoir donné cette précision.

Le camion les suivait, comme à l'aller. Dès que les deux véhicules s'arrêtèrent dans la cour, Noëlle dégringola de la banquette. Elle avait ôté son nœud à ailes noires et portait un bonnet en laine. Liesele dansait la polka, de la neige jusqu'à mi-mollet.

—Oh! ma Nel, claironna-t-elle. Tu étais la plus jolie, dans l'église, mais tu chantes faux!

—C'est pas vrai, nia la fillette.

Berni accourut. Il riait, les joues écarlates à cause du froid. Les trois enfants se mirent à chuchoter et à pouffer. Güsti, qui au retour avait dû monter dans l'automobile conduite par son père, colla son nez à la glace. Il brûlait d'impatience de rejoindre ses amis, mais Hainer lui ordonna de ne pas bouger de la voiture. Martha Kaufman poussa un soupir excédé.

— Tiens, gamin, tes étrennes! grommela la vieille femme en lui tendant une pièce en argent. Range-la avec les autres. J'espère que tu es économe comme ton père.

C'était une allusion à l'avidité du contremaître, qui thésaurisait le moindre sou gagné.

— Dis merci, Güsti, s'empressa d'ordonner l'homme.

— Merci, madame! chuchota le garçon, que rien n'aurait pu consoler.

Chaque année, son père et lui réveillonnaient chez Marguerite. Mais cette fois ils étaient de trop à cause de Clémence Weller et de Noëlle.

*

Marguerite avait eu à cœur de bien recevoir ses voisines. La table était mise, avec six assiettes en porcelaine blanche ornées d'un liseré de roses rouges. C'était le service réservé aux dimanches et aux fêtes. La cuisine lavée à grande eau et les murs repeints en septembre resplendissaient. Un petit sapin orné de décorations en papier crépon était disposé sur le buffet qui, soigneusement encaustiqué, rutilait. Liesele avait accroché des branches de houx au-dessus de la cheminée. Des odeurs engageantes emplissaient la pièce et, affamés, les convives furent vite attablés.

— J'espère que mon menu te plaira, Clémence, dit Marguerite en nouant son tablier autour de sa taille. Je me suis creusé la cervelle pour trouver un plat qui change de l'ordinaire.

151

—De toute façon, tout ce que tu prépares est excellent! affirma la jeune femme.

Charles lui jeta un regard de côté. La secrétaire du patron avait bien changé. Elle rayonnait de joie, le visage mutin, auréolé de bouclettes châtain doré qui dégageaient sa nuque et son cou gracieux.

«J'ai l'impression que monsieur Kaufman en pince pour elle! songea-t-il, plus amusé que surpris. Si elle devait l'épouser, nous ne serions pas à plaindre, c'est une bonne personne.»

Marguerite, elle, s'exprimait à haute voix. Penchée sur une marmite en fonte, elle proclama en riant:

—Dis donc, le patron te fait la cour, Clémence. Nous aurons peut-être un mariage au printemps! Parole, si je dis vrai, je me coupe les cheveux moi aussi!

—Essaie un peu pour voir! menaça Charles en riant.

Noëlle tendit l'oreille. Liesele la pinça sous la table et lui chuchota à l'oreille:

—Si ta mère devient la patronne, je ne serai plus ton amie, encore moins ta sœur, comme tu disais!

—Pourquoi?

—Parce que je suis la fille d'un ouvrier agricole, Nel!

—Pas de messe basse, mesdemoiselles! gronda Marguerite.

—Il ne faut pas plaisanter avec des choses sérieuses, fit remarquer Clémence. La vérité, c'est que monsieur Kaufman est un galant homme, charitable et généreux. Il m'a pris le bras pour entrer dans l'église, car le parvis glissait. Demain matin, je lui rapporterai la fourrure qu'il m'a prêtée.

Cela rassura Noëlle. Elle ne pensa plus qu'aux délices dont se remplissait la table nappée d'un tissu ciré rouge. Marguerite servit d'abord des asperges et du foie gras accompagné de tartines de pain grillées sur la plaque du fourneau.

— Le foie gras, c'est du canard fait maison, souligna-t-elle. Le patron achète les bêtes, je les engraisse et je cuisine ensuite. J'ai droit à trois bocaux par an.

Charles proposa du riesling aux dames et de la bière coupée de limonade aux enfants. Sa femme présenta un gratin de pommes de terre au munster dont le fumet et la croûte dorée eurent un franc succès.

— Et ma spécialité, le coq au riesling! Le patron nous en a offert un tonnelet de l'année dernière.

Mise en appétit par le voyage en calèche, Clémence se régalait. Le vin aidant, ce blanc sec et fruité du pays, elle devint encore plus rayonnante. Des visions idylliques la hantaient. Elle dansait dans les bras de Johann, il la conduisait à l'autel sous la voûte de l'église Saint-Grégoire. Le soir des noces, ils se couchaient dans le même lit et c'était l'instant d'un baiser gourmand, de caresses...

— Oh! Tu es bien rouge, d'un coup! s'exclama Marguerite qui l'observait, afin d'être sûre que son amie mangeait de tout.

— Je ne bois jamais, alors voilà le résultat! répondit la jeune femme ramenée brutalement sur terre.

Liesele et Berni se chamaillèrent pour un morceau de coq qui les tentait tous les deux. Noëlle racontait à Charles comment elle avait appris au chien roux à donner la patte. Clémence retourna à ses pensées.

«Tout à l'heure, quand Johann m'a souhaité une bonne soirée, il avait un air étrange et il me parlait de très près. Je crois qu'il avait envie de m'embrasser. Hélas, il y avait trop de monde dans la cour: Hainer, Güsti, la vieille dame qui nous surveillait et

Marguerite. Mais en janvier, nous serons souvent seuls dans son bureau. Que se passera-t-il?...»

Le rire de Noëlle la fit sursauter. Berni était allé dans le cellier, plus frais que la pièce principale, et rapportait, aussi sérieux qu'un roi mage, la grande tarte ronde aux mirabelles nappée de sirop doré.

—Eh! se rengorgea Marguerite. Les mirabelles du domaine! J'en ai encore dix bocaux.

Ce fut l'apogée du festin. Clémence félicita chaudement son amie en déplorant être pour sa part une piètre cuisinière.

—Je t'écrirai mes recettes dans un cahier. Je ne connais rien de tel pour plaire à un homme que des bons petits plats.

Charles éclata de rire en faisant un clin d'œil amoureux à sa femme. Liesele et Berni poussèrent des cris moqueurs. On demanda enfin à Noëlle de chanter encore une fois *Mon beau sapin*. La fillette se leva et, rose de plaisir, elle entonna le refrain.

Invité par Johann Kaufman à boire un digestif, Hainer traversait la cour au même moment. Güsti était déjà couché. Le contremaître fixa avec une vive rancœur la porte des Merki, ornée d'une couronne de lierre enrubannée de satin rouge. Il neigeait toujours. Dans l'écurie, une des juments lança un bref hennissement. Le chien, couché sous le hangar, se mit à grogner.

—Eh quoi, Lorrain, cria-t-il, toi aussi, tu as choisi ton camp? Je sais ce que c'est, va! Il n'y en a plus que pour la Weller et sa gosse.

Dans le salon de la grande maison, Martha sirotait un verre de liqueur de cassis. Assis en face d'elle, Johann feuilletait un journal. Leurs fauteuils étaient disposés de chaque côté du poêle en fonte émaillée, d'un vert sombre.

— Ah! Mon brave Risch, viens donc veiller avec nous! Maman m'a gavé, je ne peux plus boutonner ma chemise. Foie gras en croûte et escargots au four, comme quand j'étais gamin. Avec de l'ail et une goutte de schnaps dans la sauce. Et un énorme kougelhopf dont il ne reste que la moitié. En veux-tu avec du café?

— Non, merci, j'ai bien dîné.

Kaufman leva une main conciliante. Il n'arrivait pas à lire une seule ligne de son journal. Sa mère s'était montrée étrangement aimable pendant le repas. Lui qui s'apprêtait à entendre des reproches, des sermons, des critiques, il avait eu droit à des sourires attendris, à des tapes affectueuses sur ses cheveux grisonnants. Serein, heureux de sa soirée, il songeait à Clémence.

« Elle était si ravissante, dans l'église! se disait-il. Je n'avais pas honte d'elle, ça non. Fichtre! Tout à l'heure, j'ai failli l'embrasser en la quittant. »

Il soupira, perdu dans ses rêveries d'homme seul. Hainer et Martha le dévisageaient d'un même regard méprisant, mais il n'en vit rien.

6

Avant l'été

Domaine Kaufman, mai 1929
Les longs mois d'hiver s'étaient changés en un printemps pluvieux encore venteux et frais, qui ralentissait la végétation. Les gens de Ribeauvillé et du domaine Kaufman escomptaient le retour du soleil pour apporter un peu de chaleur.

Marguerite et Clémence ne faisaient pas exception à la règle. Ce jour-là, elles étaient fidèles à un rite qui leur était cher. Presque tous les jours d'école, elles déjeunaient ensemble chez l'une ou chez l'autre, mais un quart d'heure après Charles qui prenait un repas rapide avant de repartir aux champs. C'était l'époque des semis et de la remise en état des machines et des bâtiments. Les deux femmes appréciaient ces moments en tête-à-tête. Pressées de boire leur café et de grignoter des biscuits à la cannelle, elles terminaient des restes accommodés avec une sauce.

— As-tu vu ces nuages noirs? gémit Marguerite. Il va encore pleuvoir des cordes. Je voudrais bien que le beau temps revienne. J'ai repiqué des laitues et des pieds de tomate que Berni avait semés sous châssis le mois dernier, mais avec toute cette eau la maladie va s'y mettre.

—Tu as raison, l'humidité s'infiltre partout. Enfin, les cigognes sont de retour. C'est bon signe. Johann les a vues le premier.

Quand Clémence prononçait ce prénom, sa voix se faisait douce, caressante. Jamais elle n'aurait osé se montrer aussi familière à l'égard du patron devant une autre personne que Marguerite, qui n'y prêtait presque plus attention.

—Et rien de neuf, avec lui? s'enquit-elle en guise de réponse.

—Non, je crois que je me suis trompée, il n'a que de l'amitié pour moi, soupira la jeune femme. La situation n'a pas changé depuis Noël. J'espérais qu'il se passerait quelque chose entre nous. Dans le bureau, nous sommes parfois si proches. Mais non, même si je plaisante, si je ris avec lui, il reste très correct. Bonjour, bonsoir, des sourires, des compliments, rien d'autre. Je ne lui plais pas. Tu as perdu ton pari: il n'est pas prêt de m'épouser.

Marguerite sirota le fond de sa tasse. Paupières mi-closes, elle observa à nouveau le ciel derrière les carreaux.

—Peut-être que le patron craint une rebuffade et n'ose pas t'approcher. Crois-moi, si tu le repoussais, il serait bien vexé. Ce n'est pas un bel homme; il a encore grossi. Et vous avez dix ans d'écart. Il se dit que tu es trop bien pour lui.

—Moi, trop bien pour lui? répéta Clémence d'un air ébahi. Enfin, Marguerite, c'est un riche proprié-taire et je suis son employée. Non, ça ne marchera pas.

Elles regardèrent la pendule. Il était treize heures trente. Marguerite ajusta son foulard de manière à dissimuler ses cheveux tirés en arrière.

—Tu as quand même de la chance, Clémence, de travailler au chaud et au sec. Cet après-midi, je dois nettoyer le poulailler et chauler les murs. Charles n'a pas le temps; il passe la herse dans le champ où le patron veut planter des choux. Et l'ogresse se tient-elle tranquille? C'est que je ne t'ai pas vue seule à seule depuis vendredi. Raconte!

La jeune femme eut un sourire blasé. Martha Kaufman se livrait à une guerre d'usure avec une fourberie inouïe.

— Il n'y a rien de neuf. Le samedi et le dimanche, elle a souvent de la compagnie. Elle m'oublie un peu. Cette fois, c'étaient des cousins de Colmar. Mais si je comptais tous les vilains tours qu'elle m'a joués depuis le premier de l'An, j'aurais de quoi faire. Et je ne veux pas me plaindre à Johann. Il me dit souvent que sa vieille mère perd la tête, que le chagrin l'a usée. Il la respecte beaucoup, au fond. Je préfère qu'il ne soit pas au courant!

— Quand même! pesta Marguerite. Tu te souviens le coup du linge, la semaine où il a fait si beau au début d'avril? Tu avais lavé tes draps et les chemises de nuit de ta fille, et c'était presque sec quand tu as tout retrouvé par terre derrière la grange. Les cochons avaient piétiné ça, c'était du propre. Tu en as pleuré.

— Et j'ai dû tout relaver, ajouta Clémence. J'avais les mains dans un drôle d'état, à cause des cristaux de soude. Johann s'en est aperçu; il m'a demandé ce qui m'était arrivé. Je lui ai dit que mon fil à linge s'était cassé, que j'avais dû recommencer ma lessive.

— Il n'a pas été dupe, affirma son amie, friande de ce genre de bavardage.

— Et mes géraniums, ceux que tu m'avais offerts, mardi dernier, qui démarraient si bien! s'exclama la jeune femme. Les trois pots renversés, les tiges brisées. Et je dois toujours relaver mes vitres, quelqu'un crache dessus, je t'assure. Parfois, cela me soulève le cœur.

Elles ne se lassaient pas d'énumérer les divers

petits incidents dont était victime Clémence. Si Charles les entendait, il déclarait que ces choses-là arrivent à tout le monde et qu'il n'y avait pas forcément de responsable. Selon lui, le fil à linge s'était vraiment rompu, et le vent avait fait tomber les pots de géranium. Quant aux crachats, là, il soupçonnait Güsti, un futur voyou, à son avis.

—Quand même, je me demande comment cette vieille sorcière réussit à manœuvrer sans attirer l'attention, reprit Clémence après un silence. En plus, elle est couchée dans sa chambre la moitié du temps.

—Pose la question à Hainer Risch et à son fils. Le gamin boude Liesele et Berni, parce que la veille de Noël il n'a pas mangé chez nous et qu'il a dû se coucher tôt. Son père le rendra mauvais, ce garçon. Enfin, Martha Kaufman est rusée. Méfie-toi. Plus tu t'enracines ici, plus elle enrage. Tu n'en es pas débarrassée, elle a la peau dure.

Clémence acquiesça d'un mouvement de tête. Elle se leva, rangea la chaise et s'étira un instant, alanguie par les sucreries et la digestion d'un baeckeofe riche en viande que son amie lui avait servi. Malgré la pluie et un vent frais, elle avait mis une robe neuve en mousseline beige. Un veston en lainage marron complétait sa tenue, sobre mais élégante.

—Tu as su me remplumer, Marguerite, observat-elle en effleurant son ventre du bout des doigts. J'ai dû prendre quatre kilos depuis que je mange avec toi.

—Tu en avais besoin! Et ça te va bien, quelques rondeurs!

Chaque matin, la jeune femme se regardait dans son miroir. Ses cheveux avaient repoussé. Ils n'étaient plus frisés, mais ils gardaient des ondulations soyeuses. Son reflet ne la démoralisait plus.

—J'ai des lettres à rédiger, affirma-t-elle. Je te laisse.

Surtout, si Noëlle veut goûter chez toi, ne cède pas. Je lui ai préparé des gaufres.

Le bruit d'un moteur d'automobile la fit taire. Elle reconnut la voiture du viticulteur. Johann en descendit et se dirigea d'un pas lent vers la grande maison.

—Marguerite, il est rentré plus tôt que prévu. Je file.

Même si l'attitude discrète de Kaufman la frustrait, Clémence ne ratait pas une occasion de le côtoyer, de discuter avec lui. Habilement, elle orientait les discussions sur les sujets q s'il appréciait. Cela allait de la taille des vignes à l'élevage des cochons, sans oublier le labourage ou le séchage du houblon. Ce jour-là encore, elle le rejoignit devant la porte de la grande maison au moment où il tournait la poignée.

—Vous êtes déjà de retour? s'étonna-t-elle. Je croyais que vous restiez à Strasbourg jusqu'à ce soir! Vous n'avez pas eu d'ennuis?

D'ordinaire, Johann aurait répondu aimablement. Mais il lui décocha un coup d'œil froid, presque méprisant. Tout de suite affolée, elle ne sut plus quelle conduite adopter.

—Venez dans mon bureau, je dois vous parler!

Le ton était aussi glacé que le regard. Saisie d'appréhension, elle le suivit. Le comportement colérique du viticulteur acheva de la bouleverser.

—Monsieur, je ne comprends pas. Que se passe-t-il? questionna-t-elle d'une voix tremblante.

Il s'installa dans le fauteuil, comme pour lui dicter un courrier. La jeune femme s'assit à la petite table et plaça ses mains de chaque côté de la machine à écrire.

«Il a vraiment l'air furieux! s'alarma-t-elle. Et cela me concerne, vu la façon dont il me fixe. Peut-être pas furieux, mais malheureux...»

Kaufman toussa et vérifia que son tampon encreur se trouvait bien dans sa boîte. Il n'était pas à son aise.

—Monsieur, insista-t-elle, dites-moi ce qui vous préoccupe. J'ai l'impression que vous m'en voulez!

—Oui, je vous en veux! rétorqua-t-il. Et beaucoup. Je n'étais pas à Strasbourg, mais à Mulhouse, figurez-vous. J'étais bien obligé! Je pensais revenir tout content et faire ravaler ses accusations à ma mère, mais c'est le contraire. Vous m'avez menti, Clémence. Je pensais que vous étiez une personne honnête et droite.

Elle pâlit, sans même chercher à nier ou à se défendre. Ses lèvres se crispaient comme celles d'une enfant prête à sangloter.

—Ah, fit-il, vous ne protestez pas! Je préfère ça, puisque j'ai vérifié moi-même tout ce qu'on me racontait sur vous. Il a fallu que ma mère envoie Risch enquêter sur votre compte. Vous auriez dû changer de nom. Il n'a eu aucun mal à retrouver votre trace en interrogeant le directeur de l'usine où vous travailliez. Et, Weller, c'est votre nom de jeune fille, le nom de vos parents qui habitent près de Durrenbach. Par conséquent, vous n'avez jamais été mariée, encore moins veuve. Vous êtes fille-mère et ma vieille mère disait vrai: votre fille n'est qu'une bâtarde.

Ce dernier mot blessa la jeune femme dans sa pauvre dignité. Elle éprouva une soudaine colère. Relevant la tête, elle eut enfin le courage de regarder Johann droit dans les yeux.

—N'insultez pas mon enfant qui n'est coupable de rien. Non, je ne vous l'ai pas dit, mais je ne savais pas qu'une secrétaire devait avouer son passé! Je ne savais pas non plus que monsieur Risch jouait les détectives! Une chose est sûre, les manigances de votre mère pour me chasser d'ici sont odieuses.

Il frappa du plat de la main sur son bureau. Empourpré, les traits crispés, il avait quelque chose d'effrayant. Clémence ne pouvait pas deviner ce qui le rendait aussi irascible.

— Pourquoi m'avez-vous menti? poursuivit-il. Même à Noël, dans la calèche, vous prétendiez n'avoir que votre gosse pour famille. Je vous faisais confiance, moi! C'était pourtant le bon moment pour me parler! Cela aurait évité la situation dans laquelle je me trouve. Je vous défends depuis des mois en vantant votre travail, votre loyauté, et voilà le résultat. Je ne vous reproche pas tant d'être fille-mère, cela arrive à un paquet de jeunes écervelées qui se laissent embobiner par des types sans scrupules, mais j'avais le droit de connaître la vérité.

Clémence avait envie de sortir de la pièce, de fuir le domaine des Kaufman pour ne jamais y remettre les pieds. Johann venait de mettre le doigt sur une doulou-reuse blessure dont elle souffrait encore.

« Il a touché juste, songea-t-elle; à quoi bon m'expli-quer, me donner des excuses! J'ai perdu son estime et le peu d'intérêt qu'il me portait. Mais comme il est triste! »

Elle hésitait à lui répondre, de nouveau tête basse, dans une attitude de coupable. Il poussa un juron. Le silence entre eux s'éternisa. Ils entendirent le chien aboyer et une vache meugler. Une poule chanta. C'était les bruits ordinaires de la journée.

— Je n'ai rien fait de mal, monsieur, dit-elle enfin d'une voix nette. Je fais partie des écervelées qui ont cru en un beau parleur. Je vais m'en aller, cela arran-gera votre mère. Autant que vous sachiez la vérité. Quand on a trop honte d'une chose, on la cache. Je ne sais pas si, cacher, c'est mentir! Oui, j'aurais pu me confier à vous, mais pas dans la calèche, devant ma fille qui ignore tout de mon histoire.

Clémence se tut. Elle sortit un mouchoir de sa poche

de gilet et tamponna ses yeux. Les larmes sourdaient contre son gré. Sa voix chevrotait lorsqu'elle ajouta :

— J'avais peur de vous décevoir, monsieur. Vous étiez si gentil avec moi, si prévenant. Personne ne m'avait montré autant de bonté depuis longtemps. Je me croyais au paradis. Vous vous souvenez, dans l'église ? Nous discutions en bons amis et j'étais heureuse. Mon plus beau Noël, je crois. Je... je me suis même fait des idées, le soir. J'espérais que nous aurions l'occasion de faire connaissance quand je taperais à la machine, mais non. Depuis le premier de l'An, vous m'évitez, nous ne sommes plus complices comme c'était le cas ce soir-là.

La jeune femme reprit son souffle, avant de fondre en larmes. Kaufman l'écoutait, les traits tendus, tournant entre ses doigts un coupe-papier en cuivre. Clémence le regarda, inconsciente de la force tragique de ses yeux clairs. Il lui paraissait distant, mais, en fait, il éprouvait de la compassion pour elle.

— Bien sûr que je ne suis pas veuve officiellement, poursuivit-elle tout bas, d'un ton désespéré. J'avais vingt et un ans quand j'ai rencontré le père de ma fille. Les garçons ne s'étaient jamais intéressés à moi, je me croyais condamnée au célibat. Mais lui, cet homme-là, Heinrich, il m'a trouvée à son goût. Pourquoi ? Je ne l'ai jamais su. Je l'ai rencontré dans un jardin public et, de jour en jour, il a su me charmer, me convaincre qu'il m'aimait. Je n'ai pas besoin de vous en dire plus, car à cet âge-là n'importe quelle fille laide serait tombée amoureuse. J'avais besoin d'une revanche sur toutes les moqueries, les railleries que j'avais endurées. Au bout de quelques semaines, il m'a parlé fiançailles et mariage et je lui ai cédé. Pourquoi moi ? Pourquoi ? Même encore, parfois, je me dis qu'il a eu un peu d'amour pour moi.

La jeune femme n'avait jamais confié à personne

son douloureux secret. Elle se plia en deux un instant, le ventre noué par un trop-plein d'émotions.

—Je ne vous en demandais pas tant! déclara Johann, embarrassé. Et vous n'êtes pas laide du tout, maintenant. Je suppose que, jeune fille, vous aviez de quoi séduire un homme. Vous lui plaisiez, il n'y a pas de mystère là-dessous.

Ces propos maladroits, dits d'une voix basse et voilée, ravivèrent les regrets de Clémence qui tenta de se justifier. Elle percevait un léger fléchissement dans l'attitude hostile du viticulteur.

—Je suis fille unique et mes parents sont très croyants. Ils ont commencé à s'inquiéter, à désapprouver ma relation avec Heinrich. Mais le mal était fait, je ne pouvais plus vivre sans lui. Je devais leur mentir pour le voir, mais cela m'était égal. Ensuite, je me suis aperçue que j'étais enceinte. Quelle joie j'ai ressentie! Comme les autres femmes, j'allais fonder un foyer, élever des enfants, moi qu'on traitait de laideron, de sac d'os. J'ai annoncé ma grossesse à Heinrich, toute timide, impatiente de partager ce grand bonheur avec lui. Deux jours plus tard, il avait disparu. Sans un mot, sans une lettre d'explication. Une écervelée, un beau parleur, vous disiez vrai!

Clémence poussa un long soupir résigné. Elle était soulagée d'avoir pu expliquer les circonstances de la naissance de Noëlle.

—Je ne pouvais pas vous avouer tout ça le jour du Pffiferdaj, à l'auberge où nous avons déjeuné, dit-elle soudain avec un sourire désolé. Chaque fois que j'ai cherché du travail, j'ai raconté que j'étais veuve. Les filles-mères ne sont pas bien vues.

Kaufman aurait voulu se montrer dur, inflexible, mais au fond il ressentait surtout une jalousie intense. Cela le confortait dans ses sentiments. Hélas, ce n'était pas le moment choisi pour des aveux.

«Cette sauterelle s'est donnée tout entière à un saligaud, pensait-il en fixant le coupe-papier. Je suis sûr qu'elle n'aime pas à moitié. Je l'avais senti, qu'elle était sensuelle et ardente. Si elle savait pourquoi j'ai pris mes distances, après les fêtes! J'aurais pu faire comme l'autre, son Heinrich! Mais je ne pouvais pas, je la respecte, moi.»

— Monsieur, ne me jugez pas! s'écria-t-elle, inquiète de son mutisme. J'avais foi en cet homme; il m'avait promis monts et merveilles. Si vous saviez combien j'ai souffert, après... J'étais majeure; j'ai quitté la maison de mes parents en cachette, avec mes pauvres économies et une petite valise. J'ai élevé ma fille sans l'aide de personne et elle n'a manqué de rien.

— Comment s'appelait ce type? demanda-t-il tout à coup en la fixant droit dans les yeux. Son nom de famille?

— Quelle importance! Il est mort, je l'ai appris en lisant le journal. Noëlle avait trois ans à cette époque. Elle ignore tout de mon passé, Marguerite aussi. Je n'en ai jamais parlé. Est-ce que Hainer Risch a découvert tout ça, monsieur?

— Mais non! Comment aurait-il pu? Il a rapporté à ma mère que vous n'étiez pas veuve, que vous portiez votre nom de jeune fille.

— Et pour mes parents, qui le lui a dit? Je ne parlais pas d'eux à l'usine.

— C'est moi, ça, répondit Kaufman. J'ai consulté un bottin à la poste de Mulhouse. J'ai trouvé une fromagerie Weller, à Durrenbach.

— Oh! Ils ont donc le téléphone, maintenant! remarqua Clémence. Vous les avez appelés?

— Pour qui me prenez-vous? coupa-t-il. Ce ne sont pas mes affaires! Je ne sais pas quelles relations vous entretenez avec eux. En tout cas, vous avez une famille.

Incapable d'affronter le mépris qu'elle croyait

deviner dans sa voix, la jeune femme se leva, enfila son gilet et couvrit la machine à écrire de sa housse en toile cirée.

—Monsieur, pendant dix ans, j'ai vécu seule. Mon enfant est venue au monde dans un hôpital, un soir de Noël. Cela non plus, je n'en ai pas parlé cette année, mais ma fille a eu deux cadeaux, un pour les fêtes, un pour fêter ses dix ans. Je ne pensais pas devoir me justifier, puisque j'ai eu par la suite une conduite irré- prochable. Votre mère a gagné. Je préfère partir. Je n'en peux plus.

Johann fut pris d'une peur irrépressible. Quand il était rentré de son expédition, il la méprisait d'avoir menti. Mais il savait la vérité à présent et sa colère était retombée. Heinrich était mort. La jalousie n'était pas de mise. Depuis le départ d'Amélie, le viticulteur n'avait plus éprouvé cet élan fébrile envers une femme, ce bouleversement joyeux de tout son être provoqué par l'imminence de l'amour partagé, car il était amoureux.

« Bien sûr, je l'aime! se dit-il. Elle ne s'en ira pas. »

Mais il ne savait pas comment s'y prendre pour la retenir après une entrevue aussi pénible.

—Pourquoi avez-vous coupé les ponts avec vos parents? dit-il d'un ton radouci. Ils auraient pu vous aider, vous héberger avec la petite?

—Ils ne savent rien de moi. J'ai juste pris soin de leur envoyer mes vœux à chaque nouvelle année. C'était une façon de les informer que j'étais vivante et en bonne santé. Comme je vous l'ai dit, ils sont très croyants et ils n'auraient pas compris. Ils n'ont même pas su que j'avais eu une enfant. Je ne leur ai jamais donné d'adresse.

Clémence se tenait debout près de la porte. Johann étudia son visage émacié, marqué par les larmes qu'elle avait versées. Il eut envie de la consoler. Une fois encore, il tergiversa.

— Vos parents avaient le droit de connaître Noëlle! Voyons, ils vous auraient pardonné.

— Et vous? Est-ce que vous me pardonnez? Non, n'est-ce pas! Peut-être que si j'étais une belle femme, vous seriez moins sévère. Mais je ne regrette rien, monsieur. Noëlle fait ma fierté. C'est une excellente élève et une gentille petite. Elle se plaisait chez vous.

— Je vous pardonne de m'avoir menti, dit-il avec bonhomie, voulant se montrer indulgent. J'ai réagi un peu vite. En effet, quand je vous ai rencontrée à Ribeauvillé, c'était prématuré de me raconter votre vie. Maintenant, entendons-nous bien, Clémence! Vous ne me cacherez plus rien? Je préfère savoir avant de me retrouver face à ma mère. Vous comprenez, elle va me répéter que vous êtes une femme facile, une coureuse.

La jeune femme maudit intérieurement la vieille dame à l'esprit retors. Intriguée par la soudaine gentillesse de Johann, elle décida d'aller au bout de sa confession.

— Le père de ma fille était allemand, monsieur. Il n'avait aucun accent et portait un nom qui aurait pu être alsacien. Durant la guerre, il ne s'est pas battu, ni d'un côté ni de l'autre, sans doute en trichant encore une fois. Ce n'était qu'un lâche, un séducteur. Avec le recul, je ne comprends même plus ce qui a pu me plaire en lui. Sans doute le fait qu'il me faisait la cour, qu'il m'offrait un bouquet de jonquilles, qu'il disait m'aimer.

Cette ultime révélation préoccupa Kaufman. Tout bas, comme si la vieille dame était derrière la porte, il assura:

— Si ma mère l'apprend, elle vous haïra encore plus! Et la petite Noëlle aussi.

— Mais pourquoi? Vous connaissez aussi bien que moi l'histoire de notre région! Après la guerre, nous sommes redevenus français et les honnêtes familles allemandes installées dans le pays depuis des années ont dû repasser le Rhin. Ce ne sont pas les pauvres gens qui décident des combats ni des frontières! Qui donc, en Alsace, peut jurer qu'il n'a aucun ancêtre allemand dans sa famille? Vous-même, je sais que vous fréquentez des clients de Stuttgart! Ce n'est pas en cultivant la haine que nous honorons tous les morts de la dernière guerre!

Elle s'enflammait, n'ayant plus rien à perdre. Cela lui était insupportable qu'on puisse haïr une fillette de dix ans, parce qu'un peu de sang allemand coulait dans ses veines. Il l'apaisa d'un geste de la main. Le plus important était de la garder au domaine, de la rassurer.

— Je pense comme vous, Clémence, certifia-t-il avec un bon sourire. Calmez-vous! Personne ne saura qui était le père de Noëlle. Et asseyez-vous, j'aime tant vous voir devant cette machine à écrire. Je ne vous ai pas encore renvoyée, il me semble? D'accord, en arrivant et avant, pendant le voyage, j'étais en rogne. Mais au moins cela aura eu un résultat: vous m'avez parlé franchement. Il n'y a pas de quoi fouetter un chat. Rien qu'à Ribeauvillé, je connais trois ou quatre filles qui se sont retrouvées dans la même situation que vous. Le plus coupable, c'est le père de Noëlle. Si j'avais eu la chance d'avoir des gamins, je ne les aurais pas abandonnés.

Clémence finit par accepter ce revirement. Johann la retenait, elle n'avait pas à s'enfuir, à quitter tout ce qui lui était devenu si cher, son logement, les veillées chez les Merki, les jeux de sa fille dans la cour et lui, surtout, Johann. D'une démarche mal assurée, elle retourna s'asseoir.

— Enfin, à la bonne heure! déclara-t-il, sincèrement tranquillisé. Je n'ai plus qu'à régler certains problèmes.

Avec Hainer Risch en premier lieu. Que mon contre-maître fasse le toutou devant ma vieille mère, ça ne me plaît pas. Mais il n'a pas récolté grand-chose, en fouinant à Mulhouse. Il a rencontré votre logeuse qui lui a dit du bien de vous, comme l'a fait le chef de votre atelier, à l'usine. Risch est tellement sot qu'il a bien précisé ça à ma mère. Elle me l'a répété à contrecœur, en prétendant que vous saviez duper votre monde.

La jeune femme joignit les mains devant son visage et ferma les yeux quelques secondes.

«Il paraît plein de bonne volonté, il croit pouvoir tout arranger, mais il y aura toujours cette vieille sorcière entre nous. Même si je lui avouais que je l'aime, même s'il voulait m'épouser un jour, il y aurait Martha Kaufman pour nous empêcher d'être heureux ensemble. Elle s'en prendrait à Noëlle!»

Presque contre sa volonté, Clémence se releva.

—Vous êtes bien bon, monsieur, mais je crois qu'il vaut mieux que je parte, gémit-elle. Je n'en peux plus! Je n'ai pas osé me plaindre, pour ne pas vous causer de souci, mais je n'en peux plus! Et là, je ne mens pas. Interrogez Marguerite, elle est au courant. Votre mère me tourmente sans cesse. Mon linge souillé par les cochons, mes géraniums en miettes, des crachats sur mes vitres, et d'autres mesquineries que j'ai essayé d'oublier. Ne croyez pas que je vous quitte de gaîté de cœur, oh non! Je n'ai jamais été aussi heureuse qu'au domaine, près de vous, grâce à vous.

Clémence en avait trop dit. Rouge de confusion, elle se rua vers la porte. Plus vif qu'il n'en avait l'air, Kaufman la rattrapa en deux enjambées.

—Alors, restez près de moi! affirma-t-il avec conviction. Je ne suis qu'un ours mal léché. Je vous ai tenue à l'écart, depuis le premier de l'An, parce que je pensais trop à vous, du matin au soir. Et je me disais:

«Mon vieux Johann, tu as quarante-deux ans, tu grisonnes, ne t'emballe pas.» Les choses vont changer, Clémence. Je vais mettre Hainer au pas. S'il le faut, je l'enverrai au diable en personne. Ma mère aussi devra m'écouter. Je ne veux plus qu'elle vous persécute!

La jeune femme frissonna, malgré la chaleur délicieuse qui l'envahissait. Johann posa une main timide sur son épaule.

—Je me moque bien de votre passé! dit-il en approchant son visage du sien. Vous avez droit au bonheur, comme nous tous, comme moi... Clémence.

Il était fasciné par ses lèvres d'un rose de fleur printanière. Du bout du doigt, il caressa une de ses joues.

«Il m'aime!» songea-t-elle, émerveillée.

Au même instant, on appela dans la cour. Ils reconnurent la voix de Marguerite.

—Patron, venez vite! hurlait-elle. L'étalon est comme fou. Il a mordu Charles!

Kaufman se précipita au secours de son ouvrier. Des cris effrayants s'élevaient de l'écurie. Affolée, Clémence le suivit en courant. Elle priait de toute son âme.

«Mon Dieu, protégez-les! Par pitié, mon Dieu!»

Elle n'avait pas fait deux pas dans la cour que Marguerite ressortit de son logement, le fusil de chasse de son mari à la main.

—Je vais l'abattre, cette bête du diable! cria-t-elle. J'avais bien prévenu le patron de ne pas garder un étalon noir comme de l'encre!

Des coups violents retentissaient dans l'écurie. On entendait le fracas de planches se brisant net, mêlé à des hennissements perçants.

«Pourtant, Noëlle adore Guillot, se dit Clémence. Elle lui donne du pain dur. Ce cheval n'a jamais été nerveux!»

Hainer Risch apparut, soutenant Charles. L'ouvrier

agricole avait le visage en sang. Rassurée de le voir sain et sauf, Marguerite jeta l'arme par terre.

— Mon pauvre homme, te voilà bien mal en point! se lamenta-t-elle.

— Une plaie sur le front, ça saigne en abondance, expliqua le contremaître sans paraître très ému.

Clémence n'osait plus avancer, mais son inquiétude pour Johann la poussa à faire encore quelques pas. De l'entrée du bâtiment, elle devina la silhouette du viticulteur, qui s'était glissé de l'autre côté des râteliers à foin d'où il pouvait observer sans danger le cheval. Soudain, il poussa un juron. L'étalon, lui, continuait sa danse folle dans l'espace clos de la stalle. Il se dressait sur ses membres postérieurs, les yeux fous, son grand corps musculeux tendu par une incompréhensible colère.

— Calme-toi, Guillot! s'exclama Kaufman. On va te sortir de là! Que quelqu'un vienne m'aider! Il y a un renard couché dans un coin de la stalle, c'est ça qui l'effraie.

Hainer fit demi-tour et accourut en maugréant. Clémence lui emboîta le pas dans l'espoir de se rendre utile. Curieusement, elle n'avait pas peur du cheval noir dont sa fille lui parlait si souvent, le décrivant comme l'animal le plus gentil du monde.

— Ouvre-lui la porte, Risch, brailla le viticulteur. Laisse-le partir, il n'ira pas loin. Il se calmera dès qu'il ne sentira plus l'odeur du renard. Et fais vite, si tu ne veux pas qu'il attrape la rage. Ce n'est pas normal que cette bestiole soit entrée dans l'écurie. Elle est sûrement malade! Clémence, il me faudrait un fusil.

— Marguerite en avait un, je peux vous l'apporter, dit-elle d'une voix ferme, dans son désir de paraître courageuse et efficace.

— Dépêchez-vous, ça fera l'affaire, répliqua-t-il.

Le contremaître libéra Guillot qui recula et, d'un

seul bond, fonça vers la cour. Là, il caracola, sa robe sombre luisante de sueur, avant de s'élancer au galop vers le porche donnant sur les champs de choux.

Clémence revenait déjà, encombrée du fusil qu'elle ne savait trop comment tenir. Elle rejoignit Johann derrière les râteliers. Il lui désigna de l'index une forme rousse recroquevillée dans la paille, dans la stalle même de l'étalon.

—Les chevaux ont un instinct très développé. Guillot a senti que le renard était gravement malade et représentait un danger. Je me demande pourquoi cette pauvre bête est venue se réfugier là. Sûrement pour mourir. Regardez-le, il agonise. Et personne n'a été fichu de voir ce qui affolait mon cheval. Bande d'incapables!

Johann épaula et tira. Clémence avait fermé les yeux et elle sursauta quand la détonation résonna, si proche qu'elle en fut assourdie. Hainer les observait d'un air indécis.

—Risch, ordonna le viticulteur, ramasse le renard avec des gants et brûle-le. Il y a un bidon d'essence sous le hangar.

—Ce n'est pas mon travail, patron! se renfrogna le contremaître.

—Charles est blessé, bon sang!

—Demandez à Lucas. Il est palefrenier, mais pas moyen de le trouver jamais quand on a besoin de lui!

—Pardi, il a dû conduire les juments au pré à côté de l'étang, comme je le lui avais demandé hier. Tu vois bien qu'elles ne sont pas là, les juments! Et depuis quand tu discutes mes ordres?

—Je peux m'en occuper! proposa Clémence malgré sa répugnance.

Il se passa alors une chose étonnante: Johann la prit par la taille et l'attira contre lui. Comme elle tremblait de nervosité, il lui caressa la hanche.

— Ce n'est pas un travail de femme, ça! Allez plutôt prendre des nouvelles de Charles. Marguerite doit être aux cent coups!

Tétanisée par cette main d'homme dont le contact lui semblait brûlant, mais infiniment rassurant, elle n'avait pas envie de s'éloigner.

— Je vais m'en charger, ajouta-t-il. Autant m'habituer à me passer des services de Risch!

Ces paroles contenaient une menace précise. Le contremaître s'en alla en marmonnant. Clémence espérait que Johann en profiterait pour l'embrasser, mais il la lâcha et se mit en quête du nécessaire. Elle s'attarda, curieuse de ses moindres gestes.

— La rage, c'est un fléau, lui expliqua-t-il. Les grandes forêts des Vosges ne sont pas loin. Les bêtes voyagent vite. Depuis mon enfance, nous avons trouvé au moins une trentaine de renards enragés autour du domaine, mais, dans l'écurie, jamais. Sans doute Guillot lui aura mis des coups de sabot, à cette malheureuse bestiole.

Il enfila des gants usagés en cuir et prit un sac en toile de jute.

— Clémence, allez boire un petit coup de schnaps chez les Merki. Vous êtes blême à faire peur. Ne vous inquiétez pas, nous avons la vie devant nous.

Johann faisait allusion à leur avenir commun. Exaltée par cette promesse, elle lui adressa un sourire rayonnant et quitta le bâtiment.

« Qu'elle est belle, ma petite sauterelle! » se dit-il, ému comme un adolescent.

Une semaine s'était écoulée depuis l'accident. Tout était rentré dans l'ordre. Hainer avait présenté ses excuses à son patron qui les avait acceptées. Le viticulteur ne pensait qu'à Clémence et, pour ménager les humeurs de sa vieille mère, il avait renoncé à renvoyer le contremaître.

Charles portait au front une marque bleuâtre, barrée d'une coupure rouge sombre. Une fois le sang lavé, Marguerite avait pu constater qu'il n'y avait aucune autre blessure.

Le renard avait été brûlé et l'étalon avait retrouvé sa gentillesse ordinaire. Quand ils avaient appris le drame, les enfants s'étaient donné le mot et rendaient visite à Guillot matin et soir, lui offrant des morceaux de sucre et des carottes.

Seule Noëlle osait le caresser. Elle était si confiante que le cheval percevait sa douceur aimante et se laissait cajoler. Clémence, cependant, accompagnait sa fille jusqu'à la stalle. La jeune femme attendait l'instant merveilleux où Johann se déclarerait enfin, sans hésiter ni masquer ses sentiments. Mais il s'absentait tous les jours et, tant qu'il ne l'invitait pas ni ne lui demandait son aide, elle ne se risquait pas dans la grande maison.

«Depuis l'histoire du renard, il ne m'a pas fait appeler dans son bureau, comme s'il n'y avait plus de lettres à taper! Qu'est-ce qu'il fabrique, tantôt à Riquewihr, tantôt à Colmar?»

Elle n'aurait jamais imaginé que Johann, de plus en plus amoureux et décidé à l'épouser, cherchait comment éloigner sa mère du domaine. Il faisait le tour de ses cousins et de ses bons amis pour glaner des conseils ou trouver une solution à son problème.

—Je veux me remarier et ma vieille mère tyrannisera mon épouse, si elle reste sous le même toit, répétait-il à ceux qui l'écoutaient. J'ai visité une maison de retraite tenue par des religieuses, mais je ne vois pas maman dans un établissement aussi vétuste. Elle ne voudra sûrement pas y aller.

Kaufman menait sa quête sous un soleil de plomb et il rentrait, exténué, son linge moite, la migraine martelant ses tempes. Après des jours et des jours de pluie et de fraîcheur, le temps avait viré au beau. Il faisait même trop chaud. La terre gorgée d'eau séchait à une rapidité surprenante, tandis que la végétation se développait encore plus vite. Au potager, les plants et les semis profitaient du moindre rayon et, dans les champs, les choux cabus à choucroute, les fameux Brunswick, poussaient à vue d'œil. La récolte serait excellente, selon Charles.

Au retour de l'école, Noëlle ne savait plus où donner de la tête. Liesele, à peine son cartable posé près du buffet, secondait ses parents. Les deux filles nourrissaient les cochons de l'année et la volaille.

Des couvées avaient éclos, et le spectacle des poussins d'un jaune vif, en file indienne derrière une poule grise, ravissait Noëlle tous les soirs. Les canes aussi veillaient sur d'adorables canetons au duvet beige qui barbotaient dans la mare avec maladresse.

La clarté revenue et la touffeur délicieuse de l'air déjà estival appelaient à de longues balades sur les chemins. Aussi, ce samedi-là, Liesele décida-t-elle d'emmener Berni et Noëlle jusqu'à une petite colline où ils goûteraient.

— C'est mon quartier général, prétendit l'adolescente, les mains sur les hanches. J'ai gravé des signes sur les pierres et je suis la seule à pouvoir les déchiffrer.

— Ils ne veulent rien dire, tes signes! protesta son petit frère qui connaissait bien l'endroit. Tu vas là-bas parce qu'on voit la maison de ton chéri!

— N'importe quoi! protesta Liesele.

Noëlle savait pourtant que le fils du chef de gare, un garçon de treize ans, brun et robuste, passait des billets doux à son amie devant le portail de l'école.

— Je n'ai pas besoin de regarder sa maison de si loin, nigaud, puisque je vois Manuel tous les soirs en ville! avoua sa sœur.

Ils marchaient de front entre les champs de choux. Le

ciel était d'un bleu intense, mais à l'est s'accumulaient des nuages d'un gris sombre. Les hirondelles volaient bas. Partout, de chaque côté de l'horizon, des gammes de couleurs vives, de l'or au vert tendre, éclairaient chaque détail du paysage. Les vignes arboraient de jeunes feuilles encore frêles, et le houblon étirait ses lianes sur les fils tendus entre des poteaux de bois blond.

— C'est si beau que je voudrais peindre une image qui ressemblerait à tout ça! affirma Noëlle. Dommage, j'aurais voulu que maman vienne avec nous, ou Lorrain.

— Tu préfères le chien à ta mère! pouffa Berni.

— Mais non, tu es sot, j'ai dit maman en premier! coupa la fillette.

— Ta mère préfère rester au frais, à bavarder avec la mienne, dit Liesele. Les femmes ont toujours des choses à se raconter. Et le chien, lui, il court les femelles. Avec ce soleil, les chaleurs commencent...

— Quelles chaleurs? s'étonna Noëlle. Les chaleurs de l'été?

— Oh, que tu es bécasse, Nel! soupira Liesele. Tu comprendras vite : le patron va faire venir un taureau qui montera les vaches, et ensuite elles auront un veau! Tu n'as pas vu le verrat, hier? Il grimpait sur le dos de la truie, la Fafa, celle qui a l'oreille blessée. Elle est en chaleur, alors le verrat lui fait des petits.

Noëlle devint écarlate. Berni éclata de rire en la montrant du doigt, mais sa sœur lui pinça le bras. Il poussa un cri de surprise.

— Elle vivait à Mulhouse, elle en sait moins que nous! lança-t-elle. Ne te moque pas, d'abord. Toi, l'an dernier, tu croyais encore que la cigogne déposait les bébés devant la porte des gens.

Ils arrivaient près de la colline. Des bosquets de sureaux en fleurs bordaient l'étroit sentier emprunté par les blaireaux, les lapins et les enfants du coin.

—Allez, le premier en haut! s'écria Berni.

Au domaine, comme le supposait Liesele, leurs mères discutaient autour d'un bock de bière fraîche. Par cette chaleur, Charles entreposait des tonnelets dans la cave, afin de toujours disposer d'une boisson à bonne température.

—Tu es sûre que les enfants ne courent aucun danger? questionna Clémence pour la seconde fois.

—Du danger! soupira Marguerite, avec Liesele qui est grande! Avec ce beau temps, il faut bien qu'ils se dégourdissent les jambes! As-tu vu? Le patron est resté à la maison, aujourd'hui.

—Oui, mais le samedi il n'a pas besoin de mes services. Je n'y comprends plus rien. Dans l'écurie, il m'a prise par la taille et il m'a dit des choses... celles que je t'ai rapportées. J'ai les nerfs en pelote, moi, à force d'attendre qu'il se décide.

—D'après Charles, le patron prend son temps à cause de la vieille Martha. Déjà, tu devrais t'estimer heureuse! S'il t'épouse, tu auras gagné le gros lot. Te souviens-tu? Tu es arrivée ici maigrichonne et toute pâlotte? Maintenant tu as un bon salaire, des rondeurs et en plus un teint de fleur. Et monsieur Kaufman en pince pour toi, ça saute aux yeux.

—Peut-être, mais il fait un pas en avant et six en arrière, déplora la jeune femme. De toute façon, même s'il faisait sa demande devant tout Ribeauvillé, je ne pourrais pas me réjouir à fond, à cause de la vieille Martha, comme tu dis.

Marguerite savait tout, à présent. Soulagée de s'être confiée à Johann, Clémence avait jugé utile de raconter la vérité à celle qui était devenue une véritable amie.

—Tant que l'ogresse ne saura pas que le père de ta fille était allemand, la situation peut s'arranger. Elle est boudeuse, la vieille dame. Si vous vous mariez, elle va s'enfermer dans sa chambre et tu auras la paix. Cette bonne femme, Irma, qui vient faire le ménage deux fois la semaine, tu l'engages à plein temps et elle montera les repas à ta belle-mère.

Clémence ne put s'empêcher de rire tout bas.

— Ma belle-mère! Ça fait drôle de dire ça! Oh, parlons d'autre chose, j'en ai le cœur tout affolé. Et Güsti, où est-il? Quand même, ce gamin, ce n'est pas gentil de le mettre à l'écart. Liesele aurait pu l'emmener lui aussi.

— Il joue près de la mare, avec son lance-pierre, comme toujours. Ce soir, tu le verras revenir, une dizaine de petits oiseaux à la ceinture. Jeudi, il a tué une hirondelle. Holà! ce que je lui ai passé! Une hirondelle, c'est si joli! Si mon Berni s'amusait à ça, il n'aurait plus de peau sur les fesses.

Dans le salon de la grande maison, Johann et Martha Kaufman s'affrontaient. Clémence ignorait que le viticulteur avait repoussé chaque jour la mise au point qu'il avait annoncée, au sujet de l'enquête sur la jeune femme. Pressé par un sentiment amoureux dont la force le subjuguait, il avait choisi ce samedi après-midi.

— Tu n'aurais pas dû envoyer Risch enquêter à Mulhouse! déclara-t-il, debout près d'une des fenêtres.

Il observait le vol des hirondelles qui rasaient souvent le toit de chaume de la porcherie.

— Je ne t'ai rien dit cette semaine, parce que je t'avais à l'œil! reprit-il. On m'a confié tout ce que tu faisais à madame Weller, les crachats sur ses vitres, son linge par terre, ses géraniums.

Il avait failli dire «à Clémence» et se mit à sourire d'un air béat.

— Je ne vois pas de quoi tu parles, Johann! répondit Martha. Ni pourquoi tu souris comme un imbécile.

Cette pauvre femme se croit persécutée, mais je n'ai plus l'âge de commettre de pareilles sottises.

—Ah! Et ce n'est pas toi, peut-être, qui as chargé Hainer Risch de jouer les détectives? Tu me l'as avoué, maman, pas plus tard que dimanche dernier. Et qu'elle avait menti sur son identité, et qu'elle était fille-mère et que j'abritais sous notre toit une bâtarde! D'abord, la petite Noëlle loge dans les communs des domestiques, pas chez nous.

Intérieurement, Johann songea que cela changerait bientôt. La vieille dame lissa sa jupe de taffetas noir. Elle exécrait la belle saison, car elle souffrait de la chaleur et s'entêtait à porter des vêtements à manches longues et à col haut.

—Ton père n'engageait personne sans avoir des informations sur son passé. Les Kaufman ont toujours prôné l'honnêteté et les bonnes mœurs. Je vais moins que jadis à l'église à cause de ma maladie de cœur, mais cela ne fait pas de moi une mauvaise catholique.

—Ta maladie de cœur! ironisa-t-il. Ce sont des fables, que tu me débites! J'ai vu ton médecin, avant-hier, tu n'as rien du tout, maman. Rien de grave, à part la haine que tu couves et qui te rend mauvaise.

—Eh bien, c'est ma fête, aujourd'hui! Va donc te promener, Johann, je dois faire ma sieste. Que je me renseigne sur cette fille, c'est normal. Pour le reste, elle invente des sornettes pour se venger.

—Se venger de quoi? De qui? tonna-t-il.

—Tiens, elle voudrait te mettre le grappin dessus et, comme tu la repousses, elle essaie de t'attendrir, elle se plaint! Tu verras, ta madame Weller finira par se trahir. Elle volera pour de bon quelque chose ou elle t'échauffera tellement le sang que tu la culbuteras dans un coin. Après, elle voudra que tu l'épouses!

Johann Kaufman tournait le dos à sa mère. Elle ne

pouvait pas voir le sourire moqueur qui plissait son visage sanguin.

— Ce ne sera pas la peine qu'elle se donne autant de mal, ma pauvre mère, car j'ai l'intention de la demander en mariage. Tiens, demain, dimanche, je l'emmènerai en voiture déguster une bonne bouteille de riesling dans une guinguette au bord du Rhin. Nous dînerons en tête-à-tête et je lui offrirai la bague que j'ai achetée hier à Colmar.

La vieille femme se cramponna aux accoudoirs du fauteuil, comme si elle était dans une barque secouée par des flots déchaînés.

— Qu'est-ce que tu dis, Johann? Tu plaisantes? Toi, épouser cette traînée! Et sa bâtarde, tu veux l'élever, peut-être?

— Je compte même l'adopter et lui donner mon nom, car c'est une brave petite fille, très intelligente! avoua-t-il en faisant face à sa mère. Et si tu n'es pas d'accord, je me passerai de ton consentement.

Martha Kaufman en restait bouche bée. Ses yeux étincelaient de rage. Elle parut suffoquer, une main sur la poitrine, puis se ravisa. Cela ne servirait à rien de feindre une crise cardiaque. Ensorcelé par l'intruse, son fils serait capable de se réjouir.

— Tu veux me tuer! gémit-elle cependant d'un ton tragique. Johann, ton père, mon bien-aimé Gilbert, se retournera dans sa tombe, et tes frères, morts au champ d'honneur!

— Je ne vois pas ce qui les dérangerait là-dedans! J'ai le droit de me remarier avec qui je veux. Clémence me donnera l'héritier que j'espère depuis des années.

— Jamais, Johann! Moi vivante, cette fille ne s'installera pas dans cette maison. Si tu tiens tant que ça à l'épouser pour devenir la risée du pays, épouse-la, mais loue une baraque à Ribeauvillé! Je t'interdis de l'amener ici. Tu m'entends? Je te l'interdis!

La vieille dame se leva et décocha un coup de pied dans le guéridon. Le meuble, fort léger, se renversa, ainsi que le vase en opaline garni de roses jaunes.

—Tu n'as rien à m'interdire, maman! dit plus doucement le viticulteur. Mais si cela te dérange que Clémence et son enfant habitent sous le même toit que toi, ton cousin Richard, qui est de ta génération, se fera une joie de t'accueillir. Il s'ennuie et rêve d'avoir une partenaire pour ses parties d'échecs.

Martha se figea, raide de surprise. Elle toisa son fils avec une réelle incompréhension et, soudain, fondit en larmes.

—Mon Dieu! fit-elle. Dieu tout-puissant! Toi, mon seul bien au monde, mon dernier-né, tu as cherché à me placer? Tu veux te débarrasser de ta mère? Là, Johann, tu ne pouvais pas me blesser plus cruellement. Pourquoi pas une maison de retraite? Tu me voudrais confinée dans une chambre sinistre, privée de ma campagne, du bon air des vignes? Je préfère mourir tout de suite. Cette femme, la Weller, elle a su te détacher de moi. Nous qui étions si heureux!

Elle se dirigea à petits pas hésitants vers la porte donnant sur le couloir. Une de ses mains se tendait en avant, comme si elle était devenue aveugle. Le spectacle parvint à émouvoir Johann.

«J'y suis allé un peu fort!» se reprocha-t-il.

—Maman, appela-t-il, je ne te chasse pas, mais j'ai le droit de me remarier. Tu apprendrais à aimer Clémence si tu acceptais de la connaître un peu mieux. Elle est cultivée, gentille et réservée. La petite aussi. Ce sont des victimes de la guerre. D'accord, elle n'est pas veuve, mais le père de Noëlle est mort avant de pouvoir réparer ses torts. Ce sont des choses qui arrivent. Réfléchis un peu : tu serais moins seule.

—Je préfère mourir et cela ne tardera pas, Johann. Tu me fais trop de peine, oui, bien trop de peine.

Il la rattrapa et la retint par le coude, l'obligeant à le regarder. Elle lui présenta un visage abattu et une bouche tremblante. Elle pleurait.

—Maman, sois raisonnable! Je n'ai jamais eu l'intention de te mettre dehors. Tu es chez toi, mais j'aime Clémence.

Johann Kaufman avait cette expression béate des jeunes amoureux. La vieille dame cacha la répulsion qu'il lui inspirait et se mit à geindre :

—Je n'ai pas le choix, puisque je dois accepter cette femme pour ne pas te perdre, mon petit. Épouse-la. Maintenant, aide-moi à monter dans ma chambre. J'ai des vertiges.

Stupéfait devant une victoire aussi rapide, il la soutint jusqu'à l'étage. Une tendresse qu'il avait rarement éprouvée pour sa mère le prit. En l'aidant à s'allonger, il lui caressa les cheveux.

—Si seulement tu étais plus accommodante, maman! Mais je t'aime comme tu es.

Elle soupira, paupières mi-closes.

—Mon fils, tu sais bien qu'au fond je ne suis pas méchante. J'ai tenu le domaine d'une main de fer, pendant la guerre. Mais, depuis quelques mois, j'ai l'impression que nous sommes maudits. Tiens, ce renard enragé dans l'écurie, cela m'a tourmentée comme un mauvais présage. L'étalon aurait pu blesser plus gravement ce malheureux Charles qui est si dévoué.

—Repose-toi, va! dit-il tout bas. Quand il y a des bêtes et des gens, des accidents se produisent. Ce n'est pas nouveau!

Il sortit avec hâte, certain qu'elle allait lui confier que tout allait de travers depuis que Clémence Weller vivait chez eux.

«Ma mère est coriace! se disait-il. Mais cette fois j'ai gagné la partie.»

7

Coups du sort

Noëlle contemplait le vaste panorama qui s'étendait à ses pieds. Cela l'amusait de voir le clocher de Ribeauvillé baigné de soleil, dominant les toits du gros bourg de sa flèche de pierre. Quand elle se tournait vers le domaine, elle apercevait la haute cheminée de briques rouges couronnée de son nid de cigognes. Sa mère lui avait dit qu'il y aurait sûrement des petits au début de l'été et la fillette se promettait de guetter leurs premiers vols.

Assise sur la même roche plate qu'elle, Liesele fixait d'un air rêveur une maisonnette située à mi-distance de la colline et du village. Là-bas habitait Manuel, ce garçon qui lui écrivait des poèmes. Berni mordait dans sa tranche de pain, gardant les deux carrés de chocolat pour la fin.

—Je voudrais construire une cabane ici, dit Noëlle. Ce serait notre refuge à tous les trois, hein, Liesele?

—Non, pas une cabane. Il faudrait creuser pour avoir un terrier, comme les lapins, rétorqua l'adolescente. Une cabane, ça se voit de loin. Moi, j'aime bien être cachée.

—Là, on n'est pas cachés du tout! fit remarquer Berni, la bouche pleine.

Les deux filles se mirent à rire. Liesele s'étendit sur

la roche chauffée par le soleil et suivit des yeux la course d'un petit nuage blanc.

—Qu'on est bien! soupira-t-elle en s'étirant.

Noëlle l'imita, mais en se couchant à plat ventre. Un minuscule insecte rouge et noir trottinait dans une anfractuosité de la pierre.

—Où vas-tu, toi? dit-elle en le taquinant à l'aide d'un brin d'herbe. Tu as vu, Liesele, il y a des trous sous le rocher.

—Ce sont les lapins qui les creusent. Papa m'a raconté que la nuit des dizaines de lapins gambadent sur cette colline. Et les renards les guettent pour les croquer.

—Oh non! protesta Noëlle.

Elle rampa sur ses coudes et souffla sur l'insecte qui dégringola dans un des terriers.

—Il va explorer les souterrains, claironna-t-elle, et moi aussi.

La fillette s'avança encore et plongea sa main droite entre une touffe de pissenlits et un amas de cailloux, afin d'atteindre l'entrée du terrier le plus proche. Ses doigts effleurèrent une matière froide et souple.

—Eh! cria-t-elle, il y a une chose étrange, là.

—Quoi? demanda Liesele sans se redresser.

Un hurlement de douleur lui répondit, suivi aussitôt d'un cri perçant de Berni. L'adolescente se retourna vivement. Elle eut le temps de voir la vipère qui venait de planter ses crochets à venin dans l'avant-bras de Noëlle.

—J'ai mal! Oh, que j'ai mal! gémissait la fillette déjà secouée de gros sanglots d'incompréhension.

—Un serpent! Un serpent! braillait Berni qui s'était vite levé et trépignait de terreur. Liesele, tue-le!

Mais sa sœur ne prêta guère d'attention à la vipère

qui se faufilait parmi les herbes folles et disparaissait déjà. Elle avait pris Noëlle dans ses bras et tentait de la calmer.

— Berni! ordonna-t-elle. Cours au domaine, cours à toutes jambes, préviens maman, le patron, tout le monde. Il faut la ramener à la maison, c'est très grave. Elle peut mourir!

Le garçon dévala la pente et s'élança sur le chemin. Il appelait à l'aide de toutes ses forces. Liesele berçait la fillette sans quitter du regard la marque violacée, soulignée de deux petits trous rouges, laissée par le serpent.

— Je t'en prie, ma Nel, ne t'agite pas! Papa m'a souvent expliqué qu'il ne faut pas bouger. Même qu'il vaudrait mieux que tu sois à l'ombre. Plus tu remues, plus le venin se répand dans tes veines. S'il monte au cœur...

Abrutie de douleur, Noëlle écoutait à peine. Elle était incapable de réfléchir, de se raisonner. Son avant-bras engourdi lui semblait en feu, et des élancements insupportables montaient jusqu'à son épaule. C'était beaucoup pour un petit corps de dix ans. Liesele le comprit.

— De ta main valide, essaie de t'accrocher à mon cou. Je vais te porter à l'ombre du sureau.

— Est-ce que je vais mourir pour vrai? demanda la fillette, terrorisée.

— Non, je te sauverai, promis!

Clémence entendit la première les hurlements de Berni. Elle sortit précipitamment de chez Marguerite au moment où Johann traversait la cour, lui aussi intrigué par les appels de l'enfant.

— Maman, au secours! Maman!

Marguerite se rua dehors à son tour. Kaufman arrêta Berni dans son élan.

— Qu'est-ce qui se passe? interrogea-t-il.

187

—Une vipère a mordu Noëlle! sanglota le garçon. Elle va mourir! On était sur la petite colline.

Ces mots arrachèrent une longue plainte horrifiée à Clémence. Elle voulut s'élancer vers le porche, mais Johann lui prit la main.

—Venez, je vais la chercher en voiture, ce sera plus rapide. Nous la conduirons directement chez le docteur.

Jamais Kaufman n'avait démarré aussi vite son automobile. Marguerite les aurait bien accompagnés, mais elle n'osa pas le proposer.

—Dites à Liesele de revenir ici en vitesse, que je la gronde! lança-t-elle à Clémence.

Mais la jeune femme, assise sur le siège du passager, n'y prêta pas attention. Son univers quotidien se disloquait, ses rêves de bonheur conjugal aussi. La seule idée de vivre sans Noëlle, sans ses sourires, ses mots doux et son amour inconditionnel, lui broyait le cœur.

—Mon Dieu! déclara-t-elle, épouvantée. Par pitié, sauvez ma petite!

Bien que concentré sur la conduite de son véhicule, Johann crut bon de la réconforter.

—Ne vous tracassez pas trop, les morsures de vipère ne sont pas toutes mortelles. Si la dose de venin est faible, on la soignera. Le médecin de Ribeauvillé dispose de sérum antivenimeux[16]. Un progrès formidable! Vous savez, dans ces régions de pierres et de vignes, les serpents sont à leur aise.

Elle hocha la tête, totalement hébétée. Le viticulteur freina un grand coup. Ils étaient arrivés.

—Où est-elle? s'écria Clémence. Je ne vois rien, il n'y a personne.

16. La sérothérapie antivenimeuse a été mise au point par Albert Calmette (1863-1933) dès 1894 et s'est vite révélée efficace.

—Vite! appela Liesele qui avait entendu les portières claquer. Noëlle a vomi.

Johann Kaufman se rua vers un sureau qui déployait des branches basses. Il avait vu les deux filles. Liesele pleurait sans bruit, livide, malade de peur.

—Monsieur! expliqua-t-elle d'une voix méconnaissable, ma Nel respire mal. Elle ne me répond pas quand je lui parle! J'ai fait un garrot au-dessus de la morsure, papa dit que ça empêche le venin de monter au cœur.

—Pousse-toi, lâche-la! coupa-t-il, affolé par l'état de la fillette qui transpirait et haletait, inconsciente. Je la conduis chez le docteur. Rentre chez toi!

Il souleva Noëlle qui claquait des dents et la porta dans la voiture. La bouche sèche, Clémence ne parvenait plus à articuler. Elle scrutait le visage blême de son enfant en priant.

—Non, laissez-la-moi, soyez bon! Gardez-la en vie, pas ma petite chérie, pas elle!

Au moment où le viticulteur tournait la manivelle, Liesele monta à l'arrière de l'automobile où se tenait Clémence qui sanglotait éperdument, la tête de Noëlle posée sur ses genoux. L'adolescente s'installa sur le plancher, derrière le siège du conducteur.

—Je vous en supplie, madame Clémence, je veux rester avec Nel. Si elle meurt, ce sera ma faute. Je suis l'aînée, je n'aurais pas dû les emmener sur ma colline par ce temps orageux.

—Elle ne mourra pas! répondit Clémence. Elle ne peut pas mourir.

Kaufman se mit au volant et effectua un brusque demi-tour. Il jetait des coups d'œil alarmés dans le rétroviseur. Il découvrit Liesele, mais renonça à la gronder. Son unique souci demeurait Noëlle. Il tenta aussi de rassurer Clémence.

—Courage, ça va aller, elle tient le coup! affirmat-il. Courage!

Il ne pensait plus à la bague dans la poche de sa veste ni à la discussion houleuse qu'il venait d'avoir avec sa mère. Une anxiété poignante le terrassait à l'idée de voir mourir cette petite fille aux lourdes boucles blondes, aux yeux si bleus. Il prit conscience qu'il s'était attaché à elle, bien plus qu'aux enfants Merki. L'écho des larmes désespérées de Clémence le bouleversait tout autant.

«Si la petite s'en sort, comme je les chérirai et les choierai toutes les deux! On sera bien heureux tous les trois ensemble! Personne ne se mettra en travers de mon chemin, ça non!» se disait-il avec ferveur.

La jeune femme, elle, était loin d'imaginer un avenir quelconque tant qu'elle ne saurait pas Noëlle hors de danger. L'aspect gonflé de son avant-bras, sa respiration sifflante et sa pâleur l'épouvantaient.

Elle eut du mal à suivre Johann quand il porta à nouveau la fillette pour entrer chez le docteur David Attali. Issu d'une famille juive, le praticien s'était forgé une excellente renommée dans la région. Il exerçait sa profession avec intelligence et modernité.

—Ne vous inquiétez pas, madame! dit-il tout de suite à Clémence en la voyant au bord de la crise de nerfs. Votre enfant est robuste. Et vous avez fait vite.

En sueur et décoiffée, Liesele précisa à voix basse:

—Je l'ai empêchée de s'agiter et je l'ai allongée à l'ombre d'un arbre!

—C'est très bien, mademoiselle, répondit le médecin. Quant au garrot, cela a pu ralentir la montée du venin, mais il a aussi causé le gonflement du bras.

Tous observèrent Noëlle, étendue sur la table d'examen. Elle faisait peine à voir dans sa jolie robe d'été en cretonne fleurie.

—Je vais lui injecter du sérum et elle devrait se sentir mieux très bientôt, expliqua Attali.

—En êtes-vous bien sûr? bégaya Clémence, incapable de maîtriser le tremblement de sa voix et de son corps.

—Il faut avoir confiance, assura Johann en la prenant par l'épaule. Elle est en de bonnes mains.

Le praticien injecta le sérum. La vue de la seringue et de l'aiguille qui s'enfonçait dans la chair tendre de Noëlle faillit avoir raison de la jeune femme. Elle dut fermer les yeux et, sans réfléchir, sa tête se posa contre l'épaule de Kaufman.

—Je suis là, n'aie pas peur, chuchota-t-il dans ses cheveux. Tout ira bien.

La voix basse, pleine de tendresse, le souffle chaud de l'homme, le tutoiement qui instaurait une familiarité nouvelle, tout ça fit l'effet d'un véritable baume sur la panique de Clémence. Elle se mit à pleurer sans bruit.

—Nous devons attendre, à présent, signifia le docteur qui vérifiait le pouls de la fillette. Je vous en prie, madame, monsieur, asseyez-vous.

Ils attendirent sagement, installés sur les chaises en cuir adossées à l'un des murs. Seule Liesele restait debout, son regard énigmatique rivé au visage de son amie. Ils virent le médecin appliquer un baume sur le bras gonflé, puis une lotion dont le parfum mentholé se répandit dans la pièce. Le temps paraissait figé, malgré le tic-tac ténu de la pendule murale. Au bout d'une heure, cependant, Noëlle battit des paupières et appela sa mère d'un ton plaintif.

—Maman, maman!

Clémence se précipita.

—Je suis là, mon trésor, ma petite chérie!

La fillette voulut répondre, mais elle commença à claquer des dents si fort, qu'elle ne put parler. Le médecin ouvrit un placard et en sortit deux couvertures soigneusement pliées.

—Il faut la réchauffer, expliqua-t-il. Ne vous inquiétez pas, madame, c'est une réaction normale de l'organisme. Vous pourrez bientôt la ramener chez vous.

Il enveloppa Noëlle jusqu'au menton, la borda et lui frictionna les pieds. Clémence aurait voulu se blottir contre sa fille, la tenir serrée dans ses bras.

—Une morsure de vipère équivaut à un empoisonnement, ajouta Attali. Cette jeune demoiselle devra garder le lit une semaine et boire beaucoup de tisanes. Donnez-lui du bouillon, des compotes et pas trop de nourriture grasse. Elle risque d'avoir des accès de fièvre, des maux de tête, des nausées ou, comme c'est le cas maintenant, des crises d'hypothermie. Mettez-lui une bouillotte en permanence. Bien sûr, si son état vous semble alarmant, appelez-moi.

—D'accord! promit Clémence qui caressait le front de Noëlle. Je ne la quitterai pas.

—Ma... man! bredouilla la fillette. Ce n'est pas ma faute, je n'avais pas vu le serpent.

—Je sais, je sais! Ne t'agite pas, mon trésor.

Johann Kaufman s'approcha à son tour, son chapeau entre les mains. Il adressa un sourire presque timide à la petite malade.

—Nous avons eu très peur, ta maman et moi! dit-il tout bas. Mais tu vas guérir bien vite!

—Oui, monsieur!

Le viticulteur recula, ému. Il pensait que, bientôt, Noëlle pourrait lui dire «papa», et son cœur solitaire se dilatait de joie. Il régla ses honoraires au docteur Attali et, une heure plus tard, la voiture reprenait la route du domaine Kaufman.

De cette époque, Noëlle garderait un souvenir

paradisiaque. Pendant huit jours, elle se crut une princesse de conte de fées. Couchée dans le grand lit qu'elle partageait la nuit avec sa mère, elle reçut la visite quotidienne de Marguerite et de Charles, aussi bien que des ouvriers agricoles qui travaillaient à la semaine et qui la connaissaient tous. Dès leur retour de l'école, Liesele et Berni venaient goûter à son chevet. Ils lui apportaient ses devoirs et bavardaient à voix basse. L'adolescente n'avait pas été punie, à la prière de Clémence.

—Sans Liesele, ma Noëlle serait peut-être morte! assurait-elle à ses parents. Elle a eu du sang-froid, du courage. Ce genre d'accident pouvait se produire n'importe où.

Johann avait libéré la jeune femme de toute obligation. Il ne s'était pas contenté de si peu. Puisant dans les buffets et placards du salon de la grande maison, il avait apporté lui-même à la fillette deux gros livres illustrés, un jeu de dames et de petits chevaux, ainsi qu'une des figurines en porcelaine inspirées des dessins de Hansi. Quand Noëlle avait vu sur sa table de nuit le ravissant personnage en costume alsacien, au teint de lait brillant et aux joues roses, avec un fin sourire peint sur la bouche en relief, elle avait déclaré, émerveillée:

—C'est tellement beau! Je n'y toucherai pas, ça me suffit de le regarder!

Tout aussi ravie, Clémence avait remercié Kaufman d'un regard passionné. Il la vouvoyait à nouveau, mais, à la moindre occasion, dès qu'il n'y avait aucune oreille indiscrète, il soufflait à son oreille:

—Ne t'en fais pas, je veille sur toi, sur vous deux, la petite et toi. Vous êtes mes deux trésors.

La jeune femme avait invité les Merki à dîner pour le mercredi suivant l'incident. D'une nature robuste,

Noëlle était pratiquement rétablie, mais sa mère tenait à respecter les ordres du docteur. Bien calée dans de moelleux oreillers, la fillette assista aux préparatifs du repas. La fenêtre sur la cour était grande ouverte. L'appui abritait de nouvelles potées de géraniums, d'un rose délicat.

—Marguerite a tenu à faire le dessert, précisa Clémence en disposant une nappe blanche brodée de fleurs vertes. Ce n'est pas un mal, elle est très douée pour la pâtisserie. J'espère que ma choucroute sera bonne et qu'il y en aura assez pour tout le monde.

—En tout cas, ça sent très bon! affirma Noëlle, la mine gourmande. Je pourrai en manger, moi aussi?

—Non, c'est lourd à digérer. Si jamais tu vomissais... Tu as du potage de carottes, ma chérie. Sais-tu, ce matin, quand Marguerite t'a gardée et que je suis allée à Ribeauvillé en voiture avec monsieur Kaufman, nous sommes entrés, lui et moi, dans l'église. Là, nous avons allumé deux cierges pour remercier la Sainte Vierge et Notre-Seigneur Jésus de t'avoir protégée.

Noëlle était si mignonne en chemisette rose et châle blanc que Clémence ne put s'empêcher de la serrer très fort contre elle. L'enfant eut un doux sourire rêveur, ses boucles en couronne entourant son visage angélique.

—Tu m'amèneras, quand je serai guérie, maman? Moi aussi, je veux allumer un cierge. Berni m'a dit qu'il y a des gens qui meurent, quand une vipère les mord. Et Liesele, elle pense que Lorrain aurait tué le serpent, s'il était venu avec nous sur la colline. Dis, maman, est-ce qu'il peut entrer chez nous, Lorrain?

—Oh! Ma chérie, j'ai balayé et lessivé le carrelage.

—Mais il ne salira pas, c'est tout sec, dehors.

Le chien roux, comme s'il avait des remords de ne pas avoir défendu un des enfants du domaine, surtout Noëlle qu'il affectionnait, s'obstinait à demeurer couché sur le seuil du logis. De très bonne humeur, Clémence alla ouvrir la porte.

—Viens là, toi! dit-elle en riant.

L'animal trottina jusqu'au lit. Il posa sa tête hirsute au bord du matelas en fixant la fillette avec une attention infinie. Noëlle le caressa et lui gratta le sommet du crâne entre les oreilles. Satisfaite, elle demanda à sa mère:

—Maman, est-ce que tu vas te marier avec monsieur Kaufman? Liesele, elle est sûre que oui, parce qu'il t'a prise dans ses bras, chez le docteur et qu'il te disait tu.

L'arrivée de Marguerite, suivie de près par son mari, coupa court à la question. Clémence accueillit ses voisins et amis comme si elle ne les avait pas vus depuis des jours et des jours.

—Entrez vite, je suis tellement contente!

La jeune femme virevoltait, en jupe beige et chemisier blanc, mince, gracieuse, ses cheveux souples et fins dansant au ras de la nuque. Elle était métamorphosée par le soulagement infini de savoir sa fille hors de danger et le bonheur secret qu'elle devait aux promesses de Johann. Charles, qui se penchait sur Noëlle pour lui offrir un sucre d'orge, reconnut avec un clin d'œil malicieux:

—Ta mère est en beauté ce soir!

—Oui, parce que je suis sauvée, répliqua la fillette avec un sourire radieux.

Liesele apparut, précédée par Berni. Le garçon agitait un bouquet de roses jaunes.

—Ton cadeau, Nel! claironna-t-il. Enfin, non, c'est pour ta mère et toi.

L'adolescente portait un cabas. Le chien se leva aussitôt et renifla le sac en grognant.

—Laisse, Lorrain! Couché! ordonna-t-elle.

En minaudant, elle posa le cabas sur le lit et y plongea les doigts.

—Moi, j'ai trouvé ça en ville! Une surprise toute douce! Regarde, Nel!

La fillette aperçut une minuscule forme grise qui poussa un frêle miaulement de peur. Cette fois, Lorrain aboya de toutes ses forces. Liesele lui décocha un coup de pied pour l'empêcher d'approcher.

—Mais qu'est-ce qui se passe? demanda Clémence, intriguée.

Exaltée, Noëlle tendait les mains en criant:

—Donne-le, donne-le, Liesele. Maman, regarde, j'ai un chaton. Un chaton rien qu'à moi!

—Eh bien, j'espère que tu n'as rien contre les chats, Clémence, soupira Marguerite. J'ai conseillé à ma grande sotte de fille de te demander la permission avant d'offrir cette bestiole à Noëlle. Hoppla! Cause toujours... Cela dit, il sera plus à son aise ici qu'à Ribeauvillé. Et la grange grouille de souris. Les chouettes n'en viennent pas à bout.

—Si Noëlle est contente, je suis contente, concéda la jeune femme. Mais il faut mettre le chien dehors; il n'a pas l'air d'apprécier le nouveau venu.

—Il va s'habituer, dit Charles. Il suffit de lui présenter le chaton pour qu'il le sente. Après il connaîtra son odeur. Lorrain est une bonne pâte de chien. Il n'a jamais fait de mal à une des bêtes du domaine. Montre-le-lui, Liesele. N'aie pas peur, Noëlle.

Les deux filles hésitaient, fascinées par l'adorable créature de la couleur exacte d'un ciel nuageux et aux prunelles d'un bleu laiteux.

—C'est vrai qu'il n'y a pas de chat, ici! remarqua Clémence. Pourtant, dans les fermes, ils sont utiles.

—Madame Martha n'en a jamais voulu, rétorqua Charles. On ne va pas à l'encontre des patrons, n'est-ce pas?

—Mais elle sera mécontente, dans ce cas! s'exclama

la jeune femme, déjà inquiète à l'idée d'une nouvelle prise de bec avec l'ogresse.

—Ne te tracasse pas, lui dit Marguerite. Elle ne sort presque plus, vu son âge. C'était par le passé, quand elle était plus vaillante, qu'elle surveillait tout ce qui allait et venait ici. Enfin, sur le plan des bestioles, car elle aime bien aussi guetter les gens de ses fenêtres. J'ai vite cousu des rideaux épais pour être tranquille chez moi.

—Ne joue pas les commères, coupa Charles. Une femme de son âge, ça la distrait. Et que voit-elle, dans la cour? Les chevaux, le palefrenier, les ouvriers embauchés à la semaine.

—Et nous, renchérit son épouse.

Clémence n'avait guère envie de parler de Martha Kaufman. Elle rectifia un pli de la nappe neuve achetée pour l'occasion.

—Mais asseyez-vous donc, Charles; toi aussi, Marguerite, dit-elle avec entrain. Nous avons de la bière, ce soir, de la bière allemande. J'en ai acheté à l'épicerie de la rue du Château.

—Quelle idée! s'étonna Marguerite. Pourquoi n'as-tu pas pris de la bière française, de la bière alsacienne? Si la vieille patronne l'apprend, gare à tes géraniums.

—Mais tais-toi, à la fin, la sermonna Charles. Les fenêtres de madame Martha sont ouvertes aussi.

—Mais je n'y ai pas vu de malice, se défendit Clémence. C'était moins cher. Je ne devrais pas dire ça, mais l'épicier a insisté. Il a prétendu que cette bière-là était meilleure et moins chère.

Elle alla retourner des côtes de porc fumé qui rissolaient dans une poêle avec des tranches de lard. Nappées de bouillon, des saucisses d'un rouge orangé mijotaient au fond d'une casserole. L'odeur aigrelette de la choucroute se répandit dans toute la pièce lorsqu'elle souleva le couvercle d'une grosse marmite.

Clémence recompta les pommes de terre cuites à l'eau qui recouvraient la couche de chou.

«Une par personne. J'en couperai une en morceaux pour Noëlle. Oh non! J'ai oublié les baies de genièvre!» constata-t-elle.

Vite, elle s'empara d'un petit bocal et jeta dans le plat une poignée de baies noires et racornies. La chaleur et l'humidité du plat les gonfleraient à point en quelques minutes.

— Maman, le chaton lèche mon doigt! s'écria Noëlle. Viens le caresser, son poil est tout doux. Liesele lui a trouvé un nom : Grisou.

— Va pour Grisou, ma chérie.

La fillette admirait les mouvements du petit chat dans les plis et replis de la couverture. Berni en était malade d'envie. Liesele prit soudain Grisou et le montra à Lorrain qui le renifla sur tout le corps. Comme satisfait et rassuré, le chien se mit à gémir en remuant la queue.

— Ils deviendront amis, c'est sûr, augura Charles.

— Il faut qu'il ait du lait et une caisse de cendres les premiers temps, expliqua Liesele, fière de son cadeau. Il te plaît, Nel? C'est la chatte du cordonnier qui a eu des bébés au mois d'avril. Hier, en revenant de l'école, je les ai vus dans le jardin. J'en ai demandé un, parce que, les autres, ils allaient les noyer.

— Les noyer! Quelle horreur! s'exclama Noëlle, chagrinée. Les pauvres, il fallait tous les adopter.

— Il ne manquerait plus que ça! protesta Marguerite.

— À table! dit Clémence.

Elle était tout enthousiasmée et ne pouvait s'empêcher de sourire pour montrer sa joie. Sa fille avait survécu à la morsure de la vipère et le dramatique incident les avait rapprochés, Johann et elle.

— Figurez-vous, dit-elle avec un petit rire, que je n'ai jamais eu d'invités quand j'habitais Mulhouse. Vous êtes les premières personnes que je reçois à ma table. J'en suis tout émue.

—Personne? s'étonna Marguerite. Tu as bien dû offrir le café à une de tes collègues de l'usine?

—Personne, je te dis! Ce soir, je suis bien contente. J'espère que vous aimerez le repas.

La jeune femme, rayonnante, servit des asperges à la vinaigrette, puis elle prépara le plateau de Noëlle. Celle-ci mangea dans son lit, de bon appétit. Le bruit des discussions la berçait et Grisou ronronnait, lové contre sa hanche. Le chaton s'était glissé sous le drap, avide de chaleur, et il prenait ses aises.

—Tu n'as besoin de rien, Nel? interrogea Liesele qui ne tenait pas en place. Veux-tu d'autre pain?

—Non, merci, je suis au paradis, affirma la malade avec un air comblé.

—Mon Dieu, pas au paradis, ou alors il faut dire, comme au paradis! s'offusqua Clémence. Tu es sur la terre avec nous, mon trésor.

—Mais, le paradis, il est aussi sur la terre, à mon avis! déclara Liesele.

—Ne discutons pas philosophie pendant le repas, répliqua Clémence qui jugeait l'adolescente un peu trop frondeuse. Ma choucroute est prête.

Quelques minutes plus tard, la jeune femme déposait au milieu de la table un magnifique plat dont le fumet et les couleurs étaient un enchantement. Gonflées de bouillon, les saucisses reluisaient; les morceaux de porc avaient pris une belle teinte dorée, soigneusement grillés à la graisse d'oie. Quant au chou finement émincé, cuit dans le sel avant d'être réchauffé au riesling, il embaumait la pièce de son parfum acidulé. Berni piqua une pomme de terre avec sa fourchette. Une baie de genièvre roula sur la nappe.

—Quel malappris! pesta Marguerite. Dire que c'est

moi qui l'ai élevé, ce garnement! Tu devais attendre que Clémence te serve, Berni. Tu as fait une tache.

—Oh! Ce n'est pas grave, protesta l'hôtesse. Nous en ferons d'autres, je parie.

Charles déclara bientôt qu'il n'avait jamais mangé une aussi bonne choucroute.

—Je vous félicite, Clémence! insista-t-il.

—Il faut en profiter, plaisanta Marguerite. Quand tu seras la patronne du domaine, nous n'aurons plus l'occasion de dîner tous ensemble.

—En voilà, une idée! répondit Clémence, les joues roses d'émotion. Raconter de pareilles idioties devant les enfants!

—Allons, tu sais bien que tes affaires avancent et sont en bonne voie.

La bière avait coulé à flots, surtout dans les bocks des trois adultes. Charles se mit à rire tout bas, d'un air complice. Marguerite essaya de chatouiller Clémence à la taille, alors qu'elle emportait un des plats.

—Tu vas me faire tout échapper, s'écria-t-elle. Où est le dessert, au fait?

—C'est une tarte au fromage blanc, claironna Berni. Maman l'a mise sur le buffet, là.

Liesele bondit de sa chaise et s'empressa de dénouer le torchon qui protégeait la superbe pâtisserie.

—Je t'ai écrit la recette, précisa Marguerite, de la pâte sablée avec du beurre, du sucre et la garniture. Elle contient du bon fromage, riche en crème parfumée à la vanille, des œufs battus et encore du sucre. Regarde donc : tu la passes au four et cela fait cette jolie croûte brune.

—Je peux venir à table avec vous! insista Noëlle qui lorgnait la tarte d'un œil alléché.

—Non! trancha Clémence. Tu dois te reposer, mais ne t'inquiète pas, tu seras servie la première.

Liesele et Berni eurent la permission de déguster leur part assis sur le lit, près de Noëlle. L'adolescente apostropha soudain sa petite camarade :

— Connais-tu l'histoire de la flèche mortelle, Nel ? La maîtresse nous l'a racontée à l'école.

Clémence fut agitée d'un soubresaut nerveux et s'écria :

— Rien de mortel aujourd'hui, ma petite Liesele, c'est un si beau jour !

Mais déjà sa fillette protestait :

— Mais, maman, à mon retour à l'école, tout le monde la saura, cette histoire, sauf moi !

La jeune femme poussa un soupir résigné.

— Allons-y donc pour la flèche mortelle !

Liesele prit une longue inspiration avant de commencer le récit :

— Eh bien, voilà ! Il y avait à Ribeauvillé deux frères de la famille des Ribeaupierre. L'un habitait le château de Saint-Ulrich, l'autre celui de Girsberg. Ils devaient aller chasser le lendemain et ils avaient convenu d'un signal : le premier levé réveillerait l'autre en envoyant une flèche sur son volet. Le frère habitant Saint-Ulrich se réveilla le premier. Il tira donc une flèche en direction du volet de son frère. Mais ce dernier ouvrir le volet au moment même où la flèche arrivait. Il fut tué sur le coup.

— Elle vous raconte de drôles d'histoires, votre maîtresse ! s'écria Clémence.

— Mais tout le monde connaît l'histoire de la flèche mortelle à Ribeauvillé, dédramatisa Charles. Ça fait partie des vieux récits qui se transmettent de génération en génération. C'est comme la légende des trois petits enfants coupés en morceaux par le boucher et mis dans le saloir, le jour de la Saint-Nicolas. Les gosses adorent avoir peur. Ne vous tournez pas le sang pour ça !

— Quand même, tu aurais pu nous raconter quelque chose de plus gai, ma fille, répliqua Marguerite en fronçant les sourcils.

Pour faire diversion, Clémence proposa une tasse de chicorée. Charles bâilla à plusieurs reprises, si bien que les Merki ne tardèrent pas à rentrer chez eux.

— Encore merci, dit Marguerite en embrassant son amie sur la joue. Ce n'est pas souvent que je n'ai qu'à mettre les pieds sous la table.

— Je te devais bien ça, depuis le temps que tu me retiens à déjeuner, le midi.

Le logement parut d'un calme étrange après leur départ. Clémence débarrassa la table. Noëlle s'était déjà endormie, le chaton niché près d'elle.

« Je ferai la vaisselle demain », songea la jeune femme, tentée par la dernière part de tarte au fromage blanc. Le dessert concocté par son amie était un pur délice. Une pâte sucrée et fondante à souhait! La garniture était incomparable avec sa crème fraîche fouettée parfumée à la vanille.

Clémence éteignit le plafonnier, ne laissant qu'une lampe à pétrole. La nuit juste tombée se peuplait du chant monotone des criquets et de l'appel des hulottes dans le bois de chênes. Clémence avait empilé les assiettes près de l'évier quand la lune se leva. Elle ne put s'empêcher d'avancer sur le seuil de la maisonnette et de contempler les reflets argentés éclairant les toitures du domaine. Même les cigognes perchées dans leur nid furent soudain enveloppées d'une luminosité métallique.

— Alors, on prend le frais! fit une voix familière toute proche.

Johann se tenait dans une zone d'ombre, le long du mur. Il était en chemise blanche, sans veste ni cravate, et en pantalon de velours.

— J'aime tant voir la lumière de la lune transfigurer les choses ordinaires! confessa-t-elle doucement.

— Et moi, j'en fais partie, des choses ordinaires? voulut-il plaisanter.

— Mais non, je ne parlais pas de vous! répondit-elle en le rejoignant. Je n'oserais jamais! Voulez-vous une part de tarte? Il m'en reste une. Et j'ai de la bière.

Il eut un léger rire qui trahissait sa nervosité.

— Je ne peux pas entrer chez vous à cette heure-ci, Clémence. Je me méfie de Risch, qui doit souvent vous espionner. Comment va la petite?

— Très bien, elle s'est amusée et elle a mangé mieux que d'habitude. Maintenant, elle dort.

La jeune femme avança encore, irrésistiblement fascinée par la présence de Johann. Elle rêvait de se retrouver contre lui, de sentir ses mains sur elle. Un peu ivre sans doute, elle se moquait de passer pour provocante.

— Johann, nous pourrions nous promener... Il fait si doux! Je ne sors pas la nuit, je suis peureuse. Mais avec vous je ne crains rien.

Sans attendre sa réponse, elle s'éloigna d'un pas furtif vers le portillon donnant sur les champs de choux et la plantation de houblon. Il la suivit, le cœur pris de folie, une chaleur irradiant ses reins. Clémence courait, à présent. Une fois passé le hangar et le fameux portillon, elle arriva sur le chemin qui traçait une ligne claire entre les espaces sans cesse labourés et hersés, où croissaient les futures récoltes de l'automne. Des lapins de garenne se dispersèrent dès qu'ils l'aperçurent.

— Clémence, où vas-tu? s'étonna Johann.

Elle marchait le visage tendu vers le ciel nocturne piqueté d'étoiles. Il la rattrapa, conscient à cet instant de la force de ses muscles d'homme, des bras aux mollets. Comparé à la jeune femme, Johann se sentait massif, puissant, pareil à un sanglier qui aurait tourné autour d'une chevrette.

—Clémence, ne te sauve pas! supplia-t-il en l'étreignant. Au diable les convenances, je t'aime comme un fou. Je ne pense qu'à toi, le matin, le soir, la journée. Je te veux tout à moi. J'ai beaucoup réfléchi ces derniers temps, et j'ai pris une décision importante. Je ne pouvais plus attendre pour t'en parler. Depuis que tu es entrée dans ma vie, je me sens différent, j'ai l'impression de retrouver l'espoir.

Il respirait vite, tant le contact de Clémence le troublait.

—Si tu m'aimes comme tu le dis, je suis la plus heureuse des femmes! avoua-t-elle d'une voix changée, plus grave, vibrante d'une joie infinie. J'avais si peur, Johann, si peur que tu ne veuilles pas de moi.

—Ne pas vouloir de toi? s'indigna-t-il. Mais au contraire, je ne peux plus me passer de toi.

Elle poussa un soupir affolé. Les mots qu'il venait de prononcer la troublaient plus qu'un baiser. Pourtant, quand Johann posa ses lèvres sèches et charnues sur les siennes, timides, minces et humides, un torrent de feu ravagea son ventre de femme trop chaste, ses jambes se raidirent sous le choc du plaisir fulgurant. Tout de suite elle s'abandonna, suffoquée. Il aurait pu l'allonger à même l'herbe rase et la pénétrer sans plus de caresses, elle aurait éprouvé la même extase délirante.

—Ma petite folle, ma Clémence! dit-il à voix basse. Tu me ferais perdre la tête, toi. C'est que je n'ai plus l'habitude de tout ça!

Il recula d'un pas. Elle voyait très bien son visage, grâce au clair de lune. Il avait un air intimidé de grand gosse qui acheva de la conquérir.

—Tout ça? interrogea-t-elle en riant doucement.

— D'être amoureux, de prendre des décisions importantes! chuchota-t-il en la fixant avec une profonde tendresse.

Clémence voulut s'accrocher de nouveau à son cou.

— Attends, ma petite chérie, j'ai quelque chose pour toi. Où l'ai-je mis?

Johann continuait à s'écarter d'elle, en fouillant dans les poches de son pantalon. Il avait des gestes maladroits, des soupirs impatients. Enfin, avec un cri de joie rassuré, il trouva ce qu'il cherchait. La jeune femme l'observait sans vraiment comprendre ce qui se préparait.

— Je ne suis pas dégourdi, s'excusa-t-il. Moi qui voulais être romantique... C'est que je suis si ému, ma chère petite Clémence.

Elle regardait l'écrin en cuir qu'il tenait entre les doigts. Son cœur battait à toute vitesse. Johann baissa soudain la tête en respirant un grand coup, comme s'il s'apprêtait à plonger.

— Eh bien, l'endroit et l'heure peuvent te paraître bizarres, mais moi ça me plaît, parce que nous sommes tous les deux et que c'est une belle nuit étoilée, dit-il en bégayant d'émotion. Clémence, je te le demande avec une peur terrible que tu refuses... Clémence chérie, acceptes-tu de devenir mon épouse?

Elle joignit les mains devant sa bouche, éblouie. Son rêve le plus incroyable se réalisait.

— Oui, Johann, j'accepte! répondit-elle gravement. Je n'osais pas l'espérer, sais-tu! Je te promets de te rendre heureux, de te chérir jusqu'à la fin de mes jours.

— Oh! Ce sera long, alors! voulut-il plaisanter.

Mais il y avait des tremblements dans sa voix.

— Tiens, prends. C'est pour toi.

Elle ouvrit l'écrin et découvrit une superbe bague dont les diamants accrochèrent aussitôt la clarté argentée de la lune.

— C'est vraiment pour moi? s'extasia-t-elle.

— Bien sûr que oui! répliqua-t-il en l'enlaçant. Je suis si content, Clémence. Dis, elle te plaît, la bague?

— Elle est magnifique! Je n'oserai jamais la porter, balbutia-t-elle.

L'instant d'après, elle éclatait en sanglots.

— Ne pleure pas, je t'en conjure, ma petite femme! Nous pourrons nous marier au début du mois de juillet, et le soir même des noces nous partirons en voyage, en lune de miel. J'avais envie d'aller en Bavière et au Tyrol. Enfin, si ça te convient, parce qu'à partir d'aujourd'hui, nous sommes deux à décider.

Il guettait sa réponse, inquiet. Clémence se serra contre lui, avide de son contact. Elle éprouva la robustesse de son grand corps vigoureux et la chaleur qui en émanait.

— Mais oui, ça me plaît, la Bavière. J'irai n'importe où avec toi. Je n'ai jamais voyagé. Johann, je t'aime tant.

Il l'embrassa sur le front, sur le bout du nez, sur les paupières. Puis il trouva ses lèvres, douces et chaudes. Elle s'abandonna à son baiser avec une fougue qui le bouleversa tout entier. Quand il reprit son souffle, ce fut pour ajouter :

— Je veux que tu mettes ta bague, que tout le monde comprenne que tu es ma fiancée. Je ferai publier les bans cette semaine.

Clémence le dévisagea, éblouie. Il avait rajeuni de dix ans. Échevelée, la chemise entrouverte, elle ferma un instant les yeux de bonheur. Elle passa le bijou à son annulaire et le contempla.

Johann en profita pour goûter la chair de son cou, à la naissance de la gorge. Elle eut un frémissement sensuel qui éveilla davantage le désir de l'homme. Encore un peu et il la coucherait sur la terre tiède, pour la faire sienne.

—Il vaut mieux que nous rentrions, à présent! dit-il en la prenant par l'épaule. Je serai patient. Tant que nous ne serons pas mariés, il faudra être sages pour clouer le bec aux esprits chagrins. Tu me comprends?

—Hélas, oui! gémit-elle. Mais je voudrais déjà dormir près de toi.

—Cela viendra vite, assura-t-il.

1er juillet 1929

Clémence tourna encore une fois sur elle-même, la tête haute. La jeune femme essayait sa robe de mariée sous le regard émerveillé de Marguerite. Son choix s'était porté sur une toilette élégante, mais sans fanfre-luches. Une belle longueur de satin ivoire frôlait le plancher, partant d'un bustier brodé de fines dentelles de même teinte. La coupe mettait en valeur ses formes graciles.

—Comme tu es jolie! s'exclama son amie, aussi émue que s'il s'agissait de ses propres noces.

—Merci, Marguerite, ça me fait chaud au cœur que tu dises ça, parce que je me suis toujours trouvée laide. Johann voulait que je sois en blanc, mais cela me gênait. Cette couleur convient à la situation. Quand même, j'ai une enfant de dix ans.

—N'en fais pas toute une histoire. Officiellement, tu es veuve. Tu as le droit de te remarier à l'église. Pareil pour le patron.

—Oui, et j'y tenais, confessa Clémence. C'est la seule union qui compte pour moi. Je ne suis peut-être pas très pratiquante, mais, attention, je suis croyante.

Elle se regardait dans le miroir ovale, un achat récent, et ajusta un grand carré de dentelle sur ses cheveux coiffés en chignon. Elle passa autour de sa tête un cercle agrémenté de brillants qui maintenait le voile.

—J'ai jonglé avec la mode, expliqua-t-elle à Marguerite.

Ce genre de coiffure avec un diadème tout simple, ça se fait beaucoup. Mais la robe est classique.

Après s'être encore étudiée sous toutes les coutures, la jeune femme commença à se dévêtir.

— Si j'avais cru une chose pareille, l'an dernier! Tu te rends compte, Marguerite? En juillet 1928, je crevais de chaud à Mulhouse, dans mon petit appartement. De plus, je pleurais souvent le soir de me sentir si seule. Je rêvais d'un homme qui m'aime. Je me suis installée au domaine il y a à peine dix mois et voilà que j'épouse le patron! Oh, je n'aime pas l'appeler ainsi. J'épouse mon Johann. Il est si gentil, si généreux.

— Il est surtout amoureux, oui. Enfin, ce sera une belle noce. Tout Ribeauvillé se prépare à la fête. Tu auras droit à des fleurs en papier, à du riz jeté devant l'église et à un lâcher de colombes. Ce qui m'a touchée, c'est le geste du patron. Il a payé la robe de Liesele. Mon Dieu, qu'elle est fière d'être demoiselle d'honneur!

— Et nous irons en ville avec la calèche, ajouta Clémence qui souriait aux anges.

En combinaison de satin rose, dans la pénombre de la pièce dont les volets étaient mi-clos pour préserver un peu de fraîcheur, elle paraissait très jeune avec ses épaules menues, son teint pâle et surtout l'expression d'extase qui éclairait son fin visage.

— C'était normal, pour la robe de Liesele, dit-elle en s'asseyant à table. Et la couturière a fait un prix, puisqu'elle coud aussi celle de ma Noëlle. Elles vont être ravissantes, nos filles, en soie beige, une couronne de roses autour du front!

Les deux femmes hochèrent la tête, pénétrées de l'importance du grand jour. La date était arrêtée au cinq du mois courant. Cela semblait proche et très loin à la fois.

—Johann a tout organisé! reprit Clémence. On dirait un gosse qui s'amuse. Si tu savais le nombre de coups de téléphone qu'il a donnés! Et les invitations... Il a choisi le dessin des cartes d'invitation : deux pigeons blancs qui se bécotent.

Elles rirent tout bas. La cafetière en porcelaine verte fumait. Sur une assiette, des biscuits à la cannelle étaient disposés en pyramide. Les enfants avaient profité du premier après-midi de vacances pour aller se baigner dans un étang tout proche, car il faisait très chaud. Noëlle était complètement remise, mais cela n'avait pas empêché sa mère de multiplier les recommandations.

—Nous sommes bien tranquilles, sans les gamins. Et que pense-t-elle de ton mariage, ta petite? dit soudain Marguerite.

—Elle a fini par l'accepter, mais pas de bon cœur. Ce qui l'ennuie le plus, c'est d'habiter la grande maison des Kaufman. La vieille dame lui fait peur. Moi aussi, je ne suis pas vraiment rassurée à l'idée de vivre sous le même toit. Johann m'a promis que tout se passerait bien.

—Au moins, avant ça, tu auras pris du bon temps en voyage de noces. Où allez-vous, déjà?

—D'abord en Bavière, à Augsbourg. Ensuite, nous visiterons le Tyrol. Johann a réservé des chambres dans une auberge en pleine montagne. Marguerite, ce sera comme dans un rêve. Les promenades, les matins près de lui! Il m'a dit que nous ferions aussi une excursion en bateau sur un lac. Si tu savais comme j'ai hâte! Une lune de miel, pour moi, Clémence Weller! Je me demande pourquoi j'ai autant de chance... Et j'espère avoir un bébé le plus tôt possible. Quand j'ai parlé de ça à Noëlle, elle a retrouvé sa bonne humeur. «Je voudrais un petit frère, maman! Mais gentil, comme Berni!»

Voilà ce qu'elle m'a dit. Johann aussi voudrait un garçon, un fils qui reprendrait le domaine plus tard.

—Et si tu mets au monde un héritier Kaufman, l'ogresse fera patte de velours. Cette femme, il faut la comprendre, aussi. La guerre lui a tué ses deux aînés, et son mari, monsieur Gilbert, le meilleur homme de la terre, s'est suicidé de trop de chagrin.

—Je l'ignorais! affirma Clémence. Quelle tragédie!

—Le patron n'aime pas aborder le sujet. Je te parie qu'il ne t'en parlera jamais. Monsieur Gilbert s'est pendu dans la grange.

—Tu as raison, nous devons avoir de la compassion pour Martha. Il paraît que les épreuves rendent méchant, parfois. De toute façon, elle sera ma belle-mère dans quatre jours. Je lui dois le respect.

—Surtout, lui conseilla Marguerite, sois prudente. Les choses peuvent s'arranger entre vous à condition qu'elle n'apprenne jamais que le père de ta fille était allemand. Elle a une haine terrible pour tout ce qui se rapporte à l'Allemagne.

—Ne t'inquiète pas, Johann m'a mise en garde aussi.

Marguerite se raidit brusquement en posant un doigt sur sa bouche. Clémence, surprise, l'interrogea du regard. Il y avait eu un léger bruit dehors, sous la fenêtre.

—C'est sûrement le chat de Noëlle, avança la jeune femme tout bas.

—Le chat dort sur ton lit, répliqua son amie encore plus bas. Je te dis qu'on nous écoutait, derrière les volets. J'ai entendu comme un souffle.

En disant cela, elle se leva avec précaution et marcha jusqu'à la porte entrebâillée sur la cour inondée de soleil. Après avoir inspecté les alentours à gauche et à droite, elle recula.

—Je me méfie de Hainer, chuchota-t-elle. C'est qu'il a changé depuis quelques mois. Mais j'ai dû me tromper : c'est le désert, dehors. Ou bien nous avons affaire à un espion invisible.

— Je t'en prie, ne plaisante pas avec ça! dit Clémence. Moi aussi, maintenant que j'y pense, j'ai cru entendre quelque chose, mais c'était peut-être un oiseau. Il se sera posé sur l'appui de la fenêtre et ce bruit, c'était ses battements d'ailes. Revenons au mariage. Je suis bien contente que tu sois mon témoin, Marguerite.

— Et moi donc! Quand je pense que tu m'as acheté une robe neuve! Je la porterai tous les dimanches pour aller à la messe. Du tissu de cette qualité! Mais sais-tu ce qui me peine, au fond, Clémence?

— Non?

— Eh bien, je vais perdre une amie. Quand tu seras madame Kaufman, nous ne passerons plus de temps ensemble. Tu ne viendras plus déjeuner avec moi. Nous ne pourrons plus blaguer toutes les deux. Chacune à sa place!

— Tu crois que cela ne me tracasse pas? protesta la jeune femme. Je n'en dormais pas, hier soir. J'aurais préféré que Johann soit ouvrier agricole, comme ton Charles. C'est bien beau, l'argent, mais ça ne remplace pas l'amitié. Enfin, j'exagère. J'ai tellement travaillé dur à l'usine, je ne suis pas mécontente de prendre mes aises. Ne t'inquiète pas, Marguerite. Johann s'absente souvent pour rendre visite à ses clients. Nous serons toujours voisines et je viendrai te voir.

Clémence scella sa promesse d'un large sourire confiant.

Une dizaine de mètres plus loin, dans l'encoignure de la porte des Merki, Hainer Risch allumait une cigarette. En fait, il cherchait Marguerite pour lui transmettre un message de Charles, qui ne rentrerait pas avant la nuit. Le contremaître se félicitait d'être d'une grande discrétion. Il cultivait l'art de se déplacer en silence et cela lui avait permis de surprendre la conversation des deux femmes. L'été ouvrait portes et fenêtres au domaine, d'autant plus que la cour entourée d'un mur de deux mètres constituait un espace clos et protégé. Il n'y avait aucun risque de voir un rôdeur franchir le portail.

«Le père de Noëlle est allemand!» se répéta-t-il avant de sortir de sa cachette pour se diriger vers la grande maison.

Risch aurait pu hésiter à troubler le semblant de paix qui s'était instauré entre Martha et Clémence. La vieille dame avait fini par consentir à cette union si mal assortie, selon elle. Mais il avait trop de rage au cœur pour se taire.

«Je crois même que ça l'amuse, de tenir la mère et la fille sous son toit. Elle prévoyait leur chercher des noises à la moindre occasion, je vais lui en donner.»

Il sortit une clef de sa poche, ouvrit la double porte et entra dans le couloir sans prendre la peine de frapper. C'était l'heure de la sieste de Martha Kaufman, mais Risch se doutait qu'elle ne dormait pas. Il monta l'escalier et frappa à la porte de sa chambre.

—Qu'est-ce que c'est? Katel[17], c'est vous? Nous ne sommes pas jeudi!

Katel était la nouvelle femme de ménage, engagée par le viticulteur.

—C'est Hainer, dit-il. J'ai du nouveau.

—Entre!

Il avait coutume de la trouver ainsi, bien calée contre trois oreillers, assise dans son lit, les jambes allongées. L'hiver, une épaisse couverture et un édredon la protégeaient des courants d'air, mais, en cette saison, un drap en percale dissimulait le bas de son corps. Martha, des lunettes sur le bout du nez, tenait

---

17. Catherine, en alsacien.

un cliché photographique à la main droite. Hainer vit une boîte ouverte, remplie d'autres clichés.

—Je regardais les images du bon vieux temps, le temps d'avant la guerre, expliqua-t-elle. Alors, tu as du nouveau? J'espère que tu ne me déranges pas pour des sottises.

Un instant, le contremaître eut une vague pitié pour la vieille femme. Il éprouvait parfois le regret poignant d'une époque pas si lointaine où il avait cru au bonheur. La naissance de Güsti appartenait à ces jours au goût de miel. Il était amoureux de son épouse et devenait père.

«Pourquoi a-t-il fallu que les choses se gâtent? s'interrogea-t-il, malade de rancœur. Je deviens de plus en plus mauvais, à fréquenter l'ogresse.» Hainer, comme les Merki, connaissait le surnom qu'avait donné Liesele à Martha.

—As-tu perdu ta langue, Risch? Johann va bientôt rentrer et je ne veux pas qu'il te croise à l'étage ni qu'il m'entende te tutoyer. Cette comédie me fatigue. Maintenant, en public, je ne te donnerai plus du vous. Tant pis. Depuis le temps que tu travailles au domaine et vu mon âge, je peux être familière avec toi!

Subitement las de son rôle, l'homme retint un soupir. Il s'apprêtait à semer encore de la haine et du fiel. Mais il revit Clémence et Johann, la veille, traversant la cour en se tenant par la main, heureux comme des jeunes fiancés, malgré les cheveux grisonnants de l'un et le visage quelconque de l'autre. Ces deux-là ne méritaient pas d'être aussi heureux.

—J'ai eu la chance de surprendre une discussion entre la Weller et Marguerite. La gosse, Noëlle, non seulement c'est une bâtarde, mais son père est un Allemand!

C'était dit. Risch ferma les yeux une seconde. Martha Kaufman le fixait d'un air hagard.

— Ah! fit-elle.

— Et Johann le sait. Il a pris soin de vous le cacher.

— Tu mens! Mon fils ne me cacherait pas une chose aussi ignoble. Et quelle preuve as-tu? Aucune.

— Deux bonnes amies qui bavardent en tête-à-tête sans témoin n'ont pas de raison de mentir. Si vous ne me croyez pas, tant pis. Je me suis dérangé pour rien.

Martha se redressa, renonçant au moelleux de ses oreillers. Elle ne tolérait l'intrusion de Clémence et de Noëlle qu'en se promettant de leur rendre la vie difficile. Cependant, les liens du mariage l'impressionnaient. Toute la région considérerait désormais l'épouse de Johann comme une personne honorable et, si la vieille femme comptait bien témoigner du mépris et de la hargne à sa bru, ce ne serait pas en public. Les gens de Ribeauvillé n'auraient pas matière à débiter des ragots sur les Kaufman.

— Je n'aime pas les filles, tu le sais, Hainer. Dieu merci, je n'ai eu que des garçons. J'aurais mieux fait de naître garçon, moi aussi. Et Güsti, où traîne-t-il encore?

— Comme chaque mois de juillet, il est parti chez ses grands-parents, à Riquewihr. Ils sont contents de l'avoir.

— Eh oui, les pauvres pleurent leur chère Camille! Une jolie femme, Camille, n'est-ce pas, Risch?

Le contremaître eut tout de suite la bouche sèche. Il ne supportait pas d'entendre le prénom de son épouse, la brune Camille dont le sang espagnol s'était révélé impur. Il serra les poings en la revoyant étendue sous le corps d'un type de Colmar venu faire les vendanges au domaine.

— Fiche le camp! ordonna Martha. Quand tu as cette tête, tu me fais peur.

— Et pour Noëlle? bredouilla-t-il. Vous devez en parler à Johann.

—Ce sont mes affaires! Je n'empêcherai pas cette drôlesse de dormir ici, sous mon toit, ni de fouiner dans mes placards. Mais mon fils s'en mordra les doigts. Je ne quitterai plus ma chambre dès qu'elles seront là.

—Cela les arrangera bien, tous les trois, affirma-t-il. Enfin, faites ce que vous voulez. Vous savez à quoi vous en tenir, maintenant.

—Fiche le camp, Risch! Reviens demain matin, je te paierai ce que je te dois.

Il sortit en luttant contre le prénom de Camille qui martelait son cœur. Martha Kaufman rangea les photographies et referma la boîte. Parfois, elle aspirait au repos, mais cela aurait signifié déposer les armes, ne plus haïr, ne plus se battre contre des fantômes qui ne lui laissaient pas de répit.

«Je serais mieux morte et six pieds sous terre!» songea-t-elle.

*

Deux kilomètres plus loin, au bord de l'étang, Liesele guettait le chemin qui rejoignait la route de Ribeauvillé. Elle attendait Manuel, mais l'heure tournait et son amoureux ne venait pas. Noëlle et Berni pataugeaient dans l'eau vaseuse. Ils avaient chacun un maillot de bain en tricot bleu marine, un modèle très pudique descendant à mi-cuisse et montant presque au ras du cou. Mais ils étaient ravis de l'aubaine et s'aspergeaient copieusement, en chantant de toutes leurs forces.

La fillette aux cheveux noirs
Portait une coupe de vin rouge,
À Strasbourg par la rue.
Elle rencontre un superbe garçon,

Qui l'embrasse fort bien.
Laisse-moi, ah! Laisse-moi,
Mon très beau garçon,
Ma mère me gronderait
Si je renversais le vin.
Le beau vin rouge et frais,
Ce vin vaut très cher.

—C'est ton refrain, ça, Liesele, se moqua Berni en jetant de l'eau à sa sœur. Dommage, il te manque le garçon qui embrasse fort bien.

—Espèce d'imbécile! répliqua l'adolescente. Tu feras moins le malin quand je te ferai boire la tasse. D'abord, Manuel n'est pas mon amoureux, je suis trop jeune pour en avoir un.

Noëlle éclata de rire et frappa la surface de l'étang des deux mains, pour éclabousser à nouveau Berni. C'était délicieux de jouer dans l'eau fraîche, de s'étourdir de ciel bleu, de soleil et de chansons. Depuis que sa mère lui avait annoncé son prochain mariage, la fillette se sentait différente et cela l'oppressait. Elle criait plus fort que d'ordinaire, mangeait davantage et se montrait turbulente. Liesele était son idole incontestée, toujours prête à lui expliquer les choses de la vie à sa manière.

—Pourquoi tu ne viens pas te baigner, toi aussi? suggéra Noëlle. Je viens de voir passer un petit poisson! Viens!

—Je ne peux pas, je te l'ai déjà dit. Je joue à la maman qui surveille ses enfants. Je vous appellerai pour le goûter.

Liesele prit un air sérieux, tout en continuant à tresser des rubans de couleur, assise sur la souche d'un peuplier coupé des années plus tôt. Elle cachait assez bien sa déception. Chaque soir, dans son lit, elle avait prié Dieu d'empêcher le mariage de Clémence et du patron. Personne n'avait exaucé ses vœux, pas même la Sainte Vierge. Elle ne craignait pas d'être vraiment séparée de Noëlle, mais, intelligente et perspicace, l'adolescente pressentait que cela changerait leurs relations quasiment fraternelles. Par gentillesse, car au fond c'était une fille aimante et juste, elle ne faisait plus aucune allusion à ce problème.

— Liesele, j'ai chopé une grenouille. Hoppla! claironna Berni.

Il fendit l'eau à grandes enjambées et reprit pied sur la terre ferme. Au pas de course, il vint lancer la grenouille au visage de sa sœur.

— Voilà! Si Manuel veut t'embrasser, tu sentiras le fraîchin!

— Quel crétin tu fais! hurla-t-elle en se débarrassant de la petite bête.

— Oh! Tu ne l'as pas tuée? interrogea Noëlle, désolée.

— Mais non, Nel! Elle a replongé dans l'étang. Allez, sors de là, toi aussi. C'est l'heure de goûter. C'est fini, je ne joue plus les mères poules.

La fillette poussa un long soupir et s'étira les bras levés avant d'obéir. D'un regard circulaire, elle contempla la ligne des sapins à la ramure sombre, les osiers à tige pourpre, les hautes touffes d'angélique et le saule pleureur.

— Liesele, Berni, dit-elle en les rejoignant, j'aimerais avoir une cabane ici. Nous habiterions tous les trois dedans, sans les parents. Le soir, on allumerait un feu et on ferait griller du poisson.

— Toi, remarqua Liesele, partout où je t'emmène, tu voudrais construire une baraque.

— Bientôt, tu coucheras dans ta belle chambre de la grande maison, ironisa Berni en mordant dans sa tranche de pain beurré. Tu seras la duchesse du domaine.

— Tais-toi, ordonna Liesele. Fiche-lui la paix.

Noëlle se séchait. Ses boucles blondes trempées paraissaient plus foncées et frisaient davantage autour du front. Elle enfila une robe toute simple en cotonnade sur son maillot.

— Je préférerais dormir avec maman encore longtemps, dit-elle. Mais elle m'a expliqué qu'à son retour du voyage de noces elle resterait dans la chambre de monsieur Kaufman.

— Eh oui, sinon ils ne pourront pas faire de bébé! répliqua Berni. Moi, je sais comment on fait!

Liesele leva la main comme pour le gifler. Il s'esquiva et trottina au soleil.

— Ne l'écoute pas, Nel, il se vante. Et ne sois pas triste. Si tu as un petit frère, tu pourras t'occuper de lui. Tant qu'ils sont au berceau, c'est amusant. Mais après...

Elle désigna Berni du menton. Rassurée, Noëlle s'assit près de Liesele et prit sa tartine avec un carré de chocolat.

— Quand même, je suis contente que maman se marie, avoua-t-elle. Nous sommes demoiselles d'honneur, Liesele. Demain, monsieur Kaufman nous conduira à Ribeauvillé en voiture, pour les essayages. Et pendant qu'ils seront en lune de miel en Bavière, maman a dit que je pourrai dormir chez toi. C'est Marguerite qui me garde.

Clémence et Noëlle ne s'étaient jamais quittées plus de quelques heures. La fillette appréhendait ces jours sans sa mère. Liesele le devina et la prit par l'épaule.

— Je te protégerai, ma Nel! la tranquillisa-t-elle.

— Mais de quoi?

— Je n'en sais rien, mais je te protégerai jusqu'à mon dernier souffle de vie.

C'était bien une parole digne de Liesele, intrépide et éprise d'absolu. Noëlle, admirative, ne trouva rien à répondre. Elle ignorait à quel point son idole disait vrai.

8

L'ogresse

Ribeauvillé, 5 juillet 1929

Clémence prit place dans la calèche, sous les vivats de la famille Merki et de Lucas, le palefrenier. Pour l'occasion, le joli véhicule en bois verni avait été paré de roses rouges, de marguerites et d'une guirlande de tulle couronnant la capote. L'étalon Guillot arborait une robe lustrée et sa crinière était nattée et piquetée de fleurettes blanches. Johann installa sa future épouse avec d'infinies précautions. La jeune femme rayonnait de bonheur. Cette union inespérée de même que l'abondance des cadeaux qu'elle avait reçus du viticulteur tenaient du conte de fées. Dans son émerveillement, elle en oubliait un peu Noëlle, et même l'ombre de l'ogresse.

— Que tu es belle! constata-t-il.

Il ne cessait de répéter le compliment depuis l'instant où elle avait franchi le seuil de son logement. Et c'était un fait que Clémence avait bien changé. Elle resplendissait dans sa toilette de taffetas ivoire, plus ronde et le teint plus rose. Ses cheveux châtain doré, lavés la veille, scintillaient au soleil. Comme ils avaient repoussé jusqu'aux épaules, Marguerite les avait coiffés en chignon haut, ce qui dégageait les lignes gracieuses du cou de la jeune femme. L'éclat du fin diadème en perles posé près du front ravivait l'azur pâle de ses yeux.

Johann était très élégant lui aussi. Il portait un chapeau haut de forme, un habit noir à queue-de-pie et une lavallière en soie grise. Plus que jamais il donnait l'image d'un propriétaire terrien aisé, issu d'une longue lignée enrichie grâce aux vignes blondes du pays d'Alsace.

—En route, on nous attend à la mairie! ordonna-t-il avec une pointe d'anxiété, car ils étaient un peu en retard.

Le mariage civil n'était pour lui qu'une formalité indispensable, mais qui avait permis d'établir un contrat chez le notaire. Johann se méfiait de sa mère et il avait surtout eu le souci de doter sa seconde épouse d'une part de ses biens.

—En route! insista-t-il en se perchant sur la banquette réservée au cocher.

D'un geste décidé, il ajusta les guides en cuir. Sa fierté de conduire Clémence jusqu'à Ribeauvillé se devinait à sa façon de se tenir bien droit, la tête haute.

—Regarde le patron, fit remarquer Marguerite à Charles, on dirait un jeune coq!

—Au moins, il est enfin heureux, répliqua son mari. Je pense que Clémence et lui étaient faits pour se rencontrer. Si un enfant leur vient, en plus, cela mettra peut-être madame Martha hors d'état de nuire. Vois un peu la mine qu'elle tire!

La vieille dame, postée devant la grande maison, observait la scène. Très distinguée avec sa robe de soie mauve et son chapeau assorti, elle exhibait tous ses bijoux. Elle savait que dans la région on aimait beaucoup le viticulteur et qu'il y aurait foule. Rien ne devait transparaître des querelles intimes et des réflexions venimeuses dont elle accablait son fils depuis la publication des bans. La noce serait belle et

Martha Kaufman distribuerait des sourires à tout va, sans rien montrer de ses véritables sentiments. C'était une question d'orgueil. Mais, pour l'instant, en l'absence de témoins, elle affichait une expression proche de la haine, les mâchoires crispées, les lèvres pincées. Hainer Risch, en costume du dimanche, était appuyé à l'automobile. Il emmenait l'ogresse ainsi que Liesele et Noëlle qui patientaient sous le hangar dans leur tenue de demoiselles d'honneur. Elles étaient ravissantes à voir, en robes longues d'un rose pastel, leurs cheveux blonds nattés et roulés en macaron au-dessus des oreilles. Leur front s'ornait d'une couronne d'œillets blancs.

— Va, Guillot, cria Johann en faisant claquer son fouet.

L'étalon s'élança au trot. Clémence adressa des signes de la main à ceux qui assistaient au départ.

« Merci, mon Dieu ! songea-t-elle. Je ne croyais pas avoir droit à une seconde chance, mais vous m'avez accordé cette joie ! Je deviens madame Kaufman. Je vais entrer dans l'église au bras de Charles et tout Ribeauvillé me verra remonter l'allée jusqu'à l'autel. Johann aurait préféré que mon père tienne son rôle, mais pas moi. En plus, Charles est un véritable ami, désormais. »

Johann avait eu beau parlementer pendant des heures, la jeune femme avait catégoriquement refusé d'écrire à ses parents pour leur annoncer son mariage.

— Plus tard, avait-elle dit, un peu plus tard. Cela m'obligerait à tout leur avouer, à leur parler de Noëlle dont ils ignorent l'existence. Il vaut mieux attendre encore. Et puis, de toute façon, ils doivent m'en vouloir terriblement et ils ne viendraient pas ! Je ne les ai pas vus depuis dix ans. Renouer des liens le jour même de la cérémonie, cela me paraît bizarre. Je ne serais pas à mon aise, alors que je veux profiter de chaque seconde près de toi.

Les arguments ne manquaient pas à Clémence. Johann s'était résigné assez vite. Il avait tellement hâte de partir en lune de miel et de se retrouver dans un grand lit avec elle, loin du domaine!

—Dépêchez-vous, les filles, cria Marguerite, tout endimanchée et coiffée d'un extravagant chapeau emplumé. Montez dans la voiture. Je ne veux pas arriver en retard, moi non plus. Je suis le témoin de la mariée, c'est important, ça!

Berni, les joues rouges tant il avait chaud dans son costume, tira la langue à sa grande sœur quand elle passa devant lui, raide et renfrognée. Liesele estimait sa toilette trop enfantine et en plus elle détestait le rose.

—Quelle tuile! confessa-t-elle à Noëlle. Faire le trajet avec l'ogresse et ce vaurien de Risch. Vivement que j'enlève ce déguisement!

—Chut! dit la fillette. S'ils t'entendaient...

—Mais non, t'inquiète pas!

Noëlle n'avait pas souvent approché Martha Kaufman. C'était la deuxième fois qu'elle la saluait de près. Johann avait évité de contrarier sa vieille mère, si bien qu'il n'y avait même pas eu un repas de famille avant les noces.

Le contremaître leur ouvrit la portière et la referma. Martha était déjà sur le siège avant, les doigts crispés sur un sac en mailles d'argent.

—Pas de gloussements ni de ricanements! ordonna-t-elle sans même regarder les deux passagères. Pas de questions non plus! Je veux du silence.

—Oui, madame! répondit Noëlle, soucieuse de plaire à l'ogresse.

—Ne m'adresse pas la parole, toi! Si l'une de vous a quelque chose à dire, Liesele s'en chargera. Pas toi!

Cela ressemblait à une déclaration de guerre entre deux adversaires de force bien inégale. Noëlle se garda bien de répondre, mais elle s'interrogea en silence sur le comportement étrange de l'ogresse. «Pourquoi elle ne veut pas que je lui parle? Qu'est-ce que je lui ai fait?» Confusément, la fillette devinait que Martha Kaufman la détestait à cause de sa mère. Elle en conçut un sentiment de honte inexplicable qui l'attrista davantage.

Hainer se mit au volant et quitta l'enceinte du domaine. Le voyage se fit dans le plus parfait silence.

Ce n'était pas le cas dans la calèche. Clémence interrogeait Johann sur l'organisation de leur lune de miel avec la fébrilité d'une adolescente.

—Après le repas à l'auberge du Château, nous prendrons la route pour Strasbourg où j'ai réservé une chambre dans l'un des plus beaux hôtels. Le lendemain matin, on file sur Augsbourg. De là-bas, nous irons au Tyrol. Es-tu contente? Oui! Alors, donne-moi un baiser!

Il s'était tourné à demi. Elle se pencha un peu et l'embrassa avec ardeur. Il se dit que jamais sa première femme, Amélie, ne s'était montrée aussi passionnée. Ce constat le troubla. Malgré ses quarante-trois ans, il se sentait au seuil d'une vie de couple bien différente de la précédente.

—Je suis heureux, avoua-t-il, tellement heureux que j'en deviens sot. As-tu bien recommandé à Marguerite de charger tes bagages dans le camion?

—Oui! s'exclama-t-elle. Et elle s'occupera aussi de transporter mes affaires dans la grande maison. Pourvu que ta mère finisse par m'accepter!

—Tu verras, d'ici quelques semaines elle appréciera ta compagnie et celle de Noëlle.

—J'espère que tout se passera bien pour ma fille pendant notre absence. Elle est enchantée de dormir chez Liesele. Elles ont tant d'occupations, ces deux-là!

— Mais oui, la petite se rendra à peine compte que tu es partie.

Clémence retint un soupir. Elle avait l'impression d'avoir délaissé sa fille, ces derniers jours, à cause des préparatifs du voyage de noces et de la cérémonie pourtant assez simple. Johann Kaufman avait invité les Merki, Hainer ainsi que trois couples de ses amis, tous de la région des vignes.

— Si Suzanne, ma cousine, avait pu venir à notre mariage, j'aurais retardé notre départ en Bavière, expliqua-t-il soudain. Mais elle ne pouvait pas envisager un déplacement; son mari vient de se casser un bras et elle a deux fois plus de travail que d'habitude. Si tu la connaissais, Suzanne! Moi je l'appelle Suzie, ça l'amuse. En voilà, une femme douce et courageuse! En fait, c'est la fille unique d'une des sœurs de mon père. Nous lui rendrons visite un jour. C'est très beau, la Dordogne. Tu me donnes envie de chômer, ma Clémence. Je vais me mettre en quête d'un régisseur sérieux et nous mènerons la belle vie.

De nouveau, elle l'enlaça, nouant ses bras autour de sa taille. Puis elle posa sa joue contre son dos.

— Hé! Ne froisse pas ta robe ni ton voile, plaisanta-t-il.

Ils entrèrent dans Ribeauvillé par la place de la Mairie. Le camion conduit par Charles suivait de près.

Hainer roulait au ralenti, comme le lui avait recommandé Martha. Il jetait de temps en temps des coups d'œil dans le rétroviseur, où se dessinait le joli visage de Liesele. Chaque fois, elle s'apercevait qu'il la scrutait et fronçait les sourcils, détournant vite le regard.

«Je sais qu'il battait sa femme. Oh! Je le hais, se disait l'adolescente. Papa et maman parlent si fort, le soir, que j'entends tout de ma chambre. Elle a bien fait de s'enfuir, Camille. Vivre avec une brute pareille, un ours mal léché, ce ne devait pas être drôle!»

C'était il y a cinq ans. Liesele se souvenait d'une petite personne très brune, à la taille fine et à la poitrine arrogante. Le contremaître et son épouse criaient beaucoup; des bruits de vaisselle brisée parvenaient parfois jusqu'aux fenêtres des Merki.

Pour ne pas être tentée de bavarder avec Liesele, Noëlle s'absorbait dans la contemplation du paysage. Les coteaux et les vallons où s'étendaient les vignobles se couvraient d'un poudroiement émeraude, les arbres déployaient leur ramure d'un vert lumineux. Au bord de la route poussaient des marguerites et des coquelicots, et au loin les toits de Ribeauvillé scintillaient sous un soleil déjà brûlant. Mais la fillette était bouleversée. De tristes pensées la tourmentaient.

«Ce soir, maman ne sera pas là! se disait-elle. Marguerite est gentille, mais ce n'est pas comme maman. Tout le monde me dit que je dois m'amuser, aujourd'hui, mais je n'en ai pas très envie.»

L'imminence de la séparation pesait sur son cœur. Après le mariage à la mairie, il y aurait la cérémonie religieuse à l'église Saint-Grégoire, puis le repas dans un restaurant. Le dessert terminé, monsieur Kaufman emmènerait sa mère pour une semaine, peut-être même dix jours. Le manque de précision quant à la date du retour angoissait Noëlle encore davantage.

«J'aurais pu écrire chaque jour sur un papier et en rayer un tous les soirs en me couchant. Mais maman ne sait pas...»

Plus elle y songeait, plus elle avait envie de pleurer. Juste avant qu'ils arrivent à Ribeauvillé, de grosses larmes coulèrent sur ses joues. Liesele lui prit la main.

—Qu'est-ce que tu as, Nel?

—Rien, rien!

—Taisez-vous! aboya l'ogresse. J'ai dit pas de bavardages!

Noëlle éclata en sanglots, terrifiée. Liesele l'entoura d'un bras protecteur.

— Et voilà, mademoiselle Weller qui va nous casser les oreilles avec ses jérémiades! grogna la vieille dame. Rainer, gare-toi ici, elles n'ont qu'à aller à pied jusqu'à la mairie.

Sans discuter, le contremaître se rangea le long du talus. Furieuse, Liesele ouvrit la portière et descendit de voiture en entraînant Noëlle. Elles se retrouvèrent sur la route, en plein soleil. L'automobile s'éloigna.

— Bon débarras! déclara l'adolescente. Viens, je connais un chemin qui conduit droit à la place de la mairie. Nous pourrons discuter à notre aise. Ma pauvre Nel, je te plains. Tu vas habiter avec l'ogresse. Elle est folle. On dirait une sorcière. Au fait, pourquoi tu pleurais?

— Parce que maman s'en va ce soir...

— Elle reviendra vite, ne sois pas triste. En plus, tu vas dormir dans ma chambre. Papa a mis un lit de camp. Nous serons bien tranquilles. Ne t'inquiète pas, nous allons nous amuser. On pourra jouer aux cartes ou aux dominos. J'ai un jeu de dames, aussi. Je t'apprendrai.

Apaisée par ces promesses, Noëlle marcha d'un bon pas. Les deux filles arrivèrent à la mairie en même temps que Martha Kaufman. Le témoin de Johann, Pierre Strechenberg, un des plus riches viticulteurs du Bas-Rhin, les salua comme des personnes respectables. L'homme âgé de soixante ans leur déclara qu'elles avaient l'air de roses à peine écloses. Liesele répondit d'un petit sourire, flattée par le compliment. Les invités officiels se regroupèrent dans la salle des mariages. Martha Kaufman joua à merveille la comédie de la satisfaction, d'autant plus que l'épouse du notaire se tenait à ses côtés.

Le discours du maire et l'énoncé des devoirs de chaque conjoint parurent infiniment fastidieux à

Noëlle. La seule chose qu'elle comprenait, c'était qu'elle ne serait plus jamais l'unique préoccupation de sa mère. Ce fut un soulagement pour la fillette de marcher en cortège vers l'église dont les cloches sonnaient déjà à la volée.

Les gens patientaient sur le parvis de l'église Saint-Grégoire. Dès que Clémence et Johann apparurent, il y eut des cris de joie, des rires et des acclamations. Le marié dut serrer des mains et dire un mot gentil en souriant à chaque visage connu. Et il en connaissait beaucoup.

— Ainsi, c'est le grand jour! dit une femme à la jeune mariée. Vous êtes jolie comme pas une avec ce voile.

Clémence reconnut tout de suite la boulangère chez qui elle se procurait une fois par semaine son pain et sa farine. C'était l'aimable commerçante qui avait été témoin de la disparition de Noëlle, le jour du Pffiferdaj. Elle la remercia, rose de plaisir.

— Qui aurait cru ça? poursuivit la boulangère avec un sourire réjoui. Je suis bien contente pour vous. Monsieur Kaufman est un homme remarquable.

— Oh oui! renchérit Clémence. J'ai beaucoup de chance.

Charles lui tapota l'épaule. Il lui tendait son bras.

— Ma chère amie, c'est le moment de vous conduire à l'autel. Savez-vous que je suis tout ému, même si je n'ai pas l'âge d'être votre père! dit-il gentiment. En tout cas, cela me prépare pour la noce de Liesele. Mais je ne suis pas pressé, j'espère qu'elle patientera encore dix ou douze ans. Hein, ma beauté?

— Je crois que je resterai célibataire! rétorqua l'interpellée.

Les accords de la marche nuptiale de Wagner retentirent, joués par les orgues de l'église. La bouche sèche, les jambes tremblantes, Clémence chercha Johann en vain.

—Voyons, il vient d'entrer avec sa mère, gloussa Marguerite. Il te verra remonter l'allée. Charles, dépêche-toi!

Le cortège se mit en place. Liesele et Noëlle suivaient de près la mariée et Berni fermait la marche, très fier de son costume en velours bleu. Tous les bancs étaient occupés. On se pressait pour détailler l'allure et la toilette de Clémence. On donnait son avis aussi, à voix basse entre commères.

—Il aurait pu épouser quelqu'un d'ici! fit une respectable octogénaire. Qui c'est, cette personne?

—Il paraît que Kaufman la fréquentait depuis longtemps et qu'il s'est décidé à légitimer leur liaison.

—Le garagiste, Hugo, pense que la fillette est celle de Kaufman et qu'il va la légitimer ensuite. Elle est vraiment mignonne, cette gosse!

Après avoir accompagné Johann à l'autel, Martha prit place au premier rang. Paupières mi-closes, elle observait son fils dont l'air béat l'horripilait. Pendant qu'ils marchaient de front dans l'allée centrale, elle avait perçu l'émotion qui l'étreignait et cela décuplait sa rage et son mépris. Le pharmacien, assis près d'elle, crut bon de marmonner :

—Vous avez de la chance, votre belle-fille est vraiment charmante. En plus, Johann m'a confié qu'elle avait de l'instruction.

—Tout à fait, je suis enchantée, mon cher Thedor[18]!

—Et puis, vous vous sentirez moins seule, n'est-ce pas? Vous servirez de grand-mère à la petite Noëlle...

—Je m'en réjouis de tout cœur! répliqua l'ogresse sur un ton bizarre.

Ils se turent. Clémence venait de rejoindre Johann devant l'autel. Le couple se regardait avec une ardente

---

18. Théodore, en alsacien.

expression d'amour partagé. La musique se fit plus douce, puis s'arrêta. La jeune femme et le viticulteur s'agenouillèrent.

Auréolés d'une douce lumière filtrée par de magnifiques vitraux, ils ne tardèrent pas à prononcer le «oui» rituel, pénétrés d'un bonheur immense. Quand Johann prit l'alliance en or que le prêtre lui présentait, Clémence se mit à trembler, bouleversée. Elle le fixa avec adoration tandis qu'il faisait glisser l'anneau sur son doigt. Lui aussi la considéra avec passion et tendresse lorsque ce fut son tour de procéder au geste consacré. Le baiser discret, d'une infinie douceur, qu'ils échangèrent aussitôt, souleva une chaude rumeur d'approbation. Marguerite versa sa larme, mais sans renoncer à bomber le torse, très fière d'être témoin au mariage de son patron.

Noëlle piqua du nez pour ne rien voir de la scène. Elle leva son regard un instant pour admirer la très belle Vierge à l'enfant qui se trouvait dans le sanc-tuaire et qui portait l'ancienne coiffe alsacienne.

«Comme ils sont beaux. Une mère et son enfant! pensa-t-elle. Mais je ne suis plus la seule dans le cœur de maman.»

Elle avait une conscience aiguë de la situation. Sa mère se donnait à cet homme pour l'éternité. Liesele la pinça à la taille.

— Ne boude pas, lui souffla-t-elle à l'oreille. Tous les amoureux s'embrassent!

Assis près de Charles, Hainer hocha la tête. Il était passé par là et il exécrait le sort qui l'avait conduit à élever seul son fils et à dormir délaissé. Pourtant, il s'était juré de ne pas se remarier. Le souvenir de la brune Camille restait planté dans sa chair.

Après la messe, ce fut la sortie de l'église. Là encore, une foule joyeuse acclama les mariés, avec des vivats d'amitié et des applaudissements. Des enfants à qui on avait confié ce rôle lançaient vers le ciel des poignées de riz qui retombaient sur les pavés avec un léger bruit de pluie. Assisté par le palefrenier, Charles se précipita vers les caisses où étaient enfermées une trentaine de colombes blanches. Dès qu'ils libérèrent les oiseaux, ceux-ci s'envolèrent dans un concert de battements d'ailes.

Clémence suivit d'un regard ébloui leur progression vers l'azur. Il lui semblait que les colombes étaient un gage de paix infinie, des alliées du destin, et que désormais son existence serait heureuse. Johann la prit par la taille et l'embrassa encore.

— Vive les mariés! hurlèrent Berni et deux de ses camarades d'école.

Marguerite applaudissait, radieuse. Hainer qui se tenait près d'elle maugréa d'un ton moqueur:

— Qu'ils en profitent! L'amour ne dure pas toujours.

— Ne jouez pas les rabat-joie! répliqua-t-elle. C'est une belle journée de fête. Pourquoi ne faites-vous pas comme le patron? Rien ne vous empêche de vous remarier, de trouver une seconde mère pour Güsti puisque la sienne l'a abandonné.

— Je préférerais me pendre, décréta-t-il. J'élèverai mon fils seul, en lui apprenant à se méfier de l'engeance féminine.

Agacée, Marguerite s'éloigna du contremaître.

«Celui-là, il est de plus en plus hargneux!» pensa-t-elle.

Martha Kaufman, de son côté, répondait aux félicitations de ses connaissances. Elle hochait la tête avec un air qu'elle imaginait angélique, en clignant des yeux pour cacher la rage intérieure qui la dévorait.

Tous les invités et les curieux bavardaient malgré le tintamarre des cloches qui maintenant sonnaient midi.

Johann donna le signal du départ en direction de l'auberge du Château.

La douzaine de convives s'installa sous la tonnelle de chèvrefeuille, à une table décorée d'œillets roses. Ici, le viticulteur se sentait quasiment chez lui, car il y avait ses habitudes. Clémence et lui présidaient le banquet, assis face à Martha. Les trois enfants, regroupés près de la balustrade surplombant la rivière, commencèrent à discuter et à rire tout bas.

Marguerite n'avait jamais déjeuné dans un établissement aussi cossu. Intimidée, elle lut le menu disposé dans chaque assiette. La liste des plats la sidéra. Elle donna un léger coup de coude à son mari.

— Crois-tu qu'il y aura vraiment toutes ces choses à manger? dit-elle à voix basse.

— Bien sûr! confirma-t-il. Le patron a les moyens.

Martha Kaufman étudiait elle aussi le menu, ses lunettes sur le bout du nez. Elle poussa un énorme soupir.

«Des dépenses inconsidérées!» conclut-elle intérieurement.

Johann leva son verre à la santé de Clémence qui éclata d'un rire triomphant.

— Mes amis, commença-t-il, je bois en l'honneur de ma chère épouse! Savourons tous ensemble ce kirchberg bien frais, un cru du domaine Kaufman. Il y a deux tonnelets à déguster. À la vôtre, et bon appétit!

L'excellence des plats eut raison des discussions. Après le foie gras poêlé servi sur du pain grillé, les serveuses apportèrent des escargots en sauce. Suivirent un coq au riesling avec une garniture de pommes de terre et trois gros jarrets de porc cuits dans du bouillon, disposés sur un lit de chou frais juste blanchi.

Noëlle mangeait à peine. Le foie gras l'écœura, mais moins que les escargots. Liesele réussit à lui faire avaler quelques morceaux de pommes de terre.

—Je n'ai pas faim, protesta-t-elle tout bas. Laisse-moi.

—Sois gentille, Nel! Ta mère n'arrête pas de te regarder; elle s'inquiète parce que tu as l'air triste.

—Ce n'est pas vrai, elle ne s'occupe plus de moi!

—Mais si! Elle vient de se marier, elle a le droit d'être gaie, de parler à tout le monde.

La fillette pinça les lèvres. Même le dessert, de succulentes tartes aux mirabelles nappées de crème, ne la dérida pas.

«Maman va bientôt s'en aller, pensait-elle la gorge nouée. Je voudrais tellement qu'elle m'emmène.»

Noëlle savait qu'elle ne pouvait pas accompagner les mariés en Bavière, mais elle continuait d'espérer un miracle. Hélas, il n'en fut rien. Trois heures plus tard, Johann prenait le volant de la voiture. Avant de partir, Clémence prit sa fille dans ses bras et la couvrit de baisers sur le front et les joues.

—Ma chérie, je reviens vite, tu as ma parole. Et toi, tu dois me promettre d'être bien sage chez Marguerite. Je t'enverrai des cartes postales du Tyrol. L'année prochaine, Johann a dit que nous y retournerons tous les trois.

—Oui, maman! dit-elle d'une toute petite voix en retenant ses larmes.

La petite mine chiffonnée de Noëlle, sa bouche tremblante, l'éclat de panique de ses grands yeux bleus, tout ça tourmenta Clémence. Pourtant, elle avait cru que la fillette était contente de partager pendant quelques jours la vie des Merki. Elle se rendait compte qu'il n'en était rien.

—Ma Noëlle, ne pleure pas, sinon je serai trop malheureuse de partir! s'émut-elle.

Cela signifiait cependant qu'elle partirait quand même. Marguerite vint au secours de Clémence en se récriant:

—Allez, allez! Monte dans la voiture et ne te rends pas malade! C'est normal que ta gamine soit chagrinée: vous ne vous quittiez pas, avant. Mais quand tu vas revenir, je parie que mademoiselle Noëlle ne se sera pas désolée une seconde. Hoppla! Bon voyage!

La jeune femme étreignit sa fille encore une fois. Celle-ci s'accrocha à son cou avec une force étonnante.

—Maman!

Dans l'automobile, Johann assistait à la scène. Bouleversé, il mit le frein à main et vint tenter de raisonner la petite à son tour.

—Dis-moi, Noëlle, déclara-t-il en la détachant de sa mère, sais-tu que nous te rapporterons un cadeau du Tyrol? Et as-tu pensé à ton chaton, ton Grisou? Tu dois lui manquer, car tu es un peu sa petite maman. Regarde, Liesele et Berni t'attendent. Vous allez rentrer au domaine en calèche, ça te plaît?

Elle acquiesça d'un signe de tête. Le viticulteur appela le palefrenier d'un geste.

—Lucas, rends-moi service, conduis la calèche jusqu'au domaine avec les trois enfants à bord. Tu avais ta journée, je sais, mais je ne serai pas ingrat, crois-moi. Ta fiancée patientera et vous irez quand même danser. Tu pourras revenir en ville à bicyclette.

—D'accord, patron! répondit le jeune homme.

Clémence pleurait sans bruit, un mouchoir de dentelle sur le nez. Marguerite l'obligea à s'asseoir dans l'automobile. Johann embrassa Noëlle sur la joue.

—N'oublie pas une chose, lui dit-il doucement dans le creux de l'oreille. Je suis ton père, maintenant, et je te ramène vite ta maman.

Sur ces mots, il se remit au volant et démarra. La fillette trouva le courage d'agiter la main en fixant le visage défait de Clémence. Liesele la secoua un peu rudement par l'épaule.

—Nel, viens! Je suis trop contente, moi! Je ne monte jamais en calèche.

Le chagrin de Noëlle s'allégea au gré du chemin emprunté par Lucas. Le jeune homme effectua un détour pour traverser les vignes et un bois de sapins. Il expliqua à ses passagers que les chevaux aimaient mieux sentir la terre battue sous leurs sabots que la route, dont le bitume était trop dur. Lucas sifflait un refrain populaire, imité par Berni qui se réjouissait de l'aventure.

—Alors, ma Nel? Tu as encore envie de pleurer? demanda Liesele. Ce soir, je te prêterai ma poupée. Je n'y joue plus. Elle a un visage en porcelaine, une robe rouge et des chaussures vernies. Je l'ai eue pour mes six ans; c'était un cadeau de ma grand-mère.

La fillette en fut muette de surprise. Clémence ne lui avait jamais offert de poupée. Elle songea qu'avec son chaton, la poupée et son idole Liesele, elle allait bien s'amuser. Confusément, elle devinait que l'instant de la séparation était le plus pénible dans cette histoire de voyage de noces. Privée de la présence maternelle, elle se tournait avec une infinie confiance vers ceux qui l'entouraient.

Quand Marguerite et Charles les accueillirent, car ils avaient pris le camion et étaient arrivés avant eux, Noëlle se sentit même joyeuse. Elle caressa Lorrain, couché sur le seuil du logement. Le chien lui lécha le menton. Grisou sortit de la cuisine en miaulant. Les demoiselles d'honneur montèrent se changer. Une fois dans sa chambre, dont la fenêtre donnait sur le jardin potager, Liesele ouvrit un placard et tendit une jolie poupée à son amie.

—Je te la donne, Nel. Tu peux la baptiser. Moi, je l'appelais Gretel, le prénom de maman en alsacien.

—Moi aussi, je l'appellerai Gretel, parce que je l'aime beaucoup, ta maman. Elle est vraiment gentille.

Liesele s'empressa de mettre une jupe en toile bleue, des sandales en tissu et un corsage usagé. Elle défit sa coiffure. Émerveillée par la poupée Gretel, Noëlle enfila une robe toute simple et brossa ses boucles blondes en vitesse avant de nouer un petit foulard autour de son front. Elles redescendirent en dévalant les marches. Marguerite les examina d'un œil satisfait.

— Tiens, Noëlle, j'ai gardé de la crème de lait pour ton chat, dit-elle. Il n'a fait que dormir, mais as-tu vu comme il est content de te voir? Il se frotte à tes mollets.

— Oh oui, il est si mignon, mon Grisou! répondit la fillette.

Charles alla nourrir les bêtes, chevaux, vaches et cochons, avec Berni. Liesele fut chargée de donner du grain aux volailles, et Noëlle l'aida de bon cœur. Les rosiers grimpants qui couraient le long des murs embaumaient. Les hirondelles striaient le ciel bleu pâle en volant à tire-d'aile. Des grillons chantaient dans les hautes herbes.

C'était une délicieuse fin de journée d'été.

Strasbourg, Hôtel Kammerzell

Clémence venait de prendre son premier bain de sa vie. Elle se séchait avec une épaisse serviette en éponge d'un blanc pur. Un miroir au-dessus du lavabo lui renvoya son image dénudée et elle ferma les yeux. Tout à l'heure, dans la vaste chambre d'un luxe inouï pour une jeune femme comme elle, Johann l'avait embrassée avec tant de passion et d'insistance que son corps privé d'amour depuis dix ans s'était enflammé.

Le couple n'avait pas eu honte de s'enfermer à double tour, deux heures avant le dîner. S'il avait montré à Clémence les belles maisons de la place de la Cathédrale et les tours des anciens ponts couverts, le viticulteur ne songeait guère à se promener.

On frappa deux coups légers à la porte.

—J'arrive! cria-t-elle. C'était tellement agréable, ce bain chaud, après des années à se laver dans des cuvettes.

—Moi aussi, je me rafraîchirais bien, répliqua le viticulteur.

Clémence sortit, drapée dans un peignoir qu'elle avait acheté en prévision de la lune de miel. Les cheveux mouillés, elle riait de plaisir.

—Oh! Ma petite femme! Viens dans mes bras, ma chérie, dit-il avec passion.

Il l'enlaça avec douceur et respira le parfum de savon qui émanait de son cou et de sa chair.

—Je n'en peux plus d'attendre! avoua-t-il. Je ne pense qu'à toi depuis des semaines. Glisse-toi entre les draps, je viens. Je n'en ai pas pour longtemps.

Johann passa dans le cabinet de toilette. Attendrie par les allures un peu gauches de son mari, Clémence détailla l'ameublement de la pièce. Un soleil pourpre filtrait à travers les rideaux, et ses rayons se reflétaient sur le bois lustré d'une armoire colossale. Leur nuit de noces aurait pour décor un des plus anciens hôtels de Strasbourg, la maison Kammerzell, située place de la Cathédrale. C'était aussi une brasserie réputée, dont les nombreuses fenêtres donnaient sur le splendide édifice de style gothique. Son clocher était le plus haut d'Europe.

«J'espère que ma petite Noëlle n'est pas trop triste et qu'elle ne pleure pas, se dit-elle. Mais non, Johann a raison, je ne dois pas m'inquiéter: Liesele et Marguerite sauront la consoler.»

Pendant le trajet, elle avait confié son angoisse à son mari. Il avait trouvé des mots gentils, des explications interminables pour lui démontrer que les enfants peuvent vite passer des larmes aux rires. Il lui avait dit que ce serait une expérience enrichissante pour leur fille de partager le quotidien des Merki. En se souvenant du ton chaleureux que Johann avait adopté pour se déclarer le père de Noëlle, Clémence décida de ne plus se tourmenter.

«Je suis seule avec lui, dans cet endroit magnifique! Ce soir, je mettrai ma robe verte pour le dîner. Si j'avais imaginé ça, quand j'étais si pessimiste, cet hiver... »

Des bruits d'eau et une exclamation en provenance de la salle de bains la firent se jeter sur le lit. Vite, elle ôta son peignoir et s'allongea entre des draps au toucher satiné. Le contact du tissu sur sa peau nue la troubla. Johann réapparut, une serviette ceinturant ses hanches. Clémence observa son torse couvert d'une toison brune, ses bras épais, son cou de taureau. C'était un homme vigoureux, d'une robustesse rassurante, capable de la soulever comme une plume et de la protéger.

—Alors, ma mignonne petite femme! chantonna-t-il, le visage altéré par le désir, les yeux brillants d'excitation.

Il se coucha près d'elle, après avoir rabattu les draps.

—Que tu es jolie, une vraie poupée!

Avec une curiosité amoureuse, il contemplait les formes menues de Clémence, ses seins pointus et juvéniles, son ventre plat souligné par un pubis fourni, suivi de longues cuisses fuselées. Elle avait un très beau corps, dont il effleura les lignes d'un doigt.

—Oh toi! Toi, toi! répétait-il. Si je me doutais que je t'aimerais autant!

Johann se pencha et couvrit sa poitrine de baisers, puis il descendit jusqu'au nombril, en poussant un gémissement de désir. Elle le caressa aussi, follement heureuse de disposer à sa guise de ce géant au corps d'athlète. La jeune femme était d'une nature sensuelle, frustrée par le célibat. Déterminée à parfaire la conquête de son mari, elle n'eut aucune pudeur, aucune fausse honte. Il le comprit, séduit par son abandon total.

—J'ai peur de te casser, ma beauté, haleta-t-il au moment de la pénétrer. Viens sur moi.

Souple et ardente, Clémence se plia au jeu. Lorsqu'elle sentit qu'il s'enfonçait en elle, la jouissance la submergea. Un cri d'extase lui échappa. Leur première étreinte fut brève, mais si intense, si délicieuse qu'ils recommencèrent aussitôt à s'embrasser, avides d'éprouver une nouvelle flambée de désir et de jouissance.

Quand ils descendirent dîner, le maître d'hôtel les salua avec un «Bonsoir, monsieur et madame Kaufman» qui enchanta Clémence. En robe de soie verte à la nouvelle mode, fluide et à la taille basse, un collier de perles autour du cou, elle attirait les regards masculins, mais elle ne voyait plus que Johann.

—Nous prendrons du champagne! déclara-t-il une fois à table.

—Je n'en ai jamais bu! confessa-t-elle.

Il lui prit la main et y déposa un baiser.

—Je veux te choyer, te rendre la plus heureuse du monde! susurra-t-il en souriant.

—C'est déjà fait, répondit-elle avec une expression d'amour infini.

Ils ne soupçonnaient pas qu'ils venaient de concevoir un enfant.

Domaine Kaufman, même soir

Noëlle était assise sur le pas de la porte des Merki, son chaton niché dans le creux de sa jupe. La poupée Gretel était posée contre le mur, près d'une touffe d'iris aux longues feuilles d'un vert grisâtre. Le soleil se couchait. Tout était paisible, baigné d'une tiédeur au parfum de roses et de foin.

Liesele essuyait la vaisselle en discutant avec Marguerite, alors que Berni jouait à la balle près du puits. Charles revenait du hangar où il avait rangé une brouette pleine de raves destinées à la pâtée des cochons.

—*Mon petit oiseau a pris sa volée, mon petit oiseau a pris sa volée!* chantait Berni.

Personne ne s'attendait à recevoir la visite de Martha Kaufman, qui ne mettait jamais les pieds dans la cour après le repas du soir. Elle était accompagnée du contremaître.

—Madame? dit Charles aussitôt. Est-ce qu'il y a un souci?

—Pas du tout, rétorqua-t-elle d'une voix dure qui n'annonçait rien de bon. Je viens chercher ma petite-fille, Noëlle Kaufman. Mon fils Johann la considère comme son enfant, c'est donc ma petite-fille. Je ne veux pas la voir traîner avec tes gamins, Charles. Va chercher ta valise, Noëlle. Et n'oublie rien.

Marguerite se rua dehors. Elle avait tout entendu. Noëlle n'osait plus bouger, comme si l'orage allait la foudroyer.

—Es-tu sourde? insista la vieille dame d'un ton acerbe. Je t'ai dit de monter et de ramasser tes affaires. Puisque tu entres dans ma famille, j'ai à cœur de veiller à ton éducation. Ce n'est pas en t'amusant avec des enfants d'ouvriers que tu deviendras quelqu'un de convenable.

Ce discours bouleversa la fillette. Charles scruta le visage de Hainer, mais ce dernier avait un air impassible, celui de l'employé qui ne contrariera pas les patrons.

—Mais, madame, s'écria Marguerite, ce n'était pas convenu comme ça. Clémence m'a confié Noëlle. Monsieur aussi. Je dois la garder jusqu'à leur retour.

Liesele se tenait derrière sa mère et lui tapotait le dos pour lui donner du courage. Martha eut un sourire moqueur.

— Qui commande ici? Il me semble que tout m'appartient tant que je suis en vie et je n'ai pas l'intention de mourir avant quelques années encore. Mon fils et son épouse n'ont pas bien réfléchi; ils avaient autre chose en tête. Noëlle portera notre nom très bientôt et je l'emmène. Elle va s'installer immédiatement dans sa chambre et tu n'as rien à y dire, Marguerite!

— Qu'est-ce que je dois faire? bredouilla la fillette, terrorisée.

— Madame, avança Charles en ôtant sa casquette, ma femme dit vrai, monsieur Kaufman et madame Clémence nous ont confié la petite. Je sais bien que vous êtes la patronne aussi, mais, si je ne respecte pas la volonté de monsieur, il me le reprochera.

— Et moi, je peux te mettre à la porte, Charles. Enfin, je ne demande pas la lune! tonna Martha avec un regard furieux. Noëlle, dépêche-toi!

L'ogresse se rapprocha et se pencha un peu.

— Qu'est-ce que tu as dans ta jupe? Un chat? Qui a introduit un chat au domaine?

— C'est moi, madame! répondit Liesele en sortant de la cuisine. Je l'ai offert à Noëlle quand elle a été si malade, à cause de la vipère qui l'a mordue.

— Bien, bien, nous verrons! maugréa Martha en reculant. Noëlle, vas-tu m'obéir, à la fin? Je ne vais pas te manger!

La fillette se leva, les jambes tremblantes. Elle lança des regards implorants à Marguerite et à Charles. Le chaton en profita pour se cacher entre les feuilles d'iris. Liesele se plaça devant elle et brava l'ogresse, imposante dans sa robe noire.

— Madame, laissez-la chez nous! Elle est triste, sans

sa maman, et j'ai promis de jouer avec elle. En plus, elle ne vous connaît pas!

C'était un acte de grand courage, mais qui consterna ses parents. Depuis leur arrivée au domaine, le couple avait eu soin de ne jamais contrarier l'irascible Martha dont ils redoutaient les ruses et les caprices.

— Tais-toi, Liesele! gronda Marguerite.

— Obéis à ta mère, renchérit Charles. Monte préparer la valise de Noëlle. Madame Kaufman sait mieux que nous ce qui est bon ou mauvais pour la petite.

Pour Noëlle, le temps paraissait figé comme dans les cauchemars. Elle fit le geste d'attraper la poupée, mais une poigne d'acier sur son épaule l'arrêta net.

— Tu n'as pas besoin de jouets, trancha l'ogresse.

Les doigts noueux renforcèrent leur emprise. Martha entraîna ainsi l'enfant en arrière, loin de la famille Merki, sidérée par ce coup de théâtre. Charles pensa que la vieille femme avait tout d'une araignée entraînant sa proie vers le trou de mur où elle la dévorerait.

— Ne t'inquiète pas, Noëlle, dit-il assez bas, tu viendras durant la journée voir Liesele et Berni.

— Mais oui! souffla Marguerite, honteuse de sa lâcheté.

La peur d'être renvoyée du domaine, de se retrouver sans logement ni salaire, lui enlevait toute velléité de révolte.

Liesele affichait une expression de profonde colère. Elle n'était pas montée chercher la valise. Martha Kaufman la toisa avec mépris.

— Hainer, grommela-t-elle, je te charge de m'apporter les affaires de Noëlle. Je n'ai plus l'âge de rester debout des heures en face d'une mioche insolente. Je ne te félicite pas, Charles: ta Liesele est mal élevée. Elle te donnera du fil à retordre.

L'adolescente allait répondre, mais son père lui jeta un coup d'œil menaçant.

—Je peux prendre mon chat? chuchota Noëlle d'une voix faible.

—Et puis quoi encore? Le chien? coupa le contre-maître. Madame Kaufman ne veut pas de bestioles chez elle.

Trop malheureuse pour pleurer, la fillette se laissa emmener. Lorsque la double porte de la grande maison se referma sur elle et qu'elle vit le vaste couloir plongé dans la pénombre, un cri plaintif lui vint aux lèvres. L'ogresse la saisit par le poignet:

—Au lit maintenant! Il est tard. Et fais une toilette soignée, tu pues le chou et le fumier.

Martha actionna l'interrupteur du plafonnier. Sous la lumière électrique, elle étudia de près l'enfant de Clémence Weller. Ses boucles d'un blond doré, son joli visage au teint rose, ses prunelles bleues et son corps déjà gracieux lui parurent odieux. Elle éprouva une telle bouffée de haine que cela l'effraya un peu.

«Je ne veux pas lui faire de mal, à cette gamine! songea-t-elle. Mais qu'elle a l'air empoté, comme sa mère!»

—Va te coucher! Ta chambre, c'est la troisième porte à gauche, au premier étage. Et ne fais pas de bruit, compris?

—Oui, madame.

Noëlle monta les marches sur la pointe des pieds, le souffle court. Personne ne la sauverait. Liesele avait essayé de l'aider, mais cela n'avait servi à rien. Elle se retrouva enfin dans la pièce indiquée, qui, en d'autres circonstances, lui aurait beaucoup plu. Les murs étaient tendus de toile de Jouy à décors roses, et les meubles en bois clair étaient sculptés de motifs floraux. Une lampe était allumée sur la table de chevet.

«Peut-être que l'ogresse ne me veut pas de mal! se dit-elle. Peut-être qu'elle sera gentille, demain...»

Elle n'y croyait pas du tout. Un étau serrait son cœur affolé, au point de la suffoquer.

—Maman, reviens! gémit-elle tout bas.

Au même instant, un déclic métallique la fit sursauter. Quelqu'un venait de tourner la clef dans la serrure. Noëlle était prisonnière.

Pendant ce temps, chez les Merki, Liesele exprimait tout haut son opinion, ce qu'elle faisait de plus en plus souvent. Bien que très respectueuse à l'égard de ses parents, l'adolescente éprouvait une profonde colère.

—Vous deviez garder Noëlle! répéta-t-elle pour la troisième fois. L'ogresse va se venger sur elle, et s'il lui arrive un malheur ce sera votre faute.

Le couple échangea un regard abattu. La situation les dépassait.

—Que voulais-tu faire? soupira Marguerite. Et la vieille dame dit vrai: maintenant la gosse est sa petite-fille. Pourquoi arriverait-il un malheur? Tu exagères, Liesele!

—De toute façon, un patron, c'est un patron, renchérit Charles. Monsieur Kaufman ne sera pas là avant dix jours, et je t'assure que madame Martha, soutenue par Hainer, peut nous mettre dehors. Que deviendrions-nous? La place est bonne, ici. Logés, nourris ou presque. Et un salaire correct par les temps qui courent, c'est appréciable.

—Moi, si j'avais votre âge, j'aurais gardé Noëlle de force, insista Liesele. Elle doit être tellement malheureuse, la pauvre! Papa, va la chercher. Clémence sera fâchée, tu verras. Elle avait confiance en vous.

Son père se leva d'un seul élan et marcha droit sur elle. Il paraissait furieux, mais l'adolescente ignorait que c'était surtout contre lui-même.

—Tais-toi! hurla-t-il. Madame Martha a raison, tu

deviens arrogante et insolente! Monte te coucher, ça vaudra mieux!

—Non, il ne fait pas encore nuit et je suis en vacances, répliqua Liesele. Je sors et j'irai où je veux!

Charles, exaspéré, la gifla. Marguerite retint un cri de surprise. Son mari n'avait jamais frappé Liesele.

—Disparais de ma vue! ajouta-t-il. Toi aussi, Berni, file au lit.

Suffoquée par la révolte et l'incompréhension, Liesele retenait des larmes d'humiliation. Elle sortit d'une démarche rapide et courut vers l'écurie.

—Et elle n'obéit même pas! grommela Charles en se rasseyant. Marguerite, sers-moi un verre de schnaps. Comment veux-tu que je tienne tête à la vieille dame?

—Tu ne peux pas, je te l'accorde, avoua sa femme. Mais tu n'aurais pas dû gifler ta fille. Notre Liesele a bon cœur et elle s'est juré de protéger Noëlle.

Marguerite ne croyait pas si bien dire. Réfugiée dans le grenier à foin, Liesele réfléchissait. Elle venait de grimper à une grande échelle et déjà elle avait un plan. Sans bruit, elle redescendit et chercha le chaton. La petite bête jouait près du puits.

—Viens là, Grisou! chuchota-t-elle. Nous avons une mission.

Un quart d'heure plus tard, Noëlle perçut un sifflement venant de l'extérieur. La fillette pleurait sans bruit, allongée sur son lit. L'intensité de son chagrin lui brouillait l'esprit, mais elle reconnut cependant l'air de la chanson préférée de Liesele. Incrédule, elle se leva et marcha sur la pointe des pieds jusqu'à la fenêtre. La chambre donnait sur les champs, le mur nord-est de la grande maison prolongeant l'enceinte de la cour. Entre les prés et la treille de rosiers avaient poussé deux énormes chênes à la ramure tortueuse.

— Ohé, ma Nel! fit une voix.

— Liesele?

— Oui, je suis là, dans l'arbre. Celui de droite.

Noëlle scruta le feuillage sans rien deviner de son amie. Enfin, une main s'agita.

— Ne sois pas triste, Nel! reprit Liesele. Ce soir, je ne peux rien faire, mais demain à la même heure, Berni m'aidera à mettre la grande échelle de l'écurie contre le mur et je monterai te voir. Avec Grisou. Elle n'a pas été trop odieuse, l'ogresse?

— Pas trop, chuchota Noëlle, un peu réconfortée.

— Qu'est-ce que tu dis?

— Je dis : pas trop! Dis, en vrai, tu viendras demain?

— C'est promis. Bonne nuit, je dois rentrer.

La fillette resta accoudée à l'appui de la croisée. Elle vit une silhouette vêtue de clair dégringoler d'un des chênes.

— N'aie pas peur de la vieille sorcière, dit encore Liesele avant de s'éloigner au pas de course.

Restée seule, Noëlle se pencha et découvrit l'alignement des rosiers courant le long du bâtiment. Le sol lui parut à une distance considérable. Martha Kaufman n'avait pas à fermer la fenêtre ni les volets, personne ne pouvait s'enfuir, perché à une hauteur pareille.

« Si maman savait ce qui se passe, elle reviendrait! songea-t-elle, prise d'un nouvel accès de sanglots. Je devais rester chez Marguerite, pas ici. »

Elle s'étendit en travers du lit et pleura tout son soûl. L'air frais de l'aube la réveilla. Elle avait dormi d'un trait, sans se déshabiller. En reconnaissant le décor de la chambre, la catastrophe qui s'était abattue sur elle la veille la terrassa. Sans l'ogresse, elle serait près de Liesele, avec la poupée Gretel et son chaton.

« Je la déteste, la vieille sorcière! pensa-t-elle la bouche tremblante. Je ne veux pas rester là! »

Noëlle guetta les bruits de l'extérieur. Le pale-frenier menait les trois chevaux au pré, ce qu'elle devina au hennissement strident de l'étalon et à l'écho des sabots ferrés sur les pavés de la cour. Plus loin, une vache lança un long meuglement, sans doute pour rappeler son veau. La voix du contremaître lui parvint aussi. Hainer Risch donnait des ordres aux hommes chargés de sulfater la vigne. Elle crut distinguer le rire de Berni et entendit Marguerite qui nourrissait la basse-cour, sûrement avec l'aide de Liesele. Toutes deux poussaient de petits cris destinés à rassembler les poules, les oies et les canards. Mais, dans la grande maison, tout était silencieux. Deux heures s'écoulèrent ainsi. Noëlle, affamée, se décida à entrer dans le cabinet de toilette et but de l'eau au robinet, ce qui la désaltéra.

Enfin, la clef tourna dans la serrure. Martha Kaufman apparut, en robe noire, sanglée d'un tablier bleu.

—Tu te lèves tard, toi! déclara-t-elle d'un ton dur.

—Non, madame, je suis levée depuis longtemps!

—Suis-moi, j'ai de l'ouvrage à te donner.

L'ogresse tourna les talons et longea le couloir. Noëlle marcha derrière elle. Son chagrin cédait la place à une révolte enfantine bien naturelle et trois fois elle tira la langue au dos massif de la vieille femme. Cela la consola un peu.

—Tu vas raccommoder des draps et des torchons, annonça Martha à l'entrée du salon. J'espère que tu sais raccommoder?

—Non, madame.

—Eh! Que vous apprend votre institutrice? Les filles n'ont pas besoin de connaître la géométrie ni l'algèbre. Il leur faut tenir une maison leur vie durant, cuisiner et coudre. Installe-toi sur ce tabouret, je préfère surveiller ce que tu fais.

Noëlle n'osa pas réclamer à manger. Elle jugea que demander à boire serait moins risqué.

— Est-ce que je peux avoir du lait, madame? souffla-t-elle timidement.

— Quand j'avais ton âge, je gardais les moutons de ma grand-mère. C'était dans les Vosges. Je partais le matin au lever du soleil et je rentrais le soir. Le ventre vide. Je n'en suis pas morte. Je me porte même très bien. Tu auras du lait et du pain plus tard.

Martha s'assit dans le fauteuil le plus proche et pinça les lèvres. Une fois encore le besoin forcené de tyranniser la fillette lui brouillait l'esprit. Elle déplia les draps en gros lin gris et expliqua ce qu'il fallait faire.

— Vois-tu, je les ai coupés en deux pour ôter les endroits abîmés. Tu dois coudre ensemble les morceaux qui sont en bon état. Manier un fil et une aiguille, n'importe quelle sotte y parviendrait. Quel point connais-tu?

— Le point avant, madame.

— Cela suffira, mais demain je t'apprendrai le point arrière et le point d'ourlet.

Les pièces de tissu mesuraient au moins trois mètres. Noëlle commença à aligner des points en s'appliquant le plus possible. Sa mère lui avait déjà confié de menus travaux de couture, plus amusants que fastidieux, si bien qu'elle put montrer sa dextérité. Cependant, la qualité même de son ouvrage contraria la vieille dame. La docilité de l'enfant, la masse de boucles blondes qui encadrait un visage angélique plein de gravité, tout ceci l'agaçait jusqu'au malaise. Elle quitta son siège brusquement et se dirigea vers la porte:

— Ne t'arrête pas, recommanda-t-elle d'une voix aigre, je reviens dans dix minutes.

Depuis un an, Martha Kaufman s'adonnait à un plaisir secret. Elle avait pris goût à l'alcool et, en cachette de Johann, elle sirotait toute la journée de petits verres de schnaps.

« C'est bon pour mon vieux cœur! » se disait-elle en matière d'excuse.

Un placard de la cuisine contenait des bouteilles de liqueur et d'eau-de-vie. Elle rangeait la clef dans un petit pot en grès qui ne servait qu'à cet usage. Là encore, boire la soulagea.

« Je dois faire attention, avec la gamine, conclut-elle une fois calmée. Très attention. C'est sournois, si jeune; elle racontera tout à sa mère et à Johann. Ils pourraient la croire : sait-on jamais de quoi je suis capable! Pourtant, un petit verre de temps en temps n'est que justice, mais personne ne comprendrait. »

Un instant, elle eut envie de renvoyer Noëlle chez les Merki. Elle redoutait l'excitation étrange qui l'envahissait à l'idée de faire pleurer la fillette, de la savoir malheureuse. Martha était issue d'un milieu paysan et avait été élevée à la dure par ses grands-parents. Promue épouse d'un viticulteur aisé, Gilbert Kaufman, elle n'était pas assez instruite pour avoir entendu parler du sadisme, mais elle le pratiquait avec délectation. Tout aussi ignorant, Hainer Risch avait cependant perçu une anormalité dans son comportement et il déconseillait à son fils Güsti d'approcher la vieille patronne.

La pendule du salon venait de sonner midi sans ramener l'ogresse. Noëlle posa son aiguille et lécha le bout de son index qui saignait. Les draps étaient rêches et, sans dé, le travail devenait pénible. L'estomac tordu par la faim, la bouche sèche, car il faisait très chaud, elle jeta des regards inquiets vers le couloir. Des odeurs de viande grillée lui parvenaient.

« Elle nous prépare à manger », songea-t-elle, rassérénée.

Afin de mériter son repas, elle se remit à coudre. Plusieurs fois pendant l'heure suivante, Noëlle s'imagina abandonnant les draps sur le sol et courant vers la liberté. Elle ouvrirait la double porte, traverserait la cour ensoleillée et se réfugierait dans les bras de Liesele. Un pas pesant résonna enfin. Martha Kaufman revenait, les joues rouges, les lèvres luisantes. Elle se pencha sur l'enfant.

— Qu'est-ce que tu as fabriqué? tempêta-t-elle. Il y a du sang sur le tissu, espèce de cochonne! Recommence et tu laveras tout ça dans le ruisseau.

Noëlle aurait voulu hurler qu'elle mourait de faim, qu'il lui fallait un dé et du repos. Mais, terrorisée par la présence de l'ogresse, elle se tut.

— Réponds donc! s'écria la vieille.

— Madame, je me suis fait mal et je n'ai pas de mouchoir pour m'essuyer. Pardon, madame! Dites, je pourrais jouer un peu dehors si je me dépêche de finir mon ouvrage?

Elle avait tout débité très vite avant de manquer de courage. Soudain, la vieille femme la saisit par une oreille et la fit lever.

— Tu n'es qu'une bonne à rien comme ta mère, lança-t-elle avec méchanceté. Et tu vas me faire le plaisir de mieux te coiffer, ta tignasse doit grouiller de poux! Dorénavant, tu mettras un foulard bien serré.

Joignant le geste à la parole, Martha attrapa une poignée de cheveux de la fillette, arrachant une bouclette dorée qui reluisait entre ses vieux doigts gonflés.

— Je ne veux plus te voir tête nue, sinon je te rase, ajouta-t-elle. Remonte dans ta chambre et vite!

Muette de frayeur, Noëlle grimpa à l'étage et se jeta sur son lit. Là, elle se boucha les oreilles, comme si elle entendait encore les menaces de l'ogresse et sa respiration sifflante. Elle avait l'impression d'être livrée à un monstre qui ne lui laisserait aucune chance de s'échapper.

«Maman, maman! Reviens, maman..., pria-t-elle les mains jointes. Par pitié, maman, reviens!»

Elle répéta sa supplique jusqu'à s'en étourdir. Avec la foi naïve de l'enfance, elle se persuada qu'à force de prier ainsi, un miracle se produirait. La voiture noire de Johann Kaufman entrerait dans la cour. Clémence en descendrait et chercherait sa fille partout. Comme ce serait bon de la revoir, de se blottir dans ses bras.

—Maman! appela-t-elle, la gorge nouée.

La pièce et les décors roses de la toile de Jouy se mirent à tourner. Noëlle tenta en vain de se redresser. Un vertige inquiétant l'obligea à s'allonger. «Je vais mourir!» songea-t-elle.

Depuis sa naissance, elle n'avait jamais eu aussi faim ni aussi soif. La peur viscérale de la vieille Martha augmentait son malaise. Elle finit par s'endormir, moite de sueur. En s'éveillant, à la fin de la journée, la fillette découvrit une carafe d'eau sur la table de nuit et une tranche de pain. Elle but avec avidité et mangea tout aussi précipitamment. Un simple coup d'œil lui permit de voir que la porte était fermée à clef.

«Je vais attendre que le soleil se couche, décida-t-elle. Liesele a promis de venir.»

L'adolescente aux longues tresses blondes ne mentait jamais, du moins pas à ses amis. Vers neuf heures du soir, il y eut un choc sourd contre la façade. Noëlle courut à la fenêtre. Elle aperçut trois silhouettes : Berni, Liesele et un garçon bien char-penté en qui elle reconnut Manuel, le fils du chef de gare. Le chien gambadait le long de la treille.

—Lorrain, mon Lorrain! chuchota Noëlle.

L'échelle était solidement calée. Liesele grimpa les

barreaux successifs à une vitesse surprenante. Déjà, elle posait un pied sur le rebord de la fenêtre et sautait dans la chambre.

—Alors, ma Nel, comment vas-tu? Oh! Tu as pleuré, tu as une de ces mines!

—Liesele, emmène-moi! gémit la fillette en se réfugiant contre son amie. L'ogresse est méchante, elle ne m'a pas donné à manger et j'ai dû coudre des draps. J'ai peur d'elle, Liesele, très peur! Elle m'a tiré les cheveux.

—J'en étais sûre! Ne fais pas tant de bruit, Nel. Si on me trouvait ici, je ne pourrais plus revenir. Vois un peu ce que je t'ai apporté.

Elles s'assirent sur le lit. Liesele ouvrit une large besace en cuir qu'elle portait sur le dos, maintenue par une bandoulière.

—D'abord, ta poupée Gretel qui te tiendra compagnie. Et ton cher petit Grisou.

Un peu affolé, le chaton poussa un frêle miaulement. Noëlle le prit entre ses mains et l'embrassa sur le bout du nez. Elle le caressa tant et si bien qu'il se mit à ronronner, couché sur ses genoux.

—J'ai piqué du chocolat en tablette, aussi, car je me doutais que la sorcière te priverait de nourriture. Et tu as du kougelhopf et des biscuits à la cannelle. Es-tu contente?

—Oh oui, Liesele, mais je ne veux pas rester ici. Je rentre chez toi, dis?

—C'est impossible, ma pauvre Nel. Mes parents ont trop peur de l'ogresse, eux aussi. Il paraît qu'elle a le droit de les chasser du domaine. Nous n'aurions plus de maison, plus d'argent. Papa me l'a expliqué ce matin. Sois courageuse, quand ta mère et le patron reviendront, ça s'arrangera, et je monterai te rendre visite tous les soirs, avec de bonnes choses à manger. Dis, c'est ta chambre? Comme c'est joli!

—J'aurais préféré coucher chez toi...

Liesele la prit par l'épaule. Raisonnée par Charles qui ne savait rien cependant de l'expédition que sa fille se préparait à accomplir, l'adolescente multiplia conseils et promesses.

—Tu verras, ça passe vite, dix jours! Peut-être que, si tu es sage, si tu obéis à l'ogresse, elle s'habituera à toi. Elle ne peut pas te faire de mal à cause du patron qui la gronderait à son retour. Et tu vas habiter dans cette belle maison. Au fond, tu as de la chance. Manuel m'a dit qu'il pourrait m'aider tous les soirs, pour mettre l'échelle. Je ne te laisserai pas tomber, Nel, mais là, je dois m'en aller. Si mon père me cherche, j'aurai des ennuis.

Noëlle réprima un sanglot. Elle lança un regard noyé de larmes à son amie.

—Je t'en prie, emmène-moi, Liesele. L'ogresse, ce n'est pas du tout ma vraie grand-mère. D'abord, j'en ai même pas, de grand-mère!

—Je ne peux pas, ma Nel, mais demain soir, si tu es trop triste, je t'aiderai à descendre et on se baladera un peu, jusqu'au ruisseau.

Liesele l'embrassa. Elle sortit de la besace une petite bouteille en fer.

—C'est du lait pour Grisou, précisa-t-elle. Mais fais attention, la vieille sorcière déteste les chats. Cache-le bien pendant la journée.

La fillette se retrouva seule de nouveau. Liesele était venue. Cela lui paraissait prodigieux et, sans la poupée, sans Grisou, elle aurait cru avoir rêvé. Le ciel s'assombrissait. Juste avant la nuit, Noëlle enleva sa robe et ses sandales. Elle se glissa entre les draps après avoir pris soin de dissimuler ses provisions dans le tiroir de sa table de chevet.

Gretel installée au creux d'un des oreillers, le chaton lové sur la couverture, elle grignota un carré de chocolat. Une phrase de sa mère lui tournait dans la tête. «Il y a toujours plus malheureux que nous, dans la vie, n'oublie pas, ma chérie!»

— Maman a raison, dit-elle à mi-voix, je ne suis pas la fille la plus malheureuse du monde. J'ai tout ce qu'il me faut.

Malgré cela, Noëlle se remit à pleurer.

*

Le lendemain, quand Martha tourna la clef dans la serrure, Noëlle était prête. Revigorée par le kougelhopf et le chocolat, apaisée par une bonne nuit en compagnie de son chaton, la fillette avait fait sa toilette dans le réduit adjacent, doté d'un lavabo avec eau chaude. Cette découverte l'avait distraite un instant de la peine qui broyait son jeune cœur encore innocent. La veille, quelqu'un avait dû monter sa valise. Elle avait pu changer de linge et de vêtements. Un foulard à motifs rouges et verts enveloppait la masse soyeuse de ses boucles.

— Ah! Voilà une coiffure correcte! déclara la vieille dame. Hier, tu étais punie. Aujourd'hui, si tu es sage, tu auras un repas chaud à midi.

Noëlle hocha la tête pendant que l'ogresse étudiait la chambre d'un œil inquisiteur. Mais elle eut beau regarder partout, rien ne méritait un reproche. Le lit était fait, les rideaux tirés, la carpette secouée. Il n'y avait aucune trace de chat ou de poupée. Grisou était enfermé dans le placard du cabinet de toilette et Gretel était enfouie sous une pile de tricots, en bas de l'armoire.

— Eh bien, descendons, grommela Martha, l'air déçu.

La femme de ménage, Katel, une robuste matrone aux cheveux gris, lavait le carrelage du couloir. Elle salua Noëlle d'un large sourire.

— Bonjour, mademoiselle! lança-t-elle gaiement.

— Bonjour, madame!

— Pas de politesse! coupa Martha. Toi, Katel, tu as la lessive à rincer. Ne lambine pas.

Comme la veille, Noëlle se retrouva sur le tabouret du salon, confrontée aux vieux draps à raccommoder. L'ogresse prit place dans le fauteuil, ses lunettes sur le bout du nez. Elle ouvrit son missel et parut se plonger dans la lecture des Saintes Écritures. La matinée s'écoula ainsi, interminable pour la petite fille. Trois des doigts de sa main droite étaient en sang. Quelques minutes avant midi, Katel se présenta à la porte du salon.

— Le déjeuner est prêt, madame, annonça-t-elle. J'ai fait réchauffer la soupe et les saucisses.

De la soupe, des saucisses! Noëlle en eut l'eau à la bouche. Fébrile, elle voulut se hâter de terminer son aiguillée de fil. Martha eut un sourire moqueur avant de déclarer:

— Viens avec moi à la cuisine. Tu te plaignais d'avoir faim hier. Eh bien, tu vas pouvoir te rassasier.

— Merci, madame Kaufman, dit la fillette dans un murmure.

— Qu'est-ce qu'elle est mignonne, cette gosse! fit remarquer Katel, toujours sur le seuil de la pièce.

— Mignonne! En voilà des mièvreries! s'exclama Martha. On dirait que tu n'as jamais vu d'enfants, Katel. Passé l'âge de celle-ci, il n'y a plus rien à en attendre. Ils deviennent sournois, menteurs et ne pensent qu'à vous causer des tracas. Tu peux rentrer chez toi. Au fait, je n'ai pas besoin de tes services cet après-midi.

— Mais monsieur votre fils m'a payé la semaine d'avance, et vous m'aviez demandé de faire l'argenterie.

— Je te dis de rentrer chez toi et d'y rester jusqu'à lundi prochain, Katel! Noëlle fera l'argenterie. Il faut bien l'occuper, sinon elle s'ennuiera sans sa mère. N'est-ce pas que ta mère te manque?

La question raviva le chagrin de la fillette. Elle tenta de répondre sans trop montrer son désarroi.

—Oui, elle me manque beaucoup.

Sa voix chevrotait comme celle d'un agonisant. Consternée, Katel recula et s'en alla. Dans la cour, elle croisa Marguerite qui ne pouvait s'empêcher de guetter la façade de la grande maison dès qu'elle sortait.

—As-tu vu Noëlle? lui demanda-t-elle.

—Eh oui, je l'ai vue, chuchota la femme de ménage. Mais quelle idée a eue sa mère de la confier à cette vieille chouette! La petite assemble des bouts de drap de trois mètres, et puis, je ne suis pas aveugle, j'ai soulevé le couvercle de la marmite. En guise de soupe, il y a une sorte de ragoût que je ne donnerais pas à mon chien, tant ça empeste.

Marguerite leva les bras au ciel, malade de remords.

—Si tu savais le fin mot de l'histoire, Katel! C'est moi qui devais m'occuper de Noëlle, Clémence y tenait. Mais la patronne est venue la chercher l'autre soir, accompagnée du contremaître. Charles m'a bien dit de ne pas m'en mêler.

—En tout cas, si j'avais eu la chance de mettre au monde une gentille gamine comme Noëlle, je ne voudrais pas la laisser entre les mains de n'importe qui. Elle sue la haine, la vieille Kaufman. Et figure-toi qu'elle s'est débarrassée de moi, alors que son fils m'a versé ma semaine. Je ne vais pas m'en plaindre, mais quand même, la pauvre gosse, elle trinquera pour les autres!

—Quels autres? demanda Marguerite.

—Tous les autres! soupira Katel. Hoppla, Marguerite, ne me fais pas dire ce que je ne veux pas dire.

Sur ces mots énigmatiques, la femme de ménage s'éloigna.

9

La maison Kaufman

Quatre jours s'étaient écoulés sans aucun changement dans l'emploi du temps de Noëlle. Dès le matin, l'ogresse lui confiait de la couture ou des tâches fastidieuses. La fillette avait épousseté tous les livres de la bibliothèque, ciré les planchers, nettoyé toutes les vitres.

Ce soir-là, recrue de fatigue, elle tournait entre ses doigts la carte postale que sa mère lui avait envoyée du Tyrol. La photographie couleur sépia représentait de hautes montagnes à la cime neigeuse. Au premier plan, on voyait aussi un chalet au balcon fleuri.

—Alors, tu es contente? lui demanda Liesele. Ce matin, quand le facteur l'a remise à maman, elle voulait l'apporter à l'ogresse. Mais j'avais peur qu'elle ne te la donne pas et j'ai inventé une histoire. J'ai dit que je te passerais ta carte par la fenêtre de la cuisine, pendant la journée. Si mes parents savaient que je te rends visite tous les soirs en empruntant l'échelle de l'écurie, ils en feraient, une tête! Nous avons eu de la chance que ta chambre donne sur la campagne et pas sur la cour. Sinon, je n'aurais pas pu venir.

—C'est drôle que personne ne s'en rende compte, s'étonna Noëlle. Et Manuel, il continue à venir t'aider?

—Il ne pouvait pas venir aujourd'hui, car son père lui a confisqué sa bicyclette. C'est Lucas qui m'a donné un coup de main. La jument va faire son petit bientôt et il dort dans une pièce au-dessus du chai. Il est gentil, lui, ce n'est pas comme le vieux palefrenier qui travaillait ici, il y a trois ans. C'était une brute, même avec les chevaux.

Liesele parlait vite et très bas. Elle avait de bonnes joues roses et le teint hâlé de ceux qui passent tout leur temps en plein air.

—Pourquoi il t'aide, Lucas? interrogea Noëlle.

—Parce qu'il trouve injuste que l'ogresse te garde enfermée et qu'elle ne te donne presque rien à manger. Je lui ai tout raconté. J'étais obligée: il m'a vue rapporter l'échelle, hier. Elle est quand même lourde; parfois je la traîne par terre.

—Heureusement que tu es là, constata la fillette, la gorge serrée tant elle avait envie de pleurer. Les quelques lignes écrites par Clémence ne la consolaient pas.

Ma petite Noëlle chérie, j'espère que tu t'amuses bien chez Marguerite et Charles, avec Liesele et Berni. Transmets-leur toutes mes amitiés. Johann t'embrasse très fort, tout comme ta maman qui ne t'oublie pas et qui te rapportera de jolies surprises. Nous serons de retour la semaine prochaine.

Liesele avait lu la carte postale. Elle comprenait un peu la déception de sa protégée.

—Et ton Grisou, comment va-t-il? s'enquit-elle.

—Grisou, il fait pipi partout, gémit Noëlle. J'ai mis des journaux dans le cabinet de toilette, mais il y en a déjà plein qui sont sales. Il a miaulé très fort la nuit dernière, et je n'avais plus de lait à lui donner. Tu ferais mieux de l'emmener, Liesele. Il s'ennuie et, si madame Kaufman le trouve, elle sera fâchée.

—Oui, tu as raison. En plus, ma mère le cherche partout en disant que tu seras trop triste de l'avoir perdu. Elle ne se doute pas qu'il dort avec toi.

—Emmène-le. Il pourra jouer dans l'herbe. Ici, il est aussi malheureux que moi.

Noëlle semblait à bout de forces. Liesele l'observa attentivement. Amaigrie, les cheveux sales, la fillette était très pâle.

—Qu'est-ce qu'elle t'a donné encore comme ouvrage, l'ogresse?

—J'ai vidé six truites qu'un monsieur a livrées. C'est dégoûtant, d'enlever ce qu'ils ont dans le ventre, les poissons! Et j'ai dû laver les serpillières avec de l'eau de Javel.

Liesele approuva en silence. Elle se renseignait chaque soir sur la façon dont Martha Kaufman traitait Noëlle, se promettant de tout répéter à Clémence dès son retour.

—Ne t'inquiète pas, ma Nel, moi je dirai la vérité à ta mère et au patron. La vieille sorcière sera bien embêtée. Elle croit que personne ne le sait. Mais tu me jures qu'elle ne te bat pas?

—Juré! affirma Noëlle. Elle me tire l'oreille si je n'obéis pas assez vite à son goût, mais elle ne me bat pas.

—Bon, ça prouve qu'elle n'ose pas te brutaliser! Tant mieux. Sois courageuse, Nel. Quand le patron sera là, tu seras tranquille. La vieille en profite. Après, elle te fichera la paix!

Noëlle bâilla et se laissa retomber en arrière en travers de son lit. Elle était abrutie de fatigue.

—Rentre vite chez toi, Liesele, je vais dormir, dit-elle à demi somnolente.

—D'accord, à demain soir. Je prends Grisou.

Liesele vit son amie sombrer dans un profond

sommeil. Outrée de la voir dépérir de jour en jour, elle enferma le chaton dans sa besace et entreprit de descendre l'échelle. Il faisait presque nuit. L'air tiédi par le crépuscule embaumait le foin, mais en bas du mur se tenaient Hainer Risch et l'ogresse. Leurs deux silhouettes massives contrastaient avec la douceur parfumée de la campagne et la mélodie des derniers chants d'oiseaux.

— Tiens, tiens! déclara le contremaître. Qu'est-ce que je vous disais, madame? J'avais vu son manège tout à l'heure. Mademoiselle Merki se moque de vous.

Martha Kaufman considérait d'un œil méprisant la malheureuse Liesele tétanisée par la surprise. L'adolescente sondait la pénombre sous un des chênes, dans lequel Berni avait dû se réfugier sans pouvoir la prévenir.

— Que faisais-tu, Liesele? demanda très posément la vieille dame.

Ce ton calme était plus effrayant que des cris. Hainer souriait d'un air satisfait.

— Vous le savez bien, ce que je faisais! Je suis montée prendre des nouvelles de Noëlle, parce que j'étais inquiète. Mes parents ne sont pas au courant.

Elle s'était empressée de le préciser pour ne pas attirer d'ennuis à sa famille.

— Tiens, tiens! répéta l'ogresse. Depuis quand Noëlle a-t-elle besoin de visites? Et qui t'a permis de venir fouiner chez moi? Réponds!

Cette fois, le ton était plus hargneux. Liesele luttait contre la panique, car le chaton s'agitait au fond de la besace. S'il miaulait, la situation s'envenimerait.

— Je vous demande pardon, madame! déclara-t-elle d'une voix le plus humble possible. Mais Noëlle, c'est mon amie. Elle devait passer la semaine avec moi. J'ai toujours des choses à lui raconter et, en plus, ça m'amusait de grimper à l'échelle.

L'adolescente était consciente qu'elle perdait pied, qu'elle disait n'importe quoi pour se tirer d'affaire.

—Je pense, moi, que cette petite imbécile de Noëlle t'a appelée par sa fenêtre! gronda Martha. C'est une paresseuse, une chiffe molle toujours à pleurnicher. C'est la première fois que tu vas la voir?

—Mais oui! assura Liesele.

Une idée lui vint.

—C'était aussi pour lui apporter la carte postale du Tyrol que sa mère lui a envoyée! ajouta-t-elle. Clémence et monsieur Kaufman vont vite rentrer, il paraît.

—Cela m'étonnerait, rétorqua l'ogresse. J'ai eu mon fils au téléphone cet après-midi. Il prolonge sa lune de miel jusqu'à mercredi. Je n'ai rien dit à Noëlle, pour ne pas lui faire de peine. La pauvre, elle espère tant retrouver sa mère.

Liesele ne fut pas dupe. Martha Kaufman se réjouissait de disposer encore de la fillette à qui elle ne parlait sûrement pas des voyageurs.

—Tu mérites une punition, Liesele, décréta-t-elle. D'abord, tu vas me donner ce sac. Il y a quelque chose qui bouge à l'intérieur.

—Non, c'est à moi! protesta l'adolescente en reculant.

Elle courut à l'abri des chênes et là, très vite, elle fit sortir Grisou de la besace et le chassa. Le chat, impatient de retrouver sa liberté, se sauva la queue haute et se faufila dans les herbes folles du pré le plus proche. Rien n'avait échappé à l'ogresse.

—Tu feras ce qu'il faut, signifia-t-elle au contre-maître. Moi, je vais prendre certaines dispositions, puisque ces gamines ont décidé de s'arranger dans mon dos. Je ne veux pas m'abaisser à discuter avec Charles et Marguerite. Tu n'as qu'à t'en charger. Et préviens-les : si leur fille rôde encore sous la fenêtre de Noëlle, ils me le paieront cher.

Il approuva d'un signe de tête. Martha fit demi-tour et s'en alla de sa démarche raide et pesante. Liesele avait déjà disparu, suivie de Berni. Tous deux firent un détour par le champ de choux pour entrer dans la cour avant Hainer Risch.

—Je dois dire ce qui se passe à maman! dit-elle à son frère, tout essoufflée.

—Elle sera pas contente du tout! chuchota le garçonnet.

Charles était couché. Marguerite tricotait, assise près de la porte restée ouverte. Elle vit débouler ses enfants, la mine affolée.

—Maman! dit tout de suite Liesele, Hainer arrive. J'ai rendu visite à Noëlle en montant dans sa chambre avec l'échelle de l'écurie. Elle va mal! Si tu voyais ses mains, elles sont tout écorchées et rouge vif! En plus, elle a maigri, ses habits sont sales, ses cheveux aussi. Maman, je t'en supplie, tu dois la reprendre, ou alors envoie un télégramme à Clémence.

Sa mère avait écouté, les yeux écarquillés d'effarement. Elle n'eut pas le temps de répondre que le contremaître entrait.

—Où est ton mari? dit-il sèchement.

—Au lit!

—Va le chercher. Ta fille a fait des siennes et la patronne n'est pas contente du tout. Il ne faudra pas vous plaindre si ça tourne mal.

—Liesele m'a avoué sa bêtise, ce n'est pas grave à ce point, soupira Marguerite. Nous avons tous eu leur âge, vous comme moi! Et soyez honnête, Hainer, madame Kaufman n'aime pas Noëlle. Et ça me tracasse.

—Tais-toi donc, Marguerite! lança-t-il laconiquement. D'accord, ne dérange pas ton homme s'il dort. Charles travaille dur, je le sais. Mais écoute-moi bien: Liesele doit arrêter de prendre cette échelle et, à ce propos, je voudrais bien savoir qui l'aide à la porter. Peut-être que tu lui donnes un coup de main?

—Mon Dieu, non! se récria Marguerite. Si je veux des nouvelles de Noëlle, je suis assez grande pour toquer chez madame. Pour qui me prenez-vous, Hainer?

—C'est une bonne chose, continue comme ça. Et toi, Liesele, ne t'avise pas de recommencer tes expéditions. J'espère que ton père te punira.

Le contremaître parlait lentement sans regarder l'adolescente. Il sortit en bousculant Berni, qui s'était réfugié sur le pas de la porte.

—Ouf! dit Liesele, il n'a pas été trop méchant!

—Ma pauvre petite, il faut se méfier de l'eau qui dort, répliqua sa mère. Un peu plus, je lui aurais dit ma façon de penser, à ce faux jeton de Risch. Moi, je crains pour Noëlle à présent.

—Maman, tu n'as qu'à prévenir Clémence! Tu prétends que c'est ta grande amie. Quand elle saura que tu as laissé ma Nel chez l'ogresse, elle t'en voudra.

Marguerite rangea son tricot et se leva. Elle dépassait sa fille d'une demi-tête. La contrariété et l'angoisse qu'elle éprouvait pour Noëlle lui firent perdre le contrôle de ses nerfs.

—Je n'ai pas besoin de tes leçons de morale, Liesele! Depuis quand une gosse de douze ans donne-t-elle son avis? En voilà, des manières!

La gifle partit aussitôt. L'adolescente se frotta la joue et monta dans sa chambre. Elle ne pleura pas, murée dans un silence réprobateur.

«Je m'en fiche de leurs claques et de leurs jérémiades! Mes parents sont des lâches, les adultes sont des brutes, mais je protégerai Nel, je le lui ai promis.»

Au rez-de-chaussée, Marguerite sanglotait. Elle avait honte.

«Liesele a raison, j'abandonne Noëlle et Clémence

me le reprochera. J'en voulais à Charles d'avoir giflé notre fille et je l'ai frappée moi aussi.»

Berni s'approcha de sa mère et lui caressa les cheveux.

— Maman, ne sois pas triste. En plus, Grisou, il était dans la chambre de Noëlle. Il va revenir.

— Grisou? Le chat? Vous en faites, des conspirateurs, ta sœur et toi!

Mais elle se sentit réconfortée et serra l'enfant dans ses bras.

*

En bas de l'escalier, Martha Kaufman hésitait. Elle tremblait de colère à l'idée que Liesele avait déjoué ses plans.

«J'imagine bien le tableau. Cette sale gamine est allée consoler l'autre, la fille de la Weller. Elle lui a apporté le chat et sûrement des douceurs à grignoter en cachette. Et cette petite chipie faisait semblant d'être affamée! Je n'aime pas qu'on se moque de moi, ça non!»

Elle commença à monter les marches. Quelques minutes plus tard, elle ouvrait la porte de la chambre de Noëlle. La fillette, encore habillée et chaussée, dormait en travers de son lit. Sur l'oreiller gisait la poupée Gretel.

Il faisait nuit, mais la lune se levait et sa clarté suffisait. L'ogresse se pencha et empoigna les boucles de son souffre-douleur, à hauteur de la nuque.

— Debout! hurla-t-elle.

Brutalement tirée du sommeil, Noëlle cria de souffrance. On venait de la saisir par les cheveux d'une poigne rageuse, c'était la seule chose dont elle était sûre. Hagarde, elle se débattit, laissant une mèche blonde dans la bataille. Dans son élan pour s'enfuir, elle dégringola du matelas. Elle ne comprenait pas ce qui lui arrivait. Dans la pénombre, elle entendit la respiration saccadée de sa persécutrice et l'écho confus de l'ordre reçu. Tout cela était un cauchemar pour elle.

— J'ai dit debout, bonne à rien!

Une bouffée de haine et de plaisir sadique enfiévra Martha Kaufman. Elle leva la main droite, qui serrait le manche d'un martinet. Noëlle, malade de terreur, se mit à quatre pattes et essaya de se cacher sous le lit. Un coup de pied dans les côtes l'arrêta. Puis il y eut la morsure des lanières de cuir sur ses mollets et sur ses bras. Curieusement, la punition n'eut pas l'effet voulu. Confrontée pour la première fois à la violence et à la haine, toute l'innocence et la tendresse qui la caractérisaient cédèrent la place à une révolte infinie. Elle hurla de rage en tentant d'échapper au martinet.

— Veux-tu te taire! menaça la vieille dame, les yeux exorbités.

Mais Noëlle s'était relevée et se ruait sur elle, cognant, les poings fermés, à l'aveuglette.

— Laisse-moi! gémissait-elle. Va-t'en!

Martha la saisit de toutes ses forces par une oreille et l'entraîna dans le couloir. La fillette avait si mal, qu'elle était obligée de suivre le mouvement.

— Tu dois me vouvoyer, petite nigaude! Et je te ferai passer le goût du mensonge. Moi qui croyais que tu étais bien sage, une fois dans ta chambre. Mais non, Liesele venait te rejoindre! Je vais t'apprendre à te payer ma tête. Entre là et tu y resteras le temps qu'il faudra!

Noëlle fut projetée d'une bourrade dans un débarras. La porte claqua aussitôt. L'obscurité était totale.

— Réfléchis bien à ta conduite, dit l'ogresse de l'autre côté du battant. Et je ne veux entendre ni un cri ni un bruit, sinon tu auras encore droit au martinet.

Martha tourna le verrou et s'appuya au mur. Déjà, sa fureur s'apaisait et elle ressentait une frayeur pénible. Elle était allée trop loin. Johann et Clémence sauraient forcément que la petite fille avait été battue.

— Il fallait bien la punir! Et si Liesele était tombée de l'échelle? Ces gosses agissent en dépit du bon sens. Marguerite n'y connaît rien en éducation. Ni cette andouille de Clémence. La gamine n'a que ce qu'elle mérite.

Elle regagna sa chambre. Là, elle se mit en chemise de nuit et se coucha. Il lui sembla distinguer des appels et des sanglots, mais déjà le sommeil la terrassait.

Dans le noir absolu, quelques mètres plus loin, Noëlle n'osait pas bouger d'un pouce. Elle restait blottie contre la porte, hébétée. Pour un peu, elle aurait souhaité le retour de son bourreau.

— Madame! chuchota-t-elle, renonçant à crier. Madame, ouvrez! Maman... Maman, reviens!

Son oreille la faisait souffrir, la peau de ses jambes était cuisante. La fillette se décida à faire un pas en arrière. Elle pivota vers la droite et explora l'espace, les mains tendues. Ses doigts sentirent du tissu, sans doute des vêtements suspendus à des cintres. Enfin, elle s'accroupit et s'assura qu'il y avait assez de place pour s'asseoir. Une bestiole galopa le long de son bras, tandis que son dos heurtait l'angle d'une caisse. Elle faillit hurler de terreur, mais se contenta de pleurer tout bas, secouée de spasmes.

— Maman! implora-t-elle. Maman, où es-tu?

C'était incompréhensible pour l'enfant d'être livrée ainsi à la cruauté d'une étrangère, parce que sa mère s'était mariée et faisait un voyage de noces.

Vaincue, paralysée par un sentiment d'impuissance intolérable, elle s'étendit sur le plancher.

Jamais Noëlle n'oublierait cette nuit de juillet 1929. Elle s'éveillerait différente, durcie par l'épreuve, avec au cœur quelque chose qui ressemblait à de la haine pour la vieille Martha Kaufman. L'ogresse deviendrait le symbole de la cruauté irrationnelle, de l'injustice. Bien plus tard, elle s'interrogerait encore sur la folie dévastatrice de certains êtres humains.

Le lendemain matin, Liesele et Berni se ruèrent dehors, à peine leur petit déjeuner avalé. Ils devaient nourrir les cochons. Mis au courant de l'incident de la veille, Charles n'avait pas songé un instant à punir sa fille. Il s'était contenté de la sermonner.

— J'aurais fait pareil à son âge, si mon meilleur ami était aux prises avec un tyran en jupons comme madame Martha, avait-il confié à Marguerite. Tu ferais bien d'envoyer un télégramme à Clémence. Je connais le patron, il ne nous pardonnera pas si la petite Noëlle tombe malade.

— Elle est bien bonne, celle-là! avait gémi son épouse. C'est toi qui m'as dit de ne pas contrarier cette vieille folle.

Le couple était dans une position inconfortable. Charles préféra rejoindre l'équipe qui préparait la récolte de choux. Marguerite se lança dans un grand ménage, dans l'espoir que cela la calmerait. Le sort de Noëlle la préoccupait beaucoup plus qu'elle ne le montrait.

Parfois, elle percevait les appels discrets de Liesele qui cherchait le chaton.

— Grisou! Grisou! appelait l'adolescente tout bas en longeant le mur d'enceinte de la cour. Où es-tu, Grisou? Viens!

Berni portait une écuelle en fer garnie de fromage caillé, le régal du chaton.

—Tu devais m'emmener à la pêche, Liesele, protesta Berni. Moi, je voudrais chercher des vers de terre.

—Nous n'irons pas à la pêche tant que je n'aurai pas retrouvé Grisou. Hier soir, normalement, je l'aurais ramené à la maison pour que Noëlle le retrouve quand sa mère rentrera. Il n'a que trois mois, Grisou, il n'est pas capable de se débrouiller tout seul.

Mais le petit garçon se laissa distancer et courut jusqu'au tas de fumier. Il était moins attaché à Noëlle que sa sœur et rien ne l'amusait autant qu'une partie de pêche dans l'étang.

«Je vais trouver des vers, après j'aiderai Liesele. Papa a dit qu'il faut les ramasser avant qu'il fasse trop chaud!»

Berni attrapa un bout de bois dans le bosquet de troènes qui masquait en partie l'énorme tas de fumier. Il commença à gratter à ses pieds, là où la terre saturée par la décomposition de la paille et des excréments était noire et humide, parfaite pour les vers. Une tache claire dans son champ de vision, sur le côté, l'intrigua. Il regarda mieux et poussa un cri horrifié.

—Liesele! Liesele!

Sa sœur accourut. Elle aperçut tout de suite le petit cadavre de Grisou, qu'on avait jeté là comme on faisait pour les déchets ménagers et le contenu des pots de chambre.

—Oh non, Grisou..., gémit-elle. Ils l'ont tué! Je suis sûre que c'est Risch qui a fait ça. Il faut l'enterrer, Berni.

L'adolescente n'avait pas la larme facile. Mais la mort du chaton l'anéantissait et elle pleura en silence, s'essuyant les joues à plusieurs reprises. Du coup, son frère se mit à sangloter.

— Va me chercher un râteau, dit-elle, je ne peux pas le récupérer. Si je monte sur le tas de fumier, je m'y enfoncerai jusqu'aux genoux. Dépêche-toi et dis à maman de venir.

Marguerite arriva à grandes enjambées, chaussée de ses sabots en bois. Elle était très pâle, les manches de son corsage retroussées au-dessus du coude.

— Mon Dieu, faut-il être méchant, quand même, pour s'en prendre à une pauvre petite bête comme ça! dit-elle d'une voix rauque.

Il était neuf heures lorsque le petit chat eut été enterré à l'ombre d'un rosier. Liesele affirma à sa mère :

— C'est Hainer Risch qui l'a tué. Tu as vu, il avait le cou brisé. J'en trouverai un autre et, celui-là, personne ne lui fera de mal.

— Vaut mieux pas, ma pauvre Liesele. La vieille patronne n'a jamais supporté les chats. Je me demande même ce qu'elle supporte, à part les courbettes de Risch et sa collection de bijoux.

— Quels bijoux, maman? s'étonna l'adolescente.

— Oh, il paraît qu'elle les garde dans un coffret. Monsieur Gilbert lui en offrait à chaque occasion, pour les fêtes, ses anniversaires, la naissance de leurs fils. C'est son trésor. Katel m'a raconté que madame Martha les contemple tous les jours, après sa sieste.

D'habitude, jamais Marguerite n'aurait dit ce genre de choses à sa fille, mais elle était triste, consternée par la mort du chaton. Elle pensait, comme Liesele, que c'était l'œuvre du contremaître.

— Venez, dit-elle, vous allez rester un peu avec moi à la maison, j'ai besoin d'un bon café pour me remettre. Tout à l'heure, j'irai à Ribeauvillé. J'ai trop tardé à prévenir Clémence de ce qui se passe ici.

— Alors, tu vas envoyer un télégramme? Merci, maman! dit Liesele, reconnaissante.

269

Si elle avait pu voir où se trouvait Noëlle, Marguerite serait partie sur-le-champ. La fillette s'était réveillée dans le débarras. Un rai de lumière filtrait au bas de la porte et laissait deviner des formes imprécises, qui étaient en fait des malles et des valises. Une penderie aménagée dans l'épaisseur du mur abritait les manteaux d'hiver de Martha et de Johann. Une légère odeur de naphtaline s'en dégageait.

Le corps endolori, Noëlle s'était redressée. La grande maison était silencieuse, comme c'était souvent le cas. Hagarde, assoiffée, elle avait attendu l'arrivée de l'ogresse. Mais le temps s'écoulait et aucun bruit de pas ne résonnait dans le couloir.

— Madame! Je veux sortir! cria-t-elle après deux interminables heures.

Noëlle tourna la poignée et la secoua en vain. Ses jambes tremblaient et elle avait la tête lourde, le ventre douloureux.

— Madame, j'ai envie d'aller aux cabinets. Je vous en prie, ouvrez, madame! Je ne ferai plus de bêtises, je vous le promets.

Assise à la table de sa cuisine, Martha Kaufman dégustait une tartine beurrée nappée de confiture. Hainer l'observait, appuyé au gros buffet contenant la vaisselle ordinaire.

— Alors, vous voulez que je vous conduise à Strasbourg? dit-il enfin. Cela fait une trotte, nous ne serons pas de retour avant la nuit. Et vous comptez laisser la gosse enfermée tout ce temps?

— De quoi te mêles-tu? Je la punis, et encore, elle s'en tire bien.

— Vous entendez, elle appelle. Portez-lui au moins une tranche de pain et de l'eau.

— Elle peut hurler, personne ne viendra à son secours. Toutes les portes seront bouclées. Cela ne la tuera pas.

Le contremaître songea au chaton dont il avait brisé le cou en le cognant contre l'angle d'un mur. Les animaux étaient stupides. On les appâtait avec de la nourriture ou des gestes doux et ils se livraient à vous, sans se douter qu'ils pouvaient en mourir.

« Le cochon ne comprend rien, quand on le saigne, ni les oies ni les poules, pensait-il. Il ne faut pas s'encombrer de pitié, la vieille a raison. »

Martha lui jeta un regard plein de suspicion. Hainer était venu lui annoncer qu'il n'y avait plus de chat sur les terres des Kaufman. Elle l'avait dédommagé avec quelques billets de banque, dont il était si friand. Cet homme-là, en apparence posé et sérieux, n'avait pas hésité à sacrifier une bestiole innocente dans le seul but de la satisfaire. Elle étudia avec perplexité les doigts secs et longs du contremaître. Un frisson, entre exaltation et malaise, lui parcourut le dos.

— Tu n'as plus aucun scrupule, n'est-ce pas? interrogea-t-elle.

— Mais si, j'en ai! s'étonna-t-il. Mais de quoi parlez-vous?

— De ta femme, Camille.

— Je vous ai déjà expliqué que c'était un accident! maugréa-t-il. J'évite de m'en souvenir.

— Moi, répliqua-t-elle, je m'applique à ne pas oublier ce qui s'est passé, ce soir-là, et comment je t'ai surpris en train de l'enterrer. Je te l'accorde, tu ne pouvais pas la jeter sur le tas de fumier.

Hainer serra les poings. Il perdait la maîtrise de lui-même dès que la vieille dame faisait allusion à la mort de Camille.

— Taisez-vous donc! Je vous l'ai dit cent fois, j'ai eu peur, j'avais mon fils à élever et, si j'avais avoué la vérité aux gendarmes, j'aurais fini en prison.

— Oh, ton gamin aurait été placé chez ses grands-parents. Et cela peut encore t'arriver, de finir en prison! lança-t-elle pour le provoquer.

C'était jouer avec le feu, Martha le savait. Hainer avait envie de l'étrangler, elle le voyait à la crispation de ses mâchoires et à son air déchaîné.

—Si je venais à mourir, signifia-t-elle, le notaire de Ribeauvillé qui est un ami ouvrirait avant ce soir une lettre que j'ai déposée chez lui et dans laquelle je te dénonce. Mais tu ne ferais pas de mal à une pauvre vieille qui a perdu deux fils à la guerre, n'est-ce pas? Ni de peine au troisième qui vient de se marier? Allons, bois un verre de schnaps avec moi.

Amadoué, Hainer accepta. L'alcool l'apaisa. Des plaintes et des sanglots retentissaient à l'étage.

—La gosse fait un drôle de chahut, fit-il remarquer. Si vous voulez toujours passer la journée à Strasbourg, il faudrait se mettre en route et, avant ça, vous feriez bien de lui dire de se taire. Marguerite n'est pas sourde et Liesele, encore moins.

—Je n'ai plus envie d'être brinquebalée en automobile. Autant rester ici, vu la chaleur qui monte. Je déteste l'été. Tu peux disposer, Risch.

Ces derniers mots humilièrent le contremaître. Il ferma les yeux un instant, à bout de nerfs. Martha Kaufman avait l'art et la manière de le torturer. Depuis cinq ans, elle usait de son pouvoir sur lui sans paraître craindre de représailles.

—Je m'en vais, soupira-t-il.

La vieille femme but d'un trait un second verre de schnaps, sans accorder plus d'attention à son visiteur. Il quitta la pièce et bientôt la lourde porte claqua.

—Pauvre crétin! décréta-t-elle en se levant.

Elle prit un bout de pain et se dirigea vers l'escalier. Au moment de délivrer Noëlle, l'angoisse lui serra la poitrine.

« C'est sa mère que je hais, pas la gamine! Sa mère qui roucoule avec mon fils, quelque part au Tyrol. Johann dépense toutes ses économies pour une catin de la pire espèce. Eh bien, tant pis, ça leur apprendra à se payer ma tête. La petite racontera ce qu'elle veut, je dirai qu'elle ment. »

Perdue dans ses réflexions, Martha ouvrit le débarras. D'abord, elle le crut vide, car il n'y avait aucune trace de la fillette. Pourtant, une large flaque maculait le plancher.

— Noëlle? appela-t-elle. Où te caches-tu? Et c'est quoi, par terre?

La lumière inonda le réduit. L'ogresse aperçut très vite des pieds qui dépassaient un peu en bas des vêtements suspendus.

« Elle va me battre encore! s'alarma Noëlle, dissimulée derrière les manteaux. J'ai fait pipi, je ne pouvais plus me retenir! »

Son cœur cognait à un rythme forcené. La terreur qu'elle éprouvait était égale à sa rage de petit animal traqué.

— Je te vois, souillon! gronda Martha. Sors de là! Tu vas nettoyer tes saletés immédiatement.

Écartant brutalement les habits, elle saisit l'enfant par les cheveux. Avec une violence extrême, elle la fit mettre à genoux dans la flaque d'urine.

— Tu vois ce que tu as fait? Tu n'as pas honte? Descends chercher un seau d'eau et une serpillière! Vite! Allez, file!

Noëlle hurla de douleur. La vieille dame avait lâché prise. Sans perdre une seconde, elle se rua vers l'escalier, dégringola les marches et traversa la cuisine. Au fond du cellier, une porte donnait sur un recoin de la cour où l'on stockait de vieux tonneaux. L'air chaud de l'extérieur embaumait et des abeilles bourdonnaient autour d'un poirier planté de l'autre côté du mur d'enceinte. Pour la fillette privée d'espace et de liberté toute une longue semaine, le vert des feuillages, les taches de couleur des fleurs, les senteurs de foin et de paille composaient une symphonie merveilleuse qui l'incita à fuir sans hésitation.

—Je me sauve, moi! se répétait-elle.

Aiguillonnée par la peur, Noëlle escalada le plus gros tonneau, se hissa au faîte du mur et se jeta dans les branches de l'arbre. Aussitôt, elle sauta dans l'herbe. Des orties poussaient en hautes touffes et lui brûlèrent les cuisses. Elle sentit à peine la douleur et commença à courir, sans savoir où se réfugier. Marguerite et Charles l'avaient déjà abandonnée à l'ogresse, elle ne pouvait donc pas demander leur aide. Liesele devait être punie également.

—Maman, viens me chercher! Maman, reviens!

Cette prière l'envahissait entièrement de manière instinctive. Sa mère représentait le salut, la protection ultime. Noëlle avait vu sur une carte où se trouvait le Tyrol et c'était très loin du domaine.

Les hommes qui arrachaient les choux dans le champ le plus proche la virent suivre le chemin menant à Ribeauvillé. Charles, juché sur le tombereau où s'empilait la récolte, la reconnut et l'appela à pleine voix.

—Mon Dieu, où va-t-elle? s'écria-t-il.

De crainte d'être rattrapée et reconduite chez l'ogresse, Noëlle coupa à travers le pré des chevaux. L'étalon poussa un hennissement d'alerte, mais la fugitive se faufila sous la clôture et surgit sur la route. Une voiture déboula du virage. Malgré un violent coup de frein, le capot heurta la fillette qui s'effondra. Tous les ouvriers agricoles, Charles en tête, accoururent.

Le conducteur s'était précipité pour examiner l'enfant qu'il venait de renverser. Il s'agissait du docteur David Attali.

—Je n'ai pas pu l'éviter! cria-t-il aux hommes qui se regroupaient autour de lui. Elle a traversé devant moi. Je revenais d'une visite, je roulais doucement.

—Elle n'est pas morte, docteur? demanda Charles, épouvanté par l'accident.

—Non, je sens son pouls, affirma-t-il. Je crois qu'elle est surtout choquée. Sa tête n'a aucune trace d'hématome. On aurait juré qu'elle fuyait quelque chose d'épouvantable, pour courir aussi vite. C'est bien la petite Noëlle Weller?

Le médecin souleva la fillette et la porta sur la banquette arrière de l'automobile, une Panhard grise aux chromes étincelants.

—Je suppose que sa mère, Clémence, n'est pas rentrée de voyage de noces, ni monsieur Kaufman évidemment? s'enquit le docteur.

Il paraissait accablé.

—Eh non, répondit Charles. La gamine aurait dû passer la semaine chez nous, mais madame Kaufman en a décidé autrement.

—Je dois l'emmener à mon cabinet et la soigner, déclara Attali. S'il faut la conduire à l'hôpital, je préviendrai votre épouse.

À cinquante ans révolus, le praticien avait entendu bien des choses sur la vieille Martha. Comme il avait eu le temps de constater l'amaigrissement de la fillette, son corps couvert de crasse, et aussi des stries rouges zébrant ses mollets, il devina qui était à l'origine de cet état de fait.

—C'est que je ne sais pas si vous pouvez l'emmener, docteur, dit Charles, très embarrassé.

—Je suis responsable de l'accident et, en tant que médecin, je suis le mieux placé pour m'occuper d'elle.

De toute façon, il faut prévenir sa mère. Monsieur Kaufman m'a toujours fait confiance. Je crois que Noëlle sera mieux chez moi.

Les deux hommes échangèrent un regard qui en disait long. David Attali, plus petit que l'ouvrier agricole, avait une expression paisible, mais déterminée.

—Sans doute que ce sera mieux, avoua Charles en se grattant le menton. Pauvre gosse!

Le médecin se mit au volant et reprit la route en direction de Ribeauvillé.

*

Noëlle retrouva pleinement ses esprits sur la table d'examen du docteur. Pendant le trajet, elle avait ouvert les yeux, étonnée d'être dans une voiture. Mais elle avait reconnu le profil du docteur Attali qui s'était montré très gentil avec elle. Rassurée, la fillette avait sombré dans une douce somnolence. Maintenant, une femme au visage délicat et aux cheveux noirs se penchait sur elle en lui tenant la main.

—Comment te sens-tu, ma mignonne? demanda-t-elle doucement. Je suis l'épouse du docteur. Il prépare une pommade pour te soulager. N'aie pas peur.

La voix était caressante, amicale. Petite et menue, Rachel Attali fit à Noëlle l'effet d'un ange descendu sur terre pour la sauver.

—Je n'ai pas peur, madame, répondit-elle. Dites, vous allez me garder ici? Je ne veux pas retourner chez la vieille dame. Je vous en prie, gardez-moi!

—Ne t'inquiète pas, pour le moment, tu es avec nous, répliqua Rachel, bouleversée par la détresse qu'elle lisait dans les beaux yeux bleus de l'enfant.

—Et tu resteras là ce soir, ajouta David Attali qui approchait, un pot en céramique dans les mains. J'ai eu très peur de t'avoir gravement blessée, petite. Mais Dieu veillait sur toi. Tu as une sérieuse contusion à la hanche et une bosse derrière le crâne, mais cela aurait pu être pire. Je vais te passer un baume qui endort la douleur et décongestionne. Ce sont des mots savants, n'est-ce pas?

Noëlle eut un pauvre sourire de reconnaissance.

— Voudrais-tu prendre un bain? proposa Rachel. Ensuite, je te donnerai du linge propre et tu te coucheras dans un bon lit.

— Oh oui, madame, je veux bien! fit-elle avec un gros soupir de soulagement.

C'était un peu le paradis après l'enfer. Confiée à une femme maternelle et tendre, Noëlle se sentait en confiance et se laissa dorloter. L'épouse du docteur avait les mêmes gestes délicats, les mêmes chuchotements câlins que sa mère. Une fois propre, les cheveux démêlés et séchés, la fillette se retrouva entre des draps satinés, dans une belle chambre aux meubles en bois peint.

— As-tu faim? s'inquiéta Rachel. Qu'est-ce qui te ferait envie?

— Je voudrais bien du lait chaud, madame.

La femme revint vite, chargée d'un plateau contenant des tranches de kougelhopf beurrées, de la confiture de mirabelles, un bol de lait, des cerises et des biscuits.

— Mange à ta guise, mon enfant, recommanda Rachel en l'aidant à s'asseoir contre un rempart d'oreillers moelleux.

Au rez-de-chaussée, le docteur Attali avait décroché le combiné téléphonique et composait le numéro du domaine. Il répugnait à interroger Noëlle, mais, certain qu'elle avait subi de mauvais traitements, il tenait à la protéger. On décrocha après plusieurs sonneries. La conversation ne fut pas longue. Le médecin y mit fin avec un soupir exaspéré. Comme Rachel venait d'entrer dans son bureau, il lui jeta un regard désemparé.

—J'ai eu l'impression de parler à un bloc de glace. Martha Kaufman s'est juste souciée de mes honoraires. Je lui ai dit que je prenais tous les frais à ma charge. Ensuite seulement elle a daigné prendre des nouvelles de Noëlle. Mais, au fond, je crois qu'elle se tracasse. En tout cas, j'ai son accord pour garder notre malade. J'ai noirci le tableau en prétendant qu'elle a besoin de piqûres.

—Et tu as bien fait, David, affirma Rachel. Revigorée par la nourriture, la petite s'est confiée. Madame Kaufman l'a prise chez elle d'autorité et l'a fait travailler dur. Elle la privait de repas et, hier soir, ça a fini par des coups de martinet parce que Liesele, la fille des Merki, lui rendait visite en utilisant une échelle. Comment peut-on être aussi impitoyable? Après ça, madame Kaufman l'a enfermée dans un débarras toute la nuit et une partie de la matinée.

Rachel acheva son récit, tremblante d'indignation. Au même instant, on frappa à la porte donnant sur la rue. La bonne alla ouvrir et, quelques secondes plus tard, Marguerite fut introduite dans le bureau. En robe de lin marron, un foulard cachant ses cheveux, la grande femme avait les traits tirés.

—Monsieur le docteur, madame, je suis désolée de vous déranger, mais je quittais le bureau de poste quand une connaissance m'a dit que vous aviez amené la petite Noëlle Weller chez vous, il y a une heure environ. Qu'est-ce qu'elle a? Vous comprenez, je suis bien ennuyée, sa mère me faisait confiance, mais les choses ont tourné dans le mauvais sens.

—Je suis au courant, ma brave Marguerite, coupa le

médecin. Un regrettable accident s'est produit sur la route longeant les prés du domaine. J'ai renversé la fillette. Non, ne craignez rien, elle est saine et sauve. Je l'ai examinée sur place et, par prudence, je l'ai transportée jusqu'ici.

Marguerite devint livide. Elle dévisagea tour à tour le docteur et son épouse.

—Et moi qui viens d'expédier un télégramme à Clémence Weller en lui conseillant de rentrer le plus vite possible! Mon Dieu, si elle apprend ce qui s'est passé!

—Savez-vous où sont monsieur Kaufman et sa femme? interrogea Rachel. Nous pourrions les joindre par téléphone.

—Au Tyrol, dans une auberge, l'auberge des Edelweiss, à Obern. J'ai songé à téléphoner, seulement je n'osais pas. Je ne sais pas me servir de ces appareils. Pourtant, il y a une cabine à la poste. Est-ce que je peux voir la petite?

Tout se déroula comme dans un ballet bien réglé. Les deux femmes se rendirent au chevet de Noëlle, tandis que David Attali cherchait à obtenir une communication avec Johann Kaufman.

—Tu as de la visite, annonça Rachel en entrant dans la chambre.

Marguerite s'avança vers le lit, mal à l'aise face au regard méfiant de la petite fille. Pour Noëlle, elle appartenait à ceux qui l'avaient livrée à la malveillance de l'ogresse.

—Oh! fit celle-ci, tu en as, une mine! Tu as eu bien des épreuves, ces derniers temps! Madame Martha t'a mené la vie dure, Liesele me l'a dit. Mais, Charles et moi, nous étions obligés d'obéir à la patronne.

Noëlle approuva d'un signe de tête.

—Je veux rester là, assura-t-elle avec conviction. Le docteur et la dame ont promis de me garder.

—Mais oui, je ne voulais pas t'emmener. Bien sûr que tu vas rester. Et sais-tu d'où je viens? De la poste d'où j'ai envoyé un télégramme. Ta maman ne tardera pas.

—Plus personne ne te fera de mal, Noëlle, ajouta Rachel.

Affolée par la pâleur de l'enfant, par ses joues creuses et ses cernes, Marguerite ne sut plus quoi dire. Les heures de terreur et de privations qu'avait subies la fillette se lisaient sur son visage.

—Eh bien, je rentre au domaine, dit-elle, désemparée. Je dirai à Liesele que tu es en de bonnes mains; elle sera bien tranquillisée.

Noëlle fut soulagée en voyant sortir Marguerite. Rachel le devina et lui caressa les cheveux, dont elle admirait la souplesse et la couleur d'un blond doré.

—Repose-toi, plus personne ne te dérangera, lui assura-t-elle.

Rassasiée, envahie par un profond sentiment de sécurité, Noëlle s'endormit après avoir respiré le parfum délicieux de la literie, un mélange de lavande et de mélisse. Dans sa tête flottait le souvenir des mots de Marguerite : « Ta maman ne tardera pas. »

*

Il fallut deux jours et demi à Clémence et à Johann pour rentrer à Ribeauvillé. Ce retour précipité mettait un terme décisif à une lune de miel dont ils se souviendraient toute leur vie durant. La jeune femme avait découvert la joie d'un amour partagé et les agréments d'une position sociale aisée. Elle s'était rapidement accoutumée aux hôtels de qualité, aux cadeaux que lui faisait son mari, aux plaisirs du voyage. Le télégramme de Marguerite, puis l'appel téléphonique du docteur Attali avaient sonné le glas d'un rêve éveillé.

Durant le trajet qui la ramenait en Alsace, Clémence était rongée d'angoisse. Johann ne parvenait pas à la réconforter. Elle avait abandonné sa fille et elle se le reprochait sans cesse. Le plus pénible était de n'avoir aucun détail sur la santé de Noëlle et sur l'accident dont elle avait été victime.

Au domaine, Martha Kaufman avait décidé de ruser. Elle savait que le médecin avait averti Clémence et elle se préparait à duper son fils une fois de plus. Hainer Risch dut promettre de l'aider.

Quant à Marguerite, si elle espérait l'arrivée du couple, elle l'appréhendait tout autant. Elle prenait aussi ses dispositions.

— Charles, il faudra tout expliquer au patron, les menaces de madame Martha et la façon dont elle nous a enlevé la gamine. Et vous, les enfants, pas un mot au sujet du chat. Inutile de semer la pagaille. On racontera à Noëlle que son Grisou a disparu.

— Et pourquoi? protesta Liesele. Si monsieur Kaufman sait que Risch a tué le chat, il le chassera et je serai bien contente.

— Nous n'avons pas de preuves, ma pauvre gosse, et cela nous retomberait sûrement sur le nez, argua Marguerite, l'air résigné.

La plus tranquille, c'était Noëlle. Son séjour chez le docteur Attali lui permettait de reprendre des forces et, à son âge, cela allait très vite. La contusion à la hanche lui laissait un hématome qui s'estompait déjà, les marques du martinet se devinaient à peine.

Rachel se creusait la tête pour lui servir des repas délicieux. Elle avait prêté à la fillette de beaux livres illustrés qui la passionnèrent. C'était des recueils des contes de Grimm, dont les images colorées et riches en détails la fascinaient.

Elle lisait l'histoire de Blanche-Neige quand une

voiture se gara devant la maison du médecin. Plongée dans le récit, elle ne prit même pas garde aux claquements de portières. Puis il y eut des pas dans l'escalier et des bruits de voix. La porte s'ouvrit sur Clémence, très élégante dans un tailleur en toile verte et un corsage de soie beige.

—Ma chérie, mon trésor! s'écria la jeune femme.

—Maman! Maman! se réjouit Noëlle. Enfin tu es là!

Elle pensait lui en vouloir un peu, mais comme sa mère se ruait vers le lit et s'asseyait près de l'oreiller, une digue de peur et de chagrin se rompit. Celle qui lui avait tant manqué était là de nouveau, ses bras se refermaient sur elle, ses lèvres parcouraient ses joues.

—Maman! répéta-t-elle avant d'éclater en sanglots.

—Ma petite fille, ma mignonne chérie, je ne te quitterai plus jamais, n'aie pas peur.

Noëlle se réfugia contre Clémence, le nez enfoui dans son cou, les mains crispées sur ses vêtements. Un bonheur infini la submergeait. Elle comprit combien elle avait redouté de ne jamais la retrouver.

—Maman, ne pars plus sans moi! implora-t-elle.

—C'est promis, ma chérie, je ne te laisserai plus! Nous allons être heureuses, désormais. Johann sera ton papa et il veillera sur toi.

Clémence disait vrai. Johann s'entretenait avec David Attali, et les quelques phrases pleines de sous-entendus que lui assénait le médecin suffirent à le renseigner. Au nom de la haine, l'ogresse avait essayé de nuire à une enfant innocente. Le viticulteur n'avait plus qu'une hâte: aller demander des comptes à sa vieille mère.

Les deux hommes échangèrent une solide poignée de main.

—En tout cas, je vous remercie, docteur. Je vous suis sincèrement reconnaissant d'avoir protégé ma petite belle-fille, ma fille, même. D'ici une semaine, je l'aurai adoptée.

—C'est donc un mal pour un bien, de l'avoir renversée avec ma voiture! Je vous assure, monsieur Kaufman, je compte revendre cet engin et récupérer ma jument et mon tilbury.

—Oh! À l'ère du moteur et des progrès en tous genres, ce serait reculer. Les attelages sont dangereux aussi, docteur. Souvenez-vous, le vieux tonnelier qui est passé sous les quatre chevaux de la patache, il y a vingt ans de ça. Le malheureux était brisé; il est mort en trois jours dans des souffrances terribles. Si Noëlle courait comme une folle en travers de la route, moi aussi j'aurais pu la heurter. Non, ne vous tourmentez pas : le vrai coupable, je sais où il est et qui il est! Hélas! Je me prépare des années éprouvantes.

David Attali se doutait que le viticulteur faisait allusion à sa propre mère, la vieille dame, comme on l'appelait dans le pays.

—Je vous pense apte à défendre votre femme et sa fille contre ce vrai coupable, répliqua-t-il. Je vous souhaite bonne chance, néanmoins...

Johann, Clémence et Noëlle prirent le chemin du domaine Kaufman une demi-heure plus tard.

*

Johann entra dans la grande maison avec la violence vengeresse d'un ouragan. Avant même d'avoir trouvé sa mère, il se heurta au contremaître. Hainer Risch semblait faire le guet au milieu du couloir.

—Où est-elle? tonitrua le viticulteur. Où est ma mère? Et qu'est-ce que tu fabriques chez moi? Fais attention, Risch, si tu t'en es pris à Noëlle, toi aussi, tu es viré!

—Monsieur, calmez-vous! Madame Martha est couchée, vu son état de santé. J'ai dû appeler le docteur Heinz, de Riquewihr. Je n'ai rien fait du tout à la petite.

—Hum! J'espère que tu ne me racontes pas de sornettes, menaça Johann. Tu sais aussi bien que moi comment ma mère s'arrange avec ses maladies. Au moindre reproche que je lui fais, elle se plaint de son vieux cœur, et patati et patata! Je ne me laisserai plus berner. Pousse-toi!

Aussi vigoureux qu'un jeune taureau en colère, Johann bouscula Hainer et grimpa l'escalier quatre à quatre. Il ouvrit la porte de la chambre avec autant d'énergie.

—Cette fois, maman, tu as dépassé les bornes! explosa-t-il.

De l'ogresse, il ne vit qu'un visage blême, paupières closes, auréolé du volant un peu ridicule d'un bonnet de nuit en satin bleu. La vieille dame avait les mains jointes sur la poitrine à la façon des gisants d'église. D'abord secoué par cette vision, il cria de plus belle :

—Bon sang! Arrête ta comédie! Tu ne t'en sortiras pas en feignant je ne sais quelle maladie! Ose me regarder en face après avoir réduit cette pauvre gamine à se sauver dans les champs, sale, affamée et les mollets en sang!

Johann perçut un frémissement sur la face impassible de sa mère. Elle avait très bien entendu, ainsi que Clémence et Marguerite, en pleine discussion près du puits de la cour.

« Mon Dieu! C'est l'heure des règlements de compte au domaine! Le patron n'aura plus de voix d'ici un moment », se disait Charles, présent lui aussi. Il fumait une cigarette, adossé au mur de l'écurie, à l'ombre.

Effectivement, le viticulteur n'avait jamais crié aussi fort. À présent, il était penché sur le lit.

—Maman, réponds-moi ou je fais un malheur!

Enfin, l'ogresse ouvrit les yeux, en prenant un air ébahi. Avec effort, elle se redressa, bouche bée.

—Mon fils, tu es là... J'avais peur de m'en aller sans te revoir!

Le ton geignard et les mimiques désespérées sonnaient assez justes. Mais Johann ne fut pas dupe.

—Ce qui t'épuise, ma pauvre mère, c'est ta méchanceté, ta sottise! tonna-t-il. Je parierais mes vignes, mon chai, même tout le domaine que tu te portes à merveille. La force ne te manquait pas pour user du martinet sur Noëlle. Noëlle, que je considère comme ma fille! Dis, si j'avais eu des enfants avec Amélie, est-ce que tu les aurais traités de la même manière? En les enfermant, en les frappant! La petite a perdu trois kilos, elle crevait de soif et de peur. Tu l'as martyrisée, il n'y a pas d'autres mots. Le docteur Attali a constaté les marques sur ses mollets.

—Oh non! haleta Martha. Non, je n'avais pas de mauvaise intention. Mais je suis si fatiguée, Johann. Le docteur a bien recommandé du repos, beaucoup de repos. Mon cœur m'a lâché, mon fils. Quand j'ai su que la petite Noëlle avait eu un accident, quelque chose s'est déchiré, là. Je suis sur la fin.

Elle toucha sa gorge en gémissant. Cela n'eut aucun effet. Johann la prit par les épaules et l'obligea à s'asseoir. Il continua à la secouer avec rudesse.

—Je ne te crois pas, maman! Ton cœur ne peut pas te lâcher, puisque tu n'en as pas, de cœur! Ou alors, le tien, il est forgé en acier, en granit! Tu cherches seulement à éviter une explication. Cette fois, ça ne marchera pas, ton petit jeu. Tu m'as suffisamment abusé par le passé. Je te trouvais des excuses, mais aujourd'hui, c'est différent. Je suis marié à Clémence et je l'aime, oui, je l'aime. Si j'avais pu rester au Tyrol, j'aurais été le plus heureux des hommes. Et tu sais pourquoi? Parce que tu ne pouvais pas tisser ta toile, là-bas. Hélas, nous avons fait l'erreur de laisser Noëlle à ta merci. Tu n'as pas hésité à menacer Charles d'être renvoyé, comme si tu avais toute autorité ici! Marguerite n'a eu besoin que de cinq minutes, avant que je monte chez toi, pour m'avouer tes manigances. Allons, réponds!

Pris d'une fureur proche du délire, il la secoua de toutes ses forces. Le bonnet de nuit vola sur l'oreiller, le chignon gris se défit. Apeurée, échevelée, Martha perdit patience. Elle se dégagea en hurlant à tue-tête.

— Veux-tu ma mort, fils ingrat? Si tu ne me lâches pas, j'appelle au secours! Tout le pays saura comment tu brutalises une vieille femme! J'ai cru te rendre service, moi, c'est tout!

Johann recula d'un seul coup, prenant conscience qu'il avait rudoyé sa propre mère. Mais il tressaillait toujours d'indignation.

— Tu as cru me rendre service? répéta-t-il. Toi?

Il avait l'impression de la voir vraiment telle qu'elle était après des années d'aveuglement.

« Tu es laide, maman, rongée d'amertume, de haine, et je ne saurai jamais pourquoi! Tu me répugnes! » pensa-t-il les lèvres serrées pour ne pas lui assener ce qu'il éprouvait. Un profond dégoût l'envahissait. Il s'imagina quittant définitivement la région, avec Clémence et Noëlle.

« Non, c'est elle qui doit partir! » songea-t-il encore.

— Johann, implora-t-elle soudain. Mon fils, j'ai cru bien faire. Tu m'avais dit que tu adopterais la fille de ton épouse! Dans ce cas, quelle idée de la confier aux Merki! Ces gens n'ont aucune éducation. Liesele est la pire de tous, frondeuse, indisciplinée. J'ai pris Noëlle pour mieux la connaître et lui apprendre la couture et la tenue d'un foyer.

Martha Kaufman gardait la même position assise, une main sur son cœur. Elle parlait d'une voix persuasive.

— S'il n'y avait pas eu cette histoire d'échelle! Je vous ai toujours interdit de monter aux échelles, à tes frères et à toi. Tes frères, de beaux gaillards que la guerre m'a tués...

Elle eut une sorte de sanglot sec, pareil à un hoquet qui avait le mérite d'être sincère.

— Ne tente pas de m'apitoyer! coupa Johann.

— Je les pleure si souvent, tes frères, confia l'ogresse. Tu dois me comprendre, j'ai eu peur d'une nouvelle tragédie. Cette imbécile de Liesele, avec l'aide de je ne sais qui, montait jusqu'à la chambre de Noëlle. La petite aurait été capable de descendre par la fenêtre, de tomber, et Liesele aussi. Tu ne me feras pas changer d'avis, c'était un acte grave et j'ai bien été forcée d'en punir une des deux. Tu as tâté du martinet, toi aussi!

— Mais c'est une petite fille de dix ans, maman! Une gamine sage et aimante qui n'avait jamais été maltraitée.

Le viticulteur se tourna vers la fenêtre dont les doubles rideaux verts étaient tirés, ce qui ménageait une pénombre fraîche dans la pièce. Des souvenirs affluaient. Sa mère, bien plus jeune, les faisait aligner, ses frères et lui, par ordre de taille. Gustav, l'aîné, puis Ernst, et enfin lui, Johann. Ils attendaient, le ventre noué par l'angoisse, debout au milieu de la cour et devant tous les domestiques, de recevoir chacun dix ou vingt coups de martinet sur les mollets. «Elle était déjà cruelle, se disait-il en soupirant. Gustav prétendait qu'elle souriait de joie en nous battant. Et dire que je ne voulais pas le croire!»

Mais il gardait d'autres images de Martha, un peu floues, très lointaines. Elle avait alors une couronne de cheveux blonds très souples, le visage rose et lumineux. Il déclara tout haut :

—Quand j'étais tout gosse, peut-être vers mes cinq ans, tu me berçais dans tes bras en chantonnant *Schlof, Biewele, schlof*[19]!

—Je ne l'ai pas oubliée, cette chanson! rétorqua l'ogresse. *Dors, mon petit garçon, les moutons sont dans le pré, les agneaux à la maison, dors, petit ange adoré.*

Elle récitait les mots d'une voix rauque, éraillée, sur un ton cassant. Toute la magie du fragile souvenir s'évanouit. Johann, accablé, se mit à marcher autour du lit, multipliant les allées et venues.

—Je vais être clair, maman! dit-il après un temps de réflexion. Et tu n'as pas intérêt à t'en mêler. Clémence et Noëlle s'installent dans la maison aujourd'hui. J'estime qu'elles sont chez elles ici et je te conseille de les respecter toutes les deux, à l'avenir. Si leur présence te dérange, tu peux préparer tes malles, je trouverai bien un endroit où te conduire pour vivre en paix sous mon toit. J'ai hérité du domaine, j'en suis donc le maître. Si jamais tu t'en prends encore à la petite ou à mon épouse, tu le regretteras. J'ai su aussi que tu avais congédié Katel, à qui j'avais payé sa semaine. Demain, j'irai lui rendre visite et je lui proposerai de travailler ici à l'année comme gouvernante. Ainsi, si je dois m'absenter, il y aura quelqu'un de confiance pour veiller sur Noëlle. Je compte bien profiter des années qui me restent.

Martha se coucha sur le côté, sans même répondre à son fils. Elle fixait une fleur de la tapisserie en contenant le flot de rancœur et de haine qui la torturait.

—Fais à ta guise, Johann! finit-elle par murmurer. Je ne vous gênerai pas, je ne sortirai plus de ma

19. La berceuse la plus chantée en Alsace.

chambre. Avec quelques aménagements, je serai très bien. Je demanderai à Hainer de m'acheter un réchaud à alcool, de m'apporter une table et de la vaisselle. De toute façon, je n'ai plus le courage de me lever. Tu me renies, toi, mon fils, mon petit dernier, alors que j'ai voulu donner une éducation convenable à une enfant qui va s'appeler Kaufman.

— Et ça te rend malade, hein? dit-il entre ses dents. Mais toi non plus tu n'es pas née Kaufman. Je sais que mon grand-père, Pierre, a reproché à papa de t'avoir épousée! Et pourquoi? Parce que tu étais une fille de paysans peu instruite qui gardait les moutons pieds nus dans ses sabots et qui ne mangeait que des raves. Ensuite, tu es devenue couturière et, pour son malheur, mon père t'a aimée et hissée de la bergerie au domaine viticole d'une vieille famille alsacienne. Clémence est bien élevée, cultivée, tout le contraire de toi au même âge. En tout cas, tu es avertie : ne touche plus à Noëlle. Et, surtout, si tu es fatiguée, garde le lit aussi longtemps que tu voudras.

Johann ne lui adressa même pas un regard. Il s'en alla en claquant la porte. La terrible ogresse fondit en larmes, sans bruit. C'étaient de vraies larmes d'humiliation et de dépit.

Dans la vaste cour pavée, il n'y avait plus âme qui vive, mais des éclats de voix et des rires s'échappaient de la fenêtre des Merki. Pour le viticulteur, marcher vers le modeste logement de son ouvrier agricole en plein soleil avait une valeur de symbole. Il venait de fuir la grande maison sombre, presque froide malgré la chaleur de juillet, mais il restait persuadé que le meilleur de la vie était sur ses terres.

Après dix jours d'absence, il respirait avec une joie de gamin les odeurs fortes de l'étable et de l'écurie. Le

grognement des cochons, dans la porcherie, le réconfortait. Il avait hâte de caresser l'étalon Guillot et de se
promener sur le chemin bordé par les champs de choux.

«Maman se méfiera de moi, désormais!» se
rassura-t-il.

Charles le guettait et s'empressa de l'inviter à entrer.

—Venez, monsieur! Nous avons offert un peu de
bière fraîche à Clémence. Nous sommes tellement soulagés de vous savoir là, ma femme et moi!

Le tableau qui l'attendait dans la cuisine de
Marguerite acheva de le rasséréner. Sur la table
trônaient des bouteilles embuées et des bocks, ainsi
qu'un plat garni de bretzels d'un doré appétissant. Mal
remise de ses émotions, Clémence arborait un bout de
nez et des paupières rougies. Elle ne lui en dédia pas
moins son plus beau sourire. Berni et Liesele le
saluèrent d'un signe de tête respectueux. Ils entouraient Noëlle qui caressait Lorrain. Le chien l'avait
accueillie avec frénésie et ne la quittait plus.

—Asseyez-vous, patron, insista l'ouvrier. Marguerite
et moi, on est désolés pour tous ces tracas. On ne savait
plus à quel saint se vouer, aussi, avec madame Martha.

—Je m'en doute! concéda Johann. Cela ne se
reproduira pas. J'ai prévenu Risch, tout à l'heure.
Celui-là aussi, s'il ne se tient pas à carreau, il pourra
aller travailler ailleurs, le plus loin possible!

—Calme-toi, coupa Clémence. Maintenant que tu
es là, nous pouvons distribuer les cadeaux.

La jeune femme en avait tant rêvé, de ces instants-
là. Il y manquait de l'entrain et de l'insouciance, mais
elle feignit une certaine gaîté. Berni reçut une
figurine de chamois en bois qui le fascina aussitôt.
Liesele eut un collier en cristal de roche.

—C'est un minéral qu'on trouve en montagne,
précisa Clémence.

Marguerite s'extasia devant la broche en argent représentant des edelweiss qui lui était destinée.

— Mais c'est trop beau pour moi! protesta-t-elle. Et je ne l'ai pas méritée, vu que je n'ai pas eu le cran de garder la petite chez nous.

— N'en parlons plus! coupa Johann. La fautive, nous la connaissons tous et, Dieu merci, elle n'est pas là pour nous gâcher la fête.

Charles déballa une bouteille fine et longue remplie d'un liquide vert. Il lut l'étiquette avec application et traduisit, car il avait des notions d'allemand :

— De la liqueur de gentiane. Il faut la goûter, patron.

— Ce n'est pas de refus.

Noëlle soupesait son paquet, la mine sérieuse. Elle avait trop souffert ces derniers jours et n'osait pas se réjouir. Liesele la supplia.

— Regarde donc!

La fillette se décida. Elle découvrit un chalet en bois miniature, percé de minuscules fenêtres. Des personnages encore plus petits étaient rivés sur un balcon bordé d'un feston de dentelle rouge.

— C'est un baromètre, ma chérie, expliqua Clémence. Tu le mettras dans ta chambre et il t'indiquera le temps qu'il va faire. Dessous, il y a une clef qui remonte un mécanisme, et les personnages tournent sur eux-mêmes, comme s'ils dansaient.

Berni lorgna le superbe cadeau d'un œil envieux. Mais Noëlle le posa sur la table et ne lui accorda plus aucune attention. Sa mère soupira, très déçue. En d'autres circonstances, Noëlle aurait été ravie.

— Je sais ce qu'elle a, déclara soudain Liesele. Elle n'ose pas vous demander quelque chose.

— Quoi donc, Noëlle? s'écria Johann. C'est accordé d'avance.

Clémence fronça les sourcils, perplexe. Liesele ajouta :

—Nel est triste. Grisou, son chaton, a disparu et, en plus, elle n'a pas pu profiter de ses vacances chez nous. Elle voudrait habiter ici une semaine, comme prévu. Je serais bien contente, moi aussi.

—Accordé! plaisanta le viticulteur. N'est-ce pas, Clémence?

—Cela me fait un peu de peine, mais, si Marguerite accepte, je ne peux pas refuser.

Le couple échangea un regard furtif. Ils songeaient déjà à prolonger quelques jours encore leur lune de miel. Noëlle remercia à voix basse.

—On peut aller se promener avec Lorrain? dit-elle.

—Mais oui, faites une balade, répliqua Marguerite. Il faut profiter de l'été, c'est la plus belle saison.

Johann prit la main de Clémence et chuchota à son oreille:

—Je ferais bien une sieste, moi!

Elle le suivit vers la grande maison.

La kermesse

Domaine Kaufman, jeudi 26 juin 1930
Un an plus tard

Liesele et Noëlle étaient assises au bord de la mare, à l'ombre du saule pleureur planté cinquante ans plus tôt par Gilbert Kaufman, l'ancien maître du domaine. Ce n'était qu'une profonde cuvette ronde alimentée par une petite source située dans les collines voisines. L'eau s'écoulait ensuite vers l'enclos du poulailler avant de longer le jardin potager. Depuis la création du domaine, la mare accueillait les canards, qui pouvaient y barboter à leur aise. Jadis, sous l'arbre en coupelle au feuillage léger qui prodiguait une ombre douce, il y avait un banc en bois aujourd'hui disparu. C'était un endroit plein de quiétude, à demi encerclé par les champs de betteraves.

Les deux filles avaient l'habitude de s'asseoir sur la berge où foisonnait une herbe tendre. Elles trempaient leurs pieds nus dans l'eau fraîche, vaseuse au fond. Une libellule d'un vert de pierre précieuse volait entre les tiges de roseaux. Tout était calme, bêtes et gens étant alanguis par la chaleur.

— Il y a presque un an que Grisou a disparu, dit Noëlle. Tu crois qu'il reviendra, Liesele?

— Après tout ce temps, ça m'étonnerait, Nel. Ton chaton a dû être adopté par quelqu'un des environs.

— Ou bien il est mort, tué par un renard ou écrasé par une voiture. Je voudrais tellement le retrouver!

Elle n'avait jamais oublié le petit Grisou au poil si doux, dont le ronronnement l'enchantait. La famille Merki s'en était tenue à la version convenue : le chat s'était enfui dans les champs et il avait trouvé une maison accueillante. Sans preuve, ils ne pouvaient pas accuser le contremaître et, au fond, pour Charles et Marguerite, ce n'était qu'une bête.

— Quand même, ta mère devrait te permettre d'en avoir un autre, maintenant. L'ogresse n'a rien à dire et de toute façon elle ne sort plus de sa chambre.

— Je suis sûre que si, répondit Noëlle tout bas. La nuit, j'entends des pas dans le couloir. Elle sort de son repaire quand elle croit que tout le monde dort. Mais nous sommes bien tranquilles durant la journée.

Johann et Clémence ne l'auraient pas contredite. Martha Kaufman s'était établi un camp retranché, comme disait son fils. La vieille dame passait ses journées au lit, et Katel, promue gouvernante, veillait à son confort. Elle lui portait ses repas, l'aidait à faire sa toilette, ouvrait et fermait les volets et les rideaux. Peu à peu, l'ogresse l'avait amadouée et obtenait de la domestique des renseignements sur ce qui se passait au domaine. Durant l'hiver, bien au chaud sous ses édredons, elle s'informait du moindre détail. Cela allait du menu prévu pour le réveillon de Noël à la bonne marche des cultures et des semis.

Cette nouvelle complice avait libéré Hainer Risch de ses fonctions d'espion. Le contremaître, craignant de perdre sa place, filait doux, comme le répétait Marguerite avec plaisir.

Noëlle avait grandi. Elle venait de fêter ses onze ans. Ses joues se creusaient et sa poitrine se formait. Le docteur Attali, qui l'examinait régulièrement, avait confié à Clémence que sa fille serait bientôt pubère. Mais si son corps se transformait en apparence, les changements de son caractère étaient moins faciles à percevoir, quoique bien réels. Ce qu'elle avait subi entre les mains de Martha Kaufman lui avait appris la méfiance et la violence. Le monde ne lui paraissait plus amical et bon. Un autre drame l'avait bouleversée récemment. Liesele y fit allusion de sa manière directe.

— Est-ce que ta mère pleure toujours autant?

— Je trouve qu'elle est moins triste! Papa Johann lui a offert une bague en or avec un oiseau gravé dessus. Mais ça ne remplace pas le bébé.

Elle n'ajouta rien. Quand Clémence avait appris à sa fille qu'elle attendait un enfant, celle-ci avait été d'abord stupéfaite, puis elle s'était réjouie d'avoir un petit frère ou une petite sœur. Mais cela avait renforcé son impression confuse d'être délaissée par sa mère. Le couple, très amoureux, s'enfermait volontiers dans une bulle de complicité. Ils sortaient déjeuner à Ribeauvillé, se couchaient tôt pour mieux profiter des instants de tête-à-tête, dans le lit colossal qu'un baldaquin à rideaux transformait en alcôve, favorisant des étreintes passionnées.

Clémence veillait toujours sur l'éducation de Noëlle et s'intéressait à ses devoirs scolaires aussi bien qu'à ses petits soucis, mais avec une sorte de détachement qui blessait l'enfant. Elles n'avaient plus jamais partagé ensemble ces tendres moments d'intimité qui composaient la trame de leur vie avant leur installation au domaine.

— De toute façon, maman ne s'occupe pas de moi, dit-elle. Dès que je lui demande la permission de sortir pour jouer avec toi, elle paraît soulagée. Je les dérange, papa Johann et elle.

— Ce sont des sottises. Le patron t'aime beaucoup. Il parle de toi souvent et toujours gentiment. En plus, ta mère t'achète de beaux habits et tu as eu une bicyclette toute neuve pour ton anniversaire. Tu ne devrais pas te plaindre, Nel. Si le bébé n'était pas mort à la naissance, tout le monde serait heureux.

— Peut-être! Mais il est mort... Et maman n'a pas voulu que je le voie.

Liesele ne répondit pas tout de suite. Elle se souvenait des larmes de sa propre mère, bouleversée par la souffrance de Clémence. Marguerite avait tenu des propos étranges à son mari, sans se douter que l'adolescente écoutait, du haut de l'escalier.

— C'est la vieille dame qui a jeté un sort! Pourquoi ce pauvre petit ange n'a-t-il pas eu la force de respirer, avec un père costaud comme le patron?

Ce n'était pas une chose à répéter à Noëlle, qui avait beaucoup pleuré, elle aussi. Mais Liesele se demandait parfois si la haine de l'ogresse ne semait pas le malheur sur le domaine. Depuis le mariage de Johann et Clémence, une série d'incidents avait semé la consternation. Lucas, le jeune palefrenier, s'était cassé une jambe en montant à l'échelle du grenier à foin et il ne travaillait plus au domaine. Le poulain de la jument blanche, la belle Margot, était mort deux jours après sa venue au monde. Les cochons avaient attrapé une maladie et il avait fallu les abattre et les brûler derrière le mur d'enceinte. Pendant une semaine, une odeur affreuse avait empesté le jardin potager et la grande cour.

— Ne sois pas triste, Nel, dit Liesele en se levant et en remettant ses sandales. Si tu veux, on peut partir maintenant à l'école. Mademoiselle Rosine compte sur nous pour préparer la kermesse.

Noëlle restait assise, comme fascinée par les insectes rampant à la surface de la mare. Une cane nichait dans les roseaux. Un de ses canetons pointa le bec sous l'aile maternelle.

— On a le temps, Liesele. Je voudrais voir les petits canards nager. Ils sont si drôles!

— Mais non, viens, on prend nos bicyclettes et on fait un détour par la maison du chef de gare. Manuel nous accompagnera.

À treize ans bien sonnés, l'adolescente continuait de rencontrer le joli garçon brun et hâlé qui lui vouait une adoration irraisonnée. Il l'avait embrassée deux fois sur les lèvres, et Liesele pensait de plus en plus à lui. Cela irritait Noëlle.

— Il faut toujours que Manuel vienne avec nous! protesta-t-elle.

— Mauvais caractère! se rembrunit son amie. J'ai le droit d'avoir un amoureux!

— Moi, je n'en aurai jamais d'amoureux, affirma Noëlle. C'est dégoûtant. Maman et papa Johann, ils ne se quittent pas, ils se font des bisous même à table.

Elle ne comprenait pas la force des liens qui unissaient le couple. Le décès du bébé qu'ils avaient pleuré ensemble les avait encore rapprochés. Johann faisait tout son possible pour consoler son épouse, et elle se réfugiait auprès de lui, insatiable de ce réconfort, de ses bonnes paroles, des promesses de bonheur sans cesse renouvelées.

— Moi, je vais à Ribeauvillé, décida Liesele. Tant pis si tu ne viens pas, Nel.

Noëlle finit par la suivre. Elle préférait cent fois supporter la présence de Manuel que de se retrouver seule au domaine. En ce début d'après-midi, sa mère faisait la sieste avec Johann, alors que Berni et Güsti, de corvée de fenaison, ne rentreraient pas avant le soir.

— Liesele, attends-moi! s'écria-t-elle.

La kermesse de l'école primaire avait lieu le dimanche suivant. De nombreuses festivités étaient organisées par les institutrices. Noëlle décida de prendre la vie du bon côté et, pour quelques heures, d'oublier ces épines plantées dans son jeune cœur depuis des mois.

*

Dans la grande maison, Clémence était blottie contre Johann. Il lui caressait les cheveux et le front. Ils étaient à demi nus, protégés par un drap. Une fois encore, le plaisir partagé les avait emmenés au-delà d'eux-mêmes et de leur quotidien. Apaisés, mélancoliques cependant, comme chassés du paradis qu'ils venaient d'entrevoir, ils savouraient la tendresse exquise qui les envahissait.

— Notre fils aurait trois mois, gémit soudain la jeune femme. Notre petit Joseph. Qu'il était mignon!

— Ne te rends pas malade, ma chérie, la consola le viticulteur. Le docteur t'a répété que ce n'était la faute de personne. L'accouchement a été long et pénible; le bébé a trop souffert. Moi aussi, je regrette, car je voudrais être père, tu le sais! Ce besoin-là me tiraille depuis des années. Je viens peut-être de te faire un autre enfant, et lui il sera plus robuste. Dieu nous accordera la joie d'avoir un fils, Clémence, j'en suis sûr.

Il déposa un baiser sur sa joue et effleura ses lèvres. Naguère un peu bourru et bon vivant, Johann gardait ses allures d'ours pataud tout en se révélant d'une grande douceur, d'une bonté infinie. Il aimait Clémence de toute son âme, comme il n'avait encore jamais aimé. C'était sa biche, sa sauterelle, sa colombe; les surnoms ne manquaient pas, dans l'ombre câline des nuits.

— Cela te fera du bien, ce séjour que j'ai prévu au bord de la mer du Nord. J'ai loué une jolie maisonnette en bois. Noëlle aura sa chambre. Nous irons manger des moules et des frites à Ostende. Et, pour le poney, est-ce que je l'achète?

Il avait eu cette idée en constatant l'intérêt de la fillette, qu'il avait adoptée officiellement, pour les chevaux du domaine. Elle demandait souvent si elle pouvait monter Jacquot, le vieux cheval de trait à la robe rousse. Juchée sur son dos, Noëlle retrouvait son beau sourire innocent.

—Oh non, pas de poney, Johann! J'ai peur qu'elle tombe, qu'il lui arrive un accident. La bicyclette est plus pratique et plus moderne.

—Dommage, j'avais entendu parler d'un hongre de quinze ans, docile et affectueux. Mais un peu petit de taille. Noëlle a grandi, ces derniers mois. Pour ses douze ans, je lui offrirai une jument très bien dressée et une selle anglaise.

Clémence se redressa sur un coude et considéra son mari d'un œil soupçonneux. Il riait tout bas.

—Tu te moques de moi! Ma fille ne fera pas d'équitation!

—C'est ma fille aussi! Les demoiselles de bonne famille font de l'équitation. Elle galopera sur les chemins de la propriété et je serai fier, pardi!

La jeune femme lui cloua le bec d'un baiser gourmand. Au-delà de la douleur causée par la perte de son bébé, de l'angoisse sourde que lui causait la présence invisible de la vieille Martha, elle demeurait ardente et sensuelle. Le grand corps musculeux de Johann éveillait en elle un désir impétueux qu'elle n'avait jamais honte de manifester.

Ils s'abîmèrent dans une seconde étreinte, muets et fébriles, protégés du monde extérieur par le bouclier de leur passion.

Quelques mètres plus loin, Martha Kaufman tricotait, assise dans son lit. Sa chambre était devenue son fief, soigneusement aménagé. Rien ne manquait à son confort, la pièce étant équipée d'une salle de bains. Une table ronde sur laquelle la vieille dame faisait des réussites ou étalait sa collection de photographies trônait devant la haute armoire sculptée. Un confortable fauteuil en cuir, installé près de la fenêtre, lui permettait d'observer tout ce qui se passait dans la cour.

Chaque matin, l'ogresse se plaignait de sa solitude pour mieux apitoyer Katel, qui passait une partie de l'après-midi à son chevet. La gouvernante brodait un napperon, prêtant une oreille attentive aux confidences et aux interminables discussions dont le sujet principal demeurait Clémence Weller. Katel n'était pas une mauvaise femme, mais un bon sens populaire lui tenait lieu d'intelligence. Bien qu'elle se fût offusquée de la façon dont la vieille dame avait traité Noëlle, l'été précédent, une fois engagée à l'année par le viticulteur, elle avait gobé tout rond les explications que lui avait données l'ogresse. Les billets de banque et les pièces d'argent qu'elle recevait en fin de semaine n'étaient pas étrangers à ce revirement. Et elle se montrait plus habile encore que Hainer Risch dans le domaine de l'espionnage familial.

—Alors, Katel, quoi de neuf dans la maison? s'enquit Martha.

—Quelque chose qui va vous contrarier. Pendant le déjeuner, votre fils a annoncé à madame Clémence qu'ils iraient en vacances au bord de la mer du Nord avec Noëlle.

—Et quoi encore? s'indigna la vieille femme. Décidément, Johann jette son argent par les fenêtres. Tu m'as bien dit que la semaine dernière il a offert une bague à sa dulcinée!

—Oui, en or fin! Et ça représente une colombe. L'œil de l'oiseau, c'est une émeraude. Madame

Clémence me l'a montrée, toute contente d'avoir un nouveau cadeau.

— Les hommes sont des crétins! s'exclama l'ogresse. Qu'une bonne femme couche avec eux et ils font des folies. En plus, celle-là, maigre et sèche, n'a même pas été capable de lui donner un fils viable! Je n'ai pas été surprise, quand tu m'as dit que le bébé était mort aussitôt. Enfin, ils ne vont pas s'arrêter en si bon chemin! Tu verras, Katel, bientôt mon imbécile de fils reviendra se vanter qu'ils vont avoir un enfant, mais cela m'étonnerait qu'il vive, celui-là aussi. Sa Clémence n'est pas capable de mettre au monde un beau petit gars.

— Pourtant, Noëlle est une gosse solide et belle, on ne peut pas lui ôter ça, répondit Katel avant de couper son fil avec ses dents et de changer d'aiguille.

— Elle a de qui tenir, la gamine, marmonna la vieille dame qui pensait au père de Noëlle, de sang allemand, ce sang qu'elle haïssait.

Katel jeta un regard à la carafe de citronnade et vit qu'une mouche était tombée à l'intérieur malgré la soucoupe qui protégeait l'ouverture.

— Oh, je vais descendre vous préparer une autre boisson, madame, s'alarma-t-elle. Voyez, il y a une mouche.

— Laisse ça, je n'ai pas soif. Tu me feras un café au lait au goûter, avec deux tranches de kougelhopf. Tu les réussis à merveille.

— Merci, madame. Au fait, j'ai oublié de vous le dire, mais j'en ai fait cuire quatre pour la kermesse de l'école. Madame Clémence prétend qu'elle est mauvaise pâtissière et elle m'a demandé de m'en occuper.

— Bah! Elle n'est bonne à rien, si tu veux mon avis. Quatre kougelhopfs, rien que ça! En voilà du gaspillage! Les marmots vont les dévorer en quelques minutes... Tiens, tu iras chercher Güsti pour qu'il monte goûter avec moi. Je ne le vois guère, ce gamin. Pourtant, il est moins sot que ce rouquin de Berni. Vois-tu, Katel, j'apprécie son père. Risch a de l'envergure. Sans lui, le domaine irait à vau-l'eau. Surtout que Johann préfère conter fleurette à son tas d'os plutôt que de veiller sur les vignes. C'est l'époque du sulfatage, je m'y connais. Jeune femme, je secondais mon mari. Ah, Gilbert Kaufman, lui, il avait besoin d'une épouse compétente, capable de mettre au monde des héritiers dignes de ce nom. Tandis que l'autre, la Weller! Une bonne à rien, je te dis!

L'ogresse pinça les lèvres. D'un geste brusque, elle lança son tricot par terre.

— Le jour où j'aurai assez de force pour me relever et reprendre en main cette maison, cela ne se passera pas comme ça. Si je n'avais pas aussi peur de mon fils, qui a osé me brutaliser l'année dernière, tu me reverrais dans le salon, Katel. Seulement, je suis réduite à me terrer dans ce lit, au point que j'ai des échauffements dans le dos. Ils me le paieront, Johann et sa...

Elle n'osa pas dire le mot putain qui lui brûlait les lèvres. C'était encore une ruse de guerre, de ne pas donner l'occasion d'être critiquée. Katel devait la croire victime du couple. Déjà, au fil des semaines, Martha avait réussi à la convaincre que la petite Noëlle était une enfant perverse, menteuse, difficile. En conséquence, les coups de martinet, bien mérités, n'auraient dû choquer personne. Elle avait même accusé le docteur Attali, qualifié par ses soins de sorcier youpin[20], d'avoir exagéré l'importance des marques.

— J'ai bien de la misère, ma pauvre Katel! soupira-t-elle. Tu me donneras un petit verre de schnaps avec mon goûter, ça m'aide à digérer. Je suis toute

---

20. Péjoratif: juif.

patraque, mon vieux cœur et mon estomac me font souffrir et en plus ma vue baisse. Mais Dieu ne veut pas de moi. Pourtant, je serais mieux au cimetière que dans cette maison.

La gouvernante connaissait le refrain. Elle approuva avec un air rempli de compassion. Le soir même, Martha lui glissa un napoléon en or dans la main. C'était pris sur sa cassette personnelle, des pièces que son défunt mari, Gilbert, avait mises de côté durant des années.

Ribeauvillé, dimanche 29 juin 1930

La kermesse avait lieu dans un pré communal, bordé d'un muret interminable et ombragé par des tilleuls plantés en ligne. Les fêtes foraines se tenaient là également une fois par an. Depuis trois jours, les parents des écoliers et le personnel des écoles primaires, celle des filles et celle des garçons, dressaient des stands et accrochaient des guirlandes de pavillons triangulaires multicolores. Le dimanche matin, avant le début des festivités, chacun avait apporté pâtisseries et confiseries de ménage.

Clémence déambulait parmi la foule au bras de Johann. Tous deux étaient réjouis par les rires des enfants et la musique d'un modeste orchestre qui jouait avec pour seule rémunération de la bière fraîche et un repas offert par le maire.

En fin de journée, l'estrade où trônaient les musiciens servirait de scène à un spectacle donné par les écoliers du cours moyen. Noëlle en faisait partie, mais aussi Liesele qui peinait à étudier et avait redoublé deux classes.

Il se greffait sur la manifestation d'autres attractions, mises au point par les familles. Elles avaient installé un jeu de massacre, constitué de boules en cuir garnies de sable avec lesquelles il fallait renverser des figurines en papier mâché au faciès souvent grotesque, et une pêche à la ligne sans eau ni poissons : les enfants devaient attraper à l'aide d'un bâton muni d'un fil et d'un crochet des paquets ficelés qui contenaient de petits cadeaux.

Une buvette se dressait à l'entrée du pré, couverte d'une toile en lin tendue par un assemblage de piquets. L'homme qui servait à boire était le proprié-taire d'une winstub de Ribeauvillé. Il proposait un cru bon marché de sylvaner, un vin blanc sec et rafraîchis-sant, mais aussi de l'edelzwicker, une cuvée ordinaire.

Un bon quart de la population de la petite ville s'était déplacé, alléché par les odeurs de graisse brûlante. Deux charcutiers s'étaient installés côte à côte et faisaient rôtir des cochons de lait. Le fumet particulier dû aux herbes et aux baies de genièvre dont la viande était lardée se mêlait à la senteur sucrée et appétissante des gaufres chaudes.

Noëlle et Liesele se promenaient main dans la main. L'adolescente étrennait une robe en cotonnade fleurie. Ses longues nattes d'un blond foncé dansaient dans son dos. Mais Noëlle Kaufman était vêtue d'une jupe grise en flanelle et d'un corsage de même couleur à manches courtes. Clémence avait renoncé à voir sa fille en rose ou en jaune, à cause de la mort du bébé à la fin de l'hiver.

Cependant, la chevelure lumineuse de la fillette, cette couronne de courtes boucles dorées qui auréolait son front pur, attirait autant l'attention qu'une toilette claire. Chaussée de souliers vernis noirs à boucles d'argent, un petit sac à main en cuir blanc pendu à son bras, Noëlle se laissait gagner par la joyeuse atmosphère de la kermesse.

— Oh! Regarde, Liesele, comme c'est joli tous ces ballons! Et là, tu as vu ces napperons brodés? Je vais en acheter un à maman. Elle le mettra sur le guéridon du salon.

Devenu un solide garçon de neuf ans, Berni suivait de près les deux filles. Il s'empressa de dire sur un ton envieux :

— Toi, tu peux tout acheter, maintenant que tu es riche.

— Arrête ça, Berni! coupa sa sœur. Les parents nous ont donné des sous, à nous aussi. Tu t'es déjà payé un sifflet en cuivre.

— Mais Nel a un porte-monnaie plein de pièces, elle!

Devenir la fille adoptive du viticulteur n'avait pas été facile pour Noëlle. Certes, on la saluait plus aimablement quand elle allait à Ribeauvillé avec sa mère; au domaine, les ouvriers journaliers et les commis lui témoignaient du respect malgré son jeune âge. Elle se moquait bien de tout cela, mais les remarques de Berni et de Güsti la peinaient. Dès qu'elle leur montrait, radieuse, un livre ou un jouet flambant neuf, ils faisaient la moue et déclaraient que cela ne les intéressait pas.

Liesele menaça Berni d'un coup d'œil furibond. Elle désigna à son amie un napperon de forme ronde. Au centre étaient brodés des personnages semblables à ceux du dessinateur Hansi.

— Je suis sûre que celui-ci plairait à ta mère, dit-elle. Il y a des cigognes et un couple d'enfants en costume traditionnel.

Derrière le présentoir, une femme d'une quarantaine d'années balançait la tête au rythme de la polka jouée par l'orchestre. Noëlle fit son achat et se dirigea vite vers le jeu de massacre.

— Je te paie une partie, Liesele, d'accord? On verra qui fait tomber le plus de figurines!

—Je vise mieux que toi... je connais donc la réponse.

Elles approchèrent du stand qui attirait une forte majorité de clients masculins. Güsti venait de gagner un paquet de nougats et sifflotait de satisfaction.

—On n'est pas près de passer, nota Liesele. Mais tu as raison, ça m'a l'air amusant.

Un grand jeune homme commençait une partie. Il soupesa la balle, ferma à demi les paupières et lança le projectile. D'un coup, il renversa trois des personnages alignés, peinturlurés à la hâte avec une grimace figée sous une moustache tracée au charbon de bois.

Il y eut des bravos et des éclats de rire. Noëlle observa mieux le joueur. Il avait des cheveux blonds, proches d'un châtain mordoré. Son profil régulier, son nez fin et sa bouche charnue étaient dignes d'être dessinés sur une médaille antique. Soudain, il se retourna et adressa un sourire radieux à ceux qui l'entouraient. La fillette reçut un véritable choc en découvrant le visage de l'inconnu et fut fascinée par son teint mat et par ses yeux d'un brun intense. Elle n'avait jamais trouvé quelqu'un aussi beau. Même son admiration pour Liesele fut balayée devant un être d'une telle perfection.

Le jeune homme lança deux autres balles, avec succès. Il avait gagné une bouteille de bière bouchée.

—Hans! cria une voix féminine. Je te cherchais partout.

Le cœur de Noëlle se serra. Le dénommé Hans prenait par la taille une jeune fille rousse aux seins arrogants qui se trémoussait dans une robe bleue.

—Nel! s'étonna Liesele. Qu'est-ce que tu as? On fait une partie, oui ou non?

—Oui, oui, attends..., répondit-elle. Tu as vu ce garçon, celui qui a gagné la bière?

— Oui, il se débrouillait plutôt bien.

Noëlle se décida à jouer, mais elle ne toucha pas une fois les cibles. Ses balles volaient sur un mètre à peine et roulaient dans l'herbe. Quand ce fut son tour, Liesele se concentra afin de faire taire les railleries de Berni et de Güsti. Elle abattit toutes les figurines, et l'homme qui tenait le stand lui remit un bijou de pacotille, un bracelet en métal argenté que l'adolescente exhiba aussitôt.

Clémence et Johann approchaient. Ils flânèrent devant la grande table où étaient disposées les pâtisseries confectionnées par les mères, grands-mères ou grandes sœurs. C'était un étalage appétissant de différents gâteaux parmi lesquels régnait le kougelhopf, avec sa forme caractéristique de toque de cuistot à l'envers et sa belle couleur brune sous le sucre glace dont il était saupoudré selon la coutume.

Les tartes abondaient, surtout la tarte traditionnelle, garnie de gros quartiers de pommes et de flan à la vanille. Johann acheta deux portions de tarte aux mirabelles et un cake aux fruits confits. Après réflexion, il prit également un kougelhopf. L'argent profitait aux caisses des écoles.

— Je connais le goût de ceux que ma mère faisait, ainsi que ceux de Katel; peut-être que je trouverai celui-ci meilleur.

— Je parie que c'est un des kougelhopfs de Marguerite, fit remarquer Clémence gentiment. Elle utilise les moules en terre cuite de sa mère et ils n'ont pas vraiment la même forme que les plus récents.

La jeune femme s'était munie d'un panier en osier. Johann y plaça les pâtisseries, mais ils dégustèrent tout de suite les parts de tarte.

— Maintenant, je t'offre un verre de tokay, c'est ce qui convient le mieux avec du sucré!

Le couple, que l'on saluait régulièrement, s'installa à une table flanquée de bancs, dressée près de la buvette. Noëlle les aperçut et, vite, rebroussa chemin.

—Viens, Liesele. Si maman me voit, elle va me poser plein de questions sur ce que j'ai acheté, et elle n'aura pas la surprise pour le napperon.

—Mais la dame te l'a emballé. Ta mère ne verra rien.

—Je t'en prie, on n'a qu'à retourner près de l'orchestre, il y a des gens qui dansent.

—Tu es bizarre, depuis tout à l'heure, nota Liesele. Tu cours partout, tu me parles à peine. On dirait que tu cherches quelque chose.

Démasquée, Noëlle garda néanmoins son secret. Elle était elle-même stupéfaite d'éprouver des sensations aussi insolites. Son cœur battait la chamade et elle avait envie de pleurer et de chanter. Son esprit lui renvoyait sans cesse le visage merveilleux du jeune homme blond aux yeux sombres, au point qu'elle n'était plus capable de penser à autre chose.

Les deux filles rôdèrent autour des danseurs.

—Il est là, souffla Noëlle à l'oreille de son amie en empoignant son bras. Hans, tu sais, on l'a vu au jeu de massacre.

Liesele retint un sourire moqueur. Sa Nel avait eu le coup de foudre pour le bel inconnu. Elle le détailla avec curiosité. Il était mince et très grand. Vêtu d'une chemise blanche dont le col n'était pas boutonné et d'un pantalon en toile beige, il faisait tournoyer sa cavalière qui le fixait d'un air conquérant.

—Je ne sais pas d'où il sort, lui! confia-t-elle à Noëlle. En tout cas, il n'est pas de Ribeauvillé. Tu es amoureuse, tu es amoureuse!

—Mais non, tais-toi! C'est un grand!

—Eh oui, ton prince charmant a au moins quinze ou seize ans.

Marguerite et Charles dansaient eux aussi, endimanchés et ravis de l'aubaine. Ce fut au tour de Liesele de battre en retraite en découvrant ses parents. Mais Noëlle ne la suivit pas. Elle contemplait Hans dont chaque geste la fascinait, tandis qu'elle trouvait tous les défauts du monde à la jeune fille rousse.

—Viens-tu, à la fin? grogna Liesele en la tirant en arrière. De toute façon, c'est bientôt l'heure du spectacle. Mademoiselle Rosine veut que toutes ses élèves se rassemblent près du stand de confitures.

Noëlle s'éloigna à petits pas, presque à reculons. Son amie la pinça dans le cou.

—Tu pouvais bien me reprocher de parler de Manuel! Tu en as, des manières, à onze ans! Si ton Hans voit comment tu le regardes, il va te prendre pour une idiote. Heureusement que je suis là pour te surveiller. Je te considère comme ma petite sœur, alors permets-moi de te dire qu'on ne se conduit pas ainsi.

Liesele était en colère. Noëlle reprit pied dans la réalité. C'était vrai, elle n'avait que onze ans et ce beau garçon était trop vieux pour elle. Les recommandations de leur institutrice lui firent un peu oublier l'incident. Vers cinq heures de l'après-midi, elle monta sur l'estrade en costume traditionnel, ainsi que Liesele et douze autres écolières. Clémence avait eu les moyens, cette fois, de faire coudre et couper une tenue en tous points fidèle au folklore alsacien. Si les couleurs, les motifs et les divers accessoires étaient les mêmes pour toutes les filles, certaines toilettes venaient d'une aïeule ou d'une mère. Mais c'était un plaisir pour le public d'admirer les fillettes ou les adolescentes en jupe rouge, bordée d'un feston de fleurs rouges et vertes sur fond noir. Un corselet également noir soulignait la blancheur des corsages en dentelle à collerette, tandis que la grande coiffe aux ailes noires ou rouges se dressait sur des chevelures lissées et nattées.

Sur un signal de mademoiselle Rosine, toutes entonnèrent avec un large sourire la première chanson. Il s'agissait d'un air entraînant *Aus und dran*, coq'rico en français, les enseignants ayant soin depuis la fin de la guerre de mettre à l'honneur la langue de la patrie retrouvée.

> *Le vent joue, les nuées*
> *Au ciel, cachent le soleil.*
> *On a chaud.*
> *On a frais,*
> *Ah! Quel calme heureux!*
> *Des nuages, noirs châteaux,*
> *Partent tonnerre et éclairs;*
> *Cœur joyeux, jeune sang,*
> *N'a aucune peur!*

Comme tous les autres parents, Clémence et Johann ainsi que Marguerite et Charles écoutaient religieusement, prêts à applaudir dès la fin du dernier couplet. Noëlle fit une fausse note peu de temps avant, car elle venait de reconnaître Hans, les bras croisés, appuyé au tronc d'un tilleul. Lui aussi assistait à la prestation des écolières. Troublée, elle bredouilla et bouscula la fille qui se trouvait sur sa gauche. Quelqu'un éclata de rire dans l'assistance et elle en conçut une telle gêne que, sans Liesele à sa droite qui la retint par la manche, elle se serait enfuie.

Après trois autres chansons, elle put descendre de l'estrade et courir se changer dans la salle de classe.

—Non, mais quelle andouille! pesta Liesele. Mademoiselle Rosine était déçue. Tu as très mal chanté, Nel.

— Tant pis!

— Je parie que c'est à cause de ce garçon.

— Tu dis n'importe quoi.

Cela se termina par un silence boudeur. Liesele rejoignit ses parents et Noëlle ne quitta plus sa mère. Elles achetèrent ensemble des confitures que vendait une jeune femme, veuve depuis peu. Elle avait un fils en cours élémentaire et un poupon d'un an, installé dans une poussette.

— Vous avez le choix, madame, déclara-t-elle à Clémence. De la myrtille, de la prune, de la mirabelle. Celle-ci, c'est de la rhubarbe, là du cassis et de l'airelle. Il y a une couche de paraffine pour la conservation.

Elles repartirent avec six bocaux, fermés par du papier épais et ornés d'un tissu rouge et d'un ruban vert. La foule se dispersait peu à peu. On rentrait chez soi égayé par le vin blanc et la bière. Certains étaient bien éméchés. Des chiens du village parcouraient le pré en quête d'une couenne de lard grillée ou de miettes de gâteau.

Johann discutait avec un de ses bons clients, un restaurateur de Riquewihr. Clémence fut accaparée par l'institutrice, qui souhaitait lui parler de l'entrée en sixième de Noëlle. La fillette serait admise au lycée, mais à condition de réussir l'examen obligatoire.

Privée de la compagnie de Liesele, Noëlle flâna près du stand du jeu de massacre. Il n'y avait plus personne. L'homme rangeait dans une caisse les figurines en piètre état.

— C'est fermé, mademoiselle, lui dit-il.

Vite, elle s'éloigna, intimidée. Un groupe de jeunes gens arrivait et lui barra involontairement le passage. Elle ne vit que Hans, rieur, une mèche blonde en travers du front. Il était escorté de camarades; la fille rousse avait disparu.

—Oh! Mais c'est une des chanteuses de tout à l'heure! s'exclama un adolescent aux cheveux roux.

—Oui, la plus jolie, ajouta Hans.

Et il tendit à Noëlle une rose blanche qu'il venait de ramasser près d'un étal.

—Pour vous, demoiselle! En hommage à vos yeux bleus, ma couleur préférée.

Elle prit la fleur. Le jeune homme poursuivit son chemin, mêlé aux autres garçons.

«La plus jolie! se répéta-t-elle. Mais alors, il m'a remarquée, il a fait attention à moi! Qu'il a une belle voix, et si douce! La rose, je la garderai toujours.»

Elle resta immobile à la même place, rêveuse.

«Peut-être que je le reverrai! Peut-être qu'il va habiter Ribeauvillé!»

De retour au domaine, Noëlle mit la fleur dans un petit vase en porcelaine. Elle décida de garder secret le geste de Hans, en se promettant de conserver quelques pétales de la fleur entre les pages de son dictionnaire, quand elle se fanerait.

«Liesele boude et il fait encore chaud; je reste dans ma chambre, avec ma rose», se dit-elle en s'allongeant sur son lit. La pièce où elle avait été si triste, si seule, lui était devenue familière et chère. C'était son refuge. La porte disposait d'un petit verrou, une idée de son beau-père pour la rassurer. Si le chaton Grisou avait mystérieusement disparu depuis un an, la poupée Gretel disposait d'un fauteuil miniature en osier. Le jouet n'intéressait plus vraiment Noëlle, mais elle aimait le retrouver à sa place près de la fenêtre.

Johann et Clémence étaient montés se reposer eux aussi avant le dîner. Ils bavardèrent, étendus côte à côte, heureux du moindre instant en tête-à-tête. Comme chaque soir, ils descendirent aux alentours de huit heures. Une surprise de taille les attendait dans la salle à manger. Martha Kaufman trônait au bout de la longue table en chêne aux pieds torsadés. Le couvert était mis pour quatre personnes. Bien coiffée, vêtue de sa robe en taffetas noir, parée de son collier de perles et de la broche en forme de papillon, l'ogresse arborait une mine resplendissante. Le couple en fut saisi.

— Eh bien, déclara-t-elle, vous n'êtes guère affamés, j'avais commandé le repas pour sept heures trente. Je m'impatientais.

Katel apparut, surgissant par la porte étroite qui communiquait avec la cuisine.

— J'ai gardé le jarret de porc au four, mais le velouté d'asperges est fin prêt! indiqua la gouvernante, gênée par le rôle que lui avait donné la vieille dame.

La consigne était simple. Il fallait faire sentir à Clémence que la véritable maîtresse de maison reprenait les rênes. Johann accusa le coup. Pendant un an, il avait rendu visite à sa mère dans sa chambre matin et soir pour s'informer de sa santé. La revoir au rez-de-chaussée, si semblable à elle-même, le désespéra.

— Et alors, maman? dit-il. Tu n'as pas daigné réveillonner avec nous la veille de Noël ni au premier de l'An. En quel honneur es-tu enfin levée? Tu es donc guérie, il me semble?

— Je vais mieux, mon fils. Grâce au dévouement de Katel. As-tu d'autres questions, ou pouvons-nous goûter le velouté d'asperges?

Clémence était mortifiée. Elle n'osait pas approcher de la table. Puis elle se reprocha sa sottise.

«Comment ai-je pu croire qu'elle ne sortirait plus de son lit, qu'elle nous laisserait en paix? Sans doute a-t-elle jugé que j'avais assez profité de Johann, qu'il était grand temps de nous imposer sa présence!» songea-t-elle.

— Et votre fille, Clémence? interrogea Martha. A-t-elle

dîné? Où est-elle? Je vous rappelle que les enfants ont besoin d'horaires réguliers, sinon ils souffrent d'ennuis de digestion.

La remarque pouvait passer pour bienveillante. Johann ne s'y trompa guère. Sa mère avait décidé de leur gâcher la vie. Cependant, pris au dépourvu et dans un souci de bienséance, il retourna dans le couloir et appela Noëlle qui accourut. Dès qu'elle aperçut l'ogresse, elle recula.

—Je n'ai pas faim, j'ai trop mangé à la kermesse, s'empressa-t-elle de prétexter. Maman, je peux remonter?

—Sois gentille, ma chérie, tu vas goûter le potage, au moins. Et dis bonsoir à madame Martha.

Encore pleine de rancœur et de crainte, Noëlle ne desserra pas les lèvres. Elle fixa la vieille femme avec suspicion.

—Je ne t'avais pas vue depuis un moment, ma petite, déclara la vieille. Dorénavant, tu viendras ici à sept heures trente précises.

—Maman, ne commence pas à la tourmenter! coupa Johann, qui contenait mal sa fureur. Tu connais mes conditions pour que tu puisses rester chez moi. Je ne peux pas t'interdire cette pièce ni aucune autre, mais respecte mon épouse et Noëlle.

—Mais j'en ai l'intention, mon fils! répondit-elle.

Clémence prit place à table, ce qui lui demandait un effort considérable. Elle avait ses habitudes depuis son installation dans la grande maison dont le confort l'avait d'abord subjuguée. La salle de bains de l'étage faisait ses délices, tandis que l'énorme fourneau en fonte noire de la cuisine l'impressionnait, ainsi que la vaisselle : il y en avait en quantité, plusieurs services de différentes qualités qu'elle trouvait tous magnifiques. Le salon l'enchantait. Elle admirait le parquet poli comme un miroir, le lustre en cristal de Bohême et surtout, presque quotidiennement, elle touchait à sa guise les figurines en porcelaine inspirées des dessins du célèbre Hansi.

—Elles appartenaient à mon frère aîné, lui avait précisé Johann. Ma mère y tient, bien sûr, mais elle ne sera pas toujours là. Je te les donnerai, plus tard.

Le viticulteur ne lésinait pas. Clémence avait comblé tous ses désirs d'homme, autant charnels que spirituels et affectifs. Quand il regardait en arrière, son ancienne existence de veuf lui paraissait d'une tristesse pesante. Il se reprochait même d'avoir fréquenté des prostituées, à Strasbourg, chose qu'il n'avait plus jamais envisagée depuis qu'il était amoureux. Désormais, il se voyait vieillir en sa douce compagnie et ne pensait qu'à leur bonheur. Mais une fois encore Martha se dressait entre eux comme une menace incarnée.

« Je dois la surveiller, se dit-il. Si elle a renoncé à son lit et à son isolement, il y a forcément une raison. Une mauvaise raison ! »

Noëlle mangea sans appétit, le nez baissé sur son assiette. Dès qu'elle eut fini son dessert, des coupelles de fromage blanc sucré, elle se leva.

—Je vais faire un tour, maman ! annonça-t-elle.

—D'accord, ma chérie, répondit Clémence. Johann et moi ferons une petite promenade, nous aussi. Il fait si bon, après le coucher du soleil !

Noëlle sortit au pas de course. Martha Kaufman réprima une grimace moqueuse. Se retrouver en face de son ennemie, « la Weller » comme elle la surnommait en son for intérieur, l'exaltait. Après des mois d'enfermement volontaire, elle vibrait de satisfaction à l'idée d'épier le moindre geste de la jeune femme pour pouvoir ensuite la critiquer avec Katel.

— Vous n'avez pas peur de laisser votre fille se promener seule au crépuscule? s'enquit-elle d'un air grave. Une jolie petite comme elle! Si jamais elle croisait un rôdeur! Un malheur est vite arrivé...

— Maman, la sermonna Johann, qu'est-ce que tu nous serines encore? Tu ne t'es pas souciée de Noëlle depuis l'été dernier, et j'en remercie Dieu, vu ta façon de t'occuper des enfants. Et à présent, tu nous mets en garde? Contre qui? Contre quoi?

— Ce que j'en dis, grommela-t-elle, c'est qu'avec cette mode ridicule qui raccourcit les jupes et dévoile les bras, certains hommes en profitent. Votre fille se fait grande, Clémence!

— Mais elle n'a que onze ans! protesta la jeune femme, troublée au fond d'elle-même. Et le chien la suit partout.

C'était la première fois qu'elle entretenait une conversation normale avec sa belle-mère et la regardait bien en face. Encline au pardon et à la gentillesse, elle crut lire une réelle inquiétude dans les yeux de la vieille dame.

Johann lui-même fut ébranlé. Mais il se ravisa, comprenant à temps que Martha essayait de briser leur sérénité.

— Il n'y a pas de rôdeur autour du domaine, maman, trancha-t-il. Garde tes opinions pour toi.

— Katel, appela l'ogresse, viens m'aider à remonter dans ma chambre. Je sens bien que je dérange!

La gouvernante se précipita. Clémence et Johann furent bientôt seuls à la grande table. Ils demeurèrent silencieux un petit moment, guettant les bruits à l'étage.

— Nous voilà bien! soupira le viticulteur.

— Je t'avoue que ce n'était pas facile pour moi de la revoir! Je n'oublierai jamais comment elle a osé traiter ma fille. Mais nous devons y mettre du nôtre; c'est un fait que ta mère ne va pas passer le reste de ses jours dans sa chambre. Déjà un an, enfin, onze mois environ, cela a dû lui paraître long. Peut-être qu'elle n'en pouvait plus d'être mise à l'écart. Tu es son fils, quand même, et tu ne lui accordais que quelques minutes par jour. J'aimerais tellement qu'elle nous accepte, Noëlle et moi. Nous formerions une famille. Je suis prête à faire sa connaissance. Personne n'est foncièrement méchant, Johann.

— C'est toi qui es une sainte, assura-t-il en souriant. Maman prône l'éducation à l'ancienne. Elle n'a eu que des garçons et nous avions droit au martinet à la moindre bêtise. Mes frères et moi, nous faisions des paris. C'était à celui qui résisterait le mieux à la douleur et ne pousserait pas une plainte. Hormis les punitions, elle nous témoignait de l'affection et nous étions toujours impeccables, cheveux gominés, chemises amidonnées.

— Sans doute a-t-elle beaucoup souffert, avança Clémence. Perdre deux de ses fils et son mari, quelle tragédie! Allons, soyons confiants. Tu as été dur avec elle ce soir, alors qu'elle semblait vraiment inquiète pour Noëlle.

— Hum! fit-il. C'est une sacrée comédienne, je la connais. Mais tu as raison, puisque nous devons cohabiter, autant tenter la conciliation. Et j'ai beau la menacer, je sais bien que je n'aurai jamais le courage de la chasser de cette maison où elle a vécu tant d'années.

Clémence se leva de sa chaise et s'assit sur les genoux de son mari. Il l'embrassa dans le cou.

— Et cette promenade? rappela-t-il. Faisons un tour sur le chemin; comme ça nous verrons où est Noëlle.

— J'avais la même idée, reconnut-elle.

L'ogresse avait gagné sa première bataille. Elle n'attaquerait plus de front, mais par des ruses infimes, par son verbe habile à semer des graines d'angoisse qui peu à peu gâcheraient le bonheur tranquille du couple.

Liesele et Berni arrosaient le potager. Marguerite leur avait confié cette tâche pour la durée des vacances, comme chaque été. Ils avaient le choix entre le matin de très bonne heure ou le soir. Ils virent arriver Noëlle, lumineuse dans une robe jaune. Sa silhouette gracieuse dispersait les ombres du crépuscule.

—Tiens, tu es de meilleure humeur? demanda Liesele. Je t'ai cherchée, à la fin de la kermesse, mais tu avais disparu. Et, quand nous sommes rentrés au domaine, tu n'es pas venue me voir.

—J'étais avec ma mère. Vous savez quoi? L'ogresse s'est levée, elle dînait à table. Moi, si c'est comme ça, je viens habiter chez vous.

—Es-tu bête! s'écria Berni. Tu crois que maman voudra? Et la tienne? En plus, il n'y a pas de place.

—Zut! Je te plains, rétorqua Liesele. Toi, Berni, ne t'en mêle pas. Ma pauvre Nel! Est-ce qu'elle a changé?

—Non, et elle n'a pas l'air malade du tout! Tout de suite, elle a dit que maintenant le repas serait à sept heures trente précises.

La fillette imita le ton sec et la voix éraillée de la vieille femme. Berni éclata de rire, mais Liesele hocha la tête.

—Aide-nous à terminer l'arrosage, ensuite nous irons jusqu'à la mare. Les grenouilles chantent.

La promesse réconforta Noëlle. Liesele était son amie, même si elles se querellaient de temps en temps. Elle eut le pressentiment que l'adolescente la protégeait vraiment d'un danger sans nom. Tant qu'elle pourrait la rejoindre, lui confier ses peines, rien ne pourrait l'atteindre en plein cœur.

Cela devait durer encore quelques années et se briser net. Mais Noëlle était loin de l'imaginer. La terre chaude, gorgée d'eau, exhalait des senteurs délicates. La menthe, le persil, le cerfeuil, la sauge aux feuilles duveteuses, toutes les plantes rafraîchies déployaient leurs arômes. Quelques étoiles très scintillantes piquetaient le ciel encore clair.

— Que j'aime les nuits d'été! N'est-ce pas, Liesele, on se croirait au paradis. Les grenouilles ont raison de chanter, ce sont des heures exquises.

Elle entendait souvent Clémence dire ces mots, quand elle s'accoudait à la grande fenêtre du salon, le soir. Depuis sa rencontre avec le grand garçon blond, Noëlle avait l'intuition que ces heures exquises devaient beaucoup au sentiment d'amour.

*

La cohabitation commença dès le lendemain. Martha Kaufman reprit possession de la grande maison. Elle avait deux alliés, Hainer Risch et Katel. L'un était conquis par le chantage, l'autre par l'argent généreusement distribué. Le contremaître courbait l'échine, appréhendant que la vieille dame le dénonce pour un motif connu d'elle seule.

L'emploi du temps de l'ogresse accordait une large part au repos. Elle donnait ses ordres à Katel depuis le fauteuil le plus confortable du salon où elle séjournait la majeure partie de la journée. Clémence renonça à profiter de sa pièce préférée. Après le déjeuner, la jeune femme allait boire le café chez Marguerite, très satisfaite de l'aubaine. Johann ne lui en tint pas rigueur. Afin d'éviter de voir sa mère, il reprit en main la gestion du domaine et on le revit dans les vignes, en chapeau de paille et chemise à carreaux.

—Alors, patron, la lune de miel est terminée! lui avait dit Charles.

—Eh! Ma femme et moi, nous avons eu onze mois de vacances. Il faudra nous en contenter, je crois!

Mais au fond, arpenter ses terres, discuter avec les ouvriers, inspecter le chai et rencontrer des clients à l'auberge de Ribeauvillé ne lui déplaisait pas. Il renouait avec l'existence qu'il avait eue pendant des années, tout en sachant que, la nuit, Clémence serait couchée près de lui, nue et toute chaude, plus amoureuse que jamais.

La désertion du couple mortifia Martha. Elle s'en plaignit à Katel au bout d'une semaine.

—As-tu vu? Ils ont détalé comme des lièvres, parce que j'ai trouvé la force de reprendre une vie normale. Est-ce que je pouvais passer encore des années au lit pour qu'ils soient en tête-à-tête?

—Oh non, madame. Vous êtes bien mieux au rez-de-chaussée. Moi qui avais du respect pour monsieur votre fils, j'avoue qu'il se montre bien ingrat avec vous.

—La Weller l'a ensorcelé. Dès son arrivée ici! Pourtant, elle est maigre, mal fagotée, ses cheveux sont ternes. Une fille aussi moche, comment a-t-elle pu embobiner Johann à ce point? Et la petite, Noëlle, as-tu remarqué comme elle est impolie? Pas de bonjour, pas de bonsoir. Des coups d'œil de côté, d'une insolence!

—Même avec moi, madame. Ce matin encore, dans la cuisine, elle a coupé du pain et m'a demandé le beurre d'un ton autoritaire, sans un «Je te prie, Katel» ni un «Merci, Katel».

Désœuvrée, la vieille dame jugea bon de faire montre de ses idées patriotiques à sa gouvernante.

—Les Allemands nous ont fait trop de mal, ma pauvre Katel! répétait-elle. J'avais dix ans quand les

Prussiens sont venus ravager notre pays, en 1870. J'en ai vu, du sang, des horreurs! Et la dernière guerre m'a pris mes deux fils et mon mari.

Katel hasarda, ce jour-là :

—Peut-être, madame, mais nous autres, Alsaciens, nous avons été allemands pendant des années. Il y en a eu, des naissances, et bien malin celui qui pourrait dire, parfois, si le père ou la mère n'était pas allemand. La frontière est si proche! C'est comme notre parler, les gens qui viennent chez nous le prennent pour de l'allemand. Et je ne vous cause pas des protestants qui étaient bien contents, souvent, de subir la germanisation. Dieu merci, il n'y en a pas beaucoup à Ribeauvillé, pas plus que des Juifs.

L'ogresse faillit la renvoyer sur-le-champ, mais elle préféra faire la sourde oreille. Katel était presque de sa génération et native de Ribeauvillé. Entre elles deux, l'hypocrisie était de mise. Afin de préserver l'honneur des Kaufman, Martha n'aurait avoué pour rien au monde que Noëlle était née d'un Allemand, d'une relation coupable de surcroît. Quant à la gouvernante, éblouie par ses nouvelles fonctions et tous les avantages qu'elle en retirait, elle cachait soigneusement le fait qu'elle savait une certaine chose concernant sa vieille patronne.

Quant à Noëlle, les vacances lui permettaient d'être le moins souvent possible dans la grande maison. Dès le matin, elle courait chez Liesele, et les deux filles bavardaient en cousant ensemble avant d'aider Marguerite à préparer le déjeuner.

—Nel peut manger ici? suppliait l'adolescente.

—Eh oui, puisque sa mère viendra pour le café.

L'après-midi, elles partaient garder les cochons dans un pré en friche ou elles surveillaient les volailles, lâchées elles aussi derrière l'enceinte du domaine.

Le premier août, Clémence entra chez Marguerite avec un sourire radieux. Elle portait une robe blanche à pois bleus et une cloche[21] en fine paille dorée sur ses cheveux ondulés au fer à friser.

— Que tu es chic! lui dit son amie, sanglée dans un vieux tablier gris. J'ai préparé du café, bien fort comme tu l'aimes. Et je mets de la confiture de prunes en pots. Sens un peu ce parfum!

— Marguerite, intervint Clémence en minaudant, devine!

— Madame Martha plie bagage avec sa Katel sous le bras?

— Mais non, ça ne me rendrait pas aussi heureuse.

— Mon Dieu, je sais! Tu attends un autre petit...

— Oui, mes affaires sont en retard de deux mois et j'ai des nausées affreuses.

Marguerite s'approcha de Clémence et lui planta une bise sur la joue.

— Allez, assieds-toi, ma belle! Raconte-moi tout. Quand je pense que tu es ma patronne et qu'on blague toutes les deux, sans façon!

— Tais-toi donc, je ne serai jamais ta patronne. Si Johann n'était pas tombé amoureux de moi, je taperais encore à la machine à écrire, dans son bureau, ou bien l'ogresse m'aurait mise dehors. J'ai eu de la chance, ça oui, parce que je l'aime aussi et que c'est un homme formidable.

— Tu peux le dire, il n'y en a pas de meilleur. Et Charles est bien d'accord, vu que monsieur Kaufman l'a encore augmenté. Liesele pourra entrer au lycée, même si ce n'est pas une très bonne élève. Je voudrais qu'elle y reste jusqu'à la fin de la cinquième. Ensuite,

---

21. Chapeau en forme de cloche très à la mode dans les années 1930.

je la placerai en apprentissage. Mais revenons à nos moutons. Ce bébé, ce serait pour quand?

—Pour le mois de février environ, chuchota Clémence comme s'il s'agissait d'une information capitale. Ce soir, je vais l'annoncer à Johann. Sais-tu, il voulait m'emmener en Belgique pendant une semaine, mais je lui dirai que ce n'est pas la peine. Pourtant, cela m'avait bien plu, l'année dernière. Seulement, le voyage est fatigant et je ne veux courir aucun risque.

Elle caressa son ventre à travers le tissu soyeux. La jeune femme désirait tant donner un fils à son mari qu'elle se considérait fragile et menacée.

—Surtout, n'en parle pas à la vieille dame ni à Katel, dit Marguerite. Oh, celle-là! Je la trouvais gentille, à l'époque où elle venait juste pour le ménage, mais depuis, hoppla! Je ne la supporte plus. L'autre soir, je l'ai croisée sous le porche au moment où elle partait, perchée sur sa bicyclette. Elle m'a regardée de haut. A-t-on idée de faire la fière parce qu'on flatte une peau de vache dans le bon sens du poil?

—Chut! fit Clémence. Quand même, c'est ma belle-mère, Martha. Si les gamines t'entendaient, elles se feraient une joie de t'imiter. Ce n'est pas si pénible que ça, je t'assure. Le pire, ce sont les repas. Elle mange, elle mange et elle boit encore plus. Et ce n'est pas moi qui décide des menus. On a droit à ce qu'elle aime. Par ces chaleurs, nous avons eu déjà trois baeckeofes bien gras avec de la viande d'agneau que je déteste, des navets, et sans pommes de terre.

Ce détail parut une hérésie à Marguerite. Elle leva les yeux au ciel.

—Je te ferai des fromages frais, des bibeleskäs[22],

---

22. Petits fromages frais typiquement alsaciens, parfumés à base d'herbe aromatique.

ceux dont tu raffoles et ta Noëlle aussi. J'ai de la ciboulette et du persil. Tu te régaleras.

Clémence la remercia d'un sourire ému. Son cœur se serra. Elle revoyait sa mère, la mince et vive Gretel, occupée à parsemer le caillé frais d'un hachis d'ail et de cerfeuil. La fromagerie Weller, dans le Haguenau, était réputée pour ses bibeleskäs aux différentes saveurs.

«Je dois absolument écrire à mes parents! pensa-t-elle. Je leur raconterai tout ce que j'ai vécu depuis que j'ai quitté la maison. Ils auront le choix de me pardonner ou de me renier pour de bon, mais ils sauront enfin que Noëlle existe et que je suis mariée à un honnête homme, un notable. Je n'ai plus à avoir honte.»

—Eh, ma Clémence, à quoi rêves-tu? s'exclama Marguerite. Ce ne serait pas au petit que tu attends?

—Si! mentit la jeune femme.

Mais ce n'était qu'un demi-mensonge. Elle ajouta:

—Ce qui me fait bizarre, c'est que, pour ce bébé, j'ai tout ce qu'il faut: le berceau, la layette que j'avais achetée et tout. Si mon Joseph avait vécu, ce ne serait pas pareil. Là, j'ai une impression étrange. J'ai peur que ça me porte malheur.

—Je te comprends. Puisque tu as les moyens, à présent, tu peux racheter certaines pièces de linge et changer la garniture du berceau, suggéra Marguerite.

Elles en discutèrent jusqu'à trois heures. Clémence se leva vite et embrassa son amie.

—Martha va faire sa sieste. Je me dépêche! J'ai deux heures de paix, je vais pouvoir profiter du salon. Peut-être que je m'allongerai, moi aussi. Je dois me ménager!

Elle longea le mur pour rester à l'ombre. Des éclats de rire lui parvinrent de l'écurie. Noëlle et Liesele devaient nettoyer l'allée pavée à grand renfort de jets d'eau.

«Comme nous serions heureux si l'ogresse rentrait

ses griffes et pouvait nous aimer, ma fille et moi!» pensa-t-elle.

Un peu triste, elle se raisonna. Malgré la présence de la vieille dame au cœur rempli d'une agressivité sournoise, Clémence était consciente du chemin parcouru. D'ouvrière payée une misère, de fille-mère, de femme solitaire, elle était devenue madame Kaufman. Johann l'adorait et la choyait. Elle n'oublierait jamais leur voyage de noces en Bavière et au Tyrol, le luxe des hôtels, les toilettes élégantes dont elle disposait.

«Et j'ai marché sur une plage de la mer du Nord avec mon mari et ma Noëlle. C'était si beau, la mer!»

Elle entra dans la grande maison pleine de courage et d'espérance. Johann ouvrit la porte du bureau, un doigt sur la bouche.

— Ne fais pas de bruit, souffla-t-il. J'ai abandonné mes vignes pour te retrouver. Tu me manques, ma petite femme. Ma mère dort et Katel lave des torchons dans le cellier. Viens...

Il l'attira dans cette pièce où régnait une tenace odeur de paperasses et d'encre. Elle le vit tourner le verrou. Les volets étaient accrochés.

— C'est ici que le désir de toi m'est monté à la tête, avoua-t-il. Quand tu étais assise devant la machine à écrire et que je regardais tes mains et tes épaules. Ma chérie...

Il lui caressa les seins et le bas du dos. Ravie de le sentir toujours aussi amoureux, Clémence se réfugia dans ses bras. Il la cajola, embrassa ses cheveux et son front. Alors, tout bas, elle lui annonça qu'elle était de nouveau enceinte. Comme la première fois, Johann fut bouleversé. Il relâcha son étreinte et, se mettant à genoux, il appuya sa joue contre son ventre. En se relevant, il l'enlaça et dit d'un ton exalté:

—Fille ou garçon, je l'aime déjà! Tu vas bien te reposer et tu iras accoucher à la clinique, décida-t-il. Mais ce soir, je t'emmène dîner en ville, à l'auberge du Château, sous la tonnelle.

Elle ferma les yeux, comblée.

—La vie est si belle avec toi, Johann! dit-elle, au bord des larmes.

—Il ne faut pas pleurer, Clémence, ma chérie! dit-il doucement en frottant son nez dans ses cheveux. Regarde, il fait sombre et frais, nous sommes enfermés là sans risque d'être dérangés. Si tu savais combien de fois j'ai rêvé qu'il se passe quelque chose dans ce bureau. Combien de fois... pouvoir soulever ta jupe, dégrafer ton corsage... te couvrir de baisers.

Sa voix était enrouée par le désir. Il souleva la jeune femme et l'assit sur le bureau après y avoir fait une place de sa main libre. Comprenant ce qu'il voulait faire, Clémence devint toute rose d'émotion. Johann lui ôta sa culotte en soie et effleura l'intérieur satiné de ses cuisses. Tous deux haletaient, impatients de partager ce plaisir intense, fulgurant qu'ils savaient se donner. La nouveauté de la position et son côté insolite vu l'heure et le lieu les menèrent au summum de l'extase. Elle poussa un petit cri ébloui; il eut un râle de joie.

Katel, qui se tenait contre la porte, l'oreille collée au bois, recula. Elle se signa, les yeux écarquillés par la stupeur. Vite, à pas de loup, elle monta l'escalier sur la pointe des pieds.

—Madame, si vous saviez! rapporta-t-elle à l'ogresse, calée dans ses oreillers. J'en suis toute retournée.

—Quoi donc? grogna la vieille dame.

—D'abord, la Weller attend un autre enfant, j'ai bien entendu, je vous le jure! Et même que monsieur était très content. Ils vont dîner en ville ce soir.

—C'était à prévoir! Elle fera tout pour récupérer le

domaine, je te l'avais dit, Katel. Mais de là à te mettre dans cet état! On dirait que tu as vu le diable.

— Madame, j'aurais été moins sous le choc! Figurez-vous qu'ils font la chose dans le bureau, je me demande comment. Dieu me garde, j'ai été mariée, mais jamais mon Octave ne m'a touchée en plein jour, quand il fait soleil dehors. Nous étions au lit, la nuit et...

— Et ça ne me regarde pas, coupa Martha. Je sais quand même ce qui se passe dans les lits de bien des gens, ma pauvre Katel.

La gouvernante respirait vite. Son mari était mort pendant la guerre et elle n'avait plus connu d'homme. Les bruits explicites qu'elle venait de percevoir lui avaient mis le feu au visage.

— Mais, madame, ce ne sont pas des manières!

— Avec des femmes respectables, non, je te l'accorde, affirma l'ogresse. Seulement, la Weller est de la race des putains. Si tu en voulais une preuve, tu l'as, Katel. Mon fils sera bientôt un débauché. Que veux-tu que j'y fasse?

La gouvernante eut un geste d'impuissance. Martha serra de toutes ses forces le mouchoir avec lequel elle s'essuyait le front et le cou. Il faisait chaud et elle transpirait beaucoup ces derniers temps.

— Va-t'en! dit-elle à Katel. Laisse-moi, je dois réfléchir. Tu auras ta pièce d'or, mais ce soir...

Un éclat de rire résonna jusqu'à l'étage. C'était Clémence qui courait le long du couloir. La voix grave de Johann fit écho à cet accès de gaîté.

«Soyez maudits! songea la vieille dame. Même toi, Johann! Tu m'as trahie.»

11

Les saisons de l'amour

Domaine Kaufman, 4 septembre 1935
Cinq ans plus tard

Noëlle était assise dans sa chambre. Il faisait très lourd et l'orage menaçait. Elle venait d'écrire quelques pages dans son journal intime. C'était une idée de sa mère, qui appréciait le style de ses rédactions et affirmait avoir tenu elle aussi un journal au même âge.

La jeune fille, assez bonne élève, pensait à la rentrée scolaire. Elle suivrait une classe de seconde au lycée Ribeaupierre, à Ribeauvillé. On appelait ainsi le bel édifice agrémenté d'un donjon, construit à la Renaissance dans l'angle nord-ouest de l'enceinte de la ville. Comparé aux forteresses en ruine des collines, le bâtiment pourvu de nombreuses fenêtres et entouré d'un parc faisait figure de confortable manoir. Mais Liesele ne serait plus à ses côtés.

Marguerite et Charles, malgré leur salaire avantageux, avaient conseillé à leur fille de trouver un emploi. Grâce à l'appui de Johann Kaufman, Liesele avait travaillé tout l'été à l'auberge du Château et elle était engagée pour l'année à venir.

« Liesele m'a vraiment manqué, cet été ! se disait Noëlle en caressant le dos du cahier où elle consignait ses rêveries d'adolescente. Elle rentrait tard et se couchait aussitôt. Je la voyais seulement le dimanche soir. »

Les grandes vacances lui avaient paru interminables sans la présence de son amie. Noëlle s'était cependant résignée et elle avait mis à profit ses heures de solitude pour lire les romans que lui conseillait sa mère.

Il était quatre heures de l'après-midi. Le domaine semblait désert, plongé dans un silence insolite. Pas un bruit en provenance de la cour. Les chevaux et les vaches étaient au pré. Berni devait surveiller les déplacements des trois cochons qui se nourrissaient surtout en plein air, gage d'une viande plus parfumée. Ces animaux étaient proches de leurs cousins sauvages, ces sangliers dont la voracité mettait parfois à mal les champs de betteraves et de pommes de terre.

« C'est le calme avant la tempête! songea-t-elle. Les vendanges commencent et papa Johann a convoqué tout son personnel dans la cour à sept heures du matin. »

La jeune fille portait une robe très simple en cotonnade fleurie dont la coupe soulignait sa poitrine ronde, sa taille fine et des hanches généreuses. Ses cheveux noués effleuraient ses épaules, de beaux cheveux blonds aux boucles souples semblables à de l'or vivant. D'une carnation laiteuse, Noëlle suscitait l'admiration de tous les garçons dans le pays, et même celle des hommes. Elle en était flattée, mais ne répondait pas aux compliments, aux clins d'œil ni aux sourires. Clémence la surveillait de près et elle lui avait conseillé la prudence avec la gent masculine. Sa propre expérience la rendait vigilante à l'excès.

— Tu es tellement jolie, ma chérie! répétait sa mère. Une vraie vedette de cinéma! Profite de tes quinze ans, ne t'amourache pas de n'importe qui.

Clémence faisait allusion à Liesele qui fréquentait un conducteur de tramway, après avoir brisé le cœur de Manuel, son ancien adorateur.

Pour toutes ces raisons, Noëlle avait hâte de retourner au lycée, de côtoyer des filles de son âge, de faire le trajet sur la bicyclette toute neuve que son père adoptif lui avait offerte au printemps, la précédente étant devenue trop petite.

Des pleurs de bébé à l'étage rompirent le silence de la grande maison.

—Ah! Franz est réveillé et il a faim! constata-t-elle avec un sourire radieux

Après trois fausses couches en quatre ans, Clémence avait donné naissance à un beau bébé, robuste et sage, qui aurait bientôt quatre mois.

—Le domaine Kaufman a enfin un héritier! avait déclaré Johann avant d'arroser l'événement de façon déraisonnable.

Le viticulteur n'en aimait que plus sa frêle épouse, dont la santé avait été soumise à rude épreuve. Attentive aux cris de son frère, Noëlle se souvint du soir de l'accouchement. Les hurlements de Clémence retentissaient de la cave au grenier. La sage-femme de Ribeauvillé et le docteur Attali n'avaient pas été de trop pour éviter une tragédie.

«Ma pauvre maman, elle a failli mourir d'une hémorragie et elle a dû garder le lit pendant deux mois», pensa-t-elle encore.

Pourtant, Clémence avait tout oublié de l'épreuve endurée. Assise près de la fenêtre voilée d'un rideau en lin, elle donnait le sein à son petit Franz. Johann et elle le surnommaient souvent l'enfant du miracle, ce qui faisait grimacer Marguerite qui nourrissait une tout autre opinion à ce sujet.

—Crois-tu qu'elles étaient naturelles, tes fausses

couches? avait-elle dit à la jeune femme lorsqu'elle approchait de son terme. Dieu n'a rien à voir là-dedans. Dès que tu n'as plus ingurgité les tisanes que te préparait Katel, tu as mené ta grossesse à son terme. Et qui t'a conseillé de jeter ces mixtures? C'est moi, parce que je ne suis pas aveugle. Votre gouvernante, elle est à la botte de l'ogresse. Et l'ogresse, la haine lui ronge la cervelle. Toutes les paysannes connaissent les plantes qui font avorter. Et, Martha, j'ai fini par le savoir, elle gardait les moutons pieds nus quand elle était gosse.

—Non, là, tu exagères, Marguerite, avait protesté Clémence. Enfin, pourquoi voudrait-elle que j'avorte? Ce sont ses petits-enfants, que j'ai perdus. Ce serait des crimes au regard de Dieu. En plus, ma belle-mère ne m'a plus cherché d'histoires depuis longtemps. Je t'assure, nous avons eu des années bien tranquilles.

—Oh toi! pestait Marguerite. Tu es tellement gentille, tu imagines que tout le monde a de la loyauté et de la bonté comme toi. Je te dis que la vieille dame, flanquée de sa Katel, me fait penser à une affreuse araignée qui tisse sa toile et voudrait bien te manger. C'est même pour ça qu'elle a montré patte blanche, pour mieux te frapper par-derrière.

Jamais Clémence n'aurait osé répéter ces accusations à Johann. L'existence aisée qu'elle menait au domaine la comblait.

« Mon époux chéri me gâte tant! » se disait-elle en contemplant le bébé qui tétait avec avidité. C'était un bel enfant. Son crâne bien rond se parait d'un duvet châtain, son regard bleu, très clair comme le sien, semblait déjà perspicace.

—Ton papa va bientôt revenir, mon Franz! Sais-tu que tu as le plus gentil papa de la terre?

Très fier d'être enfin père, et de surcroît d'un garçon, le viticulteur avait offert à Clémence une bague ornée d'un diamant magnifique. Il se vantait partout d'être un homme béni des dieux et dépensait sans compter. Preuve en était la nouvelle automobile achetée à Colmar.

On frappa à la porte de la chambre. Clémence vit entrer Noëlle, qui éprouvait une véritable fascination pour son petit frère.

—Je suis venue voir si tu n'avais pas besoin d'aide, maman, dit la jeune fille. C'est l'heure de son bain?

—Non, je le lui donnerai avant le dîner. Là, je pense qu'il a encore sommeil. Regarde, il me sourit!

Elles admirèrent le minois béat du bébé gorgé de lait. Il agita ses menottes et poussa un bref cri de joie.

—Qu'il est mignon! dirent-elles en chœur, ce qui les fit rire.

Toute cette gaîté résonna jusqu'aux oreilles de l'ogresse. Sur sa cagnotte personnelle, la vieille dame avait acheté une chaise longue en rotin qui trônait dans sa chambre, près de la fenêtre. Elle se livrait à son passe-temps favori : sortir ses bijoux de leur coffret et les contempler un par un.

—Tu entends ça, Katel? maugréa-t-elle. Ce gamin, on dirait que c'est l'enfant Jésus en personne.

Assise sur un tabouret, la gouvernante raccommodait des bas, un travail fastidieux qui l'exaspérait.

—Eh oui, j'entends! répliqua-t-elle. Vous n'empêcherez pas une mère de s'extasier sur son nourrisson.

—Tiens, vas-tu changer ton fusil d'épaule, Katel? Déjà, il n'aurait pas dû naître, ce bâtard!

—Moi, je n'y suis pour rien, protesta la domestique. Madame Clémence a fait plus attention ce coup-ci et l'enfant a tenu bon.

Martha posa un œil soupçonneux sur Katel qui cousait tête basse. Leur entente battait de l'aile. En fait, elles se méfiaient l'une de l'autre.

«Est-ce qu'elle aurait compris, sotte comme elle est, que les tisanes n'étaient pas indiquées dans l'état de la Weller?» s'inquiétait l'ogresse.

«Si elle croit que je n'ai pas deviné, moi! pensait Katel. Les tisanes que je devais servir à madame Clémence ne sentaient guère bon. Je ne veux pas être mêlée à ça. Qu'elle se débrouille avec sa conscience! Elle ne va même plus à la messe! Je commence à en avoir peur, de cette vieille folle. Si ça continue, je rends mon tablier.»

Il y avait une autre raison à son mécontentement. Martha se montrait moins généreuse, et la gouvernante, par conséquent, rechignait de plus en plus à jouer son rôle de complice.

*

Le lendemain matin, Noëlle quitta la grande maison avec entrain. Un foulard bleu noué sur ses cheveux, en jupe de toile et corsage sans manche, elle allait rejoindre l'équipe de vendangeurs qui travaillaient près du domaine. Johann avait établi un ordre précis, selon les crus et la maturité des raisins. On récolterait en premier ceux destinés à l'élaboration de l'edelzwicker, un vin blanc de table bon marché que le viticulteur vendait en barriques aux winstubs des petites villes voisines.

Le ciel d'un bleu intense, sans un seul nuage, était d'une pureté qui annonçait les belles journées d'automne. L'orage n'avait pas éclaté la veille, et un petit vent frais agitait les feuillages des arbres. La jeune fille lança un regard amical au couple de cigognes qui nichait sur la cheminée en briques de l'ancien four à pain.

«Alors, mes belles, songea-t-elle, vous vous envolerez bientôt vers le Sud. Hélas, vous n'avez pas eu de chance avec vos petits, cette année.»

Personne ne savait pourquoi ni comment, mais les deux cigogneaux à peine sortis de l'œuf avaient été retrouvés morts sur les pavés de la cour. Noëlle s'en voulut d'évoquer ce souvenir déplaisant, qui en entraînait un autre. Johann lui avait offert une jument blanche pour ses treize ans. Une semaine plus tard, la jolie bête, docile et douce, avait souffert de coliques. Après une longue agonie, elle était morte.

«Papa Johann a proposé de chercher une autre jument, mais j'ai refusé. Mon Dieu, j'ai eu tellement de chagrin! Je préfère les bicyclettes, ce ne sont que des assemblages de ferraille, au moins...»

Elle marchait sur le chemin, blanc de soleil. Des éclats de voix lui parvenaient, ainsi que des rires. Dans chaque rang de vigne, des silhouettes s'affairaient, munies de paniers. Les hommes portaient des hottes en osier sur le dos que les femmes et les filles remplissaient de grappes d'un vert jaunâtre.

«Je suis en retard! se dit Noëlle. J'aurais dû me lever plus tôt!»

Charles la salua en soulevant sa casquette. Berni et Güsti lui firent signe.

—Eh! Nel! Viens avec nous. On t'a gardé un panier et un sécateur.

—J'arrive, leur cria-t-elle.

Elle avait aperçu Johann au bout d'une allée et tenait à lui dire bonjour. Dès qu'il la vit, son beau-père vint à sa rencontre.

—Voilà ma petite Noëlle! claironna-t-il. As-tu pris des gants? Tu n'es pas obligée de travailler! Et maman, comment était-elle ce matin? Je n'ai pas osé la réveiller, Franz a tété cette nuit et elle a dû le changer, aussi. Elle était fatiguée, sans doute.

Il parlait vite, en lui tapotant l'épaule. Elle déposa un baiser sur sa joue rasée de près, qui sentait l'eau de Cologne.

— Ne te tracasse pas, papa Johann. J'ai monté un plateau à maman, avec du lait chaud, des tartines et une part de kougelhopf. Et Marguerite cuisine déjà pour le repas de midi. Irma lui donne un coup de main.

Il parut rassuré par ces nouvelles. Irma était une jeune femme de Riquewihr, dont le mari était embauché pour les vendanges. Johann tenait à sa réputation. Ceux qu'il faisait travailler étaient nourris sur place à ses frais, et bien nourris. Quant à Clémence, il craignait toujours de la voir tomber malade.

— J'ai recruté du monde, hein, cette année, Noëlle! affirma-t-il en lui montrant la trentaine de personnes qui s'activait entre les rangs de vigne. Méfie-toi du soleil, il va taper dur!

La jeune fille eut un sourire malicieux et s'éloigna. La lumière de septembre baignait le paysage qui avait conquis son cœur d'enfant puis d'adolescente. Elle contempla avec passion les hautes collines boisées à l'horizon et les coteaux crayeux où là aussi s'étendaient des hectares de vignobles sur des champs doucement incurvés. Toutes les couleurs de la nature féconde s'accordaient en une gamme de rouges, d'or roux et brun, de verts et de jaunes scintillants. Presque au centre de ce tableau champêtre, le clocher de l'église Saint-Grégoire pointait vers l'azur sa flèche ocre rose.

L'air tiède embaumait le fruit mûr et sucré, des abeilles bourdonnaient dans les haies gorgées de mûres noires.

Noëlle courut vers Berni et Güsti. Malgré les querelles et les jalousies qui les avaient opposés, ils étaient tous les trois d'assez bons amis. Pendant plus d'une heure, en échangeant seulement quelques plaisanteries, ils vendangèrent comme les autres, les doigts poissés par le suc des raisins, le dos soumis à rude épreuve, car ils ne cessaient de se baisser et de se relever. Cela devenait presque un plaisir d'aller vider son panier dans la hotte posée en bout de rang.

Un tombereau dont le bois était peint en bleu pâle, tiré par un énorme cheval roux, approchait. La jeune fille n'y prêta d'abord pas trop attention, habituée à voir le lourd véhicule longer le chemin pour recueillir le contenu des hottes.

Mais quelque chose de différent, dans la vision qu'elle en avait eue, la poussa à mieux regarder la charrette.

« Qui la conduit ? » se demanda-t-elle.

Le jeune homme juché sur le siège lui était totalement inconnu. De loin, elle observa les cheveux d'un blond foncé et le visage avenant, éclairé d'un large sourire. Une chemise blanche à manches courtes contrastait avec son teint hâlé.

« Mais si, je le connais ! » se dit-elle.

Son cœur s'affola, cognant à coups rapides. Elle prit son panier et se dirigea d'un pas vif vers l'attelage. Charles, qui venait de vider sa hotte, tourna les talons et deux autres vendangeurs firent de même. Cela donna le temps à Noëlle d'approcher. Un prénom s'imposa à elle, celui qui avait tourné dans son esprit et son cœur des années auparavant : Hans. Elle ne pouvait pas se tromper, c'était le garçon de la kermesse, celui qui lui avait donné une rose blanche. Il la découvrit près du cheval et sourit de plus belle.

— *Guten Tag, schöne Fraulein*[23] ! s'écria-t-il avec un clin d'œil.

— *Guten Tag* ! répondit-elle en allemand, sans bien

_____

23. Bonjour, jolie demoiselle.

comprendre pourquoi il avait choisi cette langue pour la saluer.

Elle crut à une plaisanterie et ajouta en français :

— Bonjour, monsieur!

Elle n'avait jamais été aussi intimidée. C'était si étrange de le revoir, irréel même. Pourtant, il n'avait guère changé. Peut-être était-il plus robuste; une ombre de moustache blonde suivait le dessin parfait de ses lèvres, et ses cheveux étaient coupés très court.

— Voulez-vous que je vide directement votre cueillette dans le tombereau? demanda-t-il. Les porteurs de hotte sont repartis.

— Oui, souffla-t-elle, émue.

Hans sauta au sol avec souplesse. Elle lui tendit le panier et il remonta prestement sur le siège pour en verser le contenu à l'arrière, où s'entassait un amoncellement de grappes qui dégageait un parfum sucré un brin acide. Chacun de ses gestes fascina la jeune fille. Elle n'avait pas pensé à lui depuis si longtemps. La dernière fois, c'était en retrouvant la rose blanche desséchée entre les pages de son dictionnaire, deux ans plus tôt. Très troublée, elle le dévisageait d'un air incrédule.

— Au revoir, mademoiselle! dit-il en lui redonnant son panier et en reprenant les rênes. Allez, avance, mon vieux Berri! Hue!

Le véhicule s'ébranla pour s'immobiliser une dizaine de mètres plus loin. Immédiatement, des hommes se précipitèrent pour vider leur hotte. Noëlle n'avait pas bougé, stupéfaite.

« Il n'y a rien d'extraordinaire qu'il soit là, au domaine, se raisonna-t-elle. La seule fois où je l'ai vu, c'est à Ribeauvillé. Il doit être du pays. Papa Johann a dû l'engager, comme tant d'autres. »

Un sentiment grisant la pénétrait doucement. Elle

pourrait voir Hans tous les jours jusqu'à la fin des vendanges. Ils auraient l'occasion de se croiser, de discuter pendant les repas. Noëlle décida de s'asseoir près de lui et d'attirer son attention par tous les moyens.

«Est-ce qu'il se souvient de moi? se demanda-t-elle. Il avait dit que j'étais la plus jolie des chanteuses.»

Cela, elle ne l'avait pas oublié. Depuis, on l'avait souvent complimentée pour sa beauté, mais Hans avait été le premier à la remarquer. Sans hâte, prise d'une envie de danser, elle rejoignit Berni et Güsti. Les deux adolescents chuchotaient en riant.

— Qu'est-ce que vous avez? dit-elle, certaine qu'ils se moquaient d'elle.

— Mademoiselle Kaufman a couru se dandiner devant *Herr*[24] Krüger! répliqua Güsti.

Le fils de Hainer, à quatorze ans et demi, la dépassait d'une tête. Il était brun et bien bâti comme son père.

— Comment sais-tu qu'il s'appelle Krüger? questionna-t-elle. Et d'abord, je ne me dandinais pas!

— Mon père inscrit sur un registre tous les vendangeurs. Tu penses s'il a tiqué, en apprenant que ce type était allemand. Tu aurais dû l'entendre! Il répétait au patron qu'il y avait bien assez de vignes de l'autre côté du Rhin, qu'on ne devrait pas payer un Boche.

Noëlle écoutait, heureuse d'en savoir plus sur Hans. Le fait qu'il soit allemand lui indifférait, mais elle ne s'étonnait plus du *Guten Tag*. Elle-même parlait presque couramment l'allemand, qui était une des matières au lycée.

— En tout cas, tu te dandinais, renchérit Berni avec une grimace qui l'enlaidissait encore. C'est un vieux, enfin, trop vieux pour toi.

---

24. Monsieur, en allemand.

Marguerite lui tondait le crâne une fois par mois, car elle détestait sa tignasse rousse. Cela poussait l'adolescent à s'affubler d'une casquette en toile qu'il enfonçait jusqu'au milieu du front. On ne voyait de lui qu'un menton tavelé de boutons et le bout du nez, rougi par le soleil.

— Qu'est-ce que ça peut faire, qu'il soit allemand? s'indigna la jeune fille. La frontière est à une vingtaine de kilomètres. Hans Krüger n'est pas le premier Allemand à vendanger dans la région.

— Tout le monde n'apprécie pas, trancha Güsti. Le Reich Land a laissé des marques, ici, Nel. Avant la guerre, l'Alsace devait se plier aux lois allemandes.

Hainer Risch avait dû assommer son fils de discours politiques, comme il surveillait d'une poigne de fer son travail scolaire, le punissant sévèrement à la moindre mauvaise note.

— Mais notre génération n'est pas en cause, avança Noëlle qui guettait en douce la progression du tombereau le long du chemin. Moi, je n'ai rien contre les Allemands.

— Oh! ça non! ricana Berni. On s'en est aperçus. Hein, Güsti?

— Oui! Et, pour un peu, elle lui sautait au cou!

Les moqueries des garçons dérangeaient la jeune fille. L'apparition de Hans l'avait plongée dans une délicieuse rêverie que les deux compères piétinaient joyeusement.

— Taisez-vous! cria-t-elle. D'abord, si je suis allée voir Hans Krüger, c'est que je le connais déjà. Je trouvais poli de lui dire bonjour.

Elle avait marqué un point. Güsti se mit à bouder et, son panier rempli, il leur faussa compagnie. Berni en profita pour soupirer et s'étirer.

— J'en ai ras le bol, des vendanges! L'an dernier,

j'avais douze ans et j'ai trimé un mois et demi comme un homme adulte. Là, vu que j'arrête l'école, moi aussi, les parents veulent que je sois de toutes les équipes. Et zut!

— Si tu avais moins fait l'idiot en classe, tu ne serais pas obligé d'entrer en apprentissage cet hiver. Je vais me retrouver toute seule au domaine, sans toi et Liesele.

— Tu auras Güsti pour te consoler, répondit Berni en roulant des yeux éloquents. Il en pince pour toi!

— Que tu es bête! gémit-elle.

Noëlle se remit au travail. Elle n'osait plus regarder du côté du tombereau et n'attendait plus qu'une chose: l'heure du déjeuner. La matinée lui parut interminable. Enfin, quand elle se dirigea vers le domaine, mêlée à la foule des vendangeurs, elle pressa le pas.

«Je suis en sueur et j'ai les mains poisseuses, s'inquiéta-t-elle. Si je me dépêche, je pourrai monter dans ma chambre me rafraîchir et changer de vêtements.»

C'est ce qu'elle fit, le cœur survolté. Tout son être vibrait d'une douloureuse impatience. Encore quelques minutes et elle aurait à nouveau l'occasion d'approcher Hans, de discuter avec lui.

Comme chaque année, Johann Kaufman faisait dresser une grande table en forme de U sous le hangar soigneusement nettoyé. Une trentaine de couverts étaient mis. Marguerite et Irma avaient pris soin de disposer à intervalles réguliers des carafes d'eau et des bouteilles de bière mises dans l'eau froide du puits toute la nuit précédente. Des corbeilles garnies de pain tranché voisinaient avec des terrines de pâté et des plats remplis de saucisson, de jambon cuit, de cornichons.

Les hommes s'installaient ensemble; les femmes se regroupèrent elles aussi, tandis que les plus jeunes prenaient les places restantes. En robe verte à pois blancs, ses beaux cheveux blonds bien brossés, Noëlle repéra le jeune Allemand tout de suite. Elle fut déçue de le voir entouré d'une fille de Ribeauvillé surnommée Jeannette qui déjà lui faisait les yeux doux, et du contremaître en personne. Au même instant, on l'appela. C'était sa mère, qui sortait du logement des Merki. Clémence, le petit Franz dans les bras enveloppé d'un châle en fin lainage, lui fit signe.

—Par ici, ma chérie. Viens, Johann et moi mangeons à l'intérieur, à cause des guêpes. Il fait chaud et elles tournent autour du bébé. Tu seras mieux avec nous.

La jeune fille n'osa pas refuser. Elle se dit qu'au moins Hans saurait son prénom, qui avait résonné dans toute la cour. Mais il semblait surtout intéressé par le contenu de son assiette.

—Maman, on étouffe, dans les maisons, hasarda-t-elle. Je préfère déjeuner sous le hangar; il y a un courant d'air.

—Et moi, j'estime que tu es mieux avec nous, répondit Clémence d'un ton ferme. Tu n'as pas à déjeuner là-bas.

—D'accord! soupira Noëlle, accoutumée aux lubies de sa mère qui insistait fréquemment sur la différence de milieu et d'éducation.

—En plus, tu es bien trop élégante pour une vendangeuse, remarqua le viticulteur. Je parie que cet après-midi tu nous laisseras tomber pour aller te promener.

—Mais non, papa Johann, répliqua-t-elle. J'ai juste mis une tenue plus confortable.

Deux énormes faitouts encombraient le fourneau. Une odeur alléchante s'en dégageait.

—Marguerite a cuisiné des spaetzles, expliqua Clémence, mais elle ne les passera pas au four comme dans la recette traditionnelle. Elle les servira avec de la palette de porc fumé. Au dessert, il y a des cakes aux fruits confits et quatre tartes aux pommes. Je me demande comment elle parvient à nourrir toute cette tablée!

Johann se pencha sur Franz qui observait son hochet d'un air intrigué et lui embrassa le front.

—As-tu vu comme il fixe bien les objets? s'extasia-t-il. Nous en ferons un scientifique!

—Il comptera les grains de raisin et les bouteilles de kirchberg, ajouta Clémence en riant.

Le couple échangea un baiser furtif. Noëlle avala quelques bouchées de salade de pommes de terre. Elle se sentait de trop et s'ennuyait ferme. Marguerite entra en coup de vent, Irma sur ses talons.

—Vous êtes mieux au frais, patron! déclara la mère de Liesele, vêtue d'une blouse grise, les cheveux cachés sous un foulard. Dites, ils ont de l'appétit, cette année, les vendangeurs. Je sers les spaetzles. Et toi, Clémence, te régales-tu? Je t'ai préparé du waedele, sans le raifort puisque tu allaites. Le petit monsieur sauterait au plafond si j'avais fait la sauce habituelle. En tout cas, il y en a un, un monsieur dehors, qui est bien poli et gracieux! N'est-ce pas, Irma?

La jeune femme approuva en riant. Marguerite ajouta:

—Vous savez, patron, c'est ce Hans Krüger qui remplace le vieux Robes[25] pour la journée! Charles m'a dit qu'il s'en est bien tiré, avec le cheval.

Noëlle redressa la tête aussitôt. Clémence nota la réaction de sa fille et crut bon de préciser:

—Figure-toi que ce jeune homme va travailler au lycée de Ribeauvillé comme intendant. C'est un universitaire.

---

25. Robert, en alsacien.

— Risch faisait grise mine, ce matin, quand Krüger s'est présenté à la place du vieux Robes. Tout ça parce que ce garçon est allemand, ajouta Johann. Mais moi, je me souviens de sa famille, des braves gens qui habitaient de l'autre côté du bourg, sur la petite route qui monte aux ruines du château de Girsberg. Après la guerre, les Krüger ont dû partir comme bien d'autres Allemands installés en Alsace depuis des décennies[26]. Bref, l'actuelle directrice du lycée serait l'épouse d'un grand ami du père de ce jeune homme et elle l'a engagé sans hésitation. Mais j'en connais qui ont critiqué la chose, à Ribeauvillé. Que voulez-vous, les hommes n'ont pas envie de vivre en paix! Moi, je m'intéresse à la valeur des individus, et non pas à leur nationalité.

— C'est pour cette raison que je t'aime, affirma Clémence. Cela dit, introduire du personnel masculin dans un établissement de filles, ce n'est pas du meilleur goût.

— Mais pourquoi Hans Krüger remplace-t-il le vieux Robes? interrogea Noëlle du ton le plus neutre possible.

— Oh! Ce n'est que pour aujourd'hui. Robes devait se faire arracher une dent, alors qu'il m'avait promis de venir avec son cheval et son tombereau. Je lui loue l'attelage à un bon prix et ce pauvre vieux avait peur de perdre son dû. Apparemment, le jeune Krüger loge chez lui en attendant de trouver un appartement au bourg. Je n'ai pas cherché plus loin, pourvu qu'on ne perde pas de temps. Depuis des années, il me faut trois charrettes qui font le va-et-vient entre les pressoirs et les vignes. Ce matin, j'étais content que tout soit en place.

La jeune fille se leva, ayant vu que Marguerite et Irma ne pouvaient pas porter tous les plats en une seule fois.

---

26. Fait authentique.

— Je vous donne un coup de main, déclara-t-elle bien fort. Clémence tiqua, mais n'osa pas intervenir.

— D'accord, Nel! Prends les pots de moutarde et les salières.

Elle se faufila sous le hangar et réussit à s'asseoir près de Charles. Son esprit était en ébullition.

« Il sera intendant au lycée, se disait-elle. Mais chez les filles ou chez les garçons? Je le verrai donc tous les jours, sauf pendant les vacances! Quel âge a-t-il? S'il a suivi les cours de l'université, il a au moins vingt-deux ans. Et s'il était fiancé? Marié? »

Elle scruta les mains du jeune homme sans distinguer d'alliance. L'examen détaillé qui l'absorba de longues minutes suscita en elle une émotion profonde, insoupçonnée.

« Que ses mains sont fines et soignées! Il a un profil de médaille. Mon Dieu, faites qu'il me regarde, juste un peu. »

Mais Hans était accaparé par Jeannette, une jolie fille brune et ronde. Hainer lui décochait des œillades méprisantes. Noëlle dut patienter jusqu'à la distribution du café pour trouver le moyen de parler au futur intendant. Il s'était levé et fumait une cigarette. Rougissante, elle passa devant lui, chargée d'un plateau rempli de tasses en grès.

« C'est le moment ou jamais, se dit-elle. Je dois lui parler à tout prix, vite! »

— Alors, cela vous plaît de conduire la charrette? s'entendit-elle demander.

Tout de suite, elle mesura la sottise de sa question, sa banalité enfantine. Lui, surpris, eut un sourire poli.

— Je le fais souvent chez moi, à Endingen, répondit-il. Mon père possède un ardennais dressé pour le débardage et je sais le guider. C'est gentil de vous pencher sur mes goûts, mademoiselle Kaufman.

Noëlle était consternée. Elle se jugea ridicule.

—Vous êtes bien la fille de monsieur Kaufman? s'enquit-il, amusé par sa mine désolée.

—Oui, disons plutôt sa belle-fille. Il m'a adoptée quand j'étais enfant.

—Vous feriez bien de ne pas traîner, ajouta Hans. Sans tasses, personne ne prendra de café.

Elle devint toute rouge. Le jeune homme la regarda mieux. Il n'avait vu en elle qu'une adolescente très jolie, mais il prit soudain conscience du charme rare qui se dégageait de toute sa personne. Noëlle lui fit songer à une fleur juste éclose, d'une couleur précieuse et au parfum délicat. Les larges prunelles d'un bleu de porcelaine le fixaient avec une expression de détresse qui le déconcerta.

—Nous nous connaissons déjà, chuchota-t-elle. Vous m'avez même offert une rose.

Une fois encore, elle regretta aussitôt ces derniers mots. C'était pire que la question au sujet de la charrette. Hans allait la croire totalement idiote.

—Une rose, moi? s'étonna-t-il. Vous devez me confondre avec quelqu'un d'autre. Navré, mademoiselle, je ne crois pas vous avoir vue avant aujourd'hui.

Güsti s'approchait d'eux, l'air railleur. Noëlle s'éloigna en toute hâte, mortifiée. Hans avait eu une façon de la dévisager, proche de l'indifférence, qui réduisait en miettes tous ses espoirs de lui plaire. Elle décida de passer le reste de la journée dans sa chambre. Johann et Clémence la crurent sur parole quand elle se plaignit d'une terrible migraine.

—Tu as eu trop chaud, soupira sa mère. Le soleil est mauvais, il te fallait un chapeau de paille.

Mais, pour la jeune fille, le soleil, c'était le magnifique Hans Krüger au teint de miel, aux cheveux d'or, au regard sombre. Elle s'était brûlée à son contact.

«Je suis sûre que je l'aime, se répétait-elle en sanglotant, allongée à plat ventre sur son lit. Je l'aime et il ne m'aimera jamais. Il me parlait comme à une gamine. Et il avait raison, je me suis comportée comme une imbécile.»

Son cœur venait d'être touché et ne guérirait pas de cette blessure. Dans la grande maison silencieuse et fraîche, seule l'ogresse perçut des plaintes sourdes. Cependant, affaiblie par la chaleur et la digestion, elle sombra dans le sommeil. L'heure de sa sieste demeurait sacrée.

Le soir, le domaine Kaufman retrouva son calme. Les vendangeurs rentraient chez eux avant le dîner pour être là dès l'aube. Noëlle avait somnolé. Un hennissement la fit courir jusqu'à sa fenêtre. Elle vit Hans qui dirigeait le cheval de trait vers le porche en pierre couronné de rosiers. Le jeune homme voulait sans doute traverser la cour afin de gagner une cinquantaine de mètres.

«S'il faisait le tour de l'enceinte, il serait en effet obligé de contourner la mare et le potager», calcula-t-elle.

Vite, elle enfila ses sandales et dévala l'escalier.

«Tant pis s'il se moque de moi, je vais lui dire au revoir. Il n'y a plus personne. Maman vient de monter dans sa chambre et papa Johann doit travailler dans le chai.»

Il lui fallut très peu de temps pour rattraper l'attelage qui allait au pas. Hans ne parut pas vraiment surpris de la voir débouler de l'angle d'un bâtiment.

— Vous avez déserté les rangs de vigne? ironisa-t-il.

— Oui, je souffrais d'une migraine, affirma-t-elle, moins intimidée.

La crise de sanglots l'avait détendue.

— C'est dommage, répliqua-t-il. Mais cela m'a permis de me creuser la cervelle, et la mémoire m'est revenue. Vous chantiez un dimanche à la kermesse de Ribeauvillé; c'était il y a cinq ans environ. Vous disiez vrai, ce jour-là j'ai offert une rose à une fillette que j'avais écoutée chanter. Tenez, pour me faire pardonner!

Il se pencha et lui tendit une rose d'un rouge velouté. Noëlle prit la fleur et la respira avec bonheur.

— Merci, monsieur, dit-elle, déconcertée.

— Au revoir, mademoiselle Kaufman!

Il fit claquer sa langue et secoua les rênes. Le lourd Berri pressa l'allure. La jeune fille resta appuyée au mur, la rose à hauteur de son visage. Elle éprouvait un tel soulagement qu'elle en aurait crié de joie.

« Il a pensé à moi! Il s'est aperçu de mon absence! »

Son rêve d'enfant prenait vie et force. Si elle avait pu oublier un peu Hans Krüger, cela ne se reproduirait plus à l'avenir.

*

À dater de ce mois de septembre, l'existence de Noëlle fut rythmée par ses rencontres avec Hans Krüger. Elle partait au lycée avec la certitude de le voir, ou bien de l'apercevoir dans un des couloirs. Le jeune homme disposait d'un bureau au premier étage, voisin de celui de la directrice de l'établissement. Son emploi consistait à gérer les dépenses et les bénéfices de l'internat et de la cantine. Mais Clémence avait vu juste : ce beau garçon d'une vingtaine d'années suscitait l'intérêt passionné des élèves en âge de penser à l'amour.

— Tu as plus de cent rivales, lui répétait Liesele.

Elle disait vrai. C'était un spectacle assez particulier, que ces dizaines d'adolescentes en blouse rose ou bleue selon la semaine. Hans se montrait très discret, mais le matin, de sa fenêtre, cela l'amusait d'observer la diversité des visages et des chevelures. Il n'avait aucun mal à reconnaître Noëlle, dont les boucles dorées capturaient le moindre rayon de soleil. Même quand le ciel se couvrait ou qu'il pleuvait, il la suivait sans peine des yeux, grâce à cette masse somptueuse de cheveux lumineux. Il avait constaté aussi qu'elle passait le plus clair de son temps, entre les cours et pendant les récréations, à guetter la fenêtre de son bureau.

Cela le flattait, mais, comme elle n'était pas la seule à agir ainsi, il en riait le soir avec sa maîtresse, cette Jeannette dont il avait fait la connaissance le premier jour des vendanges.

Le soir, la jeune fille guettait le retour de Liesele. Son amie rentrait au domaine en fin d'après-midi, dans le meilleur des cas. Elles échangeaient des confidences dans la cour ou sous le hangar, à bonne distance de leurs parents.

—Je voudrais que tu oublies Hans, sinon tu vas te rendre ridicule, lui conseilla Liesele un dimanche du début novembre. Ton Hans, il vient dîner à l'auberge, souvent. Ce type a vingt-trois ans, je l'ai su par une autre serveuse. Pour lui, tu n'es qu'une gamine. Peut-être qu'il te sourit de temps en temps, mais à mon avis c'est de la pitié.

—Ne dis pas ça! Je ne veux pas qu'il ait pitié de moi. Explique-moi ce que je dois faire, alors.

De deux ans son aînée, Liesele en savait beaucoup plus long que Noëlle sur les hommes en général. Elle l'entraîna vers l'ancien four à pain. C'était leur lieu de prédilection, là où plus personne ne venait. Un tas de sacs en toile de jute leur servait de siège.

—Nel, tu dois être raisonnable. Hans Krüger ne

vient pas seul à l'auberge. Il dîne avec Jeannette, la fille de la propriétaire du salon de coiffure. Je crois qu'ils sont ensemble, sinon ils ne se bécoteraient pas en sortant de la salle. Ils ne peuvent même pas attendre d'être dans la rue. Et la mère de Jeannette n'est pas contente du tout. Sans doute parce qu'ils couchent ensemble, alors qu'ils ne sont même pas fiancés. Si un malheur arrive, j'espère qu'il l'épousera!

— Tu veux dire si elle tombe enceinte?

— Eh oui! soupira Liesele. Hans Krüger, ce n'est plus un adolescent comme mon frère ou ce prétentieux de Güsti. Un homme de vingt ans et des poussières a des exigences. Moi, avec Mechel[27], je suis passée à la casserole, sinon il me quittait. Je tiens trop à lui pour le perdre.

— Tu as fait l'amour avec lui? s'écria Noëlle, abasourdie par la nouvelle. Tu es folle! Et si tu as un enfant?

— Nous nous marierons, voilà! Cela ne me déplairait pas. Il gagne bien sa vie et nous aurons un logement à Ribeauvillé.

— Mais est-ce qu'il t'aime?

— Je crois. En tout cas, quand je couche avec lui, il me dit des choses très gentilles.

Liesele avait une expression béate qui exaspéra Noëlle. Celle-ci ramassa une brindille de bois et la brisa.

— Je suis sûre que Hans va très vite épouser Jeannette! déclara-t-elle avec des sanglots dans la voix.

— Mais tu n'en sais rien! affirma son amie. D'ici un an ou deux, si Krüger est encore célibataire, il pourrait s'intéresser à toi. Tu es très jolie, et riche en plus. Je vais te donner un conseil, Nel. Tu m'as dit toi-même

27. Michel, en alsacien.

que toutes les filles du lycée rêvaient de Hans. Ne fais pas comme les autres. Ignore-le, évite-le. Quand tu le croises, ne le regarde pas. Si tu sembles indifférente, il se demandera pourquoi et, du coup, il cherchera à attirer ton attention. J'ai fait comme ça avec Mechel...

Peu convaincue, Noëlle hocha la tête. Liesele lui donnait l'impression d'être une vraie femme, habile à séduire et que rien n'effrayait, mais elle doutait de sa technique de séduction.

—Nous verrons bien, dit-elle. De toute façon, je ne peux pas m'empêcher de le regarder. Après tout, tant pis s'il me prend pour une imbécile. Je ne lui ai jamais donné l'occasion de penser le contraire.

—Allez, ne te décourage pas, Nel! Fais à ton idée. Hans n'est pas aveugle, il finira par te remarquer.

—S'il ne se marie pas avant!

Enhardie par leur isolement et la pluie qui chantonnait sur le toit de chaume, Noëlle posa des questions très précises, quoique chuchotées, sur les mystères de l'acte sexuel.

—La première fois, j'ai eu mal, avoua Liesele. J'ai pleuré en cachette, dans le cabinet de toilette. C'était chez lui, il loue une chambre rue des Bouchers. Maintenant, je suis amoureuse à en mourir.

Cette alchimie fascina Noëlle. Elle dit tout bas:

—Moi, parfois, j'entends ma mère et Johann, la nuit. Ils font du bruit, ça me gêne beaucoup et, en même temps, je voudrais savoir ce qu'on ressent dans ces moments-là.

—Tu le sauras forcément, ma Nel, répliqua son amie. Promis, tu me raconteras. Enfin, pour ça, il faudra que tu échappes à la surveillance de ta mère.

—Ce ne sera pas facile! Si je l'écoutais, j'entrerais au couvent.

Liesele pinça la joue de la jeune fille en riant.

Noëlle changea subitement de sujet de conversation. Elle raconta à Liesele les dernières supercheries de l'ogresse.

—Hier, elle a dit à Katel de servir une omelette au persil à maman, mais, heureusement, j'avais lu dans un livret de puériculture que cela coupait le lait des femmes qui nourrissent. Je l'ai vite dit. Papa Johann s'est mis en colère, il a menacé la gouvernante en jurant qu'il la jetterait dehors!

—Quand même, cette vieille, elle doit vous haïr, ta mère et toi! Je voudrais bien savoir pourquoi. Moi, elle ne m'a jamais vraiment ennuyée, ni mes parents.

Liesele se tut de crainte de répéter certaines choses que Marguerite marmonnait en cuisinant. Selon elle, Martha Kaufman serait responsable des fausses couches de Clémence et aussi de la mort de la jument blanche que le viticulteur avait offerte à Noëlle.

—Méfie-toi de Katel et veille bien sur ton petit frère, dit-elle sans réfléchir.

—Franz? s'alarma la jeune fille. Qui oserait lui faire du mal? Pas Martha, c'est son petit-fils.

—Oui, mais n'oublie pas que c'est une ogresse et ces monstres-là dévorent les enfants, qu'ils soient de leur famille ou non, conclut Liesele en prenant le ton de la plaisanterie.

Mais, au fond, elle commençait à penser comme Marguerite.

*

Noëlle essaya malgré tout de suivre les recommandations de Liesele. Pendant plusieurs semaines, elle s'efforça d'éviter le jeune homme, ce qui n'était pas très difficile. Hans se montrait discret, sans doute par prudence, sa position au sein d'un établissement de jeunes filles étant délicate. Mais, à l'heure du déjeuner, il était obligé de traverser le réfectoire. Sa démarche décidée, sa haute stature, le sourire distrait qui flottait sur ses lèvres attiraient les regards de toutes les élèves attablées.

Des mois s'écoulèrent sans rien changer à la situation. En juin 1936, il fut même de notoriété publique que la brune Jeannette et Hans Krüger étaient fiancés. Cela consterna Noëlle.

— Cette fois, c'est bien fini, confia-t-elle à Liesele. J'arrête de rêver à lui, d'espérer un miracle.

Son amie tenta de la consoler à sa manière.

— Ce n'est pas trop tôt, Nel. Ne sois pas triste, il y a d'autres hommes sur terre. La fête foraine commence demain. Viens au bal samedi soir; je te parie que tu vas rencontrer un bel inconnu qui te fera oublier Hans.

— Non, Liesele, je n'irai pas, dit Noëlle avec douceur. Je n'ai pas la tête à m'amuser. Et je ne sais pas si ma mère me laisserait sortir.

— Si tu es avec moi, Berni et Güsti, Clémence voudra bien. Je t'en prie! Il paraît qu'il y aura une grande roue avec des nacelles de toutes les couleurs qui montent à plusieurs mètres. Mechel a promis de me payer un tour. On mangera des bretzels tièdes et on boira de la bière. Tu es en âge de te distraire. Tu ne sors presque jamais du domaine, sauf pour aller au lycée.

Elles étaient dans la chambre de Noëlle. Liesele avait maintenant ses entrées dans la grande maison des Kaufman, malgré les regards assassins que lui décochait Katel à chacune de ses visites.

— Quand même, Nel, renchérit Liesele, avec toutes les belles robes que tu as, tu dois venir danser. Sinon, mes parents refuseront que j'y aille, moi aussi.

Noëlle eut un sourire réjoui.

—Je ne te crois pas, dit-elle. Charles et Marguerite te laissent faire ce que tu veux. En plus, ils apprécient Mechel. Ils l'ont invité à déjeuner dimanche dernier.

—Hélas! gémit Liesele. Tout le repas, ma mère a parlé mariage. Mon père proposait du travail sur l'exploitation à Mechel, en nous suggérant d'habiter le logement que ta mère et toi occupiez, en arrivant. Tu me vois, en bonne petite épouse, voisine de mes parents? J'ai d'autres ambitions, tu le sais bien. Je voudrais trouver une place à Strasbourg, ou bien à Paris. On gagne plus d'argent dans les grandes villes. J'ai besoin de bouger, de quitter le pays.

—Mais pourquoi? s'étonna Noëlle.

—Cela me paraît sinistre de me marier à dix-huit ans et de vivre là où j'ai toujours vécu. Tu m'imagines dans deux pièces, avec très vite un enfant? Eh bien, non!

Liesele leva les yeux au ciel. Elle sortit de la penderie une robe d'un bleu pur, coupée à l'ancienne mode, la taille marquée et la jupe ample.

—Tu serais superbe, habillée comme ça, assura-t-elle. Nel, tu as vu le décolleté? Ta mère te permet de montrer la moitié de ta poitrine?

—C'est moi qui l'ai faite, cette robe. Maman n'est pas au courant. J'ai copié sur un modèle de magazine.

—Mais tu es vraiment douée! s'extasia Liesele. Ton avenir est tout tracé! Ouvre une boutique de confection pour dames à Strasbourg. Nel, tu dois aller au bal dans cette robe-là. C'est peut-être ta dernière chance de conquérir *Herr* Krüger.

—Par pitié, Liesele, ne l'appelle pas comme ça! J'en ai assez de ces histoires qui courent sur ce qui se passe en Allemagne. Hier soir, papa Johann discutait avec maman. Il est très inquiet à cause de ce chancelier, Hitler, qui a tout d'un futur dictateur. Sais-tu que depuis le 16 mars de l'année dernière il a rétabli le service militaire obligatoire, sans respecter les conventions du traité de Versailles[28]? Bien évidemment, l'ogresse a vite renchéri sur les Boches qu'il faudrait chasser d'Alsace.

Les deux filles devinrent graves. L'ogresse leur semblait parfois plus dangereuse que par le passé, de plus en plus semblable à une araignée tapie au fond de sa toile. Une semaine auparavant, le petit Franz, qui commençait à marcher à quatre pattes, avait failli s'étouffer avec un bonbon au caramel, très dur. Personne ne savait encore comment l'enfant avait pu le prendre dans la bonbonnière placée sur la cheminée de la salle à manger. Clémence redoublait d'attention, mais elle avait confié ses angoisses à Noëlle.

— Je vais demander à Johann de congédier Katel, avait-elle dit à sa fille la veille. Martha en fait ce qu'elle veut, grâce à l'argent qu'elle lui donne. S'il arrivait malheur à Franz, cela me tuerait! L'ogresse veut m'atteindre à travers mon bébé chéri.

Au domaine, le redoutable surnom courait désormais sur toutes les lèvres.

— D'accord, déclara soudain Noëlle après un temps de réflexion. Je viendrai au bal samedi soir. Mais je n'ai pas encore la permission de maman.

— Ne t'inquiète pas, certifia Liesele, je lui promettrai de ne pas te quitter d'un pouce. Je suis tellement contente que tu viennes! Pari ouvert, ce bal changera ta vie. Et, je t'assure, il n'y a pas que la beauté qui compte pour séduire un homme.

Noëlle se souviendrait longtemps des mots lancés gaiement par son amie, qui devaient se révéler d'une étrange véracité.

---

28. Le traité de Versailles, signé à la fin de la Première Guerre mondiale, notifiait que l'Allemagne n'avait plus le droit de rassembler des troupes armées.

Ribeauvillé, samedi 20 juin 1936

La fête foraine battait son plein. À la tombée de la nuit, toute la jeunesse de Ribeauvillé s'était précipitée vers le vaste pré fraîchement fauché où se dressaient les attractions. Cela avait attiré aussi les mères de famille, accompagnées de leurs enfants, qui ne savaient pas où donner de la tête.

Noëlle avait tenu sa promesse et, vêtue de la fameuse robe bleue, elle se trouvait pour l'instant assise près de Liesele dans une des nacelles de la grande roue. Cramponnée au bras de son amie, elle contemplait le ciel nocturne d'un bleu profond, piqueté d'étoiles étincelantes. Par deux fois, elle avait essayé de regarder en bas du gigantesque manège, mais cela lui donnait le vertige. Cependant, elle se souvenait très bien de la vue plongeante qui lui avait coupé le souffle, dès que le manège s'était mis en marche. Elle avait eu l'impression de s'élever au-dessus d'un monde coloré et bruyant, riche en odeurs. Il y avait tant de lumières! Des roses, des jaunes, des vertes, dont les clartés se reflétaient sur le feuillage des tilleuls. Plusieurs stands avaient dressé leur toile bariolée et l'air frais du soir sentait le beignet brûlant, ainsi que le sucre chaud des nougats et des confiseries fabriquées sur place.

— Nel, écoute, s'écria Liesele. L'orchestre commence à jouer. Oh! J'adore cette musique. Une valse! *La Valse brune*[29]...

C'est la valse brune
Des chevaliers de la lune
Que la lumière importune
Et qui recherchent un coin noir

---

29. Paroles : Georges Villard. Musique : Georges Krier, 1909.

C'est la valse brune
Des chevaliers de la lune
Chacun avec sa chacune
La danse le soir

—*Chacun avec sa chacune*! fredonna Mechel, un grand gaillard aux boucles noires.

Il fumait une cigarette, accoudé à la rambarde de la nacelle, en profitant, lui, du spectacle de ces deux jolies filles enfiévrées par l'atmosphère de liesse qui régnait dans la petite cité viticole. Liesele avait défait ses éternelles tresses d'un blond foncé, et sa chevelure, simplement retenue par un ruban rouge, ruisselait sur ses épaules et dans son dos. Elle resplendissait, vêtue d'une robe également rouge à pois blancs, montrant ses longues jambes musclées. Mais le jeune homme trouvait Noëlle très attrayante, elle aussi, dans sa robe bleue, dont le décolleté dénudait une bonne partie de sa ravissante poitrine. Ses boucles d'or voletaient à chaque mouvement.

En quittant le domaine à bicyclette, elle avait pris soin de nouer autour de son cou un foulard dont les larges pointes cachaient le haut de sa toilette. Sinon jamais Clémence ne l'aurait laissée partir dans une tenue aussi indécente.

—La grande roue s'est arrêtée! cria soudain Mechel, non sans malice. Nous allons passer la nuit ici, à vingt mètres du sol.

—Vous croyez? Qu'est-ce qui se passe? s'affola Noëlle.

—Mais rien du tout, protesta Liesele. Mechel te fait marcher. Nous avons fait un tour hier. Le manège s'immobilise à intervalles réguliers. Comme ça, chaque personne profite de la vue. Regardez! La lune se lève, on voit les collines, les ruines du château de Ribeaupierre.

— Et moi, je vois les cigognes qui nichent en haut de la tour des bouchers, s'exclama Noëlle. Les pauvres, elles ne peuvent pas dormir avec tout ce bruit.

Elle s'était penchée un peu. Charmé par les rondeurs qu'il fixait sans scrupules, Mechel osa une allusion directe :

— C'est moi qui ai la plus belle vue ! dit-il en adressant un clin d'œil significatif à Noëlle. J'en ai le vertige, moi aussi.

Liesele adressa un regard noir à son compagnon. Elle l'aurait volontiers giflé. Il la pinça à la taille en ajoutant :

— Ne sois pas jalouse. T'es pas mal non plus !

La nacelle se balança, ce qui coupa court à la querelle naissante. La descente s'amorçait. Très embarrassée, Noëlle remit son foulard et se plongea dans l'observation de la foule, sans vouloir s'avouer qu'elle espérait reconnaître Hans parmi les badauds. Les trois jeunes gens avaient à peine posé le pied sur l'estrade du manège que Liesele poussa Mechel dans le dos.

— Va-t'en ! C'est fini, nous deux ! dit-elle entre ses dents.

— Tu n'es pas sérieuse ! avança-t-il. On peut bien rigoler un peu !

Mais Liesele retenait ses larmes et, sans prévenir, elle s'éloigna en courant. Orgueilleuse et éprise d'absolu, elle considérait l'attitude de Mechel comme intolérable. Noëlle vit l'amoureux éconduit se lancer à la poursuite de son amie.

« Et voilà, je me retrouve toute seule, se dit-elle. Tant pis ! »

Pendant une demi-heure, la jeune fille déambula sans entrain le long des stands. Quand Berni et Güsti surgirent à ses côtés, elle fut presque soulagée.

— Nel ! Mais où est ma sœur ? demanda Berni.

—Je n'en sais rien, répondit-elle. Ils se sont querellés, Mechel et elle. Je n'ai pas osé les suivre.

Elle ne donna pas d'autres explications et s'absorba dans la contemplation d'un grand carrousel somptueusement ouvragé. Des chevaux, crinières au vent, d'une taille proche de leurs congénères en chair et en os, montaient et descendaient au rythme de la ronde du plateau. Il y avait aussi une calèche rose et verte, une barque et des cygnes réservés aux plus petits.

Noëlle jeta au manège un coup d'œil nostalgique. Elle se revit fillette, juchée sur un des chevaux.

—Tu aurais dû la retenir, Nel, lui reprocha Berni. Maintenant, j'ai intérêt à la retrouver. Les parents m'ont dit de la surveiller. Viens, Güsti, on va la chercher.

—Mechel n'est qu'un beau parleur, ajouta Güsti. Il n'est pas prêt d'épouser Liesele, ce type. Berni a raison, on ferait mieux de les retrouver.

Les deux garçons s'en allèrent. De nouveau seule, Noëlle se dirigea vers un marchand de crème glacée en cornet, une gourmandise assez rare qu'elle appréciait. Elle n'avait pas fait trois pas que Hans Krüger lui apparut, comme surgi de nulle part. Le cœur battant la chamade, la jeune fille se figea.

—Tiens, mademoiselle Kaufman! dit-il avec un sourire. Vous ne faites pas un tour sur les chevaux de bois? Pourtant, vous sembliez tentée!

Noëlle n'était pas préparée à revoir Hans, ni à discuter avec lui. Prise au dépourvu, elle se sentit rougir.

—C'était mon manège préféré, il y a quelques années, lui révéla-t-elle. Je me promettais d'emmener mon petit frère en faire un tour, dès qu'il aura l'âge.

Noëlle avait pesé ses mots, de crainte de débiter encore des sottises comme le jour des vendanges, mais sa voix manquait de fermeté. C'était à cause de la beauté de Hans, mise en relief par les lumières multicolores. Il dégageait une séduction irrésistible, en chemise blanche, un ruban de velours noir en guise de cravate. Ses cheveux courts s'ornaient d'un liseré de lumière rose, celle d'une baraque de confiserie. Il souriait encore, ce qui magnifiait ses traits réguliers ainsi que l'éclat blanc d'une dentition parfaite. Hans dépassait la jeune fille d'une tête. Il se pencha un peu et fit mine de la détailler.

—Quelque chose ne va pas? demanda-t-il d'un ton radouci.

Il venait de lire sur son ravissant visage de l'appréhension et une sorte de chagrin. Plus il la regardait, plus il perdait contenance.

«Jamais je n'avais remarqué à quel point ses yeux bleu azur sont sublimes et sa bouche rouge framboise adorable!» songeait-il.

Le jeune homme admira aussi la chair nacrée que le décolleté laissait voir, car le foulard avait glissé un peu; il apprécia le dessin léger du nez fin et des pommettes.

—Je me fais du souci pour mon amie Liesele! confessa-t-elle. Nous devions rester ensemble, mais elle a disparu avec son fiancé. Je crois que je ferais mieux de rentrer chez moi.

—Je vous l'interdis! plaisanta-t-il en feignant l'autorité. Un Krüger ne permettra jamais à une innocente créature de parcourir seule deux kilomètres en pleine nuit! Sans rire, vos parents sont là, sans doute?

—Non, je suis venue à bicyclette avec Liesele.

—Eh bien, je vous conseillerais de rejoindre cette demoiselle au bal et de prendre votre mal en patience. Elle danse avec un jeune homme, sûrement le fiancé en question, et elle a l'air de bien s'amuser. Ce serait plus prudent de l'attendre et de faire la route avec elle. Puis-je vous offrir une crème glacée pour vous aider à patienter?

Surprise, Noëlle jeta un coup d'œil aux alentours en quête de Jeannette, mais elle ne la vit pas.

—Je comptais m'acheter une glace en cornet de toute façon, assura-t-elle. Je vous remercie, c'est très aimable.

—Nous avons un goût en commun, dans ce cas, ajouta Hans. Vanille ou chocolat, je ne suis pas encore décidé. Et vous?

Noëlle eut un léger rire au timbre encore enfantin. Hans recula d'un pas, étonné par ce qu'il ressentait. Pour la première fois, il avait l'impression de voir la jeune fille telle qu'elle était vraiment.

«Pas seulement jolie, mais charmante et gracieuse!» pensa-t-il.

—Je vous recommande la glace à la pistache, conseilla-t-elle, toujours intimidée. J'en ai mangé une l'année dernière. C'est délicieux et la couleur est originale.

—Mais vous êtes gourmande, mademoiselle Kaufman! s'écria-t-il.

—Oui, ma mère me le répète souvent! reconnut Noëlle.

Le côté anodin de la conversation la rassurait. Jamais elle n'aurait pensé discuter crème glacée avec lui.

Elle s'apaisa, simplement heureuse de partager ces instants avec lui, même s'il ne tarderait pas, sans doute, à rejoindre Jeannette. Hans commanda deux cornets de glace à la pistache et paya avant même qu'elle ait pu ouvrir son porte-monnaie.

—Merci, monsieur, dit-elle tout bas.

Il fut déçu, car il avait envie de s'entendre appeler Hans, d'abolir la distance qui les séparait.

—Je vous accompagne jusqu'à la piste de danse, proposa-t-il. Pour ce soir, je serai votre chevalier servant.

«Mais qu'est-ce qui m'arrive? s'étonnait-elle. On dirait qu'il apprécie ma compagnie. Et où est Jeannette?»

— Si cela ne vous ennuie pas, répondit-elle, de plus en plus stupéfaite.

Elle se mit à marcher à ses côtés, sans oser se réjouir.

— Je suis venu à la fête avec l'espoir de me changer les idées, déclara-t-il soudain. Les vacances approchent, je pense que je vais retourner en Allemagne. Plus rien ne me retient ici. Pardonnez-moi, je n'ai pas à vous importuner avec mes histoires.

— Et votre fiancée? demanda-t-elle, intriguée.

Hans poussa un soupir avant d'ajouter:

— Le père de Jeannette ne veut pas d'un Boche comme gendre. Ni son grand-père. Peut-être que cela pose aussi un problème à Jeannette.

— C'est absurde, s'offusqua la jeune fille. Comment peut-on vous reprocher d'être allemand? Surtout chez nous, en Alsace. En plus, vos parents vivaient à Ribeauvillé et vous êtes né dans cette région.

— J'aurais dû vous engager comme avocate, affirma-t-il. Au fait, qui vous a si bien renseignée sur ma famille?

— Mon père adoptif, Johann Kaufman. Le matin des vendanges, il parlait de vous à ma mère. Cela scandalisait notre contremaître de vous voir travailler sur le domaine. Hainer Risch appartient à ceux qui jugent quelqu'un par rapport à sa nationalité, à ses origines. Et Martha Kaufman, l'ancienne patronne, éprouve également de la haine à l'égard des Allemands, et aussi de maman, mais je ne sais pas pourquoi. Une rancune vraiment terrible!

Hans l'écoutait, surpris par sa spontanéité et touché par la confiance qu'elle lui témoignait. Il percevait en elle une nature rebelle prête à éclore et un tempérament passionné, malgré sa réserve, et sa douceur apparente.

—Vous devez être triste! Mais Jeannette pourrait vous épouser quand même à sa majorité, suggéra-t-elle à contrecœur.

—Non, elle ne le souhaite pas vraiment, et moi encore moins, répliqua-t-il. Je regrettais déjà de m'être engagé vis-à-vis d'elle. Il vaut mieux être profondément sincère, en amour, et je ne l'étais pas. Je suis désolé, ce n'est guère réjouissant, ce que je vous raconte, et ce ne sont pas des conversations de votre âge.

—J'aurai dix-sept ans cet hiver, fit remarquer Noëlle. Je ne suis plus tout à fait une enfant.

—En effet! concéda Hans.

Noëlle reprenait espoir. Jeannette n'était plus un obstacle. Ils se rapprochaient du bal. Des lampions étaient suspendus aux branches basses des tilleuls et des érables. Un plancher calé sur des poutres servait de piste de danse. Près de l'estrade sur laquelle jouait l'orchestre, une cabane peinturlurée abritait un winstub. Accoudés au comptoir, des hommes vidaient des bocks de bière. Hans se répétait les derniers mots de Noëlle. Il la regarda discrètement. Elle suivait des yeux un couple enlacé, tournant sur la musique du *Beau Danube bleu*.

«Quelle étrange petite personne! pensa-t-il. Et tellement jolie!»

Il admira son profil harmonieux, le frémissement de ses lèvres charnues, puis la naissance de ses seins. Gêné, il se concentra sur ses boucles d'or pur, qui semblaient soyeuses et légères. Il dut faire un effort pour ne pas lui caresser les cheveux.

Noëlle avait terminé sa glace. Avec soin, elle essuya ses doigts à l'aide d'un mouchoir bordé de dentelles.

Chacun de ses gestes troublait davantage le jeune homme.

— Si nous dansions? dit-il, dans le but de rester encore avec elle. Écoutez, c'est une valse viennoise.

— Volontiers.

C'était comme dans ses rêves. Elle s'avança sur la piste, la main de Hans posée sur une de ses hanches. Il ne put s'empêcher de la tenir serrée contre lui et elle céda à l'enchantement de leurs corps unis par la musique. La jeune fille croyait percevoir des ondes de pur bonheur qui se dégageaient de son cavalier et pénétraient sa chair vierge. Alanguie, ivre de joie et de fierté, elle s'abandonna à lui, l'air grave et recueilli.

Il la contemplait, désemparé, sensible à son parfum de rose et de lavande qui montait vers lui et achevait de le conquérir. Mais cela ne dura pas. Liesele, au bras de Mechel, tapota l'épaule de son amie.

— Nel, désolée, je rentre au domaine. Et j'ai ordre de te ramener, par la peau des fesses s'il le faut.

Noëlle devina que Liesele avait bu. Elle n'était jamais aussi impolie d'habitude. Mechel ne valait pas mieux. Hans devait les trouver bien peu recommandables. Honteuse à l'idée d'être associée à ce couple, elle se révolta.

— Eh bien, rentre, Liesele. Et va vite te coucher, tu as bu. Je suis capable de faire le chemin seule.

— Non, non, je ne te laisse pas avec un coureur de jupons vétéré, non invéré, non avéré! ânonna Liesele en menaçant Hans de l'index.

— Avéré ou invétéré, mademoiselle, rectifia-t-il d'un ton moqueur. Et ne vous tracassez pas pour Noëlle, je la raccompagnerai.

— Merci, monsieur, dit Noëlle à voix basse. Je suis navrée: mon amie n'est pas dans son état normal.

Elle était rouge de confusion. Liesele avait traité

Hans de coureur de jupons et cela la gênait beaucoup. En plus, ils dérangeaient, à eux quatre, les autres danseurs. Liesele fit une dernière tentative en saisissant Noëlle par le poignet.

—Viens, Nel. Depuis le temps que tu aimes ce coq de village, qui vient séduire d'honnêtes filles de chez nous, je sens que tu vas faire une bêtise. En plus, il fait clair de lune, et on sait ce qui se passe les nuits de clair de lune, hein, *Herr* Krüger?

Cette fois, c'en était trop pour Noëlle. Le regard voilé de Liesele et son élocution pâteuse la dégoûtaient, mais moins que l'aveu de ses sentiments jetés en pâture à Hans et à Mechel. Elle s'enfuit en courant le plus vite possible, bousculant une mère et son enfant, puis un garçonnet qui faisait voler son avion en carton.

—Je ne lui pardonnerai jamais, jamais! se répétait-elle, secouée de sanglots. Tout se passait si bien, je dansais avec Hans, j'étais au paradis! Elle a tout gâché.

Elle se rua sur sa bicyclette, dissimulée derrière un buis, et l'enfourcha, aveuglée par les larmes. Une poigne ferme l'empêcha de démarrer.

—Noëlle, calmez-vous! implora Hans, tout bas.

Il bloquait le guidon de ses deux mains. Elle fixa avec désespoir les veines saillantes de ses avant-bras musclés et nerveux.

—Je ne peux pas rester! balbutia-t-elle. Plus maintenant. Liesele n'avait pas le droit de dire ça, pas devant vous.

Elle avait du mal à parler, tant elle tremblait de nervosité. Il la supplia encore de se calmer et ajouta:

—Je pense au contraire que vous devriez rester, maintenant. Vous avez raison d'être chagrinée: votre amie était ivre et elle a trahi votre confiance. Mais cela vient à point nommé, car ce soir j'ai compris une chose.

—Laquelle? hoqueta-t-elle.

—Vous me plaisez infiniment, Noëlle. Je vous ai toujours trouvée ravissante, tout en vous considérant comme une adolescente, voire une enfant. Je me trompais. Vous avez souvent la gravité d'une très jeune femme. J'aurais plaisir à vous revoir.

Le cœur de Noëlle cognait follement dans sa poitrine. C'était bien Hans qui lui parlait ainsi, penché sur elle, si proche qu'elle n'avait qu'à relever la tête pour frôler son menton.

—Et Jeannette? s'écria-t-elle. Vous n'éprouvez vraiment plus rien pour elle?

—J'ai de l'amitié pour elle, voilà! De l'affection, si vous préférez. Donnez-moi une chance, au moins. Je vous respecte et je n'ai pas l'intention de brûler les étapes. Il y a une chose que vous ignorez. Entre Jeannette et vous, il y a une différence importante. Sans vouloir la dénigrer, elle ne m'a pas laissé de répit, elle me provoquait et j'ai fini par céder. Les hommes ne sont pas des saints, je le reconnais. Mais vous, Noëlle, je vous le répète, c'est différent, je le sens. Nous pourrions nous promener le dimanche, à vélo, nous rencontrer à Ribeauvillé pour discuter, avec l'accord de vos parents, bien sûr.

La jeune fille se méfia. Hans couchait avec Jeannette depuis un an environ et la quittait sans remords. C'était peut-être vraiment un coureur de jupons, comme le prétendait Liesele.

—Votre réponse compte beaucoup, insista-t-il. Si vous ne souhaitez pas me fréquenter, je renoncerai à mon poste au lycée et je repartirai en Allemagne. On m'offre un emploi dans une école, là-bas.

Noëlle adressa un regard plein d'affliction au jeune homme.

—Je ne sais pas quoi vous dire, confessa-t-elle. C'est

la première fois qu'un garçon me fait la cour. Oh, je m'exprime mal!

Elle voulut baisser le nez pour cacher de nouvelles larmes, mais Hans prit son visage entre ses paumes tièdes, très douces. Il la contempla longuement avec une expression avide et, peu à peu, succomba au charme inouï de sa beauté juvénile, à sa fraîcheur de rose juste éclose, à l'appel muet de ses larges prunelles limpides.

— Noëlle! souffla-t-il en l'embrassant sur les lèvres.

D'abord sidérée, elle se prêta au jeu délicat du baiser. Hans s'écarta soudain, haletant.

— Excusez-moi! dit-il. Je ne sais pas ce qui m'a pris. Je me conduis comme un malappris, mais je n'ai jamais éprouvé ça pour aucune autre fille, je vous l'assure. C'est comme si je vous reconnaissais, comme si je n'avais plus qu'un but sur terre, vous chérir, vous protéger. Quelle que soit votre décision, je saurai vous attendre le temps nécessaire. Vous ne m'en voulez pas trop? Pour le baiser?

Complètement abasourdie, Noëlle aurait voulu lui demander de répéter ces paroles inouïes qu'elle avait si souvent rêvé d'entendre.

— Je ne vous en veux pas! réussit-elle à répondre.

Hans était lui-même étonné par ce qu'il venait de dire. Dès qu'il avait goûté au velouté de sa bouche, senti le frémissement involontaire de son jeune corps aux formes sublimes, une émotion intense l'avait bouleversé. Hans avait reconnu la promesse d'un grand amour. Il lui caressa les cheveux, mais elle recula.

— Laissez-moi partir, maintenant, souffla-t-elle.

— Non, vous ne rentrerez pas toute seule, protesta-t-il. J'ai promis de vous raccompagner. La nuit est si belle, si douce, comme vous, Noëlle. Ne craignez rien, je ne vous embrasserai plus. Enfin, pas sans votre consentement.

La jeune fille songea qu'elle le lui accorderait volontiers, à condition d'être sûre qu'il ne se moquait pas d'elle. Quelques minutes plus tard, ils marchaient à nouveau côte à côte sur l'étroite route serpentant entre les vignes. Hans poussait la bicyclette.

« Quand même, cela dépasse tous mes rêves, se disait-elle. Je voudrais ne jamais arriver au domaine. Avancer près de lui jusqu'au bout du monde, dans la même lumière argentée. Mais est-il sincère ? Peut-il vraiment, d'un seul coup, tomber amoureux de moi ? »

La lune était haute dans le ciel. La campagne se dessinait sous ses rayons d'une pâleur métallique. Des grillons chantaient dans les herbes du talus. D'un étang voisin montait l'appel flûté des crapauds. L'air tiède embaumait le foin coupé. La musique lointaine de l'orchestre résonnait encore, ainsi que la rumeur diffuse de la fête.

« Comme je suis heureuse ! pensa Noëlle. Même si je devais ne jamais le revoir, il y aurait eu ces instants magiques, nous deux enfin réunis. »

Ils ne se pressaient pas. Pourtant, après un virage, les toits du domaine se profilèrent bientôt. C'était à cet endroit exact que le docteur Attali avait renversé Noëlle, le jour où elle fuyait l'ogresse.

— Ici, j'ai failli mourir ! dit-elle d'une voix faible.

— Mais pourquoi ? interrogea-t-il.

— Oh ! Cela remonte à six ou sept ans, je ne sais plus. La vieille dame, Martha Kaufman, m'avait fouettée avec un martinet. Elle me terrifiait. Dès que j'ai pu m'échapper, j'ai couru droit devant moi et le médecin qui arrivait en voiture n'a pas pu m'éviter.

Hans s'immobilisa. Il regarda le sol autour de lui, comme pour chercher des traces de l'accident.

— Cette femme est folle ! marmonna-t-il. Qu'aviez-vous fait pour mériter une telle punition ?

—Je n'ai pas envie d'en parler, cela gâcherait ma joie!

La réponse fit battre le cœur du jeune homme. Il posa le vélo par terre et prit la main de Noëlle.

—Venez, asseyons-nous un peu. Je veux tout savoir de vous, car j'ai réagi en idiot. Je vous ai mal jugée : je vous prenais pour une petite demoiselle d'un milieu aisé qui n'avait jamais eu ni soucis ni chagrins. Pourtant, je peux bien vous l'avouer maintenant, chaque fois que je vous apercevais, au lycée, j'avais tendance à vous regarder, vous, plus que les autres. Peut-être à cause de cette histoire de rose blanche que je vous avais offerte sans réfléchir, alors que vous n'étiez qu'une fillette. Ensuite, le jour des vendanges, je vous ai trouvée un peu fantasque, maladroite aussi, mais attendrissante.

—Et j'ai eu droit à la rose rouge, répliqua-t-elle.

—Oui, je l'avais cueillie en pensant à vous. En fait, des signes ponctuaient nos rencontres, mais j'étais aveugle. Tout va changer, l'avenir nous appartient.

Rassérénée par ces paroles pleines de promesses, Noëlle le suivit. Ils s'assirent sur le talus, dans l'herbe rase semée de fleurettes. Hans ne se permit aucun geste de tendresse, mais il la dévisageait avec une ferveur nouvelle. D'abord hésitante, Noëlle évoqua son enfance solitaire, à Mulhouse, quand sa mère était ouvrière dans une usine de textile. Elle lui décrivit ensuite le petit logement qu'elles occupaient les premiers temps de leur installation au domaine. Ce n'était pas un récit monocorde, dénué de vie. La jeune fille mimait des attitudes, dépeignait les uns et les autres. Hans riait ou contenait tour à tour des soupirs et des exclamations outrées. Les mauvais traitements que Martha avait fait subir à une enfant de dix ans, privée du soutien de sa mère, le répugnèrent.

—Elle vous affamait et vous reteniez prisonnière! s'écria-t-il. Mon Dieu, quelle calamité, cette femme!

—Liesele lui a donné un surnom, l'ogresse, conclut Noëlle. En cachette, tout le monde l'appelle ainsi au domaine. Nous ne sommes jamais tranquilles, ma mère et moi. Nous avons peur qu'elle fasse du mal à Franz, mon petit frère.

—Mon Dieu! dit Hans. C'est à ce point? Monsieur Kaufman devrait faire quelque chose.

—Il l'a menacée à plusieurs reprises, en lui promettant de la conduire dans un hospice, mais il n'osera pas la chasser. C'est sa mère et elle est âgée.

La voix douce et triste de Noëlle touchait l'âme du jeune homme. Jusqu'à présent, il avait papillonné de fille en fille, Jeannette étant sa première liaison un peu stable, mais le trouble qu'il ressentait lui laissait présager un véritable engagement.

—Je voudrais vous protéger, dit-il. Je me répète, je sais, mais cette idée m'obsède. Vous paraissez fragile, si fragile!

—Liesele dit la même chose depuis des années, coupa-t-elle. Mais ce soir, il aurait pu m'arriver n'importe quoi, elle n'était pas à mes côtés.

—Le destin m'a placé sur votre chemin, le chemin du marchand de glaces, affirma-t-il en riant gentiment.

Hans saisit la main de Noëlle et l'étreignit délicatement. Elle ferma les yeux une seconde, éblouie par la tendresse de ce geste.

—J'ai confiance en vous, dit-elle, mais cette fois je dois rentrer!

—Alors, nous nous reverrons vite? interrogea-t-il.

—Bien sûr!

Ils se séparèrent dans la pénombre de l'allée de sapins du domaine. La jeune fille se percha sur sa bicyclette.

—J'irai à Ribeauvillé demain après-midi, dit-elle. Nous pouvons nous retrouver au pied de la tour des Sorcières?

— D'accord, j'y serai à quinze heures, certifia-t-il. Et nous irons nous promener au jardin public.

Il s'agissait d'un très beau parc datant du dix-septième siècle, où les gens de la cité aimaient flâner le dimanche. Noëlle songea qu'il serait difficile de passer inaperçus.

— Si nous continuons à nous voir, je serai obligée de parler de vous à mes parents.

— C'est tout à fait normal, assura-t-il.

Elle allait donner un coup de pédale, mais Hans la retint par l'épaule.

— Noëlle, est-ce que je peux vous embrasser?

— Oui, dit-elle à voix basse, le cœur battant à grands coups.

Hans ne se précipita pas. La clarté argentée de la lune dessinait les traits de Noëlle en les sublimant. Il s'étonna à nouveau de n'avoir pas compris plus tôt combien elle le fascinait, femme-enfant aussi attendrissante qu'attirante. La jeune fille subissait le pouvoir de ce regard d'homme sur elle, ardent et de plus en plus passionné. Elle sut alors qu'elle ne s'était pas trompée, qu'elle ne l'avait pas aimé en vain. Il prit enfin ses lèvres avec beaucoup de douceur, en se montrant moins hardi que lors de leur premier baiser. Paupières mi-closes, elle s'abandonna, émerveillée, osant poser une main timide sur l'épaule de Hans. Elle fut émue de sentir la chaleur de sa chair à travers le tissu de sa chemise. Des ondes de pur plaisir coururent dans ses veines, tandis que son corps découvrait la fugace pointe du désir. Hans perçut cet éveil et en frémit tout entier. Prudemment, il recula. Elle ouvrit les yeux et lui sourit avec une fierté nouvelle.

— À demain! murmura-t-il.

— Oui, à demain...

Noëlle s'éloigna avec l'impression d'avoir entrevu un petit coin de paradis réservé à elle seule.

12

Hans Krüger

Domaine Kaufman, le lendemain matin
Noëlle dormit plus tard que de coutume. Des coups discrets à sa porte la réveillèrent. Elle vit entrer Liesele, le teint livide, les yeux cernés.

—Nel, ta mère m'a dit de monter. Elle prenait le petit déjeuner avec le patron. Je voulais te demander pardon le plus vite possible. J'ai été ignoble hier soir, à la fête foraine.

La jeune fille se redressa sur un coude et considéra son amie d'un œil perplexe.

—Je suis vraiment désolée, poursuivit Liesele. Je me souviens que j'ai dit des idioties devant Hans Krüger. Tu es fâchée?

—J'étais furieuse, ça oui, et surtout très malheureuse. Je te conseille de ne plus boire une goutte de vin, Liesele. Cela ne te réussit pas.

—C'était à cause de Mechel. Nel, pardonne-moi. En plus, nous t'avons cherchée, mais ta bicyclette avait disparu. Berni m'a sonné les cloches et Güsti m'a traitée d'ivrogne. Ils ont failli se battre avec Mechel.

En s'asseyant, Noëlle remonta le drap sur elle. Sa chemise de nuit, en partie déboutonnée, dévoilait ses seins. La veille, une fois couchée, elle avait exploré son corps du bout des doigts, curieuse de connaître les zones les plus sensibles aux caresses. Les baisers de Hans n'étaient pas étrangers à cette curiosité nouvelle.

—Dis quelque chose! la pressa son amie en se rapprochant. Tu as l'air bizarre.

—Finalement, tu m'as peut-être rendu service, dit Noëlle avec un sourire mystérieux.

Elle avait tellement besoin de se confier que sa rancœur à l'égard de Liesele s'évanouit en un instant.

—Hier soir, Hans m'a rattrapée alors que je prenais ma bicyclette, commença-t-elle. Il m'a consolée, il m'a dit des choses merveilleuses et il m'a embrassée. Liesele, c'était magique! J'aurais voulu que ce genre de baiser dure des heures, des semaines...

—Ça alors! s'exclama son amie qui s'était assise au bord du lit.

—Autrement dit, si tu étais restée avec moi, je n'aurais pas rencontré Hans près du marchand de glaces, il ne m'aurait pas invitée à danser ni raccompagnée ici.

—Il t'a raccompagnée, vraiment? Méfie-toi, Nel. Dès qu'il aura couché avec toi, il te laissera tomber, comme Jeannette.

La jeune fille coupa court à la conversation.

—Je t'en prie, tais-toi! Je suis si heureuse, je ne t'écouterai pas. De toute façon, je n'ai pas l'intention de coucher avec Hans à la première occasion, moi!

—Là, c'est une pierre dans mon jardin! grimaça Liesele.

—Exactement, précisa Noëlle. Je refuse même de faire des projets. Il s'intéresse à moi et nous avons beaucoup discuté; c'est déjà inespéré. Et Hans n'est pas forcément comme Mechel.

Elle trichait un peu, certaine, après les deux baisers échangés avec Hans, que leur histoire d'amour serait magnifique. Liesele porta une main à son front. Elle souffrait d'une migraine due à ses abus de la veille. Apitoyée, Noëlle lui chatouilla la joue.

—Qu'est-ce qui t'a pris de boire autant? Et à quelle heure es-tu rentrée, toi?

—Berni m'a obligée à partir vers minuit. Par chance, mes parents dormaient. Ma Nel, tu me pardonnes?

—Tu sais bien que oui! Pourtant, tu as eu des paroles déplaisantes. Hainer Risch n'aurait pas fait mieux. Dis, ça te dérange vraiment que Hans soit allemand?

—Mais non, pas du tout.

—Sauf quand tu es saoule, insista Noëlle. Je t'en supplie, fais attention. Je ne veux plus te voir dans cet état. Si tu commences à haïr les Allemands, nous ne serons plus amies.

—Je te promets de ne plus boire, Nel. J'ai eu tort de répéter les bêtises que me serinait Mechel. C'est lui qui m'a fait remarquer que Hans, un Allemand, te faisait la cour sur la piste de danse.

On frappa encore. Katel apparut, chargée d'un plateau.

—Madame Clémence m'a demandé de vous apporter le petit déjeuner, et à mademoiselle Merki aussi. J'ai mis du lait chaud, du café et des biscuits à la cannelle.

—Merci, Katel! Posez-le ici, entre nous deux!

Liesele, qui n'avait jamais été servie de sa vie, décocha un regard moqueur à la gouvernante. Dès qu'elle fut sortie, elle éclata d'un rire amer.

—C'est dégradant d'être domestique, déclara-t-elle. Serveuse, ça passe. Tiens, figure-toi que j'ai répondu à une annonce parue dans *L'Est républicain*. Le mois prochain, j'entre comme bonne dans une riche maison bourgeoise de Colmar, chez un notaire.

—Mais pourquoi?

—J'ai besoin de m'en aller. C'est le meilleur moyen

de me séparer de Mechel. Il fait ce qu'il veut de moi et j'en ai assez. Enfin, je ne vais pas t'expliquer ma décision en long et en large. Je ne changerai pas d'idée.

Cette nouvelle consterna Noëlle. Elle aimait Liesele comme une sœur.

—J'espère que tu reviendras vite, lui dit-elle. Le mieux, ce serait que tu ne partes pas.

—Pas question, je suis bien décidée. Et toi, ma Nel chérie, j'espère que Hans ne te fera pas souffrir. Tu as raison : ne lui accorde rien avant longtemps. Moi, j'ai eu tort de céder à Mechel. Tu l'as vu, hier soir, dans la grande roue, il ne regardait que toi. Je ne comptais déjà plus. Mon orgueil en a pris un coup. Je rencontrerai sûrement un type mieux que lui, à Colmar.

Attristées, elles burent du café au lait en continuant à discuter. Liesele quitta la grande maison à midi. Bien que sincèrement peinée, Noëlle pensait surtout à son rendez-vous avec Hans. Elle se lava avec soin, brossa ses cheveux et inspecta sa garde-robe.

Quand elle se mit en route, à quatorze heures trente, après avoir écouté d'une oreille distraite les recommandations de sa mère, elle eut l'impression de voler vers le seul homme qu'elle aimerait jamais. En jupe bleue et corsage blanc, un collier en or autour du cou, elle tendit son visage au vent de la plaine en souriant.

Hans l'attendait déjà, appuyé au vieux mur de la tour des Sorcières. Il lui parut d'une beauté rare, le soleil inondant son visage, vêtu d'un costume de toile beige et d'une chemise blanche.

—Il n'est là que pour moi. Si j'avais su que cela m'arriverait ! s'étonna-t-elle. Merci, mon Dieu, merci ! Je l'aime tant, déjà.

Ce n'était plus la jeune fille de seize ans, qui pensait cela, mais la femme en devenir, le cœur en émoi.

Ce premier rendez-vous fut suivi de beaucoup d'autres. Hans tint parole. Il se comportait galamment, ne se permettant aucune attitude équivoque tant qu'ils se promenaient en ville ou au jardin public. Mais, au moment de l'au revoir, les jeunes gens s'arrangeaient pour trouver une ruelle déserte où ils échangeaient des baisers de plus en plus passionnés.

Contrairement à ce qu'elle avait dit à Hans, Noëlle n'avait pas parlé de lui à sa mère. Clémence croyait que sa fille rendait visite à sa nouvelle amie, Brigitte, dont la famille habitait près de l'ancienne station thermale de Ribeauvillé. L'établissement créé en 1888 avait fermé au bout de dix ans, faute de capitaux. Mais une usine d'embouteillage de l'eau portant la marque Carola, en hommage à l'épouse du médecin qui avait découvert la source, fonctionnait toujours.

Johann lui-même incitait Clémence à laisser sortir Noëlle.

— Liesele lui manque. C'est bien normal qu'elle ait une autre amie, disait-il. Et elle doit profiter de ses vacances. Ne t'inquiète pas, tu l'as bien élevée et elle est sérieuse.

Forte du soutien de son père adoptif, la jeune fille courait à ses rendez-vous. Chaque matin en s'éveillant elle se disait : « Je vois Hans aujourd'hui ! » Quand ce n'était pas : « Je le verrai demain. » Tenir secrètes ses amours naissantes lui plaisait. Elle n'avait pas envie d'entendre des critiques, des mises en garde ou même des reproches.

Cependant, tout bascula un samedi de la fin août, à l'heure du déjeuner. La famille Kaufman était réunie dans la salle à manger. Martha présidait comme à son habitude, ses cheveux d'un blanc jaunâtre dissimulés sous un bonnet de cotonnade renforçant la lourdeur de ses traits affaissés. Son teint virait au sanguin, car elle prenait des repas copieux et s'accordait deux goûters dans l'après-midi. En robe noire et grand tablier blanc, Katel servait une matelote de poissons du Rhin.

Clémence donnait sa bouillie au petit Franz, assis dans une chaise haute. Johann, lui, sirotait un verre de kirchberg de l'année précédente. La production viticole du domaine était en plein essor. Hainer Risch, Charles Merki et les ouvriers employés à la semaine travaillaient dur, car les vendanges approchaient.

Noëlle, qui étrennait une robe en mousseline d'un bleu vert, dégustait avec appétit une tartine de pâté de canard. Elle avait retenu ses boucles blondes en arrière grâce à un foulard. Chacun s'apprêtait à déjeuner dans le calme, lorsque la jeune fille annonça qu'elle dînerait à Ribeauvillé le soir.

—Je vous préviens, ne m'attendez pas avant neuf heures! ajouta-t-elle. Brigitte et sa mère ont préparé une choucroute avec des côtes de porc grillées et elles m'ont invitée.

En réalité, Hans devait l'emmener danser dans une guinguette au bord du Rhin, où l'on servait aussi à dîner. Clémence fronça les sourcils.

—Ma chérie, cela te fait rentrer tard. Il ne fait pas encore nuit vers neuf heures, mais je n'aime pas ça. Je veux bien que tu disposes de tes journées, mais c'est tout.

—Eh bien, j'enverrai Berni la chercher, proposa Johann. Ils se retrouvent place de la Mairie et ils reviennent tous les deux. À bicyclette, le trajet ne dure qu'une dizaine de minutes.

Martha Kaufman termina sa bouchée de matelote. Elle essuya ses lèvres avec soin à l'aide de sa serviette. Soudain, sans que rien ne laisse prévoir son geste, elle tapa sur la table avec une telle violence que les verres se soulevèrent. L'un d'eux se renversa. Franz poussa un cri de peur.

—Combien de temps allez-vous gober les mensonges de votre chère Noëlle? s'écria l'ogresse, les yeux exorbités par la fureur. Toi, Johann, es-tu sourd, ou totalement idiot? Et vous, la Weller, vous croyez vraiment que votre fille va coudre sagement en compagnie de sa prétendue amie? Elle vous roule dans la farine! Moi, je sais! Mademoiselle fricote avec un certain Hans Krüger. Un Boche! Ma parole, c'est de famille, le penchant pour l'ennemi!

Un silence absolu suivit la diatribe jetée par la vieille dame. Noëlle osait à peine respirer. Clémence fixa Martha d'un air scandalisé.

—Qu'est-ce que vous inventez encore? Décidément, vous n'avez qu'une raison de vivre; c'est de nous faire du mal!

—J'ai honte de dormir sous le même toit que vous, Clémence Weller, et j'ai honte de manger à votre table. En plus, votre gamine prend le relais en se conduisant comme une traînée.

—Maman, excuse-toi tout de suite, rugit Johann, le visage rouge de colère. Tu insultes mon épouse et ma fille.

Martha tapa à nouveau sur la table. Franz se mit à pleurer.

—Noëlle n'est pas ta fille! Elle n'est rien pour toi ni pour moi. Une bâtarde qui a hérité des mauvais penchants de sa mère, voilà ce qu'elle est!

—Je vous interdis de nous insulter, s'écria Clémence. D'où tenez-vous cette fable, au sujet de Noëlle? Vous êtes toujours dans votre chambre!

Katel tendit l'oreille, depuis la cuisine où elle avait battu en retraite.

—Les gens parlent, à Ribeauvillé! Nos tourtereaux ne sont pas discrets; ils s'affichent en plein jour, rétorqua l'ogresse. Mais regardez-la, votre chère petite sainte! Sa mine en dit long!

D'un même mouvement, Johann et Clémence se tournèrent vers la jeune fille qui cherchait désespérément comment se justifier.

—Noëlle, réponds-moi, dit sa mère. Est-ce que tu me mens? Tu vois Hans Krüger? Ce garçon est bien plus âgé que toi. Je me souviens très bien de lui. C'est l'intendant du lycée.

—Oui, maman, je vois Hans Krüger, se décida à avouer la jeune fille. Mais j'allais t'en parler. Nous ne faisons rien de mal, je t'assure. On se promène en bavardant.

Martha lança un hurlement de triomphe, pareil à un aboiement féroce.

—On se promène! répéta-t-elle en imitant l'intonation de Noëlle. On sait comment ça se termine, les promenades! *Herr* Krüger a déjà déshonoré Jeannette Bartels! Et combien d'autres innocentes filles d'Alsace?

—Maman, tais-toi! intima Johann, dépassé par la situation. Ce que je retiens, moi, c'est que tu as trahi notre confiance, Noëlle.

—Oui, tu aurais dû nous prévenir et surtout nous présenter ce jeune homme, s'indigna Clémence. Lui aussi est en tort. Quelqu'un de sérieux aurait refusé de te fréquenter sans notre permission. Cela ne plaide pas en sa faveur.

—Mais il m'a proposé plusieurs fois de venir au domaine. Je lui disais d'attendre encore. C'est ma faute. Et c'est de votre faute aussi! cria la jeune fille en s'adressant à Martha. Hans est allemand et vous détestez les Allemands. Je n'osais pas en parler à cause de vous, madame!

Noëlle se montrait si souvent respectueuse et réservée que son accusation suscita une vive émotion. Elle avait insisté sur le mot madame avec un mépris non dissimulé. Clémence, tremblante, poussa un soupir de bête blessée. Johann s'efforçait, lui, de consoler Franz, affolé par les hurlements. Seule l'ogresse jubilait, contente d'affronter un adversaire à sa mesure en la personne de Noëlle.

—Ah! Tu n'es pas si soumise que ça! maugréa-t-elle. Je le savais, que ton sang belliqueux se manifesterait. Au moins, le remords ne t'étouffe pas! Oui, j'ai de la haine pour les Allemands. Ils ne devraient plus avoir le droit de poser un pied chez nous, en Alsace.

—Maman, Noëlle a mal agi, je te l'accorde, mais, pour ce qui est du reste, elle dit vrai, affirma le viticulteur. Nous ne pouvons pas vivre dans la haine encore pendant des siècles. En plus, Hans Krüger est né ici, près de Ribeauvillé. Je me souviens de l'avoir vu, gamin, sortir de l'école. Personnellement, si ses intentions sont sérieuses vis-à-vis de Noëlle, je ne m'opposerai pas à ce qu'ils se fréquentent. Ce garçon m'a paru intelligent et cultivé. Il gagne sa vie en France.

—Et comment expliques-tu ça, Johann? tonna l'ogresse. Depuis quand donne-t-on du travail à un Boche, après ce qu'ils nous ont fait? Il y en a qui racontent que Krüger couche avec la directrice du lycée. C'est pour ça qu'il a eu le poste, et pour ça qu'il le gardera.

—Ce sont des ragots, d'ignobles ragots! coupa Noëlle, révoltée. Tu comprends, maman, pourquoi j'ai gardé le secret? Pour ne pas entendre des monstruo-sités sur celui que j'aime. Parce que je l'aime. Et je ne laisserai personne le salir!

L'exaltation de sa fille lui prouvait à quel point elle s'était attachée au jeune homme. Cela ne l'empêchait pas de s'estimer trompée.

—Monte dans ta chambre, ordonna Clémence. Tu es bien jeune pour savoir reconnaître le véritable amour. De toute façon, je ne tiens pas à discuter de tout cela en public. Tu m'as menti et ça me déçoit beaucoup.

Noëlle s'empressa de quitter la table. Elle lança un regard assassin à l'ogresse, très satisfaite de son coup d'éclat. Johann avait pris son fils dans ses bras. Il le tendit à sa femme.

—Toi aussi, tu ferais mieux de monter, chuchota-t-il. Katel va préparer un lait chaud à notre Franz; tu n'as qu'à le coucher. Je veux mettre les choses au point avec ma mère.

—Il y a des semaines que j'interdis à Katel de préparer la nourriture de notre enfant, déclara Clémence d'un ton exaspéré. Au fond, la réaction de Noëlle ne me surprend guère. La méfiance règne sous ce toit, la calomnie aussi et la pire des hypocrisies. Avouez, madame Martha, que vous me haïssez, autant que ma fille et ce pauvre petit innocent.

—Oui, je vous hais tous les trois! affirma la vieille dame d'un air déchaîné.

Clémence éclata en sanglots et prit la fuite. Consterné, Johann fixa sa mère avec rage. Il lui vit un air si cruel qu'il en fut effrayé.

—Je crois que tu perds l'esprit, maman, déclara-t-il. Il faut être folle pour dire des horreurs pareilles. Je me doute que tu as eu tous ces renseignements par Katel. D'ailleurs, où est-elle, cette vipère? Katel!

La gouvernante sortit de la cuisine et s'avança vers la table. Elle triturait son tablier, les mains moites d'émotion et de crainte.

—Monsieur?

—Il n'y a plus de monsieur qui tienne. Fichez le camp, vous êtes renvoyée! Je suppose que vous avez mis de côté un joli petit pactole, à jouer les espionnes. Vous vous passerez de votre solde. Dehors, immédiatement! Vous encouragez ma mère dans ses sottises, alors que vous auriez dû me prévenir de ses manigances!

Martha Kaufman ne riait plus. Sans Katel, elle était

perdue. Il lui avait fallu des mois pour corrompre la domestique.

— Tu n'as pas le droit de faire ça, Johann, se révolta-t-elle. Qui me portera mon goûter? Qui m'aidera à ma toilette? Je suis vieille, mon fils, et presque impotente! Je veux que Katel reste ici avec moi.

Sa voix trahissait une sorte de terreur. Johann n'en tint pas compte, pas plus que des larmes versées par la gouvernante.

— Marguerite s'occupera de toi, à l'avenir, grommela-t-il. Je la paierai ce qu'il faut. Elle, au moins, ne cherchera pas à couper le lait de Clémence ou à faire ingurgiter des saletés à mon fils! Franz est mon fils, maman! L'héritier du domaine Kaufman!

— Non, c'est l'enfant de la Weller, comme Noëlle. Ta Clémence, elle a dû le faire avec un Boche, l'héritier du domaine. Mon pauvre Johann, tu es tellement benêt, on te ferait avaler n'importe quelle fadaise. Si tu chasses Katel, je vais me pendre dans la grange, comme ton père l'a fait. Gilbert a eu bien raison de se pendre...

Martha gesticulait, les yeux hagards. Elle se leva pesamment et marcha vers son fils en titubant.

— Je vais te corriger, toi! Tu ne me fais pas peur! grommela-t-elle, le bras levé.

— Eh bien, toi tu me fais peur, maman! rétorqua-t-il, envahi d'une pitié nauséeuse. Oh, je ne crains pas tes coups, je suis en âge de me défendre, mais plutôt la haine qui te ronge. Je préviens le docteur Attali. Il sera là dans dix minutes et te fera une piqûre calmante.

— Un Juif me toucher? Jamais! trancha-t-elle.

— Pas de Juif, pas d'Allemand! Tu en veux au monde entier, ma pauvre vieille! s'emporta-t-il. Katel, emmenez-la dans sa chambre. Dès que le médecin sera là, disparaissez de ma vue.

Pendant ce temps, Franz accroché à son cou, Clémence était entrée sans même frapper dans la chambre de sa fille. Elle posa le garçonnet qui trottina vers la poupée Gretel, assise dans un fauteuil à sa taille.

— Je ne pouvais pas attendre pour te parler, Noëlle! explosa-t-elle aussitôt. Tu dois m'expliquer ta conduite intolérable.

Debout près de la fenêtre, la jeune fille haussa les épaules. Elle pleurait en silence. D'une voix altérée, elle répliqua vite:

— Et toi, tu n'as rien à me dire? Je te demande pardon, maman, pour t'avoir menti, mais je voudrais comprendre les insinuations de cette vieille sorcière! Pourquoi prétend-elle que c'est de famille, mon penchant pour les Allemands? Il s'agit de mon père, mon vrai père? Il était allemand? Combien d'années encore vas-tu me mentir, toi aussi? C'est comme mes grands-parents, tes parents! Qui sont-ils? Même s'ils sont morts depuis longtemps, ils avaient des noms! J'ai le droit de savoir d'où je viens! Mais tu refuses toujours de m'en parler! Quand j'étais petite, tu prétendais que nous n'avions aucune famille. Tu ne peux quand même plus me faire avaler ça aujourd'hui. Je ne suis plus un bébé. Tu me caches la vérité! Si j'ai gardé le secret pour Hans, c'est sans doute aussi de famille, les cachotteries!

— Ne retourne pas la situation, Noëlle! Tu m'accuses sans raison. Depuis quand accordes-tu foi aux racontars de Martha Kaufman?

— Depuis que je me pose des questions sur mon père et sur ta famille. Bien sûr, je suis heureuse ici, au domaine, et papa Johann est très gentil avec moi. Je n'ai pas à me plaindre, mais j'ai parfois l'impression d'être tombée sur terre par miracle. Et que toi non plus tu n'as pas de passé. Pourtant, si je suis venue au monde, c'est de la même manière que les autres gens! De la même manière que Franz, par exemple!

—Noëlle! s'écria sa mère. Tu es d'une insolence! Tu te crois une femme capable de me juger parce que tu as un amoureux?

Clémence fondit en larmes à son tour. Noëlle poussa un soupir et la rejoignit.

—Maman, je suis désolée. Je ne voulais pas te faire de peine. Mais l'ogresse en sait plus que moi, apparemment.

—Viens t'asseoir, ma chérie, implora Clémence en prenant place au bord du lit. Franz joue sagement avec la poupée, nous pouvons discuter tranquillement. Tu as raison, il est temps que tu saches la vérité. Ton père était allemand, il s'appelait Heinrich Mann. Hélas, il ne t'a jamais vue et il ne te verra jamais. J'ai appris sa mort alors que tu avais trois ans. Je l'ai aimé comme seule une jeune fille qui se croit laide peut aimer celui qui lui donne de la tendresse, du rêve... et de la joie. Dès qu'il a su que j'étais enceinte, il a disparu. Je t'ai élevée seule. J'avais trop honte pour dire la vérité à mes parents et je suis partie de chez eux un matin en leur laissant quelques lignes qui n'expliquaient rien de précis, juste que j'allais vivre avec l'homme que j'aimais. J'avais tellement honte.

—Mais ils étaient si sévères que ça? s'étonna Noëlle.

—Ils avaient leurs convictions, leurs idées sur l'honneur de leur fille unique. Je m'étais laissé séduire et je me sentais coupable. Tes grands-parents ont une fromagerie à Durrenbach, un petit village à quelques kilomètres de Haguenau. Ton grand-père s'appelle Christian et ta grand-mère, Gretel, comme la poupée que Liesele t'a offerte.

Noëlle écoutait, très émue, presque choquée par ces révélations en cascade. Clémence lui prit la main.

—Cela me soulage de te parler d'eux! Même si je n'ai pas encore réussi à leur écrire. Juste après mon mariage avec Johann, quand j'attendais un bébé, notre petit Joseph, j'avais décidé de leur faire une longue lettre. Mais par la suite j'ai renoncé, parce que Joseph n'a pas survécu. Je n'avais pas le cœur à raconter le détail de ma vie depuis ma fuite.

—Maman, ils doivent se demander ce que tu es devenue, assura la jeune fille. Comment peux-tu leur faire ça? Moi, si j'avais un enfant et qu'il disparaisse pendant des années, j'en serais malade de chagrin.

—Je leur envoie des cartes de vœux depuis des années, juste pour témoigner que je suis vivante. Mais jamais du lieu exact où j'habite. Je demande à quelqu'un de les poster d'une ville voisine et je ne mets pas mon adresse au dos de l'enveloppe.

—Je ne te comprends pas! s'exclama Noëlle. Tu n'as rien fait de mal! Cet homme, mon père, c'est le seul coupable. Je t'en prie, écris à tes parents. Ils savent que j'existe, au moins? Et Franz?

Clémence fit non de la tête, avec une mine accablée. Elle réalisait soudain l'étrangeté de sa conduite.

—Je pense souvent à eux, gémit-elle. Noëlle, crois-moi, je me promettais d'avoir cette conversation avec toi un jour, mais je repoussais l'échéance. Je devais me douter de ta réaction.

—Tu vas vite leur écrire. Oh, j'ai une meilleure idée, tu pourrais téléphoner.

—Non, je n'oserai pas! Entendre leurs voix après si longtemps, non! Vois-tu, je suis lâche.

Noëlle prit son frère sur ses genoux, car il lui tendait les bras. Franz se blottit contre elle en suçant son pouce.

—Dans ta lettre, tu mettras des photographies de Franz et moi, suggéra-t-elle. Tu n'as plus à avoir honte, tu es mariée à un riche viticulteur qui m'a adoptée, et Franz est un enfant légitime.

—Oui, ma chérie, je ferai ce qu'il faut. Mais nous aurons l'occasion d'en discuter. C'est à ton tour d'être franche. Qu'est-ce qu'il y a entre Hans Krüger et toi? Cela me tracasse beaucoup.

La jeune fille raconta brièvement comment elle avait rencontré Hans à la fête foraine, au mois de juin, alors qu'elle était déjà amoureuse de lui depuis plus d'un an.

—Je t'assure qu'il me témoigne un profond respect, maman. Il n'a pas cherché à profiter de moi une seule fois. Je crois qu'il m'aime vraiment.

—Quand même, c'est de notoriété publique qu'il avait une relation avec la fille de la coiffeuse, Jeannette! fit remarquer Clémence.

—Oui, et alors? Jeannette était d'accord pour rompre et en plus son père ne voulait pas d'un gendre allemand! Je trouve cela ridicule. Moi, je me moque de la nationalité de celui que j'aime. Hans aurait pu être italien, espagnol ou polonais, je l'aimerais pour ce qu'il est. Si tu savais, maman, comme il est instruit et gentil. En outre, il n'apprécie pas du tout le chancelier Hitler qui ne cache pas son antisémitisme. Hans, lui, se dit pacifiste. La politique l'ennuie. Il aurait dû faire son service militaire en Allemagne, mais il a obtenu une dispense.

—Est-ce qu'il t'a parlé fiançailles ou mariage? demanda sa mère.

—Pas encore et, de toute façon, je ne suis pas pressée.

—Peut-être, mais la chose que je retiens, moi, c'est que tu m'as caché pendant quatre mois que tu fréquentais un homme, déplora Clémence. Je suppose que tu n'allais jamais chez Brigitte, ta prétendue amie?

—Jamais, avoua Noëlle. Pardonne-moi, maman, je

t'en prie! J'avais l'impression de protéger mon bonheur en gardant secrète mon histoire avec Hans. Je crois que je ne voulais pas entendre des paroles odieuses, comme celles de l'ogresse.

—Tu sais bien que Johann et moi nous n'aurions rien dit d'odieux. Maintenant, je suis bien ennuyée. Je ne pourrai plus te permettre de sortir à ta guise. Comment puis-je avoir confiance? Surtout que Hans est plus âgé que toi. Es-tu sûre de tes sentiments? Et des siens?

—Oh oui, maman! Chaque fois qu'il me regarde, je lis dans ses yeux tout l'amour qu'il me porte. Et moi! Oh, moi, je mourrais pour lui. Cela peut te sembler exagéré ou trop romantique, pourtant c'est vrai. J'ai l'impression de le connaître depuis toujours. Tout me plaît chez lui, sa voix, son sourire, ses gestes... Il rit beaucoup, mais, au fond, c'est quelqu'un de sérieux, même d'un peu triste parfois.

Clémence hocha la tête, déconcertée. Elle se leva et prit Franz des bras de Noëlle.

—Je vais coucher ton frère, ensuite j'en discuterai avec Johann! Pour aujourd'hui, je suis désolée, ma chérie, mais tu restes à la maison. Tu reverras Hans quand il se présentera à nous et que nous serons certains de ses intentions.

—Non, maman, par pitié, pas ça! Dès que Liesele a présenté Mechel à ses parents, ils se sont séparés. Je n'ai pas envie de voir Hans au domaine, confronté à l'ogresse qui va débiter ses horreurs habituelles. Et pourquoi parler mariage? Je suis trop jeune, je dois terminer mes études.

—Fais-moi plaisir, renonce à ton rendez-vous de ce soir! Tu n'as qu'à écrire à Hans et lui expliquer ce qui arrive. Il comprendra. Berni portera la lettre à Ribeauvillé.

Sur ces mots, Clémence sortit de la chambre.

Noëlle eut un geste d'impatience et se rua à la fenêtre. Elle entendait un moteur de voiture qui tournait au ralenti. Il y eut des éclats de voix dans le couloir de l'étage. La jeune fille ouvrit sa porte.

«Mais c'est le docteur Attali!» se dit-elle.

Elle vit aussi Martha Kaufman, tenue fermement par Johann et qui se débattait. Katel trottinait, échevelée. Témoin de la scène, Clémence s'enferma précipitamment dans sa propre chambre, car Franz hurlait de peur.

«Quelle sale bonne femme! songea Noëlle. Elle nous gâche la vie.»

Elle n'avait jamais oublié les coups de martinet reçus, ni la nuit qu'elle avait passée enfermée dans le réduit. Pleine de mépris pour la vieille dame, elle n'eut plus qu'une idée: fuir la grande maison Kaufman et rejoindre Hans.

«Près de lui, tout est beau, doux, paisible. Je vais aller le prévenir moi-même que je ne peux pas sortir ce soir.»

Tout heureuse, car elle le reverrait ainsi plus tôt que prévu, Noëlle descendit sans bruit l'escalier. Le plus discrètement possible, elle prit sa bicyclette et quitta le domaine.

*

David Attali venait d'injecter une solution calmante à Martha. Katel et Johann avaient eu du mal à maintenir la vieille femme sur son lit. Le viticulteur était rouge, le front constellé de gouttes de sueur. Malgré sa colère, cela le choquait de voir sa mère se débattre, les dents serrées, les yeux fous.

— C'est pour ton bien, maman! répéta-t-il encore une fois. N'est-ce pas, docteur?

Le médecin ne répondit pas. Il rangea sa seringue dans sa mallette et jeta un coup d'œil affligé à sa patiente dont les paupières clignaient.

—J'ai consenti à faire cette piqûre parce que je vous connais bien, monsieur Kaufman, mais je n'approuve pas ce genre de thérapie. Il est évident que madame votre mère était très agitée et se comportait de façon anormale, ce qui ne s'est pas encore produit avant ce jour. Le mieux serait sans doute de l'hospitaliser loin du domaine. Les sentiments haineux qui l'obsèdent peuvent être un signe de démence, mais, tenue à l'écart, il y a des chances qu'elle se calme.

—Non, je ne peux pas lui faire ça, protesta Johann. Elle se sentirait perdue. Et si elle prenait des médicaments qui la rendraient plus raisonnable?

—Je doute, cher monsieur, qu'il existe des remèdes efficaces dans ce cas précis, conclut le docteur.

Katel écoutait, le visage tendu. Johann s'en aperçut et la congédia d'un geste de la main. La gouvernante sortit en haussant les épaules.

—On dirait que ma mère s'est endormie! murmura-t-il.

—Mais, en se réveillant, elle sera d'autant plus furieuse, ajouta David Attali. Tenez-moi au courant, surtout. En toute franchise, monsieur Kaufman, je crains que la situation n'empire. Votre mère pourrait se livrer à des actes de violence irréfléchis.

—D'accord, je la surveillerai de près, coupa le viticulteur. Je vous remercie, docteur.

—Faites-lui boire des tisanes, proposa le praticien. De la camomille, du millepertuis, de la passiflore. Il y a un herboriste réputé à Colmar. Et courage!

Le médecin s'en alla après avoir rédigé une ordonnance et perçu ses honoraires. Johann s'assit dans le fauteuil en rotin où tant de fois Katel avait bavardé avec la vieille dame. Là, dubitatif, il observa un long moment le visage lourd et impassible de la dormeuse.

— Ma pauvre mère! dit-il tristement. Je me demande si tu as été heureuse un seul jour sur cette terre, depuis ta naissance.

La méchanceté sournoise de Martha, la haine qui la rendait à demi folle demeureraient une énigme pour lui. Un instant, il imagina qu'elle était morte et admit qu'il en serait soulagé.

— Nous pourrions être tellement heureux, nous tous! déclara-t-il encore de la même voix basse. Tu aurais pu aimer Clémence comme la fille que tu n'as pas eue, et Noëlle par la même occasion. Je n'ai pas beaucoup reçu de tendresse quand j'étais gamin, et tu continues à me faire du mal.

Accablé par un vague remords, Johann sortit de la chambre. Au moment de tourner la poignée, il vit la clef.

— Tiens, voilà une solution! marmonna-t-il. Tu ne t'en prendras plus à ma femme ni à mon fils, comme ça.

Clémence apparut au bout du couloir. Johann se rua vers elle et l'enlaça.

— Alors? interrogea-t-elle. Qu'a dit le docteur Attali?

— Rien de rassurant, mais je te jure que ma mère ne t'insultera plus. Franz et toi, vous êtes ma famille, mes trésors, et vous comptez pour moi à un point que tu ne conçois pas. Il n'a pas été trop effrayé, notre petit?

— Il dort, le cher ange. Johann, je n'en peux plus. Noëlle a très mal agi, je le sais. Je viens de m'expliquer avec elle. Mais ta mère a été trop loin! Elle nous hait, elle le clame bien haut. Comment tolérer ça?

La jeune femme tremblait de tout son corps. Johann la berça dans ses bras.

— Viens, tu vas te reposer, toi aussi! Après ta sieste, tout ira mieux. J'ai décidé de régler le problème. Comme je l'ai dit tout à l'heure, je verserai un salaire à Marguerite, qui remplacera Katel et servira de gardienne à ma mère. Oui, tu as bien compris, de gardienne. Tu vois cette clef?

Clémence approuva d'un·air étonné. Son mari la reconduisit dans leur chambre.

— J'ai enfermé ma mère à double tour, dit-il. Elle ne descendra plus déjeuner ou dîner. Je ferai ce qu'il faut. Elle voulait un poste de radio, elle l'aura! Je ne veux plus la voir à table, ni ailleurs dans la maison. Le médecin l'estime dangereuse. Je vous protège.

Il continua de rassurer Clémence. Les promesses qu'il lui faisait l'apaisèrent. Elle pourrait disposer de la cuisine sans croiser Katel et se mettre à table sans subir les œillades méprisantes de la vieille dame.

— Quelle bonne idée! reconnut-elle. Avoir Marguerite ici sera bien agréable. Seulement, elle ne peut pas s'occuper de ta mère et de la maison en plus des travaux dont elle a la charge.

— Je sais, je sais! concéda-t-il. Marguerite soigne les bêtes, fait les lessives et elle a son foyer à tenir. Ne te tracasse pas, j'ai ma petite idée. Une idée qui arrangera tout le monde.

Clémence le retint par le poignet. Allongée sur le lit, ses cheveux étalés sur l'oreiller, elle avait l'air très jeune.

— Attends, Johann, je voulais discuter avec toi de ce jeune homme, Hans Krüger, et de Noëlle.

— Plus tard, affirma-t-il tendrement. Ne te rends pas malade. Il faut bien que jeunesse se passe!

— Si c'était ta vraie fille, tu serais moins indulgent, soupira-t-elle.

— Je le montre peut-être mal, mais j'aime Noëlle

comme un père. Et, justement, j'ai confiance en elle. C'est une jeune fille sérieuse.

Il l'embrassa sur les lèvres et lui caressa la joue. Elle ne tarda pas à s'assoupir.

Noëlle venait d'entrer dans Ribeauvillé. La petite ville semblait somnoler comme ses habitants. Il faisait très chaud, l'air était étouffant. La jeune fille hésitait à présent à l'entrée de la rue des Bouchers où Hans louait depuis peu un appartement exigu.

« Il ne m'attend pas avant six heures du soir, songeait-elle. Et nous avions rendez-vous dans le jardin public, pas chez lui. Il sera surpris que je frappe à sa porte et ce n'est pas très correct. »

Passé son premier élan, elle regrettait un peu d'avoir désobéi à sa mère.

« Si maman me cherche, elle saura que je suis partie à bicyclette et elle se doutera où! J'espère qu'elle ne va pas demander à papa Johann de prendre la voiture pour venir me récupérer. Cette fois, elle ne me pardonnera pas. »

Cependant, elle ne pouvait pas rester là à s'interroger. Elle avait très soif et finirait par attirer l'attention d'un voisin. Vite, elle s'élança et freina devant l'immeuble où habitait Hans.

« Je dois absolument le prévenir! se dit-elle. Je monte au second étage, je lui parle quelques minutes et je rentre au domaine. Si j'ai un peu de chance, maman aura fait la sieste en même temps que Franz. »

La jeune fille se retrouva sur le palier. Il n'y avait aucun bruit et cela l'impressionna. Elle n'osait plus frapper chez Hans. Enfin, elle se décida et donna trois petits coups. Après deux minutes qui lui parurent interminables, elle perçut des pas.

— Qui est là?

—Noëlle!

Le jeune homme s'empressa d'ouvrir. Il était en gilet de corps noir, en pantalon de toile beige et ses cheveux étaient décoiffés. Ses épaules, ses bras et son cou semblaient faits d'un or mat. Le souffle coupé par l'évidence de sa beauté, elle entra, incapable de prononcer un bonjour.

—Excuse ma tenue, dit-il aussitôt, je me reposais. Il fait une telle chaleur! Mais tu es en avance, qu'est-ce qu'il y a? Nel, tu as des ennuis?

Elle évitait de le regarder, profondément troublée par leur isolement dans un lieu intime et par le parfum que dégageait le corps de Hans, subtil mélange d'eau de Cologne, de savon et de linge propre et tiède.

—Je suis désolée de te déranger, s'excusa-t-elle. Je n'avais pas le choix: l'ogresse a su que je te rencontrais et elle a tout raconté à mes parents. Il y a eu une scène affreuse à table. Maman m'a interdit de te voir ce soir. J'ai voulu te prévenir.

—Mais tu ne me déranges pas, s'écria-t-il. Je suis déçu pour ce soir, mais content aussi parce que tu es là.

Il l'attira contre lui et la dévisagea. Noëlle, frémissante, le contempla à son tour. L'éclat sombre de ses yeux lui fit du bien. Elle se perdit dans son regard d'un brun intense, où elle lisait une infinie tendresse, un amour immense et autre chose qui l'affaiblissait. Trop inexpérimentée pour reconnaître le désir qui le taraudait, elle éprouvait cependant un trouble délicieux. Alanguie, elle se laissa embrasser. Ses mains se posèrent dans le dos de Hans et, comme douées d'une vie propre, s'enhardirent à des frôlements et des caresses. Il retint un soupir de plaisir et explora davantage sa bouche avec une avidité toute virile. Jamais le jeune homme n'avait été si pressant. Il parcourait le corps de Noëlle du bout des doigts, de la nuque au bas des reins, avant d'effleurer la pointe de ses seins. Elle se dégagea soudain, haletante :

—Je ferais mieux de repartir, nous risquons d'aller trop loin. Il ne faut pas, Hans ! Je préfère être franche : ma mère a commencé à me questionner sur tes intentions. Elle a parlé fiançailles, mariage et, si elle te rencontre, ce sera la même chanson. Je tiens à te dire que cela ne vient pas de moi. Pour le moment, je me moque de l'avenir. Mon plus beau rêve s'est réalisé, nous sommes ensemble. J'ai souffert, tu sais, quand tu étais avec Jeannette. Maintenant qu'on s'aime, je suis comblée. Je n'exige rien d'autre. Enfin, tu m'aimes vraiment ?

Elle redoutait un temps d'hésitation de sa part, mais il la fixa en riant tendrement.

—Si je t'aime ? Ma chérie, ma petite Nel adorable, je n'ai jamais aimé une fille aussi fort que toi ! Tu m'as fait découvrir le sens même du mot aimer. Depuis le mois de juin, je savoure la vie dans ce qu'elle a de plus doux, de plus merveilleux. Chaque fois que je dois te voir, que je guette ton arrivée dans le jardin public, mon cœur bat à grands coups... Et tu apparais, gracieuse, vive, tes boucles d'or au vent.

Noëlle se jeta dans ses bras. Hans l'appelait souvent Nel, comme le faisait Liesele, et ce surnom affectueux la ravissait. Elle écrivait beaucoup à son amie qui s'ennuyait ferme à Colmar et avait des difficultés à jouer les domestiques.

—Hans, si je pouvais rester près de toi ! soupira-t-elle. Je me réjouissais tant de notre soirée au bord du Rhin. La musique, la piste de danse. L'ogresse a tout gâché. Mon Dieu, j'ai des pensées horribles à son sujet. J'en viens à espérer sa mort, maman aussi et elle en a honte.

—Nel, tu ne dois pas avoir de pareilles pensées,

protesta-t-il. Cette vieille femme vous cause des problèmes, mais elle est âgée et sans doute malade.

—Pas du tout! coupa la jeune fille. Elle approche soixante-seize ans et elle se porte très bien. Elle mange comme quatre et je t'assure qu'elle est capable de monter et descendre l'escalier plusieurs fois par jour. Tu ne l'as jamais vue, Hans, sinon tu comprendrais. Tout à l'heure, elle a déclaré avec un regard cruel qu'elle nous haïssait, ma mère, mon petit frère et moi. Il y a à ça une raison bien précise que j'ignorais.

Hans conduisit Noëlle jusqu'à la table où il prenait ses repas. Il la fit asseoir.

—Je t'écoute! Nous allons boire une citronnade, ça te rafraîchira.

Elle se confia à voix basse, exposant ce que Clémence lui avait avoué.

—Il y a de quoi être bouleversée, affirma-t-il. Et, en plus, tu t'es enfuie! Je te demande pardon, j'ai profité de ce que tu étais émue. Tu avais surtout besoin de soutien.

—Mais tu m'en as donné, Hans! s'écria la jeune fille. Au fond, je suis soulagée : j'ai des grands-parents. J'ai hâte de les connaître. Quant à mon père, Heinrich Mann, j'aurais bien aimé avoir au moins une photographie de lui, mais tant pis. Je n'ai que son nom et la certitude que ce n'était pas un homme très intéressant.

—Certes, abandonner la femme qu'on a séduite, enceinte de surcroît, ce n'est pas reluisant. Mais cela n'a rien à voir avec sa nationalité. Il y a de sales types dans tous les pays, à mon humble avis.

—Je n'en doute pas, crois-moi!

Hans paraissait soucieux. En caressant le poignet de Noëlle, il ajouta :

—La haine de Martha Kaufman pour les gens comme moi me sidère. Pourquoi en veut-elle autant aux Allemands?

— Ses fils, les aînés de Johann, sont morts pendant la dernière guerre. Ils étaient dans l'armée allemande contre leur gré, puisque l'Alsace était toujours annexée. Ensuite, son mari, Gilbert, s'est pendu dans la grange. Marguerite, la mère de Liesele, prétend qu'il s'est suicidé à cause d'elle, de l'ogresse. On ne le saura jamais.

— Pauvre femme! Que de deuils à endurer! conclut-il. Il ne faut pas chercher plus loin. Ne soyez pas trop durs avec elle. Maintenant tu dois rentrer chez toi, Nel. Je serais malheureux si ta mère m'accusait de te pervertir. Dis-lui que je suis prêt à faire sa connaissance dès qu'elle le souhaitera et que mes intentions sont honnêtes. Si je me marie, Nel, ce sera avec toi, rien que toi. Tu me diras la date de ton choix pour nos fiançailles. L'été prochain?

Noëlle crut qu'elle allait éclater en sanglots. Ce n'était pas seulement de la joie, mais aussi du soulagement. Pourtant, le ton de Hans lui paraissait dénué de véritable enthousiasme.

— Tu n'es pas obligé, affirma-t-elle. Qu'est-ce que tu as?

— C'est simple, ma Nel chérie, je suis allemand et tout le monde en tient compte à Ribeauvillé, où pourtant je suis né. Un serveur du winstub, place de la Mairie, m'a insulté l'autre soir. Il est vrai que je suis très inquiet pour l'avenir. Hitler se fait appeler le *Führer* et sa popularité va croissant. Bien sûr, il a redressé la situation économique de mon pays, mais ceux qui s'opposent à ses idées se volatilisent, assassinés par des militants hitlériens ou par la police privée de ce tyran. Mes parents sont consternés, surtout que leur cœur est alsacien, c'est-à-dire ni français ni allemand. J'aimerais tant t'emmener à Endingen! C'est à une trentaine de kilomètres à peine de l'autre côté du Rhin. Mon père s'est établi en forêt, il a acheté un chalet confortable, avec un balcon envahi de rosiers en cette saison. Nous irons, Noëlle?

—Mais oui, nous irons! promit-elle, sensible à la détresse qui le rendait amer.

—Je bénéficie d'une dispense qui peut être annulée du jour au lendemain, poursuivit le jeune homme. Cela me préoccupe. Que penserais-tu, si je devais quitter Ribeauvillé d'urgence un beau matin? Pour cette raison aussi, nous devons être prudents. Tant que nous ne serons pas mariés, il vaut mieux éviter les tête-à-tête comme celui-ci. Tu es tellement belle, Nel, et je t'aime de tout mon être. Chaque fois que je t'embrasse, que je te tiens contre moi, je crains de mal me conduire.

—C'est tout cela qui te tourmente? interrogea-t-elle.

Le discours de Hans l'avait un peu déçue. Sa manière d'aborder leur futur mariage manquait de romantisme, à son avis. Mais elle était trop heureuse pour lui reprocher la moindre chose.

—Oui, je n'arrête pas de penser à ce qui se prépare en Allemagne, dit-il sombrement. Est-ce que j'ai le droit de t'épouser? Seras-tu capable de me suivre dans mon pays, si je n'ai pas d'autre solution?

Noëlle regarda sa montre-bracelet et se leva. Elle prit Hans par le cou et posa sa joue sur son front.

—Je te suivrai où tu le désireras. En Amérique ou au Pérou, s'il le faut, plaisanta-t-elle. Je crois que je serai toujours un peu la fillette à qui tu as donné une rose blanche le jour de la kermesse. Tu étais si beau, si grand! J'étais subjuguée. Le soir, je ne faisais que rêver à toi. Et, à présent, tu me veux pour femme. Je me considère déjà comme ta femme, sais-tu, et une bonne épouse suit son mari partout.

Elle voulait prendre un ton gai et léger, mais sa voix tremblait. Hans se leva à son tour et l'étreignit de toutes ses forces, avec une douceur passionnée. Il respira le parfum de ses cheveux et déposa un baiser discret au coin de sa bouche.

—Je t'aime, Nel, souffla-t-il à son oreille. N'en doute jamais!

La jeune fille pleurait en silence.

—Je n'ai pas envie de rentrer au domaine, se plaignit-elle. Près de toi, je n'ai pas peur, je ne suis plus triste.

—Allons, courage, bientôt nous ne nous quitterons plus! assura-t-il.

Nantie de ce viatique, Noëlle se remit en chemin. De gros nuages d'un gris métallique avaient voilé le soleil. Un vent frais courbait la cime des frênes et des saules.

—Il y aura un orage avant la nuit, dit-elle tout bas en pédalant le long de l'allée de sapins du domaine.

Elle franchissait le porche en pierre orné d'une frise de roses rouges quand une forme rousse lui apparut, couchée sur les pavés de la cour, à quelques mètres du puits. C'était le vieux Lorrain, bien moins vaillant ces derniers mois. Le chien avait douze ans et ne gambadait plus derrière elle depuis longtemps.

—Lorrain! appela-t-elle.

D'ordinaire, au son de sa voix, il se redressait. Elle siffla sans obtenir de réaction de la part de l'animal. Sautant de la bicyclette qui tomba avec un bruit de ferraille, Noëlle courut s'agenouiller près du chien. Elle le secoua en vain.

—Oh non, mon brave Lorrain!

Le chien était mort. Une mousse jaunâtre maculait ses babines retroussées sur les crocs en mauvais état.

—Pauvre Lorrain, bredouilla-t-elle. Quand je suis partie, tu dormais devant la grange. Je ne t'ai même pas caressé. Je n'ai pas pu te dire au revoir...

Marguerite apparut à l'angle du bâtiment de la porcherie, suivie de Berni. Tous deux se précipitèrent.

— Est-il malade? hurla l'adolescent.

— Il est mort, répondit Noëlle secouée de gros sanglots.

— Mais de quoi? s'étonna Marguerite. Je lui préparais des pâtées en petits morceaux à cause de sa dentition tout abîmée. Et c'étaient des restes de viande et du pain trempé. Ce matin, il était tout fringant. Il m'a aidée à regrouper les oies et, même s'il courait moins vite que jadis, il n'avait pas l'air fatigué.

— Il faut l'enterrer dans le jardin, dit Noëlle. Liesele sera bien triste quand elle apprendra la nouvelle. Berni, tu as vu cette mousse jaune qu'il a dans la bouche?

Marguerite examina l'animal de plus près. Elle fronça les sourcils.

— On dirait qu'il a mangé ce poison que Risch utilise pour tuer les renards. Il pose des appâts autour du domaine. Faut dire que j'ai eu des pertes dans la basse-cour, ces temps-ci: des oisons, des canards, la poule grise qui couvait au fond de l'écurie...

Berni retenait ses larmes. Lorrain appartenait à son enfance, aux folles courses dans les champs après la récolte. Noëlle était aussi triste que lui. La mort brutale du chien lui rappela celle de sa jument blanche. Elle revit la face de l'ogresse crispée par la fureur, crut avoir entendu Johann qui congédiait Katel. Mais elle n'osa pas accuser les deux femmes. Quelle preuve avait-elle?

Vêtu de sa tenue de chasse, un costume en velours brun et des guêtres en cuir, le contremaître sortit de son logement.

— Dites donc, Risch, lui cria Marguerite, avez-vous mis du poison le long du mur d'enceinte, votre mixture pour les renards? On dirait que Lorrain en a mangé et il en est mort.

— Que voulez-vous que j'y fasse, moi? rétorqua-t-il. Le patron m'a donné des ordres, j'obéis. Il ne veut pas que des renards approchent à cause de la rage. Du côté de Riquewihr, il y a une bête enragée qui a mordu un gamin.

Noëlle se détourna, malade de chagrin et d'impuissance. Elle avait l'intime conviction que Lorrain avait été tué volontairement. Par qui?

«Peut-être Hainer. Ou Katel pour se venger. L'ogresse a pu lui dire d'empoisonner le chien parce que je l'aimais.»

Marguerite ôta son tablier et en couvrit le corps de Lorrain. Tout bas, elle dit à son fils:

— Tu l'enterreras avec ton père, ce soir. Je veux que le patron le voie. Monsieur s'y connaît en poison.

Dès qu'elle vit le contremaître s'éloigner en direction du hangar, Noëlle tapota l'avant-bras de Berni.

— C'était notre chien à tous les quatre, dit-elle, très émue. Il faudrait prévenir Güsti. Moi, je vais écrire à Liesele.

— Ne prends pas cette peine, Noëlle, coupa Marguerite. Je croyais que tu étais au courant des nouveaux ordres du patron.

— Non, lesquels? J'étais allée me promener jusqu'à l'étang.

— Hourra! jubila la grande femme. Katel a dégagé le plancher depuis plus d'une heure et c'est moi qui la remplace. Figure-toi que je suis nommée garde-chiourme de l'ogresse. Monsieur Kaufman m'a proposé un bon salaire; je n'ai pas pu refuser. Du coup, il a envoyé un télégramme à ma Liesele qui sera payée, elle aussi, pour faire le ménage de la grande maison. Elle arrive demain par le premier tramway. Charles n'est pas encore au courant. Il va sauter au plafond, mon homme. Sa fille, il n'y en a que pour elle.

401

—Liesele revient! répéta Noëlle d'un ton incrédule. Ce que je suis contente, Marguerite! Si seulement notre pauvre Lorrain n'était pas mort...

—De toute façon, il n'aurait pas fait de vieux os, à son âge. Remercie Dieu que ce ne soit pas ton petit frère qui a avalé une cochonnerie. Comme par hasard!

Marguerite adressa à la jeune fille un regard lourd de sous-entendus. Berni prit son vélo pour aller porter la mauvaise nouvelle à Güsti, qui travaillait dans les vignes.

L'esprit confus, Noëlle marcha avec lassitude vers la porte double de la grande maison. Elle fixa d'un œil plein de rancune le heurtoir en bronze et le lion au rictus menaçant.

« Je n'habiterai jamais ici, se dit-elle. Quelle journée! »

Elle avait appris que son père était allemand et mort depuis des années, que ses grands-parents étaient bien vivants, eux, et tenaient une fromagerie. Dans les bras de Hans, elle avait cru s'évanouir, le corps traversé par une fièvre étrange dont elle souffrait encore. Il lui semblait avoir besoin jusqu'au malaise des bras du jeune homme autour de ses épaules, de son corps mince et musclé et de ses baisers. Pour finir, elle pleurait le chien qui lui avait témoigné une amitié fidèle.

« Mais, demain, Liesele sera là! »

Clémence ne s'était pas rendu compte de son absence. Noëlle lui rendit visite et lui annonça la mort de Lorrain.

—Je l'ai vu étendu de tout son long dans la cour, maman! Marguerite pense qu'il a mangé un appât empoisonné. Pardonne-moi, je t'ai un peu désobéi. J'étais si nerveuse que je suis allée jusqu'à l'étang à bicyclette.

—Je ne t'avais pas interdit de te promener, ma

chérie, soupira sa mère. Tu dois avoir du chagrin, pour Lorrain. Tu l'aimais tant, cette brave bête! J'y étais attachée aussi. Johann sera triste quand il le saura. J'ai quand même une bonne nouvelle. Le docteur Attali préconise de surveiller Martha. Il la juge dangereuse pour nous. Dorénavant, elle restera dans sa chambre, sous la surveillance de Marguerite en qui nous pouvons avoir toute confiance. Je suis tellement soulagée que j'ai dormi deux heures. C'est Franz qui m'a réveillée. Nous nous sommes fait des câlins.

Noëlle aperçut la frimousse réjouie de son petit frère, niché contre sa mère. Le garçonnet jouait à se cacher sous le drap.

— Et Liesele revient, dit la jeune fille. Ça me fait plaisir, mais ce sera gênant qu'elle fasse le ménage ici. C'est mon amie. J'aurais pu m'en charger.

— Toi, tu vas au lycée. Si tu obtenais ton baccalauréat, je serais fière. Et ne t'ennuie pas pour Liesele. Elle se contentera de seconder Marguerite. Je ne peux pas croire à ce revirement miraculeux. Enfin, je pourrai disposer de la cuisine en compagnie d'une femme que j'apprécie beaucoup, ma seule amie pour être franche. Plus de Katel dès l'aube, plus d'ogresse à table.

— Tout va bien, conclut Noëlle en s'asseyant au bord du lit.

— Espérons-le, ma chérie. Puisque tu es là et que nous sommes tranquilles, je voudrais te dire ce que j'ai décidé, au sujet de Hans. Je pense que la fête du Pffiferdaj serait une bonne occasion de nous rencontrer. Tu me le présenteras officiellement et nous pourrions déjeuner tous ensemble à l'auberge du Château. Ensuite, tu auras la permission de le voir ici chaque dimanche. Mais pas question de lui donner des rendez-vous en ville! Les gens voient le mal partout, Noëlle.

— Merci, maman. C'est très gentil de ta part.

Clémence eut un sourire plein de tendresse. De savoir la vieille dame prisonnière l'inclinait à la bonne humeur. Le lendemain, elle écrivit une longue lettre à ses parents. L'enveloppe contenait aussi des photographies de Franz, de Noëlle et du domaine. Sa fille se proposa pour poster le courrier à Ribeauvillé. Elle y fut autorisée à condition de faire l'aller-retour sans chercher à rencontrer Hans Krüger.

« Mon cher vieux Lorrain est enterré et Liesele arrive par le tramway de dix-huit heures, se disait-elle en pédalant sur la route ensoleillée. Je suis certaine que maman va guetter une réponse de Durrenbach tous les matins ! »

Elle redoublait d'efforts pour grignoter quelques minutes sur son emploi du temps. Hans avait l'habitude, en milieu de matinée, de se promener sur les remparts. Avec un peu de chance, elle le trouverait et pourrait lui parler.

« Quand même, c'est bizarre d'enfermer Martha à clef, songea-t-elle encore. Je ne sais pas si c'est légal. Comme elle criait, tout à l'heure ! Elle frappait à sa porte et appelait. Enfin, Marguerite lui avait préparé un plateau royal pour le petit déjeuner et elle nous a promis de la raisonner. »

Ces pensées la tourmentèrent jusqu'à son arrivée à la petite cité dont les toitures rousses étincelaient sous la lumière vive de l'été. Des hirondelles sillonnaient le ciel d'un bleu pur. Des nuées de roses et de géraniums égayaient les balcons, les fenêtres et les vieux murs de l'enceinte médiévale. La jeune fille se rua dans la poste et confia la lettre à la préposée.

« Demain sans doute, Christian et Gretel Weller, mes grands-parents, la recevront. Quel choc ils auront ! »

Elle aurait voulu accompagner le courrier par

magie, voir de ses yeux l'expression du couple en apprenant l'existence de ses petits-enfants. Clémence lui avait un peu décrit la fromagerie, et Noëlle se représentait une petite exploitation pimpante, une ferme digne des dessins du célèbre Hansi, cet artiste dont elle avait collectionné les images.

Elle sortait du bureau de poste quand un homme lui barra le passage. C'était Hainer Risch.

—Bonjour, mademoiselle Kaufman, dit-il en soulevant son chapeau de feutre.

—Bonjour, dit-elle du bout des lèvres en tentant de poursuivre son chemin.

Le contremaître la toisait d'un air étrange. Elle en conçut un vague malaise, proche de la peur.

—Au fait, ajouta-t-il très bas, est-ce vrai ce que Charles m'a raconté? Monsieur Kaufman s'est résolu à emprisonner madame Martha? Ce sont de drôles de méthodes, ne trouvez-vous pas?

—Je ne tiens pas à en discuter avec vous! coupat-elle. Laissez-moi en paix. Ma mère m'attend au domaine et je suis pressée.

—Il faut choisir son camp, poursuivit Risch. Si les Merki veulent tremper dans cette combine, libre à eux, mais moi je vous préviens, je ne laisserai pas le patron agir en dépit du bon sens. Une vieille dame comme elle ne mérite pas un pareil traitement!

—Eh bien, donnez votre opinion à monsieur Kaufman et ôtez votre main de mon bras, le somma Noëlle, car il l'avait saisie au-dessus du coude.

Elle eut l'impression qu'au contraire Hainer Risch la serrait plus fort. Soudain, Hans se précipita vers eux. Il semblait furieux.

—Vous n'avez pas compris ce que vous dit mademoiselle? s'écria-t-il d'un ton sec. Laissez-la! Sinon vous aurez affaire à moi.

— *Herr* Krüger! s'exclama le contremaître. Quelle surprise! Chaque fois que je viens en ville et que je vois Noëlle, vous n'êtes pas loin. Mais, à votre place, je ne ferais pas d'esclandre: on nous regarde, et un Boche ferait mieux de ne pas attirer l'attention. D'abord, pourquoi n'êtes-vous pas dans l'armée du Führer, occupé à fourbir vos armes contre nous, les Français?

Hans se contenait difficilement. Au début, le jeune homme avait cru qu'il s'agissait d'un importun comme il y en avait parfois dans la rue qui s'en prenaient aux jolies filles, puis il avait reconnu le contremaître du domaine Kaufman, qui ne lui inspirait aucune confiance.

— Lâchez-la! insista-t-il.

Noëlle, qui redoutait que les deux hommes en viennent aux mains, s'interposa:

— Faites ce que dit mon fiancé, Risch! Si mon père savait qui vous êtes vraiment, il vous renverrait, comme Katel.

Elle faisait allusion à la mort de sa jument et à l'empoisonnement du chien, mais Hainer crut qu'elle le soupçonnait d'un crime bien plus grave. Vitc, il lâcha prise et s'éloigna en maugréant:

— Monsieur Kaufman n'est pas votre père. Et vous, Krüger, vous ne vous en tirerez pas comme ça. Rentrez dans votre pays!

Un témoin de la scène, le commis de la boucherie qui livrait une commande, répéta ces derniers mots.

— Bien dit, chacun chez soi!

Excédée, Noëlle entraîna Hans vers la ruelle où elle avait garé sa bicyclette.

— Je me suis fait un ennemi de plus, conclut le jeune homme. Navré d'avoir causé un scandale, mais je ne supportais pas de voir ses sales pattes sur toi.

— Merci! Risch finira par me terrifier. Hans, pourquoi les gens ont-ils tant de haine en eux? Moi qui croyais qu'en Alsace Allemands et Français avaient trouvé un terrain d'entente! Mon père adoptif a des clients jusqu'à Augsbourg; il emploie des ouvriers agricoles venus de la Forêt-Noire.

— Peut-être, mais tout le monde n'est pas comme monsieur Kaufman. Mes parents ont été obligés de quitter leur maison, après l'armistice de 1918. Et vite, crois-moi! Je m'en souviens, ma mère sanglotait et mon père n'était pas loin d'en faire autant. Cela ressemblait à une fuite; nous avions l'impression d'être des parias, des étrangers.

Malade d'amertume, le jeune homme pinçait les lèvres. Noëlle glissa sa main fine et chaude dans la sienne, glacée.

— Dès que nous serons mariés, dit-elle, je vivrai en Allemagne, avec toi. Je n'aime pas trop le domaine, et ma mère n'a pas besoin de moi. Franz l'accapare à temps plein. Et ce n'est pas une distance énorme. Nous viendrons souvent rendre visite à ma famille. Au fait, comment savais-tu que j'étais à la poste? Oh! Je suis sotte, tu m'as rencontrée par hasard...

— Pas du tout! J'étais sur le rempart et je surveillais la route. Une sorte de pressentiment, si tu veux. Je t'ai vue arriver sur ton vélo, toute spontanée dans cette ravissante robe blanche. Tu as l'air d'une mariée!

— Une mariée ne porte pas de ceinture rouge ni de sandales en toile, voulut-elle plaisanter. Mais elle a autant d'amour que moi dans le cœur.

Touché, il fit le geste de se pencher pour l'embrasser. Elle l'arrêta d'une mimique explicite.

— Pas dans la rue, pas en ville! Maman veut faire ta connaissance pendant le Pffiferdaj; nous n'avons pas longtemps à attendre. Ensuite, j'aurai le droit de te voir le dimanche.

— Seulement le dimanche? dit-il, dépité.

— Ne t'inquiète pas, je tricherai. Et ma petite mère est bien étourdie : tu travailles au lycée et j'entre en terminale. Nous nous verrons tous les jours. Et, le soir, tu pourras me raccompagner un bout de chemin.

— Cela risque de nuire à ta réputation, protesta-t-il. Et à la mienne.

— Alors je trouverai une autre idée.

Noëlle ponctua sa promesse d'un sourire radieux. Hans était au supplice.

— Tu es là, toute proche, et je ne peux pas te toucher!

La jeune fille inspecta les alentours. Elle aperçut un passage voûté entre deux maisons à colombages. Il y faisait plus sombre et le lieu, donnant sur une cour envahie d'herbes folles, était désert.

— Viens!

Ils s'enlacèrent aussitôt, exaltés. Un vent frais les fit frissonner, mais ils s'étreignirent encore plus fort, lèvres jointes, bouches complices appliquées à se donner de la joie. Pressée par l'heure, Noëlle se montra plus audacieuse. Pour la première fois, elle plaqua son corps contre celui de Hans. Il retint une plainte sensuelle quand ses jeunes seins s'appuyèrent sur sa poitrine et, sans plus réfléchir, il avança une de ses cuisses entre les siennes. Elle devint toute rouge sans cesser de s'ouvrir au baiser passionné qu'il lui imposait. Tout à coup, il recula, le souffle court.

— Ma chérie, soyons sages! parvint-il à articuler.

Elle rougit de plus belle, ayant nettement senti le sexe du jeune homme contre sa hanche. Liesele lui avait expliqué les mystères de l'amour physique et elle venait de passer de la théorie à un début de pratique.

— Oui, je m'en vais! dit-elle d'une voix faible. J'avais plein de choses à te raconter, mais je t'écrirai ce soir.

Noëlle voulait évoquer la mort de Lorrain et le

courrier posté à ses grands-parents inconnus. Mais elle quitta le passage voûté en courant. Des zones de son corps, aux endroits les plus intimes, vibraient d'une chaleur significative.

«Comme c'est facile de succomber! s'effara-t-elle. Liesele avait raison: si je couche avec Hans, je ne pourrai plus m'en passer. Mais j'attendrai le mariage.»

En arrivant dans la cour du domaine, elle décida néanmoins de se marier le plus tôt possible.

13

L'avant-guerre

Septembre 1936, Ribeauvillé

Clémence observait discrètement Hans Krüger, dont la politesse et les bonnes manières l'avaient conquise. Elle en concluait déjà qu'il ressemblait au gendre idéal. Le jeune homme avait un emploi de fonctionnaire, il était instruit et parlait un français impeccable. L'amour qu'il portait à sa fille était indéniable, comme en témoignaient ses regards passionnés et le soin qu'il prenait d'elle à chaque instant.

«Si seulement il n'était pas allemand!» songea-t-elle tandis que la serveuse de l'auberge apportait quatre tasses de café sur un plateau. Johann se posait moins de questions. Pour l'instant, il discutait vignes et culture des betteraves sucrières avec Hans. Le viticulteur paraissait même enchanté de la conversation.

Noëlle les écoutait patiemment. Le déjeuner organisé par sa mère lui avait paru interminable. Il y avait eu les inévitables interrogations au sujet de la date des fiançailles et du mariage, qui avaient gêné la jeune fille par leur côté pratique, très conventionnel.

De plus, Clémence tenait absolument à inviter les Krüger au domaine avant l'hiver. Hans avait affirmé que ses parents en seraient enchantés. Très amoureuse, la jeune fille se souciait peu des réunions familiales. Elle n'avait qu'une envie : pouvoir se retrouver seule avec celui qu'elle adorait.

— Cette année, monsieur Krüger, le kirchberg promet d'être excellent, encore meilleur que le dernier cru qui s'est très bien vendu, disait Johann avant de croquer dans un biscuit au sucre roux, servi avec le café. Maintenant, je sais que vous souhaitez faire carrière dans l'enseignement et je vous en félicite, mais j'aurais besoin d'un régisseur, un homme intelligent capable de me seconder. Je garde Risch, mon contremaître, par pure bonté d'âme. Il fait bien son travail, mais les journaliers se plaignent de sa rudesse. Si cela vous tentait, je ferais construire une maison neuve pour Noëlle et vous.

— Père, nous n'en sommes pas là, coupa la jeune fille. Excuse-moi, ta proposition est très gentille, mais peut-être que j'irai habiter à Endingen, une fois mariée.

— Allons, tu dis des bêtises ! s'écria Clémence. Hans me paraît plus français que toi tu n'es allemande. N'est-ce pas, Hans ? Vous êtes né ici, vous y avez passé vos premières années.

— Maman, je parle couramment allemand et mon père était allemand, dit Noëlle d'un ton ferme, sans laisser au jeune homme le temps de répondre. Ce n'est pas pour te faire de la peine, mais cela me plairait davantage. En plus, Endingen n'est pas loin, trente-deux kilomètres environ. En automobile, le trajet ne dure même pas une heure. Nous pourrons nous voir souvent.

— Nous en reparlerons le moment venu, conclut Johann qui voulait éviter les tensions. Tu n'as pas encore perdu ta fille, Clémence.

— Le problème, avança Hans, c'est que je ne suis pas sûr de garder ce poste au lycée de Ribeauvillé. Par contre, on me propose un emploi d'instituteur près d'Endingen. Je l'ai refusé, mais il se libérera d'ici deux ou trois ans.

— Fort bien, rien ne presse, car Noëlle est encore très jeune, affirma Clémence. De toute façon, il faut d'abord vous fiancer et apprendre à vous connaître.

Les jeunes gens échangèrent un regard amusé. Ils avaient à cœur de prouver leur bonne volonté.

— En effet, nous avons le temps, approuva la jeune fille.

Des accords de musique leur parvenaient de la place de la Mairie. Le Pffiferdaj animait la petite ville pavoisée. Clémence s'en émut. Elle se revit huit ans auparavant, tout intimidée de rencontrer Johann Kaufman, riche propriétaire terrien. Au même instant, son mari lui prit la main et y déposa un baiser furtif.

— C'est un peu notre anniversaire, cette fête des ménétriers! confessa-t-il. Si nous allions faire un tour? Tu n'as pas à te soucier de Franz. Liesele et Marguerite le gardent.

— D'accord, dit-elle, heureuse qu'il se souvienne lui aussi de cette date.

Elle ajouta en souriant à sa fille et à Hans :

— Profitez-en, vous aussi, les enfants. Noëlle, nous nous retrouverons devant l'école, là où est garée la voiture. Et vous, Hans, je compte sur vous pour le déjeuner, dimanche.

Le couple quitta la terrasse de l'auberge, bras dessus, bras dessous. Johann embrassa Clémence sur le front, avant de la prendre par l'épaule. Cela laissa Hans rêveur.

— Ils ont l'air de s'aimer vraiment, confia-t-il à Noëlle. Et ils sont très gentils.

— Oui! Au fond, ce sont un peu de jeunes mariés, puisqu'ils se sont rencontrés il y a une huitaine d'années. Maman a tellement changé depuis qu'elle l'a épousé! Et nous? Comment serons-nous dans huit ans? Voyons, en 1944?

Hans se leva et la prit par la taille. Ils s'éloignèrent vers la tour des Bouchers, couronnée de son sempiternel nid de cigognes circulaire et hérissé de bouts de bois.

—En 1944? répéta-t-il. Tu auras trois ou quatre enfants, je porterai des lunettes et, quand je rentrerai de l'école où j'enseignerai, tu me donneras vite mes pantoufles. Tu auras grossi, maternité oblige, et tu me cuisineras de bons petits plats!

—Je n'aurai pas grossi! protesta-t-elle en riant. Et quatre enfants, c'est trop pour moi. Déjà, j'ai du mal à surveiller mon petit frère. Et la maison? Tu n'as pas parlé de notre maison!

Il la serra contre lui, s'abandonnant à la quiétude joyeuse de cette journée.

—Un chalet tout en bois, une réplique de celui de mes parents. Au cœur de la forêt. Je t'achèterai une chèvre et avec son lait tu feras des fromages. Et surtout je t'offrirai un chien, un joli chien roux! Ta lettre m'a bouleversé, quand tu me confiais ton chagrin d'avoir perdu le vieux Lorrain.

Attendrie, Noëlle se blottit contre Hans. Ils marchaient le long d'une rue étroite, dans le sens opposé aux attractions du Pffiferdaj.

—Au moins, nous avons la paix, constata-t-il. Un jour pareil! Tout Ribeauvillé est rassemblé devant les stands et au jardin public. Ce n'était pas si terrible, ce repas de présentation. Ta mère est une femme charmante et monsieur Kaufman me plaît.

Ils montèrent sur un pan de rempart où un banc en fer était installé. Il permettait de profiter de la vue sur les plaines vallonnées où se doraient des hectares de vignoble.

—Alors, dit Hans, que se passe-t-il au domaine? Raconte-moi, j'aime t'écouter parler.

Une rafale de vent chaud balaya les boucles blondes de la jeune fille.

— La vieille dame paraît assagie, commença-t-elle. Marguerite la traite avec respect. Liesele est très contente d'être revenue au pays. Elle détestait les gens qui l'employaient, à Colmar. Je la vois faire beaucoup de choses, mais être bonne chez des bourgeois, ça non! Sais-tu, je l'aide à faire le ménage de la grande maison et on peut bavarder.

— Tu lui as dit, pour nous deux?

— Bien sûr, c'est ma seule amie! affirma Noëlle. Au début, elle se méfiait de toi, mais à présent elle est contente. Je la trouve souvent triste, et ça m'inquiète.

Ils discutèrent encore près d'une heure. La jeune fille éprouvait un sentiment de plénitude qui l'embellissait encore. Tous ses rêves paraissaient se concrétiser. Hans l'aimait et ils se marieraient un jour ou l'autre, Liesele avait repris sa place au domaine, et l'ogresse était hors d'état de nuire. Malgré les morts suspectes des animaux qu'elle affectionnait, malgré la présence menaçante de Hainer Risch, la vie lui paraissait délicieuse.

Ce bonheur devait durer environ deux années, durant lesquelles une paix fragile régnerait sous le toit de la grande maison.

À sa grande surprise, Clémence avait reçu une lettre très gentille de ses parents. Christian et Gretel Weller semblaient heureux d'avoir enfin des nouvelles détaillées de leur fille et de connaître l'existence de leurs petits-enfants. Mais, d'un côté comme de l'autre, il n'était jamais question d'une rencontre et de vraies retrouvailles. Proche de la soixantaine, le couple travaillait dur pour maintenir sa fromagerie en état, et les Weller s'étaient contentés d'inviter les Kaufman à leur rendre visite, en déplorant de ne pas pouvoir s'absenter une seule journée. Un peu déçue, Clémence reportait sans cesse le voyage, pourtant assez court, jusqu'à Durrenbach. L'éducation de Franz l'accaparait. Quant à Noëlle, elle correspondait avec sa grand-mère Gretel Weller, mais, prise par ses études et ses rendez-vous avec Hans, elle ne pressait plus sa mère de faire le déplacement.

La jeune fille avait pris l'habitude d'écrire son journal quand elle se réfugiait dans sa chambre. Chaque soir, elle notait les menus événements qui ponctuaient sa jeune existence.

Le 12 novembre 1938, âgée de dix-neuf ans, elle confia aux pages du cahier l'angoisse qui venait de l'envahir.

Hans est encore une fois parti chez ses parents. J'ai toujours peur qu'il ne revienne pas. Il se passe des événements abominables en Allemagne et cela me rend malade. Les militants hitlériens, soutenus par le IIIe Reich, ont attaqué la communauté juive. Il y aurait eu plus d'une centaine de morts et des milliers de gens arrêtés[30]. *Les magasins des Juifs ont été pillés et détruits, ainsi que les synagogues. Quand nous avons appris la nouvelle, par la radio, papa Johann était effaré, maman et moi avons retenu nos larmes pour ne pas effrayer Franz.*

---

30. Il s'agit de la nuit de Cristal (Kristallnacht), du 9 au 10 novembre 1938. Ce violent assaut ou pogrom fut organisé à l'initiative des dirigeants du parti nazi et des SA, suite à l'assassinat d'Ernst von Rath par un jeune Juif. Il fit plus de 100 morts et plus de 400 blessés et donna lieu à l'arrestation de 30 000 Juifs. De nombreuses synagogues furent détruites, ainsi que des magasins et commerces appartenant à des familles juives. Le grand nombre de vitres brisées est à l'origine de cette appellation de nuit de Cristal. Cette manifestation fut le prélude à l'élimination systématique des Juifs.

Je ne comprends pas comment de tels actes de violence et de barbarie peuvent exister. Hans était profondément choqué. Il m'a dit qu'il avait honte de l'Allemagne nazie et qu'il fallait s'attendre au pire si le Führer persévérait dans sa politique antisémite.

Pour me consoler, je pense souvent à la belle journée de nos fiançailles, en juillet dernier. Nous les avons célébrées à Endingen, chez Thomas et Frida Krüger, mes futurs beaux-parents. Maman étrennait une jolie robe en soie verte; papa Johann était de très bonne humeur et nous taquinait, Hans et moi. Liesele était invitée, elle aussi, ainsi que Marguerite et Charles.

Nous avons déjeuné dehors, à l'ombre d'un énorme pommier. La table était très bien décorée, avec des fleurs en papier crépon rose et jaune. Le repas était excellent: des saucisses grillées sur les braises, de la salade de pommes de terre, un civet de lièvre et au dessert un délicieux gâteau au chocolat garni de cerises confites et de crème fraîche, que Frida Krüger appelle une forêt-noire. La vie devrait toujours être ainsi, pleine de joie et de bonne humeur.

Je ne sais pas pourquoi, mais je me sens très bien chez les parents de Hans. Ce sont des personnes éprises de la nature, paisibles et d'une amabilité rare. Ils ont évoqué leurs souvenirs de l'époque où ils habitaient Ribeauvillé et c'était émouvant.

Hans compte tant pour moi! Chaque fois qu'il s'absente, il me manque à un point que je ne saurais décrire. Heureusement, Endingen n'est pas loin et, même à bicyclette, le trajet est assez rapide.

Une chose m'angoisse aussi: il s'agit de Martha. Hier le curé nous a rendu visite et il a mis en garde papa Johann, en lui répétant que ce n'était pas correct de tenir une vieille dame enfermée. Maman a expliqué qu'elle était bien soignée, qu'elle disposait d'un poste de radio et de tout le confort, et qu'à la belle saison Marguerite lui faisait faire une promenade autour du domaine. Mais cela n'a pas suffi; monsieur le curé a conseillé de la libérer. Nous supposons tous, sans doute à juste titre, que Risch a répandu la rumeur en ville, comme quoi Martha Kaufman était maltraitée.

Je me demande souvent pourquoi papa Johann garde cet homme comme contremaître. Il paraît qu'il a promis à l'ogresse de ne pas le renvoyer. En tout cas, Liesele me l'a confirmé, Hainer Risch prend régulièrement des nouvelles de la patronne, comme il l'appelle encore, et, la semaine précédente, il lui a rendu visite dans sa chambre, avec la permission de papa Johann.

Enfin! Je n'ai plus qu'un an à attendre et nous serons mariés, Hans et moi. Si tout va bien, il aura ce poste d'instituteur en Allemagne, près de ses parents, et nous vivrons là-bas. Le chalet des Krüger est isolé, loin de la capitale. J'espère de tout mon cœur que le chancelier Hitler n'ira pas lancer ses militants au fond des campagnes.

La jeune fille cessa d'écrire, car on frappait deux petits coups discrets à sa porte. Elle cria d'entrer, certaine qu'il s'agissait de Liesele. Son amie apparut, en longue robe bleue et devantier blanc. Ses longues tresses étaient attachées en arrière.

—Nel, je t'apporte du thé et des bredeles.

—Des bredeles! s'étonna-t-elle. Mais ce sont des biscuits réservés à la période de Noël.

—Ta mère avait envie de cuisiner et Franz l'a aidée. Ton petit frère s'est bien amusé. Il a de la farine partout, sur le bout du nez, dans les cheveux... Je crois que c'est une manière de conjurer la tristesse ambiante.

Elles échangèrent un regard navré. Les événements qui secouaient l'Allemagne avaient semé l'angoisse dans bien des foyers français.

—Ce soir, l'ogresse reprend sa place à table! ajouta Liesele. Décision du patron... pardon, de ton père.

— Cela me fera bizarre de la revoir, dit Noëlle. Peut-être qu'elle se tiendra tranquille à l'avenir.

— Oui, peut-être. En tout cas, pendant tout ce temps, il n'y a pas eu de malheur au domaine. La dernière victime, ce fut notre Lorrain. Mais si Hans vient déjeuner dimanche, il vaudra mieux ne pas risquer une confrontation. Nel, est-ce que je peux te parler franchement?

— Bien sûr. Qu'est-ce qu'il y a? demanda la jeune fille, préoccupée.

— Tu es vraiment décidée à vivre en Allemagne, à devenir madame Krüger? Cela ne te gêne pas d'épouser un homme qui, d'un jour à l'autre, peut être amené à prendre les armes contre notre pays? Qu'il le veuille ou non, Hans devra obéir aux lois du IIIe Reich. Il devra obéir à Hitler. Imagine qu'il se retrouve enrôlé sous la menace dans l'armée du Führer, qu'il soit forcé d'arrêter d'innocents commerçants juifs, pire, de les tuer. Je sais que tu l'aimes, Nel, mais réfléchis bien!

— C'est tout réfléchi, Liesele. Et jamais Hans ne se conduira ainsi. Il n'approuve pas du tout les agissements de cet Hitler, pas plus que ses parents. Tous les Allemands ne sont pas nazis. Et j'ai confiance en celui que j'aime. Si tu savais comme je l'aime, comme il m'aime, tu n'oserais pas me dire des choses pareilles.

Exaspérée, Noëlle referma son cahier et se leva. Elle marcha jusqu'à la fenêtre et observa les longs traits cristallins de la pluie sur les toits de l'écurie. Liesele et Güsti, qui s'entendaient comme larrons en foire, se préoccupaient trop de politique internationale à son goût, et ils lui reprochaient de plus en plus souvent sa relation avec Hans.

— Si encore tu avais couché avec lui! soupira son amie. Tu prétends l'adorer alors que tu ignores ce qui se passera, une fois dans son lit.

—Je t'en prie, Liesele, ne joue pas les grandes sœurs sur ce point. Je te rappelle que c'est toi qui m'as conseillé de ne pas céder à Hans. Et il ne m'a jamais demandé d'aller plus loin. Lui aussi, il a peur! Lui aussi, il me questionne : que ferais-je dans l'éventualité d'un conflit entre nos deux pays? Et je lui réponds comme à toi. J'ai choisi de l'épouser et de vivre à Endingen. Quoi qu'il arrive.

Ces mots résonnèrent dans le silence de la chambre. Liesele finit par sourire. Elle regarda Noëlle d'un air proche de l'admiration.

—Toi, alors, tu as bien changé! Tu as une volonté d'acier, ma Nel. On ne le dirait pas, avec ton allure de poupée angélique! Fais comme tu l'entends, mais j'espère que tu ne le regretteras pas.

—Moi, une poupée angélique! protesta la jeune fille. Continue à me décrire comme ça et je coupe tes tresses de gamine. Franchement, à ton âge, tu pourrais te coiffer à la mode.

Liesele éclata de rire, sans se vexer. Elles ne pouvaient pas se fâcher vraiment. Pour mettre un terme à la discussion, elles burent du thé en dégustant les bredeles encore tièdes.

—Bientôt, à la Toussaint, maman préparera le berawecka, fit remarquer Noëlle. Elle s'est mise à la cuisine depuis que ta mère a remplacé Katel.

Chaque année, à l'approche des fêtes de Noël, les ménagères alsaciennes avaient à cœur de confectionner cette pâtisserie qui réjouissait petits et grands. À base de fruits secs et de fruits confits macérés dans du schnaps et enveloppés d'une très fine couche de pâte parfumée à la cannelle, c'était le gâteau traditionnel du pays.

—Tout à l'heure, nos mères bavardaient comme des pies, raconta Liesele. Il était question de décorer la grande maison dès le premier jour de l'avent. Elles prévoyaient un immense sapin pour le salon, des brassées de houx, du gui et des kilomètres de ruban rouge.

—Peut-être qu'un jour nous aurons la nostalgie de cette époque, dit Noëlle sans bien savoir pourquoi. Je me plains de l'ogresse depuis des années, je rêve de partir avec Hans, mais nous ne sommes pas si mal, au domaine. La preuve, tu voulais absolument vivre loin d'ici, il y a deux ans, tu me parlais de travailler à Paris ou à Strasbourg et, au bout de trois semaines à Colmar, tu as déclaré forfait et tu es revenue à Ribeauvillé.

—Tout ça pour retomber dans les bras de Mechel dès mon retour. Et, après six mois, il m'a lâchée et il s'est marié avec la fameuse Jeannette qui avait accordé ses faveurs à ton Hans.

—Tant mieux, il ne te méritait pas, Liesele, affirma Noëlle. Toi, il te faudrait un anarchiste barbu, quelqu'un qui partage tes idées.

—Méfie-toi, tu fais le portrait de Güsti et il ne me plaît pas du tout. Pour rien au monde, je ne voudrais de Hainer Risch comme beau-père, plaisanta-t-elle sur un ton ironique. Ce rustre me lance de ces regards! L'autre matin, je lavais du linge dehors, dans le baquet, et il me tournait autour. Heureusement, papa est sorti. En fait, Güsti pourrait me plaire s'il n'était pas le fils de Risch.

L'aveu médusa Noëlle. En secret, elle fut émerveillée d'aimer un homme aussi beau et intelligent que Hans. Liesele n'avait pas de chance, à ses yeux, sur le plan sentimental.

—Quand même, celui que je préférais, c'est Manuel, déclara-t-elle après un temps de réflexion. Tu devrais lui écrire.

—Trop tard, il est déjà marié! soupira son amie

avec une petite grimace de dépit. Je te laisse, Nel, je dois aider maman à ranger la vaisselle et à repasser le linge de table.

La moindre allusion aux travaux domestiques que Liesele devait accomplir pour Clémence gênait Noëlle. Elle déplorait cette situation.

— Tu devrais chercher un autre emploi, même si tu es bien payée ici, proposa-t-elle. Il paraît qu'on embauche à la fabrique d'eau Carola. Je supporte mal que tu sois domestique chez nous.

— Dis tout de suite que tu veux te débarrasser de ton ange gardien, répliqua Liesele. Je ne suis pas si mal, chez vous, près de mes parents. Tant que tu habites là, je n'ai pas envie de m'en aller.

C'était une grande preuve d'amitié que recevait la jeune fille. Très émue, elle embrassa Liesele sur la joue et, envahie par un sentiment étrange qui ressemblait fort à la crainte irraisonnée de la perdre un jour prochain, elle retint ses larmes.

Samedi 2 septembre 1939

Presque un an s'était écoulé depuis la terrible nuit de Cristal, comme l'avaient baptisée les journaux européens.

Noëlle et Hans étaient montés jusqu'aux ruines du château du Girsberg par un sentier qui serpentait au milieu des bois. Ils avaient beau se tenir par la main ou écouter les trilles des oiseaux cachés dans les feuillages, un profond accablement les oppressait. Le spectre de la guerre jetait une ombre glacée sur leur promenade.

Après avoir visité les vestiges de l'enceinte médiévale, envahie par les ronciers et les orties, ils s'assirent côte à côte sur un gros bloc de rocher, à l'ombre d'un chêne massif. De là, le paysage s'étendait à l'infini, dominé par le massif du Taennchel.

—Tu dois vraiment partir ce soir? demanda doucement la jeune fille. J'ai l'impression que nous ne pourrons jamais nous marier. Maman avait tout prévu pour le mois de juillet et nous avons dû reporter la date à cause des menaces de guerre.

—Je suis désolé, Nel! Et maintenant la situation a empiré. Les troupes de la Wehrmacht ont envahi la Pologne. Les Français ont été mobilisés hier. Si je ne rentre pas en Allemagne, je serai considéré comme déserteur et je finirai en prison ou fusillé.

—Bien sûr, tu ne peux pas prendre ce risque! concéda-t-elle.

Hans la dévisagea. Noëlle était désespérée; ses yeux bleus avaient perdu leur éclat. Il la prit par l'épaule et couvrit son front de légers baisers.

—J'ai eu tort de repousser notre mariage; pardonne-moi. Nous habiterions déjà Endingen et, même militaire, je pourrais peut-être te rendre visite. Ma mère était prête à t'accueillir à bras ouverts, elle t'aime beaucoup. Je ne sais pas dans combien de temps nous nous retrouverons. La guerre qui s'annonce sera sans doute encore plus éprouvante que la précédente.

—Mais non, ce n'est pas possible, protesta Noëlle. Pourquoi est-ce qu'il y aurait la guerre? Regarde, tout est si paisible. Les gens préparent le Pffiferdaj comme chaque année. Je me réjouissais d'y aller avec toi demain. Si tu pars, je n'irai pas.

Elle serra plus fort les doigts de son fiancé, prête à pleurer toutes les larmes de son corps. D'ordinaire, quand elle était triste, Hans l'embrassait avec tant de ferveur sur les lèvres que cela l'apaisait aussitôt. Mais, ce premier jour de septembre, il restait impassible, perdu dans ses pensées. Après une longue méditation, il s'écria:

— Noëlle, si tu partais avec moi ce soir? Je ne vois que cette solution. Tu as entendu ce que disait cet homme, devant la mairie? L'Alsace va sans doute être évacuée. Cela signifie que toi aussi tu devras quitter le pays avec ta mère et ton petit frère. Je t'aime trop, ma chérie! Je n'ai pas le courage de me séparer de toi, si vite. Et si je te raccompagnais au domaine et que j'en discutais avec tes parents? Ils doivent accepter que tu viennes à Endingen. Nous nous marierons là-bas. Ce ne sera pas la belle cérémonie dont tu rêvais, mais tu seras enfin ma femme.

Hans la fixait avec une telle expression de désir que la jeune fille sentit son cœur battre plus vite. Ce qu'il lui proposait la rassurait au-delà du possible.

Elle considéra soudain la bague de fiançailles qu'elle n'avait pas quittée un instant depuis deux ans. C'était une aigue-marine sertie dans une rosace de brillants et montée sur un anneau d'argent.

— Si tu veux m'emmener, je te suivrai, assura-t-elle. Et je saurai convaincre ma mère et Johann. Oh! Hans, si tu savais comme je suis contente! Tu as eu la meilleure idée du monde. Je serais tellement heureuse de vivre dans la forêt avec tes parents qui me traitent déjà comme leur fille! En tout cas, s'il y a une évacuation, je serai incapable de partir. Je ferai tout pour rester ici, près de la frontière. Il vaut mieux que je m'installe à Endingen.

— Maman te logerait dans la belle chambre des invités, celle qui a un petit balcon, rêva Hans à voix haute. Nous dirons aux voisins que tu es allemande, puisque tu parles couramment notre langue. Et nous dormirons tous les deux, une fois mariés, ce qui ne s'est jamais produit, hélas! Nel, j'attends depuis si longtemps!

Elle comprit très bien de quoi il parlait. Malgré la

surveillance accrue de Clémence, ils avaient l'occasion de s'embrasser à en perdre le souffle et ils avaient échangé des caresses si douces et si folles que, plusieurs fois, ils avaient failli céder à l'élan forcené de leur désir mutuel. Hans enlaça la jeune fille et effleura de ses lèvres son front et sa bouche. Elle noua ses mains autour de son cou et se plaqua à lui.

— Je veux être ta femme, affirma-t-elle en frottant sa joue contre la sienne. Ta femme tout à toi, mon amour. Et si vraiment il y a la guerre, je préfère vivre dans ta famille. J'aiderai ta mère, je ferai le ménage et la cuisine. Je sais aussi m'occuper d'un potager et mettre le chou au sel en tonneau pour la choucroute.

Hans eut un rire attendri. Ils se levèrent, face au vent de la plaine. Les lourdes boucles blondes de Noëlle voletèrent, et sa robe en soie bleue épousa ses cuisses bien galbées. Elle respira à fond l'air vif qui balayait les plaines, ce qui bomba sa superbe poitrine. Terrassé par le désir qu'il avait d'elle, le jeune homme ferma les yeux un instant. Il avait lutté des mois contre la tentation, alors que Noëlle ignorait l'extrême séduction de son corps aux formes provocantes.

— Il vaut mieux redescendre à Ribeauvillé, dit-il d'une voix changée. Nous serons plus tôt au domaine.

— Embrasse-moi encore tant que nous sommes seuls, loin des curieux. Tu n'étais jamais là, ces derniers temps. Tu m'as manqué si souvent! Promets-moi que ce soir nous serons tous les deux à Endingen.

— Je te le promets, ma chérie, mon trésor!

Elle l'étreignit, exaltée à la perspective fantastique de partir avec lui. La pointe de ses seins frôla son torse à travers le tissu fin de sa chemisette. Comme par jeu, elle enroula une de ses jambes à sa cheville, si bien qu'il perçut la caresse d'un ventre délicatement bombé contre le sien.

—Noëlle, par pitié! Si tu continues, je vais faire une bêtise. C'est que je t'aime, sais-tu, je t'aime comme un fou! Et tu es tellement belle.

Hans tremblait, le souffle court et rapide. Noëlle le fixait de ses larges prunelles bleues.

—Hans, je veux que ce soit aujourd'hui, là, tout de suite. Il peut arriver un malheur d'ici notre mariage. Pourquoi attendre? Je t'aime de tout mon être et je suis ta femme, tu l'as dit tout à l'heure.

Enivré par le parfum sucré de sa peau d'une blancheur de lait, il couvrit son décolleté de baisers légers. Ses doigts entreprirent de déboutonner le corsage. Ce n'était pas très raisonnable, mais, comme Noëlle, il éprouvait un sentiment d'urgence.

—Ma petite chérie, tu veux bien, tu es sûre? s'inquiéta-t-il. Et si tu tombais enceinte et que je ne sois pas là, je m'en voudrais trop.

—Si je tombe enceinte et que tu n'es pas là, tes parents veilleront sur moi; et Endingen n'est pas si loin du domaine Kaufman: maman viendra me rendre visite. Ayons confiance en la vie, Hans! Il n'y aura pas de guerre, pas d'évacuation, rien de grave. Que nous deux.

Noëlle pleurait et riait à la fois. Sa respiration saccadée trahissait la fièvre charnelle qui la dévorait au même titre que Hans. Elle dégrafa les derniers boutons de nacre de son corsage, et baissa les bretelles de son soutien-gorge en satin rose.

Il hésitait encore, mais la vision de deux seins ravissants couronnés d'un mamelon couleur de framboise mûre lui ôta toute velléité de résistance. La gorge nouée, il contempla la nudité radieuse de la jeune fille, qui lui tendait son visage aux lèvres rose vif, à la peau brûlante.

—Mon amour! s'affola-t-il.

Avec des gestes délicats, il fit glisser son jupon jusqu'à ses chevilles. Lentement, il s'inclina pour embrasser les globes doux et satinés de sa poitrine, puis il tomba à genoux avec un gémissement et mit sa joue contre son ventre. Noëlle renversa la tête en arrière quand Hans lui ôta sa culotte en satin et frotta son visage dans la toison blonde qui se frisait en haut de ses cuisses.

—Viens! implora-t-il. Viens.

Il l'aida à s'allonger à même le sol jonché de feuilles mortes et de mousses veloutées. Là, ils s'abîmèrent dans des baisers langoureux jusqu'à ne plus penser à rien d'autre qu'à la joie qui les transportait, à la griserie des gestes d'abord pudiques, puis audacieux. Plus Noëlle oubliait ses appréhensions, plus le plaisir dévastateur et enivrant la transportait. Hans tenta enfin de pénétrer le chemin intime, encore vierge, qui le comblerait de délices. Elle poussa un bref cri de douleur.

—Je t'ai fait mal? Pardon! murmura-t-il.

Il s'écartait, désolé de l'avoir fait souffrir, mais la jeune fille le retint par les hanches.

—Ce n'est rien, ne t'en va pas! J'ai tellement envie de toi que je peux souffrir un peu. Et je n'aurai mal qu'une fois. Hans, je t'aime.

Elle le fixa avec passion, à la fois craintive et le regard voilé par les prémices de l'extase. Il s'enfonça en elle, incapable de se contrôler, les reins cambrés, ivre de jouissance. Pour chaque plainte qu'elle poussait, il l'embrassait à pleine bouche. Bientôt ils furent étroitement unis, envahis par un bonheur si parfait qu'ils jetèrent la même exclamation de béatitude.

—Noëlle, souffla-t-il à son oreille quelques minutes plus tard, ma chère petite blessée, je m'en veux tout de même de te faire souffrir.

Elle lui caressa le dos, étonnée de la sensation de plénitude extrême qu'elle éprouvait. Il voulut se retirer, mais elle l'emprisonna en nouant ses jambes fuselées autour de sa taille. Cela lui redonna l'énergie nécessaire et, de nouveau, il s'abandonna à un mouvement de va-et-vient langoureux. Noëlle le dévisageait, haletante, attentive à la réponse de son corps.

—Comme tu es beau, mon amour! articula-t-elle tout bas.

Hans la couvrit d'un chaud regard. Le soleil faisait paraître plus doré l'éclat de ses yeux noirs.

Il s'abattit sur elle, comblé.

—Maintenant, affirma-t-il un peu plus tard, nous devons partir tous les deux. Tu es ma femme, mon épouse adorée qui m'a fait le plus beau cadeau de la terre.

Il conclut ces paroles par un interminable baiser.

*

Noëlle et Hans pédalaient sur la route menant au domaine Kaufman. La jeune fille en profitait pour admirer le paysage familier qui avait bercé son enfance et son adolescence. Elle adressait un au revoir affectueux aux chemins de terre crayeuse tracés au milieu des plantations de houblon et des champs de betteraves, ainsi qu'aux collines abruptes nappées du chatoiement rouge et or des vignes. En tenant son guidon d'une seule main quelques instants, elle désigna l'étang à Hans. Une cigogne fouillait l'eau verte de son long bec écarlate.

—Elle habite sur le toit du four à pain, lui expliqua-t-elle. Je la reconnais.

—Tu te moques de moi, plaisanta-t-il. Comment reconnaîtrais-tu une cigogne en particulier? Elles se ressemblent toutes.

—Je suis une fée, répliqua-t-elle en riant. La fée des cigognes.

Ils remontèrent l'allée de sable blond bordée de sapins. Le mur d'enceinte de la propriété leur apparut, dominé par la toiture de la grande maison et celles, en chaume, des bâtiments voisins. Le portail était ouvert.

—Oh, non, il y a des visiteurs! se désola-t-elle en voyant une voiture noire garée près du puits. Nous ne pourrons pas parler tout de suite à mes parents.

Noëlle entra sans bruit dans le vaste couloir en tenant son fiancé par la main. Ils entendirent des éclats de voix en provenance du salon et jetèrent un coup d'œil par la porte entrebâillée. Johann recevait l'adjoint du maire, Zimmermann, un gros homme grisonnant, ainsi qu'un de ses amis lui aussi viticulteur. Les trois hommes s'étaient attablés dans la salle à manger. Clémence descendit l'escalier au même instant. Elle vint à leur rencontre, la mine abattue.

—Noëlle! Heureusement que tu rentres tôt! Bonjour, Hans! Vous avez appris la nouvelle?

—Quelle nouvelle? demanda la jeune fille.

—Le gouvernement a décrété l'évacuation de l'Alsace. La Grande-Bretagne a décrété la mobilisation générale. C'est la guerre! Je préparais mes valises quand je vous ai vus arriver par la fenêtre. Johann nous conduit dès ce soir en Dordogne, chez sa cousine Suzanne. La plus grande partie de la population et les députés du département vont se réfugier là-bas, à Périgueux. Monte vite faire tes bagages.

—Maman! s'écria Noëlle. Moi, je ne pars pas avec vous.

—Qu'est-ce que tu racontes? s'alarma sa mère. Et vous, Hans? Que faites-vous ici?

Le ton manquait d'amabilité. Gêné, le jeune homme ne répondit pas immédiatement.

— Hans doit rentrer chez lui ce soir, dit Noëlle. Sa mère lui a envoyé un télégramme. Et c'est pour cette raison qu'il m'a accompagnée. Je t'en supplie, si tu m'aimes, laisse-moi m'en aller avec lui à Endingen. Nous devons nous marier.

Clémence les observa tour à tour avec méfiance.

— Cela signifie quoi, « nous devons nous marier »?

Tout à coup, elle comprit en remarquant les lèvres meurtries de sa fille et son air plus déterminé.

— Mon Dieu! soupira-t-elle. Hans, vous me décevez. Comment avez-vous osé? L'Europe entière s'embrase, la Pologne vient de courber le dos sous le joug des armées d'Hitler et vous, vous...

Elle retenait ses larmes. Noëlle lui tapota l'épaule.

— Maman, je ne veux pas être séparée de lui. J'ai vingt ans et je crois être en droit de décider de ma vie. Or, ma vie, c'est Hans. Nous serons mariés dans moins d'un mois et je logerai chez ses parents. Oui, je vais monter préparer une valise, mais je prendrai une autre direction que toi. Je suis désolée.

— Ma chérie, sanglota Clémence, tu ne peux pas m'abandonner comme ça! Et Franz? Je serai exilée loin de tout ce que j'aime et toi, tu vas t'installer de l'autre côté du Rhin, en pays ennemi.

— Rien ne prouve que l'Allemagne déclarera la guerre à la France, insista la jeune fille. N'est-ce pas, Hans?

— Je ne suis qu'une brindille de paille devant l'ampleur de ce qui se trame, rétorqua-t-il avec franchise. Je ne peux rien dire sur ce point, mais, chère madame, je voudrais vous rassurer. Noëlle sera peut-être plus en sécurité chez nous. Je l'épouserai sans tarder et, si jamais elle attendait un enfant, mes parents veilleront sur elle.

Johann sortit du salon, coupant court à leur

discussion. L'adjoint au maire salua le groupe d'un signe de tête, mais, en voyant Hans, il se figea.

—Monsieur Krüger! s'exclama-t-il. Dites, à votre place, je ne traînerais pas trop dans la région. Malgré toute l'estime que j'ai pour vous, il y a de fortes chances que demain matin vous vous retrouviez dans la peau d'un prisonnier de guerre.

—Le fiancé de ma fille est passé justement nous dire au revoir, répliqua courageusement Clémence.

—Eh oui, renchérit vite Johann, guerre ou pas, ces jeunes gens s'aiment et ils se marieront.

—Bien, bien! dit Zimmermann en fronçant les sourcils. Si vous pensez que cette union doit se faire, je vous souhaite bonne chance à tous.

Les visiteurs enfin partis, Johann interrogea Hans d'un regard inquiet.

—Vous êtes mobilisé?

—Je ferais mieux de me résigner à cette idée, répondit doucement le jeune homme.

Clémence se réfugia dans les bras de son époux. Elle tremblait de tout son corps.

—Noëlle ne veut pas venir en Dordogne, gémit-elle. Ces jeunes fous sont là pour obtenir notre accord et filer en Allemagne. Ils prétendent qu'ils doivent absolument se marier. Et Hans affirme que ma fille sera moins en danger là-bas.

Johann se gratta le menton, déconcerté. Il se montrait de plus en plus sentimental avec le temps, et l'urgence de mettre Clémence et Franz à l'abri prévalait sur la décision surprenante de sa fille adoptive.

—Pourquoi pas? lança-t-il. Tout ce branle-bas de combat ne signifie peut-être rien de grave. Comme je connais Noëlle, elle t'en fera voir de toutes les couleurs, à Périgueux, si elle n'a pas de nouvelles de son fiancé. Ils auraient dû se marier en juillet, de toute façon.

— Mais oui, déclara Noëlle, magnifique de volonté, et je préfère être sincère avec vous. Si vous m'interdisez de suivre Hans chez ses parents, je m'enfuirai ce soir même et j'irai seule, à bicyclette. Faire la route ne m'effraie pas, si je peux le rejoindre. Maman, je t'en prie, ne perdons pas de temps. Dis oui!

— Je ne sais pas, Noëlle. Tu exiges de moi un sacrifice abominable...

— Madame, ajouta Hans, l'Alsace va être évacuée. Les Anglais et les Français ont décidé de s'opposer aux agissements intolérables d'Hitler et, croyez-moi, j'espère de toute mon âme que le Führer sera mis hors d'état de nuire. Tous les Allemands ne sont pas des nazis, surtout pas ma famille. Le chalet de mes parents est isolé et peu de gens viennent chez nous. Vous le disiez vous-même, le jour de nos fiançailles, que nous habitions en pleine forêt, loin de l'agitation des villes. Noëlle sera en de bonnes mains et ma mère la considère déjà comme sa fille.

— Il me semble, à moi, que cela ne change pas grand-chose, coupa Johann en jetant un œil sur sa montre-bracelet. Ce que je veux, Clémence, c'est prendre la route avant le dîner. Je vous emmène chez Suzanne, Franz et toi, et je reviens à Ribeauvillé. Si tout est calme, je rendrai visite à Noëlle. La guerre peut se cantonner en Pologne ou en Russie. Dans ce cas, j'irai vous chercher.

— Mais je croyais que tu resterais avec nous, là-bas! s'alarma Clémence.

— Et ma mère? soupira Johann. Je ne vais pas l'abandonner ici, seule! Marguerite s'en va elle aussi, avec Liesele et Berni. Tu sais bien, ma mie, quand le bateau coule, on sauve les femmes et les enfants d'abord. Ce sera l'occasion de trouver un établissement correct pour maman. Ma vieille mère n'est plus que l'ombre d'elle-même, ces temps-ci.

Dans son impatience d'obtenir la permission tant espérée, Noëlle faillit taper du pied. Mais Clémence leva les bras au ciel, excédée :

—Je reste au domaine, protesta-t-elle. Je m'occuperai de Martha. Qui le fera si Marguerite nous quitte? C'est le chaos, la panique! Et les bêtes? Les chevaux, les cochons?

—Charles ne part pas, bien sûr, précisa le viticulteur. Guerre ou pas, nous vendangerons. Je mettrai mon kirchberg et le riesling en chai quoi qu'il arrive. Quant à maman, je demanderai à Risch de la prendre en charge jusqu'à mon retour. Mais toi, ma douce femme, je veux que tu sois loin avec notre fils. J'ai déjà téléphoné à ma cousine. Elle nous attend. Son mari tient une quincaillerie. Ils ont des chambres pour vous et un jardin derrière le magasin.

—Maman, implora Noëlle, écoute papa Johann, pars tranquille. Nous nous écrirons. Ne m'oblige pas à te désobéir. J'aime trop Hans pour me séparer de lui.

—Madame, ne craignez rien, je protégerai votre fille, dit Hans d'une voix grave. Je suppose que monsieur Zimmermann venait vous signifier un ordre d'évacuation venu en droite ligne du gouvernement. Quelqu'un nous a prévenus, Noëlle et moi, en début d'après-midi. Les notables sont avertis en premier pour éviter une débâcle et trop de pagaille sur les routes. Je comprends cette décision. La ligne Maginot s'arrête à Sedan; si la Wehrmacht forçait la frontière, l'Alsace serait parmi les départements les plus exposés, surtout avec le passé de la région. Vous savez que je suis de conviction pacifiste. Personnellement, je n'ai aucune envie de me battre contre la France où je suis né et où j'ai grandi. Peut-être que je parviendrai à renouveler ma dispense militaire, si je sollicite dès demain un poste d'instituteur.

Malade de chagrin, Clémence se tordit les mains. Chaque mot qu'elle prononça lui brisa le cœur.

—Eh bien, pars avec Hans, ma chérie! Quand j'étais amoureuse de toi sans grand espoir, Johann, rien ne m'aurait décidée à partir du domaine. Mes pauvres enfants, vous vous aimez tant! C'est vrai, je n'ai pas le droit de vous empêcher d'être heureux, même si ce n'est qu'un jour, une semaine. Je vous la confie, Hans. Prenez soin d'elle!

Incapable d'en dire plus, Clémence se rua vers l'escalier. Johann poussa un gros soupir embarrassé.

—Merci, papa! dit Noëlle, très émue. Tu as vraiment été un père pour moi, un père formidable.

Le viticulteur la prit dans ses bras et l'étreignit. Il se sentait pataud et redoutait de verser une larme.

—Sois prudente, petite! Et vous, Hans, veillez sur elle comme sur la prunelle de vos yeux. Sinon, gare à vous!

Aucun d'eux ne soupçonnait l'effroyable bouleversement qui allait ébranler le monde entier. Transportée de joie, Noëlle embrassa Johann sur les deux joues en promettant de donner de ses nouvelles régulièrement.

Hans annonça qu'il rentrait à Ribeauvillé préparer ses bagages.

—Je serai prêt à huit heures ce soir, dit-il en cachant mal sa propre joie. Nous partirons aussitôt. Ne te charge pas: j'aurai bien l'occasion de revenir prendre tes affaires les moins indispensables.

—Je vérifierai moi-même sa bicyclette, promit Johann Kaufman. J'aurais pu vous conduire en voiture à Endingen, ou demander ce service à Charles, mais je ne veux pas prendre de retard. Nous en avons pour des heures avant d'atteindre Périgueux. Et il y a autre chose. Ce serait préférable de ne pas ébruiter le départ de Noëlle. Je dirai qu'elle nous a suivis en Dordogne. Juste le temps que la situation se décante.

—Je monte vite faire ma valise, dans ce cas, dit Noëlle. Je dois dire au revoir à Franz, aussi, et à Liesele.

—Sois discrète sur ta destination, Noëlle, recommanda son père adoptif. Même vis-à-vis de Liesele, garde tout ça secret. C'est ma condition, petite, pour te donner ta liberté. Ma vieille mère m'a élevée en grande partie dans la haine de l'Allemagne; cela m'a rendu très tolérant par esprit de justice, mais tout le monde ne partage pas mes idées. As-tu remarqué l'air hypocrite de Zimmermann? Vous serez mieux à Endingen.

Hans n'osa pas embrasser sa fiancée devant le viticulteur. Il adressa un sourire émerveillé à la jeune fille.

—Je serai à Ribeauvillé bien avant huit heures, lui dit-elle.

—Je t'attends, lui répondit-il tout bas.

Noëlle n'avait jamais été aussi rapide pour choisir les vêtements qu'elle jugeait les plus pratiques, sans oublier quelques tenues élégantes. Cela ne logeait pas dans sa valise. Elle renonça à certaines robes d'été, mais elle emporta son cahier et son nécessaire de toilette. Quand elle fut prête, elle se précipita dans la chambre de sa mère. Le visage inondé de larmes, Clémence bouclait une malle. Assis sur le lit, Franz suçait son pouce. Il tenait un chat en peluche contre son cœur.

—Nel, maman est triste, balbutia-t-il. Moi, j'veux pas m'en aller.

Le garçonnet âgé de quatre ans et quatre mois parlait très bien et témoignait d'une vive intelligence. En le prenant à son cou, la jeune fille eut conscience du déchirement que représentait l'évacuation pour sa mère et pour tous les Alsaciens. Cela signifiait des familles brisées, éparpillées, des femmes et des enfants privés du soutien d'un père ou d'un frère.

— Est-ce que tu m'en veux beaucoup? interrogea-t-elle.

— Oui, je t'en veux de m'avoir forcé la main en brûlant les étapes. J'ai bien compris qu'il s'est passé quelque chose avec Hans et qu'un mariage rapide est indispensable, maintenant. Tu m'as mise devant le fait accompli et je dois te croire sur parole.

Clémence ne pouvait pas s'arrêter de sangloter.

— Le pire, c'est de fuir ma maison, ce foyer où j'avais enfin ma place. Et je ne connais pas la cousine Suzanne. Qu'est-ce que je vais faire à Périgueux, sans toi, sans Johann? Chez des étrangers?

— Mais ce n'est que provisoire, affirma Noëlle. Je suis sûre que, dans un mois ou deux, peut-être même avant, tu reviendras. Ce sont des mesures de précaution, rien d'autre. Mais moi, je n'ai que ce moyen d'épouser Hans et de vivre un peu près de lui.

Clémence essuya son nez et ses joues avec un mouchoir. Ce geste tremblant émut la jeune fille qui enlaça sa mère et la berça comme une enfant.

— Maman, nous nous retrouverons vite. Toi, tu as quitté tes parents à mon âge, et tu m'as élevée seule. Je n'ai pas envie de m'enfuir en cachette, comme tu l'as fait. Nous pouvons nous embrasser, nous dire au revoir. Je t'en prie, souhaite-moi beaucoup de bonheur!

— Mais évidemment, que je te souhaite d'être heureuse, ma chérie. Cela dit, j'ai peur de la guerre.

— Moi aussi, avoua Noëlle. Je vais partir, à présent. Je passerai embrasser Liesele comme si je m'en allais en Dordogne avec vous. Papa Johann me l'a conseillé.

Hébétée de chagrin, Clémence couvrit le visage de sa fille de menus baisers. Elle lui remit un collier en or avec un pendentif en rubis, ainsi que de l'argent.

— C'est de la part de Johann. Il est monté il n'y a pas cinq minutes me remettre cette somme pour toi. Si tu as le moindre problème à Endingen, reviens au domaine et prends le train pour Périgueux. Je t'ai noté l'adresse de la cousine Suzanne ici, sur cette carte de visite.

Noëlle tourna entre ses doigts la carte postale que sa mère lui donnait. Elle reconnut les montagnes de Bavière. La photographie avait jauni.

— Cela date de votre voyage de noces, dit-elle.

— Oui, peut-être qu'elle te portera chance, soupira Clémence. Allez, file rejoindre ton fiancé. J'ai tellement envie de te garder avec moi que je vais dire des sottises.

La jeune fille embrassa encore son frère et sortit. Johann la guettait en bas de l'escalier.

— Petite, va-t'en vite! Tu ne pourras pas faire tes adieux à Liesele. Figure-toi qu'elle et Marguerite sont à Riquewihr. J'avais oublié, à cause de tout ce chambardement. Charles a pris le camion pour les emmener.

— Mais que font-elles là-bas?

— Une histoire d'ordonnance pour ma mère, et Liesele avait besoin de consulter un docteur.

— Pourquoi ne sont-elles pas allées à Ribeauvillé? insista Noëlle, déçue de ne pas revoir son amie.

— Le docteur Attali a fermé son cabinet. Je crois qu'il compte fuir la région avec son épouse. Depuis la nuit de Cristal, il dort mal. Ce sont des Juifs, petite.

— Je sais, papa! Eh bien, comme ça, personne ne saura où je suis.

Le viticulteur lui caressa le front et l'embrassa une dernière fois. Quelques minutes plus tard, Noëlle reprenait son vélo, une grosse valise en cuir attachée sur le porte-bagages.

Elle ne s'adressait aucun reproche. N'était-elle pas motivée par son amour pour Hans? Si la guerre éclatait, peut-être qu'elle ne durerait pas longtemps. Elle reverrait vite sa mère, son petit frère, son père adoptif et Liesele, mais elle serait devenue madame Hans Krüger et cela seul importait.

*

Noëlle ne respira à son aise qu'en entrant dans Ribeauvillé et en remontant la rue où logeait Hans, au second étage d'une très ancienne maison divisée en quatre appartements. Elle gara sa bicyclette dans le couloir et grimpa l'escalier. Chaque marche la rapprochait de son amour et elle avait envie de chanter, grisée par sa liberté toute neuve. Sa vraie vie de femme commençait ce soir. Elle frappa à la porte.

Hans entrebâilla le battant.

—Nel chérie! Jusqu'au dernier moment, j'ai eu peur que tu ne viennes pas, qu'il y ait un problème. Où est ta valise?

—Je l'ai laissée sur le porte-bagages. Maman m'enverra d'autres affaires, si c'est possible.

Il la serra dans ses bras, cherchant aussitôt sa bouche pour un baiser passionné. Elle se serra contre lui avec un sentiment de soulagement immense.

—Je voudrais partir le plus vite possible, Hans. C'est déjà un miracle que je puisse te suivre à Endingen. Je n'y croirai vraiment qu'une fois là-bas, chez tes parents. Maman m'a donné de l'argent et un joli collier. Tu avais raison, ils ont accepté.

—Je leur prouverai qu'ils ont pris la bonne décision, assura-t-il sur un ton grave. Dans une heure ou une heure et demie, si nous faisons une halte, nous serons tous les deux chez moi. Bien à l'abri. Demain matin, je t'emmènerai en promenade dans la forêt. Je connais une clairière où les biches viennent boire à une source.

— Dépêchons-nous! supplia-t-elle.

— Noëlle, tu es sûre de ton choix? dit-il brusquement. Je crains de t'avoir forcée à prendre cette décision. Si tu viens maintenant en Allemagne, chez mes parents, tu renies ta patrie. Tu auras tourné le dos à ta famille et à ton pays. Tu seras de l'autre côté du Rhin tout le temps que durera la guerre, si guerre il y a. Tu ne le regretteras pas? Vraiment?

Elle le dévisagea, inquiète. Tout en comprenant qu'il lui posait la question par scrupule, ce qui l'honorait, elle se révolta.

— J'ai vingt ans, je ne suis plus une gamine! Je veux que ce soit toi, ma famille, mon pays. Et je serai en sécurité dans la forêt, dans ce chalet qui me plaît tant!

Il l'enlaça en la contemplant. La jeune fille lui offrait un visage d'une pureté de madone où il ne lisait aucune crainte, aucun doute.

— D'accord, tu as bien réfléchi et je ne t'ennuierai plus avec ça. Je finis de boucler mon sac. Je vais préparer un thermos de café. Nous en aurons besoin, il fait frais. As-tu tes papiers d'identité?

— Oui. Rassemble tout ce qu'il te faut, je m'occupe du café, nous gagnerons du temps.

Noëlle retrouvait avec mélancolie le modeste appartement, un meublé, où elle n'était venue qu'une fois, deux ans auparavant. Cela lui parut très loin dans le passé, et elle se réjouit d'avoir enfin atteint son rêve : être la femme de Hans, dans tous les sens du terme. Elle mit de l'eau à bouillir et rinça la cafetière. Soudain Hans l'étreignit par la taille, appuyant son menton sur son épaule. Il chuchota à son oreille :

— Je suis presque prêt, ma Nel. Mais tu oublies un détail : mes parents ne nous permettront pas de dormir dans le même lit. Je serai dans ma chambre, toi dans la chambre d'amis. Le jour, en balade, nous pourrons peut-être agir à notre guise, mais pas la nuit. Si tu te changeais de vêtements? Enfile un pantalon en toile si tu en as un. Ce sera plus pratique pour pédaler.

—Toi, tu ruses pour que je me déshabille! dit-elle, partagée entre l'envie de le satisfaire et l'urgence de partir.

Je t'en prie, ma chérie, dit-il tendrement, en lui caressant les seins. Nous avons bien quelques minutes avant de prendre la route.

Dans ce cas, descends vite chercher ma valise, si tu veux que je me change, répliqua-t-elle en riant.

Hans ne mit pas longtemps à revenir. Tout excitée par la nouveauté de la situation, Noëlle ôta sa jupe et ses bas. Le jeune homme qui la suivait de près ne put échapper à la vision tentante de ses fesses rebondies, moulées dans une culotte en coton blanc. Il la poussa vers la chambre en lui enlevant son gilet. Sa voix tremblait d'impatience.

—Noëlle, j'ai envie de toi! Tu es si belle! Je ne pense qu'à toi, à ton corps, à tes baisers. Cela devient une obsession. Et si le temps nous était compté, si demain soir je devais intégrer mon régiment... J'aurai au moins eu ce bonheur-là.

Il l'étendit sur le lit. Elle répondit à ses baisers et, bouleversée de retrouver le contact de sa peau, de caresser son dos aux muscles fins, glissa ses mains sous sa chemise. Hans avait besoin de la posséder, de s'assurer qu'elle était bien là, tout à lui. La jeune fille ne ressentit pas la moindre douleur, mais un plaisir inouï.

Elle se livra tout entière, cette fois, à l'écoute du bouleversement total de ses sens et de son corps. Un cri de jouissance lui échappa, tandis qu'elle enserrait de ses jambes les reins de son amant. Perdue dans un brouillard lumineux, Noëlle comprit aux spasmes délicieux de son ventre ce que signifiait l'amour absolu, la rencontre de deux êtres qui, réunis, ne pourraient plus se séparer sans souffrir. Touché par sa totale soumission, Hans l'embrassa, les larmes aux yeux, puis il effleura du bout des doigts le contour de sa bouche.

—Je t'aime, Noëlle. Si un autre homme te prenait à moi, j'en mourrais.

—Ne dis pas de bêtises! protesta-t-elle. Comme tu m'as rendue heureuse, si tu savais! Je voudrais qu'on passe la nuit ici, dans ton lit, qu'on recommence cent fois, mille fois...

—Je voudrais bien, moi aussi, *Frau*[31] Krüger, mais ce ne serait pas prudent. En route!

Elle eut une moue adorable. Hans posa sa joue entre ses seins. Il avait eu des aventures sans lendemain, avant Noëlle. S'il gardait un souvenir agréable de ces relations dans lesquelles son cœur n'était pas impliqué, elles lui permettaient à présent d'estimer le trésor que le destin plaçait sur son chemin.

—Tu es la plus merveilleuse des filles: du miel, du velours. Tes seins sont les plus beaux du monde, tes cuisses aussi, ton ventre, tout!

La respiration saccadée de Hans fit perdre la tête à Noëlle. Il la pénétra à nouveau, sans cesser de l'admirer, de lui murmurer des paroles folles qui la faisaient rougir et gémir. Elle osa le regarder également et sombra dans un délire passionné. Ils reprirent conscience de la réalité lorsqu'une pendulette, dans la pièce voisine, sonna neuf coups. Les cloches de l'église Saint-Grégoire se mirent à tinter elles aussi.

—Hans, il faut vite partir cette fois. Papa Johann m'a bien recommandé de ne pas traîner ici. Je ne sais pas trop pourquoi, mais il a sûrement ses raisons.

---

31. Madame, en allemand.

Elle enfila son pantalon et agrafa son soutien-gorge. De la cuisine s'échappait un gros nuage de vapeur d'eau. Hans éclata de rire.

—Tant pis pour le café! Toute l'eau s'est évaporée.

L'instant suivant, la porte du logement s'ouvrait avec fracas sous la poussée d'un coup d'épaule. Noëlle poussa un cri d'effroi en voyant entrer Hainer Risch, une cravache à la main, et Zimmermann, l'adjoint du maire, armé d'un nerf de bœuf. Une autre silhouette se tenait en arrière, un homme coiffé d'une casquette.

—Risch! Qu'est-ce que vous faites ici? demanda-t-elle, tandis que Hans se ruait dans la pièce.

Il devint livide en comprenant que les trois intrus avaient bu. D'instinct, il se plaça devant la jeune fille.

—Vous n'avez rien à faire chez moi! signifia-t-il d'un ton dur. Sortez!

Il prenait garde de ne pas les insulter. Hainer Risch avança, l'air mauvais. Noëlle s'empressa d'enfiler le chemisier qu'elle avait sorti de sa valise.

—Risch, sortez! répéta-t-elle. Mon père vous chassera du domaine si vous tentez quoi que ce soit contre Hans. Monsieur Zimmermann, vous êtes un ami de la famille. Que faites-vous ici?

Elle espérait les calmer par une attitude froide, mais ils l'écoutaient à peine. Le contremaître ricana, tandis que ses deux acolytes se jetaient sur Hans en vociférant:

—Espèce d'ordure! Fumier!

—On t'y prend, hein, à déshonorer une Française! Sale Boche, tu vas le payer cher!

Les coups pleuvaient. D'abord trop interloqué pour riposter, Hans commença à frapper à son tour. Il ne s'était jamais battu et ses adversaires le comprirent vite. Zimmermann le saisit par le col de sa chemise et le frappa en plein visage avec le nerf de bœuf. Du sang gicla. Sous les yeux horrifiés de Noëlle, son fiancé s'écroula après avoir titubé, abruti par la douleur. Hainer Risch en profita et lui décocha un grand coup de pied dans les côtes. Le troisième individu approcha, comme s'il craignait de manquer son tour. Hans se redressa enfin, le nez sanguinolent, mais il reçut à nouveau des coups de poing et des coups de pied.

— Mais arrêtez! hurla-t-elle, épouvantée par ce déferlement de violence. Vous êtes fous! Tous! Hans, relève-toi! Par pitié, Hans!

Elle courut vers la fenêtre dans l'espoir d'alerter les voisins ou des passants, quand Risch lui tordit les bras dans le dos.

— Tais-toi ou on le tue, ton amoureux! On se contente de lui donner une petite leçon, parce qu'il couche avec toi. Mes bons amis ignorent que tu es allemande, toi aussi, sinon tu passerais à la casserole. Tu vas me suivre bien sagement, je dois te ramener à la maison, ordre de la patronne.

— Non! cria-t-elle en se débattant. Laissez-nous!

— Méfie-toi, Noëlle! gronda Risch à son oreille. Je n'ai qu'à les exciter davantage et ils le mettent en pièces, ton beau gosse!

Le contremaître accentua sa prise. Le souffle coupé par la douleur, la jeune fille fixait d'un air hébété le corps en apparence inanimé de Hans, étendu sur le plancher. Des taches de sang maculaient le bois sombre. Zimmermann soufflait comme un taureau qui vient de charger, tandis que l'inconnu, hilare, allumait une cigarette.

— Partez! implora-t-elle. Risch, vous puez le vin! Quand mon père saura ce que vous avez osé faire, j'espère qu'il vous tuera!

Elle cédait à une fureur extrême, celle engendrée par l'injustice. Des mots tournaient dans son esprit:

«Ordre de la patronne!» Pour Hainer, il n'y avait jamais eu qu'une seule patronne: l'ogresse.

—Je m'en contrefiche de Johann Kaufman! bégaya-t-il. Il a filé avec la Weller et leur bâtard. Toi, Noëlle, tu me suis en vitesse, parce que je ne donne pas cher de la peau de ton Boche, dans le cas contraire!

Comme une réponse à la menace, Zimmermann attrapa Hans par les cheveux et lui cogna la tête de toutes ses forces contre le sol.

—Tiens, Krüger, ça t'apprendra à baiser nos filles! éructa-t-il, défiguré par un rictus de haine.

Noëlle n'eut plus qu'une idée, sauver Hans.

—Par pitié, laissez-le tranquille! gémit-elle. Je ne crie plus, je vous suis, Risch. Mais laissez-le! Mon Dieu, ne lui faites plus de mal! Dites à vos amis de ne plus le toucher!

Elle se mit à prier en silence. Peut-être que Hans feignait d'être évanoui pour échapper à la rage de ces ivrognes. Une fois seul, il avait des chances de s'en tirer vivant.

—Stop, les gars! dit le contremaître. Il a son compte. On n'est pas des assassins, nous autres! Pas comme les Boches!

Il ne lâcha pas les bras de la jeune fille pour autant. Ce fut une ruée vers le palier et l'escalier. Noëlle, aveuglée par des larmes d'épouvante, se persuadait que son fiancé n'était qu'assommé. Elle était sûre de l'avoir vu frissonner.

Une fois dans la rue, elle ne put s'empêcher de murmurer:

—Vous serez punis, tous les trois! Et vous, Risch, quand mon père saura comment vous vous comportez, il vous enverra en prison.

—Kaufman n'est pas un bon patriote, ma poulette, rétorqua Zimmermann qui la dévisageait d'un air

444

bovin. Choisir un Allemand comme gendre, ça se paie aussi.

La scène n'avait duré que cinq minutes, mais Noëlle avait plongé en enfer. Hagarde, elle se retrouva sur la banquette du camion. Risch fit démarrer le moteur et monta à ses côtés. Les deux autres hommes s'éloignèrent d'une démarche incertaine.

—Je vous hais, Risch! décréta-t-elle. Si Hans meurt, ce sera votre faute.

—J'ai ma conscience pour moi, répliqua-t-il. Ton Hans, demain il était prisonnier de guerre. Qu'il crève, ça fera un Boche de moins.

Le contremaître roula à vive allure, sans plus se soucier de la jeune fille qui cherchait comment lui fausser compagnie. Elle ne pouvait accepter la cruauté du sort qui la séparait de son bien-aimé. Cela lui déchirait le cœur, d'imaginer qu'ils auraient pu, au même moment, être en train de pédaler sur la route menant à la frontière. Ce radieux bonheur piétiné lui fit l'effet d'un songe impossible, qu'il ne fallait même pas concevoir.

« Si j'ai obéi, c'était pour sauver Hans, songea-t-elle. Mais je peux encore m'enfuir et le rejoindre. Ma valise est restée là-bas. Si je prends le vélo de Charles, je serai vite à Ribeauvillé. Nous pourrons partir. » Elle tâchait de se rassurer, incapable de renoncer à leur projet. Elle se sentait prête à épauler son fiancé pendant des kilomètres, jusqu'à Endingen. « Sa mère le soignera, il était juste assommé! Mon Dieu, protégez-le! »

Pendant ce temps, dans la rue du Château-Bas, la vieille Marieke entrebâilla ses volets. L'épicière logeait au premier étage. Des hurlements l'avaient réveillée et elle avait entendu le moteur d'un camion. On lui avait dit qu'ils allaient tous être évacués très bientôt, que monsieur le maire était au courant. Elle crut que la débâcle commençait, qu'une famille vidait les lieux. Une fenêtre restée ouverte, tout éclairée, juste en face de sa chambre, attira son attention.

« C'est chez le jeune Krüger, se dit-elle. Il devait partir ce soir. »

Son bonnet de nuit enfoncé jusqu'aux sourcils, elle alla toquer chez ses voisins.

— Il faudrait monter voir ce qui se passe chez Hans Krüger. Quelqu'un criait comme si on l'égorgeait, il n'y a pas cinq minutes.

René Fischer et son fils avouèrent qu'ils avaient entendu eux aussi. Sans plus se poser de questions, ils traversèrent la rue et découvrirent le corps inerte de Hans, le visage baignant dans une flaque de sang.

14

La vengeance de l'ogresse

Hainer se gara devant la grande maison. Noëlle observait les volets clos du logement des Merki. Elle décida de frapper chez eux en hurlant dès qu'elle descendrait du camion.

— Tu vas bien m'écouter, toi! commença le contre-maître. Je sais que tu n'as qu'une envie, me fausser compagnie et courir chez ton Hans. Je te préviens, si tu tentes quelque chose, je fais demi-tour aussitôt et je vais l'achever, ton Boche! Avec ce qu'il a pris, je te jure qu'il n'a pas encore récupéré. Je n'aurai pas de scrupules. Les Allemands, faut les rayer de la surface du monde, comme dit madame Martha.

— Vous êtes ivre! dit-elle entre ses dents. Je vous méprise, Risch, vous n'êtes qu'un lâche, un salaud!

Il tendit la main, referma ses doigts sur son poignet gracile et serra de toutes ses forces. Elle retint un gémissement de douleur.

— Sois prudente, Noëlle! Ne m'insulte pas! Tu n'as plus d'amis dans le coin. Kaufman et ta mère sont déjà loin et les Merki sont allés rendre visite à de la famille. Je te conseille d'être docile. La patronne veut te parler. Tu m'as bien compris? Tente quoi que ce soit et je te certifie que je lui règle son compte, à ton Krüger.

Domptée par l'avertissement, Noëlle hocha la tête

en guise de réponse. Hainer avait réussi à la dominer. Le sort de son bien-aimé passait avant le sien.

«Je dois paraître soumise, endormir sa méfiance. Si je proteste, si je me révolte, il est capable de me frapper.»

Elle marcha près de lui jusqu'à la porte. Il la tenait par le coude. Dans le salon tout éclairé, Martha Kaufman les attendait, assise près du poêle en céramique bleue. Elle fit signe au contremaître de patienter hors de la pièce. La vieille femme portait sa plus belle robe, en velours et taffetas noir. Amaigrie, la face sillonnée de rides, elle scrutait Noëlle d'un regard méprisant. La jeune fille ne l'avait pas vue depuis plusieurs semaines et la trouva changée.

— Tu es revenue à ton point de départ, Noëlle! dit-elle sèchement.

— Et je ne comprends pas pourquoi, madame! s'écria-t-elle. Je croyais que vous seriez ravie d'être débarrassée de moi et de ma mère. J'espère en tout cas que ce n'est pas vous qui avez ordonné un acte criminel! Hainer Risch et ses amis de beuverie ont roué de coups mon fiancé.

— Ce Krüger ne mérite rien d'autre! Mon crétin de fils t'a donné notre nom, oui, tu t'appelles Noëlle Kaufman depuis dix ans, et les Kaufman ne pactisent pas avec l'ennemi. Moi vivante, tu n'épouseras pas un Boche! J'ai enduré un calvaire durant deux ans. Tous les dimanches, un ennemi entrait chez moi. Ta mère recevait l'ennemi à notre table, et moi j'étais prisonnière.

Elle hurla soudain

— Tu entends? Prisonnière! Marguerite me narguait, en plus. Elle me disait ce qu'il y avait au menu. Je ne peux pas pardonner une offense pareille. Johann aurait dû m'étrangler avant de filer comme un lièvre en Dordogne, chez cette catin de Suzanne, parce que je suis libre à présent et je reprends les rênes du domaine.

— Mais qu'est-ce que ça peut vous faire, que j'épouse Hans? déclara la jeune fille. Je ne suis pas de votre famille, je n'ai pas une goutte de sang Kaufman dans les veines! Madame, je vous en supplie, laissez-moi partir. Je dois retourner à Ribeauvillé. Demain je serai chez les parents de Hans et vous n'entendrez plus parler de moi.

L'ogresse n'avait jamais aussi bien mérité son surnom. Elle fit une grimace affreuse en joignant les mains sur son cœur.

— Voilà le résultat, quand on sème de mauvaises graines dans une terre pure, quand on élève une bestiole puante sous son propre toit! On ne récolte que la honte, le déshonneur! Tu as souillé ma maison, Noëlle. Les Allemands ont tué mon Gilbert et mes deux fils aînés. J'ai dû vivre avec le troisième, ce gros Johann, un idiot, un niais. J'espère qu'il ne reviendra pas.

Soudain, Noëlle comprit que la vieille femme était folle. Elle avait mis des années à sombrer dans la démence, mais c'était fait.

— Vous me détestez, n'est-ce pas? interrogea-t-elle. Comme vous détestez maman. Je n'ai rien oublié, madame. L'histoire de la broche volée, mes affaires d'école jetées dans le puits et ma jument blanche. C'est vous qui avez demandé à Risch de la faire mourir?

— Je fais ce que je veux chez moi! J'avais dit à Johann, pas de chat dans l'enceinte du domaine! Tu penses encore à cette bestiole, alors que l'Alsace va retomber sous le joug des Boches!

— Mon chat? Grisou? Je vous parlais d'un cheval, pas d'un chat! Mais ce pauvre chaton, vous l'avez fait tuer aussi. Vous êtes un monstre! Moi qui ai espéré son retour pendant des mois! Et je n'étais qu'une fillette! Comment pouvez-vous être aussi méchante?

Noëlle tremblait des pieds à la tête. Déchaînée, elle regarda autour d'elle, en quête d'un objet capable d'assommer l'ogresse. Il n'était plus question de rester un instant de plus dans la grande maison désertée par Johann et Clémence, où régnait une folle. Elle s'inquiéta de Risch. Où était-il? Toujours dans le couloir ou reparti pour Ribeauvillé?

— Petite garce! s'exclama Martha. Je lis la haine dans tes yeux. Tu voudrais bien me rayer de la surface de la Terre, mais, dommage pour toi, j'ai les cartes en main. Ce cher Hainer a dû verrouiller toutes les portes et clouer les volets. Tout à l'heure, nous éteindrons les lampes électriques et j'allumerai une chandelle, comme jadis. C'est le black-out, vois-tu? En Angleterre, ils l'ont déclaré hier soir à dix-neuf heures, ils le disaient à la radio. Plus de lumière, les maisons bien fermées, au cas où les Boches nous bombarderaient. Martha Kaufman décide d'un black-out elle aussi, sur le domaine. Personne ne saura que tu es là. Johann a pris soin de raconter que tu partais avec eux en Dordogne, mais moi je savais la vérité. Vous me teniez prisonnière, seulement je ne suis ni sourde ni aveugle. Je t'ai vue filer à vélo ce soir, une valise sur le porte-bagages.

— Et vous avez demandé à Risch d'aller me chercher? Pourquoi, à la fin? Vous voulez me faire souffrir, c'est ça! M'empêcher d'être heureuse, même quelques jours? Hans va devoir intégrer l'armée allemande. Nous avions si peu de temps!

— Tais-toi! hurla l'ogresse. Ne prononce pas son nom ici! Sinon je te corrige comme je l'ai déjà fait. Tu vas te montrer soumise, Noëlle, je te préviens. Hainer ne se fera pas prier pour te dresser. Assieds-toi!

Par prudence, la jeune fille obéit. Elle se rendit

compte quelques secondes plus tard qu'elle avait pris place sur le tabouret en bois peint sur lequel, petite, elle raccommodait les draps en face de Martha. Elles se retrouvaient toutes les deux dans la même situation.

— Ce que je ne comprendrai jamais, dit-elle en toisant sa vieille ennemie, c'est la soumission de Risch. Pourquoi fait-il tout ce que vous exigez de lui? Combien le payez-vous?

— Un bon fils écoute toujours sa maman, grimaça l'ogresse, ce qui la rendit encore plus laide.

«Mon Dieu, elle est folle à lier!» songea Noëlle. Puis, à voix haute, avec une sorte de pitié dans la voix, elle ajouta:

— Ce n'est pas votre fils, madame! Votre fils s'appelle Johann.

— Ah! Tu me crois zinzin! ricana Martha Kaufman. Navrée, je ne perds pas la tête, elle fonctionne très bien, mieux que la tienne. Hainer Risch est mon fils! Je l'ai mis au monde seule au fond de l'étable, un soir d'hiver, en priant Dieu qu'il meure à peine né. Je pensais avoir le courage de lui tordre le cou, comme à une bestiole encombrante, mais je n'ai pas pu.

— Qu'est-ce que vous inventez encore? balbutia Noëlle.

La vieille dame plissa les paupières et passa un bout de langue sur ses lèvres sèches. Elle pointa l'index en direction de la jeune fille et poursuivit:

— J'ai ramassé mon fils, je l'ai enveloppé d'un châle et j'ai marché jusqu'à Ribeauvillé. J'ai frappé chez ma tante Rosette qui avait soixante ans, et je l'ai suppliée d'élever le bébé. J'ai promis de lui donner de l'argent chaque semaine pour son entretien. C'est elle qui l'a baptisé Hainer, mais, comme il fallait le cacher, il n'y a pas eu de vrai baptême religieux. Nous avons inventé une histoire ensemble: une jeune cousine qui avait abandonné son enfant, ce qui permettrait de le déclarer à la mairie sous le nom de Risch, choisi par hasard.

L'incroyable aveu sidéra Noëlle au point de la distraire momentanément de son unique souci : Hans. Elle observait les rictus et les mimiques de la vieille femme, qui gesticulait aussi, comme si elle revivait cette lointaine époque. C'était la première fois qu'elle sentait dans la voix de Martha des accents de sincérité absolue et un profond soulagement, peut-être parce que la confidence la délivrait.

— Ensuite, quand j'ai vu mon fils avaler de l'eau sucrée en piaillant de toutes ses forces, je suis rentrée au domaine. J'avais trente-deux ans et une grande honte en moi. Cela me rongeait. Mon brave Gilbert n'a rien vu, rien su. Je me suis lavée et j'ai bandé mes seins bien serrés. Mon lait n'est pas monté ; j'avais mangé du persil jusqu'à en vomir.

— Mais qui était le père ? interrogea Noëlle.

Elle imaginait un bel amant qui aurait séduit la jeune Martha, tout en s'étonnant que cette femme ait pu susciter de l'attirance.

« Je suis sotte ! se dit-elle. Au fond, elle était sans doute assez jolie, avant ! »

Cela la poussa à mieux détailler les traits de l'ogresse, en essayant de gommer les ravages du temps.

— Arrête de me regarder ! gronda-t-elle. Qu'est-ce que tu cherches à deviner ? Le père ! Qui était le père ? Je n'en sais pas plus que toi. Ce malheur m'est arrivé au mois d'août 1891. L'Alsace appartenait à l'Allemagne. Nous étions allemands, disaient les journaux. Depuis une vingtaine d'années, il fallait se plier au gouvernement du Reich. Le domaine n'était pas encore ce qu'il est. Gilbert travaillait dur, du matin à la tombée de la nuit. Il livrait des fûts de vin à Colmar, en charrette, et moi je m'occupais des champs de betteraves avec deux commis. Je rentrais souvent tard, exténuée. Ce soir-là, je marchais sur le chemin, après un orage qui avait arrosé la terre et, je me souviens, cela me faisait plaisir. L'odeur de la pluie m'est restée, une pluie chaude d'été. J'ai vu deux hommes devant moi. Ivres! Des soldats en uniforme allemand, fiers de leur pouvoir. Je parlais leur langue et, dès qu'ils m'ont attrapée par les bras, je les ai insultés en leur ordonnant de me laisser en paix. Mais ils riaient. Le plus grand m'a tiré par les cheveux derrière un buisson, l'autre baissait déjà son pantalon.

— Je vous en prie, taisez-vous! protesta Noëlle. J'ai compris. Je ne veux pas en entendre davantage, par pitié!

Martha fit la sourde oreille. Elle se déchargeait sur la jeune fille d'un secret qui l'avait détruite et corrompue.

— Ce qu'ils m'ont fait, ces soldats! J'en ai eu des cauchemars pendant des années. Je n'ai plus supporté que Gilbert me touche, car ils m'avaient abîmé quelque chose. Ce soir-là, j'ai découvert la haine qui donne envie de tuer, de massacrer. Si j'avais pu courir derrière eux, je les aurais suivis jusqu'en enfer. Qui est le père de Hainer? Ils ont tellement usé et abusé de moi que je n'en sais rien. Quand j'ai pu rentrer au domaine, la servante avait couché mes fils, mes trois garçons : Gustav, Ernst et Johann. Je ne les ai pas embrassés, j'avais trop honte. Je me disais qu'ils seraient des hommes capables d'infliger un jour à une fille ce que j'avais subi. Hainer est né de cette infamie, de ce grand malheur. Et, privé des sacrements religieux, il avait le vice et la méchanceté en lui. C'est pour ça qu'il a tué sa femme, Camille. Je l'ai surpris en train de l'enterrer. Alors je l'ai fait chanter, oui, je l'ai menacé de le dénoncer pendant plus de quinze ans. Il me craignait sans se douter que jamais je ne dénoncerais un de mes enfants. Surtout lui, l'enfant des démons. Je ne lui en veux pas. Est-il coupable d'être né d'un viol? Né du crime de deux Boches ivres qui m'ont vomi dessus?

Noëlle entendit sonner la demie de neuf heures à la pendulette en bronze du salon. Elle reprit pied dans le présent, et tout de suite chercha comment échapper à l'ogresse.

— Madame, je suis désolée pour vous. Ma mère et moi, nous nous demandions parfois d'où venait votre haine pour les Allemands. Mais, si mon père est allemand, je ne suis pas coupable pour autant. Pas plus que Hainer. Je vous en prie, laissez-moi m'en aller. J'ai peur pour Hans. Il avait perdu connaissance, il y avait du sang partout sous lui.

La jeune fille avait commis une grave erreur. Martha Kaufman, elle aussi ramenée au quotidien, la dévisagea avec une hideuse expression de colère.

— Tu n'as pas encore compris? Qu'il crève, ton Hans! Ceux qui m'ont souillée, je ne connais pas leur nom, je n'ai pas vu leurs sales figures de démons. Et si c'était le grand-père de Hans Krüger, ou le père de Clémence Weller? Ta mère et toi, Noëlle, vous m'avez pris la seule chose que j'avais encore: l'affection de Johann. Avant vous, nous étions bien heureux, mon fils et moi. Après, fini, il ne pensait qu'à ta mère. Alors je me suis tournée vers mon petit dernier, Hainer. C'est une bête fauve, sais-tu! J'avais peur qu'il me coupe la gorge une nuit dans mon lit. Je lui ai dit la vérité sur sa naissance et comment j'avais payé ses études, ou sa première montre... C'est moi aussi qui l'ai fait engager au domaine par Johann, et maintenant Hainer Risch est chez lui, ici. Je lui ai tout donné. Tout! Seulement, il n'est pas content, à cause du sang allemand qui coule dans ses veines.

Muette de stupeur, Noëlle regarda discrètement vers la porte qui donnait sur le couloir. Elle n'était pas enclenchée et le battant bougeait un peu. Le contre-maître devait tout écouter. Soudain, elle fut envahie par une panique folle. Si l'ogresse lui avait raconté toutes ces horreurs en sachant sans doute que Risch patientait non loin de là, cela signifiait que tous les deux estimaient ne courir aucun risque. Ils étaient certains qu'elle ne répéterait rien. Cela la rendit malade de terreur.

« Ils vont se débarrasser de moi! conclut-elle. J'en sais trop sur eux deux, ils ne me laisseront jamais sortir de là! J'ai toujours senti que Risch était une brute, un assassin! Il avait souvent l'attitude d'un homme en faute, sur la défensive. Il est capable de tout, de tuer Hans et de me tuer.»

— Madame, s'écria-t-elle d'une voix bien timbrée pour être entendue de Hainer, je vous plains de tout mon cœur. Mais votre passé ne me concerne pas, ni celui de Risch. Si je peux rejoindre Hans, je serai en Allemagne avant l'aube et je ne révélerai jamais ce que vous m'avez avoué. Même pas à ma mère ni à Johann. Je vous le jure sur ce que j'ai de plus précieux, ma famille, mon petit frère... À quoi bon me garder chez vous?

— C'est trop tard, Noëlle! Tu n'es qu'une bécasse, puisque Hainer a réussi à te piéger. Vu l'heure où il t'a ramenée au domaine, je me doute qu'il a traîné, qu'il a bu pour se donner du courage. Tu vas rester gentiment à la maison, ma fille, et filer doux.

— Mais c'est ridicule! hurla Noëlle. Je n'ai rien à faire ici!

Elle espérait que Marguerite, Charles et Liesele étaient rentrés et qu'ils entendraient ses cris. Ou Berni. Elle se demandait en vain où était passé l'ado-lescent quand Hainer fit irruption dans le salon.

455

—Vas-tu te taire! menaça-t-il, le poing tendu. Vous êtes stupide, Martha, de la laisser brailler comme ça. Elle cherche à attirer l'attention des Merki. Par chance, ils ne sont pas encore de retour.

—Ah! Vous faites la paire, tous les deux! s'exclama encore Noëlle. Telle mère, tel fils! Des monstres, vous n'êtes que des monstres de bêtise, de cruauté!

Révoltée, décidée à tenter le tout pour le tout, la jeune fille se rua vers la porte. Hainer la repoussa d'une grande claque en pleine figure. Titubante, elle se rattrapa au dossier d'un fauteuil. Il la gifla encore violemment.

—Ferme-la, Noëlle! N'oublie pas qu'en dix minutes, je suis en ville et que j'achève ton Boche!

Martha avait assisté à la scène en tressaillant d'une joie irraisonnée. Elle retrouvait avec une vague répulsion le plaisir honteux que lui procuraient les châtiments corporels infligés à un être sans défense, apeuré. La bouche sèche, elle avait envie de frapper Noëlle à son tour.

Un bruit de moteur à l'extérieur sema la panique. Le contremaître déclara tout bas :

—C'est Charles avec la vieille voiture. Marguerite va sûrement venir prendre de vos nouvelles.

—Emmène-la vite dans le grenier. Les lucarnes sont condamnées, elle ne pourra pas les ouvrir.

Risch saisit Noëlle par une poignée de boucles et l'obligea ainsi à renverser la tête en arrière.

—Tu as compris? Tu vas être sage, très sage si tu ne veux pas que je tranche la gorge de ton Hans, mort ou vivant!

—Oui, j'ai compris! répondit-elle, totalement épouvantée.

Il la força à monter les deux étages sans lâcher ses cheveux. Les joues meurtries, un œil à demi fermé et tuméfié, Noëlle entra dans le grenier. Sans doute inquiet, Risch lui asséna un dernier coup sur la nuque. Elle tomba à genoux.

—Pitié, ne me battez plus! gémit-elle. Je me sens mal!

Il tourna le commutateur. La faible lumière d'une ampoule électrique, au bout d'un fil, dissipa à peine l'obscurité qui régnait sous les combles. C'était un lieu tout en longueur, sous une robuste charpente en triangle. Six lucarnes dispensaient un peu de clarté durant le jour. Johann y faisait parfois coucher des journaliers pendant les moissons et les vendanges. Hainer aida Noëlle à se relever et la guida jusqu'à un vieux sommier. Elle s'allongea, presque inconsciente.

—Tu sais que tu es un beau morceau de fille! constata-t-il. Il n'a pas dû s'embêter, Krüger!

Elle ferma les yeux, affolée par ce qu'il venait de dire.

«Qu'il me tue, qu'il me frappe encore et encore, mais pas ça!» pria-t-elle.

Enfin, il sortit après avoir éteint. La grosse clef en fer joua dans la serrure. Ce fut un tel soulagement pour Noëlle qu'elle ne pensa à rien d'autre durant quelques secondes. Bientôt, toutes ses pensées allèrent vers Hans.

«Est-il mort ou gravement blessé? Qui lui portera secours, dans ce cas? Et si Zimmermann, ce lâche, était remonté à l'appartement pour le tuer! Mon Dieu, tous ces coups qu'il a reçus! Son pauvre visage et tout ce sang... Il est mort.»

Noëlle se plia en deux avec un gémissement étouffé. Des prières lui venaient aux lèvres. Elle implorait toutes les puissances divines pour pouvoir remonter le temps et changer le cours des choses.

«Si nous étions partis tout de suite dès que je suis

arrivée chez lui, rien ne serait arrivé. Hans serait près de moi à Endingen. »

Imaginer toutes les solutions possibles l'occupa un bon moment. Mais, très vite, elle éclata en sanglots. Hans était peut-être mort et cette idée la torturait. Elle n'avait pas pu l'embrasser une dernière fois ni le sauver.

— Je n'ai plus qu'à mourir aussi! chuchota-t-elle.

Elle s'endormit en quelques secondes, assommée par les coups, abattue par le désespoir qui la tenaillait.

*

Le chant du coq la réveilla à la pointe du jour. Des loirs, pareils à de petits écureuils au pelage gris argent, couraient sur la charpente en lançant des cris aigus. Noëlle se souvint aussitôt de la tragédie de la veille et elle eut un gémissement d'angoisse.

« Hans, mon amour, où es-tu? Je vais devenir folle si je n'ai pas de tes nouvelles! » songea-t-elle en se redressant.

Elle se souvint aussi qu'elle avait décidé de mourir, la veille. Mais, pour l'instant, elle avait faim et soif. L'air sentait la poussière et les fruits mûrs. Sur des claies, pommes et poires étaient alignées. La récolte avait été précoce, car ils avaient eu un été très chaud. La jeune fille mangea une pomme; elle fit la grimace, car la chair était brune et âcre. Elle alla inspecter les lucarnes, voilées de toiles d'araignées. Elle tenta d'en ouvrir une. Le mécanisme, rouillé, résista.

« De toute façon, cela ne servira à rien. Je n'avais jamais remarqué qu'il y avait des barreaux à ces fenêtres. Même si je voulais sauter, je ne pourrais pas. »

Cependant, elle s'acharna, dans l'espoir d'avoir au moins de l'air frais. Enfin, elle réussit à faire jouer l'espagnolette. Les petits volets s'écartèrent sur une nuit proche de l'aube, encore bleuâtre, mais semée de lueurs roses. Des senteurs de terre humide et de paille tiède, de même que l'odeur plus forte des cuves à vin lui parvinrent. Un cheval hennit dans l'écurie.

Allongée sur le plancher, elle s'accouda au rebord de la lucarne. Le couple de cigognes du domaine, qui s'installait fidèlement sur la cheminée du vieux four à pain, se chamaillait à coups de bec.

« Que vont-ils faire de moi, ceux d'en bas? » s'interrogea-t-elle.

Elle revit la face blême de l'ogresse, l'éclat de ses petits yeux. Elle se souvint de la silhouette trapue du contremaître et de sa violence.

« Ainsi, il a tué sa femme, Camille. Et, depuis quinze ans, il vit tranquille, sans être inquiété. Personne ne l'a soupçonné. Et moi, je risque de mourir aussi. Il m'enterrera au fond du potager et voilà! »

Ses pensées suicidaires de la nuit lui parurent ridicules. Malgré la douleur lancinante de sa pommette tuméfiée, Noëlle se sentait pleine d'énergie.

« Hans est peut-être vivant; je dois le retrouver. Cette vieille harpie serait trop contente que je meure. Tant que je ne saurai pas comment va Hans, je tiendrai bon face à elle et à Risch. Et, dès que je sors d'ici, dès que je peux m'enfuir, je les dénonce. »

Ces résolutions lui redonnèrent du courage. Mais un autre souci, bien naturel, commença à la tourmenter. Elle avait besoin de se soulager et trépigna, excédée. Soudain furieuse, la jeune fille se mit à tambouriner à la porte. Elle n'osait pas crier, prenant les menaces de Hainer Risch très au sérieux. Cet homme l'avait toujours mise mal à l'aise, même quand elle était enfant.

Un pas pesant ébranla les marches de l'escalier. La voix de Martha résonna :

—Qu'est-ce que tu veux? On t'a dit de te tenir tranquille!

—Il me faudrait un seau hygiénique, répliqua-t-elle. Ce serait la moindre des choses!

Un souvenir traversa son esprit. Elle était prisonnière dans le réduit du premier étage et elle avait uriné par terre. L'ogresse était sûrement déterminée à reproduire la même situation pour l'humilier et la rabaisser. Elle dit en articulant bien :

—Madame, ouvrez et laissez-moi partir! Vous savez que Hainer, votre fils, est un meurtrier. Il va me tuer ou me violer, les deux sans doute. Vous aurez ma mort sur la conscience. Vous brûlerez en enfer!

—Les flammes de l'enfer, je n'y crois pas, rétorqua la vieille dame. L'enfer, il est sur la terre, à cause de filles comme toi, de putains comme ta mère!

—Et comme vous! riposta Noëlle. N'insultez pas maman, elle ne le mérite pas!

Un rire de folle fit écho à ces mots. Martha redescendait.

—Madame, appela-t-elle, madame, excusez-moi, j'ai faim, j'ai soif, j'ai mal au ventre. Ouvrez!

Ses nerfs la trahirent. Elle s'effondra sur le plancher. Elle cogna contre le bas de la porte.

Dehors, les oiseaux saluaient le soleil en chantant à tue-tête dans les arbres. Noëlle pleurait en silence.

« Je vais m'échapper! Je ne sais pas comment, mais je sortirai d'ici. J'irai à pied jusqu'à Endingen, s'il le faut. Là-bas, j'aurai des nouvelles de Hans. Mon Hans qui est vivant, j'en suis sûre, je le sens dans mon cœur. »

Des images lui revinrent, teintées de l'enchantement propre à l'amour. Elle revécut leur étreinte au soleil dans les bois de Girsberg, puis le lit qui les avait vus fous de désir, ardents. Elle se remémora certaines caresses précises de son amant, ses mains audacieuses, ce sexe d'homme qu'elle avait entrevu en rougissant de cette découverte. Réconfortée, elle se releva et fouilla le grenier. Un pot en grès lui servit de seau. Des poires calmèrent sa faim. Mais il ferait bientôt très chaud sous les toits et elle rêvait d'eau fraîche.

Pour tromper son impatience et sa soif, elle se recoucha sur le sommier et imagina tous les plans envisageables pour s'enfuir. Le bruit de la clef qui tournait dans la serrure la fit sursauter.

Le battant s'ouvrit sur Hainer Risch encombré d'un plateau. Il le déposa sur une grosse caisse dont le couvercle pouvait faire office de table. Noëlle s'était vite assise. Elle aperçut un quignon de pain, une tasse et un pot fumant qui dégageaient une bonne odeur de café.

—Tu ne dis pas merci? maugréa-t-il.

—Merci, chuchota-t-elle, alors qu'elle avait envie de l'assommer et de dévaler l'escalier.

Le contremaître dut deviner ses intentions au mouvement de tête qu'elle eut en direction de la porte.

—Tu peux toujours rêver, déclara-t-il. Même si tu sors du grenier, tu n'iras pas plus loin. La maison est fermée et c'est moi qui détiens le trousseau. Cette nuit, je n'ai pas chômé, j'ai cloué des planches aux fenêtres. La vieille dame a peur des Allemands et je calfeutre tout. Je venais t'annoncer que c'est la guerre pour de bon. La France et l'Angleterre proclament la mobilisation générale. Les troupes doivent gagner la ligne Maginot et l'Alsace est évacuée, officiellement cette fois. Tout le monde décampe. Marguerite fait ses valises.

Noëlle approuva d'un air pensif.

—Pourquoi appelez-vous votre mère la vieille dame? demanda-t-elle tout à coup, ce qui était sans rapport avec ce qu'il venait de dire.

—Je ne peux pas prononcer le mot maman, ni

mère. J'ai grandi en me croyant orphelin. Et ce n'est pas à mon âge qu'on prend des habitudes. En quoi ça t'intéresse?

—J'y ai réfléchi cette nuit, dit-elle. Johann Kaufman est votre demi-frère, donc Franz est votre neveu.

Risch fronça les sourcils, méfiant. Il ne voyait pas où elle voulait en venir.

—En fait, nous aurions pu composer une famille unie, vivre dans le respect et l'harmonie, ajouta-t-elle.

—Balivernes! Johann n'est qu'un balourd, un nigaud. Je trime sous ses ordres depuis vingt ans. Mais c'est terminé, je suis le maître, à présent.

—La vieille dame est à moitié folle, coupa-t-elle. Dès que mon père sera de retour, il vous chassera. Libérez-moi, j'ai de l'argent!

—Ah! Où est-il, ton argent?

Elle eut un geste d'impuissance en se souvenant qu'elle avait oublié son sac dans le logement de Hans.

—En tout cas, il n'y avait pas un sou dans ta valise. Je l'ai récupérée ce matin de bonne heure.

La nouvelle affola la jeune fille. Cela signifiait que Risch était retourné à Ribeauvillé et qu'il avait très bien pu tuer Hans ou le livrer à la police. Devant son air épouvanté, il éclata de rire.

—Encore un peu et tu vas me supplier de te dire comment va *Herr* Krüger? Continue à être sage et silencieuse, peut-être que je t'en parlerai demain ou après-demain.

—Ayez pitié! gémit-elle. Dites-moi au moins s'il est vivant!

Hainer Risch se mit à siffloter. Elle comprit qu'il ne répondrait pas. Elle le vit vérifier chaque fenêtre en jouant avec la clef qu'il faisait tourner autour d'un doigt. Une tension étrange pesait sur eux. Noëlle tremblait de nervosité.

«Mon Dieu, qu'il sorte enfin! pensa-t-elle. Je préfère rester enfermée ici encore une journée plutôt que de le voir tourner comme ça autour de moi, en me torturant volontairement!»

—Je vous en prie! murmura-t-elle, dites-moi où est Hans!

Risch s'approcha, les traits tendus. Noëlle détailla le visage du contremaître. Elle n'avait jamais remarqué le pli amer qui marquait la commissure de sa bouche, ni comment ses sourcils grisonnants foisonnaient, se joignant presque à la naissance du nez. Elle éprouvait une profonde répulsion.

—Tu ne manges pas? aboya-t-il. Allez, mange, la vieille dame ne te veut pas de mal. Elle t'empêche de faire une grosse bêtise en courant te réfugier en Allemagne.

—Non, je n'avalerai rien, répliqua-t-elle avec un soudain accès de rage. Je n'ai pas confiance! Martha est bien capable de chercher à m'empoisonner. Comme ma jument, comme le vieux Lorrain!

Hainer avança encore et la saisit aux épaules. Il l'obligea à se lever. Elle lui arrivait au menton.

—Ce n'est pas très malin, de me parler comme ça. Tu mérites une correction que tu n'as pas encore eue, parce que tu as couché avec un Boche. C'est un ordre de ma mère et un bon fils obéit à sa mère. Eh! J'ai réussi à le dire, «ma mère»! Tu es contente? Ma mère, Martha Kaufman!

Les yeux bruns de Risch se voilèrent. Noëlle tenta de se dégager. Il enfonça davantage ses doigts dans la chair de son dos.

—Lâchez-moi! ordonna-t-elle.

Il la poussa si fort en arrière qu'elle tomba à la renverse sur le sommier. Hainer défit sa ceinture.

—La guerre est déclarée, Noëlle, mais demain je

commence les vendanges. Johann est parti, c'est moi le patron. Je ferai en sorte qu'il ne remette pas les pieds au domaine. Toi, tu vas m'aider à soigner la vieille dame, tu vas faire le ménage et la cuisine, mais sans un bruit, sans te montrer. Tu vois les lucarnes?

— Oui, souffla-t-elle, apeurée.

— Si tu en ouvres encore une, si tu te montres à quelqu'un, tu le paieras cher. Je vais te donner un avant-goût!

Il leva le bras. Il tenait ferme le gros ceinturon en cuir, qu'il abattit à la volée sur le corps de Noëlle. Une fois, deux fois, trois fois. Elle se mordit les lèvres pour ne pas hurler de douleur.

Le fouet improvisé frappait net, sur le dos et les cuisses. Malgré ses vêtements, elle avait la peau à vif.

— Je vous en prie, arrêtez! geignit-elle.

— Personne ne doit savoir que Martha te garde enfermée, dit-il entre ses dents. As-tu compris? Les gens pensent que tu es partie avec ta mère et ton frère en Dordogne. Je te préviens, ne bronche pas, sinon je recommencerai autant de fois qu'il le faudra pour que tu files doux. Je peux faire ce que je veux d'une belle fille comme toi.

Hainer tapota son ceinturon. Le souffle coupé par la souffrance, Noëlle acquiesça d'un signe de tête, sans oser le regarder. Il toussota. Elle l'entendit remettre sa ceinture, jurer et toucher à la cruche. Il repartit à grandes enjambées et claqua la porte qu'il ferma à clef.

« Sale brute! » se dit-elle.

Noëlle examina ses cuisses zébrées de marques rouges. Son dos la brûlait. Elle avait la bouche pâteuse. Dans l'espoir de boire un peu de café, elle trouva la force de se lever pour marcher jusqu'à la table.

« Oh non! »

En quittant le grenier, Risch avait renversé la

cruche. Le café s'était répandu, imbibant le pain au passage.

«Il l'a fait exprès! se rembrunit-elle. Ils veulent m'affamer, me torturer.»

La jeune fille alla s'asseoir contre la lucarne qu'elle avait pu ouvrir et que le contremaître avait refermée. À l'aide d'un bout de bois, elle ôta quelques toiles d'araignée et, le nez à la vitre, elle contempla le paysage, les coteaux nappés de rangs de vigne au feuillage mordoré et les sapins de l'allée. À peine sentait-elle les meurtrissures de son corps. Des heures s'écoulèrent. Elle n'était que chagrin et désespoir. De se sentir à la merci de l'ogresse et du contremaître l'épouvantait. Lorsque la lune monta dans le ciel semé d'étoiles, Noëlle tourna l'espagnolette avec d'infinies précautions et entrouvrit la petite fenêtre. L'air tiède embaumait la menthe et les roses. Une chouette hulula, perchée sur une branche.

«Et les hommes vont se battre, songea-t-elle. Alors que ce serait si facile d'être heureux, de vivre en paix. Si Hans a survécu, il sera bientôt enrôlé dans l'armée allemande. Je m'en moque, je ne pourrai jamais le considérer comme un ennemi. C'est mon amour, et il le restera toujours.»

*

Liesele préparait sa valise. Elle devait prendre le train le lendemain matin avec sa mère et son frère Berni. Elle venait de couper ses cheveux. Sa nouvelle coiffure, une mèche sur le front, un carré effleurant sa nuque, lui donnait l'impression d'être une actrice de cinéma. Assis sur le lit de sa fille, Charles observait le moindre de ses gestes. Cela lui brisait le cœur de voir partir sa famille.

— Et les vendanges, papa? demanda-t-elle. D'habitude, nous aidons, Berni et moi. Comment fera monsieur Kaufman s'il n'y a plus personne dans le pays?

— Nous mettrons les bouchées doubles avec ceux qui restent. Je préfère vous savoir loin d'ici. Dépêche-toi, ma Liesele.

Hainer Risch leur avait annoncé le départ de Clémence, de Noëlle et du petit Franz, que Johann conduisait lui-même en Dordogne, chez sa cousine Suzanne.

— Quand même, Nel aurait pu me dire au revoir, nota Liesele. Franchement, je pensais qu'elle prendrait le temps de m'embrasser.

— Il y a eu un mauvais concours de circonstances, soupira Charles. Nous étions partis à Riquewihr. Noëlle ne pouvait pas te dire au revoir. Vous vous reverrez à Périgueux.

— Mais, papa, où allons-nous loger là-bas?

— Vous aurez le statut de réfugiés, ne t'inquiète pas. Et ta mère emporte nos économies.

Berni entra dans la chambre au même moment. Il se disait amoureux de Noëlle. Seule sa sœur était au courant.

— Moi, ça ne me surprend pas, bougonna-t-il. Nel faisait la fière avec nous, depuis ses fiançailles avec Hans Krüger.

— Nel n'a jamais fait la fière, Berni, dit Liesele. Papa a raison, nous n'avons pas eu de chance hier soir. De toute façon, rassure-toi, nous allons la revoir bientôt, dans le Sud.

Marguerite appela de la cuisine. L'ordre d'évacuation lui faisait l'effet d'un couperet de guillotine qui détruisait l'ordre familier de sa vie. Mais Charles s'était montré intraitable. Elle devait partir et leurs enfants aussi.

— Liesele, tu devais ramasser les draps que j'ai étendus derrière l'enceinte de la cour. Dépêche-toi donc; j'en emporte demain.

La jeune fille poussa un soupir exagéré.

— Si maman crie aussi fort une fois en Dordogne, tu l'entendras d'ici, papa, ironisa-t-elle. Dire que j'ai vingt-deux ans et que je me retrouve obligée de suivre mon frère et ma mère! J'aurais mieux fait de me marier.

Charles eut un pauvre sourire ému. Il savait bien que sa fille était volage et peu encline à se lier à un seul homme. Mais il l'adorait pour sa vitalité et sa liberté de pensée. Liesele aussi adorait son père et, si elle restait chez ses parents à son âge, c'était parce qu'elle s'y plaisait.

De son côté, Noëlle ne pouvait pas s'éloigner de la lucarne. Elle espérait un miracle et priait très fort qu'il se produise. S'il s'était remis des coups reçus, Hans viendrait la chercher. Il ne pouvait pas partir sans elle pour Endingen. La guerre ne comptait pas à ses yeux.

La chouette s'envola de la branche où elle était perchée. La jeune fille l'envia amèrement. Elle se replongea dans la contemplation du paysage. Soudain, elle distingua une silhouette en robe claire qui flânait près du fil à linge tendu entre un des chênes et un jeune érable. C'était Liesele. Elle portait un panier sur la hanche. Elle commençait à détacher les draps qui voletaient au vent.

« Je dois la prévenir que je suis là. »

Exaltée, Noëlle inspecta le sol autour d'elle. Elle songea aux pommes, qu'elle pouvait jeter de la lucarne.

« Non, elle n'entendra pas. L'herbe est haute, il faudrait que je puisse l'atteindre, elle, et je ne pourrai pas. »

L'angoisse de voir Liesele terminer sa tâche et disparaître à l'angle des bâtiments lui tordait le ventre. Tout à coup, elle eut une idée. Quand elle se réveillait, le matin, Noëlle se mettait à sa fenêtre et, pour faire sortir Liesele de chez elle, elle sifflait le refrain de *Nous n'irons plus aux bois, les lauriers sont coupés*, la comptine qu'elles avaient chantée ensemble à la kermesse de l'école.

Noëlle pesa le pour et le contre. Risch pouvait la surveiller du palier. Elle était si excitée qu'elle avait la bouche sèche. Après un essai infructueux, elle réussit à siffler. La frêle mélodie résonna dans le silence de la soirée. Liesele, qui détachait le dernier torchon du fil, s'immobilisa. Elle écouta, déconcertée. Cela venait de la grande maison des Kaufman. C'était le signal que seules Noëlle et elle utilisaient. Son amie n'était donc pas partie! Elle observa la façade haute et large de la maison. Le jeu des colombages en bois sombre et les plages de crépi rose lui étaient familiers. Elle ne vit aucune lumière, mais le sifflement continuait. Vite, elle posa le panier et courut au pied du mur arrière de la grande demeure.

— Nel? appela-t-elle doucement.

— Je suis là-haut, la lucarne du grenier, sur ta droite.

Liesele aperçut une main pâle qui s'agitait au-dessus du vide. Elle se demanda ce que faisait la jeune fille dans le grenier.

— Qu'est-ce qui se passe, Nel? cria-t-elle.

— Chut! Moins fort! C'est l'ogresse, elle me retient ici. Liesele, par pitié, fais ce que je te dis. Va vite à Ribeauvillé en vélo, chez Hans. Risch et deux autres hommes nous ont surpris et ils ont peut-être tué Hans. Je deviens folle. Je t'en supplie, va vite et reviens me dire ce que tu as vu dans son appartement. Interroge les voisins!

Noëlle parlait si bas que Liesele ne comprenait qu'en partie ce qu'elle disait.

— D'abord, je préviens mes parents, lança-t-elle en prenant soin d'articuler. Ils vont t'aider.

— Non, ce sera pire! Martha ne leur ouvrira pas et Risch me frappera. Fais ce que je te dis. Depuis hier, je crois que Hans est mort et ça me rend malade. Tu en as pour une vingtaine de minutes; je ne bouge pas, je t'attends. Après, fais ce que tu veux, préviens Charles qu'il aille chercher les gendarmes.

— D'accord, mais je vais passer tout de suite à la gendarmerie. N'aie pas peur, Nel, je reviens vite.

— Merci, Liesele, merci!

La jeune fille en aurait pleuré de soulagement. Enfin, elle allait avoir des nouvelles de Hans. Liesele était partie. Au même instant, la porte du grenier s'ouvrit avec fracas.

— Espèce de bourrique, gronda Hainer Risch, je t'ai entendue parler! Avec qui, hein?

Noëlle s'écarta prestement de la lucarne. Elle tenta de se mettre debout, mais ses jambes ankylosées la soutenaient à peine. Il la saisit par le bras et la jeta contre le mur le plus proche. Il se pencha et regarda dehors. Tout de suite, il vit le panier de linge et un drap à demi détaché.

— Tu as prévenu Liesele! dit-il d'un ton furieux.

— Mais non, je prenais l'air. On étouffe, ici. Je n'ai rien bu de la journée à cause de vous.

La grêle de coups qui suivit parvint à étourdir la jeune fille. Son nez saignait, elle suffoquait. Risch la prit à nouveau par les cheveux et, d'une poigne forcenée, il la fit dévaler l'escalier. Martha guettait à la porte de sa chambre.

— Elle a fait des siennes, la garce! expliqua-t-il.

L'ogresse n'eut pas le temps de répliquer. Hainer

poussa Noëlle dans le débarras où elle avait déjà été enfermée dix ans plus tôt. Il tourna le verrou.

— On est dans de beaux draps, dit-il en fixant la vieille femme avec une expression démente.

Il quitta le domaine aussitôt.

*

Liesele pédalait à toute allure sur la route de Ribeauvillé. Il n'y avait que trois kilomètres et demi à parcourir. En longeant le bois de sapins situé à mi-chemin, elle vit arriver une voiture noire qui freina dans un crissement de pneus, juste à sa hauteur. Elle avait reconnu l'automobile de Johann Kaufman, mais, au volant, c'était Hainer Risch. Il lui fit signe de ralentir et, presque aussitôt, il descendit du véhicule. La jeune fille hésita. Si elle continuait à avancer, il pourrait la rattraper facilement. Il valait mieux discuter avec lui, sans paraître gênée.

— Où vas-tu, à cette heure, Liesele? interrogea-t-il en agrippant le guidon du vélo. Tu ne devrais pas être au lit? Vous partez tôt, demain!

— Maman avait besoin de quelque chose en ville, répliqua-t-elle, ce qui lui semblait une explication plausible.

— Les boutiques sont fermées. Trouve autre chose.

Liesele eut une impression bizarre, comme si le temps était suspendu, qu'elle ne pouvait plus bouger ni réfléchir. En fait, elle avait peur, sans se l'avouer vraiment.

« Je dois me sauver, et vite! pensa-t-elle. Ce n'est pas si difficile, je donne un grand coup de pédale, je me mets en danseuse. Qu'est-ce que j'attends? Ah oui, qu'il lâche le guidon. Mais il ne va pas le lâcher! »

Elle apercevait les toits de Ribeauvillé, là-bas, sous

la lune. D'une main, Risch lui broya l'épaule gauche. Elle voulut se dégager et lui griffa les poignets. Il devina dans ses yeux une panique irrépressible.

—Tu n'as pas l'air d'avoir la conscience tranquille, toi. Dis, ma petite Liesele, tu ne volerais pas au secours de ton amie Noëlle, par hasard?

—Mais non? s'écria-t-elle. Noëlle est partie, je n'ai rien à faire dans la grande maison! Lâchez-moi! Qu'est-ce qui vous prend? Vous devenez fou parce que Güsti s'est engagé dans l'armée sans même vous dire au revoir? Güsti, votre fils! Mais il vous déteste!

Plus elle parlait, plus Liesele s'en repentait. Elle provoquait un homme déjà déchaîné. Le départ discret de Güsti n'avait pas suscité une vive émotion chez son père. Seule la jeune fille en souffrait, car elle l'aimait beaucoup.

—Mon fils a bien fait, fit remarquer le contremaître. Entre hommes, pas besoin de se dire adieu. Réponds! Où vas-tu?

—J'ai un amoureux, mentit-elle.

Il fixait la naissance du cou de Liesele, qui palpitait au rythme de sa respiration précipitée. Elle portait une chemisette à boutons, le type de vêtements qu'il avait toujours rêvé d'ouvrir d'un coup sec. Les mâchoires crispées, il imagina la poitrine menue mais ferme, cette peau fraîche des filles à la fleur de l'âge. Depuis des années, il n'avait pas connu de femme. Celle-ci lui plaisait, grande et déliée, arrogante aussi.

—Lâchez-moi, répéta Liesele. Si je traîne en route, mes parents vont s'inquiéter. Je leur ai promis de faire l'aller-retour.

—Tu n'iras pas plus loin, rétorqua-t-il sèchement. Noëlle a réussi à te prévenir. Ne nie pas, je le sais. Tu as eu tort de t'en mêler.

Dans l'esprit de l'homme, une digue se rompit. Il

plaqua sa grosse main rugueuse sur la bouche de l'adolescente et donna un grand coup de pied dans le vélo qui se renversa dans le fossé. Liesele se serait écroulée elle aussi, mais il la tenait contre lui. Elle sentait son haleine aigre tandis qu'il la soulevait de terre et l'amenait dans le bois de sapins. Ici la nuit était totale. Plus d'étoiles, plus de quartier de lune. Liesele essayait de rester lucide. Berni lui avait donné un conseil: si un type l'agressait, frapper fort entre les jambes. Mais Hainer Risch était deux fois plus lourd qu'elle.

Il la jeta sur le sol, au bord de l'étang. Elle se mit à hurler de toutes ses forces. Le contremaître se jeta sur elle, lui écrasant l'estomac des deux genoux. Il se mit à la gifler. Les claques pleuvaient, d'une violence inouïe. Le nez en sang, Liesele cherchait à se protéger et, dès qu'elle pouvait respirer un peu, elle criait au secours.

— Mais tais-toi, tais-toi donc! menaça-t-il en lui serrant le cou de toutes ses forces.

Il ne voulait plus rien entendre et il serrait, serrait. Soudain le corps de Liesele se détendit. Il lâcha prise et, dès qu'il vit sa tête basculer sur le côté, il arracha la chemisette et retroussa la jupe. Le désir le submergea.

Deux minutes plus tard, soulagé, il la secoua.

— Liesele? Oh! Petite?

Hagard, il voulut redresser la jeune fille. On aurait dit une poupée de chiffon.

«Je l'ai tuée! Comme Camille! Je l'ai tuée! Faudrait pas que ses parents la trouvent, faudrait pas.»

Il emporta le corps. Avant de quitter l'abri du bois de sapins, il inspecta les alentours. Personne. La bouche sèche, les mains tremblantes, il coucha la jeune fille dans le coffre, qu'il verrouilla. Il ramassa le vélo et s'enfonça à nouveau sous les arbres, son fardeau levé à bout de bras. La machine disparut dans les eaux glauques de l'étang où Liesele et Berni pêchaient des carpes, l'été.

Risch se retrouva au volant. Ses dents claquaient. Il prit la direction d'un vieux bâtiment agricole situé à six kilomètres, sur les terres des Kaufman.

*

Noëlle reprit connaissance dans le noir absolu. La grande maison était plongée dans un silence terrifiant. Son premier geste fut de palper du bout des doigts son visage tuméfié. Tout son corps la faisait souffrir. Elle n'avait aucune idée de l'heure, mais une appréhension abominable la terrassa au sujet de Liesele.

«Risch m'a assommée et il a dû chercher à la rattraper. Pourvu qu'elle ait eu le temps d'entrer dans Ribeauvillé. C'est l'évacuation, les gens ne dorment pas. Mon Dieu, faites qu'il ne lui ait pas fait de mal!»

La soif la tourmentait. Elle avait des sortes d'hallucinations et croyait voir tantôt des bouteilles d'eau, tantôt un ruisseau. En tâtonnant, elle découvrit un matelas, puis un oreiller et le velouté d'une couverture pliée. Alors qu'elle se déplaçait à quatre pattes, un de ses genoux heurta un objet rigide qui se renversa. Du liquide trempa son pantalon au niveau du mollet. Hébétée, Noëlle réussit à redresser la carafe. Elle la souleva et but goulûment. Une fois qu'elle fut rassasiée, la signification de ces trouvailles la glaça.

«Hier, ils ont tout préparé pour m'enfermer dans ce réduit. Un lit et de quoi boire. Je ne peux pas le croire, non! Quelqu'un va bien finir par entrer dans la maison. Je hurlerai et on m'entendra.»

Au fond, elle savait qu'elle ne ferait plus aucun bruit, terrifiée à l'idée d'être frappée de nouveau.

«Je dois être plus rusée qu'eux, décida-t-elle. Ils

m'apporteront encore de l'eau ou de la nourriture. Je ferai semblant d'être évanouie ou très malade. Ils seront obligés de m'emmener dans une des chambres. Si seulement j'avais une arme, un outil. Il y avait une penderie, avant. Je m'en souviens. Si je pouvais avoir un cintre. Le crochet pourrait me servir!»

Elle se leva et se remit à explorer méticuleusement sa prison. La penderie était vide. Pas un vêtement, donc pas un seul cintre. Dépitée, elle continua à visiter le réduit, les bras tendus, avec la crainte de renverser encore une fois la carafe d'eau. Soudain, un rai de lumière lui indiqua le bas dc la porte. Quelqu'un marchait. Il y eut la voix rauque de l'ogresse et celle de Risch.

—Qu'est-ce que tu as fait? disait la vieille dame. Pauvre malheureux! Ce n'est pas ta faute, mais non, mais non.

Noëlle ne distinguait pas bien les mots. Hainer s'exprimait de façon inintelligible. Elle crut reconnaître le prénom de Lieséle et son cœur se déchira.

—Sinon, elle aurait su, pour Krüger. Ce vaurien s'est barré dans son pays, grogna le contremaître.

La jeune fille retint un cri de joie, avant de pleurer en silence. Elle avait pu discerner nettement les dernières paroles de Risch et cela mettait fin à ses doutes. Hans était vivant. Mais le sort de Lieséle la hantait.

«Il l'a tuée! Je le sais, il l'a tuée par ma faute! Je l'ai envoyée à la mort, ma Lieséle, mon amie chérie», se désespéra-t-elle.

L'épreuve était au-dessus de ses forces. Si celui qu'elle aimait était hors de danger, Lieséle qu'elle adorait depuis des années comme une sœur avait dû affronter la brutalité féroce de Hainer Risch.

«Non, je délire, voulut-elle se rassurer. Il ne peut pas assassiner tout le monde impunément! Au pire, il l'a frappée et assommée.»

De toute son âme, Noëlle souhaita un démenti. D'une minute à l'autre, l'ogresse et son fils maudit allaient enfermer Liesele avec elle.

«Comme nous serions bien, toutes les deux! Tant pis si on reste prisonnières jusqu'au retour de papa Johann. Nous pourrons discuter et nous consoler mutuellement.»

Les bruits de voix s'atténuaient. La lumière du couloir s'éteignit. Une porte grinça. Noëlle se recroquevilla sur le matelas. Elle se mit à prier comme elle n'avait jamais prié, avec une ferveur qui amollissait son âme.

«Mon Dieu, protégez mon amie comme elle m'a toujours protégée, gardez-la en vie. Liesele est ma sœur, mon ange gardien. Avec Hans, c'est la meilleure personne de la terre, la plus courageuse. Je veux la revoir rire et danser. Je veux la serrer dans mes bras. Mon Dieu, veillez sur elle.»

Plus tard, Noëlle comprendrait que Liesele avait lu son arrêt de mort dans le regard de Hainer. Une seconde lui avait suffi pour saisir ce qu'elle méprisait chez cet homme depuis l'enfance. Elle pressentait déjà qu'il l'arracherait un jour à sa famille, à la douceur des soirs d'été, à la saveur des fruits mûrs, à tout ce que la vie offrait de merveilleux.

Couché sur un divan du salon, le contremaître appréhendait le lever du jour. Il avait très bien entendu du remue-ménage dans la cour, l'écho des va-et-vient incessants et des discussions. Charles Merki cherchait sa fille.

Hainer avait bu du schnaps et de la bière. Lui aussi aurait voulu remonter le temps, car bizarrement il vouait de l'affection à Liesele, et son fils, Güsti, en était amoureux. Fin saoul, il avait envie de pleurer sur le désastre de son existence.

«Je vais aller me dénoncer, pensait-il en pleine confusion. Ce sera fini de mentir, de trembler. Je dirai tout! Pour Camille et pour Liesele.»

Ce qu'il redoutait se produisit enfin. On heurta à la porte double de la grande maison avec acharnement. Il se leva, cria qu'il allait ouvrir dans l'instant et courut en titubant jusqu'à la cuisine se laver le visage à l'eau fraîche. Il vérifia ses vêtements et sortit.

Une douzaine de silhouettes sombres l'attendaient dans la cour baignée de brumes. Charles se tenait bien droit, en avant du groupe.

— Ah, Merki, tu as rassemblé l'équipe pour les vendanges, dit-il d'une voix pâteuse.

— Oui, les gars que le patron avait recrutés, mais il en manque. Là, je n'ai que ceux qui ne sont pas mobilisés. On ne commencera pas à vendanger tant que je n'aurai pas retrouvé ma fille.

Marguerite s'avança, suivie de Berni. Elle était livide, ravagée par la peur.

— Liesele a disparu! hurla-t-elle.

— Nous l'avons cherchée toute la nuit, ajouta Charles, le menton et les joues bleuis par la barbe naissante. Mon fils et moi, on a fouillé les bois voisins et les champs, on a même fait un tour en ville.

— Ah! fit le contremaître, c'est regrettable, mais ça ne doit pas freiner le travail.

— Hier soir, on a entendu la voiture, dit Berni. Vous ne l'avez pas croisée, ma sœur? Elle était partie à vélo.

Une rumeur s'éleva soudain. Martha venait de sortir à son tour et elle considérait tout son monde d'un regard bienveillant. Impeccable dans sa robe en taffetas noir, ses cheveux blancs soigneusement coiffés et retenus par des peignes, elle en imposait. La revoir vaillante, l'air sagace, créa une véritable stupeur.

— Monsieur Risch n'en sait pas plus que vous à

propos de Liesele, déclara-t-elle. Il faut s'affoler à bon escient, Charles. Et toi aussi, Marguerite. Tu ferais mieux de prendre le train. L'Alsace est évacuée, l'émotion est à son comble. Dans certaines situations, la jeunesse perd pied. Hier soir, Liesele est venue me supplier de lui prêter de l'argent. Elle ne voulait pas partir en Dordogne à cause de notre cher Güsti. Cela, même monsieur Risch l'ignore. Ces deux-là sont amoureux et le régiment de Güsti est cantonné à Colmar pour une semaine. Liesele l'a rejoint là-bas, dans l'espoir de passer quelques heures avec lui. Elle a pris un sac et des habits dans l'armoire de Noëlle. Que voulez-vous, mes pauvres amis, elle n'osait pas vous le dire!

La vieille dame s'adressait au couple des Merki, interloqué. La fable leur semblait grossière.

— Ma propre fille m'aurait caché ses sentiments pour Güsti! tonna Marguerite. Qu'est-ce que c'est, cette histoire? Et de l'argent, elle en avait!

— Il lui en fallait davantage, coupa l'ogresse. Pour l'hôtel, à Colmar, pour le train. Elle m'a promis de vous rejoindre à Périgueux d'ici huit jours.

Charles fit un grand geste de colère.

— Les bras m'en tombent. Liesele et Güsti! Franchement, vous n'étiez pas au courant, Risch?

— Mon Dieu, pas plus que vous, répliqua celui-ci, dégrisé et forcé d'entrer dans le jeu de Martha qui tentait de le couvrir. Mais c'est la seule solution. Sinon, Liesele serait là. Elle ne vous aurait jamais retardés sans raison valable, Marguerite. Madame Kaufman dit vrai, il vaudrait mieux prendre votre train, puisque votre fille vous rejoindra en Dordogne.

Il s'exprimait avec une sincérité sidérante. Ce qui s'était passé la veille sous les sapins, qu'il ait tué Liesele lui faisait l'effet d'un accident, exactement comme ce qui était arrivé avec sa femme, Camille. Ils se querellaient; elle cherchait à échapper à une correction bien légitime, puisqu'il l'avait surprise dans les bras d'un autre; quand il l'avait poussée en arrière, elle était tombée. Sa tête avait heurté violemment l'angle de l'évier en grès; il l'avait encore frappée, mais elle ne réagissait plus; égaré, Hainer était sorti et avait parcouru la campagne battue de pluie. À son retour, Camille ne respirait plus.

Mais Marguerite ne gobait pas la version de la vieille dame. Elle prit son mari à témoin.

— Charles, ça ne tient pas debout, cette histoire! Hier soir, Liesele préparait sa valise, quand je lui ai demandé d'aller ramasser les draps derrière la grange à foin. Et tu as retrouvé le panier par terre, comme si notre gosse s'était sauvée sur un coup de tête soudain. Et pourquoi ne nous aurait-elle rien dit! Ce n'était pas une honte, d'avoir le béguin pour Güsti! J'aurais compris, moi, qu'elle avait envie de le voir avant de quitter le pays, à cause de cette fichue guerre.

D'abord, Charles, se remémorant les nombreuses frasques de sa fille, n'osa pas répondre en public. Hier encore, elle avait coupé ses cheveux sans donner d'explication et il l'avait surprise en train de fumer.

— Quand j'y réfléchis bien, murmura-t-il à Marguerite, ça lui ressemble, à Liesele, d'agir en dépit du bon sens, sur une impulsion. Peut-être bien qu'elle hésitait de peur de te peiner! Tu étais tellement affolée, avec ce départ en catastrophe! Elle s'est décidée au dernier moment.

— De là à demander de l'argent à madame Kaufman, protesta la grande femme dont les traits tirés prouvaient son angoisse, il y a tout un pas. Vraiment, madame Martha, elle s'est confiée à vous?

— Je l'ai vue naître, ta fille, rétorqua l'ogresse. Ces derniers mois, elle me montait des plateaux, elle faisait mon lit, nous bavardions souvent. Si Noëlle avait été là, je pense que Liesele aurait préféré solliciter son aide, mais il n'y avait plus que moi.

L'argument était irréfutable. Troublée, Marguerite constata que tout se tenait. Liesele ne rechignait pas à servir la vieille patronne.

—Je n'ai plus qu'à monter en voiture, Charles, soupira-t-elle. On va prendre le train, Berni et moi.

—Dépêchez-vous, conseilla Martha. Et vous, monsieur Risch, occupez-vous des vendanges. J'ai dirigé le domaine des années, je suis encore capable de remplacer mon fils.

Hainer hocha la tête. À cet instant précis, il l'admirait. Elle se conduisait enfin en bonne mère, prête à le défendre à tout prix.

15

L'enfer sur la terre

«Déjà six jours que je suis enfermée dans ce débarras!» se dit Noëlle en entendant le chant du coq, lointain et assourdi.

C'était son unique repère pour avoir conscience du temps qui s'écoulait, les visites de l'ogresse et du contremaître n'étant pas régulières. Risch l'avait attachée à une canalisation d'eau qui passait dans l'angle du mur, en laissant assez de cordelette pour qu'elle puisse prendre sa nourriture et boire, mais il lui interdisait de cogner à la porte. Il laissait du pain sec et de l'eau à sa portée. La jeune fille devait utiliser un seau que Risch allait vider, mais elle n'y avait droit qu'une fois par jour seulement. Il la détachait alors et patientait dans le couloir. Chaque fois, il en profitait pour se moquer d'elle, quand il ne l'insultait pas. La jeune fille endurait cette ultime humiliation sans broncher. Elle était au-delà de ce genre de vexation, tremblant surtout de mourir.

Martha venait discuter avec elle, en demeurant de l'autre côté du battant en bois. Elle donnait des nouvelles à sa prisonnière d'une voix monocorde.

— L'Afrique du Sud a déclaré la guerre à l'Allemagne, lui annonça-t-elle le 6 septembre.

Le lendemain, elle fanfaronna:

—Notre vaillante armée française vole au secours de la Pologne. Nous attaquons la Sarre. Les Boches ont du souci à se faire.

Ce matin-là, la vieille femme déclara en tapotant le bois de la porte :

—Les troupes anglaises se préparent. Hitler n'a qu'à bien se tenir.

—Paix sur la terre aux hommes de bonne volonté ! répliqua Noëlle, révoltée par sa condition de recluse. C'est écrit dans les textes saints. Martha, libérez-moi. J'irai en Dordogne rejoindre ma mère, je vous le promets. De toute façon, Johann ne va pas tarder. Que ferez-vous quand il sera là ? Et Liesele, avez-vous des nouvelles de Liesele ?

—Je ne te crois pas, tu te précipiteras dans les rangs ennemis et le nom des Kaufman sera souillé. Quant à Liesele, la gueuse a dû filer avec un galant.

C'était la première fois qu'elle daignait fournir une réponse à la question que Noëlle lui posait sans cesse chaque jour depuis le début de sa réclusion. La jeune fille essayait de retenir l'ogresse par tous les moyens.

—Pourquoi serait-elle partie avec un amoureux ? protesta-t-elle. Je vous en prie, si vous savez quelque chose, il faudra me le dire ! Je suis sûre que Hainer Risch a essayé de la rattraper, le soir où il m'a enfermée dans le grenier. Madame, par pitié, si elle est vivante, si son père l'a revue, dites-le-moi. Peut-être que vous me torturez volontairement en me cachant ce qui est arrivé à Liesele !

—Je te répète que cette garce doit être en train de roucouler avec un de ses prétendants. Tu ferais mieux de t'inquiéter des vendanges. La moitié de la récolte sera perdue. Il fait très chaud, l'équipe engagée par Charles travaille au ralenti. Hainer fait de son mieux, mais ce sera une mauvaise année.

— Je veux bien croire que vous ne savez rien d'autre. Madame, je vous en prie, il y a une chose que vous devez m'accorder, je vous le demande depuis avant-hier. Je veux me laver. Conduisez-moi dans le cabinet de toilette de ma chambre, je vous jure de ne pas chercher à m'enfuir.

— Non, pas encore. J'en parlerai à Hainer. À quoi bon être propre sur son corps quand on a l'âme sale! Tu es sale, comme ta mère.

Malgré tous les efforts de Noëlle, il arrivait toujours un moment où Martha soupirait et s'éloignait. Ce fut encore le cas. La journée s'étira, d'un ennui pesant. Le soir, le contremaître entra dans le réduit. De cet homme qui avait passé la journée au grand air émanait l'odeur acidulée des raisins gorgés de sucs et de soleil, ainsi que les senteurs moins prononcées de la terre et du sous-bois. Il la regarda à peine, ce qui la rassura.

— Tiens, je t'ai apporté une part de kougelhopf. La femme d'un des ouvriers en a servi trois, à midi. Et une tasse de café.

— Je l'ai senti, répliqua-t-elle. Merci.

— Dis, tu deviens gentille, soupira-t-il. Sais-tu que Strasbourg est pratiquement déserte, Colmar aussi. Saverne et Mulhouse sont des villes mortes. Mais rien à signaler à la frontière. L'armée française garde la ligne Maginot. Les postes sur le Rhin sont surveillés. Tout est calme.

— Martha me tient informée, dit Noëlle. Je suppose que mon père sera là demain ou après-demain. Vous devriez me libérer. Je resterai ici, à la maison. Je vous promets de ne rien dire à Johann. Je lui raconterai que je n'ai pas pu partir pour Endingen.

— Non, on ne peut pas te faire confiance, trancha-t-il. Rien ne prouve que Johann reviendra. Son amitié pour Krüger déplaisait, à Ribeauvillé.

— Grâce aux ragots colportés par Zimmermann, évidemment! s'irrita la jeune fille.

— Pas besoin de Zimmermann. Le maire lui-même a critiqué tes fiançailles avec un Boche.

Hainer Risch se pencha sur elle et vérifia la solidité des liens qui l'attachaient à la canalisation.

— Dès que Johann arrivera, je te bâillonnerai. Ou autre chose...

« Il va me tuer! conclut-elle. Cela ne lui fait pas peur, il a supprimé sa femme et peut-être Liesele. »

Le sort de Liesele l'obsédait. Elle espérait de toute son âme que son amie était saine et sauve, loin du domaine. L'ogresse lui avait seulement dit que Marguerite et Berni étaient en Dordogne, rien de plus.

« Et Charles! s'interrogea-t-elle. Si je pouvais attirer l'attention de Charles, il m'aiderait! »

Elle passa une partie de la nuit à tenter de se débarrasser des cordelettes qui l'entravaient. Devant le relâchement des nœuds, qu'elle avait obtenu en s'armant de ses dents et de ses ongles, Noëlle se reprocha de ne pas avoir essayé plus tôt. Enfin, elle dégagea sa main droite et la suite fut un jeu d'enfant. Cette victoire la réconforta. Elle se leva sans bruit et inspecta à nouveau le réduit. Hainer avait ôté l'ampoule électrique, mais, même dans le cas contraire, la jeune fille n'aurait pas osé allumer. Des caissettes étaient empilées tout au fond, qu'elle déplaça à tâtons afin d'examiner le mur. Durant les heures interminables qu'elle avait passées là, elle avait eu le temps de réfléchir, de se représenter la disposition des pièces et des fenêtres. Il lui semblait se souvenir d'un œil-de-bœuf obscurci par du carton, à mi-hauteur de la façade nord de la grande demeure.

Ses doigts effleurèrent soudain un rebord taillé dans la pierre. Le contour dessinait un ovale.

« J'avais raison ! » triompha-t-elle.

Fébrile, Noëlle s'acharna sur le fouillis de grillage et de toiles d'araignées qui encombrait la cavité ronde. Des planches découpées à la forme voulue étaient bloquées. En s'écorchant les mains, elle parvint à les débloquer. Il restait la vitre.

« Si je pouvais la casser, j'aurais de l'air frais et, en plein jour, je pourrais agiter la main ou appeler quelqu'un. C'est ma dernière chance ! Mais Risch ou l'ogresse peuvent entendre le bruit du verre qui se brise ! »

D'avoir un but la réconfortait. Jusqu'à présent Noëlle était rongée par le chagrin et par la peur, mais maintenant elle était décidée à lutter avec ses faibles moyens. Elle retourna sur son matelas et mangea la part de kougelhopf avec du café. Elle eut l'impression de faire un festin, après six jours de pain dur et d'eau le plus souvent tiède.

« Je crois que l'œil-de-bœuf est situé à plus de dix mètres du sol et, puisqu'il donne sur l'arrière de la maison, je devrais voir les vendangeurs dans le champ qui longe la plantation de houblon. »

Elle tenait la lourde tasse en grès entre ses doigts. Cela lui donna une idée.

« Si je la casse dans la couverture, sans faire de bruit, avec les éclats je pourrai gratter le mastic tout le tour de la vitre et la desceller. »

Impatiente de se mettre au travail, elle marcha à quatre pattes vers la lucarne. Son but fut atteint à l'aube. Noëlle en pleura de contentement. Un air frais s'engouffra dans le réduit, chargé des parfums montés du jardin et de la campagne. Elle respira avec extase les senteurs de foin, de paille, de feuillages et d'herbages perlés de rosée. L'horizon se teinta de lueurs magiques, gammes de violet ou d'orange, écharpes irisées d'or. La beauté céleste de ce spectacle lui arracha un sourire.

Très loin, des chiens aboyaient et un cheval hennissait. Les vendanges reprenaient au petit jour, pour profiter des heures fraîches de la matinée.

Noëlle posa sa joue contre le bord de l'œil-de-bœuf et contempla la ramure du vieux chêne le plus proche. Elle n'apercevait qu'une infime partie de la vigne qui s'étendait derrière le domaine, mais elle imaginait sans peine les évolutions des vendangeurs au bout des rangs. Ployés sous la charge, des hottes en osier remplies de grappes, hommes et femmes iraient bientôt verser leur cueillette dans le tombereau. Les souvenirs affluaient.

L'été de ses treize ans, elle avait participé pour la première fois aux vendanges. Clémence lui avait recommandé de mettre un pantalon et une chemise à manches longues à cause des guêpes que les raisins attiraient. Elle se revit, les cheveux protégés par un foulard, donnant la main à Liesele pour rentrer au domaine, le soir, toutes deux baignées par le soleil couchant. Chaque soir, leurs mères préparaient un vrai festin, car, à cette époque, Clémence aidait Marguerite à la cuisine. Deux grandes tables étaient dressées sous le hangar. Les odeurs des côtes de porc fumées qui chauffaient sur le chou en fines lanières et des saucisses d'un bel orange cuites à la vapeur excitaient la convoitise des enfants.

« Et un jour j'ai revu le beau garçon de la kermesse, celui qui m'avait offert une rose blanche. Il menait le cheval du vieux Robes. C'était mon Hans ! »

Elle était émue jusqu'aux larmes. Cette évocation radieuse lui redonna du courage. Tout bas, elle chuchota :

« Je te retrouverai, Hans, je te le promets. Et toi, Liesele, ma grande sœur chérie, je voudrais tellement te serrer dans mes bras. »

Au milieu de la matinée, Noëlle remit la vitre en

place et la bloqua avec l'assemblage de carton et de grillages qui obscurcissait la lucarne auparavant. Elle reprit place sur son matelas en étudiant bien sa position pour avoir l'air d'être toujours attachée à la canalisation. Les débris de la tasse jonchaient la couverture, devant elle.

Risch entra avec le seau.

—Allez, beauté, soulage-toi! La patronne m'a dit que tu voulais te laver. On verra ça plus tard. Il y a trop de monde dans la cour, à cause des vendanges.

—Pas la nuit! répliqua-t-elle.

—Et si ça nous plaît, de te voir pourrir dans ta crasse! ricana-t-il.

—Qui ça, vous? Votre mère et vous?

—Oui, j'apprends à la connaître, ces temps-ci. Nous dînons tous les deux; elle me prépare de bons petits plats. Il faut en profiter tant que les restrictions n'ont pas commencé. Hier soir, j'ai eu du jarret de porc grillé avec des pommes de terre gratinées au munster.

Visiblement il s'amusait à la faire saliver en évoquant un mets qu'elle n'aurait pas. Elle ne répondit pas. Elle avait hâte de le voir sortir. Il pouvait très bien, grâce à la clarté venant du couloir, constater qu'elle n'était pas vraiment attachée.

—J'en ai pas envie, mentit-elle. Laissez-moi le seau et revenez en fin de journée.

Sa docilité et son attitude proche de la prostration intriguèrent Risch. Il regarda autour de lui et s'approcha d'elle. Vite, Noëlle s'appuya contre la canalisation, les bras derrière son dos.

—J'ai cassé la tasse, dit-elle aussitôt, car il piétinait les morceaux. Elle m'a échappé des mains. Heureusement, j'avais bu le café.

Il grommela un juron et écarta les débris du bout du pied.

—Je m'occuperai de toi ce soir, indiqua-t-il. Après tout, ça ne te ferait pas de mal de te laver. Sait-on jamais, si j'ai envie de m'amuser avec toi, autant que tu sentes la rose.

Le contremaître sortit et tourna le verrou. Le cœur de la jeune fille battait à tout rompre. De quoi la menaçait-il encore? Elle s'affola. Il pouvait avoir décidé de la tuer. Et s'il acceptait de l'emmener au cabinet de toilette, que ferait-il ensuite?

Envahie par une terreur atroce, Noëlle attendit. Elle estimait l'écoulement des heures.

«Là, Risch est avec les vendangeurs. Bientôt l'ogresse montera faire sa sieste. Je dois l'appeler, il faut qu'elle vienne me parler.»

Dès qu'elle reconnut le pas pesant de Martha dans l'escalier, elle se mit à siffler, puis à répéter:

—Madame, madame, par pitié!

La vieille femme avait très bien entendu. Elle hésita, l'esprit fatigué, abruti par trois verres de schnaps. Pendant les années passées dans sa chambre, elle n'avait pas renoncé à l'alcool. Katel lui en fournissait à sa convenance. Mais lorsque Johann l'avait condamnée à demeurer réellement prisonnière, surveillée par Marguerite, elle avait dû être sobre. À présent, elle se rattrapait.

—Madame, je vous en prie! C'est au sujet de votre fils, Hainer.

Martha poussa un soupir irrité. Elle marcha en vacillant vers le réduit.

—Qu'est-ce que tu as encore, à piailler?

—J'ai peur de Hainer, madame, il faut lui dire de ne pas me faire de mal. Vous voyez bien que je suis raisonnable, que je ne fais aucun bruit, mais, comme je voulais me laver cette nuit, il a dit qu'il était d'accord, que je devais sentir bon s'il voulait s'amuser un peu avec moi. Madame, s'il me touche, j'en mourrai. Vous savez ce que c'est, d'être victime d'un homme, alors que vous en aimez un autre. Ne le laissez pas faire, ayez pitié! Il peut me frapper, m'insulter, mais pas ça!

Dans le noir, Noëlle éclata en gros sanglots enfantins. C'était plus fort qu'elle, et il y avait dans ses larmes une telle sincérité que l'ogresse en fut ébranlée. La jeune fille avait touché un point sensible.

—Il ne te fera rien, quand même! marmonna la vieille dame, pressée de s'allonger et de dormir.

—Mais si! Déjà dans le grenier, il me regardait bizarrement. Je vous en supplie, madame!

—Ne crains rien, Noëlle, articula Martha d'une voix pâteuse. Je lui ai défendu de te faire ces choses.

—Et s'il s'en moquait, de vous? Pourquoi obéirait-il? Il peut vous couper la gorge, cette nuit ou une autre nuit! Vous l'avez dit vous-même, c'est une bête fauve. L'enfant des démons. Et moi, je ne veux pas qu'il me touche.

L'ogresse fixait la porte d'un air hébété. Ne pas voir le visage de Noëlle atténuait la haine irraisonnée qu'elle éprouvait à son égard, et cette voix frêle, aux accents déchirants, provoquait en elle un malaise étrange.

—Si j'avais la clef, je te conduirais à la salle de bains, moi, mais Hainer l'a gardée.

—C'est un verrou, s'écria Noëlle, pleine d'espoir. Il n'y a pas de clef, je crois.

—Si, il a fermé à clef et tourné le verrou. Je suis fatiguée, ma fille, je vais dans ma chambre. Mais je lui dirai de ne pas te toucher, oui, ça, je le lui dirai.

La jeune fille retint une exclamation de colère. Elle serrait les poings dans la pénombre qui l'entourait, tenace, angoissante.

«Elle a bu, cette vieille folle, elle peut à peine aligner un mot après l'autre!»

Il ne lui restait comme consolation que la lucarne. Vite, elle déplaça les caissettes et ôta la vitre. Elle découvrit une vision splendide qui la fit pleurer plus fort. Un ovale éblouissant où se dessinaient du ciel bleu, un flot de soleil inondant les feuilles du chêne et un pan de colline lointain, nappé d'or et de pourpre.

«Mon Dieu, si je sors vivante de ce piège, se promit-elle, je saurai à quel point c'est précieux de courir sur un chemin un soir d'été, comme il faut aimer le vent, la pluie, la saveur des mûres gorgées de jus, les baisers de son fiancé...»

Elle se cogna le front deux fois, puis trois, contre le mur, avec l'envie de hurler pour signaler sa présence. Mais elle n'osa pas, tant elle redoutait les représailles. Une fois calmée, elle s'obstina à regarder dehors. La lumière déclina, les oiseaux pépièrent dans les haies où ils se nichaient au crépuscule.

Il faisait nuit noire quand Noëlle entendit le verrou tourner. Elle eut à peine le temps de camoufler l'œil-de-bœuf derrière le rempart de caisses. Hainer Risch entra. Posément, il remit une ampoule dans la douille et alluma. Elle vit qu'il portait un seau en fer rempli de ciment frais.

—Désolé, Noëlle, tu n'auras plus l'occasion de mettre ton nez à la lucarne. Je t'ai vue, tout à l'heure, du plancher à foin. Je rebouche tout ça et ensuite je vais t'apprendre à filer droit.

La jeune fille n'avait pas pu remettre ses liens autour de ses poignets. Le contremaître eut un petit rire égrillard.

—Tu es futée, hein? Tu pensais me doubler! Écoute bien! Nous sommes enfermés là-dedans, tous les deux. La clef est dans ma poche. La vieille dame cuve une carafe de riesling que je lui ai fait avaler. Dès que j'ai terminé mon boulot, je te conduis dans ta chambre. Tu vas te laver et on profitera ensemble de ton beau lit à baldaquin.

—Non, non! bredouilla-t-elle. Oh! ça non! Je vous en supplie, laissez-moi ici!

Elle hoquetait, épouvantée. Ses nerfs craquaient. Un hurlement d'agonie lui échappa. Soulagée par ce cri jailli du plus profond d'elle, Noëlle hurla encore de toutes ses forces.

—Tuez-moi! Qu'on en finisse!

Soudain elle se leva et se rua sur Risch. Il représentait tout ce qu'il y avait de mauvais, de cruel, de primitif chez l'humain.

—Sale brute, espèce de monstre! vociféra-t-elle en le frappant les poings serrés.

Surpris, encombré du seau de ciment, Hainer perdit quelques secondes avant de riposter. Très vite, il fut à même de gifler Noëlle à la volée, six claques sèches d'une violence rare. Il l'attrapa par les cheveux.

On tambourina à la porte.

—Hainer, laisse-la! fit la voix rauque de l'ogresse. Quelqu'un toque à la porte d'en bas. Une voiture est entrée dans la cour. Si c'était Johann? Je ne peux pas ouvrir mes volets, tu les as cloués.

Le contremaître décocha à la jeune fille un dernier coup à l'arrière du crâne qui l'assomma. Elle s'écroula sur le plancher. Par précaution, il la bâillonna et sortit. Dans le couloir, Martha, le visage très rouge, s'appuyait au mur d'une main.

—Donne-moi la clef, dit-elle, Johann n'oserait pas me fouiller si par malheur il voulait ouvrir le débarras.

Trop inquiet pour se méfier, Hainer lui tendit la clef et se rua vers l'escalier. Quand il remonta, n'ayant trouvé personne à l'extérieur, ni visiteur ni voiture, la vieille femme s'était enfermée dans sa chambre.

—Tu as eu des hallucinations, mère, aboya-t-il à travers la porte.

—Mais non, c'était peut-être quelqu'un de passage,

qui n'aura vu aucune lumière et qui reviendra demain. Va te coucher, les vendangeurs seront là de bonne heure.

Malgré l'alcool qu'elle ingurgitait et la haine aveugle qui l'égarait, Martha Kaufman pouvait souvent ordonner ses idées. Elle avait inventé l'histoire d'un visiteur pour attirer Hainer hors du réduit et lui prendre la clef. Le lendemain, elle téléphona à la mairie de Ribeauvillé et pria le secrétaire d'envoyer Katel, son ancienne domestique, au domaine.

—J'ai besoin d'elle, expliqua-t-elle. Et, par les temps qui courent, elle me bénira de gagner de quoi manger.

L'ogresse se noyait dans ses contradictions. Lorsqu'elle était lucide, elle se demandait ce qu'elle pourrait bien faire de Noëlle, le retour de Johann étant imminent. Au fond, elle redoutait Hainer, ce fils né d'un viol ignoble. Et peu à peu la jeune fille lui inspirait des sentiments mitigés.

«Je suis bien forcée de la garder prisonnière, maintenant qu'elle sait la vérité sur Hainer, se dit-elle en guettant l'arrivée de Katel. Je voulais surtout me venger. Œil pour œil, dent pour dent, c'est écrit dans la Bible. Je lui fais payer ce que j'ai enduré quand Johann m'a condamnée à vivre à l'étage avec cette grande andouille de Marguerite qui me rabrouait tout le temps. Mais que fait-on, une fois vengée? En tout cas, il ne la touchera pas.»

Depuis que Noëlle l'avait implorée de l'aider afin de ne pas subir un viol qui la détruirait, Martha se sentait vulnérable. Le fait de partager son monstrueux secret avec la jeune fille avait créé une sorte de lien inattendu.

«Elle est la seule désormais à connaître ma honte, se répétait la vieille dame. La seule avec Hainer. Je n'aurais pas dû parler, mais ça m'étouffait depuis si longtemps.»

Katel frappa à la porte double avant midi. Elle avait fait la sourde oreille quand il y avait eu l'ordre d'évacuation et s'était terrée dans le minuscule logement qu'elle occupait, rue du Château-Bas. En considérant le lion en bronze qui cachait le heurtoir, elle jubilait.

*

Hainer Risch parcourait un rang de vigne. Il avait plu, une averse qui annonçait l'automne. La terre crayeuse s'enfonçait sous ses talons boueux. Il portait des guêtres de chasse et un ciré kaki. Autour de lui, l'équipe de vendangeurs s'affairait. Des silhouettes se penchaient et se redressaient, jetant de belles grappes dorées dans les hottes. Dans le ciel roulaient de gros nuages gris.

Tout en marchant, le contremaître examinait les ceps tordus d'où jaillissaient des rameaux vigoureux. On le saluait au passage. Pour avoir trimé adolescent sur ces mêmes vignobles, il se souvenait de la monotonie de ce labeur, du dos douloureux à la fin de la journée, des doigts poisseux. C'était une tâche si répétitive que le soir, au coucher, il suffisait de fermer les yeux pour revoir les grappes cueillies, innombrables.

Au bout du rang, un grand cheval noir était attelé à un tombereau peint en vert. Juché sur une des roues bloquée par le frein, Charles tassait la masse odorante des raisins à l'aide d'une fourche.

— Le vin sera bon, Merki, cette année? lui cria-t-il sur un ton faussement aimable.

— Non, monsieur Risch, le vin ne sera pas bon si le patron ne rentre pas à temps pour surveiller la mise en fût. J'ai reçu une lettre de ma femme ce matin. Figurez-vous que Liesele n'est toujours pas arrivée en Dordogne. Marguerite se ronge les sangs. Peut-être que vous en savez plus long que moi, puisqu'il paraît que ma fille fréquentait votre fils. Avez-vous des nouvelles de Güsti?

— Non, aucune! coupa Hainer. Liesele va bien finir par débarquer à Périgueux.

Charles jeta un regard navré sur le vaste paysage assombri par le changement de temps. Le contremaître souleva son chapeau et s'éloigna en déclarant:

— Les jeunes, à notre époque, n'en font qu'à leur tête.

Hainer Risch passa le reste de la journée entre les chais et le hangar où les vendangeurs mangeaient. Le vieux Robes, qui avait loué son cheval, se chargeait de préparer de quoi casser la croûte. C'était le plus souvent du pain tranché, des terrines de pâté ou du salami coupé en larges tranches d'un rose vif.

Le contremaître jetait des regards préoccupés vers la grande demeure à colombages et s'interrogeait sur l'état de Noëlle.

«J'ai cogné très dur, hier soir! Bah, ce n'est qu'une traînée. De toute façon, faut régler le problème.»

Dans ces moments-là, l'acuité du plaisir qu'il avait pris en forçant Liesele lui revenait et enflammait son corps. Il transposait sur Noëlle le désir lancinant que lui avait inspiré la fille des Merki.

*

En reprenant connaissance, à trois heures de l'après-midi, Noëlle crut avoir reculé dans le temps, car elle était couchée dans son lit, dans sa chambre, et une bonne odeur de lait chaud flottait près d'elle. L'esprit confus, elle avait l'impression de s'éveiller après un horrible cauchemar. Des images de violence s'imposèrent enfin à elle avec une telle précision qu'elle se souvint. Tout était vrai. Hans gisant dans son sang, le réduit et le seau hygiénique, les coups de Hainer Risch, le fils caché de l'ogresse.

— Là, mademoiselle, je vais vous aider à boire un peu, dit une femme.

— Katel! balbutia la jeune fille.

Même si l'ancienne gouvernante l'avait rarement servie et n'avait jamais pris soin d'elle ainsi, sa présence bienveillante était si surprenante que Noëlle douta à nouveau.

— Vous êtes bien arrangée, ajouta la domestique. Monsieur Risch y est allé un peu fort. Mais je vous ai passé de la pommade pendant que vous dormiez. Madame Kaufman m'a aidée à faire votre toilette. Je vous ai mis une de vos chemises de nuit en coton.

Noëlle opina de la tête en silence, stupéfiée par les paroles de Katel, par le moelleux de l'oreiller et la douceur de la literie. Sa lampe de chevet à l'abat-jour de satin rose éclairait la tapisserie en toile de Jouy et le bois sombre et poli de l'armoire.

— Comme ça, papa Johann est de retour? gémit-elle, certaine d'être sauvée désormais. Dis-moi, Katel, où est-il? Je veux le voir!

— Hélas non, mademoiselle, monsieur Kaufman n'est pas rentré. Ce n'est pas à côté, Périgueux.

Katel l'aida à s'asseoir et porta une tasse à ses lèvres meurtries par les gifles de Risch. Mais ce fut un tel délice de boire du lait chaud et sucré que Noëlle renonça à comprendre.

— Ce soir, vous aurez un bon potage à l'oseille et du lard grillé, ajouta la femme. J'ai la consigne de m'occuper de vous en priorité. La vieille dame m'a raconté. Vous avez fait une grosse bêtise avec cet Allemand et elle vous retient ici parce que c'est plus prudent.

— Elle t'a dit aussi que le contremaître m'a frappée plusieurs fois, que, tous les deux, ils m'ont affamée et humiliée? s'écria la jeune fille qui se ranimait, stimulée par la colère.

— Eh oui, puisque vous n'aviez qu'une idée, c'était de vous enfuir et de rejoindre votre fiancé. À ce propos, je dois fermer votre porte à clef. Et la fenêtre est barricadée à cause du black-out, la patronne m'a prévenue.

Noëlle comprit qu'elle devait ces nouvelles mesures à Martha et cela la sidérait. L'ogresse avait-elle eu enfin pitié d'elle?

« Si je peux me reposer, me laver et manger à ma faim, je serai plus forte le moment venu, se dit-elle. Dès que j'en ai l'occasion, je quitte le domaine et je pars pour Endingen. Les parents de Hans sont si gentils, ils m'accueilleront à bras ouverts, même si leur fils se bat contre la France. »

Katel lui donna du pain beurré nappé de confiture de myrtilles. Noëlle la remercia et ferma les yeux. Grisée par une sensation inouïe de bien-être, elle voulait dormir encore. Le sommeil la terrassa, un vrai sommeil réparateur.

Hainer fut consterné en découvrant Katel dans la cuisine, à l'heure du dîner. Il était harassé et anxieux. Charles l'avait épié tout l'après-midi et il lui adressait des coups d'œil soupçonneux, du moins le pensait-il. Martha, attablée, le salua d'un sourire triomphant.

— J'ai repris Katel à mon service, annonça-t-elle. Cela me fera de la compagnie et je lui ai confié la surveillance de Noëlle. Tu n'auras plus à t'en préoccuper.

Le tutoiement devant la domestique raviva l'inquiétude de Risch. Il imagina le pire. La vieille dame s'était confessée à sa complice de longue date, et ceux qui demeuraient encore à Ribeauvillé seraient bientôt au courant. Il n'avait pas envie qu'on parle de lui comme d'un enfant non désiré, né d'un viol et souillé par le sang allemand.

— Depuis quand vous me dites tu? hasarda-t-il.

— Mais depuis que nous avons mieux fait connaissance, se récria l'ogresse. Quand même, si tu ne t'étais pas dévoué pour me soigner après le départ de Johann, je serais morte d'inanition, seule dans cette grande baraque.

Katel se détourna, un sourire ironique sur les lèvres. Elle n'était pas dupe. Martha redonnait à son bâtard la place libérée par Kaufman.

«Si la vieille dame savait que ma mère faisait les lessives chez sa cousine Rosette, celle qui a élevé Hainer Risch, elle serait moins à son aise, se disait-elle. Il sera toujours temps d'abattre cette carte-là!»

Le domaine abritait maintenant un vrai nid de vipères, toutes prêtes à se mordre les unes les autres. Dans la vaste cuisine où se mêlaient les odeurs de graisse chaude et de levain allaient régner pendant plusieurs jours encore la suspicion, les faux-semblants, l'hypocrisie.

Confinée au premier étage, Noëlle ne pouvait qu'apprécier sa nouvelle condition malgré les fenêtres condamnées. Vivre dans la pénombre, c'était un moindre mal, la maison étant équipée de l'électricité. Elle préférait mille fois les visites de Katel à celles du contremaître dont elle gardait de très mauvais souvenirs et des marques manifestes. Quand elle put enfin se regarder dans le miroir du cabinet de toilette, l'aspect de son visage l'affola. Un de ses yeux était à demi fermé; les chairs alentour étaient gonflées et violettes. Sa lèvre supérieure portait deux coupures qui cicatrisaient mal. Son nez était bleuâtre.

— Quel salaud! s'écria-t-elle, empruntant l'injure au vocabulaire secret de Liesele.

Katel lui appliquait chaque matin un baume à base de plantes qui fit des miracles. Après une semaine de ce traitement, elles constatèrent une nette amélioration. La jeune fille s'habituait à la domestique dont elle s'était toujours méfiée par le passé. Peu à peu, elle décida de s'en faire une alliée. Dans un premier temps, elle lui parla de son sac à main, oublié chez Hans avec une forte somme à l'intérieur.

Toi, tu es libre d'aller et venir, Katel. Si tu retrouves mon sac, qui a pu être gardé par les voisins ou déposé à la mairie, je te donnerai le collier en or que je porte à mon cou. La pierre, c'est un rubis. Et dans mon sac il y avait une grosse somme d'argent. Nous partagerons si nous la récupérons. Interroge les voisins, ils sauront peut-être ce qu'est devenu Hans!

—Ma pauvre demoiselle, que vous êtes naïve! Pensez donc, avec l'évacuation, la pagaille que ça a causée, votre sac est vide à l'heure qu'il est. Les gens ne sont pas si honnêtes!

— Quand même, ça vaut le coup d'essayer, Katel. L'épicière de la rue des Bouchers, la vieille Marieke, logeait en face de l'immeuble de mon fiancé. Elle sait peut-être quelque chose au sujet de Hans.

—Et dès que vous aurez vos sous, vous nous fausserez compagnie et, si je vous aide, madame Kaufman me renverra. Non, non, je ne joue pas de sales tours à ma patronne.

Tous les jours, Noëlle insistait. Une chose la tracassait de plus en plus. Johann aurait dû être rentré.

—Katel, es-tu sûre que madame Martha n'a pas reçu un courrier de monsieur Kaufman? Un télégramme? Mon père tarde beaucoup, ce n'est pas normal.

—Monsieur n'a pas de raison de se presser. Il profite de son séjour en Dordogne avec madame votre mère et votre petit frère.

—Mais il comptait être là pour les vendanges, Katel, et elles sont presque terminées. Il a pu avoir un accident!

—Madame Martha aurait été prévenue, voyons! Et monsieur sait que le domaine est en de bonnes mains, avec monsieur Risch et Charles Merki.

La jeune fille s'en tenait à cette version rassurante, d'autant plus que son père adoptif la croyait en Allemagne, chez les Krüger. Une semaine encore s'écoula. Un dimanche, l'ogresse entra dans la chambre de Noëlle, qui était plongée dans la lecture d'un roman, Katel lui ayant monté des livres de la bibliothèque.

—Ah, tu as meilleure mine, affirma la vieille dame. Je venais discuter avec toi. Hainer et Merki sont contents, les vignes de kirchberg et de riesling ont bien donné. Les vendanges sont finies. La Pologne est occupée. De notre côté, rien ne bouge. Nos soldats continuent à surveiller la ligne Maginot.

—Très bien! déclara Noëlle en la fixant d'un air neutre. Je tenais à vous remercier, madame, d'avoir veillé à mon confort. Et surtout de m'avoir protégée de Hainer Risch.

Déconcertée par le ton poli, l'ogresse fut incapable de répondre. Elle étudia l'allure générale de la jeune fille et crut la revoir avant la guerre, distinguée, ses boucles blondes chatoyantes et ses prunelles bleues à nouveau limpides. En fait, quand Katel et elle l'avaient trouvée inanimée dans le réduit, Noëlle était dans un état effarant. Elle était sale, avait le visage entièrement meurtri et des ecchymoses au cou. Depuis, la vieille dame avait peur de Hainer.

—Je suis très inquiète pour Johann! ajouta Noëlle. Il devrait être là depuis au moins deux semaines.

Volontairement, elle ne l'appelait pas papa, afin de ne pas provoquer un regain de colère chez Martha.

—Ah! fit la vieille, l'air égaré. Que veux-tu que je

fasse, une pauvre vieille comme moi? Johann se fiche de nous, il est resté chez sa cousine en Dordogne. Là-bas, il est bien tranquille, lui.

Noëlle avait perçu des vibrations dans la voix de l'ogresse qui annonçaient une crise de larmes. Cela la stupéfia.

— Moi je crois qu'il est venu ici et que Risch l'a tué, comme il a tué sa femme et peut-être Liesele, affirma-t-elle tout bas. Jamais votre fils Johann n'aurait abandonné ses vignes et sa terre. Je suis sûre qu'il est rentré à temps pour la fin des vendanges, mais que Hainer s'est arrangé pour lui tendre un piège, comme il a dû faire avec Liesele. Avouez-le, qu'il a supprimé mon amie! Vous auriez dû le livrer à la police il y a longtemps!

Martha s'approcha de la jeune fille qui sentit aussitôt une forte odeur de schnaps.

— Hainer n'a pas tué son propre frère, hoqueta l'ogresse. Tu n'as pas le droit de dire ça. Liesele, elle est partie avec un amoureux. Hoppla, comme disait Marguerite. Moi, je dois être gentille avec mon fils, mon dernier fils, le seul qui me reste. C'est lui le maître.

Désespérée, Noëlle songea que la vieille dame avait affaire à plus fort et plus rusé qu'elle, plus cruel aussi.

« Mon Dieu, se dit-elle, que vais-je devenir si papa Johann a disparu? J'espérais tant qu'il m'aiderait! Et maman, elle ne sait rien, sans doute. Elle croit qu'il est là et que je suis en Allemagne. Pour Liesele, c'est pareil. Et si Risch la séquestrait elle aussi? Il a pu raconter ce qu'il voulait à Charles! »

Martha ressortit, laissant la jeune fille complète-ment abattue. Une heure plus tard, Katel lui apporta le plateau de son déjeuner. Après l'avoir posé sur le bureau, la domestique brandit un cabas bourré de linges qu'elle vida sur le lit et d'où elle extirpa un sac à main en cuir noir, orné d'un fermoir en cuivre.

— Mon sac! Tu l'as retrouvé? s'écria Noëlle.

— Oui, vous aviez raison, la vieille Marieke l'avait gardé sans même l'ouvrir. En voilà, une honnête femme. Je lui ai donné une pièce pour la peine. Surtout qu'elle m'a dit des choses qui devraient vous intéresser.

Katel arborait une expression qui en disait long. Les mains sur son sac, Noëlle n'osait pas encore l'ouvrir.

— Quoi? Que t'a dit Marieke? Je t'en prie, parle vite! Tu auras le collier comme promis et la moitié de l'argent. Elle t'a parlé de Hans, c'est ça?

— Oui. Il paraît qu'un soir, au début de septembre, elle a entendu du chahut chez son voisin, le jeune Krüger, comme elle l'appelle. Elle a envoyé ses voisins, les Fischer, voir ce qui s'était passé. Ils ont trouvé le jeune homme en piteux état, baignant dans son sang. Ils l'ont amené dans un hôpital. Vu que la guerre a été déclarée le lendemain, il a dû être conduit en prison.

Noëlle ferma les yeux quelques instants. Son cœur cognait comme un fou.

« Hans est vivant! Il a été soigné! Merci, mon Dieu, merci! » se dit-elle. La voix aigre de Katel la ramena sur terre.

— Et votre fiancé, il a demandé aux Fischer, quand ceux-ci l'aidaient à monter dans leur camionnette, de confier votre sac à main à Marieke.

— Si tu savais le poids que tu m'ôtes de la poitrine, Katel! Je ne te remercierai jamais assez. Je pourrai tout endurer, à présent. Hans est vivant! J'avais tellement peur que Risch soit retourné l'achever, en toute impunité. Autant t'avertir, cet homme-là, c'est un assassin. Sa femme, Camille, il l'a tuée, je l'ai su par Martha Kaufman elle-même. Nous sommes toutes en danger. Je suis sûre qu'il a fait du mal à Liesele, et peut-être à monsieur Kaufman.

— Vous vous montez la tête, mademoiselle Noëlle. Qu'il ait donné une correction à votre fiancé et qu'il vous ait cognée, vous, ça, je veux bien le croire, mais de là à supprimer sa femme, une gosse et votre père, ça non!

— Je t'en prie, Katel, je te donnerai tout l'argent que j'ai, mais rends-moi un autre service. Il faudrait que tu postes une lettre à ma mère. J'ai l'adresse, la quincaillerie Signac, rue des Tanneurs à Périgueux. Je dois lui dire que papa Johann n'est pas rentré au domaine.

— Ah, ça non, mademoiselle, je n'en ferai pas davantage. Donnez-moi ce que vous m'avez promis.

Noëlle dut s'exécuter, mais elle avait remarqué la cupidité de la domestique et demeurait confiante. Katel céderait un jour ou l'autre, parce qu'elle venait de voir les billets de banque en sa possession et rêverait vite d'en posséder la seconde moitié.

Le soir même, elle rédigea un courrier pour sa mère. Cela se révéla plus difficile que prévu. Elle hésitait à lui confier les agissements de Risch et à évoquer le mystère qui planait sur l'absence de Liesele. Après avoir jeté une dizaine de feuilles, elle écrivit simplement: «*Maman, reviens vite, je t'en prie. Je suis restée au domaine où tout va mal. J'ai besoin de toi. Surtout, en arrivant, va directement chez Charles et montre-lui ma lettre. Ta fille qui t'aime, Noëlle.*»

Katel se décida quatre jours plus tard, moyennant tout l'argent qui restait à la jeune fille. Noëlle, infiniment soulagée, l'aurait embrassée.

«Le pire est derrière moi, se répétait-elle. Hans est vivant! Je ne vois plus Hainer, et l'ogresse se cache dans sa chambre. Katel n'est pas si mauvaise que ça.

Maman et Charles réussiront à me libérer. Ensuite, il faudra chercher Liesele et papa Johann... »

Le soir même, un détail d'importance la bouleversa. La jeune fille replia le journal qu'elle avait lu avant de dîner, et la date du 3 octobre imprimée noir sur blanc retint son attention.

« Cela fait un mois que je suis prisonnière, que je n'ai pas vu Hans. Un mois, mais... »

Noëlle constata soudain qu'elle n'avait pas été indisposée depuis sa promenade avec Hans dans les ruines du château de Girsberg. Vite, elle fit de rapides calculs sur ses doigts.

« J'ai dix-huit jours de retard environ; ce n'est pas normal, s'étonna-t-elle en touchant instinctivement son ventre. Et si j'étais enceinte! Mon Dieu, un bébé de Hans, quel bonheur! Est-ce aussi simple que ça, de concevoir un enfant? Nous n'avons couché ensemble que trois fois. Non, je me fais des idées. Avec tout ce chagrin, aussi, et ce que j'ai subi, cela a pu me détraquer. »

Elle s'allongea, partagée entre l'émerveillement et la peur de se tromper.

« Je suis enceinte! Jamais je n'ai eu de retard avant, jamais! Cela venait tous les vingt-huit jours. Si seulement maman était là, elle me donnerait des conseils, elle saurait, elle! »

Petit à petit, une éblouissante certitude l'envahit. Elle portait l'enfant de son bien-aimé et cela lui donnerait tous les courages. Pelotonnée sous sa couette en cretonne, Noëlle ne tarda pas à s'endormir.

Le lendemain matin, Katel lui apporta son petit déjeuner plus tard que prévu. La domestique était livide. Elle dut s'y reprendre à plusieurs reprises pour fermer à double tour derrière elle et, pour la première fois, elle fut tentée de ne pas cacher la clef dans la grande poche de son tablier. Dotée d'un certain bon sens, elle craignait toujours d'être agressée par la jeune fille, qui aurait pu facilement s'emparer de la clef. Aussi l'avait-elle prévenue : même en sortant de la chambre, elle ne pourrait pas déverrouiller la porte principale, dont Risch avait changé les serrures. Ce à quoi Noëlle avait répliqué :

—Je ne pourrai pas m'enfuir sans l'aide d'une personne de cœur, Katel!

Mais, ce jour-là, la captive semblait de bonne humeur. Assise dans son lit, elle brossait ses cheveux blonds, dont les boucles avaient la souplesse de la soie. Dès son réveil, Noëlle avait répertorié les infimes modifications de son corps et elle était tout à fait sûre d'être enceinte. D'abord, ses seins lui paraissaient plus durs, plus ronds. Elle avait souvent des fringales insolites. Et elle s'était souvenue des discussions entre Clémence et Marguerite quant aux agréments et désagréments de la grossesse. Ces différents constats l'avaient rendue euphorique malgré les circonstances.

—Bonjour, mademoiselle, dit Katel d'un ton abattu.

—Bonjour! Alors, tu as pu poster ma lettre?

—Non, mademoiselle. Je suis bien navrée, mais monsieur Risch, hier soir, m'a retenue avant de me laisser partir et il m'a fouillée. Même que j'ai cru qu'il allait me briser le bras! Vous disiez vrai : ce type n'est qu'une brute.

Noëlle jeta un coup d'œil alarmé vers la porte. Le contremaître pouvait surgir d'un moment à l'autre et la punir.

—Oh, il ne viendra pas tout de suite, dit Katel. Il est dehors, en grande discussion avec Charles Merki. Figurez-vous qu'on a retrouvé son vélo dans l'étang du bois de sapins, sur la route de Ribeauvillé. Ce n'est pas profond en cette saison, surtout qu'il n'a guère plu. Le garde-pêche longeait le bord dans sa barque, et voilà qu'il aperçoit un guidon, à cause du soleil qui tapait droit. Il a sorti l'engin et il a lu sur la plaque en fer, celle rivée à la fourche, que c'était la propriété de Charles Merki. Un quart d'heure après, il était là, au domaine. Et tout le monde par ici sait que Liesele était partie sur cette machine-là.

—J'avais donc raison! Il a tué Liesele, affirma la jeune fille dont la gaîté retomba aussitôt. Elle est morte, je te l'avais dit. Ce monstre l'a tuée!

Noëlle éclata en sanglots. Son chagrin parut troubler Katel qui avança d'une voix changée:

—Retrouver le vélo, ça ne prouve rien, mademoi-selle. Ne vous mettez pas dans un état pareil! Les gendarmes vont arriver. Le garde champêtre ne plai-sante pas avec ces choses-là, et j'ai eu le temps d'écouter un peu Charles, qui expliquait comment sa gosse avait disparu. Monsieur Risch rouspétait, en prétendant que Liesele s'était débarrassée de la bicyclette en ville, qu'un gamin s'en était servi quelques jours avant de la jeter dans l'étang.

—Il peut bien inventer des histoires, la vérité se saura forcément un jour, déclara Noëlle en pleurant de plus belle. Moi, je peux témoigner, Katel. Si je dis ce qu'il m'a fait, cela fera réfléchir les gendarmes et je pourrai parler à Charles Merki. Je t'en prie, c'est le moment ou jamais! Fais une bonne action pour rattraper les mauvaises. Je ne suis pas aveugle, je me doute que tu as obéi à madame Martha. Descendons toutes les deux dès que les gendarmes seront là. Ils m'écouteront, je t'assure. Avec l'argent que je t'ai donné, tu n'auras qu'à t'installer ailleurs, à Riquewihr ou à Mulhouse. Allons, décide-toi vite, tu n'as rien à perdre!

Elle faillit avouer qu'elle pensait être enceinte dans l'espoir de l'attendrir, mais elle renonça par prudence. La domestique lui lança un regard angoissé.

—Je ne sais plus à quel saint me vouer, mademoiselle. Madame Martha ne va pas bien du tout, monsieur Risch me traite mal et vous, avec vos mirettes toutes bleues, vous me mettez la tête à l'envers. Je vais vous dire mon sentiment: c'est une maison de fous, à présent, le domaine Kaufman.

Katel s'empressa de sortir et ferma à clef. Une heure plus tard, Hainer Risch entra à son tour. Il était soigneusement vêtu, en costume de ville gris et chemise blanche. Noëlle fut frappée par l'éclat singulier de ses yeux et par ses traits tirés. Tremblante, elle recula vers la porte du cabinet de toilette, comme s'il s'agissait d'une issue.

—Tu dois me rendre un service, dit-il d'un ton froid. Tu n'as pas eu à te plaindre de moi depuis un bon bout de temps, alors ne me complique pas les choses.

La jeune fille se sentit mal. Elle éprouvait une répulsion presque incontrôlable pour le contremaître. Cet homme lui inspirait un profond dégoût et un début de haine.

—Tu vas écrire une lettre, comme si tu écrivais de Dordogne, à mon fils Güsti. C'est important, tu dois t'appliquer. Dépêche-toi, c'est urgent. Installe-toi à ton bureau et prends le papier que tu utilises d'habitude. En haut, mets la date du 5 septembre.

Noëlle essaya de maîtriser sa voix avant de répondre.

—Mais pourquoi?

Elle avait si peur qu'un vertige la fit tituber. Hainer l'obligea à s'asseoir. Le contact de ses doigts sur ses épaules la paralysa.

—Tu ne peux pas obéir sans discuter, pour une fois? protesta-t-il assez bas. Fais ce que je te dis.

Avec des gestes hésitants, elle prépara une feuille

blanche, son encrier et sa plume. La terreur lui nouait le ventre. Elle pensait à l'enfant de Hans, cette promesse de bonheur qu'il fallait protéger absolument. Si Hainer Risch recommençait à la frapper, elle risquait de perdre le bébé.

— Que dois-je écrire? demanda-t-elle.

— Attends, je t'explique, et toi tu arrangeras. Je montrerai ta lettre à Charles, pour qu'il me fiche la paix avec sa fille. Tu écris ce qu'il faut, comme si tu étais en Dordogne avec ta mère et que tu voulais des nouvelles de Liesele, parce que toi tu es au courant de leur histoire d'amour, à elle et à Güsti. Ce n'est pas difficile, non? Tu racontes que tu les comprends, qu'ils font bien de vouloir se cacher en Suisse. Charles doit y croire. À cause de ce vélo, il ne me lâche pas.

— Mais où est-elle, Liesele? Et elle n'était pas amoureuse de Güsti, elle m'en aurait parlé. Je ne comprends plus rien. Où est-elle?

Le contremaître garda le silence, puis sa main droite plongea dans les boucles de Noëlle. Il effleura ensuite la naissance de sa nuque.

— Je pourrais te dire qu'elle est vraiment avec Güsti, en Suisse, et qu'ils sont heureux, mais tu n'es pas sotte, tu flairerais un mensonge et tu aurais raison. Liesele, je l'ai tuée et c'est sa faute à elle. Une belle fille, mais une bourrique aussi! Toujours à jouer les malignes, à me tenir tête. Telle que je la connaissais, elle aurait remué ciel et terre pour te délivrer et me faire mettre en prison. Pourtant, elle me plaisait bien, vois-tu!

Une sueur glacée perla au front de Noëlle. Si Risch avouait aussi vite son crime, c'était parce qu'il avait décidé de la tuer également, dès qu'elle aurait terminé la lettre.

— Tu en sais trop sur moi, poursuivit-il en caressant

son dos. La vieille dame t'a tout déballé au sujet de ma femme Camille. Et puis le reste. Va, tu ne souffriras pas. Je te trancherai la gorge, j'ai mon rasoir dans la poche. Et après je prendrai mon plaisir. Tu n'auras même pas de mauvais souvenirs.

—J'ai soif! affirma brusquement Noëlle. Donnez-moi à boire, sinon je vais m'évanouir et je ne pourrai pas écrire. Je suis bien malheureuse, car c'est à cause de moi que Liesele est morte. Je l'ai envoyée à Ribeauvillé, elle a pris le vélo sur mes conseils. Et vous êtes parti le plus vite possible pour l'empêcher d'aller chez Hans. Je le sentais dans mon cœur, que je ne reverrais plus mon amie chérie.

Prise de panique, la jeune fille fut secouée de frissons. Elle ne voulait pas mourir. Hainer lui tendit un verre d'eau, une carafe étant disponible sur la table de chevet.

—Merci! réussit-elle à articuler après avoir bu quelques gorgées.

Elle se mit à écrire. Contre son gré, les larmes roulaient sur ses joues et tachaient le papier.

—Qu'est-ce que tu es sage! ironisa l'homme. Dommage, de sacrifier une jolie poulette comme toi. Ou alors tu te montres encore plus gentille. Peut-être que si tu fais ce que je veux, je patienterai encore.

Elle s'était crue hors de danger, quand elle avait l'espoir de convaincre Katel de l'aider, mais elle ne devait plus croire en cette éventualité. Elle était à la merci de cet homme, et ce qu'il lui proposait était intolérable. Noëlle se sentit perdue. Elle avait le choix entre la mort à court terme ou un viol consenti qui ne ferait que retarder son exécution.

—De quel droit décidez-vous de la vie des autres? demanda-t-elle soudain d'une voix frêle, aux accents enfantins. Vous êtes un malade mental, un monstre!

Comme il levait le poing, elle dit très vite :

— Il manque une phrase et ma signature. Ne me battez pas. Ne faites rien, sinon vous n'aurez pas votre lettre. Où que je sois ce soir ou demain, je prierai de toute mon âme pour que Charles vous supprime de la surface de la Terre, que Liesele soit vengée, au moins.

Noëlle restait la main en l'air, tenant le porte-plume.

— Voyons, dépêche-toi, menaça-t-il. J'ai dit à Merki que j'avais rangé ce courrier dans le bureau. Là, il est occupé à l'étable, une des vaches met bas. Ce que je veux, c'est le domaine. La guerre, je n'y crois pas et, même si ça barde, elle finira bien un jour. Je serai le patron à mon tour.

La jeune fille signa en soupirant. Elle avait l'impression de tendre son cou à un bourreau, mais Hainer prit la feuille et sortit.

Périgueux, 3 octobre 1939

Clémence ne s'accoutumait pas du tout à son existence périgourdine, malgré la gentillesse de la cousine de Johann, qui habitait rue des Tanneurs, un peu à l'écart du centre de la ville. L'époux de Suzanne, Ambroise Signac, tenait une petite quincaillerie et un dépôt de carburants. Le couple faisait de son mieux pour réconforter la jeune femme, mais elle se sentait en exil. Seule la présence du petit Franz l'aidait à tenir bon. Privée de son foyer, de son mari et de Noëlle, elle se morfondait. Johann n'était resté que trois jours en Dordogne, et ils s'étaient quittés en larmes.

— Dès qu'il n'y a plus de danger, avait-il promis, je t'envoie un télégramme pour que tu rentres au domaine. Vous allez me manquer, Franz et toi. Tu as de l'argent, essaie de te distraire. Va au cinéma, achète-toi ce qui te plaît.

Depuis, elle n'avait eu aucune nouvelle de lui ni de sa fille. Suzanne prétendait que c'était normal, que le courrier circulait mal et qu'avec les vendanges Johann était trop occupé.

Le flot de réfugiés alsaciens avait déferlé sur plusieurs villes du sud de la France, mais une forte concentration se remarquait à Périgueux. Des personnalités s'étaient établies là.

—Il paraît que même le préfet de Strasbourg et d'éminents députés du Bas-Rhin sont installés en Périgord, disait Suzanne.

L'après-midi, elles allaient souvent jusqu'au jardin public, ce qui leur permettait au retour de se promener sur la place du champ de foire. Ce jour-là, par le plus grand des hasards, elles croisèrent Marguerite Merki. Les deux femmes s'embrassèrent avec une joie exaltée sur le parvis de l'église Saint-Étienne, plus proche du magasin Signac que la majestueuse cathédrale Saint-Front.

—Marguerite, comme je suis heureuse de te voir! s'extasia Clémence. Je me doutais que tu étais dans la région, mais le département est si vaste, tu avais pu atterrir n'importe où. Franz, tu reconnais Marguerite?

Le garçonnet acquiesça, un peu intimidé. Suzanne se présenta.

—Je suis la cousine de Johann, dit-elle simplement. Vous êtes madame Merki? Il m'a souvent parlé de vous et de votre mari, Charles.

—Vous parlez d'une chance! se réjouit Marguerite. C'est la première fois que je viens à Périgueux. Je suis logée du côté de Nontron. J'avais besoin de faire signer des papiers à la préfecture. Berni et moi, nous travaillons dans une ferme, chez de bien braves gens. Ils élèvent des oies et des canards; j'aide au gavage.

De nature discrète et se jugeant de trop, Suzanne

annonça qu'elle rentrait préparer le repas du soir. Une fois seules, les deux femmes s'embrassèrent à nouveau.

— Comme ça me fait plaisir de te voir! confessa Clémence. Et quel dommage que tu n'aies pas pu t'installer à Périgueux. Je trouve le temps long, dans ce pays.

— Au moins, toi tu as la chance d'avoir ta famille avec toi, soupira alors Marguerite. Si tu savais combien Liesele me manque! Mais au fait, tu n'es pas au courant de notre malheur?

— Non, que s'est-il passé? Rien de grave?

— Liesele nous a joué un vilain tour. Elle a disparu la veille de notre départ. Nous l'avons cherchée la moitié de la nuit et le matin suivant. Et là, pendant qu'on racontait ce qui se passait à Risch, la vieille dame est sortie de la grande maison et nous a expliqué que Liesele avait profité de l'évacuation pour rejoindre Güsti à Colmar. Soi-disant qu'ils s'aimaient, ces deux-là, qui ont poussé comme frère et sœur. Bref, ma fille a demandé de l'argent à l'ogresse, ce qui m'a coupé le sifflet. Elle avait promis de me rejoindre en Dordogne au bout d'une petite semaine. Mais moi je voyais le temps passer et pas de Liesele. Elle n'avait pas l'intention de me suivre, voilà, sinon elle serait repassée au domaine demander mon adresse à son père.

Ce que racontait Marguerite inquiétait Clémence. De plus, elle avait un peu oublié les mensonges de Johann au sujet de Noëlle. Officiellement, sa fille était ici, à Périgueux, et non en Allemagne, chez les Krüger.

«Autant continuer à mentir! décida-t-elle. Mais c'est idiot de se méfier de Marguerite. Elle aurait très bien compris le choix de Noëlle.»

— Accompagne-moi un bout de chemin, proposa Marguerite. Je reprends le car dans une demi-heure. Comme ça, on pourra bavarder.

—Je suis désolée pour Liesele, déclara Clémence avec douceur. Tu crois vraiment qu'elle aimait Güsti? Dans ce cas, pourquoi s'est-il engagé dans l'armée avant même la déclaration de guerre? Et pourquoi aurait-elle demandé de l'argent à Martha?

—Oh, la jeunesse a de ces idées! soupira Marguerite. Il n'y a que Liesele pour avoir autant de culot. Mais, pour être déçue, je suis déçue. Je la pensais plus franche. Et elle était majeure, on ne pouvait pas la retenir de force. Elle n'avait pas besoin de se sauver. Et dis-moi, au fait, j'ai eu une lettre de Charles, avant-hier. Il se tracassait un peu de voir le domaine aux mains de Risch. Il m'écrit même que c'est bien la première année, depuis qu'il travaille pour monsieur Kaufman, qu'il fait les vendanges sans lui. Il n'est pas malade, au moins, le patron?

Clémence s'arrêta net devant une boulangerie d'où s'échappait une tiède odeur de froment et de pain frais. Toute sa vie, elle se souviendrait de la vitrine où étaient présentés des croissants, des brioches et des fougasses poudrées de farine. Son cœur battait précipitamment.

—Mais de quoi parles-tu, Marguerite? dit-elle avec peine, la bouche sèche. Johann est reparti pour l'Alsace le 6 septembre, à cinq heures du matin. Je m'inquiétais, parce qu'il n'a pas écrit et j'ai téléphoné au domaine deux fois la semaine dernière; personne ne répond. Ambroise, le mari de Suzanne, suppose que la ligne est détériorée.

Marguerite serra plus fort le bras de son amie. Elles se regardèrent, toutes les deux d'une pâleur extrême.

—Il est arrivé quelque chose à Johann! dit enfin Clémence.

Franz secoua la main de sa mère. Il s'ennuyait ferme, car on ne se souciait plus de lui.

512

—Mon Dieu! conclut Marguerite en se signant. Si je me doutais, moi!

—Va vite prendre ton car, s'écria Clémence. Moi, je pars ce soir. Je rentre prévenir Suzanne. Ne te fais pas trop de soucis. Je demanderai ton adresse à Charles et tu auras un télégramme dès que j'aurai éclairci la situation.

—Tu veux rentrer au domaine?

—Oui, bien sûr! Je dois savoir ce qui se passe. Où est mon mari? Marguerite, je l'aime tant! J'étais là, à tricoter et bouquiner, alors que lui, lui... Il a disparu.

—Sois bien prudente, recommanda Marguerite en l'embrassant, au bord des larmes. Vois ça avec les gendarmes, et dis bien à mon Charles qu'il me manque. Hoppla!

Clémence réprima un sanglot. Le «Hoppla» cher à son amie, typiquement alsacien, lui rappelait le temps du bonheur, dans la cuisine peinte en jaune qui sentait bon le lard grillé et le café.

Le soir même, elle quittait Périgueux après avoir confié son fils à la cousine Suzanne. Elle promit au petit garçon de revenir le plus vite possible et elle prit un train pour Bordeaux où, trois heures plus tard, elle monta dans un convoi en direction de Paris.

*

Noëlle était loin de soupçonner qu'à l'instant où elle guettait avec terreur le retour de Hainer Risch sa mère descendait d'un train en gare de Strasbourg. Tout l'après-midi, au moindre bruit de pas, elle avait cru sa dernière heure venue. Katel ne lui avait pas monté son goûter, et l'étage était plongé dans un silence insolite.

«Il les a tuées, conclut-elle, malade d'anxiété. Au

point où il en est, tout lui est égal. Il s'est débarrassé de Katel et de Martha pour être bien tranquille. »

Elle s'épuisait à tenter de déplacer la grande armoire où étaient rangés ses vêtements. Mue par l'instinct dérisoire de se protéger, elle avait mis un pantalon d'équitation jamais utilisé et des chaussures de marche en gros cuir. Un gilet à col montant trop large dissimulait sa poitrine. Son but était de bloquer la porte avec le meuble, mais il était bien trop lourd pour elle.

Découragée, elle examina le contenu de son sac. Il n'y avait plus que ses papiers d'identité et quelques bijoux de pacotille. Soudain, elle ouvrit une poche à fermeture éclair dont elle ne se souvenait pas. Un couteau de poche à plusieurs lames lui apparut, ainsi qu'un bout de papier.

« Mais c'est le canif suisse de Hans », s'étonna-t-elle en examinant le fragment de page quadrillée.

Noëlle fondit en larmes. Trois mots en allemand étaient inscrits dessus : *ich liebe dich*[32].

« Il a dû mettre ça dans mon sac avant de partir avec les Fischer. Il a pensé à moi, il voulait que je sache qu'il était hors de danger, qu'il m'aimait », se dit-elle, bouleversée.

Elle se remémora en détail son arrivée chez le jeune homme et ce qu'ils avaient fait ou dit. Une chose était sûre : lorsqu'elle était partie du domaine, il n'y avait pas de canif dans cette poche intérieure.

« Peut-être qu'il l'a placé là quelques jours plus tôt et qu'il attendait que je m'en aperçoive. »

Fébrile, elle regarda mieux le morceau de papier. Sur un des bords, apparemment déchiré à la hâte d'une page plus grande, elle vit des taches d'un brun rouge.

---

32. Je t'aime.

«Du sang! Il saignait en écrivant ça. Mon amour, mon cher amour!»

Cette trouvaille inespérée décupla ses forces et sa détermination. Un puissant instinct de survie la poussa à chercher un plan infaillible.

«Je ne peux pas bloquer la porte avec l'armoire, donc Risch entrera. Je n'ai rien pour l'assommer, rien.»

Pour la dixième fois, la jeune fille fit le tour de sa chambre. La pendulette en bronze était dérisoirement petite. Dans le cabinet de toilette, hormis les serviettes et un savon, aucun objet ne pouvait servir d'arme.

«Hans m'a donné son canif, il y a peut-être une raison à ça.»

Noëlle déplia les lames qui lui parurent bien courtes et presque inoffensives. Le contremaître était violent, tellement plus fort qu'elle. Même si elle essayait de le blesser, il aurait vite fait de lui arracher le couteau.

«Je le garderai sur moi. C'est la seule chose que j'ai de lui, avec ma bague de fiançailles.» Enfin, elle considéra le plateau de son repas de midi, que Katel n'avait pas remporté. Une minuscule poivrière s'y trouvait.

«Je pourrais lui jeter du poivre dans les yeux, mais il sera encore plus furieux et, de toute façon, je ne pourrai pas lui prendre la clef.»

Il ne lui restait plus que la prière. Assise au bord de son lit, la jeune fille implora Dieu et la Vierge Marie de la sauver.

16

Le sacrifice

Domaine Kaufman, même soir

Martha Kaufman tournait en rond dans sa chambre, comme une lourde bête enragée. Hainer, le fils ingrat et diabolique que des soldats allemands lui avaient fait, osait la retenir prisonnière. Il l'avait enfermée à clef.

Échevelée, le teint rubicond, la vieille dame venait de briser toute la vaisselle en sa possession. Depuis deux heures qu'elle ruminait sa colère, ses idées se brouillaient.

Elle avait appelé Katel plusieurs fois, en vain. La cordelette reliée à la sonnette de la cuisine ne devait plus fonctionner. L'ogresse se sentait humiliée et dupée par celui à qui elle avait tout donné dans une lettre. Un amer sentiment d'échec la rendait confuse. Son esprit associait Hainer et Johann dans la même spirale de mépris, de mauvais amour.

Une douleur sourde taraudait sa poitrine. Haletante, elle s'affala dans le fauteuil en cuir où elle avait passé d'innombrables heures, ces dernières années. Des images l'obsédaient, des mots haineux qu'elle avait crachés. Une affreuse cohorte de fantômes la cernait.

—Non, non! se lamenta-t-elle.

Elle revoyait son mari, Gilbert, pendu au bout d'une corde dans la grange, la face bouffie, violacée, de l'urine souillant son pantalon. Ensuite, ce fut Noëlle petite fille qui hurlait pendant qu'elle la fouettait avec le martinet. Un autre souvenir la fit gémir. Un jour, elle avait puni si violemment son fils aîné Gustav, qu'il avait perdu connaissance. Les coups de cravache striaient ses mollets et son dos sanguinolents. Cette fois-là, Gilbert l'avait traitée de folle et avait expédié l'enfant en pension pour le protéger.

— J'en ai causé, du mal, bredouilla-t-elle. Pourquoi m'ont-ils laissée faire? Gilbert, lui, au moins, me surveillait. Il connaissait mon tempérament coléreux et savait me modérer quand il voyait que je ne me contrôlais plus. Que de fois il m'a éloignée des enfants quand j'avais une crise de fureur! Mon père avait été si dur avec moi et avec mes frères et sœurs quand j'étais gamine. Il buvait et s'emportait facilement. Il nous privait de repas et nous bourrait de taloches ou de coups de fouet. Était-ce ma faute, si je ne connaissais que le langage de la violence? Gilbert était au courant de mon enfance malheureuse. Il me comprenait, mais il s'opposait à la plupart de mes débordements. Aucun de mes fils n'a eu cette écoute et cette patience-là, encore moins le dernier...

Bouche bée, elle s'étonna de la docilité de Hainer. Sans savoir qu'il était son fils, juste pour ne pas être dénoncé à la police et contre de belles sommes d'argent, il avait tué le chaton de Noëlle, empoisonné la jument blanche et le vieux chien Lorrain.

— Maintenant, il voudrait user de la petite comme d'une putain, mais ça, je le lui ai défendu et il n'est pas content. Sa mère, la Weller, je ne l'aimais pas, ça non, elle m'avait pris mon Johann, mais Noëlle, elle ne m'a jamais fait grand mal, au fond.

Martha jeta un coup d'œil gourmand sur la bouteille de schnaps à demi vide qui trônait sur sa table de chevet. Hainer en avait apporté une seconde, qui n'était pas entamée. La vieille dame n'était pas tombée dans le piège. Elle tentait de résister et c'était une horrible épreuve, car l'alcool chassait les fantômes et les remords.

— Par contre, en ce qui concerne le petit Joseph, je n'y étais pour rien, bégaya-t-elle soudain. La Weller a perdu des bébés par ma faute, mais, le petit Joseph, je ne sais pas ce qu'il a eu.

Il lui monta soudain au cœur une immense lassitude. Avant d'être violée à trente-deux ans, Martha, quoique sévère et de nature froide, chérissait son mari et ses trois fils. Son enfer avait commencé quand elle s'était sue enceinte. Cela ne pouvait pas être Gilbert, puisqu'à cette époque il séjournait en Lorraine, chez un de ses oncles. Si encore il avait pu croire être le père, elle aurait sans doute élevé l'enfant maudit avec les trois siens.

« Peut-être que Hainer n'aurait pas été aussi méchant, se dit-elle. Il aurait reçu le baptême. »

Elle poussa un gros soupir et ajouta :

— J'ai fait beaucoup de mal, mais on m'en a fait beaucoup aussi. Pourtant, je mérite de brûler en enfer.

Brusquement, l'ogresse se releva et déboucha la bouteille entamée. Mais elle n'avala pas une seule gorgée de schnaps. Méthodiquement elle arrosa son lit, le baldaquin et les rideaux des fenêtres condamnées. Avec un sourire grimaçant, elle ouvrit l'autre bouteille et s'en aspergea, inondant aussi le tapis et le tissu couvrant la table. Pour achever son œuvre, la vieille dame s'empara d'une pile de journaux, les déplia, froissa les feuilles et les éparpilla.

L'instant suivant, elle craquait une allumette, puis deux, puis trois.

De sa chambre, Noëlle crut entendre une sorte de grondement insolite, proche du tonnerre quand il roule de colline en colline. Elle pensa à un orage, mais la veille Katel lui avait parlé d'un temps frais et humide. La jeune fille colla son oreille à la porte. Le bruit s'amplifiait, mais cela venait de la maison, pas de l'extérieur. Soudain, un cri aigu retentit, une clameur atroce de douleur et de fureur. Une odeur de toile surchauffée se répandit.

—Mon Dieu, on dirait qu'il y a le feu! s'exclama-t-elle, effarée.

Elle devinait des plaintes et des craquements. Sans plus réfléchir, elle tambourina à la porte en hurlant de toutes ses forces.

Clémence arrivait au même instant à la gare de tramway de Ribeauvillé. Charles, qui l'attendait dans le camion du domaine, descendit vite du véhicule et courut à sa rencontre.

—Ah! Clémence! J'ai bien reçu ton télégramme tout à l'heure! Quelle histoire, le patron qui disparaît! Comme ma fille, en somme.

Il l'embrassa avec emportement sur les deux joues, ce qui n'était pas dans ses habitudes. Elle, soulagée de le revoir, lui étreignit les mains de toutes ses forces.

—Emmène-moi vite à la gendarmerie, dit-elle. Il faut les prévenir. As-tu dit à Hainer Risch que je rentrais?

—Il se barricade dans la grande maison où il a pris ses aises, répliqua Charles en haussant les épaules. Je n'ai pas pu y mettre les pieds depuis votre départ. Il a travaillé dur pendant les vendanges, comme chaque année. Tout est en ordre. Le chai est bien garni, les fûts, numérotés. La vieille dame et lui doivent s'entendre comme larrons en foire. Mais ça me fiche le cafard, tous les volets fermés, barrés de l'intérieur. Risch a embauché un jeune gars de Riquewihr pour tout claquemurer pendant les vendanges. Madame Martha craignait les bombardements; elle a proclamé le black-out, comme elle disait. Je l'ai su par Katel.

— Katel? s'étonna Clémence en prenant place dans le camion.

— Eh oui, la vieille dame a fait appel à ses services.

— Au moins, le ménage aura été fait, soupira-t-elle machinalement, car c'était bien le dernier de ses soucis. Dis-moi, où loge-t-elle, Katel? Je ferais peut-être mieux de l'interroger avant de voir les gendarmes. Tu comprends, le téléphone sonnait dans le vide et j'ai envoyé au moins trois lettres à Johann. Elle pourrait m'expliquer pourquoi personne ne répondait.

Charles, qui avait démarré et remontait la rue conduisant au cœur de la ville, changea de direction.

— Et Noëlle, elle ne t'a pas accompagnée? demanda-t-il.

— Oh! Charles, j'en ai assez de me taire. Je n'ai fait que suivre les conseils de Johann, mais je crois que j'ai eu tort. Noëlle n'est jamais venue avec nous, elle est partie chez les parents de Hans. Ils devaient se marier là-bas, à Endingen. Et comme Johann m'avait recommandé de ne pas envoyer de courrier en Allemagne et que ma fille ne m'a pas écrit, je suis sans nouvelles, moi aussi.

— Ces demoiselles avaient envie de prendre leur envol. J'en discutais avec le vieux Robes, l'autre jour, pendant les vendanges, et il me disait que, de son temps, les jeunes quittaient le bercail bien avant vingt ans afin de gagner leur croûte eux-mêmes. Il n'a pas vraiment tort. Pour ma part, je suis parti de chez mes parents à l'âge de seize ans et je ne les ai revus que bien plus tard, tiens, le jour de mes noces.

Charles longeait une ruelle au ralenti. Il coupa le moteur devant une étroite maison à colombages. Du linge pendait à la fenêtre du premier étage.

— Katel habite ici depuis dix ans. Elle n'a qu'une idée : acheter cette bicoque qui date de trois siècles au moins, précisa-t-il. Je viens avec toi.

La vigoureuse sexagénaire ouvrit aussitôt. Dès qu'elle reconnut Clémence et Charles Merki, elle perdit contenance, croyant qu'ils venaient droit du domaine où ils avaient découvert le pot aux roses, comme elle surnommait les agissements louches du contremaître et de la vieille dame.

— Bonsoir, Katel. Je suis revenue de Dordogne, commença Clémence. Tout va de travers, avec cette guerre. Mon mari a disparu, je l'ai su hier. J'avais essayé de téléphoner au domaine, j'avais écrit, mais je n'ai pas eu de nouvelles. Il paraît que le courrier passe mal, mais le téléphone ? Pourquoi personne ne décroche ? Je t'en prie, ma brave Katel, si tu sais quelque chose, dis-le-moi !

Katel retint un soupir de soulagement. La patronne était d'abord passée chez elle. Cela lui donnait le temps de trouver les mots qu'il fallait.

— En effet, monsieur Kaufman n'est pas revenu. Sa pauvre mère s'inquiète beaucoup. Par chance, monsieur Risch a fait le nécessaire pour les vendanges.

— J'ai déjà dit ça à madame Clémence, coupa Charles.

— Oui. Je te demande, moi, ce qui se passe à l'intérieur de la maison. La vieille dame se porte bien ?

— De ce côté, il n'y a pas de souci à se faire, hasarda la femme de ménage. Mais elle vit le plus souvent les volets fermés, à l'étage. Mademoiselle Noëlle aussi.

— Comment ça, mademoiselle Noëlle ? s'écria Clémence. Ma fille est au domaine ? Tu en es sûre, Katel ?

—Autant que je vous vois, madame. La vieille patronne m'a fait chercher par le secrétaire de mairie, justement pour que je m'occupe de mademoiselle Noëlle qui était dans un sale état. Je vous jure sur la tête de ma défunte mère que je l'ai bien soignée, votre fille, je lui montais de bons repas. De toute façon, moi, je n'ai rien à voir dans leur histoire.

Charles ôta sa casquette. Il semblait éberlué.

—Noëlle n'est pas au domaine, enfin, protesta-t-il. Je l'aurais vue! Elle serait venue discuter avec moi.

—Et pourquoi dis-tu que tu l'as soignée, qu'elle était dans un sale état? interrogea Clémence d'une voix tendue. Elle est malade? Qu'est-ce qui s'est passé?

Elle avait presque hurlé les derniers mots.

Katel n'avait plus le choix. Elle préféra débiter toute la vérité. Avec un geste fataliste, elle s'empressa de raconter à Clémence ce qu'elle savait.

—Moi, quand j'ai repris du service, mademoiselle Noëlle était dans le réduit du premier étage et bien malade. Depuis quand, ça, je ne suis pas au courant. Il paraît que la vieille dame l'empêchait de partir en Allemagne. En tout cas, moi je n'y retournerai jamais, au domaine. Je ne veux pas être complice.

—Mon Dieu, non, gémit Clémence, livide. Vite, Charles, allons-y!

—Soyez prudents, ajouta Katel. Monsieur Risch, on dirait qu'il a perdu l'esprit, même que votre fille jure ses grands dieux que c'est un criminel. Il paraît qu'il a tué sa femme, Camille, et peut-être aussi...

Devant l'air terrifié de Charles, elle n'osa pas nommer Liesele. Mais lui devina, parce qu'au fond de son cœur, il en avait la certitude depuis un mois.

—Liesele, ma petite! C'est Risch qui l'a tuée!

Charles, mon pauvre ami! balbutia Clémence. Viens!

Katel se signa en leur souhaitant bonne chance, mais si bas qu'ils n'entendirent rien.

L'ouvrier agricole n'avait jamais conduit aussi vite. Au premier virage à la sortie de la ville, tous deux aperçurent une clarté orange dans la nuit. C'était à l'emplacement exact du domaine.

—Le feu! hurla Clémence. Il y a le feu! Charles, vous avez vu?

Mais il ne desserra pas les mâchoires. De grosses larmes coulaient sur ses joues tannées par le travail en plein air, été comme hiver.

—Je vais le tuer! explosa-t-il enfin. Je vais l'abattre comme un chien! Risch, dès que je le vois, je le tue!

Ils tournèrent dans l'allée de sapins menant au portail. Dans les phares, ils virent foncer vers eux au grand galop l'étalon Guillot, les yeux exorbités. Le vieux cheval fuyait le ronflement infernal de l'incendie. Clémence se cacha le visage, certaine que la collision était inévitable, mais Charles fit une embardée et évita l'animal.

Des silhouettes s'agitaient dans la cour. Des gens d'une ferme voisine étaient arrivés en renfort. De Ribeauvillé montait le son sinistre de la sirène du corps des sapeurs-pompiers. Charles fut sollicité immédiatement.

—Merki, j'ai lâché les chevaux et les vaches; Paul a chassé les cochons. Des étincelles ont enflammé les toits de chaume des bâtiments.

—Le feu a pris à l'angle droit de la maison, annonça un adolescent excité par l'événement.

—Est-ce que vous avez vu Risch, le contremaître, interrogea Charles d'un ton dur.

—Non, mais faudrait entrer, y a forcément quelqu'un à l'intérieur. On a entendu hurler!

Folle d'angoisse, Clémence cognait comme une

forcenée aux volets. Elle s'était blessée à une main en essayant d'ouvrir la porte. Les hommes présents se mirent à quatre afin d'ébranler les battants. Un cinquième réussit à glisser une barre de fer près du pêne en guise de levier. Enfin, la porte céda. Le rez-de-chaussée n'était pas encore atteint par les flammes, mais une épaisse fumée, suffocante, obscurcissait le couloir. La chaleur était effroyable.

— Noëlle! s'époumona Clémence. Noëlle!

Charles dut la ceinturer pour l'empêcher de courir à l'étage.

— Reste ici, tu ne pourras rien faire. Si tu montes, tu vas mourir, toi aussi. Pense à ton fils, pense à Franz!

— Comment ça, mourir moi aussi? dit-elle. Noëlle n'est pas morte, Charles, ma fille n'a pas pu mourir!

— Ma pauvre Clémence, c'est un horrible brasier, là-haut. Elle n'a pas pu... Enfin, elle a dû...

Clémence voulut le faire taire en tendant la main. Elle imagina le corps tendre de Noëlle rongé par les flammes, son beau visage, ses yeux si bleus. Un voile noir l'enveloppa. Charles la soutint et, la soulevant, il alla l'étendre sous le hangar.

— Je suis désolé, souffla-t-il. Nos deux gamines, elles avaient le droit de vivre, bon sang!

Le camion des sapeurs-pompiers entrait dans la cour. Des craquements terrifiants ébranlaient la maison, on entendait des chocs sourds.

— Le feu ravage les combles et la charpente! Le toit va s'effondrer! brailla un voisin sans penser à reculer d'un pas.

Charles s'aspergea d'un seau d'eau qu'une femme avait tiré du puits. Il s'engouffra dans la maison sur les traces des pompiers. Si Noëlle n'avait pas survécu à l'incendie, Hainer Risch était capable d'avoir tiré son épingle du jeu. Il devait en avoir le cœur net.

Les bruits s'amplifiaient à l'étage. Il y eut des cris, des appels, puis une cavalcade. Charles avait renoncé à monter l'escalier. Il vit deux pompiers descendre à toute vitesse, portant un corps enroulé dans une couverture à la taille. Il devina que c'était Noëlle. Il se signa, n'osant même pas poser de questions, mais il fit demi-tour, renonçant à explorer le rez-de-chaussée. Ses pas le guidèrent vers Clémence. Elle avait repris connaissance et sanglotait éperdument, assise à même la terre battue du hangar.

— Clémence? appela-t-il. Ils ont sorti Noëlle. Je vais aller me renseigner. Il vaut mieux que tu ne la voies pas.

Elle releva la tête, défigurée par un chagrin incommensurable.

— Tu l'as vue, toi? gémit-elle.

— Non, je n'ai pas eu le courage. Ne bouge pas de là, Clémence, j'y retourne.

Elle se résigna, recroquevillée sur elle-même. Son bonheur durement gagné avait volé en éclats. Ce constat l'obsédait. Dévorée par une haine insensée, Martha Kaufman venait de remporter la partie à la faveur d'une déclaration de guerre qui avait bouleversé l'ordre des choses. Johann avait disparu, leur petit garçon était loin chez la cousine Suzanne et Noëlle avait péri brûlée vive. C'en était trop pour Clémence. Envahie par une fureur désespérée, elle poussa un cri de bête blessée.

— Ma fille, ma petite, mon enfant chérie! Non, non! hurla-t-elle.

Hagarde, échevelée, elle trouva la force de se relever et de traverser la cour d'une démarche hésitante.

— Noëlle, ma chérie, disait-elle tout bas. Ma petite...

Quelqu'un approchait, qu'elle distinguait à peine dans le brouillard de ses larmes.

— Madame Kaufman, faisait une voix, madame, venez avec nous. La demoiselle vous réclame. Je suis Marie, l'épouse d'un des ouvriers agricoles. Venez vite!

La dénommée Marie lui prit le bras, tandis que Clémence, hébétée, cherchait à comprendre de quelle demoiselle on parlait.

— Qui? hoqueta-t-elle.

— Votre fille, madame, elle est sauvée. Mademoiselle Noëlle!

Clémence essuya ses yeux à pleines mains. Son cœur battait à un rythme terrifiant. Enfin, elle vit une forme allongée sur l'herbe, près du portail donnant sur l'allée de sapins et, tout de suite, un regard bleu la happa.

— Noëlle! Mon Dieu, merci! Ma Noëlle!

— Maman, appela la jeune femme, tu es là?

Ce n'était qu'une plainte, un murmure, mais bien suffisant pour Clémence qui tomba à genoux et se pencha sur sa fille. Elle n'osait pas la toucher. Ses beaux cheveux blonds semblaient poisseux, et des marbrures rouges luisaient sur son front.

— Ma chérie, ma pauvre petite chérie, je croyais t'avoir perdue à jamais, ma petite, mon trésor.

Clémence saisit délicatement la main de sa fille et la couvrit de baisers. Noëlle fixait sa mère avec une expression de totale stupeur.

— Oh! Maman, j'ai eu tellement peur.

Ma petite, si j'avais pu me douter de ce que tu endurais! Katel m'a raconté. Mon Dieu! Et tu as failli mourir brûlée!

Elle s'étendit près de Noëlle pour la rassurer, pour mieux guetter sa respiration haletante. Un des pompiers vint leur dire de patienter, que le docteur arrivait.

Le brasier monstrueux illuminait toute la cour, les

bâtiments et, au-delà, de l'autre côté du hangar, le potager, l'enclos du poulailler et la cime des chênes. Le toit de l'écurie brûlait avec des chuintements et des craquements sinistres. Les flammes, hautes d'un mètre, lançaient des escarbilles qui retombaient sur les chaumes alentour. Le domaine Kaufman était devenu une véritable fournaise.

—Maman, reste avec moi, je t'en prie, implora Noëlle.

—Bien sûr que je reste! Mon Dieu, par quel miracle as-tu survécu? Tu as entendu? Un médecin va venir t'examiner. Est-ce que tu souffres?

—Non, pas trop, s'étonna-t-elle. Quand le feu s'est répandu dans le couloir, je l'ai compris au bruit et à la chaleur affreuse. Je me suis enfermée dans mon cabinet de toilette. Je me suis arrosée tout entière, mes vêtements aussi, j'ai mouillé mes cheveux, je les ai protégés d'une serviette trempée. J'appelais au secours, mais personne ne répondait, personne ne venait...

Une voiture franchit le portail et se gara. La fourgonnette des gendarmes la suivait de près. Le docteur Andreas, dont le cabinet était situé près des anciens thermes, s'empressa d'examiner Noëlle.

—Eh bien, on peut dire que vous l'avez échappé belle, mademoiselle, conclut-il. J'ai dénombré quelques brûlures, mais elles sont superficielles. Je vais vous prescrire de quoi les calmer.

Le médecin aida la jeune femme à se relever. Elle se jeta aussitôt dans les bras de sa mère qui pleurait encore, de soulagement cette fois. De tenir Noëlle contre elle lui procurait une joie farouche dont elle savourait l'intensité.

—Plus personne ne te fera de mal, dit-elle à son oreille.

Clémence serra la main du docteur, à qui le

brigadier de gendarmerie faisait signe. Elle conduisit sa fille à l'écart de la grande maison, sous le hangar couvert de tôles qui ne risquait pas de prendre feu. Elles s'assirent sur un vieux banc adossé au mur du fond. Même là, la chaleur demeurait impressionnante. Pour ne plus voir la danse démente des flammes démesurées, Noëlle cacha son visage contre l'épaule maternelle. Mais Charles, son fusil de chasse à la main, passa devant elles sans leur prêter attention. Manifestement, il tentait d'éviter un gendarme, debout près du puits.

— Notre pauvre Charles va faire une bêtise! chuchota Clémence. Il veut abattre Risch. Katel nous a dit que tu l'accusais du meurtre de son épouse, Camille. Tout de suite, Charles a déclaré qu'il avait dû tuer Liesele aussi. Mais il n'a aucune preuve. S'il l'abat, c'est lui qui ira en prison.

— Hainer Risch n'est qu'une brute sanguinaire, un monstre! s'écria Noëlle en se redressant. J'ai appris des choses terribles. L'ogresse m'a confié tous ses secrets, elle m'a bien précisé que Risch avait tué sa femme, Camille, oui... Ils s'en fichaient que je sois au courant, puisqu'ils m'avaient condamnée. Ce soir, il voulait en finir avec moi et il m'a avoué qu'il avait tué Liesele. Si tu savais combien de fois j'ai souhaité sa mort, quand j'ai su! J'aimais tant Liesele, c'était ma grande sœur, mon amie chérie, rien ne pourra me consoler de sa disparition. C'est ignoble, ce qu'il a fait, je te le jure. Il m'a frappée, humiliée. Mais ce ne serait rien, ce que j'ai enduré, si Liesele était encore vivante!

Noëlle ne put en dire plus. Elle éclata en gros sanglots. Clémence la serra sur son cœur et lui caressa les cheveux en déposant de légers baisers sur ses joues.

— Il ira en prison, il sera jugé. Pleure, ma fille, ça te soulagera.

Elles assistèrent, impuissantes et tremblantes, aux

vaines tentatives des pompiers pour freiner l'incendie. Des gens de Ribeauvillé avaient fait le trajet en voiture ou à bicyclette, car la nouvelle s'était vite répandue. Le domaine des Kaufman, la gloire de la région, brûlait.

— La vieille dame a dû rester dans sa chambre, déclara soudain Noëlle. La malheureuse, quelle fin horrible! Mais je crois bien que c'est elle qui a allumé le feu.

Elle entreprit de raconter à sa mère en détail les événements de la journée, les menaces de Risch suivies d'un silence étrange dans la grande maison, jusqu'au moment où elle avait perçu un ronflement inquiétant et des cris aigus de souffrance.

— Je connais bien la disposition des pièces. Cela venait de chez Martha.

Soudain, Charles, la face maculée de suie, la barbe à demi carbonisée, fut devant elles. Il jeta son fusil par terre et s'écria :

— J'espère que Risch est à l'intérieur, dévoré par les flammes. S'il a pu s'enfuir, je jure de le retrouver, où qu'il soit. J'aurais voulu lui arracher des aveux, savoir ce qu'il a fait à ma Liesele. Depuis que le garde-pêche avait sorti le vélo de l'étang, je la pleurais. Je ne me faisais plus d'illusions, ça non!

Il s'assit près de Clémence et, la tête entre les mains, sanglota lui aussi.

— Charles, intervint Noëlle, je te demande pardon. C'est ma faute si Liesele est morte. J'étais enfermée dans le grenier ce soir-là et je l'ai vue qui ramassait le linge de Marguerite. J'ai pu l'appeler en sifflant et je l'ai suppliée d'aller à Ribeauvillé, pour avoir des nouvelles de Hans. Risch et Zimmermann, et un autre homme aussi, l'avaient frappé à coups de nerf de bœuf et à coups de pied. J'avais tellement peur qu'il soit mort! Je m'en veux. Je l'aimais, Liesele, tu le sais. C'était mon idole quand j'étais petite.

— Elle aurait fait n'importe quoi pour toi, concéda-t-il d'une voix rauque. Le tort qu'elle a eu, ce soir-là, c'est de ne pas m'avoir prévenu. Si j'avais su que tu étais là, aux prises avec ce fumier et cette vieille folle, le problème aurait été vite réglé. Berni serait allé chercher les gendarmes. C'était si simple, Noëlle, de lui dire de m'avertir. Rien ne serait arrivé, rien. Liesele aurait pu vivre sa belle jeunesse. Mon Dieu, dire qu'elle est morte! Et enterrée comme une bête, sans sacrements, ni tombe ni croix! Quand Marguerite saura ça! Mon Dieu, mon Dieu!

Le désespoir de Charles faisait peine à voir. Clémence tenta de lui prendre la main, mais il la repoussa et se leva.

— Je retourne parler au brigadier. Il faut chercher le corps de mon enfant. Je veux qu'elle soit enterrée au cimetière, après des obsèques à l'église. Voilà ce que je veux.

— Maman, murmura Noëlle, je t'en prie. Emmène-moi loin du domaine. Je ne supporte plus cette odeur de brûlé et j'ai honte quand Charles pleure. Je n'en peux plus.

Les trois logements en enfilade, celui où Clémence avait logé les premiers mois, celui des Merki et le dernier réservé au contremaître, étaient aussi la proie des flammes. Mais les pompiers les arrosaient copieusement et les dégâts seraient moindres.

— Je voudrais bien t'emmener, mais où? Et comment? Il faudrait demander à quelqu'un de nous conduire à l'auberge du Château. Nous pourrions prendre une chambre. En plus, le patron est un bon ami de Johann.

Sa voix chevrota en prononçant le prénom de son mari. Noëlle regarda sa mère.

— Où est papa Johann? Il devait rentrer pour les vendanges. Il est en Dordogne avec Franz?

— Hélas, non, ma chérie! Il devrait être là.

— Hainer l'a tué lui aussi! sanglota la jeune fille.

— Non, c'est impossible. Il ne peut pas être mort. Ma pauvre petite, tu délires. Ne dis pas des choses pareilles.

Clémence aimait trop fort son Johann. Leur connivence, leur complicité, leurs étreintes passionnées, tout ça ne pouvait faire partie soudain du passé. Les années de bonheur qu'ils avaient si chèrement acquises ne pouvaient se clore d'une façon aussi tragique. Elle restait confiante, retranchée dans le déni. Elle ajouta, convaincue :

— J'ai cru te perdre, ce soir, mais tu es vivante. Johann reviendra, nous serons heureux ensemble, comme avant.

Le chaos régnait autour d'elles, ainsi que le chagrin et la mort. Pourtant, Clémence, stimulée par la présence de sa fille qu'elle devait protéger, ne baissait pas les bras. Une demi-heure plus tard, un commerçant de Ribeauvillé les déposait devant l'hôtel de la Tour, un des meilleurs établissements de la cité viticole. Noëlle avait refusé de dormir à l'auberge du Château, parce que Liesele y avait travaillé.

Toutes deux lancèrent un regard rassuré sur la façade peinte en bleu clair et les volets roses. Des rosiers étaient palissés jusqu'à la hauteur du premier étage, ainsi qu'une vigne.

— Je n'ai pas d'autres vêtements, se plaignit Noëlle.

— Nous en achèterons demain!

En quelques années, Clémence Kaufman avait conquis ses galons d'épouse de notable. Le réceptionniste la salua avec chaleur. Il était au courant de l'incendie. Le propriétaire vint en personne leur attribuer une vaste chambre à deux lits doubles, équipée d'une salle de bains et d'un petit salon.

La première chose que fit Noëlle fut de se baigner. Elle se souvenait trop de la privation de toilette, de la crasse qu'elle avait dû endurer, du pot de chambre refusé et, de ce fait, de l'urine qui l'avait souillée. Plus tard, Katel l'avait lavée, mais elle restait marquée par les épreuves humiliantes infligées par la vieille dame. Ce bain tiède apaisa ses nerfs à vif. Elle se sentit purifiée et se coucha, vêtue d'un peignoir en satin que Clémence avait dans sa valise, un luxe qui lui parut inouï.

—Viens vite près de moi, maman, supplia-t-elle. Je suis si heureuse de te revoir! J'ai tant souhaité ta présence, aujourd'hui! Je ne voulais pas mourir.

Clémence s'allongea et attira la tête de sa fille au creux de son épaule. Ce fut l'instant des confidences, le récit minutieux de tout ce qui s'était passé depuis leur séparation. Chaque révélation provoquait son lot de questions et de suppositions. En apprenant que Martha avait été violée par des soldats allemands, la haine de l'ogresse pour tout ce qui touchait à ce pays leur était devenue compréhensible.

—Mais ce n'était pas une raison pour se venger sur moi. Et sur Hans.

—Je sais, je sais... Dors un peu, ma petite. Il fera bientôt jour.

—Je suis si bien avec toi! Tu te souviens, à Mulhouse, on dormait dans le même lit et je n'avais pas peur. C'est pareil, cette nuit.

—Quand je pense à ce que tu as subi! Moi qui me morfondais à Périgueux, qui te jugeais bien ingrate de ne pas m'écrire. La cousine Suzanne me répétait que le courrier était retardé à cause de la guerre. Quand Johann est parti, il a promis de vite m'envoyer une lettre, mais rien n'arrivait. J'aurais dû rentrer bien plus tôt. J'aurais pu t'éviter ce calvaire. Mon Dieu, si Risch t'avait touchée, si... Oh non, tu es sauvée, maintenant. Demain, j'irai au commissariat déposer une plainte et signaler la disparition de Johann. Lorsqu'il apprendra que Hainer Risch est son demi-frère, ça va lui causer un sacré choc.

Elles discutèrent jusqu'au lever du jour. Ni l'une ni l'autre n'avait pu trouver le sommeil. Clémence commanda deux petits déjeuners. Les clients se faisaient rares depuis l'évacuation de l'Alsace. On leur apporta des plateaux copieux.

Mais Noëlle n'avait pas tout avoué à sa mère. Elle préférait attendre quelques jours avant de lui annoncer sa grossesse.

Une semaine plus tard, elle n'avait encore rien dit. Il y avait de bonnes raisons à son silence. Elle avait dû faire une déposition à la gendarmerie en révélant tout ce qu'elle avait appris de la bouche de Martha Kaufman, ainsi que les aveux du contremaître. Malgré la présence aimante de Clémence, cela avait été une épreuve de revivre par le pouvoir des mots les moments les plus pénibles de son emprisonnement. En outre, les principaux sujets de discussion restaient les méfaits de Risch et la disparition de Johann. L'état de Noëlle passait au second rang pour le moment.

Les pompiers avaient retrouvé dans les décombres du domaine les restes carbonisés de deux corps. Certains détails prouvaient qu'il s'agissait de Martha Kaufman et de Hainer Risch. Après une enquête scrupuleuse, la police avait pu déduire que l'incendie était parti de la chambre de la vieille femme, où gisait également le contremaître. Les journaux évoquèrent une héroïque tentative de l'homme pour tirer la malheureuse des flammes, ce qui fut contredit par le témoignage de Noëlle, publié peu après.

Mais quand on déterra Liesele Merki, qu'on

l'exhuma de la terre détrempée par la pluie, près d'une grange appartenant aux Kaufman, le héros devint un pervers aux mœurs honteuses, qui avait bien mérité de brûler vif. Nul ne saurait jamais ce qui s'était passé.

Martha avait enflammé les journaux, alors que Hainer, enfermé dans le bureau de Johann au rez-de-chaussée, s'apprêtait à rendre visite à Noëlle. Il ne voyait pas d'autre solution que de la tuer elle aussi, mais il lui manquait la colère animale qui l'envahissait dès qu'il avait bu. Les regards de plus en plus soupçonneux de Charles l'avaient troublé au point de lui donner envie de s'enfuir. Les cris d'agonie de la vieille dame l'avaient fait bondir de son refuge. Il avait tout de suite senti l'odeur du feu et s'était rué à l'étage pour délivrer celle qui était quand même sa mère. Dès qu'il avait ouvert la porte, une torche humaine, abominable à voir, s'était jetée sur lui. L'étreinte de l'ogresse s'était révélée implacable. Un brasier digne de l'enfer les avait entourés. Hainer s'était enflammé à son tour, sans pouvoir se libérer des bras qui le ceinturaient. Il avait perdu connaissance au moment où ils s'écroulaient tous les deux sur le plancher.

Marguerite revint de Dordogne, soutenue par un Berni tout aussi accablé qu'elle. Vêtues de noir, Clémence et Noëlle assistèrent aux obsèques de Liesele, célébrées dans l'église Saint-Grégoire de Ribeauvillé. Mais les Merki, terrassés par le deuil, ne témoignèrent aux deux femmes qu'une politesse distante.

— Ils m'en veulent, dit Noëlle à sa mère alors que le cortège funéraire prenait le chemin du cimetière. Même Berni ne m'a pas adressé un mot. J'ai voulu embrasser Marguerite, mais elle a reculé. Ils ont raison, c'est ma faute si Liesele est morte. Je lui avais demandé de ne pas prévenir son père quand je lui parlais de la lucarne du grenier. Si seulement elle ne m'avait pas obéi! Elle serait vivante aujourd'hui.

— Ils souffrent trop, vois-tu. Ils ont tout perdu, leur logement, leur emploi et surtout leur fille bien-aimée. Perdre un enfant est la pire chose qui puisse arriver à des parents. Liesele était une jeune fille pleine de vie, elle avait tout l'avenir devant elle. Tu ne pouvais pas savoir que Hainer la poursuivrait. Moi aussi, Marguerite m'a évitée. Pourtant, je n'ai rien fait. Ils sont très éprouvés, ils doivent faire leur deuil.

Noëlle approuva, remplie d'une tristesse immense. Puis, comme une herbe fauchée d'un seul coup de lame, elle s'écroula, évanouie. Affolée, Clémence appela au secours.

Le pharmacien de la Grand-Rue, qui se trouvait parmi la foule, se précipita, ainsi que son épouse. La femme prit les choses en main et sortit de son sac un flacon d'eau de mélisse. Le malaise de Noëlle ne dura pas longtemps. Les Merki ne se retournèrent même pas; ils continuaient à suivre le corbillard.

— Nous ferions mieux de rentrer à l'hôtel! dit Clémence.

Elles marchèrent à petits pas, accablées de chagrin, transies de froid.

— Tu ne t'es jamais évanouie, dit sa mère à Noëlle. Pauvre chérie, tu étais bouleversée.

Elle n'ajouta rien, malgré une idée qui la préoccupait. L'explication eut lieu un peu plus tard.

— Je n'ai même pas pu accompagner Liesele jusqu'à sa dernière demeure, se désola Noëlle, une fois au lit, une tasse de tisane entre les mains. C'était mon devoir d'amie et je n'ai même pas pu le faire. J'en garderai des remords toute ma vie. Mais j'ai eu si froid tout à coup, je me suis sentie si mal...

— Est-ce vraiment l'émotion qui a causé ce malaise? avança Clémence. Noëlle, sois franche! Tu attends un enfant?

— Oui, maman. Je suis enceinte de Hans. Je voulais t'en parler, mais avec tout ce qui s'est passé, le feu, les visites à la gendarmerie, la découverte du corps de Liesele, je n'osais pas. Je l'ai compris la veille de l'incendie. Cela m'a aidée à reprendre espoir. Je m'accrochais à cette promesse de joie, alors que j'avais peur de mourir, ou pire encore. Ce bébé, je l'aime très fort.

— Mais comment allons-nous faire? s'effara Clémence. Tu n'es pas mariée. Les gens vont te montrer du doigt, ici. Personne n'a oublié que tu fréquentais un Allemand et nous sommes en guerre. Il faudrait partir pour Périgueux. Suzanne sera contente de t'accueillir. Et Franz, donc! Il te réclamait sans cesse. Il y aurait peut-être moyen de louer une maison là-bas. Nous serions à l'abri des ragots. Seulement, j'espère toujours avoir des nouvelles de Johann. Si je quitte Ribeauvillé, j'aurai l'impression de l'abandonner. Les gendarmes pensent comme toi, que Risch a pu le supprimer quand il est rentré ici, mais je ne veux pas y croire.

Clémence retenait ses larmes. Elle ne pouvait pas accepter l'idée de ne plus revoir son mari. Le plus pénible était le doute, qui engendrait une angoisse permanente.

— Demain, j'irai à la banque retirer une grosse somme d'argent. Nous devons trouver une solution. Je vais écrire à Suzanne. Dans son dernier envoi, elle me disait que Franz apprenait ses lettres. Si petit! Il me manque, mon chérubin. Son papa aussi me manque.

Ne pleure plus, maman! Je t'en prie, gardons espoir.

Un mois après l'enterrement de Liesele, on frappa à la porte. Les deux femmes logeaient toujours à l'hôtel de la Tour. De la fenêtre, elles avaient vu les cigognes s'envoler vers des contrées plus chaudes. Clémence se précipita. Elle crut au miracle. Quand elle ouvrirait la porte, Johann serait là, ou le secrétaire de la mairie avec un télégramme. Mais ce n'était que la femme de chambre.

— Un paquet pour vous, madame Kaufman, claironna-t-elle.

Noëlle se leva, intriguée. Elle assista à l'ouverture du carton emballé de papier brun. Nichées dans des copeaux de bois, les figurines en porcelaine représentant des personnages de Hansi semblaient leur sourire.

— Oh! Je croyais qu'elles avaient été détruites par l'incendie, dit Clémence d'une voix émue. Je les regrettais, mais ce ne sont que des objets et je me faisais une raison. Johann comptait me les donner après le décès de sa mère. Mon Dieu, c'est lui qui me les a envoyées! J'en suis sûre!

— Mais pourquoi ferait-il tant de mystère? Lis plutôt la lettre, là, dans l'enveloppe.

Elle lut tout haut:

— *Pour Clémence de la part de Marguerite. Je te rends ton bien. Je les avais cachées dès qu'il y a eu des rumeurs de guerre, sachant combien tu y tenais. Avec nos économies, nous avons loué un appartement en ville. Charles a été embauché à la fabrique Carola et je fais des ménages. Berni va s'engager dans l'armée; il devance son incorporation d'un an, mais il ne supporte plus l'ambiance morose qui règne à la maison. C'est si dur, de perdre un enfant, Clémence! Notre fille chérie nous manque tant! Tu as dû croire que nous vous en voulions. C'était un peu vrai, car Noëlle aurait dû prévenir Charles, mais il est trop facile de refaire l'histoire avec des si et des mais, après coup. Les vrais coupables, ce sont Martha et Risch. Avec le temps, notre amitié reviendra. J'espère qu'il n'est rien advenu de fâcheux au patron. Il a toujours été très bon pour nous. Tiens-moi au courant. Marguerite.*

— C'est gentil de sa part, souffla Noëlle. Cela ressemble à un pardon. Enfin, un début de pardon.

En larmes, Clémence prit la petite fille en porcelaine dont la coiffe à ailes noires luisait doucement sous le lustre.

— Elle te ressemble, Noëlle. Je ne m'en étais jamais aperçue. Je te revois à la fête de l'école, quand tu chantais en costume traditionnel. Mon Dieu, que le temps passe vite!

Elle reposa la statuette dans son nid de copeaux et referma le carton.

— Je sais ce que nous allons faire. Je vais écrire à mes parents pour leur expliquer ce qui nous arrive. Je leur ai envoyé une longue lettre de Périgueux et ils m'ont répondu très gentiment. Ils m'ont encore assuré que je serais la bienvenue chez eux, Franz et toi aussi, évidemment. S'ils pouvaient nous héberger quelques mois, tu serais tranquille, là-bas. Pour toi, c'est le moment ou jamais de faire leur connaissance. J'aurais dû y aller avant la guerre, avec Johann. Mais il n'avait jamais le temps et moi, je n'osais pas insister. Enfin! Quand tu seras bien installée, j'irai chercher ton petit frère. Nous fêterons Noël à la fromagerie Weller. Il faut passer par Strasbourg. Ce sera l'occasion de consulter un médecin spécialiste pour ta grossesse.

— Je veux bien, maman, mais papa Johann?

— Je donnerai notre adresse aux gendarmes et à la mairie. Si par bonheur il revenait, et je m'accroche à cette idée, il nous rejoindrait là-bas. De toute façon, nous ne pouvons pas rester à Ribeauvillé.

Noëlle fut infiniment soulagée, même si elle espérait recevoir un courrier avant leur départ. Elle avait envoyé une lettre aux parents de Hans deux semaines auparavant, mais ils ne répondaient pas.

—Et si nous rendions visite aux Krüger? proposa-t-elle avec exaltation. J'en aurai le cœur net, comme ça, et je leur dirai que je vais avoir un enfant de leur fils. Je n'ai pas osé le leur annoncer par écrit.

—Noëlle, il est hors de question d'aller en Allemagne!

—Mais tu te souviens, en taxi nous y serions rapidement, en à peine une heure.

—Nous sommes en guerre avec l'Allemagne. Nous ne passerons pas la frontière. Ce serait de la folie.

Noëlle se résigna. Clémence lui assura que la réception de l'hôtel ferait suivre leur courrier. Une semaine plus tard, elles prenaient le train pour Strasbourg. Christian et Gretel Weller avaient répondu par retour du courrier. Ils paraissaient vraiment heureux de les accueillir et les attendaient à Durrenbach.

*

Le nez à la vitre du compartiment, Noëlle contemplait sa campagne bien-aimée, dont chaque détail lui était familier. Il avait encore neigé pendant la nuit, un semis de flocons timides qui agrémentaient le paysage. Les grands sapins poudrés de blanc semblaient sortis d'une carte postale, tandis qu'à l'horizon, collines couvertes de vignobles et promontoires se dessinaient entre des nappes de brouillard.

—J'avais oublié la notion d'espace, d'horizon, confia-t-elle à Clémence. Comme c'est beau, maman! Regarde, les ruines du château de Girsberg.

La jeune fille eut un pincement au cœur. C'était dans ces bois à présent dénudés et balayés par les vents d'automne qu'elle s'était donnée à Hans pour la première fois. Elle crut réentendre le chant des oiseaux, le chuchotis des feuillages, le parfum de la mousse et de la terre chaude. Depuis des semaines, Noëlle pensait à Hans, mais, soudain, dans le monde habituel retrouvé, le souvenir de son amour perdu l'envahit avec la violence d'une vague dévastatrice. Elle fondit en larmes. Clémence lui caressa la main.

— Qu'est-ce que tu as, ma fille?

— Nous étions heureuses et nous ne le savions pas. Tout s'est effondré, le domaine a brûlé, nous n'avons plus de nouvelles de papa Johann et je ne sais pas quand je reverrai Hans. Je voudrais tant qu'il soit là pour la naissance du bébé!

— Il faut garder espoir, Noëlle. Nous n'avons plus que ça au cœur, de l'espoir.

— Moi qui rêvais d'aller à Strasbourg, je vais découvrir la ville dans de bien tristes circonstances.

— Oui, tu as raison, et je crains que nous ne trouvions une ville morte. Enfin, il y reste un gynécologue. Nous allons chez le docteur Feldwebel; j'ai obtenu un rendez-vous à deux heures cet après-midi. C'est un des rares praticiens à ne pas avoir été évacué. Ne sois pas surprise, il va t'examiner entièrement, je veux dire: ton intimité aussi. Cela me fait bizarre de te parler de ça. Tu es une femme à présent. Et bientôt une maman.

Noëlle approuva avec un sourire embarrassé. Bientôt elles devinèrent, dominant une mer de hautes toitures, la flèche de la cathédrale Notre-Dame de Strasbourg. En descendant du wagon, elles se prirent par le bras. Clémence déposa leurs deux valises à la consigne.

La préfecture du département leur présentait un aspect morose, volets clos, magasins fermés. Mais une population quasi invisible, composée de ceux qui avaient réussi à demeurer sur place, avait malgré tout décoré fenêtres et portes. Les couronnes de houx, ceintes de rubans rouges, fleurissaient au gré des rues, tel un défi à la guerre, entité redoutable qui brisait de nouveau la belle Alsace.

«Pour mon enfant, se promit Noëlle, je ferai un beau sapin chaque année. Je l'ornerai de confiseries en sucre, de guirlandes dorées et de bougies. Fille ou garçon, je lui offrirai une vie douillette, beaucoup d'amour et de joie. Même s'il n'a pas de père, ce bébé, je jure qu'il sera heureux et choyé.»

Toutes deux franchirent un des anciens ponts couverts, dont la tour arrogante se dressait vers le ciel gris. L'eau des canaux, gonflée par les pluies, coulait avec de gros remous entre les quais. Clémence observait d'un air mélancolique les belles demeures de plusieurs étages à la façade quadrillée par le bois sombre des colombages et flanquées de pignons pointus.

Je n'oublierai jamais le soir où j'ai découvert Strasbourg, dit-elle à sa fille. C'était notre lune de miel, tu te souviens? Mais, déjà, pendant que je filais le grand amour avec Johann, tu tombais sous la coupe de l'ogresse. Moi, je ne pensais qu'à mon bonheur. J'en ai encore honte, souvent.

—Tu n'as pas à avoir honte. Les coupables, c'était Risch et Martha. Ils ont semé la destruction. Dieu merci, nous sommes ensemble aujourd'hui! Et ce soir nous serons chez tes parents. Cela m'impressionne un peu.

—Et moi donc!

Elles traversèrent les vieux quartiers avant de déboucher enfin place de la Cathédrale. Là, sur une vaste esplanade pavée, se tenait habituellement chaque mois de décembre un grand marché de Noël, et cela depuis des siècles. Artisans, commerçants ou artistes y dressaient leur étal, que décoraient des branches de sapins, du gui et du houx. Le spectacle était coloré et très animé et, dès le soir, se changeait en un véritable enchantement, tant il y avait de bougies allumées, de lampions rouges, d'échoppes d'où montaient de délicieuses odeurs de pâtisseries et de sucre chaud. Des vendeuses de foie gras vantaient leur marchandise, exposée à côté de grandes tables où, dans des panières d'osier, s'alignaient bouteilles de liqueurs et fruits secs.

Mais, ce jour-là, la place était quasiment déserte, hormis un adolescent qui approchait, un panier en bandoulière.

— Oh! Ma jolie demoiselle, vingt sous le bretzel!

Clémence lui en acheta deux.

— Nous les mangerons dans le train, tout à l'heure. Nous pouvons déjeuner dans une brasserie.

— La ville paraît vraiment morte, maman, soupira Noëlle. On dirait qu'il n'y a plus personne. Ce marchand de bretzels ne fera pas fortune.

— Regarde, la maison Kammerzell est fermée. C'est ici que Johann m'a amenée pour notre nuit de noces. La chambre était superbe et le dîner excellent. J'ai pris ici le premier bain de ma vie.

Elles admirèrent la façade, percée d'innombrables petites fenêtres à meneaux, qui s'ornait aussi de boiseries abondamment sculptées représentant les signes du zodiaque.

— C'est un immeuble splendide, affirma Noëlle. J'aimerais y revenir un jour, quand tout ira mieux. Dîner là, avec Hans et notre enfant.

— Je te le souhaite! répliqua Clémence avec conviction.

Après avoir suivi un dédale de ruelles qui les reconduisit au bord d'un canal, elles dénichèrent un petit restaurant bon marché où l'on servait de la choucroute du matin au soir, arrosée d'un petit blanc des coteaux du Rhin. Assises face à face, elles mangèrent avec appétit, surtout Noëlle, de plus en plus affamée. La nourriture, grasse et copieuse, l'enchantait. Elle le reconnut en souriant.

—J'ai eu si faim, enfermée dans le réduit! Martha avait sûrement décidé de me tuer à petit feu. Je n'avais droit qu'à de l'eau et à du pain dur, comme les prisonniers. C'est étrange, chaque fois que je revois les flammes dévorer la grande maison, je suis soulagée. Au fond, je pense qu'elle voulait mourir, l'ogresse. Et je me dis que Liesele est vengée. Ce n'est pas très catholique comme sentiment, mais c'est plus fort que moi.

Clémence hocha la tête. Elle aussi s'effrayait d'éprouver un vif soulagement à l'idée de ne plus jamais croiser la vieille dame et son complice damné, Hainer Risch. Mais qu'en était-il du sort de son mari? Cette question l'affolait. Mais elle ne voulait pas attrister sa fille.

Après le déjeuner, elles retournèrent vers la cathédrale. Noëlle l'admira à nouveau avec une expression de ferveur qui n'échappa pas à sa mère. Notre-Dame de Strasbourg avait été pendant des siècles l'édifice le plus élevé de la chrétienté. C'était un vrai chef-d'œuvre de légèreté, dont la dentelle de pierre avait quelque chose d'aérien.

—Si je pouvais m'envoler, maman, dit-elle tout bas, j'irais me réfugier à la pointe de ce magnifique clocher, qu'on voit de plusieurs kilomètres à la ronde. Mon professeur d'histoire nous avait fait préparer un exposé sur la cathédrale; j'avais eu la meilleure note. J'avais décalqué dans un livre les sculptures de la façade, celles qui représentent les Vierges sages et les Vierges folles, ainsi que celles des Vertus terrassant les Vices de leurs lances. Tu t'en souviens?

—Oui, tu m'as toujours donné satisfaction à l'école. Je pense que notre Franz sera aussi un bon élève.

—Mon cher petit frère, il me manque tant, lui aussi!

— Il sera bientôt avec nous, assura Clémence. Viens, il ne faut pas manquer le rendez-vous chez le médecin. Je voudrais qu'il me recommande une sage-femme qui habiterait près de Durrenbach. Une personne discrète et sûre. Nous lui dirons que tu es mariée, que ton époux est mobilisé. J'ai assez souffert d'être fille-mère, je tiens à t'épargner ça.

Noëlle songea que cela lui était bien égal. Elle était prête à affronter les ragots et les regards méprisants si l'enfant de Hans venait au monde en bonne santé. Sa liberté reconquise lui donnait tous les courages.

Elles se présentèrent chez le docteur Feldwebel. Ce fut une autre sorte d'épreuve pour cette femme de vingt ans. Le médecin aux cheveux de neige et à la figure lasse lui tâta la poitrine, avant de l'examiner à l'aide d'un spéculum en fer dont le contact désagréable la fit tressaillir. Il mesura ensuite son ventre et examina ses jambes. Il ne cessait de grommeler des hum et des oui, oui.

— Vous pouvez vous rhabiller, mademoiselle... ou madame, je suppose, puisque vous êtes enceinte.

— Mademoiselle! Mon fiancé a été mobilisé; nous n'avons pas eu le temps de nous marier. Voulez-vous d'autres éclaircissements, monsieur? dit-elle d'un ton exaspéré.

— Patientez un instant, je vous prie.

Il sortit. Clémence le vit entrer dans la salle d'attente, où elle était seule. Il la dévisagea un court instant et ôta ses lunettes.

— Madame, je voudrais vous parler; ce ne sera pas long. Votre fille est mineure. J'estime de mon devoir de vous communiquer le résultat de mon examen.

— Je vous écoute, docteur.

— Eh bien, je crains une naissance avant terme. Il serait préférable de la garder alitée la majeure partie du temps, pour éviter de sérieux problèmes. Souhaitez-vous que je l'informe des précautions à prendre, ou est-ce que vous vous en chargerez?

Affolée par ce nouveau souci, Clémence n'avait plus qu'une envie, prendre l'air. Elle régla la consultation.

—Expliquez vos craintes à ma fille, et dites-lui que je l'attends dehors, docteur.

Une montée de panique la submergeait. Elle avait pris la douce habitude de s'appuyer en toutes choses sur Johann. Les mois à venir lui paraissaient redoutables. Au fil des heures qui passaient, son angoisse de revoir ses parents ne faisait que croître. Noëlle, en la rejoignant, elle-même préoccupée par les conclusions du médecin, tenta de plaisanter:

—Maman, tu es toute blanche! Tu me traînes chez un docteur, mais c'est toi qui as l'air malade!

Elle prit sa mère par l'épaule. Elle était ravissante, dans son manteau de lainage bleu foncé, coiffée d'une toque de fourrure grise recouvrant ses boucles blondes. Clémence détailla son visage de poupée, affiné depuis septembre. Elle lut tout à coup sur ses traits encore enfantins une intense gravité masquée par un sourire timide et l'éclat de ses beaux yeux bleus.

—Qu'est-ce que tu as? Tu es émue d'être grand-mère au mois de mai? Remets-toi! Si nous allions directement à la gare, maintenant? Nous aurons le temps de boire quelque chose.

—Oui, tu as raison. Et j'ai besoin d'un remontant. L'idée de me retrouver à Durrenbach après vingt ans me rend nerveuse. Je n'ai jamais été bien courageuse, ma chérie.

—Tu verras, tout se passera bien, puisque, dans leur dernière lettre, ils se sont montrés très gentils.

*

Clémence serra fort la main de sa fille en posant le pied sur le quai de la petite gare de Durrenbach. Il était cinq heures du soir et une pluie fine tombait. Noëlle vit tout de suite un couple d'une soixantaine d'années, à l'abri d'un large parapluie noir. Tous les deux étaient de petite taille. Lui était chauve et robuste, elle, menue et nerveuse. Des cheveux très blancs auréolaient le doux visage non dénué d'énergie de la femme.

— Ce sont eux! dit sa mère d'une voix transformée. Mon Dieu, qu'ils ont changé! Papa avait des boucles noires et maman n'était pas si maigre. Noëlle, je me sens mal. C'est bien différent, de correspondre. Je suis tellement émue!

— Courage, maman!

Gretel et Christian Weller approchaient, le visage marqué par une même émotion douloureuse. Clémence, les jambes molles, faillit trébucher. L'instant suivant, ses parents l'étreignaient en pleurant. Le retour de leur enfant prodigue accompagnée de cette jeune fille si jolie était inespéré pour eux. Ils avaient l'impression de vivre le plus beau jour de leur vie. Non seulement leur fille leur était rendue, mais ils avaient Noëlle à chérir. Clémence se rendait compte à quel point ses parents l'aimaient. Elle fondit elle aussi en larmes. Noëlle dut elle-même contenir ses pleurs, tant ces retrouvailles l'ébranlaient.

— Papa, maman, je vous présente votre petite-fille, balbutia Clémence en séchant ses yeux humides.

Noëlle les dépassait d'une demi-tête; pourtant, elle n'était pas grande. Ce fut à son tour d'être embrassée.

— Quelle beauté! s'extasia Gretel d'une voix flûtée d'enfant, les yeux rouges. Ces yeux bleus, cette peau de lait! Eh bien, venez vite à la maison. J'ai préparé un festin pour le goûter.

—Et l'heure de la traite n'attend pas, ajouta Christian Weller avec un clin d'œil à Noëlle. Six vaches impatientes, qui chantent mieux que Caruso en personne.

La plaisanterie fit sourire la jeune fille, rassurée par la bonté et la gentillesse évidente de ses grands-parents. Elle se demanda si sa mère n'avait pas exagéré leur prétendue sévérité.

« Cela dit, ils ont pu changer en vingt ans, pensa-t-elle. Surtout s'ils ont compris que leur fille était partie par crainte de leur déplaire. Moi, avec mes enfants, je serai ferme, mais compréhensive. »

La fromagerie Weller plut beaucoup à Noëlle, qui crut découvrir une illustration du fameux Hansi. L'étable, la cour, les communs étaient d'une propreté remarquable; les murs étaient crépis d'ocre rose. La maison d'habitation, avec ses volets vert tendre et sa treille de glycine et de roses évoquait un jouet grandeur nature. Une terrasse pavée, délimitée par des bosquets de buis et couverte d'une tonnelle, abritait une table en fer et quatre chaises. Malgré le temps gris et la pluie, la fermette avait cette allure attrayante des lieux choyés par ceux qui y vivent.

Clémence, elle, remarquait des améliorations et des changements.

—Ah! Vous avez agrandi la fromagerie! constata-t-elle. Et les toits de chaume sont juste refaits. Je le vois à leur couleur, ils ne sont plus bruns comme avant, mais d'un beau marron doré.

—Quand tu nous as quittés, fit remarquer Christian, ils dataient de quarante ans déjà.

Gretel poussa familièrement Noëlle vers la porte d'entrée. La jeune fille fut conquise d'emblée par la cuisine peinte en jaune et rouge, dont les meubles modestes arboraient des motifs aux vives couleurs. Un parfum délicieux s'élevait du fourneau.

—Je fais cuire des pommes en compote avec de la cannelle, expliqua sa grand-mère. Assieds-toi, Noëlle. Dis-moi, Clémence, pourquoi as-tu baptisé ta fille ainsi?

Sans paraître attendre une réponse immédiate, la petite femme servit du café et du lait chaud dans de jolies tasses en faïence.

—J'ai accouché le soir de Noël, à Mulhouse! J'étais seule, désespérée, comme je vous l'ai dit dans mes lettres. Et j'avais honte. Ce prénom, j'avais l'impression qu'il protégerait mon enfant innocent.

Les yeux embués de larmes, Christian écouta une partie du récit de sa fille revenue au bercail. Son regard allait de sa fille à sa petite-fille, ne se lassant pas de les regarder intensément, craignant peut-être de les voir repartir. Comme pour cacher son émotion, il sortit brusquement et alla traire ses vaches dont les meuglements retentissaient jusque dans la cuisine. Clémence avait encore beaucoup d'autres choses à confier à ses parents enfin retrouvés. Gretel l'écouta avec une grande attention, les mains jointes sur la table, son regard bleu-gris perspicace derrière ses lunettes rondes.

En entendant sa mère égrener les événements survenus au cours des semaines écoulées depuis la déclaration de guerre, Noëlle s'étonna d'être en vie, bien au chaud, dans un décor qui l'attendrissait et lui donnait une précieuse impression de sécurité.

—Ainsi, je vais être arrière-grand-mère, conclut Gretel une heure plus tard, en scrutant le visage de Noëlle. Je suis bien contente que le bébé naisse chez nous. Nous avons eu tant de chagrin, Clémence, de t'avoir contrainte, par nos principes religieux et notre austérité, à fuir notre maison. Combien de fois j'ai prié pour que tu reviennes! Et je me disais: «Si elle a un enfant ou deux, je les chérirai mieux que j'ai su la chérir, elle!»

Ces mots guérirent les anciennes blessures de Clémence. Elle se leva et embrassa Gretel avec respect.

— Ne parlons plus du passé, intervint Noëlle. Quand Franz sera là, près de nous, j'aurai une famille autour de moi, une vraie famille, et c'est déjà un miracle.

Mis au courant avant le dîner, Christian se montra aussi ému que son épouse. Il descendit à la cave et rapporta un tonnelet de cidre.

— Il faut fêter ça, déclara-t-il. Mais d'abord, Gretel, tu as le lait à faire cailler.

— Je viens avec toi, maman! s'écria Clémence. Toi aussi, Noëlle. Tu vas voir comment on fabrique les meilleurs fromages du pays de Haguenau.

— Cela ne vous dérange pas, Gretel? questionna la jeune fille.

— Ce qui me dérange, c'est le vous! Et tu vas m'appeler mamine; c'est une tradition chez les Weller de désigner ainsi sa grand-mère.

Une cloche en cuivre suspendue par un lien de cuir ornait la porte de la fromagerie. Chaulé et nettoyé chaque matin à l'eau et au grésil[33], l'intérieur du bâtiment était impeccable. Des étagères couraient le long des murs, sur lesquelles s'affinaient de petits fromages carrés ou de forme pyramidale protégés par des cloches en treillis métallique. Des sacs en toile écrue, d'où s'égouttait avec une agréable petite musique un liquide clair et laiteux, pendaient en ligne.

---

33. Désinfectant utilisé pour les bâtiments agricoles.

—L'odeur va peut-être t'incommoder vu ton état, avança Gretel.

Mais Noëlle répliqua qu'elle n'éprouvait aucun malaise.

Des faisselles hautes et longues, en céramique brune, reposaient sur des claies de bois.

—Là, c'est le coin des bibeleskäs. J'ai déjà salé et poivré le caillé. Demain, je les démoulerai et je les roulerai dans de la cendre de hêtre. Ils sont réputés dans la région. Je les vends très bien au marché de Haguenau. C'est le fromage par excellence de notre Alsace.

—Je crois que je vais me plaire, ici, répondit Noëlle. Et je compte t'aider, mamine. Je voudrais bien apprendre tes secrets de fromagère.

—Voilà qui me fait plaisir! N'est-ce pas, Clémence? Tu dois savoir, Noëlle, que Clémence a toujours eu horreur du fromage et de l'odeur du caillé.

Les trois femmes rirent de bon cœur. Rien n'était effacé ni oublié, les absences, les peines, les doutes et les angoisses, mais un cercle magique semblait les unir dans le même désir forcené d'être en paix.

Quelques jours avant Noël, une première fausse note brisa un quotidien partagé entre les repas, les nuits calmes et le travail de la ferme. Clémence reçut une longue lettre de la cousine Suzanne. Elle qui devait leur amener Franz à Durrenbach, elle renonçait au voyage. Le petit garçon ne voulait pas quitter Périgueux. Il allait à la maternelle, s'était fait des camarades, et Ambroise Signac lui avait offert un caniche dont l'enfant ne se séparait pas. Suivait l'opi-nion personnelle de Suzanne, qui estimait que Franz était plus en sécurité dans le sud de la France, l'armée allemande pouvant d'un moment à l'autre forcer la ligne Maginot.

—Maman, ne l'écoute pas, protesta Noëlle. Je crois

que cette femme est bien contente d'avoir Franz pour elle seule et qu'elle tente de le garder. S'il le faut, j'irai moi-même le chercher. En train, je ne mettrai pas si longtemps que ça.

—Il n'en est pas question! Le docteur t'a conseillé beaucoup de repos. Déjà, je trouve que tu t'agites trop. Hier, tu as soulevé une caisse de munsters. J'ai eu le temps d'apprécier Suzanne. C'est une personne sincère et honnête. Peut-être qu'elle a raison. Franz est en sécurité, là-bas, même si je souffre cruellement de cette séparation. D'ailleurs, en post-scriptum, Suzanne nous invite à venir habiter chez elle.

—Je ne connais pas cette dame, coupa Gretel, mais elle dit vrai sur un point. L'Alsace sera la première touchée si les combats éclatent, au même titre que la Belgique et les Ardennes. Si ton fils se plaît chez ces gens qui sont de la famille de son père, c'est plus prudent de l'y laisser encore quelques mois.

Sans le petit garçon, Clémence et Noëlle savou-rèrent à contrecœur le délicieux repas de fête du 25 décembre. Gretel et Christian n'avaient pas décoré leur maison, ce qui ne surprit pas la jeune fille. Elle pensa qu'il n'y avait pas d'enfant à choyer. Cependant, elle en fit la réflexion à sa grand-mère.

—Tu ne fais pas de sapin, mamine? C'est si joli!

—Je ne suis pas fidèle à cette tradition-là, avoua Gretel. Et ta mère est très inquiète pour son mari. Elle n'ose pas t'en parler de peur de te chagriner. Une femme enceinte a besoin de sérénité. Ce serait indé-cent de décorer, à mon avis. Toi aussi, tu as perdu ton amie Liesele.

—Oui, reconnut Noëlle, mais Liesele, si elle pouvait me parler de là où elle est, je sais ce qu'elle me dirait: «Alors, Nel, veux-tu t'amuser un peu! Toujours sérieuse!» Liesele me trouvait trop réservée, trop grave.

Gretel et la jeune fille se découvraient une réelle complicité. Elles bavardaient beaucoup, dans la fromagerie. Souvent, Noëlle évoquait ses souvenirs d'enfance à Mulhouse ou au domaine Kaufman.

Aussi, à la mi-janvier, Clémence n'eut aucune inquiétude en retournant seule à Ribeauvillé.

— Je dois mettre à jour les documents bancaires de Johann et faire une nouvelle déposition à la gendarmerie, expliqua-t-elle la veille de son départ. Les terres du domaine n'ont pas brûlé, elles, et il faudrait les confier à un régisseur. Sinon, nous serons vite ruinés.

En ce début d'hiver 1940, il faisait un froid intense dans le nord de la France. La guerre faisait rage en Finlande et en Russie. La presse européenne parlait de milliers de soldats soviétiques morts de froid. Clémence quitta la ferme familiale plus élégante que jadis, vêtue d'un manteau de fourrure en martre avec une toque assortie et un manchon. Elle avait acheté l'ensemble dans un magasin de Haguenau, la ville la plus proche.

— Je voudrais bien rencontrer Johann Kaufman, quand même, déclara Christian, quand il l'accompagna à la gare. Tu sembles à ton aise financièrement, Clémence, mais sois économe; on ne peut pas prévoir l'avenir.

— Ne te tracasse pas, papa, je corresponds avec le notaire de mon mari. Notre fortune est solide.

— Et tu étais douée pour les chiffres, à l'école, plaisanta-t-il tristement.

Christian Weller s'attarda à regarder s'éloigner le train. L'avenir dont il venait de parler à sa fille lui paraissait bien menacé.

Clémence s'installa à l'auberge du Château, dans l'unique but de pouvoir discuter avec le patron, grand ami de Johann. Dès le premier soir, elle remercia Dieu de lui avoir donné cette idée. Friedrich Bauer la servit lui-même, sa toque blanche sur la tête, sanglé d'un large tablier bleu.

— Et une choucroute pour madame! s'écria-t-il en la fixant avec insistance. Je vous offre un carafon de kirchberg, le kirchberg de Johann.

Elle le remercia, prête à sangloter de nostalgie. Le décor de boiseries sombres et les nappes rouges lui rappelaient tant de douces soirées en compagnie de son mari! Au dessert, elle dégusta de la tarte aux pommes nappée de crème. Friedrich prit place en face d'elle. Une jeune serveuse apporta deux petits verres de schnaps.

— Je suis bien content de vous revoir au pays, dit le patron de l'auberge. Une personne aimerait que vous lui rendiez visite. Je l'ai croisée deux fois sous la halle, le jour du marché, et elle m'a demandé à chaque fois où vous étiez partie. Je n'en savais rien. Déjà, j'évite de prendre la route du domaine. Tous ces bâtiments noircis et ces toits effondrés, cela me fend le cœur.

Clémence écoutait et approuvait en silence. Son cœur battait si vite qu'elle craignait de s'évanouir.

— De qui parlez-vous?

— De madame Attali, l'épouse du docteur. Elle se barricade dès neuf heures du matin. J'ai pu la rencontrer à sept heures, quand je vais acheter mes légumes et mes poissons.

— Mais je croyais que le docteur Attali exerçait toujours! Que lui est-il arrivé? s'étonna Clémence à mi-voix.

— Personne ne le sait ou personne ne tient à le savoir. Il n'y a plus grand-monde, à Ribeauvillé. Les malades vont au dispensaire ou chez le docteur Andreas, près des anciens thermes. En tout cas, madame Attali a osé prendre de vos nouvelles et j'ai bien senti qu'elle voulait vous dire quelque chose. Moi, je pense que c'est au sujet de mon cher ami Johann.

Friedrich Bauer but son schnaps d'un trait et se leva avec un clin d'œil amical. Clémence aurait bien couru sur l'heure chez le docteur Attali, mais elle dut patienter jusqu'au lendemain matin. La nuit lui sembla longue, tantôt à espérer, tantôt à désespérer, à se retourner entre les draps, malade du désir de retrouver son mari, de se blottir à nouveau contre lui.

Enfin, à neuf heures, elle put sonner au cabinet médical. C'était une des plus belles maisons de Ribeauvillé, très ancienne aussi, située rue du Rempart Nord. Clémence constata que la plaque en cuivre indiquant le nom du médecin avait disparu. Les volets étaient clos. Elle attendit d'interminables minutes. Un minuscule guichet grillagé s'ouvrit et le visage émacié et livide de Rachel Attali se profila.

—Madame Kaufman! fit-elle, visiblement soulagée de la voir.

Clémence dut se glisser par l'entrebâillement de la belle porte cloutée.

—Quelle chance! chuchota la petite femme qui se tenait courbée et jetait des regards effarés sur la visiteuse.

—Je ne viens pas par hasard, madame, expliqua Clémence. Monsieur Bauer m'a dit que vous cherchiez à me voir.

Rachel lui fit signe de parler moins fort et la conduisit dans un grand salon où régnait un froid glacial.

—Je vis uniquement dans la cuisine, dit-elle. J'ai dressé un lit de camp. Je n'ai guère de bois et je n'ose pas en acheter.

Son attitude de persécutée inquiéta Clémence qui frissonna. Rachel la fit asseoir. Drapée d'un châle en cachemire, l'épouse du médecin gardait la tête baissée.

—Je sais ce qui est arrivé à votre mari! confessa-t-elle.

—Mais depuis quand? Dites-moi vite, je n'en peux plus de me poser des questions.

—Je n'ai su la vérité qu'à la fin du mois de novembre, commença Rachel, grâce à une lettre que des cousins habitant en Allemagne m'ont fait passer par une personne de confiance. Quand monsieur Kaufman est rentré de Dordogne, début septembre, il s'est arrêté à Ribeauvillé pour consulter mon époux, car il souffrait de maux d'estomac. Mais nous étions prêts à quitter l'Alsace pour l'Angleterre. La politique du chancelier Hitler à l'égard des Juifs effrayait David. Comme beaucoup de nos amis de Berlin et de Stuttgart, nous avions décidé de nous exiler.

Clémence écoutait sans comprendre en quoi cela concernait Johann. Elle avait de plus en plus froid, craignant d'apprendre le pire.

—Monsieur Kaufman et David ont longuement discuté. Comme nous devions emmener à Londres une de nos nièces dont les parents vivaient à Emmendingen, votre mari a décidé de nous aider. Il disait qu'il en profiterait pour rendre visite à des amis, les Krüger, chez qui séjournait votre demoiselle, Noëlle. Oh, j'oublie de vous préciser qu'Emmendingen se trouve à dix kilomètres à peine d'Endingen. Ils se sont mis en route tous les deux après le déjeuner. Je me souviens que monsieur Kaufman, en me serrant la main, a déclaré qu'il n'était pas pressé de rentrer au domaine, puisque vous ne l'y attendiez pas.

—C'est bien de lui, ça! déclara Clémence, au bord des larmes.

—Ils avaient prévu d'être de retour le lendemain soir, avec Sarah, notre nièce, qui nous accompagnerait en Angleterre. Mais ils ne sont jamais revenus. Je n'avais aucune nouvelle. J'ai téléphoné à mes cousins : ils ne les avaient pas vus. Avec tout ce qui se passait en Allemagne, j'ai perdu espoir. Je ne vivais plus, je n'osais pas sortir. Un matin, quelqu'un a décroché la plaque dans la rue.

— Mais il fallait prévenir la gendarmerie ou le maire.

— La guerre était déclarée, madame. On m'aurait répliqué que bien des gens disparaissaient, surtout dans le voisinage de la frontière. Nos époux n'avaient pourtant plus l'âge d'être mobilisés. Du moins, David.

— Je crois que Johann aurait été réserviste, supposa Clémence. Donc, vous savez maintenant ce qui leur est arrivé ?

— Oui, un de mes cousins a pu se renseigner. Des membres de la police hitlérienne, qu'on appelle la Gestapo, ont contrôlé leurs papiers à l'entrée d'Emmendingen. Ils les ont arrêtés sous prétexte d'un interrogatoire et ils les ont emmenés. Où ? Personne ne peut le dire. On parle de camps de travaux forcés. Votre mari se serait opposé à un des policiers et ils l'ont accusé de protéger un Juif. Je suis désolée, chère madame...

— Mais, dans ce cas, Johann est vivant ! Prisonnier sans aucun doute, mais bien vivant. Si je pouvais obtenir d'autres renseignements, il y aurait peut-être moyen de le faire libérer, se réjouit Clémence.

— Je ne veux pas vous décourager, mais tous les pays d'Europe ont proclamé la mobilisation générale. Et des centaines, des milliers de Juifs disparaissent en Allemagne et en Pologne. Vous ne pourrez rien faire, sinon prier. La guerre peut être brève et les prisonniers seront relâchés un jour. J'espère de toute mon âme que monsieur Kaufman vous sera rendu. C'est un homme de cœur, un juste parmi les justes.

Clémence accepta une tasse de thé, ce qui lui permit de suivre Rachel dans la cuisine où il faisait une chaleur appréciable.

— J'avais si peur que mon mari soit mort! expliqua-t-elle. Vous êtes au courant, je pense, que le contre-maître du domaine était un criminel de la pire espèce.

— Oh oui, j'ai lu les journaux.

— Ma fille craignait qu'il ait tué Johann pour disposer de ses biens.

— C'est une pratique courante des nazis vis-à-vis des miens, constata amèrement Rachel.

— Mais partez donc, madame, lui conseilla Clémence. Si l'Alsace redevient un territoire allemand, vous serez en danger.

— Non, je préfère rester dans cette maison où j'ai vécu heureuse près de David. Je l'attends comme vous attendez monsieur Kaufman.

Elles discutèrent encore plus d'une heure. Clémence quitta la frêle Rachel avec le sentiment étrange qu'elle ne la reverrait jamais.

«J'aurais dû l'embrasser! se reprocha-t-elle une fois dans la rue. Elle m'a ôté un grand poids de sur la poitrine. Johann me reviendra, j'en suis certaine. Il est vivant, vivant!»

Noëlle apprit le soir même la conduite héroïque de son père adoptif et le souci qu'il avait eu de lui rendre visite à Endingen, où, hélas, elle ne se trouvait pas. La jeune fille pleura de soulagement et d'émotion dans les bras de sa mère.

Ni l'une ni l'autre ne pouvait imaginer la nature des camps établis par le gouvernement d'Hitler. Elles se persuadèrent que Johann retrouverait tôt ou tard sa liberté. Quant à Gretel Weller, elle parla désormais avec une réelle affection de son gendre. Christian, lui, n'était guère bavard. Sous ses airs paisibles, il cachait une profonde révolte. Le soir où Clémence raconta sa visite à Rachel Attali, il se contenta de regarder Noëlle et de lui dire :

— Tu aurais dû aimer un Français, petite. Ce n'est pas un reproche, mais une mise en garde tardive. Je voudrais tant que l'enfant que tu portes connaisse son père.

— Il le connaîtra ! répliqua la jeune fille. Et, que mon fiancé soit français ou allemand, le résultat est le même. Je suis hélas seule.

17

Anna

Fromagerie Weller, 3 mai 1940
Il faisait chaud dans la petite chambre aux volets mi-clos. Pour la dixième fois depuis le repas de midi, Noëlle recommença à s'éventer avec une carte postale. La jeune femme se sentait énorme, tant son ventre lui pesait. Elle ne portait pourtant qu'une légère chemise de nuit, et ses cheveux blonds étaient relevés en chignon.

«Vivement ce soir, que j'aie un peu de fraîcheur! se dit-elle en jetant un regard épuisé vers la fenêtre. Mamine m'a promis que j'aurais du fromage frais. Allons, au travail.»

Clémence avait fourni à sa fille, alitée depuis deux semaines, tout le nécessaire pour confectionner le trousseau du bébé. Noëlle et sa grand-mère avaient tricoté une telle layette que l'enfant à naître disposerait d'une garde-robe impressionnante. Mais, en ce beau jour de mai, la jeune femme en avait assez de préparer de petits vêtements. Elle avait recommencé à écrire son journal, en déplorant la perte de son premier cahier, disparu dans l'incendie. Avec un soupir de satisfaction, elle prit un gros carnet sur sa table de chevet et un crayon. Bien installée, en utilisant comme plateau un livre d'images cartonné, elle nota ce qui lui traversait l'esprit.

Aujourd'hui, il fait une chaleur éprouvante qui annonce un été très chaud. Ce matin, à l'aube, je suis restée au moins une heure à ma fenêtre pour jouir du paysage et de l'air délicieusement frais. Qu'elle est belle, mon Alsace! Ici, la plaine s'étend, immense, et à l'est j'aperçois la ligne sombre de la grande forêt de Haguenau.

Je suis si heureuse d'avoir enfin des grands-parents! Mamine est une femme délicieuse. Nous rattrapons le temps perdu en discutant interminablement. Je l'aide à élaborer ses fromages: des bibeleskäs frais et surtout des munsters. La flore particulière des pâturages d'Alsace se prête à merveille à la production d'un lait qui leur confère ce caractère affirmé si prisé des gourmets. Mais, depuis une quinzaine de jours, j'ai beaucoup de mal à l'assister réellement. Les seaux de lait me semblent beaucoup trop lourds à porter, même que Mamine s'oppose à ce que je le fasse. Mais je mets le caillé dans des moules et je surveille l'affinage des fromages en cave humide, un travail qui ne requiert pas de gros efforts physiques. Comme ma grand-mère est contente d'avoir enfin de l'aide et surtout quelqu'un à qui parler! Maman n'a jamais apprécié les travaux agricoles. Sans être une fermière émérite, je m'intéresse à l'activité de mes grands-parents. Grand-père Christian est un homme très protecteur. Quel dommage que je ne puisse plus l'accompagner dans ses livraisons! Que de belles matinées nous avons passées ensemble à approvisionner, en carriole, les petits détaillants ou les marchés! Pour moi, il a consenti à abandonner provisoirement le vélo qui lui sert à faire habituellement la distribution des fromages pour se servir plutôt d'un chariot tiré par sa jument Espérance. Il est moins volubile que Mamine, mais c'est un fermier très travailleur et économe. Personne ne me traite de fille-mère, mon grand-père ne tolérerait pas que quiconque me manque de respect. J'ai beaucoup de chance d'avoir des grands-parents aussi gentils. Auprès d'eux, je peux mener une grossesse sans grand souci.

Dès le retour du printemps, je me suis beaucoup prome-
née. Le mois dernier, nous avons assisté du jardin au
passage d'un joyeux cortège. C'était une noce qui défilait sur
le vieux chemin du moulin. La mariée portait le costume
traditionnel, avec sur ses cheveux aussi blonds que les miens
le gros ruban noir noué en papillon et, sur le corsage, ce
drapé bleu si seyant. Elle avait aussi une large jupe rayée.
Son jeune époux l'embrassait, tout en tenant les rênes de
l'attelage mené par deux superbes frisons noirs, ces beaux
chevaux élevés en Belgique. J'ai pensé à Hans. Où est-il?
Est-ce qu'il m'aime encore? Et, surtout, est-il en vie? La
guerre fait rage, comme dit mon grand-père. Des offensives
en Belgique nous font craindre des combats violents à la
frontière. Je m'ennuie beaucoup depuis que je dois rester
couchée. Je voudrais bien avoir Franz près de moi. Il me
manque énormément, mon petit frère chéri! Nous lui
écrivons une fois par semaine, mais je rêve de le serrer dans
mes bras. Il se plairait tant ici. Maman m'a promis d'aller
le chercher quand le bébé sera né. Elle n'ose pas s'absenter.

Noëlle posa son stylo. Une voix mélodieuse à
l'accent prononcé l'appelait. C'était Gretel.

— Le goûter est prêt, petite. J'ai mis la table sous le
pommier.

La jeune fille abandonna son lit et marcha jusqu'à
la fenêtre. Elle désobéissait souvent aux consignes de
la sage-femme, malgré les réprimandes de sa mère.
Mais Gretel jugeait qu'à ce stade de la grossesse, la
naissance étant imminente, la future maman pouvait
se permettre des courtes balades sans grand risque.

— Je descends, mamine, j'ai très faim! cria Noëlle
en se penchant sur la balustrade en bois.

Le jardin la charmait. Délimité par une coquette
barrière, il était fleuri de roses et de lilas. Dans le
potager, à droite, Clémence arrosait les semis de

carottes et de radis, en tablier bleu. Christian ramassait de jeunes pieds de salade.

—Je t'ai beurré des tartines, déclara Gretel dès que sa petite-fille fut assise. Prends de la confiture de mirabelles.

Un beau garçon au teint mat, les cheveux noirs et ondulés, entra dans la cour. C'était un adolescent de seize ans prénommé Élie qui donnait un coup de main aux Weller les jours où il n'était pas au lycée. Il couva Noëlle d'un regard velouté, brillant d'admiration. Elle lui adressa un sourire bienveillant, ravissante dans sa robe blanche à pois bleus.

—Bonsoir, Élie! Tu as couru, on dirait...

—Oui, je suis le meilleur de ma classe à la course. Et c'est ma saison préférée; la végétation reprend ses droits.

Ils étaient bons amis, même si Christian lançait des piques moqueuses au jeune étudiant, qui venait encore plus souvent depuis l'installation de Clémence et de sa fille. Ils ramenèrent les vaches du pré, Élie les guidant du bout de son bâton. Noëlle prit le bras de Gretel et les suivit jusqu'à l'étable. Christian apporta les seaux en nickel et les tabourets de traite. La jeune fille s'assit sur l'un d'eux, le nez à hauteur des pis de Mina, la plus docile des bêtes.

—Ma chérie, tu devrais te ménager, recommanda Clémence qui entrait à son tour. Tu es presque à terme.

—Je me sens bien, maman. Je bois plus de lait que tout le monde et je dévore la moitié des fromages. Il me faut bien contribuer à la production.

—Sacrée gamine! déclara Christian. Ce n'est pas toi qui aurais touché à une vache, Clémence.

—Bon, puisqu'on se moque toujours de moi, je vais à la maison préparer le dîner.

Après la traite, Noëlle insista pour aller à la

fromagerie. Sa grand-mère lui avait appris les secrets de la fabrication du fromage : comment faire cailler le lait, remplir à la louche les faisselles, veiller à la formation de leur croûte et à leur affinage.

— Quand même, tu m'inquiètes, petite, dit Gretel. Ce besoin de reprendre tes activités, c'est un signe que la naissance approche.

— Eh bien, tant mieux ! J'en ai assez d'être énorme. La chanson des faisselles me manquait. Tu l'entends, Élie, la jolie musique du petit-lait qui tombe goutte à goutte ?

L'adolescent éclata de rire.

— Au lieu de baguenauder, Élie, frotte donc les munsters de quinze jours au carvi, coupa Gretel. La croûte commence à se former.

— Oui, madame Weller.

Élie mit une blouse et commença à retourner sur les claies des carrés de pâte souple et onctueuse, d'une couleur beige. Il se concentrait sur chacun de ses gestes.

— Je vais quand même préparer une douzaine de bibeleskäs, ajouta Gretel. Notre pays est quasiment désert, mais j'ai encore une poignée de clients au marché.

— Attends, je vais t'aider, mamine.

La jeune fille avait une prédilection pour ces petits fromages frais, qui devaient être dégustés juste après le caillage et qui étaient parfumés au thym, à l'ail ou au persil haché. Elle roula des yeux gourmands. Sa grand-mère éclata de rire.

— Petite chatte ! Je t'en mets un de côté pour le dîner. Tu devrais reprendre le flambeau, plus tard. Ta mère et toi, vous êtes nos héritières. Et ce n'est pas Clémence qui mettra la main à la pâte !

Soudain, des larmes d'émotion piquèrent le nez de Noëlle. Elle s'approcha de Gretel et l'enlaça en cachant son visage contre son épaule.

—J'aurais voulu grandir ici, avec toi et grand-père Christian. Je me sens bien chez vous, mieux qu'au domaine Kaufman où je n'ai jamais été vraiment heureuse.

—Mais tu n'as pas de raison de nous quitter, maintenant. J'espère bien que ton bébé jouera dans le jardin, l'été prochain.

—Oh oui, mamine, oui, et que moi je sois plus vaillante que ce soir, pour qu'ainsi nous puissions augmenter la production Weller.

Élie sourit. Il trouvait Noëlle adorable et très séduisante.

28 mai 1940

Clémence et Noëlle étaient attablées sur la terrasse, sous la tonnelle couverte d'une glycine centenaire. Gretel et Christian étaient au marché de Haguenau. Ils s'y rendaient soit en bicyclette, l'une d'elles équipée d'une remorque, soit en attelage, car ils ne se décidaient pas à acheter une voiture. Aujourd'hui, ils étaient partis à vélo.

—Ce n'est pas prudent, dit la jeune fille, de se déplacer en ce moment. J'aurais préféré que grand-père et mamine restent ici.

Sa mère leva la tête, scrutant le ciel d'un air préoccupé. Dans la plaine alentour, les fenaisons commençaient malgré le manque de main-d'œuvre. La senteur de l'herbe fauchée et des mille fleurs des champs embaumait le jardin.

—Maman, que va-t-il se passer bientôt? demanda Noëlle. J'ai entendu à la radio que le roi des Belges vient de se rendre et que les Anglais se replient, à Narvik.

—C'est un paradoxe. Ici, à quelques kilomètres de la frontière, tout paraît tranquille, mais cela pourrait changer très vite! soupira Clémence en posant sa tasse de café.

Des nouvelles alarmantes se propageaient au fil des

jours. Le 13 mai, à Sedan, les Allemands avaient percé les troupes françaises et britanniques. Sur les routes, des cohortes de gens se répandaient, traînant leurs enfants et leurs bagages, sur des brouettes ou des remorques pour les plus pauvres. Dans les airs, les avions de chasse bombardaient en piqué, dévastant les points stratégiques. Rien ne freinait l'avance inexorable des panzers, ces divisions blindées allemandes qui avaient forcé la ligne Maginot.

Mais, chez les Weller, le mot d'ordre était de ne pas céder à la peur. L'armée allemande continuait sa progression, mais un calme étrange s'était établi dans ce coin de campagne par la force des choses, l'évacuation n'ayant pas été totale. Christian prétendait qu'ils étaient assez isolés pour échapper aux méfaits de la guerre et qu'il n'abandonnerait pas ses vaches et sa terre.

—Je monte m'allonger, maman, dit Noëlle. Mon dos me fait souffrir, tout à coup.

—Va te reposer, ma chérie. La sage-femme doit passer t'examiner demain matin. Elle me semble expérimentée, mais j'aurais été plus rassurée si tu avais accouché à l'hôpital.

—Je suis en parfaite santé, je n'ai eu aucun problème ces dernières semaines. Ce docteur, à Strasbourg, était sûrement un pessimiste acharné.

Elles se sourirent. Clémence avait un petit air forcé. Elle gardait un souvenir pénible de la naissance de Noëlle, et les conclusions du médecin l'angoissaient.

Noëlle se leva, mais elle lâcha brusquement le livre qu'elle emportait en poussant un cri de surprise. Une douleur aiguë venait de naître au creux de ses reins qui, loin de s'atténuer, ne faisait que croître. Un liquide tiède et abondant ruissela par saccades entre ses cuisses.

— Qu'est-ce que j'ai, maman? Je perds quelque chose!

Clémence porta la main à son cœur, tandis que ses joues perdaient toute couleur.

— Ce sont les eaux. Ça signifie que tu vas accoucher. Mon Dieu, et nous sommes toutes seules! Viens, je vais t'aider à monter. Ne t'affole pas, il vaut mieux te mettre au lit.

La jeune fille n'arrivait pas à croire que le mystérieux petit être qui lui donnait des coups de pied, qui s'agitait dans son ventre, s'était décidé à venir au monde. Clémence l'installa de son mieux. Les contractions se succédèrent à un rythme régulier.

— Respire bien, Noëlle, conseilla Clémence en lui tenant la main. Je regarde ma montre; à présent, c'est toutes les sept minutes. Le bébé naîtra ce soir. Il faudrait prévenir la sage-femme, mais je ne veux pas te laisser seule.

Une heure plus tard, les douleurs venaient aux cinq minutes. Le pas rapide de Gretel ébranla les marches de l'escalier. Elle entra dans la chambre, les joues roses d'avoir pédalé sur plusieurs kilomètres.

— J'en étais sûre, quand je ne vous ai pas vues en bas. Tout était resté sur la table, ce n'était pas normal. Tu ne souffres pas trop, ma petite Noëlle?

— Non, pour l'instant, c'est supportable.

De la terrasse, Christian appela. Gretel se pencha à la fenêtre.

— Mets de l'eau à chauffer, le bébé arrive. Envoie Élie chercher la sage-femme; je préfère qu'elle soit en avance plutôt qu'en retard.

Noëlle ferma les yeux, soulagée d'être entourée de sa mère et de sa grand-mère. Mais elle ne pouvait s'empêcher de penser à Hans.

— Je voudrais tant qu'il soit là, empressé, attendri!

Bien sûr, il patienterait sur le palier ou en bas avec grand-père. Mon Dieu, je dois mettre cet enfant au monde et le protéger. Je l'aimerai de toute mon âme, je l'aimerai pour deux, si je ne retrouve jamais Hans...

Clémence admirait le courage de sa fille qui ne poussait pas un cri et faisait preuve d'un grand calme. Comme Gretel était sortie un instant, elle lui dit doucement en caressant son front :

— Ma chérie, je suis fière de toi !

— Je n'ai pas de mérite. Je sens l'odeur des premières roses, de l'herbe et de la menthe. Tu es là, et mamine aussi.

Couchée sur le côté, Noëlle, figée par une contraction encore plus forte, tendit l'oreille. On marchait dans le couloir, on discutait. La porte s'ouvrit et Christian apparut, encombré d'un berceau en osier garni de délicats petits draps brodés, d'une blancheur immaculée. Une hampe surplombait la couchette, elle aussi agrémentée d'un voile aérien.

— La bercelonnette des Weller, annonça Gretel qui suivait son époux. J'ai confectionné une garniture neuve en grand secret. Je ne croyais pas que je deviendrais arrière-grand-mère en cette année 1940. Ta mère y a dormi, ma petite.

Noëlle contemplait le berceau et ses voiles légers, d'un blanc pur. Elle s'apprêtait à remercier ses grands-parents, mais une douleur plus forte lui coupa le souffle. Cette fois, un gémissement lui échappa.

— Mais que fait la sage-femme ? s'écria Clémence. Es-tu sûr, papa, qu'Élie a compris à quel point c'était urgent ?

— Elle aura eu une autre patiente, répondit Gretel, qui s'inquiétait également. Élie la trouvera. Il sait que c'est capital.

— Je vais guetter le chemin, dit Christian en sortant de la pièce.

Soudain, Noëlle, d'un geste nerveux, attrapa un coin de son drap et le mordit. Son corps se tendit en arc de cercle, puis retomba mollement. Pendant plusieurs minutes, la jeune fille sommeilla, sous le regard anxieux des deux femmes. Elle se redressa enfin sur un coude, l'air égaré.

— Maman, j'ai peur! Peut-être que le bébé est mort! Je ne sens plus rien.

On frappa. C'était de nouveau Christian. Il ne passa que la tête dans l'entrebâillement de la porte.

— Personne ne vient.

Clémence se leva, affolée.

— Je prends un de vos vélos, ça ira plus vite que d'atteler la jument. Il doit bien y avoir encore un médecin à Haguenau! Je le ramènerai.

Noëlle s'accrocha à sa mère, les yeux exorbités par l'effroi.

— Non, maman, ne me quitte pas, je t'en prie! Reste. Si je meurs, je veux que tu sois là.

— Elle devrait avoir une autre contraction, s'inquiéta Gretel qui surveillait l'heure. Ah, voilà du monde!

La voix claire du jeune Élie résonnait au rez-de-chaussée. Celle de Christian, plus grave, y faisait écho. Ils parlaient à quelqu'un. Presque aussitôt, une femme entra, une mallette à la main. Elle était assez forte et coiffée d'un chignon noir d'encre. En voyant la future mère dans le lit, elle eut un sourire d'excuse.

— Oh! Vous êtes toute jeune! Je suis navrée de vous avoir fait attendre. C'est un bon jour pour naître, il me semble. J'ai dû passer la moitié de l'après-midi au chevet d'une dame qui en était à son troisième.

Clémence et Gretel échangèrent un coup d'œil surpris. Ce n'était pas la personne attendue.

— J'ai perdu les eaux, j'avais des contractions rappro-

chées, mais tout à coup j'ai ressenti une douleur différente. Ensuite, plus rien! expliqua Noëlle qui haletait.

La sage-femme sortit ses instruments. Ses gestes
étaient rapides. Son regard, lui, trahissait une certaine
nervosité. Elle demanda d'une voix grave:

— Si vous pouviez sortir, mesdames... Je dois
l'examiner. Ce ne sera pas long.

Dès qu'elles furent seules, la femme souleva le drap
et, la tête entre les cuisses de Noëlle, se livra à un
examen soigneux. Elle écouta le cœur du bébé à l'aide
d'un petit outil en bois, palpa le ventre et vérifia
l'ouverture du col de l'utérus.

— Vous êtes à cinq doigts, dit-elle. Le travail devrait
reprendre. Le bébé n'a pas l'air de souffrir, son cœur
bat bien. Peut-être qu'il a décidé de se faire désirer!
Respirez à fond, madame, du courage... Vous devez
respirer mieux, votre enfant en a besoin. Je pense
savoir ce qui s'est passé. Le bébé se présentait par le
siège, et il a dû se tourner, mettre la tête en bas. C'est
rarissime, un changement pareil à la dernière minute,
mais c'est une bonne chose, un accouchement par le
siège vous aurait demandé un gros effort.

Sur ces mots, elle regarda Noëlle attentivement et
étudia les traits charmants, les yeux bleus emplis de
larmes et le halo de cheveux blonds qui nappait
l'oreiller.

— N'ayez pas peur, madame. Si vous souffrez trop,
je vous ferai inhaler de l'éther, cela soulage beaucoup.

— Comment vous appelez-vous? demanda Noëlle. Je
ne vous connais pas. Pourquoi n'est-ce pas madame
Rivet?

— Je m'appelle Rebecca Cohen et je devrais être à
Paris à l'heure qu'il est. Mais mon métier ne l'a pas
voulu. Ce matin, je bouclais ma valise quand on est
venu me chercher et, à peine rentrée chez moi, Élie

m'a suppliée de le suivre jusqu'ici. Tant pis, ce sera pour demain, le grand départ. Quant à madame Rivet, il paraît qu'elle a fui le pays avec ses enfants et son mari. En fait, je suis une cousine du père d'Élie, qui m'héberge depuis une semaine. Je travaillais à Sarreguemines.

Le ton calme de Rebecca détendait Noëlle. Elle sentit arriver une puissante contraction et se cramponna au bras de la sage-femme. Dès qu'elle put souffler, elle balbutia :

— Alors, je vous retarde! Vous alliez partir? Merci d'être là.

Attendrie, Rebecca Cohen caressa le front de sa patiente.

— Il ne fait pas bon accoucher en pleine guerre. C'est mon devoir de courir là où je suis utile. Sur les routes, dans les gares, on se croirait en enfer. Les Allemands se dirigent vers les contingents britanniques basés à Dunkerque. Les gens ont si peur des bombardements et des chars, qu'ils s'enfuient. Vous avez de la chance, car je n'étais que de passage dans la région.

Clémence se glissa dans la chambre au bras de Gretel. Rebecca leur tint le même discours, en plus succinct.

— Je vous remercie de tout cœur, madame, dit Gretel. C'est Dieu qui vous a conduite vers nous.

— Peut-être, soupira la sage-femme, mais j'en doute...

Tout bas, en obligeant Clémence et Gretel à reculer vers la porte, elle souffla :

— Je dois vous parler.

Les trois femmes sortirent sur le palier, éclairé par une bougie nichée dans un pot en verre jaune. Cette clarté douce atténuait les traits anguleux de Rebecca

Cohen. Clémence, la première, lut sur ce visage expressif une vive inquiétude.

—Qu'est-ce qui se passe, madame? demanda-t-elle très bas. Ma fille est en danger, c'est ça? Je dois vous dire que nous avions consulté un médecin, au début de sa grossesse, qui m'a parlé d'éventuels risques lors de l'accouchement.

Rebecca répondit d'un ton perplexe:

—Votre fille saigne déjà beaucoup. Ce n'est pas normal.

Gretel sanglota sans bruit. À l'idée de perdre sa petite-fille, qu'elle chérissait, son sang se glaçait. La sage-femme hocha la tête. Son métier lui avait appris à redouter plus que tout autre chose d'abondantes pertes de sang.

—Pour le moment, elle n'est pas trop affaiblie, mais, quand le bébé sortira, je crains le pire. Avez-vous du bouillon de viande à lui faire boire, après l'accouchement? Du vin?

—Je m'en occupe! s'exclama Gretel, heureuse de pouvoir faire quelque chose pour Noëlle.

Clémence respira profondément, avant de saisir le bras de Rebecca Cohen.

—Allons-y, ma fille est seule, je veux être à ses côtés. Elle doit vivre, madame, car elle a déjà tellement souffert.

*

Noëlle geignait, à demi inconsciente. Rebecca avait tenu parole et lui avait donné de l'éther à respirer. La jeune femme, comme désincarnée, se sentait flotter dans l'espace. La douleur avait déserté son corps, mais un drôle de bruit lui parvenait comme un miaulement de chat.

— C'est une magnifique petite fille! disait une voix, celle de sa mère.

Gretel était assise près du lit de la jeune accouchée dont la mine blafarde l'affolait.

— Elle est très faible, n'est-ce pas? demanda-t-elle à la sage-femme.

Rebecca Cohen surveillait le visage livide de sa patiente, qui avait perdu beaucoup de sang. Elle stimulait l'utérus en donnant de petits coups de poing en dessous du nombril.

— L'hémorragie ne s'arrête pas! déplora-t-elle. Je n'ai que cette méthode pour la sauver. Nous pouvons prier, aussi.

Clémence tenait dans ses bras le bébé qu'elle avait lavé avec des gestes précautionneux et maladroits. Elle éprouvait pour le nouveau-né une immense tendresse.

— Je t'aimerai très fort, ma jolie poupée, comme j'aime ta maman.

En disant ces mots, elle jeta un regard désespéré à Noëlle. Cela lui paraissait impossible de la voir mourir à vingt ans.

Rebecca poussa une plainte de dépit, après avoir soulevé le drap pour la vingtième fois au moins. Mais elle reprit son massage énergique, juste en dessous du nombril.

— Je vous en prie, sauvez-la! implora Gretel.

La sage-femme eut un mouvement d'humeur.

— Si vous étiez prévenues d'un risque, il fallait conduire votre fille à l'hôpital.

Clémence ferma les yeux un instant. Ses lèvres marmonnaient une prière. Le nouveau-né se mit à pleurer avec vigueur. Ce cri aigu et plaintif tira à nouveau Noëlle de la dangereuse somnolence où elle plongeait.

— Mon bébé! souffla-t-elle.

—Donnez-le-lui, madame, conseilla la sage-femme. Cela peut l'aider, au point où nous en sommes.

Noëlle perçut la présence de son enfant qui hurlait toujours. Elle respira plus vite en agitant la tête. Un sourire lui vint aux lèvres, lointain mais bien réel. Rebecca l'examina encore une fois et poussa une exclamation satisfaite.

—Elle ne saigne plus. Vite, il faut lui donner du bouillon. Est-ce qu'il est prêt?

—Oui, je descends et je rapporte ce qu'il faut! s'écria Gretel, illuminée par une allégresse profonde.

Clémence se mit à pleurer de soulagement en caressant le front de Noëlle.

—Ma petite, tu vas rester avec nous. Tu es sauvée, sauvée!

Gretel revint en hâte, chargée d'une bouteille de tokay et de quatre verres. C'était du pinot gris, un des meilleurs cépages alsaciens. Christian, lui, tenait un plateau sur lequel fumait un gros bol. Son statut d'arrière-grand-père lui donnait un air hébété, mais joyeux.

—Ce n'est pas facile, la place des hommes, dans ces cas-là! dit-il. Je me morfondais en bas. Je pense que notre petite apprécierait un lait de poule; je redescends le préparer. Et ne m'attendez pas pour boire un coup de tokay; nous avons tous besoin d'un remontant.

Malgré sa stature frêle, Gretel était d'une nature robuste. Elle souleva le buste de Noëlle et réussit à la faire boire. La jeune femme émergea de sa léthargie.

—Maman, où es-tu?

—Là, petite, là.

Rebecca souriait, tout en empilant des linges souillés dans une cuvette. Il fallut attendre encore une grosse demi-heure avant d'obtenir un diagnostic positif. Épuisée, Noëlle savoura le bouillon de poule bien chaud, puis le lait de poule de son grand-père, un œuf frais battu dans du lait renforcé au schnaps.

— C'est donc une fille, dit-elle. Je suis tellement contente, même si je voulais un garçon.

— Fille ou garçon, c'est un don du ciel, répliqua Gretel. Tu nous as fait une peur bleue.

Noëlle, émerveillée de la perfection et de la vitalité d'une aussi petite créature, contempla son enfant. Rebecca aussi admirait le bébé. Elle murmura:

— Votre fille est superbe!

La jeune femme approuva, incapable de détourner ses yeux du nouveau-né à la peau très rose, la tête couverte d'un duvet blond et frisé. On devinait deux prunelles d'un bleu profond. Une vague d'amour infini transporta Noëlle.

— C'est vrai qu'elle est belle. Oh, mamine, tu as vu ses menottes, on dirait des coquillages, et cette bouche en cœur. Quel trésor! Je ne veux pas m'en séparer. Ma petite Anna! Oui, j'avais choisi ce prénom pour une fille: Anna!

Noëlle se coucha sur le côté et attira sa fille dans ses bras. Elle s'endormit immédiatement. Gretel et Clémence trinquèrent en silence, mais Rebecca Cohen refusa de boire du vin, comme elle refusa de dire le montant de ses honoraires.

— Je préfère rester encore un peu, au cas où elle perdrait à nouveau du sang. Mais c'est très aimable à vous, mesdames.

La femme aux cheveux noirs s'installa au chevet de sa patiente. Elle semblait fascinée par le visage apaisé de Noëlle.

Au rez-de-chaussée, Christian Weller avait débouché deux bouteilles de gewurztraminer, ce vin blanc fin fruité dont le subtil pétillement comblait ses papilles de connaisseur. Élie s'était assis sur le seuil de la pièce qui donnait sur le jardin. Dès qu'il vit Clémence, l'adolescent bondit sur ses pieds.

—Comment va Noëlle? demanda-t-il. Et le bébé?

—Ils se reposent, ne t'inquiète pas. Tout s'est bien passé, grâce à ta tante. Je crois qu'en la suppliant de venir, car elle me l'a raconté, tu as sauvé ma fille et ma petite-fille. Je te remercie de tout cœur, Élie.

Il parut soulagé. Clémence lui tapota la joue. Gretel se laissa choir sur un tabouret, la mine soucieuse. Elle observa longuement Élie avant de lui demander:

—Nous avons vraiment eu de la chance que madame Cohen puisse venir. Surtout qu'elle aurait dû être dans le train pour Paris. Dis-moi la vérité, Élie, vous partez aussi? Tes parents m'avaient confié qu'ils comptaient rejoindre la capitale en vue de s'embarquer pour les États-Unis.

—Je n'ai pas très envie d'en parler, madame Weller. J'étais heureux, moi, ici. Je suis né à Haguenau, j'ai des camarades au lycée, les mêmes qu'à l'école primaire. Je ne comprends pas pourquoi ma famille tient à s'exiler.

Christian mit un doigt sur sa bouche, lui recommandant d'être plus discret vis-à-vis de l'entourage. Clémence s'étonna:

—Mais enfin, papa, à part les lapins et les vaches, qui nous écouterait?

—On ne sait jamais, rétorqua-t-il.

Gretel servit du vin en haussant les épaules. Elle détestait ce genre de conversations, tout en les sachant inévitables.

—Clémence, ajouta soudain Christian très bas, la situation s'aggrave. Ce n'est plus la drôle de guerre. La Pologne est anéantie, la Finlande, la Norvège, les Pays-Bas ont capitulé. Hitler a réussi son coup avec ses panzers et l'attaque en piqué des Stukas. La stratégie militaire qu'il pratique, la blitzkrieg ou la guerre éclair, s'est montrée efficace. L'Alsace est presque vidée de ses habitants. Si j'étais raisonnable, je serais sur les routes moi aussi avec Gretel, mais je suis trop vieux. À soixante-cinq ans, je n'ai pas envie de m'enfuir. Nous allons être annexés, j'en mettrais ma main au feu. Tout recommence... Élie et les siens ont encore plus intérêt à disparaître. Nous en avons une preuve, avec ce que t'a confié cette dame, Rachel Attali. Son mari a été emmené dans un camp. Et le tien aussi, sans doute, bien qu'il ne soit pas juif. La déportation menace bien des gens. Quant aux Juifs, ils sont dépossédés de leurs biens, avec interdiction d'exercer leur profession. J'ai entendu des récits de lynchage, même de vieillards incapables de se défendre.

Clémence étouffa un cri de révolte. Élie, très pâle, dit tout bas :

— En tout cas, nous partons demain matin. D'abord, mon oncle nous cachera, à Paris, puis nous prendrons un bateau, mais pas au Havre, à Brest, je crois, en Bretagne. Je dois rentrer à la maison. Est-ce que je peux monter faire mes adieux à Noëlle ? Je saurai comme ça si ma tante vient avec moi tout de suite ou si elle rentre un peu plus tard.

Gretel embrassa le jeune homme en lui donnant son accord. Clémence avait appuyé son front à la vitre. Dehors régnait une nuit sans lune et sans étoiles. Elle eut l'impression d'être confrontée à un abîme insondable, le gouffre que creusait la folie des hommes ivres de pouvoir et de massacres.

6 juin 1940
Christian Weller avait quelques connaissances de l'autre côté de la frontière, de braves gens comme lui

qui n'approuvaient pas la politique hitlérienne. Il tournait en rond dans la fromagerie, prenant à témoin Clémence et Gretel. Les discussions avaient lieu à l'écart de la maison, pour ne pas déranger Noëlle et le bébé.

—Je ne courberai pas l'échine, cette fois-ci, pestait-il, je n'obéirai pas. Je vous l'avais dit, tout recommence. Nous devons être allemands, penser en allemand, parler allemand et, ceux qui ne seront pas d'accord, ils seront vite rayés de la carte.

La nouvelle était tombée. L'Alsace était annexée. Après seulement une vingtaine d'années à reprendre goût à sa liberté, à son statut de région française.

—J'avais quarante-trois ans, gronda Christian, quand mon pays a enfin été délivré de la tutelle allemande. Dans mon cœur, je me suis toujours senti français et je compte aller marquer ça sur le mur de la mairie : *Nous sommes français.*

—Christian, ils te tueront! gémit sa femme.

—Et alors? Tu sais ce qui se prépare? Anna devra parler allemand, Noëlle aussi, et nous tous sous peine d'être emprisonnés. Il y aura abolition des parlements, des partis politiques et des syndicats, embrigadement de la jeunesse et des travailleurs. La suppression de toutes nos libertés. La presse et la radio seront des outils de propagande hitlérienne.

Clémence était épouvantée. Elle se revit à Périgueux, en parfaite sécurité.

—Il faut partir, s'écria-t-elle. Nous pouvons encore descendre dans le Sud. Suzanne Signac nous aidera à trouver un logement convenable. Papa, j'ai de l'argent, beaucoup d'argent.

—Tu as raison, sauvez-vous. Emmène Noëlle, le bébé et Gretel. Moi, je reste. Trop c'est trop! Je n'abandonnerai pas cette maison, mes prés, mes bêtes, je te l'ai déjà dit.

Christian sortit du bâtiment et se dirigea vers l'étable. Clémence fondit en larmes. Gretel lui prit la main.

—Ton père n'en démordra pas. Il ne faut rien dire à Noëlle. Elle se remet mal de l'accouchement et de cette mauvaise fièvre qu'elle a eue. Je ne la crois pas prête à se lever, à prendre le train ou une voiture. Rebecca est formelle, notre petite a besoin de récupérer.

À leur grande surprise, Rebecca Cohen n'avait pas suivi Élie et ses parents. Anna était née une semaine plus tôt, et la sage-femme rendait visite tous les jours à celle qu'elle surnommait gentiment sa jolie malade. Aux inévitables questions des Weller, elle avait juste répondu avec une tristesse étrange :

—Je me moque un peu de ce qui m'arrivera, j'ai déjà tout perdu. La santé de Noëlle est plus importante à mes yeux que ma propre vie.

Un lien de sympathie et de confiance mutuelle s'était noué entre Rebecca et Noëlle. La sage-femme n'avait pas interrogé sa patiente sur le père de la petite Anna, mais elle surprenait souvent les chuchotis de la jeune mère au bébé, et le prénom de Hans revenait régulièrement. Un soir, elle osa lui demander :

—Je suppose que ce Hans est le papa ?

—Oui, répondit Noëlle. Il est allemand, donc mobilisé depuis un an. Sans la guerre, nous serions mariés. Vous allez mal me juger, sûrement ! Les jeunes filles sérieuses patientent jusqu'à la bénédiction divine avant de coucher avec leur amoureux.

Rebecca avait effleuré la joue de la jeune femme d'un doigt léger. Elle avait aux lèvres un sourire malicieux.

—L'amour n'attend pas, Noëlle. J'ai connu ça. Quant à Dieu, nous n'en avons peut-être pas la même conception. Je n'ai guère de religion. Mon grand-père était rabbin, mais cela ne m'a pas influencée. Je suis plutôt ce qu'on nomme un libre penseur. Le terme n'existe pas au féminin.

—Il y a beaucoup de choses qui n'existent pas au féminin, plaisanta Noëlle, non sans une pointe d'ironie.

Quand elle était seule, confinée dans sa chambre, fenêtres ouvertes sur le chèvrefeuille et la treille fleurie de roses jaunes, la jeune maman concentrait ses pensées sur sa fille. La montée de lait s'était faite en temps voulu; Anna avait tété avec appétit. Mais, le lendemain, Noëlle brûlait de fièvre. Rebecca avait conseillé de suspendre l'allaitement, car elle donnait de la quinine à sa patiente. Gretel s'était improvisée nourrice sèche et donnait au bébé du lait de vache coupé d'eau bouillie. Anna, bijou de chair rose au duvet d'or, s'accommoda du changement qui ne fut que provisoire.

Ce matin, tout était rentré dans l'ordre. Noëlle venait d'allaiter Anna et la contemplait inlassablement. Mais le calme régnait uniquement autour du lit de Noëlle et du berceau. Les Alsaciens, eux, devaient courber l'échine devant le gouvernement hitlérien. Un décret spécifiait que les hommes en âge de l'être seraient mobilisés et obligés de porter l'uniforme ennemi. À midi, pendant le déjeuner, Christian tempêta de nouveau.

—Marcel, le fils du boulanger, a filé cette nuit. L'instituteur lui avait affirmé qu'il serait conduit dans un camp de travail.

—Papa, à ton âge, tu as le droit de baisser les bras, de venir avec nous, avança Clémence. Noëlle pourra voyager d'ici une semaine, d'après Rebecca.

—Mais c'est déjà trop tard, ma fille. Vous n'irez plus nulle part. Tu crois que les soldats allemands qui sont postés autour du village vont vous offrir un taxi pour la Dordogne?

De l'étage, Noëlle percevait des éclats de voix. Anna, gorgée de lait, venait de s'endormir.

— Ils vont te réveiller, mon bébé. Je me demande ce qu'ils ont, depuis hier, à discuter sans arrêt.

En prenant l'expression le plus sereine possible, Clémence monta lui porter une carafe d'eau fraîche.

— Ton grand-père a des soucis. Ne lui en veux pas de rugir comme un tigre en colère. C'est l'heure de ta sieste, repose-toi. Je te monterai ton goûter, de la tarte aux cerises.

Noëlle acquiesça, contrariée d'être aussi faible. Clémence l'embrassa sur le front en rangeant ses boucles du bout des doigts.

— Merci, maman, à tout à l'heure…, soupira-t-elle. Fais un bisou à mamine de ma part, et à grand-père.

En souriant, Clémence promit et sortit sur la pointe des pieds.

*

Anna hurla de faim à six heures du soir. Les vagissements du bébé réveillèrent Noëlle. Elle attrapa sa fille dans le berceau, accolé à son lit.

— Oh, tu n'es pas contente du tout, toi! Tu es rouge comme une tomate. Tu as dû beaucoup pleurer et ta maman dormait. Tes langes sont trempés.

La jeune femme réussit à s'asseoir. Elle appela, un peu surprise de ne pas trouver sa mère ou sa grand-mère à son chevet.

— Maman, mamine, Anna est mouillée!

«Elles doivent traire les vaches ou s'occuper des fromages, maintenant qu'Élie est parti, et que je ne peux plus les aider.»

Noëlle mit sa fille au sein après l'avoir enveloppée d'une petite couverture rose.

—Mange, trésor, tu seras changée bien vite.

Ce fut en contemplant Anna, qui tétait goulûment, ses petits poings serrés, que Noëlle prit conscience du parfait silence qui l'entourait. La maison paraissait déserte. Elle pouvait entendre le bourdonnement des abeilles dans la masse odorante du chèvrefeuille et le tic-tac d'une pendulette au rez-de-chaussée. Une vache meugla dans le pré le plus proche.

«On dirait que les bêtes sont toujours dehors! s'étonna-t-elle. Ou bien elles sont en train d'entrer dans l'étable.»

Noëlle embrassa Anna, certaine que dans quelques minutes son petit monde reviendrait. Les vaches se lancèrent au même moment dans un concert discordant. Leurs appels répétés, la sonorité même de ces cris où se devinait une sorte de douleur, alarmèrent la jeune femme.

—Ce n'est pas normal. Elles ont les pis gonflés, et personne ne vient les chercher pour la traite. Mais où sont-ils?

La tétée s'achevait. Noëlle garda sa fille dans le lit. Sur une table, entre la cheminée et l'armoire, étaient disposés les langes propres, une cuvette en porcelaine, un broc d'eau et du talc. Clémence se proposait toujours pour changer le bébé, si bien que tout le matériel était hors de portée de la jeune maman.

—Tant pis, je dois me lever, décida-t-elle. Je ne peux pas laisser Anna dans des linges sales. Je vais me tenir au mur et à la chaise, si mes jambes tremblent.

Un roulement de tonnerre la fit sursauter. Dehors, des nuages sombres avaient chassé le bleu du ciel. Cela déplut à Noëlle, comme si l'orage annonçait une catastrophe imminente.

«Christian devrait être là, au moins. Et maman, et mamine, où sont-elles passées? Les vaches continuent à meugler!»

Elle posa ses pieds nus sur la carpette et redressa les reins en prenant appui contre le mur. La chambre parut tourner, le sol basculer.

«J'ai un vertige; ce n'est pas grave. Je suis restée couchée une semaine et j'ai perdu beaucoup de sang.»

À petits pas prudents, elle put atteindre la table et décida de la traîner près du lit. De là, elle jugea possible de marcher jusqu'à la fenêtre. Un éclair blanc zébra l'horizon, suivi d'un grondement sourd. Noëlle respira à pleins poumons les parfums délicats du jardin, puis elle appela encore:

—Maman! Mamine! Grand-père!

Un des prés de Christian s'étendait à proximité. Les vaches s'étaient regroupées derrière la barrière blanche.

—Il n'y a personne, constata-t-elle à mi-voix.

Noëlle rejoignit son lit. Calée contre ses oreillers, elle changea les langes de sa fille pour la première fois. Son inquiétude fondit devant le petit corps dodu, les orteils minuscules qu'elle massa un instant. D'avoir donné la vie à un enfant aussi beau la stupéfiait. Enfin, elle remit Anna dans son berceau. Le bébé s'endormit. Tous ces efforts avaient épuisé la jeune femme. Malgré la faim qui lui tordait l'estomac, elle s'allongea avec un soupir de bien-être.

—Maman a dit qu'elle m'apporterait le goûter, mais il est presque sept heures, à présent.

Elle lutta contre un doux engourdissement avant de sombrer dans un léger sommeil. Une heure plus tard, l'orage éclata dans toute sa violence. Un coup de tonnerre qui ébranla la maison de la cave au grenier tira Noëlle de sa somnolence. Les battants de la fenêtre claquaient, il faisait presque nuit. Les vaches meuglaient encore désespérément. Anna pleurait.

—Maman! cria Noëlle. Maman!

La ferme des Weller possédait l'électricité, mais l'installation était encore sommaire. Une ampoule par pièce, un interrupteur près des portes. Le soir, Gretel utilisait des lampes à pétrole, car elle préférait leur luminosité plus douce.

—Maman, je t'en prie, reviens, sanglota-t-elle dans la pénombre.

Elle s'apprêtait à se lever de nouveau pour allumer, quand il y eut un bruit de talons dans l'escalier. Une voix cria:

—Noëlle, n'ayez pas peur, j'arrive!

Rebecca Cohen entra. Son premier geste fut d'actionner l'interrupteur. Noëlle lui apparut au milieu du lit, sa fille dans les bras. La sage-femme, échevelée, portait une marque rouge au menton.

—Où est ma mère? demanda aussitôt la jeune femme. Et mes grands-parents? Que font-ils? Il faut traire les vaches!

—Traire les vaches! répéta Rebecca d'un air égaré. Ma pauvre enfant, nous ne pouvons pas nous préoccuper des bêtes. Votre mère, Christian et Gretel Weller ont été arrêtés. Ils les ont emmenés.

Le *ils* se passait de commentaires. C'était l'ennemi, les officiers allemands, leurs soldats bottés, casqués, armés, tout-puissants, devant lesquels plusieurs pays d'Europe s'inclinaient.

—Ce n'est pas possible! protesta Noëlle. Ils étaient tous à la maison, cet après-midi. Moi je dormais, mon Dieu, pourquoi ai-je dormi?

Rebecca l'écoutait à peine. Elle ouvrait l'armoire, prenait la valise rangée sur l'étagère au-dessus de la penderie et la remplissait de vêtements.

—Avez-vous un autre sac pour les affaires du bébé? Votre mère m'a fait comprendre, avec ses lèvres, que je devais vous protéger, vous emmener. J'ai volé une voiture, j'ai assommé son propriétaire, qui m'avait mis un coup de poing en pleine figure en me traitant de sale youpine. Nous devons partir tout de suite, Noëlle. J'ai une carte routière. En suivant les petites routes, nous rattraperons Nancy. Les Allemands ne sont pas encore là-bas. Nous irons à Paris. Vous serez en sécurité chez mon frère.

Noëlle ne parvenait pas à comprendre. Elle regarda son bébé et se recoucha.

—Je ne veux pas m'en aller. Qu'est-ce qui s'est passé, au juste? Un contrôle? Ils vont les relâcher, maman n'a rien fait de mal, ni ma grand-mère. Christian non plus. Et les vaches? Je dois les rentrer et les traire. Elles peuvent avoir un engorgement et en mourir.

Le sort des braves bêtes laitières prenait une importance énorme dans l'esprit confus de la jeune femme. Elle niait la tragédie qui la frappait. Haletante, elle balbutia:

—Pourquoi les Allemands auraient-ils arrêté ma famille?

Rebecca se plaça bien en face de Noëlle. Elle déclara d'un ton persuasif:

—C'est la guerre, la guerre dans toute son horreur. Vous ne pouvez pas rester seule dans cette maison avec un bébé de huit jours. Il y a urgence, Noëlle, la situation est très grave. Je vous en supplie, suivez-moi, sans rien me demander. Je vous raconterai ce que je sais pendant le voyage, mais le temps presse, vous ne comprenez pas? Des soldats peuvent venir jusqu'ici, vous emmener aussi avec votre petite Anna, si quelqu'un leur a indiqué la composition de votre famille. Votre seule chance de revoir votre mère et ceux que vous aimez, c'est de fuir immédiatement. Vous nous mettez en danger, à hésiter! Il en va de la vie de votre fille.

Noëlle se leva, terrifiée. D'imaginer que l'on pouvait s'en prendre à son bébé lui était intolérable. Elle savait que Rebecca était une personne sensée, qu'elle ne se permettrait pas de l'inquiéter à tort.

— D'accord, je vous fais confiance, déclara Noëlle, tremblante. Je viens avec vous.

Rebecca l'aida à s'habiller et à se chausser. Elle la soutint en passant un bras autour de sa taille pour descendre l'escalier, et porta Anna contre sa poitrine. Noëlle faillit s'écrouler pendant la traversée du jardin.

— Par pitié, du cran! implora la sage-femme.

Déjà, elles avaient sacrifié de précieuses minutes à garnir un cabas de pain, de fromages, de fruits et d'une bouteille d'eau. Rebecca l'avait obligée à emporter tout l'argent dont Clémence disposait. Noëlle avait obéi, pareille à une personne en état d'hypnose.

— Vous savez conduire, Rebecca? Parce que, moi, je ne sais pas. Dites, nous n'aurons pas d'accident? Et les vaches, qui s'en occupera maintenant?

Non seulement elle s'inquiétait, elle était de plus choquée par la rupture totale de son univers, de son quotidien, et surtout par l'incertitude qui la rongeait quant au sort qu'on avait fait à sa famille. Exaspérée, Rebecca installa Noëlle à l'arrière du véhicule garé dans le chemin, puis elle courut ouvrir la clôture. Les vaches foncèrent au galop dans les ténèbres.

— Vite, partons. Vos bêtes trouveront bien quelqu'un de compatissant qui les soignera!

Noëlle pleurait en berçant Anna dans ses bras. Elle dit d'un ton dur:

— Ce n'est pas juste!

— La justice n'est sans doute pas de ce monde, Noëlle. Si nous arrivons saines et sauves à Paris, ce sera une petite victoire sur le sort. Allons, tâchez de dormir encore, le trajet vous paraîtra plus court.

—Mais qu'est-il arrivé? questionna Noëlle.

—Je dois pour l'instant trouver un moyen de fuir sans nous faire remarquer, trancha avec brusquerie Rebecca. Laissez-moi me concentrer; la moindre erreur peut être fatale.

Elle conduisait la voiture avec brusquerie, les mains crispées sur le volant, le corps raidi par la peur. Leur salut était dans la fuite, elle le savait.

Pendant plus de deux heures, la sage-femme emprunta un réseau compliqué de voies secondaires bordées d'arbres, de bosquets, de vallons obscurs. Dans le rétroviseur, elle vit Noëlle allaiter le bébé, puis s'endormir épuisée par le chagrin. Elle soupira, soulagée. Ça la dispensait d'expliquer les circonstances de l'arrestation des Weller, ce qu'elle préférait.

Elles sortirent de Nancy alors que le soleil se levait. Noëlle s'était réveillée. Elle était plus calme et jetait un regard vide sur le paysage noyé de brumes et de lueurs roses.

—Nous sommes tirées d'affaire, déclara Rebecca. Je vais rejoindre Saint-Dizier. Après ce sera un axe plus fréquenté, mais nous roulerons mieux. Il faudra aussi trouver de l'essence bientôt. La jauge a baissé.

L'automobile s'engagea sur une route étroite. Anna appréciait le ronronnement du moteur qui l'endormait. Enroulée dans sa couverture rose, dans les bras de sa mère, elle semblait aussi à l'aise que dans sa jolie bercelonnette.

—Dites-moi maintenant ce qui s'est passé! implora Noëlle.

—Vous savez où habitaient les parents d'Élie, sur la place de la Fontaine, près de la mairie? Eh bien! puisqu'ils m'ont laissé la maison, je loge là. Hier après-midi, vers quatre heures, j'ai vu passer monsieur Weller avec un seau de peinture noire et un gros pinceau. Je gardais les volets accrochés pour aérer sans trop me montrer. Votre grand-père a commencé à écrire sur un des murs de l'école des garçons : *Nous sommes français.* Mais il y avait une division de soldats allemands et un char posté dans la rue principale. C'était du suicide! Et là, votre maman et madame Weller sont arrivées à vélo, affolées. Un officier allemand a hurlé, il y avait des chiens. Ils ont... enfin, ils...

— Parlez! souffla la jeune femme. Je dois savoir.

— Ils ont frappé monsieur Weller. Votre grand-mère a crié, elle a voulu lui porter secours. Les gens sortaient des maisons, enfin, ceux qui n'avaient pas fui la veille. Votre maman a essayé de calmer la situation, mais un officier a exigé de contrôler leurs papiers. Je n'entendais pas tout ce qui se disait et je suis sortie, en restant cachée derrière le camion du boulanger. Tout a été rapide, Noëlle, terriblement rapide. Ils ont arrêté Gretel et votre mère. C'est à ce moment-là que Clémence m'a aperçue. Elle a prononcé votre prénom en silence, je l'ai lu sur ses lèvres, de même que ces mots-là : « Emmenez-les, sauvez-les. » Hitler veut diriger l'Europe, la façonner à son idée. Je pense que vous ignoriez, petite, que votre grand-mère était juive? Elle l'avait confié à Élie pour le consoler, parce qu'il souffrait du mépris d'un de ses professeurs, au lycée. Il se passe des choses terribles en Allemagne. Pour cette raison, beaucoup de familles juives tentent de trouver asile en Amérique ou en Angleterre...

La jeune femme secoua la tête, incrédule. Toute cette histoire lui paraissait insensée.

— Mon grand-père est fou d'avoir provoqué les soldats avec son inscription. Il aurait dû rester à la maison. Maman et mamine, elles n'ont vraiment rien fait de grave. Elles seront peut-être libérées aujourd'hui et il n'y aura personne à la ferme pour les accueillir.

Rebecca coupa le moteur. Elle descendit de voiture et s'étira.

— Venez marcher un peu, Noëlle, laissez Anna. J'ai un besoin urgent; pas vous?

— Si, mais je ne laisse pas ma fille toute seule.

— Elle ne risque rien, il est tôt et la campagne est déserte.

Elles contournèrent un roncier et se retrouvèrent à la lisière d'une immense prairie constellée de fleurs sauvages.

— Rebecca, pourquoi personne ne m'a prévenue de la gravité de la situation? J'étais sur un nuage de bonheur, avec mon bébé, j'avais un toit et à manger. Le réveil est brutal. Hier matin, à la même heure, ma mère beurrait mes tartines; elle riait. Je me sens lâche, je les abandonne, tous. Je tiens à vous remercier malgré tout. Sans vous, je serais totalement perdue. Mais pourquoi les Allemands arrêtent-ils les gens comme ça? Johann, mon père adoptif, a été emmené dans un camp avec le docteur Attali, de Ribeauvillé, la ville où nous vivions avant.

— Je suis navrée, Noëlle. J'espère que vous reverrez ceux qui vous sont chers. Il faut repartir.

Rebecca reprit le volant sans se confondre en paroles rassurantes. Elle s'engagea bientôt sur une route plus large et tourna à un carrefour. Un panneau indiquait la direction de Troyes.

Elles n'avaient pas parcouru deux kilomètres qu'une troupe disparate leur apparut au détour d'un virage. Un homme, aidé par un adolescent, tirait une lourde charrette. Dans un véhicule s'entassaient matelas, chaises, marmites en cuivre rose et même une pendule en bronze. Une chèvre trottinait derrière, attachée à l'un des montants de bois. Une femme marchait en reniflant, un petit garçon dans les bras.

—Regardez, là-bas! s'écria soudain Noëlle. Là-bas, droit devant! La route grouille de monde. À perte de vue...

—Vous avez raison! C'est affreux!

Saisies de stupeur, elles ne purent que constater l'évidence. Sur au moins trois kilomètres avançait une foule de gens, à pied ou avec les moyens du bord. Rebecca dut rouler au ralenti. Elle eut beaucoup de mal à intégrer le convoi. Juste devant elles, une calèche défraîchie cahotait. Elle devait dater du siècle dernier. Son propriétaire l'avait attelée à un cheval blanc mal harnaché qui trottait. Une fillette était perchée sur son garrot. De part et d'autre de la route, des familles entières avançaient à grands pas, traînant ce qu'elles pouvaient, des brouettes garnies du nécessaire ou des chariots chargés de mobilier. Les chiens couraient autour de leurs maîtres.

—Quelle misère! dit Noëlle. Où vont-ils donc?

—Ils n'en savent rien, à mon avis, répliqua Rebecca. Ils s'enfuient, loin des zones de combats et des bombardements. Ils laissent derrière eux leur maison, leurs souvenirs...

L'interminable cohorte continuait sa progression, comme aveugle et sourde à la brise tiède de ce matin radieux et aux chants d'oiseaux. L'air embaumait le foin et les fleurs; le ciel se drapait d'or.

Noëlle se pencha sur sa fille. Anna vivait ses premiers jours en pleine débâcle. Soudain, des clameurs s'élevèrent, des cris de panique. Un bruit insolite vrilla l'air. Cela ressemblait à l'écho de plusieurs sirènes d'alarme se rapprochant à une vitesse folle. Quelqu'un hurla :

—Les Stukas! À terre! Couchez-vous, bon sang!

Les avions piquaient droit sur la colonne de fugitifs.

— Ces salauds de Boches font sonner leurs trompettes de Jéricho, brailla une femme. Ils vont nous réduire en bouillie, ces fumiers.

Sur ces mots, on la vit brandir vers l'azur un poing vengeur. Un vrombissement sourd parut répondre à son geste de rage. Puis ce furent des détonations incessantes, rapides comme la foudre.

— Ils nous mitraillent, cria un homme. Au sol!

Ce fut un immense mouvement de panique, tandis que les Stukas décrivaient une large courbe pour mieux ajuster leur tir. Partout on hurlait, on courait vers les fossés bordant la route. De petits enfants tendaient les bras, bousculés, renversés par la ruée brutale des adultes.

— À couvert, sous les arbres! clama une jolie fille en descendant de sa voiture.

Tétanisée, Noëlle n'osait plus bouger. Elle avait cru découvrir la violence et la terreur sous les coups de Hainer Risch, mais la véritable terreur, l'ignominie, se déployait sous ses yeux. Les balles allemandes faisaient mouche. Le cheval blanc tomba, le ventre déchiqueté. Du sang jaillissait par saccades de son flanc. La petite fille avait roulé sur le bas-côté, tuée sur le coup.

— Rebecca! hurla Noëlle. Nous allons mourir!

— Sortez de la voiture, ordonna la sage-femme. Protégez Anna de votre mieux.

Elles coururent, pliées en deux, et s'abritèrent d'abord sous une grande charrette bleue. L'enfer se déchaînait. Les avions revenaient. Le bruit de la mitraille était assourdissant. Des plaintes s'élevaient des prés voisins. À deux pas de Noëlle, un chien noir agonisait. Un peu plus loin, un vieillard se tordait de douleur.

— Mon Dieu, pria la jeune femme, que cela cesse, et vite. Tous ces malheureux blessés, tous ces morts!

Cependant, les Stukas s'éloignaient. D'autres engins argentés sillonnaient le ciel.

— Ce sont sûrement les Anglais, fit remarquer Rebecca. Tous ces civils sur les routes entravent les actions de l'armée britannique. Ils n'osent pas riposter, de peur de tuer des innocents.

Noëlle approuva machinalement. Elle était à bout de forces, écœurée par le spectacle de désolation qui l'entourait.

— Venez, dit sa compagne. Reprenons vite la voiture, il y a vos valises à l'intérieur.

Elles se relevèrent. En mettant un pied devant l'autre, Noëlle notait chaque détail du paysage, un coquelicot rutilant parmi les blés encore verts, l'envol d'une mésange, les débris jaunes d'une cafetière en porcelaine. Cela s'imprimerait dans sa mémoire à jamais. Mais elle était en vie, Anna aussi.

Peu à peu, les survivants se redressaient et regagnaient la route. Chacun constatait les dégâts. Il régnait une telle atmosphère d'épouvante, de désastre irréparable, que les plus vaillants reprenaient leur chemin presque en courant. Des avions volaient très haut, si bien qu'on ne pouvait déterminer s'ils étaient anglais ou allemands.

Noëlle monta sur le siège avant, cette fois, dans un besoin viscéral de rester le plus près possible de Rebecca. La journée leur parut interminable, mais il n'y eut plus d'attaque allemande. À quelques kilomètres de Troyes, le moteur cracha, toussa et s'éteignit.

— Il n'y a plus d'essence, constata Rebecca. C'est trop bête, nous aurions pu nous en procurer en ville.

Elles s'installèrent pour passer la nuit dans la voiture, dormant à tour de rôle, les portières verrouillées. Le flot de l'exode défilait et les frôlait. À onze heures du soir, un homme, une lampe de poche à la main, cogna sur le pare-brise.

— Eh, mes petites dames, si vous êtes en panne, j'ai

un bidon de carburant, de quoi arriver à Melun, à mon avis. Si vous aviez à manger, pour ma femme et mon gosse, en échange!

Rebecca refusa de baisser la vitre.

—Je n'aime pas ses manières, souffla-t-elle. C'est peut-être une ruse pour nous voler.

Noëlle dévisagea l'inconnu. Elle le jugea honnête, inoffensif.

—Ne craignez rien. Il nous reste du pain et du fromage; je vais lui en donner.

Le troc eut lieu deux minutes plus tard. L'homme se chargea de verser l'essence dans le réservoir. Il partit au pas de course, tenant contre lui la nourriture. Le moteur redémarra après plusieurs tours de manivelle. Rebecca poussa un gros soupir.

—Si nous atteignons vraiment Melun avant demain, ce sera gagné. Chez mon frère, il n'y aura plus de danger et je vous examinerai. Vous ne saignez pas trop?

—Un peu plus que dans mon lit, mais je me sens bien, assura la jeune femme.

—Vous me surprenez, Noëlle. Vous étiez à demi folle de peur et de révolte, hier soir, mais vous tenez le coup. Pas une plainte, pas de jérémiades. Pourtant, je me doute que vous n'êtes pas à votre aise entre les tétées et vos linges à changer. Je vous admire d'être si courageuse.

—Je n'ai pas le choix, Rebecca. Je ne peux pas me lamenter après ce que j'ai vu aujourd'hui. Ma petite fille me console de tout. Et je dois la sauver de ce cauchemar.

La détermination de Noëlle dissimulait une profonde détresse. La guerre n'était plus un mot, mais une réalité. Elle pensait à ce jour de septembre, quand Hans l'avait faite femme sur un lit de mousse, près des ruines de la forteresse de Girsberg. Hans... Elle l'imaginait parmi les soldats allemands, dans un avion, dans un char. Un ennemi, le père de son enfant. Si jamais elle le revoyait un jour, pourrait-elle l'aimer autant, le serrer dans ses bras? Elle s'interrogeait sans trouver de réponse, désespérée.

Le lendemain, le 9 juin, à six heures du soir, Rebecca et Noëlle arrivèrent à Paris en train. Elles avaient laissé la voiture à Nogent-sur-Seine; elle avait un pneu crevé et son réservoir était à nouveau vide.

18

Paris

Noëlle foulait pour la première fois de sa vie le sol parisien. Elle se sentait sale et affamée. Rebecca fit signe à un taxi. Le chauffeur chargea les bagages en jetant un œil curieux sur le nourrisson niché dans une couverture rose.

— Rue du Temple, monsieur, dit la sage-femme. Au vingt-six, s'il vous plaît.

Durant tout le trajet, Noëlle garda le nez collé à la vitre. Elle observait les grands immeubles en pierres de taille, leurs innombrables fenêtres, les balcons, la danse des réverbères le long des rues. Le taxi longea la Seine. La vue du fleuve dans lequel se reflétaient les étoiles lui rappela le Rhin, dont les eaux mouillaient les plaines de sa chère Alsace.

— Regardez, à droite, c'est le palais du Louvre, expliqua Rebecca. Vous pourrez promener Anna dans le jardin des Tuileries. Il faudra acheter une voiture d'enfant.

La rue du Temple s'étendait d'un angle de la rue de Rivoli aux arcades plongées dans la pénombre jusqu'au quartier des Filles du Calvaire. Le taxi se gara bientôt près d'un trottoir. Noëlle régla la course et leva la tête vers la maison qui allait l'abriter. Dès que la voiture eut disparu, Rebecca l'entraîna trois numéros plus loin, après s'être saisie des valises.

—Mon frère habite au trente-deux; je préférais ne pas donner l'adresse exacte.

La sage-femme appuya sur une sonnette. Après de longues minutes, elles devinèrent de la lumière derrière le carreau surplombant la porte en bois plein. Puis il y eut un bruit de clef. Vêtu d'une robe de chambre rouge, un homme d'une trentaine d'années apparut. Il était très brun et avait les traits émaciés et un regard noir brillant. Il reconnut tout de suite sa sœur, mais regarda Noëlle d'un air angoissé. La vue du bébé acheva de le consterner.

—Rebecca, tu en as mis, du temps, à venir. Élie m'avait annoncé ton retard, mais là, plus de dix jours sans nouvelles, tu exagères! J'étais très inquiet. Et qui est cette personne?

—Fais-nous donc monter, Samuel, pesta sa sœur. Nous n'allons pas discuter sur le trottoir.

D'un geste, il les invita à entrer en précisant :

—L'appartement est au quatrième étage. C'est la porte de gauche.

Noëlle crut qu'elle s'effondrerait en parvenant enfin au palier indiqué. Rebecca prit aussitôt les choses en main.

—As-tu une chambre pour Noëlle? Sinon, je peux l'installer sur le divan du salon, mais elle serait mieux dans une pièce à part, à cause de son bébé.

Occupé à rallumer les lampes, le jeune homme ne répondait pas. Sur une cheminée en marbre noir trônait une ménorah, le chandelier à sept branches que possédait chaque famille juive fidèle à sa religion. Dans sa hâte de disposer d'une cuvette d'eau chaude et d'un endroit où s'allonger, Noëlle n'y fit pas attention.

—Merci de me recevoir, monsieur, dit-elle cependant. Je ne voudrais pas vous causer trop de dérangement.

Encore une fois, Samuel garda le silence. Devant le

mutisme obstiné de son frère, Rebecca parcourut le logement, puis elle conduisit Noëlle dans une pièce contiguë au salon.

—Voilà, ici vous serez à votre aise. Il y a un lit double et les draps sont propres. Je suis sûre que Samuel l'avait préparé pour moi. Vous avez une salle de bains à gauche de la commode. Je m'occupe de votre petite Anna. Elle a besoin de soins. Je vais mettre de l'eau à bouillir; je rêve d'un bon café.

Samuel Cohen, qui se tenait sur le seuil de la pièce et dévisageait Noëlle, recula précipitamment. Il s'empressa de suivre sa sœur dans la cuisine. Là, sa langue se délia.

—Rebecca, as-tu perdu l'esprit? Tu devais venir seule. Nous nous embarquons pour les États-Unis la semaine prochaine. La plupart des grandes familles juives allemandes se sont exilées à New York ou à Londres. Nous devons partir aussi, le plus vite possible. Qu'allons-nous faire de cette jeune femme, qui a un bébé en plus? Cette fille ressemble à une Allemande. Elle est blonde comme les blés, elle a les yeux bleus et un accent pas possible.

—Noëlle est alsacienne, comprends-tu? D'où son accent et son type nordique. Les frontières, Samuel, ce sont les hommes qui les tracent. Il suffit de naître du mauvais côté et on devient l'ennemi. C'est une de mes patientes. Sa famille a été arrêtée, parce que son grand-père a affiché ses opinions à coups de pinceau sur les murs et que sa grand-mère est juive, comme nous. Je ne pouvais pas l'abandonner. Elle venait d'accoucher. As-tu d'autres questions? Non? Très bien.

Rebecca tourna les talons avec un regard de défi.

—Fais donc le café et commence à réfléchir au menu de ce soir. J'ai très faim, Noëlle aussi. Où sont Élie, Sarah et Aaron?

—Ils ont embarqué sur un bateau et sont donc au

milieu de l'océan Atlantique, maugréa Samuel. Et je les envie, figure-toi. Si nous les avions suivis, nous serions tous hors de danger.

Anna pleurait. Rebecca se précipita vers la chambre. Samuel lui cria d'un ton rageur:

— Cette étrangère ne remplacera pas Judith!

Sa sœur lui jeta un regard noir, mais elle ne répondit pas.

*

Noëlle s'éveilla très tôt pour allaiter sa fille. Elle put détailler la chambre de son lit, tout en écoutant les bruits de la grande ville qui peu à peu s'animait. Elle percevait le ronronnement des moteurs, des coups de klaxon, les appels des éboueurs et, quelque part, le roucoulement d'un pigeon. Après avoir contemplé les lourds rideaux de velours rouge et les cadres dorés qui entouraient des tableaux magnifiques, la jeune femme remarqua encore de ravissants bibelots sur la cheminée et s'extasia sur la beauté des meubles. Elle en conclut que son hôte était assez fortuné et le montrait, contrairement à Rebecca qui s'habillait de façon modeste et ne portait aucun bijou. Elle s'amusa à imaginer le frère et la sœur, attablés face à face autour d'une tisane, la veille. Ils avaient sûrement discuté très tard, tandis qu'elle dormait, épuisée par le voyage.

« Ils ont sans doute parlé de moi! songea-t-elle. J'ai l'intuition que Samuel n'est pas ravi de ma présence. »

Éperdue d'amour, elle embrassa le front de son bébé, puis elle pensa à sa mère et à ses grands-parents. Ce départ précipité suscitait en elle des remords.

« J'aurais dû rester à la ferme, mais je n'avais pas la force de prendre la relève, seule. Dès que j'irai mieux, dans une ou deux semaines, je rentrerai là-bas. »

Cette décision la soulagea. Dès son retour en Alsace, elle se promit d'aller à vélo jusqu'à Haguenau afin d'obtenir des nouvelles des siens.

«Je parle allemand couramment; j'arriverai bien à leur rendre visite en prison.»

Noëlle se pelotonna dans le lit douillet. À présent, elle n'avait qu'un but, se rétablir le plus vite possible pour voler au secours de sa famille. Ainsi, elle n'abuserait pas longtemps de l'hospitalité des Cohen.

Rebecca lui apporta un petit déjeuner. Elle la trouva couchée sur le côté, Anna lovée contre son flanc. Amusée, la sage-femme s'écria:

—Quel tableau! On dirait une chatte et son petit. Je me suis levée tôt pour sortir vous acheter des croissants. Les croissants parisiens sont les plus savoureux de France.

Noëlle se redressa en souriant. Elle huma avec gourmandise l'arôme du café, du lait chaud, des viennoiseries encore tièdes.

—Que vous êtes gentille, Rebecca! Mais je ne veux pas être à votre charge. Je compte payer ma pension.

—Nous verrons ça plus tard. J'ai tout mon temps libre, ici. N'hésitez pas à faire appel à moi.

Elles échangèrent un sourire amical. Tout en déjeunant, Noëlle semblait réfléchir. Une question la tourmentait. Quand Rebecca se leva pour la débarrasser, elle la retint par le poignet.

—Qui est Judith? dit-elle. Hier soir, j'ai entendu votre frère. Il criait que je ne remplacerais pas Judith.

—Oh! Celui-là, quel imbécile! Enfin, à quoi bon vous mentir! Judith était ma fille. Je me suis mariée très jeune avec un professeur de latin, bien plus âgé que moi. Je l'aimais passionnément. Il est mort quand notre fille avait six ans. Pour elle, j'ai surmonté mon chagrin. Et un jour la tuberculose me l'a prise. Elle aurait votre âge aujourd'hui. C'était une enfant très belle, blonde comme vous, les yeux verts. Judith était une lumière magnifique sur cette terre pleine de douleur et de violence. Pour lui rendre hommage, je me suis accrochée à la vie en me promettant de secourir mon prochain, surtout les jeunes personnes en détresse et tous ces bébés qui assurent la continuité de l'humanité.

Noëlle attira la main de Rebecca contre sa joue et y déposa un baiser. Aucune parole banale de réconfort n'aurait valu ce geste d'affection, de compassion.

Le lendemain matin, ce fut Samuel qui apporta un plateau. Il y avait encore, sur une assiette en porcelaine, deux gros croissants dorés. Dans un ramequin scintillait de la confiture d'un rouge sombre.

— C'est très appétissant, se réjouit Noëlle. Merci de tout cœur, monsieur. Mais vous n'étiez pas obligé.

— Ma sœur est sortie. Il ne vous manque rien? Si je ne m'occupe pas de votre confort, Rebecca m'accablera de reproches.

— Je lui dirai que tout était parfait, le rassura-t-elle.

Samuel osa un timide sourire. Il s'apprêtait à reculer vers la porte, mais il en fut incapable. Entre les volets mi-clos, le soleil se glissait et ses rayons illuminaient la chevelure blonde de Noëlle qui s'épandait en souples ondulations jusqu'à sa poitrine. Le tissu de sa chemise de nuit blanche suivait la courbe de ses seins gonflés par la montée de lait. Les yeux sombres de l'homme s'empressèrent de fuir cette vision et s'attachèrent au visage encore enfantin, qui lui parut étrangement beau, tant le teint était rosé, les lèvres charnues et colorées. Quant aux yeux bleus, très grands et limpides, il s'y perdit, fasciné.

— Je vous remercie, monsieur! répéta Noëlle, gênée

d'être observée ainsi. Je suis vraiment désolée de vous imposer ma présence et celle de mon bébé. Votre sœur est si charitable; elle tenait à me savoir en sécurité.

— Rebecca a eu raison, reconnut-il. Nous sommes en guerre, il faut s'entraider. Maintenant, je vous laisse, il est neuf heures. Je dois ouvrir mon magasin. Ma sœur ne vous l'a peut-être pas précisé, mais je tiens un commerce de tissus rue de Rivoli.

Avec la spontanéité de la jeunesse, Noëlle s'écria d'un air stupéfait.

— Quelle coïncidence! Je suis assez bonne couturière. Chez moi, en Alsace, je confectionnais certains de mes vêtements et des tas de fanfreluches.

Samuel approuva d'un signe de tête et quitta la chambre. Le mot fanfreluches lui avait fait battre le cœur. Il se demandait bien pourquoi.

6 juillet 1940

«Déjà un mois que je suis à Paris», observa Noëlle ce matin-là en ouvrant sa fenêtre.

Elle avait repris des forces et participait aux travaux ménagers, mais le sort de sa mère et de ses grands-parents la préoccupait tant qu'elle se rendait malade. Rebecca la surprenait souvent en train de pleurer. Sa nouvelle amie ne savait comment la rassurer.

— Gardez espoir, Noëlle, il ne nous reste que ça, l'espoir!

Les Allemands avaient occupé la capitale le 14 juin, cinq jours après l'arrivée des deux femmes et du bébé chez Samuel. L'ennemi qu'elles fuyaient les avait rattrapées. Quelques jours plus tard, à l'initiative du maréchal Pétain, l'armistice était signé à Rethondes. La France se retrouvait coupée en deux par la ligne de démarcation. Le nord du pays et la côte atlantique étaient sous le contrôle allemand tandis que le sud demeurait sous l'autorité du gouvernement français, établi à Vichy.

—Autant rentrer à Durrenbach, répétait Noëlle à Rebecca. Pourquoi habiter ici, à votre charge, puisque j'ai une maison de famille en Alsace? De toute façon, je serai toujours en zone occupée. Quand je pense à mon petit frère qui est en Dordogne! Ma mère et moi, nous lui écrivions parfois deux lettres par semaine. Là, il n'a rien reçu depuis plus d'un mois, puisque je dois garder votre adresse secrète. Je crois que je ferais mieux de le rejoindre là-bas. La personne qui le garde est une cousine de Johann, mon père adoptif.

—D'abord, vous n'êtes pas à notre charge, puisque vous me versez une pension, répliqua Rebecca. De quoi vivrez-vous là-bas? Les lapins et le cochon, on a dû les voler, le bétail aussi. Et c'est beaucoup trop dangereux pour vous et votre fille; les Allemands pourraient venir vous arrêter, puisque vous êtes de la famille Weller. Pour ce qui est de partir en Dordogne, c'est plus raisonnable, mais je ne vous vois pas faire le voyage, seule avec le bébé. Attendez encore un peu, Noëlle. Votre frère se trouve en zone libre, chez quelqu'un de confiance. Vous n'avez pas à vous tracasser à son sujet.

La jeune femme se rendit à ce raisonnement, car elle s'était attachée à Rebecca et, au fond, elle n'avait pas vraiment envie de quitter Paris. Elle s'y sentait en sécurité, loin des bons et des mauvais souvenirs liés à Ribeauvillé et à la ferme de ses grands-parents. Il lui semblait souvent être une autre jeune femme, sans passé.

Samuel ignorait tout de son histoire. Il avait interrogé sa sœur à plusieurs reprises, mais elle répondait invariablement:

—Tu peux poser des questions toi-même à Noëlle.

Tu es d'une timidité! Voilà ce que c'est d'être un vieux garçon.

— À trente-trois ans, je ne suis pas un vieux garçon, juste un célibataire. Je me marierai quand j'aurai rencontré la femme qui me convient. Et je n'ai pas envie de paraître indiscret.

Ces prises de bec étaient quotidiennes; elles éclataient au moindre prétexte, un bol mal rincé, les volets fermés trop tard... Mais, le plus souvent, le frère et la sœur se querellaient au sujet du départ pour les États-Unis.

Ce 6 juillet, Noëlle entra dans la cuisine, affamée comme après chaque tétée. Elle trouva Rebecca et Samuel face à face, le même air déchaîné au visage.

— Va-t'en si tu veux, disait Rebecca, moi je reste en France. Cet appartement nous appartient à tous les deux; je ne serai pas à la rue. Je trouverai des patientes dans le quartier.

— C'est de la folie, répliqua Samuel. Maintenant que Paris tremble sous la botte des Allemands, je ne sais même pas si nous pourrons prendre le bateau. Il faut rejoindre Le Havre ou La Rochelle.

Ils se turent en la voyant. Noëlle soupira. « Tout est ma faute! Rebecca ne veut pas partir à cause de moi. »

Elle s'assit près de la fenêtre, retenant ses larmes. De la rue montaient des bruits de moteur et des rires d'enfants en vacances.

— J'irai promener Anna tout à l'heure, annonça-t-elle. J'ai des courriers à envoyer. J'ai écrit au maire de Durrenbach; je voudrais avoir des nouvelles de ma famille. Cela me semble impossible, que des gens disparaissent comme ça, sans motif sérieux. En plus, j'ai réfléchi à une chose. Si jamais ils revenaient à la ferme, ils penseraient qu'il m'est arrivé un malheur. Nous n'avons prévenu personne, ni laissé aucun message.

Samuel eut une expression soucieuse.

— Surtout, ne donnez pas mon adresse, recommanda-t-il. Précisez qu'on vous réponde poste restante.

— Et cessez de vous tourmenter, Noëlle, ajouta Rebecca. Je vous répète que votre mère m'a fait comprendre que je devais vous emmener dans un endroit sûr. Elle ne s'inquiétera pas, elle se doutera que vous êtes à Paris. Soyez patiente. Puis-je vous accompagner jusqu'à la poste?

— Oui, volontiers... J'ai également écrit à cette cousine, Suzanne Signac, en lui exposant ma situation. Ma mère lui faisait aussi des mandats pour la pension de Franz. Je voudrais continuer. Samuel, puis-je au moins donner votre adresse à cette femme. J'aimerais avoir des nouvelles de mon petit frère.

— J'ignore comment seront traités les courriers qui doivent franchir la ligne de démarcation, répondit-il. Je pense que cette dame ne recevra pas votre lettre. Désolé : qu'elle vous réponde aussi en poste restante.

Noëlle n'osa pas insister. À partir de ce jour, elle se rendit quotidiennement à la poste pour voir s'il y avait du courrier dans sa boîte postale.

Deux semaines s'écoulèrent encore. Samuel avait changé. Il se montrait aimable avec la jeune femme qui bouleversait son existence monotone.

Peu à peu, Noëlle avait pris en main la bonne marche de la maisonnée. Son emploi du temps était bien réglé. Le matin, elle lavait la vaisselle du petit déjeuner et faisait le ménage. Elle allait ensuite promener Anna dans le jardin des Tuileries, parfois en compagnie de Rebecca. De pousser la voiture d'enfant, assez pimpante, les remplissait de fierté, surtout lorsque les passantes se penchaient sur le bébé pour l'admirer.

Mais son occupation favorite restait la couture. Dans des chutes de tissu fournies par Samuel, elle avait confectionné deux robes, des corsages et une jupe pour Rebecca. Le soir, à la table du salon, chacun lisait sous la lampe, la radio allumée en sourdine. La jeune femme cousait, ourlait, brodait.

À la mi-août, Noëlle reçut enfin un courrier de Durrenbach. Elle monta l'escalier quatre à quatre, n'ayant pas voulu ouvrir l'enveloppe à la poste ni dans la rue. Rebecca la pressa de lire la lettre.

Elle parcourut les quelques lignes et éclata en sanglots enfantins.

— Mes grands-parents et ma mère ont vraiment disparu; ils n'ont même pas été emprisonnés à Haguenau. La secrétaire de mairie, c'est elle qui m'a répondu, pense qu'ils sont dans un camp de travail, en Allemagne. Cette personne est très obligeante. Elle s'est rendue à la ferme. Le cochon a été volé, les lapins sont morts dans leurs clapiers, la maison est grande ouverte, pillée. Quel gâchis!

Sur ces mots, Noëlle courut dans sa chambre. Elle se jeta sur son lit et pleura plus d'une heure. Les cris de faim de sa fille l'obligèrent à se calmer. Rebecca frappa à la porte.

— Ma pauvre petite, je suis désolée. Ne vous torturez pas comme ça, c'est mauvais pour votre lait.

— Oui, je sais, répliqua la jeune mère d'un ton désespéré.

— Vous pouvez rester avec nous aussi longtemps que vous le souhaitez. Même si la plupart des Alsaciens sont rentrés au bercail, maintenant.

Samuel se tenait immobile dans le couloir. Il approuva en silence les paroles de sa sœur. Quand il avait vu Noëlle ouvrir l'enveloppe, une peur panique l'avait envahi à l'idée de la perdre, de la voir prendre ses valises et retourner à Durrenbach. Rebecca recula et se tourna vers lui. Elle avait un sourire navré.

— Elle nous manquerait, n'est-ce pas ? souffla-t-elle.

Il ne répondit pas. Il n'aurait avoué pour rien au monde qu'il se sentait attiré par Noëlle. Depuis le matin où il l'avait vue, les cheveux défaits, si blonde et rosée, avec la naissance de sa poitrine que l'on devinait dans l'échancrure de la chemise de nuit, Samuel agissait à contre-courant de ses projets. Certains de ses amis, juifs comme lui, l'avaient de nouveau mis en garde. En Allemagne, Hitler prônait un antisémitisme virulent. Les disparitions mystérieuses et les exactions honteuses se multipliaient.

Noëlle aurait été très gênée si elle avait pu décrypter les pensées de son hôte. Elle ne soupçonnait pas le pouvoir qu'elle exerçait sur les hommes. Sa maternité l'avait rendue encore plus séduisante. Sa carnation laiteuse, ses cheveux bouclés d'un blond subtil, le dessin de ses lèvres, l'éclat de son regard et ses formes rondes lui valaient bien des œillades dans la rue, des compliments murmurés. Elle aurait pu régner sur des magnats de la finance aussi bien que sur des poètes, mais elle n'avait au cœur qu'un seul amour, sa fille Anna. Et, secret, enfoui au fond de son cœur, elle chérissait le souvenir de Hans.

*

Au début du mois de septembre, Samuel renonça définitivement à un éventuel départ. En se mettant à table, il déclara d'un ton décidé :

— Je n'ai pas envie d'aller dans le sud de la France. J'ai des amis aux États-Unis, à Boston, d'où mon premier choix. Mais puisque vous cultivez toutes les deux l'optimisme, restons à Paris. Toi, Rebecca, tu as quelques patientes, mais vous, Noëlle, votre pécule finira par s'épuiser. Comment vivrez-vous ensuite ?

Déjà, je vous répète de ne plus me donner de pension, j'ai de quoi vous nourrir.

— En attendant que je sois sur la paille, plaisanta la jeune femme, ce qui est encore loin d'arriver, goûtez la choucroute que j'ai cuisinée pour vous deux. J'ai même acheté de la bière alsacienne à mes frais. Et ne vous faites pas de souci pour mon argent, je ne suis pas si dépensière!

Samuel soupira, impuissant. Il ne pouvait pas lutter contre cet étrange enthousiasme qui parfois animait Noëlle. Dans ces moments-là, il la devinait avide de s'amuser et songeait également, avec un brin d'amertume, qu'ils avaient plus de dix ans de différence.

— Eh bien, buvons de la bière! dit-il. Ensuite, je vous ferai part d'une idée que j'ai eue. Cela vous concerne, Noëlle.

Rebecca fronça les sourcils. Elle se méfiait.

La jeune femme leva son verre où frémissait un liquide ambré, couronné d'une mousse légère. Ses yeux brillaient, et ses deux amis étaient loin de penser qu'elle entendait l'écho, très loin dans son cœur, d'un rire enfui, d'une voix douce, celle de Hans. Elle le revoyait assis à une table de la kermesse de Ribeauvillé, sa chope à la main. Il lui souriait, alors que l'orchestre jouait une valse de Strauss. Ils étaient heureux. Elle l'imagina ici, chez les Cohen, à sa gauche, droit, ses cheveux châtains encadrant son visage viril, si calme, leur fille sur les genoux. Elle avait gommé de cette image idéale l'uniforme allemand, mais de rêver à d'impossibles retrouvailles lui parut soudain si cruel qu'elle éclata en larmes.

— Noëlle, s'écria Rebecca, que se passe-t-il?

— Rien, rien! dit-elle doucement en s'éloignant vers sa chambre. Je crois que le bébé est réveillé.

Restés seuls, le frère et la sœur furent saisis de tristesse. Samuel, prêt à suivre Noëlle, fit le geste de se lever, mais Rebecca avança tout bas:

—Non, laisse-la pleurer en paix. Je suis sûre qu'elle pensait à son fiancé, le père de son enfant. C'est le moment de t'en parler. Il est allemand et, par conséquent, il a été mobilisé avant leur mariage, sans même savoir qu'elle était enceinte.

Samuel parut perturbé. Enfin, il répondit, songeur:

—Tu aurais dû me faire cette confidence plus tôt. Je la croyais veuve ou du moins amoureuse d'un Français. Un Allemand!

—Cela te dérange vraiment? En Alsace, la frontière est si proche de certains villages que bien des unions ont été célébrées d'un côté ou de l'autre du Rhin. Et tous les Allemands ne sont pas des nazis. Noëlle le répète souvent.

Son frère eut une moue dubitative. Il cachait mal sa déception.

—Sois patient; peut-être qu'elle va renoncer à cet amour-là, avança sa sœur. Je vois bien que tu la regardes du matin au soir, que tu te coupes en quatre pour lui faire plaisir. Elle finira par être sensible à tes attentions.

Noëlle se calma rapidement. Elle se reprocha d'avoir cédé à une nostalgie dangereuse et elle rejoignit ses amis.

—Excusez-moi, dit-elle, ce sont les souvenirs qui m'ont fait mal. Nous en avons tous. Alors, Samuel, cette idée?

—Après le repas, car il refroidit.

Ils mangèrent de bon appétit, même si la choucroute n'était pas un plat qu'appréciait Samuel. Il avait pris soin de ne pas manger une bribe de la charcuterie, car sa religion lui interdisait de consommer du porc. Cela avait fait sourire sa sœur, qui ne suivait plus ces préceptes depuis des années. Après le café servi dans le salon, le jeune homme prit une clef dans sa poche de gilet.

—Suivez-moi, Noëlle. Toi aussi, Rebecca.

Il ouvrit sous leurs yeux une petite porte située dans le vestibule et qui avait souvent intrigué Noëlle, car les boiseries qui la constituaient se fondaient dans le décor. Il fallait un œil exercé et attentif pour remarquer le battant et la serrure. Samuel leur montra d'un signe un couloir étroit menant à un escalier.

—Montez, fit-il, amusé par leurs mines stupéfaites.

Elles grimpèrent rapidement une dizaine de marches. Noëlle entra la première dans une pièce éclairée par une verrière. Il y avait là deux grandes tables et des placards. Une fenêtre donnait sur un jardin planté de grands arbres. Il était une heure de l'après-midi; le soleil jouait dans les feuillages.

—Mais c'est charmant! s'écria-t-elle.

Muette de surprise, Rebecca alla pousser une autre porte, qui donnait sur une assez grande chambre, claire et propre.

—Et il y a même un cabinet de toilette! précisa Samuel. Voici mon idée, Noëlle. J'ai pu constater que vous étiez vraiment douée pour la couture. Et moi, je vends des tissus. J'ai pensé que vous pourriez utiliser cet ancien atelier pour confectionner des vêtements. Je vous achèterais une machine à coudre. Ce serait un moyen de gagner votre vie. Et il est possible d'aménager la chambre à côté, pour Anna et vous.

—Dis-moi, Samuel, commença Rebecca, tu aurais dû nous faire visiter plus tôt. Que tu es cachottier! Et l'exposition est bien meilleure pour le bébé. Tu ne m'as jamais montré ces pièces quand je te rendais visite.

Le frère et la sœur se mirent à discuter, chacun sur la défensive. Sourde à leur querelle, Noëlle parcourut l'atelier de long en large, contempla les toits voisins, puis déambula dans la chambre. Elle s'y sentait bien.

— Oh! Merci, Samuel. J'étais triste, mais maintenant c'est fini. Avoir mon propre logement, passer ma journée au milieu des tissus et des dentelles, rien ne me réjouirait autant. J'achèterai moi-même la machine à coudre, mais avec vos conseils. Comme ça, Anna ne vous réveillera plus la nuit. Ici, elle pourra pleurer sans déranger personne.

Les jours suivants, Noëlle emménagea. Samuel lui prêta quelques meubles, Rebecca l'aida à nettoyer les murs qu'elles égayèrent avec des affiches de cinéma achetées pour quelques sous sur les quais de la Seine. Allant et venant autour du berceau d'Anna, une acquisition faite en commun, tous trois éprouvaient la même excitation. Ils riaient d'un rien. Souvent ils se penchaient à la fenêtre pour observer le vol des moineaux et des pigeons. Ils dînèrent ensemble sous la verrière et chantèrent en chœur des comptines pour le bébé. C'était un faux bonheur, chacun dissimulant des pages sombres de son histoire, mais il les protégeait de la peur, de l'angoisse.

Paris avait changé de visage. Des drapeaux rouges avec au centre une croix gammée noire dans un cercle blanc flottaient sur les édifices qui avaient fait la gloire de la capitale. Des patrouilles de soldats allemands parcouraient les boulevards et les places. La population devait s'en accommoder. La vie suivait pourtant son cours. Les gens continuaient à fréquenter les brasseries, les bistrots et les théâtres.

Noëlle s'efforçait de prier tous les jours pour sa mère et ses grands-parents. Elle s'interrogeait sans cesse sur leur sort, mais elle voulait croire qu'elle les reverrait dès que la guerre serait terminée. Samuel revenait souvent de son magasin, l'air abattu. Il était en relation avec des journalistes. Un soir, pendant le dîner, il déclara sur un ton amer :

— Nous avons commis une grave erreur en restant en France, Rebecca. Mais les dés sont jetés. Je voulais aussi vous prévenir, toutes les deux. J'ai invité nos cousins Goldstein à nous rendre visite la semaine prochaine, pour le shabbat. Esther apportera le pain hallah[34].

— Pourquoi fais-tu ça, Samuel? le questionna sa sœur. Depuis notre arrivée, tu n'as célébré aucune de nos fêtes, que je sache!

Noëlle demanda d'une petite voix en quoi consistait le shabbat.

— C'est le septième jour de la semaine, que nous consacrons au repos, à la prière, mais aussi à la fête en famille, expliqua Samuel. J'ai l'impression de jouer avec ma vie en restant à Paris; autant finir en beauté et renouer avec les miens.

Rebecca poussa un soupir irrité. Elle quitta la table, laissant Noëlle seule avec le jeune homme.

— Vous pourrez vous joindre à nous, si cela ne vous ennuie pas, proposa-t-il.

— Peut-être, mais je ne voudrais pas déranger vos cousins.

Elle eut un sourire si doux que Samuel ferma les yeux quelques secondes, ébloui.

*

C'était le jour du shabbat. Samuel avait allumé les bougies de la ménorah, sur la cheminée du salon. Le matin, Rebecca l'avait vu coiffé de la kippa traditionnelle.

— Que cherches-tu? lui avait-elle demandé tout bas. Tu veux enseigner nos rites à celle que tu espères épouser?

---

34. Miche de pain tressée de forme elliptique servie le jour du shabbat.

—Ne sois pas stupide, nous n'en sommes pas là.

Il préparait de la viande de mouton, achetée chez un boucher kascher, pour la cuisiner avec des épices et des navets.

Les Goldstein arrivèrent en début d'après-midi. Noëlle étrennait une robe qu'elle avait confectionnée elle-même, en fin lainage bleu assorti à ses yeux. Anna, vêtue d'une brassière en dentelle, dormait dans son moïse.

*

—Rebecca, est-ce que ma tenue est correcte? dit-elle avec une réelle inquiétude.

—Vous êtes très bien! répliqua la sage-femme.

Samuel présenta Noëlle au patriarche, Isaac, comme une réfugiée de l'exode. C'était un vieil homme au doux visage sillonné de rides. Derrière lui se tenaient Albert et Esther, encadrant leur fille Noémie, une jolie enfant de onze ans aux magnifiques cheveux noirs. Elle portait le pain hallah, enveloppé d'un torchon immaculé.

Il y eut des discussions interminables dans le salon, autour d'un thé très clair. Albert cita tous les membres de la famille qui avaient quitté la France. Isaac déplorait le blitz qui ravageait Londres et les principales villes d'Angleterre.

—Les Allemands bombardent sans relâche et la liste des pertes humaines s'allonge chaque semaine, déplora-t-il.

Quand Noëlle raconta les circonstances de son accouchement, Esther Goldstein eut une expression de pure compassion.

—Vous avez été très courageuse, madame! affirma-t-elle. Donner la vie est un moment unique pour une femme. Je vous plains d'avoir tant souffert. Je n'ai qu'une fille; j'espère pour elle des jours meilleurs.

Les invités repartirent avant le couvre-feu. Isaac les convia à célébrer Yom Kippour la semaine qui suivait. C'était la fête juive du Grand Pardon. Samuel promit de s'y rendre.

— Nous serons plus de dix hommes, déclara le vieillard. Nous pourrons prier.

Rebecca semblait très nerveuse après leur départ. Noëlle regagna son petit logis et se coucha, Anna blottie contre elle. Sans cesse, la jeune femme revoyait le visage rayonnant de Noémie et le soin avec lequel l'enfant avait distribué les parts de pain hallah, cette belle miche de pain blond soigneusement tressée, dont elle avait pu savourer une bonne portion. Elle eut envie de pleurer, car ces gens lui avaient paru vulnérables, hors du temps.

«J'aimerais moi aussi fêter Yom Kippour! songea-t-elle. Après tout, ma grand-mère était juive. Je l'ignorais, mais je me sens très proche des Goldstein, peut-être à cause de ma chère mamine, ma Gretel.»

Elle s'endormit après avoir prié avec une ferveur nouvelle pour cette famille qu'elle aimait et dont elle ignorait tout.

Au milieu de la semaine, Anna eut des coliques. Le bébé pleurait sans arrêt et refusait le sein de sa mère. Noëlle renonça à suivre Samuel chez les Goldstein, et Rebecca sauta sur l'occasion pour rester avec ses protégées dans l'appartement.

Le jeune homme, vexé, partit seul, coiffé de sa kippa. Il était très tôt quand il sortit et il ne revint pas avant minuit.

— Ils passent la journée en prière, expliqua Rebecca, mais ils doivent être au moins dix hommes pour pouvoir étudier la parole de Dieu et prier. Mais qui les entendra? Le chaos et la destruction menacent. Je préfère veiller sur notre Anna. De toute façon, mes cousins ne m'estiment guère; je suis trop moderne pour eux et je ne respecte pas les traditions.

Noëlle ne répondit pas. Sa fille était malade. Pour la jeune femme, cela prenait des allures de tragédie. Le monde pouvait s'écrouler, elle n'avait plus qu'un souci: revoir Anna téter et dormir, avec ce sourire de petit ange qui la consolait de tout.

Septembre 1941
Un an plus tard

Noëlle était occupée à confectionner une robe pour une de ses clientes lorsque Rebecca entra sans même frapper dans son atelier, ce qui n'était pas dans ses habitudes. La jeune femme releva la tête, l'air surpris:

— Qu'est-ce que tu as? Tu es blanche à faire peur!

— J'en ai ma claque de ce métier. La pauvre femme que j'ai accouchée hier soir vient de mourir. Et le bébé aussi. En vingt ans, c'est la première fois que je dois affronter ça. Ça me rend malade.

Noëlle jeta un coup d'œil protecteur à sa fille. Anna était assise dans un angle de l'atelier sur une épaisse couverture. Elle jouait avec une poupée de chiffon en gazouillant de joie. À seize mois, c'était une enfant robuste et éveillée.

— Dieu merci, mon bébé à moi respire la santé. Si je ne l'avais pas, ce bout de chou, je perdrais courage. Je te comprends, Rebecca, c'est un rude choc. Mais pense à toutes les femmes que tu as sauvées, à tous ces nouveau-nés qui te doivent la vie, dont ma petite Anna. Surveille-la, je vais te chercher un verre d'alcool. Une chance que Samuel a de telles réserves dans sa cave. Ce serait difficile d'en acheter, maintenant. Nous n'avons presque pas un sou et Paris n'est plus approvisionné. Bien des choses commencent à faire défaut.

Les deux femmes se sourirent tristement. Unies à présent par une profonde amitié, elles avaient décidé de se tutoyer le jour anniversaire de leur arrivée à Paris. Samuel avait sauté sur l'occasion pour franchir le pas également. Tutoyer Noëlle lui avait paru un gros progrès.

Cette existence de vaincus, d'occupés, paraissait des plus étranges à Noëlle. Les patrouilles sillonnaient les rues jour et nuit; les demeures les plus cossues étaient réquisitionnées pour servir de quartier général. Ce qui troublait le plus la jeune femme, c'était de croiser dans les jardins ou sur les quais des officiers allemands en balade. Intrigués par sa beauté blonde et ses yeux bleus, ils la saluaient souvent avec ostentation. Comme le bébé qu'elle promenait arborait aussi un duvet très clair et de larges prunelles d'azur, les fameux envahisseurs pensaient rencontrer une compatriote et l'abordaient fréquemment.

Un jour, alors qu'un colonel d'une stature imposante l'interrogeait, elle avait répondu en allemand sans réfléchir. L'homme, charmé et flatté, l'avait accaparée plus d'un quart d'heure. Depuis, la jeune mère évitait soigneusement ce genre de face-à-face.

Elle descendit dans la cuisine et prit deux verres et une bouteille d'armagnac.

«Il reste de la farine et du sucre roux. Je ferai des biscuits ce soir, songea-t-elle en détaillant le contenu du placard. Mais il manquera le beurre. Le saindoux ne sent pas très bon. Tant pis, on fera avec, comme dit Rebecca.»

Ce n'était pas dans ses habitudes de se lamenter. Elle allait remonter chez elle quand Samuel entra. Il avait son visage triste des mauvais jours.

— Bonsoir, Noëlle, lança-t-il assez sèchement.

— Bonsoir, enfin bonjour, je ne t'ai pas vu ce matin, plaisanta-t-elle dans l'espoir de le voir sourire. Tu es parti tellement tôt.

Entre eux se tissait une relation faite de complicité et d'affection. Samuel continuait à courtiser Noëlle sans se décourager; elle avait déjà refusé trois fois sa demande en mariage. Même si elle éprouvait pour lui de l'estime et de la tendresse, cela lui semblait insuffisant pour l'épouser. Au fond, elle aurait eu l'impression de trahir Hans, qu'il soit mort ou vivant.

— Ma chère Noëlle! gémit-il. Je viens d'apprendre quelque chose d'affreux. Des familles juives ont disparu, ici, à Paris. Cela s'était déjà produit au printemps, mais là, les faits ont eu lieu vers le 21 août. Personne n'a plus eu de leurs nouvelles. Leurs boutiques sont fermées, leurs appartements sont sous scellés. Un de mes camarades de lycée, avec qui je prenais souvent un café au *Flore*, n'est pas venu à notre rendez-vous habituel. Il s'agirait, m'a-t-on dit, d'arrestations arbitraires. Cela se passe à l'aube, car il y a moins de témoins à cette heure-là. Je suis allé chez mes cousins Goldstein. Il n'y avait plus personne. Je ne sais pas s'ils ont pu quitter Paris ou si on les a emmenés. Je crains le pire. L'étau se resserre.

Effarée, Noëlle faillit lâcher les verres. Elle hasarda:

— En es-tu sûr? Dans ce cas, vous devez être très prudents, ta sœur et toi.

— Ceux qui m'ont raconté ça n'ont aucune raison de me mentir. Ils ont peur, parce qu'ils sont juifs eux aussi. Je crois que je vais fermer mon magasin. Cette nuit, nous pourrions ramener une bonne partie de mon stock de tissus. Je le cacherai chez toi, dans l'atelier.

La jeune femme fronça les sourcils. Tout ça lui semblait précipité.

—Nous en discuterons plus tard, Samuel. Suis-moi, Rebecca a besoin de réconfort. Sa patiente est morte, le bébé aussi.

Ils montèrent sans bruit l'étroit escalier, mais, à mi-chemin, Samuel saisit Noëlle par la taille. Elle le dominait un peu, ayant une marche d'avance sur lui. Tremblant, haletant, il appuya sa tête entre les seins de la jeune femme.

—Noëlle, si seulement tu voulais bien de moi comme époux. Je t'aime tant. Et puis j'ai peur, oui j'ai peur d'être arrêté un matin et de ne plus te revoir. Nous devons partir, passer la ligne de démarcation. Je te promets qu'au passage, nous prendrons ton frère avec nous. De l'Espagne, nous pourrons gagner l'Angleterre. J'ai assez d'argent pour ça. Je le prendrai ce soir, il est dans un coffre, à la boutique.

Elle le repoussa avec douceur, mais caressa ses cheveux noirs au passage.

—Je t'en prie, Samuel, sois raisonnable. Nous en avons parlé plusieurs fois. Tu es l'homme le plus gentil, le plus généreux que je connaisse. J'ai souvent rêvé d'un grand frère. Il te ressemblait. Mais un grand frère, pas un mari. Pardonne-moi.

Il poussa un gémissement de déception. Malgré lui, ses mains tâtonnaient, se posant sur les hanches de Noëlle pour effleurer le creux du dos et le léger arrondi du ventre.

—Tu aurais pu être l'unique femme de ma vie, dit-il dans un chuchotis.

Rebecca entrebâilla la porte du palier. Elle les vit enlacés dans la pénombre de l'escalier et s'écria :

—Mais que faites-vous?

—Rien, ce n'est rien, s'empressa de répondre

Noëlle. Samuel est bouleversé, il se sentait mal. Je l'aidais à monter. Vos cousins ont disparu.

Ils se retrouvèrent tous les trois dans l'atelier, comme ils continuaient à nommer les deux pièces où vivait la jeune femme. Par la fenêtre ouverte, un large coin de ciel rose se découpait. Les martinets volaient en jetant des cris aigus.

— On est loin de tout, ici! On pourrait croire que c'est un petit coin de paradis, déclara Noëlle en prenant Anna dans ses bras. Je vous en prie, gardons espoir.

Elle frotta sa joue contre le front si doux de la fillette. Troublée par l'incident de l'escalier, son regard erra dans la vaste pièce où, durant des mois, elle avait coupé, assemblé, cousu des tissus de choix, afin d'habiller ses clientes. Seule la confection se faisait là. Les essayages avaient lieu dans le salon du bas, sur les conseils de Samuel. Noëlle s'en était plainte, mais il avait tenu bon.

— Je préfère que le logement du haut reste un secret, avait-il insisté. On ne sait jamais, cela peut devenir utile.

Debout près de la fenêtre, la jeune femme se souvenait de ces paroles. Comme elle les aimait, ces rideaux de percale rose qui voilaient le soleil aux heures chaudes! Elle avait acheté des cadres représentant des paysages, ainsi que des bibelots et un service à thé. La chambre, dont elle était si fière, avait été repeinte en jaune pâle. Il suffisait de peu pour créer une ambiance chaleureuse: un tapis d'Orient sur le plancher ciré, un couvre-lit en patchwork, des bouquets de saison et une superbe lampe chinoise en opaline, cadeau de Samuel. C'était son modeste domaine, le refuge où elle s'endormait chaque soir, sa fille couchée contre elle. Pourtant, l'idée qu'elle venait d'avoir la priverait de ce lieu bien-aimé.

— Rebecca, Samuel, je sais ce qu'il faut faire, dit-elle soudain. C'est ma faute si vous êtes encore à Paris. Vous devez fuir vers le Sud. Moi, je rentrerai à Durrenbach, mais après avoir récupéré Franz chez Suzanne Signac. Cet enfant grandit loin de moi. Il va à l'école et il paraît qu'il sait déjà lire. Je veux au moins le revoir, même si je n'arrive pas à l'emmener. Anna est assez solide, maintenant, pour faire le voyage.

— Je crois qu'il est trop tard pour fuir, protesta Samuel. Il y a une autre solution, faire croire que nous sommes partis aux États-Unis. En cas de contrôle ou de recensement, plus trace de nous, ni au magasin ni ici, rue du Temple. Mais la seule condition, c'est de nous aider, Noëlle. De toute façon, c'est de la folie de retourner en Alsace. Il faudrait que tu loges dans mon appartement en racontant à tous nos voisins et aux commerçants du quartier que nous avons disparu un matin sans te prévenir. Tu dois jouer la surprise, l'incompréhension. Sinon nous serons dénoncés très bientôt. Cela signifie que nous ne mettrons plus un pied dehors tant que Paris sera occupé.

Rebecca n'avait pas l'air d'apprécier ce projet. Elle jeta un regard noir à son frère en répliquant :

— Je n'ai pas l'intention de me cacher. Fais à ton idée, mais moi je n'ai rien à perdre. Quitte à mourir, ce sera au grand air, libre.

— Ne dis pas ça, Rebecca, Samuel a raison ! s'écria Noëlle. Je ne tiens pas à vous voir disparaître tous les deux, comme ma mère, mes grands-parents ou vos cousins. Quand je pense à Noémie, une enfant de onze ans ! Où est-elle ? Comment osent-ils arrêter une enfant ? Par pitié, Rebecca, écoute Samuel. La guerre ne durera pas éternellement. Si nous avons une chance de rester ensemble, il faut la tenter. Tant que j'ai des nouvelles de Franz, je peux patienter.

Elle ne put en dire plus et éclata en sanglots. Toutes les émotions, les craintes qu'elle retenait à longueur de temps, refluaient et la bouleversaient. Cela ne dura pas. Elle sortit un mouchoir et, vite, essuya ses yeux.

—Samuel, explique-moi comment nous organiser, proclama-t-elle d'une voix ferme. Je veux t'aider.

—Le plus urgent, c'est de récupérer une bonne partie de mon stock de tissus. Tu pourras continuer à travailler. Nous descendrons ta machine à coudre dans la chambre qui donne sur la rue. Ce soir nous irons au magasin avec la remorque et le vélo qui sont dans la cave. Il faut agir avant le couvre-feu, dès la nuit tombée. Toi et moi. Rebecca gardera Anna. Ensuite, il faudrait que tu disposes d'argent pour la nourriture. Les gens doivent croire que tu vis seule, mais nous serons toujours quatre à manger. Je vais te confier des bijoux, tu pourras en tirer un bon prix. Noëlle, cela sera très dur pour toi.

—J'y arriverai! assura-t-elle. Je vous dois tant!

*

Il faisait nuit. Les pavés de la rue du Temple luisaient sous une pluie fine. Samuel attachait la remorque au vélo. Il avait revêtu un imperméable à capuche de couleur sombre. Noëlle, habillée d'un manteau noir, avait caché ses cheveux sous un foulard.

—Dépêchons-nous, Samuel, j'ai hâte que ce soit fini.

—Nous en avons pour une heure maximum. Après ça, je ferme le rideau de fer du magasin pour une durée indéterminée.

La jeune femme commença à marcher en direction du Louvre dont elle apercevait les majestueuses toitures au-dessus des autres immeubles. Elle sortait rarement la nuit et, en d'autres circonstances, cette balade imprévue lui aurait plu. Mais elle se sentait oppressée. Les réverbères dispensaient une clarté jaune qui se reflétait dans les quelques flaques d'eau. Samuel la rejoignit rapidement.

— Il n'y a pas un chat, ce soir, dit-il. Tant mieux.

— Ne crie pas victoire trop tôt! Peut-être que nous prenons des risques inutiles! J'aimerais mieux vous savoir déjà installés chez moi, à l'abri de...

Elle n'acheva pas sa phrase, interdite d'avoir failli parler comme la plupart de ses compatriotes en ajoutant: «... ces sales Boches!»

— Oh! Je hais cette guerre! avoua-t-elle. Nous, les Alsaciens, nous avons été allemands par le passé. Il n'y a pas deux ans, nos voisins passaient le Rhin et nous étions en bons termes.

— Aucune personne raisonnable n'aime la guerre, Noëlle. Allons, courage, tout se passera bien. Je suis souvent retourné au magasin après le dîner et je n'ai jamais eu d'ennuis.

Ils étaient à l'angle de la rue de Rivoli. Samuel dirigea son vélo sous le couvert en enfilade des arcades, plongé dans une pénombre rassurante.

— Nous y sommes presque! soupira-t-il.

Quelques instants plus tard, ils entraient dans la boutique. Noëlle y était souvent venue, après sa promenade aux Tuileries, pour choisir des coupons de cotonnade ou de percale. Le spectacle des présentoirs garnis de lourds rouleaux de tissu l'affola.

— Samuel, comment veux-tu rapporter tout ça? Nous ne pouvons pas tout prendre. Ce serait lourd et encombrant.

— Je ne compte pas vider tous les rayons, protesta-t-il d'un ton agacé. Prends les cabas que j'ai amenés, remplis-les de mercerie, du fil, des rubans et des boutons, moi, je m'occupe du reste.

Elle haussa les épaules et commença à vider les tiroirs. Samuel dévidait les soies et les satins de leurs supports et les pliait avec dextérité. Lorsqu'il avait obtenu une belle pile carrée, il courait la ranger dans la remorque. Les draps de laine et les épaisses feutrines lui causèrent plus de difficulté. Noëlle, attendrie, se précipita pour l'aider.

—J'ai pris la marchandise de qualité, précisa-t-il. Tu auras de quoi habiller les dames du quartier, quitte à baisser les prix.

Ils n'avaient allumé qu'une lampe à pétrole, afin de ne pas attirer l'attention des voisins. Samuel sortit, les bras chargés.

—Cela ira comme ça! Je vais bâcher la remorque.

—Fais vite, répliqua Noëlle, soulagée que leur expédition touche à sa fin.

Il lui sourit alors de façon si désarmante qu'elle eut envie de le retenir et de l'embrasser. Pourtant, elle n'en fit rien, ne voulant pas lui donner de faux espoirs. À cet instant précis, Samuel se figea et recula. Les yeux exorbités, il murmura :

—Écoute! Une patrouille! Il faut éteindre la lampe, fermer la porte et le rideau de fer.

—Nous n'aurons jamais le temps, souffla-t-elle, terrorisée. Et le vélo avec la remorque va les attirer. Et s'ils venaient pour toi! Va te cacher, vite!

Le bruit du camion se rapprochait dangereusement. Le moteur gronda, puis il se tut. Noëlle poussa son ami vers le fond du magasin.

—Ils sont là! Je t'en prie, couche-toi par terre dans la remise. Laisse-moi faire.

En d'autres circonstances, Samuel aurait discuté. Mais il céda tout de suite, car elle avait une expression farouche qui lui inspirait confiance. Dehors, on marchait et criait. Déjà une haute silhouette se dessinait en contre-jour, près de la porte.

Noëlle respira à fond. Sans vraiment réfléchir, elle marcha vers les soldats.

— *Gute Nacht* [35], dit-elle d'un ton aimable.

Une dizaine de soldats l'entouraient, armés et casqués. Prise d'une inspiration subite, elle repoussa son foulard. Ses mèches blondes chatoyaient dans la pénombre. D'une voix paisible, elle se mit à raconter en allemand une histoire de sa propre composition. Dès qu'on lui posait une question, elle y répondait d'un ton naïf. Que faisait-elle là? Rien de plus simple: elle passait par la rue de Rivoli et elle avait vu cette boutique ouverte et un jeune homme, qui, sans doute, volait de la marchandise. Il s'était enfui en l'apercevant. Ensuite, elle était entrée par acquit de conscience, mais le voyou n'avait pas de complice. Il ne devait pas être très dégourdi, puisqu'il avait abandonné le vélo et la remorque.

L'aisance avec laquelle Noëlle maniait leur langue, son attitude mi-embarrassée, mi-craintive, ainsi que ses larges sourires chaleureux auraient pu convaincre le diable en personne. Le lieutenant qui commandait la patrouille commença à penser qu'elle était sans doute allemande, une Allemande bien jolie.

Un des soldats examinait la porte vitrée du magasin. Il lut à haute voix l'inscription peinte en blanc: «Samuel Cohen et frères, tissus et mercerie.»

Son supérieur répéta le nom du commerçant et partit d'un gros rire. Cette hilarité se communiqua à presque tout le groupe. Aux plaisanteries qu'ils échangeaient, la jeune femme comprit qu'ils se réjouissaient

---

35. Bonne nuit.

qu'un Juif soit cambriolé. Elle serra les poings au fond de ses poches et se mit à rire aussi.

— *Sehr gut*[36], clama le lieutenant.

— *Sehr gut*, répéta-t-elle en jouant les coquettes.

« Que Dieu me pardonne, songeait-elle, révoltée. Je dois sauver Samuel, je n'ai pas le choix! »

Noëlle lança un regard complice au lieutenant, de plus en plus séduit. Soudain, elle eut l'impression qu'un regard désespéré se posait sur elle, comme pour l'appeler. Elle tourna la tête. Un soldat se tenait légèrement à l'écart, et lui, il ne riait pas. Il était très grand et mince. Son visage paraissait empreint de douceur. Noëlle eut du mal à se contenir. Les jambes molles, la bouche sèche, elle continua à détailler les traits du jeune homme, en qui elle croyait reconnaître Hans.

« Oh non! pensa-t-elle. C'est bien lui, j'en suis sûre, sinon il ne me fixerait pas ainsi. Le père de ma fille est là, à quelques pas, et je ne peux pas courir vers lui. Hans, mon Hans! »

Elle en perdit le fil de sa mise en scène. Son cœur battait la chamade, comme pris de folie. L'amour l'envahissait, avec plus de force encore qu'à Ribeauvillé.

Hans dut deviner un changement dans l'attitude de Noëlle. Il n'avait pas été dupe de sa petite comédie. Malgré le choc que lui causaient ces retrouvailles inattendues, il n'eut plus qu'une idée: l'aider. Il se dirigea d'un pas rapide vers la boutique et y pénétra après avoir crié qu'il allait vérifier si tout était normal à l'intérieur.

Elle, en apparence imperturbable, se félicita de connaître la langue allemande. Cela pouvait sauver Samuel. Elle s'émerveilla aussi de la promptitude avec laquelle Hans avait pris la situation en main. Déjà il

---

36. Très bien.

ressortait, expliquant que le magasin était désert, qu'il n'y avait rien à signaler.

Figée sur place, Noëlle observa le départ des soldats, qui, la plupart émoustillés, remontèrent dans le camion en la saluant. Le lieutenant s'inclina bien bas :

— J'espère vous revoir, mademoiselle! lui dit-il en français. Vous êtes très aimable.

— *Ich spreche nicht französisch* [37]! répliqua-t-elle.

C'était peut-être un piège qu'il lui tendait. Afin de ne pas se démasquer et jouant encore de ses charmes, elle fit au revoir d'un geste de la main avec un sourire radieux.

Il parut satisfait, marcha jusqu'à la remorque, souleva la bâche et prit deux lourds coupons de velours. Tout en soupesant son butin, il s'éloigna enfin. Le lourd véhicule démarra. Noëlle aperçut Hans, assis à l'arrière. Il la regardait intensément, d'un air si malheureux qu'elle eut envie de hurler, de courir au milieu de la route, sur les traces du camion.

Elle l'aurait sans doute fait si elle avait su combien le jeune homme souffrait. La dernière fois qu'il l'avait vue, c'était dans son logement de Ribeauvillé. Elle préparait du café, rieuse, amoureuse. Il avait gardé cette image et bien d'autres comme un viatique qui l'aidait à supporter l'uniforme et la rudesse de ses compagnons d'armes.

Durant tous ces longs mois, Hans s'était rongé le cœur et l'âme en s'interrogeant sur le sort de Noëlle. Le plus pénible était de ne rien savoir. Il s'était imaginé tant de choses! Ses parents lui avaient promis d'accueillir la jeune fille, si jamais elle réussissait à passer la frontière, mais la guerre avait dressé un mur

---

37. Je ne parle pas français.

de silence entre les deux rives du Rhin. De revoir Noëlle à Paris, plus belle que dans ses souvenirs, l'avait violemment ému. Il l'avait reconnue tout de suite, bien qu'elle lui ait paru plus mûre et d'une audace nouvelle. Il allait désormais se poser une foule de questions, mais cela n'apaiserait pas le profond chagrin qu'il ressentait de l'avoir perdue.

« Je suis son ennemi, à présent! se disait-il. Elle doit me mépriser. Au moins, j'ai pu la secourir, ce soir, puisqu'elle voulait protéger ce pauvre marchand de tissus. Qui sait, c'est peut-être son mari? »

Et Hans avait versé des larmes, tête baissée sous son casque, afin de cacher sa souffrance, qui aurait paru incompréhensible aux autres soldats.

Noëlle éprouvait des sentiments singuliers. Elle était désespérée, mais aussi malade de joie. Hans était à Paris. Cela lui faisait l'effet d'un miracle qui balayait le temps écoulé. Elle cherchait déjà comment le revoir. Appuyée au mur, le souffle précipité, elle balbutia dans un état second.

« Il était là, si près de moi, Hans. Oh! Cet uniforme qu'il porte, comme je le hais! Mais il n'a pas eu le choix, il a été mobilisé. J'aurais dû me jeter dans ses bras et le retenir. Crier à tous que je l'aimais! »

À son chagrin se mêlait une colère injustifiée contre Samuel, qui devait l'attendre, toujours caché dans la remise du magasin.

« C'est sa faute aussi. M'emmener jusqu'ici pour un tas de tissus... Mais si j'étais restée à la maison, je n'aurais pas revu Hans. Je l'aime encore, je l'aime toujours! Oh, mon Dieu! Le retrouver et le perdre aussitôt! Pourquoi? »

Immobile dans l'ombre des arcades, Noëlle se tordait les mains, sans même essuyer son visage ruisselant. Elle sursauta quand on l'appela.

—Noëlle?

Pleine d'un espoir insensé, elle se retourna en criant:

—Hans? C'est toi?

Ce fut Samuel qui apparut. Il tremblait de tout son corps.

—Qui est Hans? demanda-t-il. Noëlle, réponds! Qui est Hans?

Il la secoua par les épaules. Elle ne répondait pas, hébétée.

—Explique-moi, Noëlle. Tu as fait la connaissance d'un soldat allemand, c'est ça? J'avais beau être au fond de la remise, je t'ai entendue parler. Tu as un accent parfait. Je ne savais pas que tu maîtrisais si bien leur langue, et maintenant tu réclames un dénommé Hans. Tu l'as rencontré aux Tuileries, quand tu promenais Anna? Comment as-tu pu nous faire ça?

Elle le repoussa, encore bouleversée par ce qui venait d'arriver.

—Vous faire quoi, Samuel? Rebecca t'a bien dit que le père de ma fille était allemand. Et il s'appelle Hans. Je viens de le retrouver. Il t'a sauvé, en plus! Rentrons. J'ai eu tellement peur!

Samuel paraissait avoir oublié où il se trouvait et à quel danger il avait échappé.

—Tu revois ton fiancé en uniforme allemand et cela ne te gêne pas plus que ça? interrogea-t-il d'un ton furieux. La guerre ne signifie rien pour toi? Et si tu nous trahissais, ma sœur et moi? On ne sait plus à qui accorder sa confiance, par les temps qui courent!

Ces mots pénétrèrent lentement l'esprit de Noëlle. Folle de rage, elle faillit gifler Samuel.

—Ne sois pas idiot! Je t'aurais expliqué tout ceci plus tard, à la maison, mais puisque tu ne peux pas patienter, écoute bien. Là où j'ai grandi, la seule frontière c'était le Rhin. Hans travaillait dans le lycée où j'ai fait mes études secondaires. Et en Alsace tout le monde sait parler allemand, bien ou mal. Tu crois vraiment que Hans avait envie de prendre les armes? Il aimait sarcler le jardin de ses parents, jouer de l'accordéon, pêcher la truite. Chacun de ces soldats, Samuel, cache un être humain, comme toi et moi!

Il la regarda d'un air ahuri, puis, sans rien répliquer, alla éteindre la lampe et fermer le rideau de fer. Elle le vit enfourcher le vélo.

—Tu as de drôles d'idées, Noëlle, conclut-il. Je te remercie pour ce que tu as fait ce soir, mais je garde mes opinions.

—Mon pauvre Samuel, ce que tu es borné! Dès que Hans m'a reconnue, il nous a aidés. C'est lui qui a décidé de fouiller le magasin, sachant très bien que je n'étais pas seule. Tu m'agaces! Pars le premier et pédale vite. Tu attires plus l'attention, avec ta remorque, qu'une fille solitaire.

—C'est vrai que tu ne crains rien, toi, ironisa-t-il. Si tu croises une autre patrouille, tu leur feras du charme. Tu sais t'y prendre, je t'ai vue faire!

Elle crispa les mâchoires, pleine d'amertume. Elle avait de nouveau envie de le frapper.

—Va-t'en! dit-elle, cinglante. Tu es injuste. Je ne mérite pas ça. Tu es jaloux, voilà, jaloux! Mais Hans est le père de ma fille. Je ne le renierai jamais.

Noëlle se mit à courir, les larmes aux yeux. Paris lui semblait tout à coup sinistre. Samuel la rattrapa. Ils firent le trajet du retour à quelques mètres l'un de l'autre, sans échanger une parole.

19

Un amour interdit

Rebecca comprit immédiatement qu'il y avait eu un grave problème. Noëlle paraissait bouleversée et Samuel affichait une mine pitoyable.

—Je vous ai préparé de la tisane, annonça-t-elle, soulagée malgré tout de les voir sains et saufs. Anna dort comme un petit ange. Et les tissus, avez-vous pu les rapporter?

—Oui, nous les avons rangés dans la cave, répondit tout bas Noëlle. Je vais me coucher. Bonne nuit.

Samuel eut un geste pour la retenir, mais, honteux, il n'osa pas la rappeler.

—Qu'est-ce qu'elle a? questionna Rebecca.

—Je l'ai blessée, confessa-t-il. Je me suis conduit de façon ignoble. Je t'en prie, va lui parler. Dis-lui que j'implore son pardon, que je suis un imbécile. J'ai ressenti une telle jalousie, j'en ai perdu la tête.

Samuel raconta en détail à sa sœur ce qui s'était passé rue de Rivoli. Lorsqu'il eut terminé, elle soupira de soulagement.

—Sans elle et son ancien fiancé, tu ne serais plus là, près de moi. Tu es mon unique famille. Je ne remercierai jamais assez Noëlle. Laissons-la en paix. Demain, tu iras lui présenter des excuses. Nous allons vivre cachés on ne sait combien de mois. Ce n'est pas le moment de se quereller.

— Tu acceptes mon plan! s'étonna-t-il. Dans ce cas, nous aurons du travail demain. Bonne nuit, je vais me coucher.

Rebecca s'attarda dans la cuisine. Il lui semblait qu'elle allait aborder une expérience aussi angoissante que bizarre.

« Moi qui aimais tant mes balades à travers le quartier songeait-elle, et nos grandes marches le dimanche le long des quais. Je ne verrai plus la Seine se dorer au soleil ni les tours de Notre-Dame. Enfin, cela ne durera peut-être pas trop longtemps. Si la guerre se termine, je pourrai encore exercer. Bien, assez de lamentations! Si Noëlle et Samuel n'étaient pas revenus, j'aurais de quoi me plaindre. Dieu merci, ils sont là! »

Elle souffla les bougies et, le plus discrètement possible, monta à l'atelier, certaine que Noëlle ne dormait pas encore. Elle la trouva assise devant sa machine à coudre, les mains jointes sur ses genoux.

— J'ai gratté à la porte, tu n'as pas répondu, mais j'ai vu un rai de lumière.

Rebecca s'approcha et caressa les cheveux de la jeune femme.

— Alors, tu as revu Hans?

— Oui! Et c'était affreux. Je ne pouvais pas lui parler, le toucher. Mais au moins je sais qu'il est vivant et à Paris. Je dois absolument le revoir. Il a le droit de savoir, pour Anna. Et je veux lui dire que je ne suis pas mariée. Vu ce qui s'est passé, il croit sûrement que je protégeais mon époux, ou mon amant.

— Je pense que c'est trop dangereux, Noëlle. Tu ne vas pas accoster tous les soldats allemands dans l'espoir que ce soit Hans! Je t'en prie, n'agis pas en dépit du bon sens. Dans la situation actuelle, cela ne servira à rien.

La jeune femme ferma les yeux un instant, exaspérée. Allait-on toujours la séparer de l'homme qu'elle aimait? Martha Kaufman s'y était déjà employée avec une cruauté effrayante.

—Je ferai à mon idée sans vous mettre en danger, affirma-t-elle. Comprends-moi, Rebecca. Je n'aimerai jamais un autre homme que Hans.

—Je plains mon frère. Il t'aime... Bonne nuit, Noëlle.

*

Une semaine plus tard, les choses s'étaient mises en place. Noëlle disposait de tout l'appartement officiel, ce qui signifiait un grand salon pour les essayages et la coupe des vêtements. La machine à coudre trônait entre les deux fenêtres. La jeune femme avait choisi la chambre donnant sur la rue du Temple, celle qu'elle avait occupée à son arrivée à Paris. Sur les conseils de Rebecca, elle avait installé sa fille dans la petite pièce voisine.

—Il faut que tu donnes le change à tes clientes quand elles viendront, lui avait conseillé Samuel. Tu leur diras que tu es une jeune veuve, que ton mari t'a laissé de l'argent, mais que tu dois travailler. Explique aussi que tu étais notre locataire, ces derniers mois. Insiste sur le fait que nous avons décampé une nuit sans te prévenir. Cela n'étonnera personne: je n'ai jamais caché que j'étais juif.

Elle hochait la tête comme une élève qui apprend sa leçon. Leur brouille était terminée. Il s'était confondu en excuses dès le lendemain de leur expédition, et elle lui avait pardonné de bon cœur. En fait, ils avaient tous les trois d'autres soucis. C'était la guerre et l'angoisse du lendemain rendait négligeables certains conflits.

Ainsi, leur amitié perdurait. Pour Noëlle, une existence inhabituelle s'établissait. Elle devait jouer le rôle d'une femme seule, mère de famille de surcroît.

Pendant six jours, elle dut parcourir la capitale à vélo afin d'acheter des marchandises dans plusieurs épiceries éloignées les unes des autres. Quand le stock de provisions lui parut convenable, elle reprit ses expéditions, cette fois pour vendre les bijoux que Samuel lui avait confiés, ce dont elle s'acquitta sans peine.

Toutes ces pérégrinations l'empêchaient de trop penser à Hans.

Le trio s'était fixé des règles précises. Pendant la journée, le frère et la sœur enfermés dans l'atelier ne devraient faire aucun bruit. La porte du vestibule, déjà dure à deviner, avait été dissimulée derrière une tenture. Afin de parfaire le camouflage, Noëlle avait disposé devant le tissu brodé une console au dessus de marbre, où trônait un vase garni de fleurs séchées. L'ensemble n'était pas difficile à déplacer, mais aucun visiteur ne pourrait soupçonner la supercherie.

— Tu dois mener la vie la plus simple qui soit, recommanda encore Samuel à la jeune femme. Tes promenades aux Tuileries avec le bébé, les courses le matin avec les tickets d'alimentation auxquels tu as droit pour Anna et toi... Évite d'inviter des gens à la maison, même si tu te fais des amies. Ce n'est pas compliqué : une jeune maman comme toi, on comprendra que tu ne puisses pas recevoir.

Noëlle approuvait et jurait d'être prudente. Cependant, une angoisse permanente l'oppressait, si bien qu'elle en vint à se sentir mieux à l'extérieur que dans l'appartement. Lorsqu'elle poussait la voiture d'Anna le long des allées du jardin du Luxembourg, qu'elle préféra vite aux Tuileries, elle savourait pleinement sa liberté. C'était si agréable de pouvoir rêver, contempler les arbres et les fleurs en observant les oiseaux et les autres badauds. Dans ces moments-là, elle avait l'impression d'être une personne normale, sans rien à cacher.

C'était aussi les moments où elle se sentait le plus proche de Hans. Elle l'imaginait dans Paris, cantonné dans un quartier général. Dès qu'une patrouille passait, ou un groupe de soldats allemands, son cœur frémissait.

Le soir, Rebecca et Samuel descendaient de l'atelier pour lui tenir compagnie. Les volets étaient fermés, les lourds rideaux de velours, soigneusement tirés. Pour ne pas éveiller les soupçons des voisins, ils se déplaçaient en chaussons de feutre, d'un pas glissant, et les discussions se faisaient en sourdine, le chuchotis étant de rigueur.

Cela n'empêchait pas Noëlle de se réjouir. Sa fille dormait et elle pouvait profiter de la présence de ses amis. Souvent, les veillées se déroulaient autour des ouvrages de couture en cours. Rebecca l'aidait à finir un ourlet ou à tracer un patron. Elles prenaient plaisir, tout en bavardant, à manier l'aiguille et les ciseaux sous la lampe.

Ils écoutaient aussi la radio anglaise qui diffusait à certaines heures des messages codés aux Français sous forme de chansons ou de vers poétiques.

Cette existence confinée les rassurait tous les trois. Samuel se montrait le plus anxieux. Il avait pris l'habitude d'interroger Noëlle sur ses moindres déplacements, sur l'attitude des voisins, sur les gens qu'elle rencontrait à l'extérieur. Irritée par ce comportement qui frisait l'obsession, elle répondait toujours :

— Rien à signaler, commissaire Cohen !

La plaisanterie n'était pas du goût de son ami.

— Noëlle, ne m'appelle pas comme ça. Je veux savoir ces choses par précaution ; je ne suis pas un flic !

Elle l'amadouait par une caresse sur la joue ou en ébouriffant ses cheveux noirs du bout des doigts.

— Allons, on peut rire un peu! Avec toi, il faut toujours garder son sérieux.

Cette soirée-là, un différend éclata, alors que Noëlle avançait un «monsieur le commissaire» facétieux.

— J'en ai assez! éclata Samuel, oubliant les mesures de prudence. Tu n'es qu'une écervelée, une gamine qui ne sait rien de la vie. Tu me reproches d'avoir peur, mais tu n'es pas vraiment juive, même si ta grand-mère l'était. Moi, quand j'avais dix ans, j'ai vu mon grand-père roué de coups au beau milieu d'une rue. Et tu peux remonter l'histoire; les Juifs ont toujours été les bêtes noires, ils ont toujours été chassés, humiliés, rejetés. Hitler voudrait nous rayer de la surface de la Terre, tous, s'il le pouvait. Mais, toi, tu as grandi bien tranquillement en Alsace en faisant ami-ami avec les Allemands. Tu n'as pas souffert, Noëlle, tu n'as jamais été obligée de passer des jours enfermée, comme ma sœur et moi!

La jeune femme se raidit, blême de contrariété. Elle posa son ouvrage avec calme. Sentant venir l'orage, Rebecca chuchota:

— Tais-toi donc, Samuel! Et ne t'emporte pas! Si les voisins du dessous ne t'ont pas entendu, ce sera un miracle. Et ne juge pas Noëlle aussi vite. Je te rappelle qu'elle a été séparée de son fiancé, qui se destinait à l'enseignement et avait des convictions pacifistes.

Le jeune homme fit une grimace moqueuse.

— Son fiancé! ricana-t-il. Disons un beau parleur qui l'a abusée. Ce n'est pas très honorable d'être fille-mère à son âge. Cela prouve bien que Noëlle aimait déjà s'amuser et ne se souciait pas des conséquences.

L'intéressée, qui se sentait sur la sellette des accusés, serra les dents. Soudain, elle tapa du poing sur la table, le regard brillant de rage.

— Tu ne sais rien de moi! répliqua-t-elle durement.

Garde tes reproches. Déjà, mettre au monde un enfant et l'élever sans son père, c'est une tragédie. Quant au reste, si nous avions eu une chance d'être plus proches un jour, je te l'aurais confié. Mais je n'en ai pas envie. Je ne veux pas t'apitoyer. Je te dirai juste que je connais l'enfermement, et pas dans les conditions où tu le vis. Personne ne te frappe, toi! Et tu as de la nourriture!

Abasourdi, Samuel bégaya:

— Mais de quoi parles-tu, Noëlle?

— D'un passé bien trop proche. Tu n'en sauras pas plus.

Elle repoussa sa chaise et fila dans sa chambre. Là, elle s'allongea sur le lit, la tête enfouie dans un coussin.

«Mon Dieu! Si vous pouviez rétablir la paix, pensait-elle, remettre les choses à leur juste place! J'aurais pu épouser Hans, Anna serait née dans notre maison, en France ou en Allemagne. Samuel et Rebecca ne vivraient pas reclus, en tremblant d'être emmenés je ne sais où, comme maman, papa Johann et mes grands-parents.»

En larmes, Noëlle s'accrocha à l'image de Hans tel qu'il lui était apparu sous les arcades de la rue de Rivoli, avec cet air mélancolique qui lui conférait un visage de héros romantique. Elle s'imagina effleurant son front, caressant ses cheveux d'or brun...

«Hans, je t'aime. Par pitié, reviens, emmène-moi. Hans, ne me laisse pas. Je t'aime tant!»

Samuel, qui avait collé son oreille à la porte et qui hésitait à entrer pour la consoler, perçut ce murmure désespéré. Il recula, dépité. Rebecca le vit vaciller sur ses jambes lorsqu'il revint dans la cuisine.

— Noëlle se lamente! Elle réclame Hans, toujours Hans, le brave soldat qui a jugé bon de ne pas me dénoncer.

Sa sœur se leva et le prit dans ses bras. Elle eut pitié de lui.

—Je n'ai plus aucune chance de l'épouser, se plaignit-il.

—Vu les circonstances, ce ne serait pas lui rendre service, lança Rebecca non sans ironie. Reste son ami, c'est déjà bien.

Samuel tourna le dos à sœur.

*

Quelques jours s'écoulèrent encore. Noëlle, qui venait de recevoir une cliente, poussa un soupir d'agacement en refermant la porte. Il s'agissait d'une commerçante de la rue du Temple dont les affaires ne marchaient guère, si bien qu'elle n'avait pas payé la totalité de la somme due à la jeune couturière.

Pendant toute la durée de l'essayage, madame Dumaine avait déploré le départ inexplicable de Samuel Cohen. Les questions insidieuses portaient surtout sur la chance qu'avait Noëlle de louer un aussi bel appartement, en s'étonnant que le marchand de tissus se soit montré aussi désintéressé, vu le loyer payé. La petite phrase perfide, comme quoi les Juifs étaient beaucoup plus avares en règle générale, avait donné à Noëlle l'envie de la gifler.

« Ma parole, se dit-elle, elle m'interrogeait comme si j'avais assassiné Samuel pour lui voler ce logement! Par-dessus le marché, elle me paie à crédit. Avec les tickets auxquels j'ai droit, pour Anna et moi, nous n'allons pas tarder à mourir de faim! Cela ne suffit pas pour quatre personnes. »

Elle se demandait souvent si c'était une bonne idée, cette existence clandestine que menaient Rebecca et son frère dans l'atelier.

« Et si ces histoires de Juifs arrêtés n'étaient que des rumeurs? Nous pourrions peut-être vivre comme avant, sans prendre autant de précautions. Heureuse-ment, moi, je peux sortir de temps en temps.»

Noëlle fit chauffer un peu d'eau et la versa sur un fond de marc de café, vestige d'une précédente décoc-tion insipide. Elle alla vérifier que sa fille dormait bien. Anna faisait une longue sieste tous les après-midi et cela permettait à sa mère de travailler en paix. Ce fut à l'instant précis où elle revenait de la chambre qu'on sonna.

«Si seulement c'était madame Dumaine qui aurait changé d'avis et qui me rapporterait l'argent manquant!»

Elle se précipita, mais, avant même qu'elle par-vienne devant la porte, des coups violents ébranlèrent le battant. Une voix rude hurla:

— Gestapo! Ouvrez!

La jeune femme eut l'impression de plonger dans un lac glacé dont les eaux la pétrifiaient instantanément.

— Oui, oui, j'arrive! s'écria-t-elle. Une minute!

D'un regard affolé, Noëlle vérifia l'ordonnance de la tenture qui cachait l'accès à l'atelier, s'assurant aussi que la console en marqueterie était bien d'aplomb. Enfin, elle tourna le verrou. Aussitôt un officier allemand ainsi que deux soldats entrèrent à grands pas, l'obligeant à reculer.

— C'est bien ici qu'habite Samuel Cohen? interro-gea l'officier.

D'un geste rapide, il ordonna à ses hommes de fouiller l'appartement. Noëlle en oublia la gravité de la situation pour protester en allemand:

— Ne faites pas de bruit! Mon bébé dort.

C'était une recommandation bien vaine. Les bottes martelaient le parquet, les portes s'ouvraient à la volée. Les soldats revinrent vite, mais bredouilles.

— Monsieur Cohen vivait ici, déclara Noëlle, mais il est parti. Il m'a loué ce logement. Je suis veuve et mère de famille. Couturière, aussi.

—Vos voisins ont affirmé que vous avez habité avec Cohen durant un an, reprit le militaire dans un français convenable.

—Oui, c'est exact. Sa sœur avait offert de m'héberger; elle m'avait accouchée pendant la débâcle. Je vivais en Alsace, mais j'ai dû partir, comme tant d'autres gens. Je donnais une compensation. Et un jour, son frère, monsieur Cohen, m'a annoncé qu'ils partaient, avec sa sœur, bien sûr. Ils m'ont proposé de rester ici; je n'allais pas refuser.

L'homme l'écoutait en plissant des yeux couleur d'acier. La discussion avait lieu dans le vestibule, tout près de l'issue secrète conduisant à l'atelier. Noëlle devait se contrôler pour ne pas jeter des coups d'œil alarmés vers la lourde tenture rouge censée décorer le mur. Elle espérait de toute son âme que ses amis, là-haut, ne feraient aucun bruit.

—J'avais bien remarqué qu'ils préparaient leur départ, ajouta-t-elle en jouant les personnes pleines de bonne volonté. Vous savez, ils ont vendu des bijoux, emballé des bibelots... Et, une nuit, pendant que je dormais, ils ont filé. Où? Je n'en sais rien. Je dois verser le loyer dans une banque. Un petit loyer.

Sur ces mots, la jeune femme crut défaillir. Elle prenait un gros risque en avançant un tel détail, facile à vérifier. Mais elle voulait que son récit sonne juste.

Anna choisit ce moment-là pour hurler de colère. L'irruption d'individus en uniformes kaki et peu discrets avait dû la réveiller. Noëlle leva les bras au ciel en murmurant:

—Je reviens tout de suite, ma fille pleure!

L'officier ne répondit pas, les lèvres pincées sur une expression méfiante. Dans la chambre, la jeune femme adressa une prière muette et désespérée à tous les saints du ciel, à la Vierge Marie, surtout.

«Aidez-moi, par pitié! Protégez mes amis!»

Cela ne dura qu'une minute. Elle prit le bébé à son cou, le consola avec force baisers et mots doux, et retourna dans le vestibule. Les soldats ne purent voir sur son visage ravissant qu'une ombre de contrariété, celle qu'aurait n'importe quelle maman devant son enfant en larmes.

— Elle a eu peur, messieurs. C'est bien normal. Ma fille ne voit que moi, et parfois une de mes clientes.

— Je répète, madame. Où est Samuel Cohen? interrogea durement l'officier, insensible à l'amabilité de la jeune femme. Son magasin a été mis sous scellés. Il va être racheté par un autre commerçant de la rue de Rivoli. Et cet homme affirme qu'il a reconnu monsieur Cohen, un soir du mois dernier, et qu'il emportait un lot de marchandises. Est-ce qu'il y a une cave dans cet immeuble?

Noëlle sentit ses jambes trembler. Elle ne devait surtout pas céder à la panique. Samuel avait dû être dénoncé par un de ses concurrents, bien content d'acquérir la boutique à bas prix. Mais si cet homme avait aperçu Samuel, il pouvait aussi l'avoir vue, elle.

— Tenez, souffla-t-elle, voici la clef de la cave. Il reste des bouteilles de vin, un vélo et une remorque. Et le charbon que je viens d'acheter avec mes tickets.

Elle avait décidé de dire la vérité le plus possible, afin de ne pas susciter de soupçons. Peut-être la Gestapo était-elle bien renseignée! Soudain, elle se revit fuir sous la pluie, quand Samuel l'avait accusée d'être l'amie d'un soldat allemand.

«Si j'ai de la chance! songea-t-elle, ce type, rue de Rivoli, a pu me prendre pour une passante. Mon Dieu, faites qu'ils me laissent tous tranquille. Qu'ils ne m'arrêtent pas! Que deviendrait Anna?»

L'éventualité d'être séparée de sa fille lui donna

des sueurs froides. Elle se promit, si les soldats repartaient en la jugeant innocente, de ne plus jamais broyer du noir ou se croire malheureuse. Rien ne pouvait être pire que de tomber entre les mains de la Gestapo. Des bruits couraient. On racontait dans les rues de Paris des scènes atroces de torture, d'une violence et d'un sadisme inouïs.

Pendant que deux hommes descendaient fouiller la cave, l'officier restait planté en face de Noëlle qui calmait de son mieux sa fille. Anna, ses boucles d'un blond pâle tout ébouriffées, roulant de gros yeux bleus apeurés, cessa brusquement de pleurer pour faire un timide sourire à l'austère personnage. Celui-ci parut très surpris.

— Vous avez un beau bébé, madame! avoua-t-il.

— Merci! répondit tout bas Noëlle en songeant que le type très nordique de son enfant ne pouvait que séduire un nazi, la race aryenne étant l'idéal du régime hitlérien.

Une idée saugrenue et pour le moins singulière germa alors dans son esprit affolé. Elle agissait souvent par instinct et, une fois encore, elle prit un risque insensé.

— Elle s'appelle Anna, expliqua-t-elle en regardant l'officier droit dans les yeux. Elle aurait dû s'appeler Anna Krüger. Son père était allemand. Nous étions fiancés avant la guerre. Je devais me marier et vivre de l'autre côté du Rhin, chez ses parents qui ont une scierie. Mais le destin en a décidé autrement. Vous comprendrez que je suis plutôt soulagée que les Cohen soient partis, et que je n'ai pas honte d'occuper leur appartement.

Elle cligna des paupières en prenant un air rusé. Elle se dégoûtait de jouer à nouveau ce genre de rôle. Mais il était primordial de sauver sa peau et celle de ses amis. Un soldat remonta, annonçant qu'il n'y avait rien de louche dans la cave. L'officier fixa une dernière fois Noëlle, puis il la salua avant de chatouiller la joue d'Anna, qui consentit à gazouiller.

— Ah! la guerre! ajouta-t-il. Il faut choisir son camp, n'est-ce pas, madame?

Il fit le salut hitlérien et tourna les talons. Quelques minutes suffirent: Noëlle se retrouva seule et ferma la porte à double tour. Elle guetta l'écho de leurs pas dans les escaliers en spirale. Lorsqu'elle comprit qu'ils avaient quitté l'immeuble, elle courut à la fenêtre du salon donnant sur la rue pour s'assurer que les soldats remontaient bien dans la voiture et s'en allaient.

— Ils partent vraiment! Et cet officier m'a saluée! J'ai réussi! Tu entends ça, ma chérie, ta maman a été plus futée que ces...

Le mot mourut sur ses lèvres. Elle s'apprêtait encore à qualifier de sales Boches ceux qui lui avaient fait vivre ces moments épouvantables. Mais le souvenir de Hans l'avait arrêtée. Sans quitter l'encoignure de la fenêtre, elle souffla à l'oreille de sa fille:

— Ton papa est allemand, lui aussi! Mais il n'est pas notre ennemi, il n'est pas méchant, il a un grand cœur, tu sais. Il a même sauvé tonton Samuel, un soir. Ce n'est pas sa faute, s'il porte un uniforme. On l'a obligé. Sinon, nous serions tous les trois dans une jolie maison. Tu aurais un jardin pour jouer, ma poupée chérie. Oh! Que Dieu m'accorde ce bonheur: revoir ton papa sain et sauf, qu'il te serre dans ses bras!

Noëlle continua à dessiner à l'enfant une vie idéale qui les réunissait tous les trois. Elle ne sentait même pas les larmes ruisseler sur ses joues, mais son cœur lui semblait réduit en miettes. Lorsqu'une main se posa sur son épaule, elle faillit hurler. Qui osait l'arracher à son rêve? Elle se retourna, interloquée.

—Samuel?

—Eh oui, Samuel! répliqua-t-il tristement. Je n'en pouvais plus d'attendre là-haut. Je voulais savoir ce qui s'était passé et te réconforter. Rebecca était malade de peur. On se doutait qu'il s'agissait des SS. Je trouve ça étonnant. À ma connaissance, c'est la police française qui arrête les Juifs!

—Ils voulaient peut-être des informations sur toi, à cause du magasin, lui dit-elle d'un ton sec. Tu ne dois pas venir ici en plein jour! Je me suis très bien tirée d'affaire. Remonte!

—Non! Je veux savoir ce que tu as raconté à la Gestapo.

Noëlle tira les rideaux et emmena Anna dans la cuisine. Elle l'installa dans sa chaise haute.

—Je dois lui donner son goûter, lança-t-elle à Samuel qui l'avait suivie. Puisque tu m'épies, je n'ai rien à ajouter. Anna devrait s'appeler Krüger, mais je n'ai pas eu de chance. Quant à ceux qui sont venus tout à l'heure, j'ai pu les duper. Ils ont cru que tu avais réussi à t'enfuir avec ta sœur. À mon avis, vous ne craignez plus rien grâce à cet atelier si pratique.

Elle lâchait des phrases brèves et saccadées en évitant son regard. Il la devina si profondément malheureuse qu'une infinie pitié l'envahit.

—Chère Noëlle! Ce n'est pas facile pour toi, d'aimer un Allemand ces temps-ci. Nous discutons beaucoup, Rebecca et moi. Elle m'a raisonné. Tu n'es pas responsable de cette guerre.

Samuel parlait si doucement et avec une telle tendresse dans la voix que la jeune femme éclata en sanglots. Elle poussa un petit cri de tourment et, éperdue de chagrin, se jeta contre lui.

—Vas-y, lui dit-il tout bas. Pleure à ton aise!

Ce fut un rire en grelots d'Anna qui les ramena à

l'instant présent. La petite avait attrapé son bol encore vide et le soulevait pour s'en coiffer comme d'un chapeau.

— Oh! Regarde-la, dit Noëlle, admirative. Qu'elle est drôle! Je t'en prie, va chercher Rebecca et goûtons tous ensemble. Ni la Gestapo ni la police ne vont revenir aujourd'hui, et la nuit approche. Nous méritons bien quelques instants de répit. Et, c'est promis, je vous raconterai comment j'ai berné ce terrible officier.

— D'accord! souffla-t-il. Rebecca sera ravie.

Noëlle répondit au sourire ému de Samuel. Elle avait repris des forces dans ses bras, mais son corps privé de tendresse s'était réveillé. La pensée de Hans, qui l'obsédait, revint la tourmenter jusqu'au malaise.

Novembre 1941

Il faisait déjà si froid en cet automne pluvieux que Noëlle n'osait plus promener sa fille aussi souvent. Heureusement, l'appartement était assez vaste pour permettre à Anna, qui gambadait sans cesse, de se dégourdir les jambes à son aise. Du matin au soir, la petite, chaudement vêtue, déambulait de la cuisine au salon. En guise de jouets, sa mère lui prêtait des casseroles, une passoire à thé, un entonnoir en cuivre, une louche, autant d'objets utilitaires qui l'amusaient beaucoup.

Les clientes ne se pressaient pas rue du Temple. La jeune couturière devait se contenter de rétrécir des robes devenues trop grandes, car on mangeait mal et de moins en moins, ou de couper des vêtements pour enfants dans de vieux manteaux.

Lorsque Rebecca et Samuel descendaient de leur cachette, à la nuit tombée, Noëlle leur confiait ses tourments. Ce soir-là, elle avoua avec un accent angoissé :

— Nous n'avons plus droit, Anna et moi, qu'à

trente-quatre grammes de sucre par mois. Et à si peu de lait! Ces tickets de rationnement me rendent folle.

—Pioche dans les réserves que nous avons faites, lui dit Samuel. Tu fais trop attention. Cela ne sert à rien de t'affamer. Tu flottes dans tes vêtements.

—Vous non plus, vous ne mangez presque rien, protesta-t-elle.

C'était la vérité. Ils avaient maigri tous les deux, tant ils craignaient de priver Anna. Ils burent une tisane de tilleul en bavardant tout bas. La jeune femme regardait souvent la pendule d'un air impatient. Rebecca soupira, exaspérée.

—Noëlle, écoute-moi! Je voudrais te mettre en garde. Avec cette pluie qui ne cesse pas, j'aimerais que tu renonces à tes sorties nocturnes, au moins pendant une semaine. Cela va finir par intriguer les voisins. Tu pars souvent plus d'une heure, alors que tu as une enfant en bas âge et, officiellement, personne pour la garder si tu t'absentes. Quelle mère sérieuse laisserait son bébé seul? Les gens doivent déjà trouver ça louche.

—Les gens! répéta Noëlle en haussant les épaules. Tous les volets sont fermés depuis longtemps. Les gens ont si peur qu'ils ne mettent pas le nez dehors. Je suis certaine que pas un voisin ne m'a vue partir ni revenir. Et, un bébé comme Anna, ça se couche tôt. On peut penser que je la laisse une fois qu'elle est endormie. Je dois retrouver Hans. Je veux lutter contre le mauvais sort. Si je pouvais le croiser, lui donner la lettre que j'ai écrite. Ensuite, promis, je resterai ici, sagement.

—Nous te comprenons, mais c'est très risqué; ma sœur dit vrai, ajouta Samuel. S'il t'arrivait quelque chose, comment ferions-nous? Tu peux être arrêtée ou avoir un accident.

—Faites-moi confiance. Si je ne tente rien, je deviendrai folle ou malade, répliqua-t-elle.

Ils la virent enfiler un ciré noir et de grosses chaussures à lacets.

—Je serai vite de retour. Anna a dîné, vous pouvez la mettre au lit.

Noëlle se retrouva sur le trottoir ruisselant de pluie avec un immense plaisir. Elle respira une grande bouffée d'air humide et s'éloigna d'un pas pressé. La jeune femme n'allait pas loin. Elle rejoignait la rue de Rivoli et rôdait près de l'ancien magasin Cohen. C'était une attitude presque puérile, un rêve fou qui la conduisait là. Elle s'était persuadée que Hans, s'il cherchait à la retrouver lui aussi, reviendrait à l'endroit où ils s'étaient revus par le plus grand des hasards.

«Même les soldats allemands ont des permissions, songeait-elle en marchant sous les arcades. Hans devrait sentir que je l'attends.»

Comme si elle sacrifiait à un rite lourd de sens, Noëlle effleura de la main le pilier en pierre où s'était adossé son fiancé. Elle s'entêtait, voulant croire qu'il demeurait quelque chose de Hans à cette place précise. Mais sa quête semblait vaine. Dans ce quartier qui représentait un peu le cœur de Paris, au centre d'un cercle englobant le Louvre, le Palais-Royal et la Comédie-Française, Noëlle faisait le guet, pleine d'une folle espérance.

La capitale continuait à vivre. Les restrictions et les patrouilles de surveillance n'empêchaient pas les Parisiens de sortir, d'aller dîner sur les Champs-Élysées ou d'assister à une pièce de théâtre. Qu'on fût artistes, bourgeois ou gens du peuple, on ne renonçait pas à ses habitudes. Ainsi, sans le savoir, Noëlle croisa l'écrivain Colette et son compagnon, la chanteuse Édith Piaf au bras de sa sœur Simone et quelques autres célébrités.

«Je dois rentrer!» soupira-t-elle après un coup d'œil à sa montre.

Alors que la jeune femme s'apprêtait à retourner rue du Temple, un groupe de soldats allemands traversa la chaussée. Ils avaient franchi un des portails du Louvre et, parlant haut, riant fort, ils se dirigeaient vers une brasserie de luxe. L'un d'eux, marchant à l'écart, ralentit le pas dès qu'il aperçut la silhouette de Noëlle.

Elle sut tout de suite que c'était Hans. Elle aurait reconnu son allure et sa stature au milieu d'une foule bien plus nombreuse. D'un geste nerveux, elle rejeta son béret en arrière, libérant une mèche blonde. Il s'arrêta et fit signe à ses camarades de ne pas l'attendre.

« Merci, mon Dieu! se dit-elle. Il vient vers moi. Il m'a vue. »

L'émotion qui la submergeait était si forte qu'elle dut s'appuyer au mur, les jambes tremblantes. Hans serait près d'elle dans quelques secondes. La jeune fille se sentait à la fois affolée et ravie. Lui avançait dans le même état de stupeur joyeuse. Noëlle se tenait là, dans la pénombre des arcades. Il devinait son regard bleu plein d'impatience et de crainte.

— Hans! appela-t-elle.

— Noëlle!

Ils étaient enfin face à face, à une dizaine de centimètres l'un de l'autre, sans oser s'étreindre. Entre eux se dressait le spectre effrayant de la guerre qui les plaçait chacun d'un côté de l'échiquier politique. Leur malaise bien légitime ne les empêchait pas de se dévorer des yeux, de se contempler avec une fièvre de bonheur. Il parla le premier.

— Noëlle! Que fais-tu à Paris? J'avais très peur pour toi. Tu habitais si près de la frontière.

— Chut! fit-elle. Oublions les frontières. Je vis ici depuis plus d'un an, chez des amis.

Il la prit par le bras, non sans avoir jeté des coups d'œil inquiets alentour.

— Marchons un peu. C'est trop fréquenté, par ici.
Ce soir, j'ai quartier libre. Une chance que je t'aie
rencontrée. Es-tu mariée, ou fiancée?

Il guettait sa réponse avec appréhension; elle le
sentit.

— Oh non! Je suis célibataire. Je ne pouvais pas
t'oublier, Hans. Je t'attendais. Depuis l'incident de
l'autre jour, je reviens là trois fois par semaine, au cas
où tu aurais eu la même idée : me revoir dans cette
rue, près du magasin.

Hans ne résista pas à l'envie de la prendre par la
taille. La sentir contre lui bien réelle et transfigurée de
joie effaçait des mois de désespoir. Il eut l'impression
de remonter de l'abîme, de pouvoir enfin respirer.

— Moi qui croyais que tu m'avais rayé de ta vie pour
toujours! dit-il doucement. Tu sais, je ne suis pas ravi de
porter cet uniforme. Mais je n'ai pas eu le choix. Le jour
où nous avons attaqué des villages français, je priais
pour me faire tuer. J'étais si triste et honteux. On ne
peut pas imaginer ce qu'est vraiment une guerre,
surtout celle-ci. Une abomination. Mais je t'ai retrouvée.

Soucieuse de le consoler, elle lui serra très fort la
main. Ils s'étaient engagés dans une rue transversale,
plus étroite et moins bien éclairée. Hans désigna un
large porche envahi d'ombre, une entrée d'immeuble
que ne barrait aucune grille.

— Viens! Nous serons tranquilles pour discuter.

Noëlle l'aurait suivi au bout du monde. Elle écoutait le moindre mot qu'il prononçait avec délices. Il
maniait le français à la perfection.

— Hans, dit-elle tout bas, enfin tu es là, avec moi. Je
ne peux pas y croire. J'ai imploré Dieu de nous réunir,
chaque soir, chaque matin en me réveillant. Il m'a
exaucée.

— Et moi donc! Tu te souviens de la dernière fois

où nous avons été ensemble? Nous étions tellement heureux, nous allions partir chez mes parents quand Hainer Risch a défoncé ma porte avec ses acolytes.

—Si, je me souviens! répliqua-t-elle d'une voix tremblante. Risch m'a forcée à partir avec lui, en menaçant de te tuer si je ne le suivais pas. Que s'est-il passé ensuite?

—J'étais dans un sale état. Marieke, l'épicière, avait entendu des cris. Elle a prévenu ses voisins. Ils m'ont découvert à demi inconscient et ils ont eu la bonté de me conduire à l'hôpital, mais en Allemagne. Sinon, le lendemain, j'aurais été considéré comme prisonnier. Comme quoi il existe quand même des gens épris de justice sur cette terre!

—Le pire, c'était de ne pas savoir ce que tu étais devenu, si tu avais survécu. Combien de fois je t'ai revu, le visage en sang! Oh! Si tu savais ce que j'ai enduré par la suite! Mais je ne veux pas t'en parler ce soir. Plus tard, quand nous aurons le temps.

Hans l'attira contre lui, incapable de résister au bonheur de la toucher, de l'enlacer. Elle posa sa joue sur son épaule.

—Ma Nel chérie! soupira-t-il. Je voudrais ne plus jamais ouvrir mes bras, te garder pour l'éternité comme ça, tout près de moi. J'ai tellement rêvé de ce moment où je te retrouverais.

Elle noua ses mains derrière son cou, l'embrassa sur les joues, d'abord, puis posa ses lèvres sur les siennes, avec une infinie tendresse. Bouleversé, Hans répondit par un baiser plus avide, mais très bref. Aussitôt il délaissa sa bouche pour caresser chaque parcelle de son visage du bout des doigts.

—Ma petite chérie. Tu es encore plus belle!

Noëlle jugea l'instant venu de lui annoncer l'existence de leur fille. Elle avait tellement hâte de parler d'Anna, de la décrire, de raconter toutes les pitreries adorables qu'elle faisait. Elle anticipait la joie immense qu'il aurait. Cependant, Hans, avec un cri étouffé, la reprit contre lui et respira ses cheveux. Enfin, il recommença à l'embrasser, d'une manière plus explicite. Le désir le rendait nerveux. Il toucha sa poitrine en cherchant à déboutonner son imperméable. Soudain il releva sa jupe et explora d'une main impatiente le haut de ses cuisses, entre une jarretelle et le volant de sa culotte brodée.

— Hans, gémit-elle, pas ici, on peut nous surprendre! Je t'en prie, pas maintenant.

Il l'écouta à peine, plus audacieux au contraire, car le seul contact de sa chair portait son excitation au summum.

— Noëlle, tu n'es pas obligée de me croire, mais je n'ai pas connu de femme depuis toi. Je m'étais fait la promesse de te rester fidèle. Je t'aime tant.

— Moi aussi, je te suis restée fidèle, Hans, répondit-elle, envahie par la même passion.

Paupières mi-closes, Noëlle le laissa faire. Il l'appuya le dos au mur, en soutenant ses reins. Elle comprit ce qu'il projetait et, accrochée à lui comme une enfant, les jambes enserrant sa taille, elle guetta l'instant où il la pénétrerait. Ce fut doux, délicat, mais la jeune femme ne put retenir un cri d'extase.

« C'est lui, c'est Hans! Mon amour! » se répétait-elle, soumise à ses mouvements d'homme ardent, alors qu'un plaisir intense la submergeait. Au comble de la jouissance, Noëlle perçut même la vague odeur de tabac blond qui lui plaisait tant, avant.

Quand il l'aida à reprendre pied, elle scruta ses traits bien-aimés à la faible lueur d'un lointain réverbère. Elle fondit de bonheur, émerveillée d'être près de lui.

— Si tu savais comme je t'aime! dit-elle. J'ai pu vivre sans toi pendant plus de deux ans, mais à présent je voudrais que nous restions ensemble, ne plus te quitter, plus jamais.

— Il faut garder espoir, assura Hans. J'aurai tous les courages, désormais. Pour toi, pour nous deux!

— Pour nous trois! rectifia-t-elle.

Le jeune homme la fixa d'un air interloqué. Elle lui prit la main et l'entraîna vers l'appui d'une fenêtre, où ils s'assirent. Hans guettait les mots que Noëlle allait prononcer en réponse à sa question. Il lui avait demandé d'une voix tendue ce qu'elle voulait dire. La jeune femme semblait hésiter. Il insista :

— Est-ce que tu faisais allusion à cet homme, dans le magasin?

— Mais non! protesta-t-elle. Il s'agit d'Anna.

— Anna? Qui est Anna? Dis-moi vite!

Il osait à peine respirer, tout son être en attente d'une chose trop belle pour être vraie.

— C'est notre fille, Hans. Elle a un an et demi. Une belle poupée blonde aux yeux bleus. Anna est née peu de temps après l'offensive allemande, dans le Nord-Est. Ma mère et moi nous étions réfugiées chez mes grands-parents, à Durrenbach.

— Notre fille, ma fille! Tu m'as donné un enfant?

— Oui, une ravissante petite fille que nous avons conçue juste avant la guerre. Et j'étais à peine remise de l'accouchement que j'ai dû fuir sur les routes. C'était la débâcle. J'étais seule, puisque ma famille avait été arrêtée, mais la sage-femme qui m'a aidée à mettre notre bébé au monde m'a conduite jusqu'à Paris, en voiture. Son frère nous a hébergées. Je vis chez eux.

Elle se tut brusquement, alors qu'elle allait donner le nom de ses amis Cohen. Cette réaction de prudence instinctive la blessa, lui rappelant la nationalité de Hans et son uniforme.

— C'était cet homme, que tu cachais dans le magasin, rue de Rivoli? avança-t-il. C'était sa boutique? Ils sont juifs, c'est ça?

Noëlle n'osait pas répondre. Elle tendit son visage vers Hans et l'expression de méfiance qu'il put y déchiffrer le fit tressaillir.

— Mon amour, dit-elle, peu importe! Je t'annonce que tu as une fille et toi tu veux savoir si mes amis sont juifs? Jure-moi que tu n'es pas comme les autres! Je sors souvent dans Paris, je sais que beaucoup de familles juives se sont enfuies, quand elles n'ont pas disparu étrangement après avoir vu leurs biens confisqués, comme cela s'est passé en Allemagne et ailleurs.

Elle s'agrippa à sa veste à pleines mains en le secouant un peu.

— Tu nous as aidés, l'autre soir, quand tu as fouillé le magasin. Pourtant nous n'avions pas échangé un mot. Mais tu m'avais reconnue et tu as volé à mon secours. C'est bien la preuve que tu es bon, charitable, que tu es le Hans d'avant la guerre!

Il la fixa d'un air effaré, proche de la colère.

— Noëlle, tu me connais, quand même! J'ai grandi en Alsace, j'aime la France. Je n'ai pas changé depuis que j'ai été mobilisé! Je n'ai jamais caché mes opinions politiques, je suis un pacifiste.

— Excuse-moi, répondit-elle.

— Parle-moi plutôt de notre enfant, dit-il douce-ment. Raconte-moi! Je suis tellement heureux. Une fille, j'ai une fille! Je voudrais la voir, rien qu'une minute. Crois-tu qu'elle aurait peur si je l'embrassais?

La jeune femme, exaltée, lui étreignit les mains et lui assura:

— Mais non, elle n'aurait pas peur, c'est une enfant très sociable. Tu pourras la voir demain ou un autre jour, enfin, quand tu pourras, n'importe quand. Va aux Tuileries, près du premier bassin en face du Louvre. Je la promènerai tous les matins, même s'il fait mauvais temps. Tu la verras, notre Anna, je te le promets. Demain, ce serait bien? J'ai si hâte que tu la voies.

Hans parut réfléchir. Il se leva et obligea Noëlle à le suivre.

— C'est bientôt le couvre-feu[38]. Tu dois rentrer. Demain, je ne sais pas si ce sera possible. Je ne suis pas libre de mon temps.

Elle le devina tourmenté, anxieux. Après la flambée de bonheur qui les avait bouleversés, cette attitude la peina.

— Qu'est-ce que tu as, Hans, dis-moi?

— Si tu habites chez des Juifs, tu dois t'en aller le plus vite possible. Il se prépare des choses affreuses. Je ne veux pas que tu y sois mêlée, ni le bébé. Quitte ces gens. Ils sont condamnés. Une rafle se prépare. Ce n'est pas moi, simple soldat, qui peut l'empêcher, hélas!

Noëlle pesa le pour et le contre. Sans douter un instant de la sincérité de Hans, elle répliqua d'un ton ferme:

— Ne t'inquiète pas! Tu m'as mal comprise quand je disais que je vivais chez eux. Ils m'ont laissé leur appartement, je l'habite seule avec Anna. Mes amis ont pu s'enfuir. C'était pour cette raison que nous étions au magasin. Il fallait récupérer le contenu du coffre. Moi, je suis couturière, je gagne un peu d'argent. Sois tranquille, mon amour, je ne risque rien.

— Dans ce cas, je peux te rendre visite! Pourquoi m'as-tu proposé de te rencontrer aux Tuileries? s'étonna-t-il.

---

38. Pendant l'Occupation, le couvre-feu, à Paris, commençait à minuit.

—Hans, tu ne dois pas venir chez moi, j'ai des voisins à qui j'ai raconté que j'étais veuve. Si je reçois un soldat allemand, bientôt je n'aurai plus de clientes et on me fera une très mauvaise réputation.

—Tu dis vrai. Nous nous verrons aux Tuileries, alors, soupira-t-il. Je suis rassuré, on ne te fera pas de mal.

Il lui tendit les bras et elle s'y réfugia. Ils se serrèrent l'un contre l'autre avec une joie douloureuse, sachant trop bien qu'ils étaient chacun d'un côté d'une barrière invisible et que leur amour était interdit.

—Maintenant, je dois vraiment rentrer, dit-elle. C'est une jeune voisine de mon immeuble qui garde Anna le soir. Ce n'est pas très difficile, elle dort bien, mais je ne peux pas abuser.

La jeune femme mentait encore et en était désolée. Il ne devina rien.

—Je te raccompagne un bout de chemin, dit-il.

—Non, je t'en prie. Laisse-moi partir seule. C'est à deux pas. Hans, je t'aime. N'oublie pas, les Tuileries, le matin. Demain si tu peux.

—Peut-être, Noëlle. Demain ou un autre jour. Sois prudente, ma douce chérie, garde-toi en vie et veille sur notre enfant.

Elle recula, réprimant un sanglot. Alors qu'il lui adressait un au revoir de la main, elle revint sur ses pas et l'étreignit.

—Hans! Toi aussi, garde-toi en vie! La guerre finira, il faut y croire. Et alors nous pourrons vivre ensemble.

*

Samuel et Rebecca venaient de regarder la pendule du salon pour la dixième fois au moins. Anna dormait sur le divan, car elle avait réclamé sa maman en pleurant et tous deux avaient dû déployer des trésors de patience et d'ingéniosité pour la calmer sans élever la voix ni faire de bruits suspects.

— Dorénavant, j'interdirai à Noëlle de sortir le soir, gronda tout bas Samuel. A-t-elle perdu l'esprit? Imagine un peu si la petite hurlait. Dans une heure, c'est le couvre-feu. Les voisins viendraient frapper à la porte. Nous serions découverts. Je ne comprends pas comment une mère de famille peut se comporter ainsi! Et ne pas penser au danger que cela représente pour nous.

Rebecca observait d'un air absent sa tasse de tisane. Son frère avait le don de l'exaspérer. Depuis qu'ils vivaient enfermés dans l'atelier, il ne cessait de l'accuser de cette situation aberrante dont il avait pourtant eu l'idée. Dès que Noëlle disparaissait ou prenait un peu de liberté, il remuait ses regrets et ses colères secrètes. Elle l'avait entendu répéter jusqu'à l'épuisement que, sans elle, il serait loin, aux États-Unis, et non condamné à végéter en vase clos.

— Écoute! chuchota-t-il. Des pas, dans la rue.

— Ce n'est pas elle! souffla sa sœur. Je reconnais la façon de marcher de Noëlle.

Ils échangèrent un regard angoissé.

— Elle n'est jamais rentrée si tard! dit-il.

— Je sais! Mais que veux-tu faire? maugréa-t-elle entre ses dents. Elle va arriver. Bois ton infusion, c'est déjà froid et, sans sucre, c'est infect.

— Rebecca, dit-il soudain, peut-être qu'elle a été arrêtée! Torturée! Elle aura tout avoué, pour nous, et ils vont venir nous chercher.

— Mais non, calme-toi, le supplia-t-elle, alors que la même peur l'envahissait. La ville est paisible, à quoi bon te tourmenter. Tiens, écoute, elle arrive. Tu avais raison, c'était son pas, dans la rue.

Noëlle entra dans l'appartement à pas de loup. Elle espérait trouver ses amis endormis sur le divan du salon; il leur arrivait parfois de faire la sieste, après le dîner, même quand elle ne sortait pas.

«Je n'ai pas le cœur à me faire sermonner, songeait-elle en traversant le vestibule. Il est presque minuit. Mon Dieu, merci, Hans n'a pas pensé à me demander pourquoi ma famille avait été arrêtée. Il n'a peut-être pas fait attention, il était tellement ému d'apprendre l'existence de notre fille!»

Tout de suite, elle distingua la lueur d'une chandelle dans la cuisine. Rebecca et Samuel veillaient, attablés devant la tisanière froide. Ils lui jetèrent un même regard furibond.

— Oh! fit-elle, je suis navrée. Je sais qu'il est tard.

— Où étais-tu? interrogea durement Samuel, d'une voix très basse, mais glaciale.

— La petite a beaucoup pleuré, ajouta Rebecca. Elle te réclamait. J'ai vu le moment où elle allait réveiller tous les voisins. Tu réalises dans quel embarras tu nous as mis?

Très gênée, la jeune femme prit place à la table. Elle n'avait pas conscience de son apparence, les cheveux fous, les lèvres gonflées par les baisers de Hans. Sa beauté semblait sublimée par un mystérieux tour de passe-passe. Elle renonça à tricher.

— J'ai enfin revu Hans, avoua-t-elle. Je lui ai annoncé qu'il avait une fille. Comme il était heureux!

— Et tu lui as parlé de nous? demanda Samuel avec une expression de terreur.

— Non, j'ai dit que vous étiez partis, que je vivais seule ici.

Noëlle ferma les yeux un instant, prise de vertige. Elle aurait voulu s'envoler loin de la rue du Temple, rejoindre Hans dans une prairie ensoleillée et toute fleurie, au cœur de sa belle Alsace. Ils se rouleraient sur l'herbe douce avec la certitude de ne plus jamais se quitter. Ce serait la fin de l'été, quand les houblons aux cônes d'or répandent leur parfum si particulier, âcre et suave.

Malgré ses bonnes résolutions, Samuel ne supporta pas ce tableau. La jeune femme avait un air passionné qu'il jugea indécent. Il remonta dans l'atelier.

—Je m'en doutais, dit Rebecca. Sinon, tu serais rentrée bien plus tôt. Va vite te coucher, nous en parlerons demain. Anna s'est endormie sur le divan du salon, mais j'ai réussi à la porter dans son lit.

—Anna? bredouilla Noëlle. Oh, bien sûr, elle t'a causé du souci. J'en perds la tête. C'est Hans, tu comprends, Hans que j'ai pu toucher, embrasser. Je ne pouvais pas le repousser, quand même. Ni lui tourner le dos parce qu'il porte l'uniforme allemand.

—Je suppose que j'aurais agi comme toi! concéda son amie.

Dix minutes plus tard, Noëlle s'allongeait avec délices dans son grand lit, le bébé couché près d'elle. Plus rien ne l'effrayait, ni la guerre ni les privations. Hans l'aimait toujours.

*

Le lendemain matin, Noëlle habilla sa fille avec soin. Elle prépara en vue de la promenade son plus joli manteau en drap bleu clair, avec le petit bonnet en laine assorti. Anna jouait sagement, assise sur le tapis.

—Attends maman, ma chérie, ne bouge pas. Je reviens tout de suite.

Il était dix heures. La jeune femme alla dans le vestibule, se glissa derrière la tenture et monta jusqu'à l'atelier. Assis près d'un poêle miniature qui ne les chauffait guère, le frère et la sœur buvaient de la chicorée. Aussi étaient-ils affublés de gros gilets de laine et d'une écharpe autour du cou.

—Bonjour! Je venais vous prévenir, je sors. Je vais aux Tuileries. Anna a besoin de prendre l'air. Je serai là à midi. Je pense que vous pouvez descendre dans l'appartement. Je n'ai pas ouvert les volets ni tiré les rideaux. Il y fait meilleur.

Samuel baissa le nez dans sa tasse. Rebecca poussa une plainte de lassitude.

—Tu as de la chance, Noëlle, de sortir à ta guise, conclut-elle. J'ai l'impression de vieillir à grande vitesse, enfermée ici.

—C'est mieux que de disparaître on ne sait où, répliqua la jeune femme. Il paraît qu'une nouvelle rafle se prépare. Hans me l'a dit. Vous êtes en sécurité, ici, tenez bon! Personne ne vous fera de mal.

Elle avait repris les mots de Hans. Toute joyeuse, elle fit demi-tour. À cet instant, elle n'aspirait qu'à se retrouver dans la rue, avançant vers cet improbable rendez-vous qu'elle avait donné à son bien-aimé.

Dix minutes plus tard, son rêve se concrétisait. Pareille à une belle poupée, Anna était assise dans son landau. Sa toilette bleue faisait ressortir l'éclat lumineux de ses yeux. Ses boucles blondes frisottaient, s'échappant du béret.

—Que tu es mignonne! dit-elle à l'enfant. J'aimerais tellement que ton papa te voie ainsi! Le bébé le plus élégant de Paris, grâce à ta maman qui, par bonheur, sait coudre.

Le ciel se montrait clément. La pluie avait cessé et des nuages blancs couraient dans un ciel pastel. La Seine brassait des flots boueux, mais l'air frais sentait bon les feuilles mortes et une vague odeur de campagne. Noëlle parcourut les allées des Tuileries en revenant souvent vers le bassin le plus proche du Louvre. Prise d'une fébrile impatience dès que des soldats allemands traversaient le vaste jardin, elle ne cessait de regarder autour d'elle. Mais aucun d'eux ne lui prêtait attention, hormis ce vieux colonel qui la saluait toujours d'un geste raide.

« Pourquoi Hans n'est-il pas là? se dit-elle, attristée. Il aurait dû s'arranger pour venir à tout prix. »

À midi moins le quart, elle prit le chemin du retour. Sa déception était si forte qu'elle pleurait, contre sa volonté.

« Peut-être sera-t-il là demain! songea-t-elle en se retournant une dernière fois. Je dois y croire, ne pas désespérer. »

Noëlle frissonna. Elle comprenait soudain que ces retrouvailles avec Hans l'avaient affaiblie, alors qu'il lui fallait rester forte pour protéger sa fille et ses amis.

« Je reviendrai encore quatre matins. Ensuite, ce sera fini de rêver. »

La jeune femme tint parole. Cinq jours plus tard, elle abandonna ses balades aux Tuileries. Rebecca la consola.

— Sans doute que la discipline est stricte dans l'armée allemande. Il n'aura pas pu se libérer. Cela ne pouvait pas durer. Tu as pris froid, Anna aussi.

C'était vrai. La fillette toussait. Fiévreuse et agitée par des quintes douloureuses, Noëlle dut s'aliter. Elle prit l'habitude de rester couchée, le bébé allongé à ses côtés. Toutes deux lovées sous de chaudes couvertures, leurs têtes blondes nichées au creux de l'oreiller, elles dormaient de longues heures, dans la pénombre de la chambre.

La nourriture ne tarda pas à manquer, ainsi que le charbon. Samuel déclara un soir, d'un ton accablé :

— Nous ne tiendrons pas longtemps. Si Noëlle ne

peut plus s'occuper du ravitaillement, je vais refaire surface et ramener de quoi manger. Je dirai aux voisins que je suis revenu pour quelques jours.

Sa sœur le supplia de ne pas faire de sottises. Elle alla implorer Noëlle.

—Je t'en prie, remets-toi! Anna a maigri et les placards sont vides. Il fait un froid de loup. Tu dois réagir, et vite. Tu avais promis de tenir le coup. Tu es la seule à pouvoir utiliser les tickets de rationnement.

La jeune femme se pelotonna davantage sous l'édredon, mais elle déclara, languide:

— Demain, Rebecca. Donne-moi jusqu'à demain et j'irai au ravitaillement. Encore une nuit de repos et je reprends la lutte. Mon plus gros chagrin, c'est de ne pas avoir revu Hans. J'aurais tant aimé lui présenter sa fille. Ne t'inquiète pas, je te jure que je vais être raisonnable, à présent.

20

La folie des hommes

Paris, 15 juillet 1942

Noëlle arrosait les géraniums roses qu'elle avait réussi à faire fleurir sur la fenêtre de la cuisine. Chaque matin, la vue de ces fleurs chétives, d'une couleur délicate, apaisait sa tristesse et lui remémorait ses souvenirs d'enfance.

«Au domaine Kaufman, il y avait des géraniums bien plus beaux que ceux-ci. L'été, le jardin était un véritable paradis», pensa-t-elle.

Elle crut revoir soudain les roses, les lilas, les dahlias et les massifs de capucines.

«Tout doit être à l'abandon, aujourd'hui, se dit-elle encore. Ou bien les fleurs poussent sur les ruines.»

L'aube rosissait les toits voisins. L'air frais semblait purifier Paris, que la chaleur estivale accablerait dans quelques heures.

«C'est maintenant qu'il faudrait amener Anna en promenade, avant que le soleil tape trop dur. Mais je n'en ai pas le courage.»

La jeune femme n'avait pas revu Hans. Il semblait s'être volatilisé après leur rencontre nocturne. Combien de fois avait-elle frémi en voyant approcher une patrouille allemande? Mais, sous le casque vert-de-gris, jamais elle n'avait reconnu le visage aimé.

Elle en souffrait tout en se rassurant. L'armée ennemie composait un univers insondable dans lequel Hans faisait figure de personnage sans poids que l'on pouvait envoyer se battre n'importe où.

«Je vais préparer de la chicorée pour Rebecca; elle ne va pas tarder à descendre, se dit-elle tout bas. Nous pourrons bavarder, puisque Anna dort encore.»

Dans l'atelier mal aéré où ils se terraient toujours, Rebecca et Samuel, après avoir grelotté tout l'hiver, souffraient maintenant de la canicule. Afin de chasser ses idées maussades, Noëlle se pencha un peu, appuyée à la balustrade. La rue du Temple lui parut très calme et presque déserte. Seul un taxi était garé juste en face de l'immeuble.

«Encore cette voiture! se dit-elle. Ce n'est pas la première fois qu'elle vient par ici. Avant-hier, c'était le soir. Sans doute s'agit-il d'un rendez-vous galant. Même en pleine guerre, il y en a qui prennent le temps de s'aimer.»

Elle rougit en se souvenant de la brève étreinte qui l'avait unie à Hans, au fond d'une impasse, un soir de pluie. Elle remercia la Providence de ne pas être tombée enceinte.

«Oui, Dieu merci, j'aurais dû affronter seule une nouvelle grossesse. Et, porter un enfant par ces temps de famine, je n'en aurais pas eu le courage. Cela devient de plus en plus difficile de manger suffisamment. Mais il faut tenir bon, la Résistance s'organise.»

Tous les Français vibraient du même espoir que la jeune femme en cet été 1942. On répandait de folles rumeurs, qui évoquaient des luttes secrètes dans les maquis du sud-ouest, menées par les combattants de l'ombre. L'appel du général de Gaulle portait enfin ses fruits.

«Bon, assez paressé!» se reprocha-t-elle.

Elle referma la fenêtre et tira les rideaux de lin. Au même instant, on frappa.

«Qui est-ce? Une cliente? Non, pas à six heures du matin. Et d'habitude les gens utilisent la sonnette! Sauf la Gestapo! Non, ce n'est pas ça. On aurait frappé bien plus fort.»

Affolée malgré tout, Noëlle approcha à pas feutrés du vestibule. Elle s'assura que la tenture et le guéridon cachant la porte de l'atelier étaient bien en place. Elle resserra la ceinture de son peignoir en satin. On frappa encore, trois petits coups discrets, cette fois.

— Qui est là? interrogea-t-elle, la joue collée au battant.

— C'est moi, Hans! Ouvre vite, je t'en prie.

Noëlle éprouva un mélange de colère et de joie, aussitôt suivi d'une totale incrédulité. Elle dit d'un ton un peu froid:

— Comment as-tu su où je logeais?

— Ouvre! Par pitié! Je t'expliquerai!

Paniquée, Noëlle ne se décidait pas à tourner le verrou. Les questions se pressaient dans son esprit, amenant des réponses plus folles les unes que les autres. Puis elle pensa aux voisins. Si Hans insistait, sa visite ne passerait pas inaperçue. Elle ouvrit, tremblante d'émotion.

— Quand même! soupira-t-il. Tu en as mis, du temps! On dirait que tu n'es pas contente de me revoir, ma Nel?

Il s'approcha pour l'embrasser. La jeune femme recula, sur la défensive. De plus, ne voulant pas alarmer Samuel et Rebecca au cas où ils entendraient la voix du visiteur, elle lui fit signe de la suivre dans la cuisine, l'index devant la bouche pour lui signifier de ne pas faire de bruit.

— Tu m'en veux parce que je ne suis pas venu aux Tuileries pour voir ma fille? Ce n'est pas ma faute..., avoua-t-il.

L'uniforme de Hans semblait flotter sur son corps amaigri. Le visage du jeune homme était émacié, la peau blême en moulait l'ossature énergique.

—Que s'est-il passé? demanda-t-elle d'un ton radouci.

—Mon régiment partait en Russie. Un ordre qui nous est tombé dessus au dernier moment. J'ai cru mourir, là-bas, de froid et d'épuisement. J'étais très souffrant et c'est pourquoi j'ai pu rentrer en France. Je suis porté malade. L'infirmier m'accorde une sortie tous les matins; c'est un ami. Depuis une semaine, je parcours le quartier, du jardin des Tuileries jusqu'au bout de la rue de Rivoli. Hier, je t'ai aperçue dans la rue, avec la poussette. J'ai vu Anna; de loin, mais je l'ai vue. En interrogeant les voisins, j'ai su que tu habitais cet immeuble.

Interloquée, Noëlle s'assit sur un tabouret et tritura un torchon. Elle avait l'impression de faire un mauvais rêve.

—Tu as osé prendre des renseignements sur moi, dans cet uniforme de l'armée allemande? Imagines-tu un peu ce que vont penser mes voisins! Moi qui m'évertue à passer pour sage et honnête. Tu es fou! Il fallait me parler dans la rue, ailleurs. Tu te rends compte, sonner ici, à l'aube! Dis, c'était toi, ce taxi?

—Quel taxi? Je ne prends pas de taxi. Je marche. Le docteur dit que je dois m'aérer. Je tousse encore beaucoup.

Ils restèrent silencieux, paralysés par la gêne. Noëlle se désolait d'être en peignoir fin, la poitrine à demi dénudée. Hans ne comprenait pas la réserve de celle qui avait hanté ses nuits depuis leurs retrouvailles. Soudain, il parut se souvenir de quelque chose et sortit de sa veste un sachet en papier.

—Tiens, je t'ai apporté du café. Et du chocolat.

Nous pourrions déjeuner ensemble. Je voudrais bien que tu me présentes Anna, aussi.

— Elle dort. Je ne sais pas si c'est une bonne idée de la réveiller. Tu lui ferais peut-être peur. Elle ne te connaît pas.

La jeune femme se reprocha d'être un peu cruelle, mais la rancœur la tourmentait. Elle tendit pourtant la main vers le café.

— L'eau est bouillante. Je vais en préparer. Cela me changera de la sempiternelle chicorée!

— Sempiternelle! répéta Hans, surpris. Le genre de jolis mots français que je n'avais pas entendus depuis longtemps.

Ils discutaient sans se regarder, mais chacun brûlait de se jeter dans les bras de l'autre. Hans commença à étudier l'aménagement de l'appartement, car la cuisine s'ouvrait sur la salle à manger et le salon.

— Tu es à ton aise dans ce grand logement. Et c'est cossu, conclut-il d'un drôle d'air. Tes amis étaient fortunés.

Noëlle lui jeta un coup d'œil soupçonneux. Ce fut ainsi qu'elle devina des larmes sur les joues pâles de son ancien fiancé.

«Mon Dieu, songea-t-elle, avec cet homme j'ai conçu un enfant. Il est là, à un mètre de moi, et je perds mon temps à jouer les mégères. À m'effrayer au moindre de ses mots. Il a peur que je le rejette, c'est tout!»

Un court instant, Noëlle hésita. Puis, comme libérée de sa dureté et de ses doutes, elle sauta au cou de Hans. Il l'étreignit en gémissant de bonheur.

— Ma chérie! Je me disais que tu ne voulais plus de moi.

— Comment serait-ce possible? Tu me manques jour et nuit. Mais je t'ai tellement attendu, aux Tuileries, j'ai espéré si fort que tu viennes. Je pomponnais Anna, je soignais sa tenue en ton honneur, et puis rien. Oh! Hans, je t'aime.

Ils demeurèrent enlacés, paupières closes sur l'infinie tendresse qui les berçait. Noëlle se dégagea la première et dit tout bas:

— Viens, je vais te montrer Anna. Si nous ne faisons pas de bruit, elle dormira encore une heure.

Le couloir de l'appartement était plongé dans la pénombre. Hans reprit Noëlle dans ses bras et la couvrit de baisers ardents. Elle n'eut pas le courage de le repousser.

— Je te veux, là, maintenant, lui dit-il à l'oreille. Cette maladie que j'ai eue, cette fièvre qui me rongeait, c'était aussi le manque de toi. Je ne pensais qu'à nous deux, à ton corps.

— Chut! fit-elle, incapable de s'abandonner au désir. Parle moins fort, à cause des voisins.

Elle guettait le tic-tac de l'horloge. Samuel ne tarderait pas à descendre, car il avait l'habitude de profiter du petit matin pour faire sa toilette et bavarder tranquillement avec elle devant un bol de chicorée.

— Attends-moi une minute, s'écria-t-elle. Je reviens. Ne bouge pas d'ici, je t'en prie.

Il la laissa partir. Elle courut dans l'entrée, ouvrit le tiroir du guéridon, en sortit un bout de papier sur lequel elle écrivit précipitamment: *Samuel, Rebecca, je mets le verrou, ne faites aucun bruit, ne tentez de sortir sous aucun prétexte, par pitié! Je vous expliquerai.*

Noëlle glissa le message sous la porte donnant sur l'escalier de l'atelier et tourna le verrou extérieur, caché par la tenture. Rassurée, elle rejoignit Hans. Il avait ôté sa veste et déboutonné sa chemise.

— Suis-moi! dit-elle en souriant.

Elle le conduisit dans sa chambre, contiguë à celle

d'Anna. Un clair-obscur bienveillant les accueillit. Le peignoir tomba sur le sol, ainsi que la fine chemise de nuit.

— Que tu es belle! déclara le jeune soldat d'une voix rauque en la contemplant des pieds à la tête.

La jeune femme était superbe dans sa nudité épanouie. Il toucha ses cheveux, huma leur parfum sucré, embrassa les lèvres roses, le cou et les épaules rondes. Elle lui échappa, mais c'était pour s'allonger sur le lit, totalement offerte. Il se coucha sur elle, haletant.

— Ma femme, ma chérie.

Ce fut un acte rapide et ardent, où la joie d'être réunis avait plus d'importance que le plaisir partagé. Ils n'exigeaient rien d'autre que cette fusion passionnée, d'une totale sincérité.

— Rhabille-toi vite, conseilla-t-elle. Tu dois t'en aller dès que tu auras vu Anna. Elle est trop petite pour comprendre, mais je lui ai déjà parlé de toi.

Noëlle enfila une robe de cotonnade fleurie et noua un foulard sur sa chevelure défaite. Prenant Hans par la main, elle le fit entrer dans la chambre voisine. La fillette dormait, le pouce à la bouche, ses boucles d'un blond argenté auréolant un front lisse et rond.

— Qu'elle est jolie! dit-il dans un souffle. Une fleur de lumière, un petit ange! Ma fille, mon enfant. Et j'ai perdu des mois de sa précieuse vie.

— Elle a les yeux bleus, précisa la jeune mère. Et si tu l'entendais discuter! Un vrai moulin à paroles!

Hans prit la main de Noëlle. Il tremblait, partagé entre le désespoir et un bonheur immense.

— Je voudrais tant vous emmener loin d'ici, toutes les deux. Vous confier à mes parents. C'est possible, j'y ai réfléchi. Si j'expliquais la situation à mon colonel, il accepterait. Vous êtes de type aryen et en plus alsacienne. Mon père possède une petite maison en

Bavière. Vous seriez plus en sécurité là-bas. Hitler manœuvre avec habileté. Il gagnera sur tous les fronts. Il vaut mieux se trouver de son côté.

— Qu'est-ce que tu viens de dire? coupa Noëlle. Tu oses me proposer de trahir mon pays?

Hans comprit aussitôt son erreur. Il aurait voulu effacer les mots prononcés, mais c'était trop tard. La jeune femme le fixait d'un air terrifié.

— Jamais je ne ferai ça! affirma-t-elle. Me ranger sous le drapeau nazi, jamais! Va-t'en, Hans. Si la guerre se termine, et je le souhaite de toute mon âme, nous saurons nous retrouver. Mais il faudra encore que je sois sûre de toi, de ta loyauté. Tu n'es pas responsable de la folie des hommes, mais tu as déjà utilisé une arme contre nous, les Français. Tu as du sang sur les mains, même contre ton gré.

Effondré, Hans s'appuya au mur du couloir. Il cherchait comment prouver sa bonne foi.

— Nel, tu dois me croire. J'ai rarement été en première ligne. Je ne suis qu'un soldat, un de ceux qui grossissent les rangs d'une armée et n'ont pas d'autre choix que d'obéir. J'ai pensé à déserter, mais je n'avais pas envie de mourir fusillé. Parce que je gardais l'espoir de te retrouver. À présent, j'ai un enfant. Cela m'obligera à filer droit, pour avoir une chance de vivre avec vous si l'avenir le permet. Mais je ne suis pas mauvais, Noëlle. Je souffre, moi aussi. Crois-moi, j'ai beau être affaibli et souvent taxé d'intellectuel, je donnerais cher pour travailler dans les vignes par ce beau mois de juillet, pour sentir la terre sous mes pieds, pour sarcler le potager de mon père. Enfin, tu me connais? Nous avions fait assez de projets, tous les deux. En disant cela, je ne pensais qu'à vous protéger, Anna et toi. Tu étais la première à déclarer que les frontières étaient une invention humaine, tu étais prête à vivre chez mes parents, en Allemagne, malgré la guerre qui se déclarait.

Il y avait une telle détresse dans la voix de Hans que Noëlle eut honte de sa colère.

—Je sais tout ça, avoua-t-elle. Pardonne-moi. Ne t'inquiète pas, je ne risque rien. Ce n'est pas si effroyable, après tout. À part les privations. Mais Anna n'en souffre pas. Elle est potelée!

Hans eut un petit rire mélancolique. Il caressa les cheveux de la jeune femme, ses joues et ses lèvres. Elle se désola, alanguie et confiante.

—Mon chéri, comme j'aimerais me recoucher dans tes bras, là, tout de suite. Sentir ton corps contre le mien. Rester au lit jusqu'à ce soir. Toi et moi. Et si nous partions en Amérique ou au Canada? Nous pourrions mener une vie normale et élever notre fille. Qui s'inquiétera de te voir voyager avec moi? Je parle allemand. On pourrait passer pour un couple légitime, un soldat, son épouse et leur fille.

—C'est peut-être une solution, à condition d'avoir assez d'argent. Mais il me faudrait un faux passeport qui me désignerait comme Alsacien, par exemple, car, si on découvre ma vraie nationalité, je serai vite prisonnier de guerre aux États-Unis... Est-ce que je pourrais revenir demain matin? On en discutera.

—Non, Hans. Je ne veux pas, à cause des voisins. Déjà, tu n'aurais pas dû frapper chez moi. Mes clientes utilisent la sonnette, je suis sûre que tu as attiré l'attention des gens de l'étage.

Soudain très grave, il la prit aux épaules. Elle devina qu'il lui en coûtait de parler.

—Je ne l'aurais pas fait sans une raison valable. Je voulais te prévenir, à peine arrivé, mais tu étais si bizarre que j'ai perdu tous mes moyens. Noëlle, une rafle est prévue demain. Ce ne seront pas des opérations discrètes, localisées. Non, il s'agit d'une rafle sans précédent dirigée par la police française, supervisée par René Bousquet, un ami de Laval. Des milliers de Juifs vont être arrêtés. Les gens chez qui tu habites, ils étaient sûrement fichés. Il y aura donc un contrôle. Sois prudente, prépare tes papiers d'identité. Tu me le dirais, Noëlle, si tu les cachais ici?

Prise au dépourvu par ces insinuations inattendues, elle protesta:

— Mais tu es fou! Je ne cache personne, moi! Tu le vois bien, non? Tu crois que j'aurais couché avec toi, autrement?

— Méfie-toi des dénonciations, ajouta Hans. La nuit prochaine, tu ferais mieux d'aller dormir à l'hôtel que j'ai repéré au coin de la rue de Rivoli. Je paierai ta chambre et je vous y rejoindrai dès huit heures. Accepte, je t'en prie, ma Nel!

L'offre était tentante, mais elle n'avait pas l'intention d'abandonner ses amis.

— Non, Hans. Si je fais ça, l'appartement sera mis sous scellés. Je ne pourrai plus y habiter. Il y a ma machine à coudre, mes tissus, les affaires que j'ai pu acheter depuis que je vis à Paris. Anna aime cet endroit. Tout se passera bien, tu verras. Et, je t'en prie, ne m'appelle plus Nel, car chaque fois je pense à Liesele. Elle est morte, Hans.

— Je suis vraiment navré, dit-il.

— Nous avons tant de choses à nous raconter, soupira-t-elle. Un jour, peut-être. Tu ferais mieux de partir. Ce n'est pas courant de voir un soldat allemand seul. Dans le quartier, on va se dire que je couche avec toi, et c'est la vérité en plus.

— Je pars. Sois très prudente, Noëlle.

Elle promit. Quelques instants plus tard, après un dernier baiser passionné, elle tourna vite les deux verrous et guetta l'écho des pas de Hans qui dévalait les marches de l'escalier. Presque aussitôt Samuel et Rebecca tambourinèrent à la porte secrète en chuchotant son prénom. Elle reprit sa respiration avant de les libérer.

« Qu'allons-nous devenir ? » songea-t-elle.

*

— Oui, demain ! Il a dit demain, répétait Noëlle à ses amis. Une rafle organisée par la police française. Et ne me regardez pas comme ça, je ne pouvais pas prévoir que Hans viendrait jusqu'ici !

Samuel cacha son visage entre ses mains. Il respirait fort et avait du mal à contenir son chagrin. Sa sœur lui caressait le dos dans l'espoir de l'apaiser.

— Noëlle, dit-il après un long silence, je supporte l'idée que tu aies renoué des relations avec cet homme, bien qu'il soit allemand. C'est le père de ta fille. Mais que fais-tu du sens moral, de l'honneur ? Vous n'êtes pas mariés, il me semble ! J'ai le droit d'être choqué.

Elle comprit que Samuel avait deviné ce qui s'était passé dans la chambre.

— Je suis désolée. Hans m'épousera après la guerre.

— Oui, et sur les corps de combien d'innocents sacrifiés fêterez-vous vos noces ? Tu n'as pas honte, Noëlle ?

Excédée, la jeune femme rétorqua :

— Hans n'est pas responsable des agissements de l'armée allemande, ni de ceux des nazis ! Je voudrais qu'il déserte, qu'il nous emmène loin de tout ça, Anna et moi.

Rebecca éclata en sanglots silencieux. Des mots l'obsédaient : « Une rafle sans précédent. » Elle bredouilla entre ses larmes :

673

— La police viendra ici demain. L'appartement est toujours à ton nom, Samuel. Il faut partir.

— Où? demanda son frère. Crois-tu que nous irons loin, si nous sortons de cet immeuble? Nous n'avons ni voiture ni possibilité de prendre le train, car nous serons contrôlés. Il nous aurait fallu de faux papiers, et c'est trop tard pour en faire fabriquer. Je ne peux plus compter sur les quelques relations que j'avais. Certains ont dû être arrêtés, les autres me croient loin de Paris.

— Alors, que proposes-tu? dit doucement Noëlle. Déjà, vous ne portez pas l'étoile jaune, cette marque infamante. Moi, je ne veux pas qu'il vous arrive malheur. Un des voisins connaît l'existence de l'atelier et mes clientes aussi, du moins les premières. Si nous avons été dénoncés, la police découvrira la porte, malgré la tenture.

Rebecca attira la jeune femme contre son épaule. Toutes deux restèrent un long moment enlacées, comme pour affronter ensemble la terreur innommable qui les envahissait. Samuel leva une main et traça en l'air une vague figure du bout des doigts.

— À la grâce de Dieu! dit-il. Si nous devons être emmenés, nous le serons. J'en ai assez de cette vie de taupe, de toute façon. Autant ne pas lutter contre son destin.

Noëlle frémit de révolte. Elle ne comprenait pas l'attitude du jeune homme. Rebecca elle-même baissait la tête, comme vaincue à l'avance. Ils passèrent une journée étrange, à échafauder mille suppositions. Peu à peu, la complicité qui les unissait, pleine de tendresse et de véritable amitié, leur fit oublier querelles et rancœurs. Il y eut des confidences, des rires étouffés, des jeux avec Anna. Ils préparèrent des galettes de farine de seigle arrosées de mélasse.

Puis vint la nuit. Au lever du jour, plus de douze mille

Juifs étaient arrêtés. Des autobus conduisirent au camp de Drancy les couples sans enfants. On emprisonna dans l'enceinte du Vélodrome d'Hiver sept mille détenus, dont quatre mille enfants. Ils devaient y attendre six jours avant d'être transférés dans d'autres camps.

Noëlle fut réveillée par Anna qui était penchée sur elle et lui grattait la joue. La jeune femme se souvint qu'elle s'était allongée sur le divan du salon, après avoir soigneusement refermé la porte secrète du vestibule.

— Maman?

— Ma chérie, tu t'es levée toute seule?

Elle regarda sa montre. Il était déjà neuf heures. Cela lui parut surprenant.

— Pourquoi ai-je dormi si tard? Viens, Anna, je vais te faire chauffer du lait.

Noëlle se contenta d'ouvrir grand la fenêtre de la cuisine, laissant les volets tirés. Elle avait l'impression qu'un silence étrange planait sur Paris et, au sein de ce silence, les battements de son cœur résonnaient avec une force qui l'effrayait. Tout en s'occupant de sa fille, elle s'interrogeait. La rafle avait-elle eu lieu? Comment procédait la police française? Les arrestations se passaient-elles à l'aube, ou à n'importe quel moment du jour?

«Le gouvernement de Vichy permet de drôles de choses. Et les Allemands ne se salissent pas les mains. Je me demande bien ce qu'ils reprochent aux Juifs. Mon Dieu! Peut-être qu'on va frapper à la porte dans dix minutes, ou ce soir!»

Elle commença à errer de pièce en pièce, Anna sur ses talons. L'appartement, plongé dans un clair-obscur semé de rayons de soleil furtifs, lui paraissait sinistre. Sans cesse aux aguets, prête au pire, la jeune femme fit un peu de ménage. Puis Samuel tapota à la porte.

Ils se parlèrent ainsi, de chaque côté du battant.

—Voulez-vous de la chicorée? dit-elle.

—Non! Reste tranquille, conseilla-t-il. Ne touche pas à la tenture ni au guéridon. Nous patienterons.

—D'accord. Courage! Si seulement je savais ce qui se trame dehors!

Il ne répondit pas. Elle soupira et installa Anna sur une couverture avec ses jouets. Elle-même se mit à la couture. Les heures s'écoulèrent jusqu'au dîner de la fillette. Puis jusqu'à son coucher.

Dès que l'enfant fut endormie, Noëlle entrebâilla un volet, afin de respirer l'air frais du soir. Des hirondelles sillonnaient le ciel lavande, strié de coulées roses. Un homme marchait sur le trottoir d'en face, promenant son chien.

—C'est fini! dit-elle sur un ton soulagé. Il n'y a pas eu de rafle. Hans s'est trompé. Mon Dieu, faites qu'il se soit trompé.

Noëlle se signa. Elle décida de libérer ses amis qui, durant cette interminable attente, n'avaient eu que de l'eau et du pain.

«Eux au moins, ils sont toujours là, avec moi.»

17 juillet 1942

Noëlle remonta l'escalier précipitamment. Elle venait de faire quelques courses, ce qui lui prenait toujours plusieurs heures en raison des files d'attente devant les commerces où elle s'approvisionnait. Le seul avantage de ces stations prolongées parmi une foule d'autres ménagères, c'était les conversations qui la tenaient au courant de l'actualité. Après les jérémiades sur les difficultés de se procurer certaines denrées, il se chuchotait d'autres discours.

Rouge et le front constellé de fines gouttes de sueur, la jeune femme entra dans l'appartement. Rebecca, qui gardait Anna, lui lança un regard interrogateur.

— C'était vrai, souffla-t-elle, la rafle! Des milliers de Juifs sont enfermés au Vel d'Hiv. Il y a des enfants, plein d'enfants. C'est vraiment abominable! Tellement injuste aussi!

Noëlle reprit sa respiration. Elle posa son panier sur la table et éclata en sanglots.

— Pourquoi font-ils ça? Mais pourquoi? Hitler est un fou, un malade. Avec ses idées sur la race aryenne, il s'en prend à des innocents, sous prétexte qu'ils sont différents, qu'ils ne sont pas blonds, grands, forts et qu'ils n'ont pas les yeux bleus! Quelle hérésie! Depuis le mois de mai, les Juifs étaient obligés de porter l'étoile jaune, même les enfants, et maintenant ils les ont parqués comme des bêtes. Cela me rend malade, ce qui se passe.

Samuel n'était pas loin. Il avait entendu. Un sourire amer aux lèvres, il approcha.

— Que veux-tu, Noëlle! Les persécutions contre les Juifs ne datent pas d'hier, je te l'avais dit. Sans doute les biens de tous ces pauvres gens seront-ils confisqués, volés, en fait.

Rebecca s'alarma, très pâle:

— Ce qui me tracasse, c'est le sort de ces prison-niers. Que vont-ils en faire?

— Il paraît qu'ils les emmèneront en Allemagne pour les faire travailler dans des usines, avança Noëlle. Mais les enfants? Écoutez, préparez un repas pour ce soir. J'ai pu ramener de la viande et du sucre. Je ressors. Je dois savoir...

— Non, reste ici, protesta Samuel. Inutile de prendre des risques en nous laissant seuls avec Anna. Tu dois continuer à vivre normalement. Et nous, on reste cachés là-haut. Nous avons échappé au pire; ce serait bête de tout gâcher.

Cette discussion avait lieu, comme toujours depuis

plus d'un an, à voix très basse. Les voisins ne devaient rien entendre. Noëlle et ses amis étaient tellement habitués à s'exprimer de façon à peine audible que la petite Anna, qui commençait à parler, les imitait, riant doucement, gazouillant en sourdine.

— D'accord, répondit la jeune femme. Je reste avec vous. Je vais me rafraîchir. Je ne peux rien faire, hélas!

Rebecca, sous l'œil intéressé de la fillette, entreprit d'éplucher des topinambours. Samuel demeura un instant appuyé au mur, puis, à pas feutrés, il se dirigea vers la chambre de Noëlle. Celle-ci avait ôté sa robe et attaché ses cheveux en un chignon très fantaisiste. Pour l'instant, elle se trouvait dans le cabinet de toilette, dont la porte était restée entrouverte, et elle bassinait ses tempes et sa nuque avec de l'eau.

Le jeune homme ne put s'empêcher de la contempler, ébloui par l'éclat rosé de ses épaules et de ses bras ronds. Il ne tarda pas à la désirer, car la combinaison en satin bleu qu'elle avait gardée épousait ses fesses et ses seins. Mais elle sentit sa présence et se retourna.

— Que fais-tu? demanda-t-elle, gênée qu'il la vît ainsi dévêtue.

— Je te regarde. C'est la part du pauvre. N'aie pas peur, je ne te toucherai pas. C'est Hans qui en a le droit. Ton bel Allemand! Peut-être qu'il est de garde au Vel d'Hiv aujourd'hui. Et s'il vient te voir cette nuit tu lui sauteras au cou, malgré tout!

Il avança, les yeux voilés. Noëlle voulut claquer la porte du réduit. Elle n'en eut pas le temps. Samuel la saisit par la taille et enfouit son visage dans le creux du cou.

— Lâche-moi, dit-elle entre ses dents. Et ne parle pas comme ça de Hans. Quand donc comprendras-tu que c'est un homme comme toi, qu'il est bon et honnête lui aussi? Il m'a retrouvée, il a su qu'il avait une fille. Je ne peux pas renier l'amour que j'ai pour lui à cause de cette maudite guerre que nous n'avons souhaitée ni l'un ni l'autre.

Comme sourd à ses arguments, il chercha ses lèvres.

— Mais, Noëlle, je t'aime tant! Je ne pense qu'à toi, du matin au soir.

Il perdait la tête. Ses mains s'égaraient tout le long du tendre corps féminin dont le contact l'affolait.

— Laisse-moi! gémit-elle. Arrête! Tu confonds désir et amour.

Il la lâcha brusquement, recula, l'air égaré.

— Pardon! dit-il. Je suis vraiment désolé. Je remonte dans l'atelier. Je ne mérite pas mieux. Croupir entre quatre murs, à payer le fait d'être né juif...

La jeune femme ne répondit pas. Hébétée, elle murmura une courte prière.

«Mon Dieu, faites que la paix revienne entre tous les peuples de la Terre.»

Comprenant combien ces mots étaient vains, elle se jeta sur son lit et pleura longtemps.

6 août 1942

Les toits de Paris scintillaient au soleil comme des plaques de métal. Il faisait très chaud en ce début d'après-midi, et la ville semblait saisie de somnolence. Pas un passant, pas un bruit de moteur.

Noëlle et Rebecca cousaient à la table de la cuisine, après avoir partagé un peu de café. Samuel dormait. Les volets étant tirés toute la journée, le logement restait frais, baigné d'une douce lumière.

— Une chance qu'Anna fait la sieste, dit la jeune mère. Nous pouvons travailler à sa robe. J'irai la promener ce soir. Sur les quais, l'air est agréable, plus frais que dans les rues.

Sa compagne se contenta d'un hochement de tête en guise de réponse. Une certaine tension régnait entre les trois amis, car Hans était revenu la nuit précédente. Noëlle en éprouvait un fragile bonheur, mais les Cohen boudaient.

— Voilà, je n'ai plus qu'à bâtir l'ourlet du col, dit enfin Rebecca sans aucun enthousiasme.

— C'est joli comme tout, affirma Noëlle. Allons, ne me fais pas la tête. Hans est si gentil! Grâce à lui, je n'ai pas eu de contrôle, le jour de la rafle. Cela vous a sûrement sauvés, vous devriez en tenir compte!

Rebecca fronça les sourcils. Elle pointa un index accusateur vers la jeune femme.

— Il n'y a pas de quoi se réjouir. Si tu trouves ça correct, qu'il ait carrément avoué à son colonel qu'il te connaissait très bien et que tu vivais seule... Ils s'arrangent entre eux, ces messieurs de la police et les SS! Un mot de recommandation et l'appartement d'un Cohen est oublié, rayé des listes. Tu changes de camp, peu à peu. Je me demande où cela te mènera.

Noëlle poussa un profond soupir. Elle se moquait de l'avenir. Seuls comptaient le sourire de Hans, ses mains caressantes, leurs baisers fous et ce sentiment de sécurité qui les apaisait lorsqu'ils pouvaient s'étreindre et se toucher.

— Cela me conduira bien quelque part, dit-elle. Peut-être dans un monde où je serai libre de vivre avec le père de mon enfant. Il faut savoir considérer les choses sous plusieurs angles. Je suis certaine qu'en Allemagne, en ce moment même, il y a des épouses qui attendent le retour d'un mari ou d'un fils. Si je dois devenir madame Krüger, guerre ou pas, je le serai.

Elle se tut, prête à pleurer. Au même instant, quatre coups secs furent frappés à la porte d'entrée, coupant court à la discussion.

—Qui est-ce? paniqua-t-elle. Rebecca, monte vite dans l'atelier. Réveille Samuel.

Le jeune homme s'était assoupi dans une des chambres. Ce fut un branle-bas de combat organisé et silencieux. On toqua de nouveau.

Vite, le verrou fut tourné, la tenture remise en place ainsi que le guéridon où était placé un bouquet de roses. Noëlle les avait cueillies à travers la grille d'un jardin à l'abandon et les chérissait. Là encore, comme pour s'apaiser, elle effleura d'un doigt leurs pétales rouges.

—Je viens, je viens! cria-t-elle.

Le nez contre le battant, elle ajouta:

—Qui est-ce?

—Hans! Ouvre!

—Entre! chuchota-t-elle. J'étais au fond, dans la cuisine. Avec cette chaleur, je m'étais mise à l'aise. Alors, le temps de passer une blouse... Je t'ai fait attendre. Ce n'est vraiment pas discret de venir dans la journée.

Hans ne dépassa pas le vestibule. Il regardait autour de lui, l'air intrigué.

—Je croyais que tu avais une cliente, j'ai entendu parler, et des bruits de pas.

—Si j'avais eu quelqu'un, c'était gênant pour moi que tu viennes frapper aussi fort, lui fit-elle remarquer. On me jette de drôles de regards, ces jours-ci. Anna est endormie. Viens.

Embarrassée, Noëlle le guida jusqu'au salon. Elle ne voulait pas l'emmener dans la cuisine.

—Que se passe-t-il? dit-elle.

—Noëlle, si Anna dort, avec qui discutais-tu? Je n'ai pas rêvé!

Elle le sentait à bout de nerfs et suspicieux. Il ne la câlinait pas et restait debout. Soudain la seule vision de son uniforme la révulsa.

—C'est un interrogatoire, Hans? J'écoutais la radio, j'en ai le droit! Tu vois bien que je suis seule, enfin! se défendit-elle d'un ton caressant.

Afin de le rassurer tout à fait, elle noua ses bras nus autour du cou de son amant et chercha ses lèvres. Il se dégagea, livide.

—Demain, mon régiment est déplacé en Normandie. Je venais te dire au revoir. Si tu me mens, c'est que tu n'as pas confiance en moi. Tant pis! Je sais faire la différence entre des voix à la radio et celles de vraies personnes. Est-ce qu'on agit ainsi avec un homme qu'on prétend aimer?

Noëlle s'assit sur le canapé, consternée. Elle prenait conscience de son attitude qui prouvait, au fond, qu'elle était incapable de considérer Hans comme inoffensif. Malgré leurs étreintes passionnées et l'aide qu'il lui avait apportée, elle doutait encore de lui.

—Je suis un ennemi, n'est-ce pas? Ton ennemi! Un Boche! Vas-y, dis-le-moi que je ne suis qu'un sale Boche!

—Hans, je t'en prie, tais-toi!

Il crispa les mâchoires en se tournant vers la cheminée. Il y eut alors un trottinement. Anna entra dans la pièce en chemisette rose, tenant par un bras une poupée de chiffon que Noëlle lui avait confectionnée. L'enfant observa l'inconnu avec stupeur.

—Ma chérie, lui dit sa mère, viens! Je te présente ton papa.

Hans se retourna, bouleversé. Sa fille le fixait de ses grandes prunelles bleues. Elle gardait la bouche entrouverte sur de jolies dents nacrées. Anna lui parut si belle, si parfaite qu'il n'eut qu'une envie, la prendre dans ses bras. Noëlle approcha doucement.

—Ce monsieur, c'est ton papa. Il voulait te connaître.

La petite agita la main en guise de bonjour. Hans lui caressa la joue et les cheveux.

—Anna, ma petite Anna! balbutia-t-il. Oh, attends, j'ai quelque chose pour toi. Tiens, un bonbon, du caramel.

L'enfant n'avait jamais goûté de sucreries. Elle ne tarda pas à sourire de plaisir, le menton maculé d'un jus brun. Noëlle l'essuya du coin de son mouchoir.

—Est-ce qu'elle parle un peu? demanda le jeune père, charmé par la fillette.

—Oui, mais là, elle est intimidée.

Hans les enlaça toutes les deux, déposant un baiser sur le front de Noëlle.

—Mes trésors! dit-il d'une voix vibrante d'amour. Je dois m'en aller. Sois prudente, ma chérie. Le moindre faux pas condamnerait notre petite Anna. Je reviendrai dès que je pourrai.

Il faillit ajouter quelque chose, mais se retint. Noëlle le vit jeter un coup d'œil circulaire sur le salon. Finalement, il haussa les épaules et se dirigea vers le couloir.

—Toi aussi, sois prudent, recommanda-t-elle. Anna, dis au revoir à papa!

La fillette fit de nouveau un signe de la main en souriant. Hans tressaillit de joie. Il ouvrit la porte et dévala l'escalier.

—Garde-toi en vie. Nous avons tellement besoin de toi! dit doucement la jeune femme.

23 novembre 1942

Depuis une dizaine de jours, la France entière était occupée. La ligne de démarcation n'existait plus. Les familles juives qui ne s'étaient pas enfuies à temps continuaient à être les victimes d'arrestations arbitraires. Noëlle avait le cœur serré chaque fois qu'elle croisait une personne portant l'étoile jaune, ce qui devenait de plus en plus rare. Elle pensait à ses deux amis qui souffraient de leur enfermement.

«Cela les sauvera peut-être d'un sort bien plus pénible!» se dit-elle ce matin-là, tandis qu'elle foulait le trottoir, tout au bout de la file des ménagères attendant devant une épicerie.

Nul ne savait vraiment quel sort Hitler et ses SS réservaient aux Juifs emmenés en Allemagne. On parlait de camps de travail obligatoire, de main-d'œuvre gratuite pour les usines.

«Mais les enfants, les vieillards, que font-ils d'eux?» s'interrogeait Noëlle.

La jeune femme grelottait. L'air froid l'avait surprise; elle ne s'était pas vêtue assez chaudement. Triste à pleurer, elle ne put s'empêcher de penser à Hans dont elle n'avait aucune nouvelle. Il pouvait se trouver n'importe où, puisque le monde entier était en guerre. Elle avait tant marché dans Paris, de la fin de l'été à cet automne glacial, dans le seul but de croiser des patrouilles allemandes, des soldats isolés, que ses chaussures à semelles de bois [39] étaient presque hors d'usage. Sur chaque visage, elle cherchait les traits de Hans. Un jour, le vieux colonel qui avait coutume de la saluer dans le jardin des Tuileries s'était permis de l'aborder.

Cet homme ne semblait pas méchant ni méprisant. Il avait chatouillé la joue d'Anna et discuté un court instant de «l'admirable beauté de la capitale», dont il aimait les monuments, les musées ou les théâtres. Avec un sourire presque timide, il lui avait proposé d'être sa maîtresse. Médusée, Noëlle l'avait écouté lui promettre une maison luxueuse, de l'argent à volonté, bref, une existence plus qu'agréable.

— Vous êtes si jolie, avait-il ajouté. Cela me navre de vous voir les joues creuses, bien que toujours élégante.

---

39. Pendant l'Occupation, en raison de la pénurie de cuir, les cordonniers fabriquaient des semelles en bois.

Elle avait refusé le plus poliment possible, cachant de son mieux l'humiliation qui la ravageait. Mais il avait dû lire la colère dans son regard bleu, car il s'était excusé en faisant claquer ses bottes.

—Dommage, chère petite madame. Peut-être changerez-vous d'avis! avait-il conclu.

Noëlle n'avait pas pu déterminer si ces paroles contenaient une menace ou non. Depuis, elle évitait le jardin des Tuileries et les environs du Louvre. Mis au courant, Samuel s'était emporté.

—Pour qui se prennent-ils, ces envahisseurs? Un peu plus, ils feront instaurer une loi obligeant les femmes françaises à des relations scabreuses! Enfin, il a tenté sa chance.

Cette discussion remontait à plus d'un mois. Mais Noëlle en gardait une réelle affliction. Si Rebecca demeurait une amie précieuse, compréhensive et tendre, le caractère de son frère devenait ombrageux.

—Eh! Ma p'tite dame, fit une voix près de Noëlle, faut pas rêvasser. L'autre mégère, là, elle vous est passée devant!

C'était vrai. Perdue dans ses pensées, la jeune femme s'était laissée distancer par une maigre personne silencieuse mais avide. Elle haussa les épaules, fataliste. Elle n'était pas pressée de rentrer rue du Temple. Le charbon manquait, de sorte que le vaste logement était froid et humide. La petite Anna, privée de grand air et de jouets, se montrait capricieuse. Une autre heure s'écoula. Les pieds gelés, le nez rougi par le vent glacé, Noëlle reprit son vélo chargé d'un cabas bien trop léger à son goût.

Se sentant très lasse, elle monta l'escalier sans hâte. Ce n'était pas physique; cette fatigue sourdait de tout son être privé d'espérance, de réconfort. Elle avait beau tenir ses raisonnements habituels: «Tu ne dois pas te plaindre, ta fille est en bonne santé, tu as un toit sur la tête et un lit...», son moral était au plus bas. Un léger sifflement, à la hauteur de son palier, la fit sursauter. Un homme l'attendait. Il portait l'uniforme allemand; un képi couvrait à moitié ses cheveux d'un blond sombre.

—Hans! s'écria-t-elle.

—Noëlle! J'ai frappé, mais personne ne répondait. Pourtant, il y a quelqu'un. J'ai entendu la petite qui riait.

La jeune femme se sentit prise au piège. À cette heure-ci, Rebecca se trouvait dans l'appartement avec Anna. Samuel aussi, qui savourait ces moments où il profitait de sa bibliothèque et de l'espace retrouvé.

—Tu disparais, tu réapparais! soupira-t-elle sans ouvrir la porte. Il faut avoir le cœur solide avec toi.

Afin de gagner du temps, elle s'appuya au mur, une main sur la poitrine. Ce n'était pas de la comédie, elle était sincèrement émue.

—Quel accueil! plaisanta-t-il. Noëlle, j'avais tellement hâte de te retrouver. Mais, chaque fois que je viens, tu parais fâchée ou inquiète.

Elle éprouvait en effet un début de colère, malgré sa joie de le revoir. Hans agissait quand même en homme peu soucieux de sa sécurité à elle.

—Est-ce que tu penses à moi, parfois? demanda-t-elle assez sèchement. Je reste des mois sans nouvelles et un beau matin tu es là, assuré, fier de toi. Et toujours en uniforme, cet uniforme qui me donne la nausée! Que vont dire mes voisins? La nuit, passe encore, personne n'oserait regarder qui monte, mais en plein jour! Une personne de confiance garde Anna quand je sors. Mais je l'ai suppliée de ne pas répondre, si quelqu'un voulait entrer.

—Je comprends, répliqua Hans.

Embarrassé, le jeune soldat n'osait pas prendre Noëlle dans ses bras.

— Avoue que tu vas et viens à ta guise, comme en pays conquis. Je sais, c'est le cas, mais je n'ai pas envie d'être jugée par les gens du quartier. Pour eux, je serai bientôt une Française qui fréquente un ennemi. Ils ne savent rien de notre passé, ils ne peuvent pas comprendre ce qui nous lie.

Hans baissa la tête d'un air accablé. Il expliqua très vite :

— J'étais à Dieppe au mois d'août, en première ligne offensive. J'ai été blessé tout de suite, parce que je ne voulais pas tirer sur ceux d'en face. Je visais un peu au-dessus. Je suis resté deux mois à l'hôpital. Et là, je suis en convalescence. J'ai obtenu une permission, quelques jours de répit. J'avais envie de passer tout ce temps près de toi et de notre fille. J'ai des tickets ; nous pourrons réveillonner tous les trois.

— Tu as été blessé ! gémit Noëlle. Je le sentais, que tu étais en danger. Écoute, reviens dans une heure. Je vais congédier ma voisine et ranger un peu. Toi, tu pourrais nous acheter un bon repas. Du vin blanc, du vin blanc d'Alsace ! Je suis si heureuse, Hans.

— On ne le dirait pas, tu as une drôle de mine !

— Je t'en prie. Fais ce que je te demande. Pars vite.

Elle le poussa vers la cage d'escalier en lui baisant les lèvres. Il descendit enfin, réconforté.

Noëlle se rua dans l'appartement, affolée. Rebecca et Samuel étaient dans le salon. Ils la virent se précipiter vers eux. Elle jeta le cabas à leurs pieds et dit d'un ton pressant :

— Quelqu'un a frappé, n'est-ce pas ?

— Oui, répondit Rebecca, et je n'en menais pas large.

— C'était Hans ! Il est vivant.

—S'il avait pu crever! maugréa Samuel. Ce type se croit tout permis, vraiment. Te relancer au vu et au su de tous les voisins!

—Chut! implora Noëlle. Écoutez, je vous en prie, aidez-moi. Hans voudrait passer un peu de temps avec nous, je veux dire, Anna et moi. Cela me ferait tellement plaisir, et à lui aussi. Il n'habitera pas là, non, mais il viendra souvent. J'ai eu une idée: je vais lui prêter des vêtements civils; il y en a dans un placard. Peut-être aussi qu'il dormira une nuit ou deux ici. Je n'ai pas pu lui refuser cette joie. Il me croit seule avec Anna. Et si j'avais refusé, de toute façon, cela aurait prouvé que je cachais quelque chose. Je vous en supplie, essayez de me comprendre!

Samuel faillit lâcher sa tasse.

—Tu as perdu l'esprit! lança-t-il. Je m'y oppose au nom de la morale, de l'honneur. Du patriotisme! Et les vêtements dont tu parles, ce sont ceux de mon père. Jamais un Allemand ne les portera, tu m'entends?

—Noëlle, tu me déçois! renchérit sa sœur. Sans hésiter, tu nous condamnes à ne plus sortir de l'atelier. Ce sont nos petits moments de réconfort, ceux que nous passons près de vous. Les sourires d'Anna me remontent le moral. Invente n'importe quoi, sors avec lui si tu en as envie, allez à l'hôtel, mais ne le laisse pas prendre ses aises chez nous. C'est contre la morale, mon frère a raison.

—Je vous en supplie! Après tout, Samuel, Hans t'a sauvé la vie deux fois. Dans le magasin, rue de Rivoli, et le jour de la rafle, en juillet. À sa façon, il nous défend. Qui viendra fouiller un logement où séjourne un soldat allemand? C'est le père de ma fille, c'est mon mari par l'âme, le cœur et le corps. Oui, tant pis si je vous choque. Gardez votre morale, je le considère comme mon époux. Vous ne m'empêcherez pas de connaître quelques heures d'une vie normale avec lui et notre enfant.

Sur ces mots, Noëlle regarda la pendule. Elle avait l'impression que les minutes filaient.

—Par pitié, dépêchez-vous! Montez des livres, des réserves d'eau, le reste du pain. Je vous rendrai visite souvent, car je serai assez rusée pour persuader Hans de sortir prendre l'air. En plus, il a besoin de repos. Cela se passera bien, je vous le promets.

Rebecca lança à son amie un coup d'œil chagrin et ramassa son tricot en cours. Samuel, qui s'apprêtait à protester, capitula.

—Ma pauvre sœur, nous n'avons pas le choix, il me semble. Noëlle commande, que veux-tu? ironisa-t-il. Il vaut mieux lui obéir; elle peut faire de nous ce qu'elle veut. Nous livrer à la police, par exemple. En fait, nous devenons ses prisonniers, condamnés au silence.

Ces propos brisèrent le cœur de la jeune femme. Elle se planta devant Samuel et le saisit par les mains.

—Ne sois pas injuste ni cruel. Comment oses-tu dire des horreurs pareilles? Moi, vous livrer! Tu dois être bien malheureux pour m'accuser d'un tel crime. Je ne vous demande que quelques heures, seule avec Hans. Il a le droit de connaître son enfant. Avant d'être allemand, c'est un homme comme tous les autres. Je le répète, si je lui refuse cette joie-là, il se méfiera.

Samuel ne répondit pas. Lui et sa sœur disparurent derrière la tenture brodée. Anna choisit ce jour-là pour commencer à parler presque convenablement:

—Zeu veux tata Becca! babilla-t-elle.

«Il ne manquait plus que ça!» songea Noëlle, à la fois ravie et très inquiète.

Trois quarts d'heure plus tard, on frappa. C'était Hans, qui tenait gauchement un bouquet de roses de serre et un carton de pâtisseries fines. La jeune femme aperçut aussi, calée entre le bras et la poitrine de son amant, une bouteille de champagne.

— Dans une de mes poches, dit-il en souriant, j'ai du foie gras et des truffes. J'ai dévalisé la réserve de mon colonel. Prise de guerre!

Effarée, Noëlle l'attira prestement dans le vestibule et tourna le verrou. Ils s'embrassèrent avec une fièvre joyeuse. Anna accourut. Toute vêtue de rose, un ruban maintenant ses boucles blondes, la fillette, du haut de ses deux ans et demi, jouait les coquettes.

— Anna, souffla Noëlle, tu te souviens, c'est ton papa.

Hans n'aurait renoncé pour rien au monde à ses visites chez Noëlle. Malgré les combats et les conflits qui grondaient d'un bout à l'autre de la planète, le jeune couple vola à ces longues semaines hivernales d'inestimables bribes d'une vie de famille pleine de tendresse. Ils prenaient ensemble certains repas, apprenaient des jeux à leur fille, se couchaient tôt pour explorer tous les secrets de leurs corps en fête.

Les mains douces de Hans, sa bouche câline, les quelques nuits à jouir sans retenue l'un de l'autre transformèrent Noëlle. Dénuée de toute pudeur, elle apprit à vibrer de plaisir. Son amour pour «son soldat allemand», comme elle l'appelait parfois histoire de défier le destin, se renforça et devint une partie essentielle de son existence. Ils ne s'étaient pas mariés, mais, pour la jeune femme, Hans était bel et bien son époux devant Dieu et l'univers.

Ils eurent aussi le temps de se confier l'un à l'autre. Noëlle expliqua en détail à Hans l'odieuse machination mise au point par Martha Kaufman. Quand il apprit que Hainer Risch l'avait frappée au point de l'assommer, il fut horrifié.

—J'ai beau honnir la violence, dit-il, ce type a de la chance d'être déjà mort! Je l'aurais volontiers étranglé de mes propres mains. Ainsi, le beau domaine de Johann est détruit, ravagé par les flammes. Ma chérie, je n'ai pas su te protéger.

—L'amour que j'avais pour toi m'a soutenue, avoua-t-elle. Sais-tu que j'ai trouvé ton couteau et ton petit mot d'amour en allemand le jour de l'incendie? Cela m'a donné du courage. J'avais enfin la certitude que tu étais en vie et je me suis juré de te retrouver. Et tu es là!

—Ah, oui, je me souviens. J'ai voulu te laisser une sorte de message avant de partir avec mes voisins. J'ai glissé mon canif et le bout de papier dans ton sac et je leur ai demandé de le remettre à la vieille Marieke. J'étais à demi conscient, mais je ne pensais qu'à toi.

La jeune femme lui parla aussi de la fromagerie Weller, à Durrenbach, un lieu qu'elle chérissait. Quand elle se plaignit d'être séparée de son petit frère, Hans la consola de son mieux.

—Pour ça, je peux t'aider, assura-t-il. Je n'aurai pas de mal à obtenir un laissez-passer. Il serait bien, à Paris, avec toi et notre fille.

Toujours évasive à cause de ses amis qu'elle refusait d'abandonner, ne fût-ce qu'une semaine, Noëlle promit d'y réfléchir.

Anna causa de vives émotions à sa mère. Elle gazouillait à merveille, mais surtout pour réclamer tata Becca ou tonton Muel. Noëlle expliqua à Hans qu'elle parlait souvent de ses amis à la petite, qui retenait ces sons-là et les répétait. Il se contenta de cette version.

Le plus difficile, durant cette période bénie pour eux, fut de calmer les rages froides de Samuel et les larmes de Rebecca. Dès que Hans s'absentait, Noëlle délivrait ses amis en les remerciant de leur patience et de leur indulgence. Les générosités de son amant remplissaient le garde-manger, si bien qu'elle les gâtait en offrant des sucreries, du café de qualité et des cigarettes de luxe.

Ce soir-là, alors qu'elle leur proposait de la brioche et du chocolat chaud, elle déclara avec un rire malicieux :

— C'est l'alliance franco-juive-allemande! Mangez tranquilles!

— Je n'en veux plus, de tes produits souillés par l'ennemi, rétorqua Samuel en tournant aussitôt les talons en direction de l'atelier clandestin. Je préfère crever de faim.

— Sois prudente, Noëlle, se contenta de dire Rebecca. Dans la rue, ça doit jaser à ton sujet; tu risques de regretter ta conduite un jour.

— Oh non, ne dis pas ça, soupira la jeune femme. Si nous avions confiance en l'avenir pour une fois! Je t'en prie, ayons confiance en l'avenir! L'uniforme que porte Hans, je m'en moque, c'est tout nu que je le connais le mieux, et tout nu que je le préfère. Ce n'est plus qu'un homme, mon homme!

Rebecca eut envie de la gifler, mais elle se retint.

— Je remonte dans l'atelier. Samuel a raison, tu es inconsciente, indécente même!

Noëlle renonça à se justifier. Hans allait arriver. Lorsqu'il la serra contre lui, elle oublia un peu l'altercation.

— Anna dort déjà, souffla-t-elle à son oreille. Nous allons dîner en tête-à-tête. Ensuite, devine ce qui se passera...

Il l'embrassa dans le creux de l'épaule et commença à déboutonner son gilet. Ses paumes épousèrent la forme admirable des seins ronds et glissèrent sous la jupe, effleurant la peau des cuisses, en haut des bas de soie qu'il lui avait offerts.

—Si nous retardions le repas! proposa-t-il. Je n'ai envie que de toi, Noëlle, de ton corps adoré.

Elle s'abandonna, malade de désir. Sans se séparer, lèvres jointes, ils allèrent en titubant dans la chambre. Là, Noëlle se déshabilla nerveusement pour s'allonger en travers du lit, les cheveux défaits.

—Viens! Vite! Tu me manquais, Hans. Tu me manques à chaque instant, dès que tu t'en vas.

Il s'attarda à la contempler, mince, déliée, et pourtant dotée de rondeurs charmantes.

—Tu me rends fou, ma chérie! dit-il tout bas. Si ça continue, je vais déserter et t'emmener au fond d'une forêt, avec Anna. Je construirai une cabane, j'irai à la pêche, je chasserai pour vous. Personne ne saura qu'une petite famille joue les Robinson dans les bois. Tu sais, Noëlle, ce serait possible.

Elle croisa les bras derrière sa tête, ce qui fit bomber sa poitrine. Repliant une jambe, elle eut un sourire provocant.

—Pour l'instant, j'ai autre chose en tête que de vivre comme une sauvageonne.

Vaincu, Hans déboutonna sa chemise. Ce fut à cet instant précis qu'ils entendirent tous deux tambouriner à une porte, quelque part dans l'appartement. Une voix basse, déformée par la peur, répétait en sourdine le nom de Noëlle. La jeune femme crut même percevoir un «au secours» suppliant.

—C'est Rebecca! s'affola-t-elle. Il se passe sûrement quelque chose de grave.

—Qui est Rebecca? interrogea Hans. Une voisine? Celle qui garde Anna?

—Non! répliqua Noëlle en se levant, complètement dégrisée.

Elle enfila un peignoir. Rebecca continuait à appeler, grattant le bois de la porte secrète.

— Hans, par amour pour moi, dit tout bas la jeune femme, ne me juge pas. Je t'ai menti par prudence. Mes amis, les Cohen, les propriétaires de ce logement, ils ne sont pas à l'étranger. Je les cache depuis plus d'un an. Viens, suis-moi.

Il ne discuta pas. Sous ses yeux attentifs, Noëlle poussa le guéridon, fit glisser la tenture, déverrouilla le loquet. De l'autre côté, Rebecca sanglotait. Elle dévisagea avec effroi le jeune couple et déclara, le souffle court :

— Mon frère, il a voulu se suicider ! Je dormais. Il s'est pendu ! Je ne peux pas desserrer le nœud coulant, je n'en ai pas la force. Il faut m'aider, il faut le sauver, je vous en prie !

Hans empêcha Noëlle de se ruer dans l'escalier. Il la rassura d'un regard et grimpa les marches étroites quatre à quatre. Les deux femmes le suivirent, unies par le même chagrin terrifié, la même sensation de catastrophe irrémédiable.

Samuel gisait sur le plancher, la face violacée. Hans venait de trancher avec son couteau de poche la lanière en tissu qui l'étranglait.

— Il n'est pas mort, assura-t-il. Il souffre d'asphyxie.

Sans donner davantage d'explications, il entreprit un bouche-à-bouche énergique, insufflant de l'air dans la poitrine du jeune homme. Rebecca déclara d'une voix à peine audible :

— Je ne le pensais pas capable de mettre fin à ses jours. Il t'a entendue tout à l'heure, quand tu parlais de ton amour pour Hans. Je l'ai trouvé en larmes, là, assis à la table. Je n'ai pas eu le courage de le réconforter. Il répétait des choses affreuses, qu'il te méprisait, qu'il t'adorait. On aurait dit un fou !

Noëlle éclata en sanglots. La honte l'envahissait, et aussi la colère devant un tel gâchis.

—J'ai toujours été franche avec ton frère. Je ne pouvais pas me forcer à l'aimer. Oh! Rebecca, regarde, il tousse, il ouvre les yeux!

Elles s'étreignirent, oubliant leur querelle. Hans aidait Samuel à s'asseoir contre le mur.

—Est-ce que vous souffrez? lui demanda-t-il. Nous allons vous donner de l'eau-de-vie, cela vous remettra un peu.

Rebecca s'agenouilla près de son frère. Elle serra la main de Hans.

—Merci de tout cœur, monsieur! Merci! C'est mon petit frère, je n'ai plus que lui au monde.

—Je n'ai fait que mon devoir de chrétien, madame, répliqua Hans. Ne craignez rien, il va s'en sortir. Mais il fait horriblement froid, ici. Je vais le porter en bas, près du poêle.

Sous les yeux de Noëlle hébétée, Hans souleva le frêle Samuel et dévala les marches. Bientôt, ils se retrouvèrent tous les quatre dans la cuisine où régnait une température acceptable. Encore étourdi, le jeune homme jetait des regards incrédules à Hans, qui l'avait installé sur une chaise et lui servait un verre d'alcool en souriant gentiment.

Rebecca alluma une cigarette. Elle fixait son frère d'un air proche de la colère.

—Quand je pense que tu as failli mourir! soupira-t-elle avec des inflexions désespérées. Te rends-tu compte de la folie de ton geste? Je vais te paraître dure, Samuel, mais qu'aurions-nous fait de ton corps? Tu es d'un égoïsme! Si tu en avais assez de la vie, il fallait courir te jeter dans la Seine, elle n'est pas loin...

—Enfin, Rebecca, s'offusqua Noëlle, ne lui dis pas ça!

—Je n'avais plus le courage de continuer à vivre caché, avoua-t-il. J'en ai eu assez, d'un seul coup. Quand on ne peut plus revenir en arrière ni concevoir un avenir, à quoi bon continuer? J'étais désespéré, je ne supportais plus rien, tu comprends, Rebecca, rien! Mais, je te l'accorde, je n'ai pas réfléchi aux conséquences.

Hans dévisagea le frère et la sœur.

— Ne craignez rien, leur dit-il. Je n'ai pas l'intention de vous nuire. Et j'ai une dette envers vous, madame, car Noëlle m'a raconté comment vous lui avez sauvé la vie, à la naissance de notre bébé. Je dois aussi vous remercier, monsieur, d'avoir accueilli ma femme et son enfant, en pleine guerre. J'ai le sens de l'honneur et trop de gratitude pour vous vouloir du mal. Je suis allemand, mais peut-on affirmer que tous les hommes, s'ils sont de la même nationalité, sont semblables? J'ai pu constater que certains Français sont encore plus acharnés que les SS en matière d'injustice, d'exactions contre les Juifs.

Ce discours énoncé dans un français parfait, bien que teinté d'un léger accent, fit une forte impression sur Rebecca. Elle mit une main tremblante sur sa poitrine pour répondre :

— Vous avez raison, Hans. Allons, faisons la paix! Moi, je vous considère désormais comme un ami. Et nous avons besoin d'amis par les temps qui courent. Sans vous, cet idiot serait mort. Je l'ai grondé, mais j'y tiens, savez-vous?

Elle eut un sourire larmoyant en enlaçant son frère. Hans fixa gravement le jeune homme.

— Monsieur, je suis désolé! J'ai en horreur les choses abjectes qui se trament dans mon pays et ici en France. Toutes ces rafles, les camps de prisonniers... Je ne suis vraiment pas fier d'être allemand. Mais, le seul vrai responsable, c'est Hitler. Cet homme est un tyran qui a réussi à imposer ses idéaux abominables. Ceux qui lui obéissent ne valent pas mieux. J'ai déjà songé à déserter, mais c'est très risqué et les représailles sont terribles. Cependant, il y a d'autres solutions. Des Français ont répondu à l'appel du général de Gaulle. Il faut résister. Si je pouvais m'engager dans ce combat-là, qui concerne tous les gens de bonne volonté épris de paix, je le ferais.

Noëlle avait écouté, profondément surprise. Son amour pour Hans puisa une force nouvelle dans les mots qu'il venait de prononcer. Les déclarations de celui qu'elle adorait avaient effacé en quelques instants ses ultimes craintes. Elle lui prit la main.

—Si tu as le choix, n'hésite pas, Hans! Je serais si fière de toi! Et plus tard notre Anna le serait aussi. Je suis prête à t'attendre.

Samuel baissa les yeux. Ce n'était pas le découragement ou la lassitude qui l'avait poussé à se pendre, mais un accès aigu de jalousie, de désespoir, provoqué par l'amour qu'il éprouvait pour Noëlle. Elle s'en doutait et le consola.

—Pardonne-moi! Je t'aime comme un frère et je voudrais que tu reprennes espoir, que tu vives. Un jour, j'en suis sûre, tu rencontreras une femme digne de toi.

Le jeune homme regarda tour à tour Noëlle et Hans. Il lut sur leurs visages la bonté, le remords, mais aussi une vive compassion à son égard. Ces deux-là ressemblaient tellement à la petite Anna. Ils lui avaient légué chacun quelque chose de leurs traits et de leur âme. Il éprouva un soudain apaisement. D'une voix rauque, émue, il dit tout bas:

—Je ne suis qu'un imbécile! J'ai veillé sur Anna et sur toi, Noëlle; et il est temps de me secouer. Je peux vous aimer comme des membres de ma famille, sans y mêler des sentiments moins honnêtes. Et vous m'avez ouvert l'esprit, Hans: on ne doit pas juger un homme sur une apparence ou une appartenance à un pays. Je pense que vous êtes un chic type, sinon elle ne vous aimerait pas autant.

Hans serra la main que lui tendait Samuel. Heureuse de ce dénouement inattendu, Noëlle dit d'un ton joyeux, mais toujours à voix basse :

— Et si nous fêtions ça? Il reste du champagne à la cave, bien caché sous les ballots de tissu. J'y vais.

Ce fut la première soirée d'une série de réunions amicales où chacun évitait soigneusement de parler de la guerre. L'hiver gelait Paris, mais, rue du Temple, les fenêtres bien closes, obscurcies par des pans de lainage, ne laissaient passer ni les rires ni les murmures. On y savourait une douce ambiance quasiment familiale, mais en sourdine, de crainte d'éveiller les soupçons du voisinage. Noëlle avait confectionné des patins en feutrine pour marcher sans aucun bruit et ils avaient pris l'habitude de chuchoter. Même Anna, par imitation, se pliait à la règle.

Hans venait le plus souvent possible. Il avait obtenu un poste d'infirmier et disposait de nombreuses permissions, en échange de certains produits qu'il achetait sur son propre pécule. Anna s'accoutuma à voir ses parents dîner et discuter avec ceux qu'elle appelait tonton et tata. Samuel et Hans disputèrent de nombreuses parties d'échecs, tandis que Rebecca et Noëlle faisaient des travaux de couture.

— Je n'oublierai jamais cette époque de ma vie, disait souvent la jeune femme, comblée par ce climat d'affection.

21

La fromagerie Weller

Mai 1943

Le printemps était revenu après des nuits glacées et des chutes de neige. Les arbres avaient reverdi et les plates-bandes regorgeaient de fleurs. Malgré la guerre, les femmes de la capitale sortirent leurs robes un peu défraîchies de l'été précédent. Elles teintèrent leurs jambes au brou de noix pour imiter les bas qu'il leur était impossible de se procurer.

Hans eut l'occasion de fêter les trois ans d'Anna en famille. Pour l'occasion, Noëlle étrennait une toilette blanche avec une ceinture rouge et elle avait ondulé en larges crans sa magnifique chevelure blonde.

Samuel offrit à la fillette un livre d'images qui datait de son enfance. Rebecca confectionna un gros gâteau qu'elle décora d'un glaçage rose et de fleurs en papier. Ils dormaient dans l'atelier secret, mais, entraînés à faire preuve de la plus grande discrétion, passaient beaucoup de temps dans l'appartement.

Après le repas, tandis que leur fille jouait, Hans attira Noëlle dans leur chambre.

—Je dois disparaître, ma chérie. Dans une semaine environ, le Conseil national de la Résistance sera constitué. Des centaines d'hommes se sont organisés dans le sud de la France. Ils ont pris le maquis. Écoute, j'ai rencontré un journaliste dans un café, place Saint-Michel. Je ne peux pas te révéler son identité. Il doit rejoindre un groupe de résistants. Il m'a proposé de le suivre. Tu imagines, cet homme m'a accordé sa confiance. Il m'a dit qu'il y avait des Allemands opposés au régime hitlérien qui aidaient les Français. Je lui ai parlé de Samuel, de Rebecca, de toi, et surtout de mes profondes convictions chrétiennes et humaines. Je suis enfin heureux, Noëlle. Je quitte l'uniforme allemand pour défendre la liberté et la justice!

Une grosse boule dans la gorge, Noëlle se jeta au cou de Hans. Elle n'arrivait plus à considérer son existence sans sa présence quasi quotidienne, sans ses baisers et sans sa voix caressante.

— C'est ce que tu attendais depuis des mois, dit-elle enfin. Il faut faire le saut. Mais comme tu vas me manquer, mon amour! Et Anna qui s'était habituée à toi. Non, ne m'écoute pas, je ne veux pas être un obstacle, jamais. Le plus important, c'est de nous préparer un avenir stable, un monde où nous pourrons nous marier et vivre au grand jour, sans avoir peur de rien ni de personne.

Hans eut un sourire radieux. Il serra Noëlle contre lui et lui souffla à l'oreille :

— Un monde où tu retrouveras ta mère et tes grands-parents. Je voudrais la voir, cette petite ferme de Durrenbach où ma fille est née. Je vous aime de tout mon être, Anna et toi.

Le jeune couple échangea un long regard plein de tendresse et de respect mutuel. Ils savouraient la certitude d'être en accord autant charnellement que spirituellement.

— Tu pars ce soir? demanda Noëlle d'un ton qu'elle voulait assuré.

— Oui, ce soir. J'ai rendez-vous derrière Notre-

Dame, à huit heures. Je ne pourrai sûrement pas te donner de nouvelles par la suite. Il faudra garder la foi et ne pas douter de nous deux. Tu me le promets?

Elle chercha ses lèvres. Il l'embrassa avec une infinie délicatesse.

— Noëlle, je me battrai en pensant jour et nuit à toi et à notre fille.

Ils étaient si tristes, tout à coup, qu'ils se câlinèrent comme des enfants malheureux. Rebecca les trouva ainsi, enlacés, paupières closes. Elle leur amenait Anna.

— Elle a sommeil. Une petite sieste lui fera du bien. Je vous laisse en famille.

La porte se referma doucement. Ce fut Hans qui coucha Anna dans la chambre contiguë, qui la borda et lui fredonna tout bas une chanson en allemand. Pendant ce temps, Noëlle s'était rapidement dévêtue et glissée dans le grand lit où ils s'étaient aimés sans retenue, avec l'empressement de leur jeunesse.

— On ne peut pas se séparer sans s'être vraiment dit au revoir, qu'en dis-tu?

En guise de réponse, il s'allongea contre son joli corps fougueux pour la dernière fois avant d'interminables mois.

« Et peut-être pour la toute dernière fois... », pensa-t-il tristement.

16 août 1943

Noëlle souffrait terriblement de l'absence de son bien-aimé. Elle se voulait courageuse, mais, en secret, elle se rongeait les sangs pour lui. Il était plus exposé dans le maquis que cantonné au fond d'une caserne, à Paris. Samuel et Rebecca devinaient ce qui la tourmentait et ils s'évertuaient à la réconforter.

Ce jour-là, assise sur un banc du jardin des Tuileries, la jeune femme s'inquiéta encore.

« Pourquoi Hans n'écrit-il pas? Une simple carte postale, des mots codés, que je serais la seule à comprendre. Je voudrais tellement qu'il revienne, rien qu'une nuit! »

Elle avait du mal à s'endormir. Il faisait très chaud, ses bras étaient vides de son amour.

« Anna aussi me paraît chagrinée. Elle s'est si vite attachée à son père! »

La fillette réclamait souvent Hans, ce qui attristait davantage Noëlle. Son seul divertissement demeurait ces longues promenades qui se terminaient par un goûter pris sur un banc, à l'ombre d'un platane. Anna jouait avec d'autres enfants, profitant du bon air et du soleil.

Cet après-midi-là, elles s'attardèrent devant un modeste spectacle ambulant. Un vieillard à barbe blanche faisait danser un caniche dont le collier était garni de grelots. Le petit chien, vêtu d'un boléro rouge à sequins dorés, sautillait si drôlement sur ses pattes arrière que le baladin reçut quelques pièces. Anna frappait dans ses mains, enchantée.

— Viens, ma mignonne, il faut rentrer, maintenant, tu es fatiguée.

Noëlle n'avait pas un sou à donner. Elle recula et, pour s'éloigner plus vite, elle souleva sa fille et la porta sur un bras.

— Tu n'en peux plus, tu as tellement couru, aussi. Un jour, ma chérie, nous aurons un petit chien aussi joli que celui-ci.

La petite hocha la tête en signe d'approbation et se mit à sucer son pouce, le visage niché contre l'épaule maternelle. Plus tard, Noëlle se souviendrait de la joue chaude d'Anna au creux de son cou, du bruit de ses pas sur les pavés, de l'odeur particulière de Paris à cette heure tiède et paisible. Chaque détail la marquerait à jamais, un lambeau de journal dans le caniveau, l'odeur des pavés poussiéreux, le chant d'un moineau invisible.

En arrivant rue du Temple, elle vit tout de suite deux voitures noires garées en bas de l'immeuble. Un coup d'œil lui suffit pour découvrir les fenêtres du logement grandes ouvertes. On criait là-haut, dans l'appartement des Cohen. Son corps lui parut brusquement disloqué, tandis qu'une sensation de vide ravageait son ventre, poignait son cœur. Comme Anna relevait la tête, elle lui cacha les yeux d'une main.

— Fais un câlin à maman, repose-toi!

La scène qui l'obséderait durant des années se déroula très vite. Après une série de bruits sourds et d'éclats de voix, des hommes en civil sortirent sur le trottoir. Ils traînaient Samuel et Rebecca. Ils avaient le visage en sang et des gestes désordonnés qui trahissaient une terreur viscérale. Noëlle avança encore de quelques pas. Personne n'était visible aux autres fenêtres, mais, sûrement, derrière les volets accrochés et les rideaux, on observait le déroulement de l'opération. Hans l'avait mise en garde. Si on constatait qu'elle cachait des Juifs, elle subirait le même sort qu'eux. Pourtant, elle était incapable de s'enfuir. Elle vit Samuel s'écrouler, aussitôt bourré de coups de pied. Rebecca avait disparu à l'intérieur d'une des voitures.

« Mon Dieu, ayez pitié d'eux! pria-t-elle, épouvantée. Ce n'est pas possible. »

On la tira en arrière par le coude. Elle sursauta et se retourna.

— Ne restez pas là. Vite, venez dans ma loge! souffla une femme en la prenant par le bras.

Noëlle reconnut la concierge d'un immeuble voisin. Elle la fit entrer dans sa loge dont les volets étaient mi-clos. Anna commença à pleurer. Noëlle la réconforta de son mieux. Elle entendit décroître le bruit des moteurs.

— Ils sont partis! dit la femme. Je m'en doutais bien, que ce pauvre Samuel n'avait pas eu le temps de s'embarquer pour les États-Unis. On vous a dénoncés, madame. Avec toutes ces visites que vous receviez, ce n'était guère prudent, aussi.

La jeune femme ne répondit pas tout de suite. Elle étudia la physionomie de la concierge. C'était une veuve d'une soixantaine d'années, coiffée d'un chignon grisonnant. Elles échangeaient parfois des banalités lorsqu'elles se croisaient sur le trottoir. Noëlle hésitait à lui faire confiance.

— Vous connaissiez les Cohen? demanda-t-elle après un temps de réflexion. Ils me louaient un atelier; je suis couturière.

— Ne vous fatiguez pas, ma petite dame, ce n'est pas moi qui vendrais des Juifs à la Milice. Mais vous avez intérêt à disparaître du quartier. C'est même une chance qu'ils ne se soient pas souciés de vous. Ils ont sûrement votre nom et celui de votre ami, le soldat allemand, un faux soldat, je parie. C'est pour ça que je vous ai dit de me suivre.

Noëlle tremblait de tout son corps. Elle sentit ses jambes flageoler.

— Asseyez-vous, je vais vous donner un remontant. De la prune. Vous êtes livide.

Elle accepta le verre d'alcool qui lui fit du bien. Anna restait blottie dans ses bras, comme si elle comprenait qu'il se passait un événement tragique.

— Madame, si vous pouviez m'héberger jusqu'à ce soir, je vous en serais très reconnaissante. Quand il fera nuit, j'irai récupérer des affaires dans l'appartement. J'ai des économies, je vous donnerai de l'argent pour vous dédommager.

La concierge balaya l'offre d'un grand geste de la main.

—Si j'avais vingt ans, je serais dans la Résistance depuis l'appel du général de Gaulle. En voilà, un grand homme! J'ai un fils qui a pris le maquis. Ne craignez rien. Vous êtes en sécurité chez moi.

La veuve mit de l'eau à bouillir. Elle avait fermé sa porte à double tour.

—Couchez donc votre petite sur le divan, elle ne fait que bâiller. Elle dînera tout à l'heure. Je suis si contente d'avoir un peu de compagnie!

—Je vous remercie, madame, dit Noëlle qui agissait, parlait et respirait par habitude.

Elle se sentait dédoublée. Une partie d'elle-même se trouvait dans la loge de la concierge, l'autre errait quelque part dans Paris, en quête de ses amis dont les traits marqués de coups la hantaient.

—On dénonce à tour de bras, en ce moment, ajouta la femme. On m'en a posé, des questions sur vous. Moi, je ne disais rien, mais j'étais sûre que Samuel Cohen n'avait pas quitté la rue. Je l'ai connu gamin. Sa sœur, elle ne venait pas souvent. Je ne voyais plus que vous, avec votre belle petite fille, et le soldat allemand. J'ai vite compris que c'était un résistant, parce que, les vrais Boches, ils n'iraient pas plusieurs soirs de suite chez des Juifs.

Noëlle estima que cette version des choses la protégeait. Elle eut un sourire très doux.

—Vous aviez raison. C'est mon mari; nous sommes alsaciens tous les deux. La Première Guerre mondiale nous avait libérés, mais tout est à recommencer. L'Alsace est à nouveau allemande, soumise à la volonté d'Hitler. Les opposants ont été arrêtés.

Elle réprima un excès de larmes. La concierge contourna la table et lui étreignit la main gauche.

—Du courage, ma pauvre petite dame!

Le jour déclinait. Anna dormait paisiblement, sa tête blonde nichée entre deux coussins à la propreté douteuse. Noëlle se força à avaler un bol de potage insipide.

—Ce n'est pas très bon, fit remarquer son hôtesse. Du chou et des topinambours. Mais il faut bien se nourrir.

Elles partagèrent une pomme. Dès qu'une voiture passait devant la loge, toutes deux se figeaient, alarmées.

—Qu'est-ce que vous allez faire, demain? interrogea la veuve en servant de la chicorée. Vous ne pouvez pas continuer à habiter là-haut. Ils vous arrêteront et votre fillette aussi. Les miliciens ne vous feront pas de cadeaux. Ils vous tortureront pour obtenir d'autres noms de Juifs.

—Je n'ai plus le choix, avoua Noëlle. Je vais retourner en Alsace. Mes grands-parents possédaient une fromagerie. Si la maison n'a pas été réquisitionnée ou détruite, je vais m'y installer.

—Et comment comptez-vous voyager jusque là-bas? Cela dit, si vous réussissez, ce n'est pas bête. Dans la gueule du loup, en territoire annexé, vous serez peut-être moins en danger qu'ici, à Paris.

Anna s'était réveillée. Noëlle la fit manger. La fillette avait fini par trouver de l'intérêt à ce bouleversement inattendu de ses habitudes. Elle jouait avec le chat de la concierge, un animal blanc et noir aux yeux jaunes.

«Ma chérie, si rieuse, si innocente! Que deviendrait-elle si on m'emmenait moi aussi? Et que sont devenus les enfants parqués comme du bétail au Vel d'Hiv?» se demandait la jeune femme, étreinte par une douleur infinie.

Elle avait hâte de coucher Anna et de monter à

l'appartement de ses amis. Il lui fallait à tout prix récupérer ses papiers, de l'argent et du linge. Quand il fit nuit noire, la concierge installa l'enfant dans un nid de châles d'hiver doux et pelucheux. Le chat se lova contre elle.

— Dors vite, Anna, dit tendrement Noëlle. Demain, nous ferons un grand voyage.

Il s'écoula encore une heure. La veuve entrebâilla ses volets et inspecta les environs avant de laisser sa protégée sortir.

— Soyez très prudente, ma petite! Ceux qui ont dénoncé les Cohen habitent votre immeuble, ça ne fait pas un pli.

— Madame, supplia Noëlle, si par malheur je ne revenais pas, confiez ma fille à une institution religieuse. Elle se nomme Anna Krüger et elle est baptisée.

— Je vous le promets, mais je compte sur vous. Dans dix minutes, je vous sers un autre verre de mon eau-de-vie.

Noëlle marchait dans la rue, le cœur battant à tout rompre. Elle longea le mur en courant presque, et traversa. Elle monta l'escalier dans la pénombre, mais cela ne l'empêcha pas de remarquer des taches de sang sur certaines marches.

Elle parvint sur son palier, la bouche sèche d'agitation. L'appartement était demeuré ouvert; la porte enfoncée laissait voir le vestibule saccagé. La tenture masquant l'accès à l'atelier avait été arrachée, le guéridon était brisé en plusieurs morceaux. La jeune femme avança à pas feutrés vers le salon. Le vent nocturne faisait frémir les rideaux. Elle constata les dégâts: un miroir brisé, les livres reliés éparpillés et piétinés, les statuettes cassées et, dans les chambres, les matelas jetés au sol et les armoires vidées.

«C'était mon foyer, enfin, un peu! songea-t-elle en frémissant de révolte. Si Rebecca voyait ce cataclysme! Et Samuel, qui chérissait tant les souvenirs de sa famille!»

Noëlle décida de s'interdire les jérémiades, pour se concentrer sur le sort de sa fille. Vite, elle remplit une valise de vêtements pour Anna et prit une ou deux de ses robes et certains de ses gilets. Dans le placard à balais de la cuisine, elle déplaça un seau d'hygiène et souleva une latte du plancher. Samuel y avait caché de l'argent, beaucoup d'argent.

— Cela me rassure, assurait-il, de savoir que nous avons cette somme de côté. En cas de péril extrême, elle serait utile pour fuir à l'étranger. Il ne faut pas y toucher, agir comme si elle n'existait pas. Mais, s'il nous arrivait quelque chose, Noëlle, prends-la et va-t'en avec la petite.

Elle eut un moment d'hésitation, mais il lui sembla entendre la voix de Samuel:

— Qu'attends-tu, Noëlle? Il ne peut plus nous servir. Le temps presse, ne tergiverse pas, il est à toi, cet argent. Fuis avec ta fille, vite, vite...

«Merci, mon cher Samuel, d'avoir été clairvoyant!» pensa-t-elle en dissimulant l'enveloppe dans son corset, entre le satin et sa peau. Elle parcourut les pièces où durant trois ans elle avait connu la chaleur d'une famille d'adoption, des peines et des rires.

«Oh! La poupée d'Anna...»

Le jouet gisait dans le couloir reliant la cuisine au salon. La jeune femme se pencha pour le ramasser, mais quelqu'un la saisit à bras-le-corps. Une voix rauque cria dans son oreille:

— Alors, la putain de Boche, tu as réussi à t'échapper. Bah, on te réglera ton compte quand Paris sera libéré! Moi, en attendant, je ne vais pas te laisser filer comme ça.

L'homme était robuste et un peu plus grand qu'elle. Il releva sa jupe et palpa la chair de ses cuisses. Remplie d'une rage meurtrière, elle le frappa en plein visage, d'un violent coup de poing.

— Ne fais pas la difficile! Tu couchais bien avec un Boche! Non? Sois gentille, qu'on s'amuse un peu!

Il l'empoigna par les cheveux et lui renversa la tête en arrière pour l'embrasser sur la bouche.

— T'en as, une tignasse, toi! Tu feras moins la fière, quand on te tondra le crâne! Je me ferai un plaisir de te couper les tifs!

Noëlle sentait l'haleine avinée, l'odeur rance de sueur de son agresseur.

Soudain elle crut reconnaître le voisin de l'étage supérieur, un mécano qui la déshabillait du regard chaque fois qu'il la rencontrait dans l'escalier. C'était sûrement lui qui les avait dénoncés. Il devait entendre certaines discussions et des bruits dans l'atelier. Cette idée la mit dans une colère irrépressible. Elle oublia toute prudence en se souvenant de Samuel couché sur le trottoir, amaigri et meurtri, le visage en sang.

«Et Rebecca? Elle avait un œil fermé, tuméfié, et le nez cassé.»

Avec l'énergie du désespoir, Noëlle asséna à l'homme un nouveau coup, mais en bas du ventre, de toutes ses forces. Il se plia en deux, en poussant un grognement de douleur.

— Espèce de salaud! dit-elle avant de s'enfuir.

Elle ramassa la valise et la poupée et dévala l'escalier.

«Personne ne doit savoir où je vais, surtout pas!»

Noëlle n'avait jamais couru aussi vite. Elle tourna dans une ruelle adjacente et s'appuya au mur. Son cœur survolté retrouva peu à peu un rythme normal. Une patrouille de soldats allemands approchait dans un martèlement de bottes.

« Ils ne me verront pas, il ne faut pas. Mon Dieu, faites qu'ils ne me voient pas. Je dois retrouver Anna et l'emmener loin, loin. »

Elle recula dans l'encoignure d'un portail. Les soldats s'éloignèrent en direction du Louvre. Soulagée, Noëlle s'assit à même les pavés et jugea bon d'attendre encore. Si quelqu'un la voyait rejoindre l'appartement de la concierge, son enfant chérie serait en péril et elle mettrait dans l'embarras la brave femme qui avait eu la bonté de l'accueillir. Profitant de l'obscurité du porche et d'un renfoncement, elle se mit en boule et s'endormit.

Elle se réveilla en sursaut une heure plus tard. La concierge guettait son retour.

— Vous m'avez fait une de ces peurs, à tarder autant! soupira-t-elle. Votre fille dort bien. Vous devriez vous changer.

Noëlle s'aperçut alors que son corsage était déchiré, dévoilant le satin rose de son corset. Elle passa un gilet.

— Un des voisins devait fouiller l'appartement pour récupérer tout ce qu'il pouvait revendre. Je ne voulais pas qu'il sache que vous me cachiez. Je ne sais pas comment vous remercier, madame. Je crois que je vais m'allonger et me reposer un peu. Je partirai à l'aube.

— Je vous appellerai un taxi pour la gare de l'Est, répliqua la femme. J'ai le téléphone, figurez-vous.

— Merci pour tout, dit Noëlle avec reconnaissance. Sans vous, j'étais perdue, mon enfant aussi.

*

Noëlle fut infiniment soulagée une fois assise dans un wagon de troisième classe qui la conduisait en direction de Strasbourg. Ravie du voyage, Anna gardait le nez collé à la vitre. La jeune femme avait été contrôlée sur le quai de la gare de l'Est, juste avant de monter dans le train, mais ses papiers étaient en règle. Les soldats allemands avaient plaisanté avec elle en la complimentant sur sa fille.

«Je ne suis peut-être pas recherchée! conclut-elle. Cela voudrait dire que Samuel et Rebecca n'ont pas donné mon nom, ni les voisins, ou bien que je me suis enfuie à temps.»

Hans lui avait raconté beaucoup de choses pendant ces semaines de vie commune. Abriter des Juifs, aider à leur fuite, équivalait à un délit grave. Noëlle eut la nette impression d'être passée entre les mailles d'un filet qui aurait pu la séparer de son enfant et, au final, lui coûter la vie. En imaginant Anna orpheline, confiée à l'Assistance publique ou envoyée en Allemagne, dans un de ces camps pour la jeunesse aryenne créés par Hitler, elle frissonna. Avec son type nordique, sa fille aurait été jugée digne d'appartenir à la seule race élue, selon le dictateur. Cette information, elle la tenait aussi de Hans.

«Je pars à l'aveuglette, se dit-elle, sans savoir ce que je vais trouver. Heureusement, j'ai la preuve que je suis une Weller. Je pourrai peut-être habiter la ferme de mes grands-parents si elle tient encore debout.»

C'était sa seule alternative et elle ignorait comment on la recevrait à Durrenbach. Anna se pelotonna sur ses genoux et s'endormit au bout d'une heure de trajet. Noëlle profita du spectacle de la campagne que l'été fleurissait et teintait de couleurs oubliées. Elle contempla les champs de seigle, d'orge et de blé qui ondoyaient au vent d'été. Des bêtes paissaient dans des prés verdoyants.

La vue de tous ces arbres, des collines, d'une rivière vagabonde bordée de saules redonna un frêle espoir à la voyageuse. Si les hommes se déchaînaient, luttaient et se trahissaient, la nature, elle, poursuivait son cycle, indifférente et féconde. Cela lui fit songer aux années heureuses passées à Ribeauvillé, et aussi à son petit frère. Franz se portait bien, d'après la dernière lettre de la cousine Suzanne, mais Noëlle aurait donné cher pour pouvoir lui rendre visite ou, mieux encore, aller le chercher.

« Le temps passe, Franz finira par nous oublier. Heureusement, il est en sécurité à Périgueux. »

Afin de tromper son angoisse et son ennui, elle se plongea dans ses souvenirs. Peu de temps après, un passager qui remontait l'allée s'excusa, parce qu'il avait effleuré son coude.

— Ce n'est rien, monsieur, le rassura-t-elle.

L'homme s'arrêta et se pencha pour la regarder. Effrayée, elle baissa la tête.

— Noëlle, c'est bien toi? fit une voix familière.

Noëlle dévisagea le voyageur. Ses craintes s'évanouirent quand elle reconnut Charles Merki.

— Oh, quelle bonne surprise! s'écria-t-elle en lui serrant la main.

L'ouvrier agricole des Kaufman avait beaucoup vieilli en quatre ans. Ses cheveux étaient d'un gris argenté et des rides marquaient sa longue figure abattue. Il s'assit en face d'elle, l'air surpris.

— Je me demandais ce que vous étiez devenues, ta mère et toi. Nous nous sommes quittés dans le chagrin. La mort de Liesele nous avait brisés.

— Je le sais bien, Charles. Je suis presque seule au monde, à présent. Nous n'avons jamais eu de nouvelles de Johann. Maman a été arrêtée du côté de Durrenbach, là où vivaient mes grands-parents Weller. Eux aussi ont été emmenés je ne sais où.

— J'en suis désolé, Noëlle. C'est une drôle de guerre, les journaux n'ont pas tort.

— Et Marguerite? Comment va-t-elle?

— Elle ne s'est jamais vraiment remise de la perte de Lieselе. Berni est quelque part en garnison. Remarque, j'aime autant qu'il se soit engagé si jeune, sinon il aurait été bon pour le STO[40]. Va savoir ce qu'ils en font, de nos petits gars, en Allemagne!

Noëlle approuva d'un signe de tête. De revoir Charles réveillait la douleur d'avoir perdu son amie Lieselе. La jeune femme se sentait toujours responsable de sa mort.

— Nous avons loué une petite maison dans Ribeauvillé, ajouta Charles. Marguerite fait des ménages chez le notaire. Parfois, le dimanche, elle va jusqu'au domaine. Ce n'est pas de gaîté de cœur, mais en hommage au patron. Il paraît que ça fait peine à voir. Mais on se dit que, si la grande maison n'avait pas brûlé, les Boches en auraient fait une kommandantur. Vois-tu, ils ont investi le lycée, vu que c'est un des plus beaux bâtiments du bourg.

— Et personne ne s'occupe des vignes ni des champs? demanda la jeune femme. Ma mère avait engagé un régisseur. Je t'avouerai que je n'y ai guère pensé jusqu'à aujourd'hui. J'avais d'autres priorités.

L'ouvrier contempla Anna endormie. Il se doutait que la fillette était l'enfant de Hans Krüger.

— Es-tu mariée? demanda-t-il.

— Non. Tu comprends bien, Charles, que ma position est délicate. Personne ne sait qui est le père de ma petite. Et toi, vas-tu me juger? Après tout, tu en aurais le droit!

— Ma pauvre Noëlle, je t'ai vue grandir, et tu étais comme une sœur pour ma Lieselе. Sans cette fichue guerre, j'aurais encore ma fille près de moi et toi tu

---

40. Service de travail obligatoire.

serais une épouse respectée, en Allemagne ou en France. Mais tout ce qui faisait notre bonne vie tranquille s'est effondré. Au domaine, des soldats ont pillé les chais; ils se sont approprié les réserves, les fûts de la dernière vendange, ils ont volé les cochons et les oies. Quant aux chevaux, ils ont été réquisitionnés. Mon Dieu, si tu savais ce que j'ai vu au pays! Du côté de Riquewihr, il y avait un pauvre homme, un simple d'esprit qui causait comme il pouvait, une sorte de baragouinage. Des SS lui ont ordonné de parler en allemand, mais il ne comprenait pas, il leur répondait à sa façon. Ils l'ont conduit à l'écart du village, ils l'ont obligé à creuser un trou sous la menace de leurs fusils et, quand la fosse a été de la bonne taille, ils l'ont abattu. Le malheureux avait creusé sa propre tombe[41]. Ils n'ont plus rien d'humain, ces types qui vénèrent leur Führer! Hitler! Et ces pauvres gosses, enrôlés dans la Wehrmacht, fusillés s'ils désertent. Les hommes de mon âge aussi. On les appelle les «malgré-nous», ces Alsaciens qui doivent partir combattre en Russie.

— Quelle atrocité! Mais tu n'as pas été mobilisé, toi? dit tout bas Noëlle.

L'ouvrier s'approcha d'elle à la toucher et répondit dans un souffle.

— Je suis entré dans la Résistance. Oublie ça aussitôt. Tu ne m'as pas vu, tu ne sais rien de moi. Je me bats d'une autre façon, en mémoire de Lìesele.

— Hans aussi, confessa-t-elle du même ton passionné.

— Alors, je suis content. Au revoir, Nel, je ne peux pas bavarder plus longtemps.

Charles se leva et s'éloigna. Noëlle ferma les yeux, bouleversée. Il l'avait appelée Nel, comme le faisait Lìesele. Elle se remémora la jolie jeune fille à l'âme

---

41. Anecdote authentique.

effrontée. Son ange gardien fauché en plein vol par Hainer Risch! Des larmes roulèrent sur ses joues.

«Je ne la reverrai jamais, ou peut-être au ciel, si vraiment nous retrouvons nos disparus après la mort. Samuel et Rebecca non plus, je ne les reverrai jamais, je le sens... Et maman, mes grands-parents...»

Anna se réveilla, comme si elle percevait les pensées désespérées de sa mère. La concierge leur avait préparé un casse-croûte. Noëlle fit manger des biscuits et des pommes à sa fille. Peu à peu, les sourires d'Anna et son babil innocent réussirent à la distraire.

*

Un tortillard conduisit Noëlle et sa fille à Durrenbach. Elles se retrouvèrent sur un quai désert, à l'heure du dîner. Le soleil frôlait l'horizon, incandescent. En cette fin août, la petite ville semblait pétrifiée par un sortilège. Pourtant, quelque part, des vaches meuglaient, ce qui redonna courage à la jeune femme.

«Il y a encore des bêtes dans le coin. Je pourrai en racheter une ou deux.»

Intriguée par tout ce qu'elle voyait de nouveau, Anna serrait sa poupée contre elle. Elle ne connaissait que les rues et les jardins de Paris.

—Tu es née ici, ma chérie, lui confia Noëlle. Mais pas en ville, à un kilomètre, dans la campagne. Écoute, nous allons devoir marcher. Tu dois être courageuse, car je ne peux pas te porter, j'ai déjà la valise.

La petite émit un acquiescement peu assuré. La jeune femme lui prit la main et se mit en route. Elle lui montrait des pommiers ployant sous le poids des fruits ou des poules blanches en liberté dans un pré en friche. Sur un roncier luxuriant, elle cueillit des mûres.

— Goûte, Anna, c'est rafraîchissant. Nous en ramasserons et je ferai de la confiture, si je trouve du sucre.

L'enfant éclata de rire et en réclama encore.

Plus elle approchait de la maison où elle avait passé des mois de bonheur en famille, plus Noëlle ralentissait le pas. Déjà, elle distinguait au loin le toit de chaume et les colombages du mur nord.

«J'aimerais tant voir maman et Gretel à la barrière, qui me feraient signe! pensa-t-elle. Grand-père serait avec les vaches, il y aurait de la lumière dans la fromagerie.»

Elle n'avait croisé âme qui vive et cela la surprenait à peine. Pourtant, en dépassant la dernière maison de la petite ville, elle tomba sur une patrouille de soldats allemands. Celui qui semblait le plus haut gradé lui demanda ses papiers et ce qu'elle faisait là. Noëlle garda sa sérénité. Elle s'exprima dans leur langue avec la plus grande politesse, sans beaucoup mentir.

— Monsieur, je vivais ici au début de la guerre, mais, comme je venais d'avoir ma fille, une infirmière m'a conduite à Paris. C'était l'exode. La vie est dure, dans la capitale, et je suis revenue au pays, chez moi.

— Madame, répliqua l'officier, je vous rappelle que l'Alsace est annexée. Si vous vous installez à Durrenbach, vous devez vous considérer comme allemande. Votre enfant parle-t-elle allemand?

— Oui, monsieur, quelques mots, mais elle n'a que trois ans.

— Et pourquoi sortez-vous du bourg, si vous venez y habiter? interrogea-t-il sèchement. Où allez-vous?

La jeune femme lutta contre l'affolement qui l'accablait. Elle prit le temps de répondre, sans se départir d'un ton aimable, un peu niais. Consciente du danger, elle préférait passer pour une imbécile. Anna, apeurée, commença à pleurer. La situation devenait périlleuse. Elle ne savait pas si elle pouvait donner le nom de ses grands-parents. Christian Weller avait été arrêté pour s'être opposé à l'autorité en place. Elle balbutia:

—Je vous demande pardon, monsieur, je pensais être plus en sécurité dans la ferme de mes grands-parents. C'est à quelques kilomètres de là. Le père de ma petite est allemand. À Paris, on me regardait de travers. Je n'ai aucun endroit où dormir, laissez-moi passer, je vous en prie!

—Le nom de son père? Et où est-il? Un soldat?

Noëlle s'affola. Elle était prise à son propre piège. Hans avait déserté l'armée allemande. Sous le regard arrogant de l'officier, les idées se bousculaient dans sa tête. Elle tenta sa chance. Cette division militaire n'était pas forcément au courant de ce qui se passait à Paris.

—Oui, c'est un soldat. Hans Krüger.

Il se passa alors quelque chose d'inouï, dont la jeune femme se souviendrait jusqu'à sa mort. L'homme changea tout de suite d'attitude. Il lui demanda d'une voix plus douce:

—Les Krüger qui sont marchands de bois à Endingen?

—Mais oui, certifia-t-elle.

—J'étais un camarade de classe de Hans, dit-il plus bas en l'entraînant à l'écart de la patrouille. Il avait obtenu un poste d'économe au lycée de Ribeauvillé, n'est-ce pas?

—Oui, nous nous sommes connus là-bas, confessa-t-elle.

Sur ces mots, contre sa volonté, elle éclata en sanglots silencieux. Elle serra Anna contre elle. Déjà, elle s'imaginait emmenée dans ces camps de travail dont on parlait tant.

—Bonsoir, madame, et bonne route! déclara l'officier après avoir fait le salut hitlérien. Vous êtes en règle.

Il claqua des talons et la troupe s'éloigna. Elle crut percevoir des rires bas, des exclamations flatteuses.

«Mon Dieu, merci!»

Prise d'un vertige, elle s'écroula sur le talus, posa sa valise et resta assise, Anna blottie contre elle. Il lui fallut une vingtaine de minutes avant de réaliser qu'ils ne l'avaient ni fouillée ni arrêtée.

— C'est fini, ma chérie, dit-elle tendrement à l'enfant. Tout va bien.

— Je veux tata Becca et tonton Muel! gémit Anna.

— Chut, trésor, ils sont loin, très loin. Il ne faut plus dire leur nom, je t'en prie. Moi aussi, je voudrais être avec eux en ce moment, mais ils sont partis. Nous sommes toutes les deux, et je te promets que nous allons bien nous amuser.

Noëlle avait retrouvé son calme. Elle se releva et prit Anna dans ses bras. Les grillons chantaient. Des ombres bleues noyaient le paysage.

— Ne crains rien, ma petite chérie!

Elles marchèrent encore dix minutes. La ferme, pareille à une masse sombre, inhospitalière, leur apparut au détour d'un virage.

«Apparemment, personne ne l'occupe, se dit la jeune femme. C'est déjà une chance.»

Les orties, les jeunes sureaux et les ronces avaient envahi le jardin et se propageaient jusque dans la cour. Les fenêtres s'ouvraient sur un amoncellement de vaisselle cassée. Le cœur brisé, Noëlle recula et entra dans la grange plongée dans la pénombre. Elle jugeait l'endroit moins menaçant que le logis mis à sac par des vandales, où flottait une forte odeur d'urine de chat.

— Nous allons dormir dans la paille, Anna. Demain, il y aura un beau soleil et nous ne serons plus fatiguées. Maman rangera la maison.

La fillette observait le décor singulier qui l'entourait avec des yeux apeurés.

— Couche-toi contre moi, dit encore Noëlle. Tu n'en peux plus.

La petite s'endormit aussitôt, fourbue. Il n'en fut pas de même pour sa mère. Des rongeurs couraient sur les poutres et un oiseau de nuit, perché non loin de là, lançait des plaintes sinistres. Elle se sentait en danger dans ce bâtiment ouvert aux rôdeurs.

« Qu'est-ce que je suis venue faire ici ? s'interrogeait-elle. Comment tout remettre en état, seule ? »

Des images inquiétantes revinrent la torturer. Rebecca échevelée que l'on tenait fermement par les bras, Samuel au visage contusionné. Elle s'efforça de faire revivre les meilleurs moments de sa jeune vie et, tout de suite, elle songea à cet après-midi d'été où elle s'était offerte à Hans, près des ruines du château de Girsberg. Désireuse de retrouver le moindre détail de leur première étreinte, elle se souvint même de sa lingerie en satin rose, de la légère douleur causée par la perte de sa virginité... Les joues en feu, une main sur son ventre, elle fut tentée de se donner du plaisir toute seule, mais la présence de sa fille l'en dissuada.

« Hans, je voudrais tellement que tu sois là ! » se dit-elle avant de sombrer dans un profond sommeil.

— Un coq ! Écoute, Anna, un coq chante.

La petite fille tendit l'oreille et entendit le cocorico du volatile. Elle éclata de rire en se jetant dans les bras de Noëlle.

— J'ai faim, maman.

Un rayon de soleil irradiait la paille d'un bel or chatoyant. La journée s'annonçait chaude et lumineuse. La jeune femme effleura son corset, comme elle l'avait fait plusieurs fois depuis son départ de Paris. L'argent ne lui manquait pas, mais elle devait retourner en ville acheter des provisions ou improviser un repas.

— Il nous reste des biscuits à la cannelle, dit-elle en fouillant son sac. Tiens, tu vas en grignoter un pendant que nous explorons notre domaine à nous, rien qu'à nous.

Noëlle fit l'inspection des lieux afin d'évaluer l'ampleur des détériorations. Elle fut bientôt soulagée. Du temps de ses grands-parents, la ferme était si bien entretenue que ces trois années d'abandon n'avaient pas trop dégradé la propriété familiale. La peinture des barrières avait souffert des pluies et de la neige, mais le bois avait résisté; les herbes folles pouvaient disparaître d'un coup de faux.

— Elle est pas belle, la maison! déclara Anna une fois à l'intérieur.

— Tu vas m'aider à la rendre toute neuve, s'écria Noëlle. Il suffit de balayer, de remettre des rideaux propres et de ranger tout ce qui traîne.

Gretel Weller entreposait des conserves sur des étagères, sous la cage d'escalier. La jeune femme dénicha un bocal de cerises au sirop, daté de mai 1940. Plus bas s'alignaient des pots en grès sertis d'un couvercle en papier paraffiné, cerclé de fil de fer.

«Des foies gras, des confits! nota-t-elle, enchantée. Personne ne les a volés. C'est un miracle!»

Elle en conclut que ceux qui avaient cassé la vaisselle et brisé des vitres cherchaient de l'argent ou des bijoux, et non de la nourriture. Après avoir passé plus d'une heure à explorer les meubles et les placards, Noëlle avait déniché un kilo de farine, entreposé dans un bocal en verre dont elle vérifia l'odeur.

— Je crois qu'elle est encore bonne, cette farine, remarqua-t-elle avec satisfaction.

L'aventure commençait à amuser Anna, surtout

quand Noëlle cassa du petit bois sec avec son aide et alluma la cuisinière.

—Je vais te faire des galettes comme Rebe...

Noëlle se mordit les lèvres, furieuse contre elle-même. Elle avait failli prononcer le prénom de Rebecca. Leur survie dépendait de sa prudence. Elle devrait montrer patte blanche à l'ennemi pour pouvoir rester ici, à la fromagerie des Weller. Plusieurs fois dans la journée, malgré le travail éreintant qu'elle s'imposa, son regard erra du côté du bâtiment chaulé, lui aussi couvert de chaume, où ses grands-parents fabriquaient du fromage.

«Plus tard! J'irai plus tard. J'aurais trop mal au cœur d'y entrer! Ce bâtiment me rappelle trop de bons souvenirs!» pensa-t-elle.

Après avoir mangé une galette cuite dans la graisse d'oie, Anna passa la majeure partie de son temps assise sur la terrasse pavée, que l'herbe envahissait. La fillette avait trouvé de quoi jouer, un arrosoir en zinc et des pots de fleurs vides qu'elle empilait. Noëlle multiplia ses efforts. Elle tenait à avoir une chambre propre pour la nuit, et son choix se porta d'instinct sur la pièce qui avait vu naître son enfant. À défaut de laver les draps qui sentaient le moisi, elle les étendit au soleil. Le parquet fut balayé, les tapis furent secoués.

La jeune femme trouva l'énergie nécessaire dans sa détermination de loger correctement Anna. La cuisine, où tant de repas joyeux les avaient réunis, Clémence, Gretel, Christian et elle, lui donna beaucoup plus de mal. Le dispositif qui fournissait l'eau ne fonctionnait plus. Le carrelage rouge était très sale. Mais là encore, acharnée à rendre son allure avenante à cette pièce qu'elle avait tant appréciée, elle ne baissa pas les bras. Dix fois, vingt fois, elle recueillit de l'eau au puits, qui ne s'était pas tari.

Il était sept heures du soir. Écarlate et en sueur,

Noëlle frottait la table, quand un homme entra dans la cour et commença à discuter avec Anna. Elle courut dehors, inquiète.

— Monsieur?

Le visiteur portait un chapeau de paille et avait des cheveux gris. Vêtu d'une chemisette et d'un large pantalon de toile, il s'appuyait sur une canne.

— Bonsoir, madame! dit-il d'un ton soupçonneux. Il ne faut pas vous installer dans cette maison. Les propriétaires sont absents, mais ils reviendront. J'ai fermé une dizaine de fois à clef, mais il y a toujours des gamins pour venir mettre le bazar. La serrure est cassée; je crois que je ferais bien d'en acheter une neuve.

Noëlle s'essuya les mains à sa jupe. Le visage fripé et poupin qui lui faisait face la troublait. Elle était sûre de l'avoir déjà vu.

— Vous ne seriez pas le voisin de Christian et Gretel Weller? demanda-t-elle en le gratifiant d'un sourire. Je suis leur petite-fille, Noëlle. Vous ne me reconnaissez pas? J'ai habité ici quelques mois, au début de la guerre. J'ai ma carte d'identité, je vais vous la montrer. Je me souviens, maintenant, c'est votre dame qui venait acheter du lait et du fromage, madame Roos, c'est bien ça, vous êtes monsieur Roos... Amédée Roos, et votre épouse s'appelle Clotilde, je crois.

L'homme ne bronchait pas. Ses yeux gris allaient de Noëlle à la petite fille assise sous l'avancée d'une branche de lilas.

— Je ne vous remets pas, déclara-t-il enfin en examinant les papiers que la jeune femme était allée chercher en courant. Faut dire aussi qu'à l'époque dont vous parlez j'étais malade. La goutte... Je ne sortais pas. Je vais mieux, à force de me serrer la ceinture. C'est une bizarrerie. Il n'y a pas grand-chose

722

à manger, mais certains s'en portent mieux. Régime obligatoire! Mais quand on est alsacien et que c'est la disette, on ne rigole pas tous les jours. Cela dit, j'ai planté mes choux pour la choucroute. Donc, vous êtes la petite-fille de Christian?

—Mais oui, monsieur Roos, et je vous remercie d'avoir surveillé la maison.

—J'ai récupéré deux des vaches, aussi! Les autres, misère, elles sont perdues, enfin pas pour tout le monde, vous voyez ce que je veux dire! Je pourrais vous dire qui les a gardées, à Durrenbach.

La nouvelle transfigura Noëlle. Elle invita son voisin à s'asseoir.

—Deux vaches, mais c'est fantastique! s'exclama-t-elle. Tant pis pour les autres. Mais je peux vous les racheter, monsieur Roos. Je voudrais relancer la fromagerie et faire quelques marchés. J'ai ma fille à élever, vous comprenez?

Le vieil homme se plongea dans une profonde réflexion.

—Ce ne serait guère honnête de vous faire payer des bêtes qui ne sont pas à moi. Cela dit, je les ai nourries tout ce temps, j'ai même dû appeler le vétérinaire.

—Justement, cela vous dédommagera. Je vivais à Paris, mais j'ai décidé de m'installer ici, au bon air de notre pays. Et mes grands-parents et ma mère reviendront sûrement un jour, après la guerre. Ils seront heureux de retrouver l'exploitation en état.

Amédée Roos haussa les sourcils. Il tapota le bois de la table.

—La guerre, allez savoir quand elle sera finie! dit-il. Maintenant, nous voilà allemands comme avant 1918. Et, ceux qui ne sont pas d'accord, ils disparaissent, déportés on ne sait où comme ce pauvre Christian.

Noëlle approuva tristement. Néanmoins, elle avait l'impression de signer un pacte avec sa terre d'Alsace, chaleureuse et douce. Certes, elle ne produirait pas le délicieux kirchberg ni les grands crus prestigieux sylvaner et riesling, comme le faisait Johann Kaufman, mais la promesse de veiller sur l'égouttage du fromage juste caillé, de renouer avec la tradition du salage, des épices frottées sur la croûte en formation la remplissait d'un réel ravissement. Ce serait aussi une manière de rendre hommage à sa grand-mère qu'elle avait si peu connue.

—Est-ce que je peux vous raccompagner chez vous, monsieur? demanda-t-elle. J'aimerais acheter du lait pour ma fille et un peu de chicorée. Des œufs aussi, si vous en avez...

—Bien sûr, venez! Mon épouse sera contente de voir du monde. Du lait, ça se peut, les œufs aussi.

La jeune femme le remercia. Elle nettoya les mains et la frimousse d'Anna et lui remit ses sandales. Ils firent le chemin en bavardant, dans la beauté du soir ponctuée de chants d'oiseaux. Noëlle se grisait des parfums délectables des fruits mûrs et des herbes chaudes de soleil.

Clotilde Roos embrassa la mère et la fille. C'était une petite femme mince, dont les cheveux grisonnants étaient coiffés en chignon. Son tablier impeccable s'ornait d'un volant de dentelle. Elle traita son mari de nigaud parce qu'il n'avait pas reconnu Noëlle.

Une heure plus tard, Noëlle rentrait, chargée d'un bidon de lait, d'une grosse part de kougelhopf, de six œufs frais... et d'un chaton blanc de trois mois dont Anna refusait de se séparer!

Ce fut avec émotion que Noëlle alluma le plafonnier de la cuisine redevenue pimpante et propre. Certes, deux carreaux manquaient à la fenêtre, remplacés par du carton, mais dans l'ensemble la pièce avait une allure accueillante. Elles firent un vrai festin et donnèrent un peu de lait au chat.

— Comment allons-nous l'appeler? demanda la jeune femme qui se souvenait avec émotion d'un autre chaton.

— J'sais pas, répondit l'enfant en bâillant. Doudou!

— Doudou, c'est très joli et ça ressemble un peu à Grisou. J'ai eu un petit chat, moi aussi, que j'appelais Grisou.

Quand Anna fut couchée, Noëlle put enfin se détendre. Elle était endolorie et avait des courbatures aux jambes. Elle ferma les volets et s'assit près de la cuisinière, un monument en fer émaillé. Des bouquets de dahlias et de marguerites décoraient le buffet et l'appui de la fenêtre.

« Je n'ai plus qu'à attendre ceux que j'aime, songea-t-elle, et à prier pour ceux qui ne reviendront peut-être plus. »

Elle ferma les yeux un instant, non pas joyeuse, mais satisfaite d'avoir mené à bien un premier combat. Le plus difficile était d'oublier Rebecca et Samuel qui avaient partagé trois ans de sa vie.

La jeune femme ne saurait jamais ce qu'il était advenu d'eux. Après un court séjour au camp de Drancy, Rebecca et Samuel Cohen avaient été convoyés par train jusqu'en Pologne avec des centaines d'autres Juifs entassés, sans eau ni nourriture. Le voyage fut pour eux l'antichambre de l'horreur. Bien avant Auschwitz, en haute Silésie, Samuel s'éteignit dans les bras de sa sœur. Affaibli par ses blessures, il ne résista pas à la faim et à la soif.

Rebecca ne cherchait plus à comprendre. Elle avait perdu sa fille des années auparavant, et son frère n'était plus. Elle jeta à peine un regard au ciel gris, à la fumée dense et malodorante qui montait des cheminées.

On donna des ordres, des consignes à suivre pour aller se doucher. Perdue parmi une foule de gens hébétés, Rebecca marcha vers sa propre mort, sans vraiment la soupçonner. Elle n'était plus que deuil : celui de sa fille Judith et de son frère Samuel. Plus rien ne lui importait. Elle eut une pensée pour Noëlle et pour la petite Anna, mais cela ne dura que le temps d'un soupir.

22

Retrouvailles

Décembre 1943

Noëlle pédalait le plus vite possible afin de se réchauffer. La route couverte d'une fine couche de glace sur laquelle la neige tenait bien serpentait dans la forêt. La masse sombre des sapins voilait la faible lumière de cette aube hivernale.

— Maman, j'ai froid! protesta Anna, assise dans la remorque que tirait la jeune femme.

— Courage, ma chérie, nous sommes presque arrivées à Haguenau.

C'était devenu une habitude et une nécessité. Il restait bien l'attelage, mais pas la jument Espérance, réquisitionnée au début de la guerre. Aussi, Noëlle avait-elle dû prendre le vélo. Tous les samedis, elle se rendait au marché de la vieille cité alsacienne pour y vendre ses fromages: bibeleskäs, munsters et petits géromés. Les fêtes de la Nativité approchaient. Les traditions se perpétuaient de façon discrète, mais c'était sans la profusion de décorations des années d'avant-guerre.

La neige gelée crissait sous les pneus de la bicyclette en projetant de fines éclaboussures. Noëlle ne sentait plus ses doigts malgré ses mitaines, ni le bout de ses pieds. Elle se mit à rêver d'un éternel été, de floraisons parfumées pour effacer l'ombre glaciale des arbres et la froidure du vent.

—Maman, y aura les petites lumières, encore?

—Oui, j'en suis sûre! Et je t'offrirai un bonhomme en pain d'épice. Courage, ma chérie.

La semaine précédente, Anna avait été éblouie par les petits pots en verre rouge garnis d'une bougie que les habitants d'Haguenau disposaient sur le rebord des fenêtres pendant la période de l'avent. La fillette, satisfaite de la promesse, se recroquevilla sous la couverture qui la protégeait. Coiffée d'un bonnet en laine rouge, elle aurait pu passer pour un des lutins qui, selon les légendes, peuplaient l'immense forêt vosgienne dans un lointain passé.

Noëlle avait déjà décoré leur maison avec des branches de sapins ornées de rubans rouges. Son unique préoccupation, c'était d'entendre chaque jour le rire de sa fille, de lui assurer une existence confortable et gaie.

Amédée et Clotilde, ses uniques voisins, l'aidaient dans ce sens. Ils s'étaient improvisés grands-parents de remplacement. Tout en luttant contre les plaques de neige gelée qui faisaient une épreuve du moindre coup de pédale, la jeune femme se réconfortait en évoquant la renaissance de la fromagerie Weller.

Elle avait racheté les deux vaches de Christian. L'une d'elles avait eu un veau, alors que l'autre donnait encore du lait. Amédée lui avait raconté les conséquences de la débâcle, en 1940. Elle ignorait que de nombreuses fermes avaient été incendiées.

—Tout le monde a fichu le camp, et je peux vous dire, Noëlle, en Lorraine, dans les Ardennes et chez nous aussi, en Alsace, le bétail était abandonné, condamné à vagabonder. Les bêtes se sont débrouillées. Je sais que, du côté de Surbourg, un taureau a semé la panique en galopant dans les villages presque déserts et en chargeant ceux qu'il croisait. Les animaux divaguaient partout: des chiens errants, des chats, des chevaux, des moutons et aussi des vaches. Moi, quand j'ai vu que la ferme des Weller était vide, j'ai récupéré le cheptel. Mais une des génisses s'est sauvée, puis elle est revenue dans un état intéressant.

Ils en plaisantaient autour d'un bol de chicorée. Clotilde servait avec du miel des galettes de farine de seigle, dont elle avait une provision bien cachée.

«Heureusement que j'avais appris à traire, se dit-elle en tenant ferme son guidon, car la roue avant glissait de côté.»

Elle se revit rayonnante de son premier seau rempli de lait frais. Fabriquer du caillé s'était révélé assez simple, car elle avait pu acheter de la présure dans une pharmacie d'Haguenau. Les faisselles s'étaient remises à chanter leur comptine du goutte-à-goutte.

—Maman, hurla Anna. J'ai vu un monsieur derrière un arbre.

Noëlle fut brutalement ramenée à l'instant présent. C'était l'hiver et elle avait encore six kilomètres à parcourir au sein de la forêt.

—Où donc, ma chérie?

—Là-bas!

La jeune femme allait se retourner quand elle aperçut une masse sombre en travers de la route. Un gigantesque sapin s'était abattu et empêchait le passage. Elle pressentit un danger, du moins une menace, à cause du cri de sa fille. Amédée lui avait souvent parlé de résistants, que l'on surnommait ici «terroristes», qui se cachaient dans l'immense forêt d'Haguenau.

Elle dut s'arrêter. Marcher un peu lui fit du bien.

—Viens, Anna, descends de là. Je vais devoir soulever le vélo pour le faire passer de l'autre côté. Il me faut détacher la remorque et la porter aussi.

—Je veux t'aider! affirma la petite, le nez rougi par le froid.

—Tu ne peux pas. Sois sage et laisse-moi faire, ordonna-t-elle. Tu es sûre d'avoir vu un monsieur?

—Oui, maman.

Cette idée lui fit froid dans le dos. Un bûcheron, un honnête homme, ne se serait pas caché en les voyant arriver. Noëlle perdit du temps à décrocher la remorque et, dès qu'elle le put, elle entreprit de transporter la bicyclette de l'autre côté de l'énorme tronc. Les branches basses, bien que mortes, la gênaient.

Soudain, il lui sembla distinguer deux silhouettes entre les arbres, mais à hauteur du prochain virage.

«Qui sont ces hommes?» se demanda-t-elle, apeurée.

Elle se sentit encore une fois très vulnérable, seule avec une enfant de trois ans et demi.

«Ils vont me voler mes fromages et le beurre!» s'effraya-t-elle.

Le souffle court, le cœur battant la chamade, elle projeta le vélo pour vite attraper la remorque en bois, bien plus lourde.

«Vite, mon Dieu, vite, vite!»

Anna essayait de se percher sur le tronc, en vain. Noëlle en fut irritée et la sermonna.

—Tiens-toi tranquille, je t'en prie. Ce n'est pas le moment de te blesser!

Elle fit grimper sa fille sur l'arbre et lui demanda de ne plus bouger. Au même instant, des pas firent crisser la couche de neige fraîche. Noëlle virevolta pour ne pas présenter son dos à l'inconnu qui venait.

—Un coup de main, madame? demanda l'étranger, bâti en colosse. Vaut mieux pas traîner par ici.

Il la dévisageait. Sa voix puissante était atténuée

par le chuchotement auquel il se contraignait. Cependant, la jeune femme constata qu'il avait l'accent alsacien, et non allemand, ce qu'elle discernait très bien. Elle se rassura, car il avait un visage sympathique et aucune lueur trouble ne brillait au fond de ses yeux.

—Ce serait gentil, merci! répliqua-t-elle. Je vais au marché, à Haguenau.

—Alors ce soir, prenez un autre chemin pour le retour, d'accord? Et pas la peine de parler de nous.

Il avait déjà levé la remorque à bout de bras et la déposait de l'autre côté du tronc. Le «nous» impliquait une certitude: il n'était pas seul, comme elle en était persuadée. Encore méfiante, Noëlle observait le moindre de ses gestes. L'autre homme qu'elle avait vu semblait s'être volatilisé.

—Je vous l'attache au vélo, madame.

Elle comprit qu'il avait hâte de la voir s'en aller. Après tout, cela l'arrangeait. Soudain, Anna montra du doigt un second personnage. Il marchait au milieu de la route. La petite fille poussa un cri aigu, non de peur, mais de joie.

—Papa!

Noëlle se figea, n'en croyant pas ses yeux. Malgré le bonnet noir et l'écharpe qui dissimulait le bas du visage, elle venait de reconnaître Hans. C'était tellement surprenant de le voir là, comme surgi de la forêt enneigée, qu'elle fut incapable de bouger ou de l'appeler. Il rattrapa Anna au vol, car elle s'était jetée dans ses bras du haut de son perchoir. Médusé, le colosse penché sur la remorque se redressa.

—Hé, ne me dis pas que c'est ta femme et ta gosse! s'écria-t-il.

—Si, répondit le jeune homme. Noëlle, qu'est-ce que tu fais ici avec Anna? Je vous croyais à Paris.

Elle tenta d'escalader le tronc du sapin, mais

s'écorcha le poignet à une branche cassée. Hans posa Anna, sauta l'obstacle et enlaça Noëlle très doucement, avec précaution.

— Qu'est-ce que vous faites dans ce coin, toutes les deux? répéta-t-il. Par ce froid!

Le contact de son corps d'homme la réchauffait. Le visage enfoui dans le col fourré de sa veste, elle savourait le miracle de sa présence. Les questions qu'elle aurait pu lui poser, elles aussi, viendraient plus tard. Elle expliqua très vite:

— J'allais vendre mes fromages et mon beurre au marché. Je me suis installée à Durrenbach, dans la ferme de mes grands-parents. Je t'en avais parlé. Tu n'as pas oublié, quand même!

— Mais non! Viens, on ne peut pas se quitter si vite, comme ça.

Elle lui prit la main, tandis qu'il calait Anna sur son bras. La fillette s'accrocha au cou de son père, un sourire rayonnant plissant ses joues.

— Laurent, tu peux te charger du vélo et de la remorque?

— Pas de problème! répliqua l'homme.

Ils marchèrent un quart d'heure sous le couvert des sapins dont les fûts puissants montaient, vigoureux et rapprochés, vers le ciel. Enfin, Noëlle devina une cabane en piteux état. Hans la fit entrer. À l'intérieur, il faisait meilleur que dehors, car un petit feu brûlait dans un bidon en ferraille.

— Nous sommes là depuis une semaine. Quelque chose se prépare.

Noëlle s'assit sur un banc sommaire, constitué d'une planche posée sur des caisses. Anna n'appréciait pas l'endroit, mais elle était avec sa mère et son père. Cela suffisait à la rassurer. Le dénommé Laurent, qui les avait rattrapés, annonça qu'il surveillait les environs.

— C'est un malgré-nous qui a déserté, lui expliqua Hans très bas. Pas facile pour les Alsaciens d'être enrôlés contre leur gré dans la Wehrmacht. Ceux qui ont du cran ou pas de famille refusent ça tout net. Laurent est un bon garçon, il se doute que nous avons besoin d'un tête-à-tête.

— Tu es dans un groupe de résistants? avança-t-elle.

— Oui, j'ai dû prouver ma bonne foi, mais ensuite j'ai été intégré au réseau. Je préfère ne rien te dire de plus, Noëlle, c'est trop dangereux pour toi et pour nous tous. Le silence fait loi. Si on est pris, on pourrait parler sous la torture. Vaut mieux ne pas trop en savoir... Mais vas-tu me répondre? Que fabriques-tu dans la région?

La jeune femme le trouvait changé, plus autoritaire et un brin arrogant. Elle n'en comprenait pas la raison et répondit, irritée :

— Mais, Hans, je te l'ai dit, je fabrique du fromage. Il me reste de l'argent de Samuel, mais je tiens à gagner ma vie, à entretenir la ferme de mes grands-parents pour le jour où ils reviendront avec ma mère.

Le regard consterné que lui jeta Hans la blessa. Son intuition ne pouvait pas la tromper. Il savait des choses qu'elle ignorait.

— Hans, ils sont morts, c'est ça?

— Je souhaite de toute mon âme que non, Noëlle. Mais la vie est épouvantable dans les camps de prisonniers où ils ont forcément échoué. Pourquoi as-tu quitté Paris? Tu étais moins exposée là-bas. Maintenant, je vais me faire du souci pour toi et Anna.

Il ne la touchait pas ni ne lui souriait, se contentant de lisser d'un doigt les boucles blondes de sa fille. Elle dit d'une voix presque inaudible :

— Samuel et Rebecca ont été arrêtés. Des voisins les ont dénoncés. J'étais partie en promenade avec Anna aux Tuileries et, au retour... Notre petite n'a rien vu, Dieu merci! Une concierge, sur le trottoir d'en face, mais à une trentaine de mètres, m'a aidée à me dissimuler. Nous lui devons la vie. Il s'en est fallu de peu, n'est-ce pas? Je savais où Samuel gardait de l'argent, je l'ai pris; il m'avait dit que je pouvais le faire s'il leur arrivait quelque chose. Je suis venue en Alsace, à Durrenbach, le seul endroit où j'avais un toit, un foyer. J'ai retrouvé deux de nos vaches, j'ai racheté des lapins et des poules. J'ai même repeint la cuisine et les barrières. Je travaille avec acharnement, Hans. Pour Anna. Elle aime la campagne et les animaux. Un jour, je lui offrirai une chèvre.

— Puisque tu avais un pécule, il fallait tenter de passer en Espagne, répliqua-t-il. De là, tu aurais pu t'embarquer pour les États-Unis. Le pays n'est pas sûr du tout.

Il se leva et remit du bois dans le bidon d'où s'élevait une fumée grise suffocante. Noëlle remarqua un morceau de pain sur un torchon et des bouteilles de vin.

— Vous n'avez rien d'autre à manger? demanda-t-elle. Vous n'avez qu'à garder mes fromages et le beurre. Je n'irai pas au marché aujourd'hui, et cela me fait plaisir de vous soutenir à ma façon.

— Les hommes seront contents, les provisions sont rares; je te remercie pour eux, dit-il sobrement.

Hans fit descendre Anna du banc et l'emmena sur le seuil de la cabane.

— Tu vas aider mon copain Laurent à ranger les fromages de maman dans notre cachette, d'accord?

— Oui, papa! s'écria la petite, ravie de sortir de la vieille cabane sombre.

Noëlle faillit protester, mais elle n'osait pas contrarier Hans. Il poussa la porte à demi disloquée et resta planté à deux mètres de la jeune femme.

—Qu'est-ce que tu as, Hans? Je m'inquiétais tant pour toi, à t'imaginer à l'autre bout du monde ou dans le sud de la France. Tu étais si près de moi, en fait. Mais on dirait que tu es furieux, et surtout indifférent. Tu ne m'aimes plus? Tu as rencontré une autre fille?

Elle courut vers lui et s'accrocha à ses épaules. Il céda à l'appel irrésistible qui émanait de la jeune femme en l'embrassant à pleine bouche. Il dit très bas:

—Pardonne-moi, Noëlle! J'ai eu un tel choc en te reconnaissant! C'était un peu comme une hallucination. Je pense si souvent à toi, à notre fille, et vous apparaissez sur cette route en pleine forêt...

—C'est un raccourci pour Haguenau! précisa-t-elle en le serrant plus fort encore.

—Ma chérie, ma petite folle qui n'en fait qu'à sa tête!

Il atténua ce jugement d'un baiser. Mais Noëlle, depuis des mois, gérait son temps et agissait seule. La remarque la froissa.

—Je n'en fais qu'à ma tête, dis-tu? Je refuse de laisser à l'abandon la ferme et la fromagerie Weller, mais je trouve qu'au contraire je mérite des félicitations. J'ai voulu pour ma fille une vraie maison, un jardin, de l'espace pour vivre un peu. Je lui confectionne ses vêtements et je cuisine. Ne me traite pas en gamine irresponsable! Quand nous serons mariés, si tu me considères comme un objet décoratif, ça n'ira pas du tout entre nous.

Son petit discours déclencha l'hilarité du jeune homme. Il lui mordilla la joue et l'embrassa sur le nez.

—Tu es un superbe objet de décoration, pourtant, et je t'aime, ça, n'en doute jamais. Mais de vous savoir si proches, à Durrenbach, cela me rend malade d'angoisse.

Elle le repoussa, rassurée. Il la reprit contre lui, plus grave, le regard teinté d'une fièvre nouvelle.

—Tu me manquais tant. J'ai envie de toi, Noëlle! De ta peau, de ton corps...

—Pas ici. Anna va revenir avec ton ami. Peut-être pourrais-tu nous rendre visite une nuit! Tu trouveras facilement. C'est la ferme Weller à la sortie du bourg, sur la droite. Il y a un panneau en bois qui indique la fromagerie.

Laurent entra, précédé par Anna. Hans lâcha la jeune femme avec un soupir de frustration.

—Il vous faut partir, dit-il. Nos compagnons ne vont pas tarder. Ils ne doivent pas vous trouver ici. Je vous raccompagne, à cause du vélo et de la remorque qui n'est pas facile à déplacer.

Noëlle s'émerveillait encore de cette rencontre inespérée. Au moment de monter sur sa bicyclette, elle lui glissa un «à bientôt» à l'oreille. Il l'embrassa, dit des mots tendres à Anna et lui fit des bisous.

—Rentrez vite au chaud, mes petites femmes adorées. Et pas un mot à quiconque.

Noëlle fit signe qu'elle avait compris. Un immense bonheur lui insufflait énergie et courage. Hans n'était pas d'excellente humeur et il s'était montré emporté à certains moments, mais ils s'aimaient toujours autant. Il était vivant, à quelques kilomètres d'elle, et cela annihilait les longues semaines de séparation.

«Que faisaient-ils, au bord de la route?» se demanda encore Noëlle en s'enfermant à double tour chez elle.

La cuisinière en fonte diffusait une chaleur paradisiaque après le froid glacial de la forêt. Anna avait dormi dans la remorque; à présent, elle ne tenait plus en place.

—J'étais contente de revoir mon papa! s'écria-t-elle, assise près du feu.

—C'est un secret, ma chérie. Tu ne dois en parler à personne!

—Pourquoi?

—Ce serait très dangereux pour lui et pour nous.

La fillette prit sa poupée de chiffon et commença à jouer. La bonne odeur de la soupe que sa mère réchauffait lui flattait les narines. Ce fut une journée paisible. Noëlle ne regrettait pas ses fromages ni son beurre. Souvent, la vision du sapin couché en travers de la route lui revint; l'air soucieux de Hans aussi.

«Ils venaient d'abattre cet arbre durant la nuit! conclut-elle. Mais pourquoi?»

Elles se couchèrent tôt, lovées l'une contre l'autre dans le grand lit où Anna était venue au monde.

Ce soir-là et bien d'autres ensuite, Noëlle guetta le moindre bruit au dehors. Mais Hans ne la rejoignit pas, brisant tous les rêves de retrouvailles passionnées dans l'esprit exalté de la jeune femme.

La fête de Noël lui parut chargée de nostalgie. Ses voisins les avaient invitées à partager un repas assez copieux, des bretzels dorés, ainsi qu'un bäkeofen à base de poulet, de topinambours et de carottes. Au dessert, le couple alluma des bougies.

—Pour notre petite Anna, c'est l'heure de se raconter de jolies légendes du temps passé, déclara Clotilde.

La fillette se blottit sur les genoux de sa mère et écouta, bouche bée.

—Le pays des mystères s'étend de Haguenau, la ville où ta maman vend ses fromages, jusqu'à Wissembourg, Lembach, Niedersteinbach et Obersteinbach au cœur de l'immense forêt, raconta Clotilde. Depuis très longtemps, sous le couvert des grands sapins noirs, les gens y rencontrent des elfes, des fées, des nains et même des géants. Mais, surtout, un étrange personnage y vit, Hans Trapp, avec sa chevelure hirsute, des habits en haillons et des chaînes aux pieds. Il fait très peur aux enfants, enfin, aux vilains enfants qui n'obéissent pas à leurs parents.

—Il est méchant, Hans Trapp? s'inquiéta Anna. Parce que je veux pas qu'il s'appelle comme mon papa!

Noëlle l'embrassa et s'empressa de plaisanter:

—Qu'est-ce que tu racontes, coquine?

La jeune femme saisit le regard peiné de Clotilde et celui plus perspicace d'Amédée. Elle comprit soudain qu'ils ne lui avaient posé aucune question sur le père de sa fille, peut-être tout simplement parce qu'ils connaissaient la vérité. Elle ajouta en riant:

—Papa s'appelle Hansi, pas Hans! Oui, Hansi, comme l'écrivain né à Colmar, qui dessine aussi nos légendes et nos traditions. Moi, quand j'étais petite, je rêvais de voir apparaître Kristkindel dans ma chambre, cette belle jeune fille coiffée d'une couronne de verdure et de bougies illuminées qui personnifie l'enfant Jésus.

Elle dut parler longtemps à Anna de Kristkindel. Clotilde en profita pour sortir du buffet un paquet enrubanné qu'elle tendit à la fillette. Noëlle l'aida à déballer un adorable chien en porcelaine. Une fente s'ouvrait sur son dos. Amédée y glissa une pièce en or qu'il tenait dans sa main.

—C'est une tirelire, ma mignonne. Tu y mettras tes sous, ceux que te donnera ta maman.

Anna était émerveillée par l'animal, parfaitement représenté, au toucher lisse et à l'aspect brillant.

—Merci, vous êtes très gentils, vraiment, dit Noëlle, les larmes aux yeux. Moi aussi, j'ai un cadeau pour vous.

Elle se leva et courut dans le petit vestibule. Clotilde reçut un ravissant tablier en cotonnade à carreaux, Amédée, un veston sans manche, muni de trois poches.

—Je les ai cousus à la main. Ma machine est restée à Paris, hélas. J'espère que cela vous plaît.

Ils s'embrassèrent en échangeant compliments et

protestations d'amitié. La nuit tombait. Il neigeait dru et le vent sifflait furieusement. Noëlle emmitoufla soigneusement sa fille au moment de rentrer chez elle.

— Je dois vous quitter, mes feux vont s'éteindre si je n'y vois pas. Merci pour cette belle journée.

Ils la saluèrent derrière la vitre de la salle à manger. La jeune femme eut un pincement au cœur en s'éloignant. Trois fois, elle se retourna pour contempler la fenêtre jaune, fragile étoile de clarté dans la tempête de neige.

— Je voudrais un vrai chien, cria Anna, perchée sur le dos de sa mère qui marchait penchée en avant.

— Chut! J'ai peur de glisser. La neige est dure, elle gèle déjà.

Noëlle parcourut les derniers mètres le souffle coupé par la violence des rafales. Des flocons glacés se nichaient entre son cou et son écharpe et saupoudraient son bonnet. En traversant la cour principale, elle entendit les vaches meugler dans l'étable.

«Elles sont pourtant bien au chaud et rassasiées! J'ai garni les râteliers avant de partir. Elles doivent me saluer, sans doute...»

L'idée la fit sourire. Enfin, elle put déposer Anna sous l'auvent. L'enfant claironna, ravie de l'aventure:

— Maman, tu vas allumer nos bougies à nous, dis, et tu me chanteras une chanson.

— Oui, abrite-toi contre la porte, je cherche ma clef. Je n'y vois rien, il fait nuit noire, maintenant.

Deux bras robustes l'enlacèrent, l'obligeant à pivoter sur ses talons. Elle devina un sourire rayonnant et un regard étincelant, tandis qu'Anna hurlait des papas déchaînés.

— Oh! Hans, Hans!

Il la serra contre lui à l'étouffer. Noëlle le dévisagea, puis toucha son visage et ses lèvres.

—C'est bien moi, dit-il. Je n'allais pas passer Noël loin de vous, mes chéries. Donne-moi la clef.

Ce fut un moment béni. Grisée de bonheur et de soulagement, la jeune femme se sentait flotter. Hans tapait ses godillots contre le pavé et les enlevait. Dans un état d'extase, elle alluma les bougies dans les verres qu'elle avait peints en rouge et ranima le feu de la cuisinière. Anna brandissait sa tirelire en dansant sur place.

Une fois débarrassé de sa grosse veste fourrée, de ses gants et de sa casquette à oreillettes, Hans apparut en polo noir et en pantalon en velours côtelé. Noëlle lui caressa les joues.

—Tu t'es rasé et tu sens bon! Comment as-tu fait, dans ta tanière au fond des bois?

—Qu'est-ce que tu crois? Je ne suis pas devenu un sauvage!

Il riait, les mains posées sur ses hanches. Noëlle portait une robe en laine d'un rouge sombre, ourlée au col et aux manches d'un galon vert. Le tissu souple moulait ses seins et ses hanches rondes.

—Et toi, tu es bien distinguée, pour une fermière!

—Tu restes ce soir? demanda-t-elle tout bas. Cette nuit?

—Oui! C'est la neige qui m'a décidé. Par ce temps, nous sommes tranquilles. Il y a peu de risque de croiser une patrouille.

La jeune femme exulta. Elle vérifia du regard que la maison était hermétiquement close et verrouillée.

—Comme j'aime cette neige, alors! s'écria-t-elle. Qu'elle tombe et tombe encore des heures!

Cela fit sourire Hans, attendri par la chaleureuse atmosphère qui régnait dans la cuisine. Anna s'installa près de la cheminée, dans laquelle était installée la cuisinière. Elle aimait jouer là, les joues chaudes, sur un petit tapis rouge, dans le bruit apaisant des pas de sa mère occupée à cuisiner ou à ranger. Noëlle la vit s'asseoir, avec sa tirelire-chien et sa poupée de chiffon.

—J'ai de la pâte à pain, du lard et de la crème à volonté, dit-elle à Hans. Je vais nous faire des flamme-kueches.

Le jeune homme observait le décor douillet où vivaient sa fille et celle qu'il considérait comme son épouse légitime. Tout était propre et ordonné, mais de petits détails rendaient la pièce accueillante et gaie. Dans une chope en grès, Noëlle avait mis des branches de sapin décorées de bonshommes minuscules en sucre candi et en pain d'épice. Une batterie de casseroles en cuivre rose, accrochée aux poutres, resplendissait.

—Je suis au paradis, soupira-t-il. Il fait chaud, c'est joli ici, et j'ai mes deux petites femmes chéries près de moi.

Ils dînèrent de bon appétit, étourdis par le bavardage d'Anna qui racontait le repas chez Clotilde et Amédée, parlait du méchant Hans Trapp et de la jeune fille couronnée de verdure, décrivait ensuite les lapins, le noir, le gris, le blanc et le roux.

À neuf heures, Hans monta sa fille au lit en lui promettant qu'elle aurait un cadeau dans ses chaussons, au matin. Noëlle en profita pour disposer le lit. Elle voulait rendre cette nuit inoubliable. Le plus vite possible, en guettant la voix de Hans qui fredonnait une berceuse, elle déplaça la table et les chaises, et monta sur la pointe des pieds chercher dans l'une des chambres deux oreillers et des couvertures. Leur couche d'amants serait confortable, près de la cuisinière, à la clarté mourante d'une unique chandelle en cire rouge. En toute hâte, elle se lava les mains et défit son chignon.

Hans redescendait. D'abord, il ne prêta pas

attention à la lumière plus faible. Il marcha droit sur Noëlle et l'enlaça :

— Anna est de plus en plus belle, et comme elle s'exprime bien pour son âge. Mais...

Il venait de voir le lit improvisé. Troublé, il souleva de ses deux mains les cheveux de la jeune femme et y plongea ses doigts.

— Quelle bonne idée! As-tu remarqué que le destin semble protéger notre amour? Nous nous retrouvons dans des circonstances un peu singulières, presque toujours au moment où nous désespérons de nous revoir.

— C'est vrai, reconnut-elle. Cela me rassure. Je suis certaine qu'un jour nous ne serons plus jamais séparés.

Hans l'embrassa longuement, prêt à se délecter de la moindre seconde de sa présence. Elle ôta sa robe et se souda à lui, désirable à le faire frémir, en combinaison de satin bleu. Le contact du tissu soyeux le grisa, lui qui avait passé des mois à toucher des armes, du bois, de la terre, des matériaux rudes et froids. Très vite, il caressa sa peau, faisant glisser de ses épaules les fines bretelles du sous-vêtement.

— Que tu es belle! haleta-t-il, fasciné par sa chair nacrée, ses formes envoûtantes. Tu es une statue d'albâtre, un bijou vivant!

Alanguie, tout offerte à son désir d'homme, Noëlle gardait les paupières mi-closes. Ses jambes la soutenant à peine, elle s'allongea en travers des couvertures. Hans se déshabilla, non sans impatience. La première étreinte fut brève, intense et fébrile assouvissement de leur passion frustrée par des mois de chasteté. Ensuite, en échangeant des mots tendres et des serments, ils s'enivrèrent de caresses, de baisers langoureux, de jeux audacieux, avant de se fondre à nouveau l'un dans l'autre, réunis en un seul corps vibrant d'une profonde félicité.

Au cœur de la nuit, alors que Noëlle garnissait de bûches la cuisinière, Hans sortit de sa veste une flasque de schnaps. Ils trinquèrent à leur couple, à leur enfant.

—À la vie aussi! dit tendrement la jeune femme, à la vie si fragile, qu'il faut choyer, envers et contre tout.

Elle avait les larmes aux yeux, car elle pensait à sa mère, à son père adoptif, à ses grands-parents, à ses amis Rebecca et Samuel, tous balayés de son horizon par la seule volonté d'un dictateur.

—Ne sois pas triste, ma chérie, souffla Hans en lui prenant la main. Tu dois garder espoir. Si tout ce cauchemar s'arrête un jour et que je suis encore vivant, je ferai en sorte que tu sois la plus heureuse du monde.

Il préférait taire ce qu'il avait appris. Des rumeurs alarmantes circulaient sur les camps disséminés en Allemagne. On parlait à présent d'extermination pure et simple, non plus de travaux forcés ou d'enferme-ment. Il y avait peu de chances que la famille Weller ait survécu.

Hans la berça en couvrant son front et ses pom-mettes humides de légers baisers.

—Je voudrais tellement que la guerre soit finie, se désola-t-elle. Tes parents ne connaissent même pas Anna. Et mon petit frère Franz doit m'avoir oubliée. Il vit en Dordogne depuis trois ans. Cela compte, à son âge. Je n'ose plus lui écrire, par prudence.

—Tu as raison, assura-t-il. Sais-tu pourquoi je me suis montré aussi froid, l'autre jour, dans la forêt?

Elle fit non de la tête.

—Ce n'est pas facile de choisir un camp, de se battre contre son propre pays. Une fois, nous devions faire sauter un convoi, trois camions qui transpor-taient des soldats allemands. Mais parmi eux il y avait peut-être des gosses de dix-huit ans, apeurés, désespérés de quitter leur famille. Je ne suis pas fier de ce qui se passe en Allemagne. Hitler est un fou, servi par d'autres fous. Tout ceci me brise le cœur. Je n'ai que toi et Anna comme lumières pour garder la foi en un monde meilleur.

Il se tut, atteint par un profond épuisement. Noëlle se leva, nue. Elle s'enveloppa de son châle et alla jusqu'à la fenêtre.

—Qu'est-ce que tu fais? s'étonna-t-il.

Sans lui répondre, la jeune femme ouvrit et poussa un des volets. La neige les ensevelissait, dense, ruisselante. Vite, elle referma et se précipita dans les bras de Hans.

—Demain, il y en aura presque un mètre. Nous sommes coupés du monde, protégés par l'hiver. C'est Noël, la période où je suis née. Maman m'a baptisée ainsi pour cette raison.

—Et j'ai un cadeau pour toi, déclara-t-il.

Il sortit de sa veste, posée sur le dossier d'une chaise, un écrin en cuir. Elle l'ouvrit et poussa un petit cri de surprise. Deux anneaux en argent étaient passés dans une chaîne fine aux mailles ovales.

—J'avais vu tout de suite que tu portais encore ta bague de fiançailles, à Paris. Mes parents, eux, conservaient précieusement les alliances que j'avais achetées pour notre mariage. Je les ai gardées sur moi, toujours, à l'hôpital, et pendant les combats. J'aurais pu te les offrir à Paris, quand je venais rue du Temple, mais à cette époque je te rendais visite dans un uniforme que tu méprisais. Maintenant je suis du bon côté de la frontière, dans tous les sens du terme. Je me bats pour la liberté des peuples, pour la libération de la France, ton pays. Le pays de ma fille. Et, par ce cadeau, ce soir je te signifie que tu es mon épouse. Nous allons les porter chacun de notre côté, en attendant le jour où nous serons bénis devant Dieu.

— Oh! Hans, merci. Je ne quitterai jamais la mienne, promit-elle. Enfin, sauf pour brasser le caillé ou nettoyer l'étable.

Elle se jeta à son cou et l'étreignit avec passion. Ils firent l'amour encore une fois, éperdus de jouissance, enchantés du plaisir subtil qui les anéantissait en vagues successives. Quand ils s'endormirent, enlacés, nus, le même sourire comblé persista sur leurs visages.

Hans partit au milieu de la matinée. Il continuait à neiger et cela le rassurait. Anna s'accrocha à lui en pleurant.

— Veux pas que tu partes, papa.

— Je reviendrai vite, ma chérie. Tu dois t'occuper de ton bébé!

Sous son oreiller, la fillette avait trouvé un petit baigneur en celluloïd, vêtu d'un ensemble marin bleu à col blanc.

— Tu peux le laver dans une bassine, cela ne l'abîmera pas! avait-il expliqué. Comme ça, si maman et papa ont un autre bébé, tu sauras t'en occuper.

Cette phrase d'un père à sa fille aurait pu contenir une promesse toute simple, au sein d'une famille ordinaire, mais Noëlle fit un effort surhumain pour ne pas éclater en sanglots. Hans pouvait mourir chaque jour et, une fois la porte franchie, il disparaîtrait pour un temps indéterminé. Il lui avait répété qu'il ne reviendrait pas à Durrenbach, que c'était trop dange-reux pour son réseau.

Après une ultime étreinte, tous trois enlacés, le jeune homme se fondit à travers les rideaux de flocons qui semblaient déterminés à gommer toute trace des humains et de leurs constructions.

Noëlle et Anna pleurèrent ensemble. Puis elles allèrent soigner les vaches, la mère portant son enfant sur le dos, car la petite n'aurait pas pu avancer, tant la neige était épaisse. L'étable les accueillit, tiède et obscure. Les vaches mangeaient le foin que la jeune femme avait acheté à prix d'or, toujours à ses voisins.

«Je ne sais pas comment je vais les nourrir jusqu'au printemps», s'inquiéta-t-elle.

Elle se promit, à la prochaine accalmie, de se rendre au bourg pour obtenir du grain et des betteraves. Des familles étaient revenues, depuis deux ans. Sous la férule allemande, les travaux agricoles avaient repris.

«Je tiendrai! se dit-elle. Deux vaches et une génisse, ça ne mange pas tant que ça. Il reste de la paille de blé; c'est nourrissant.»

Amédée avait installé les clapiers sous un appentis. Elles donnèrent du grain aux poules et du pain dur aux lapins ainsi qu'un peu de foin. Ensuite, Anna voulut rentrer. La petite fille joua des heures avec son baigneur. Noëlle la regardait pouponner le menu personnage. Quand elle évoquait les folles étreintes de la nuit, un peu de rouge lui montait au visage. Ce furent ces souvenirs et l'alliance à son annulaire qui l'aidèrent à vaincre les longs mois d'hiver, à entretenir au fond de son cœur la flamme ténue de l'espérance. Cela la poussa aussi, au mois d'avril, à entreprendre un long périple en train. En compagnie d'Anna, munie d'un ausweiss[42] réglementaire, la jeune femme partit pour Périgueux.

—Nous allons chercher ton oncle Franz, expliqua-t-elle à sa fille. Il aura bientôt neuf ans, mais je suis certaine qu'il jouera avec toi.

Revoir son jeune frère, le ramener en Alsace, c'était pour Noëlle une gageure contre l'adversité, un besoin de renouer un lien ténu. Grâce à Franz, elle se

---

42. Laissez-passer, en allemand, obligatoire pendant l'Occupation pour certains déplacements.

sentirait plus proche de sa mère disparue, des Weller et des Kaufman.

Le voyage lui parut interminable. Elle dut dormir en Bourgogne dans un hôtel situé à côté de la gare. Enfin, ce fut Périgueux, sous la pluie battante. Devant la vitrine de la quincaillerie, Noëlle hésita. Affamée et les pieds trempés, Anna était de fort mauvaise humeur. La cousine Suzanne ne connaissait Noëlle que par des photographies. Elle avait dû s'attacher à l'enfant et serait sans doute affligée de renoncer à lui. Mais le carillon de la boutique tinta et la porte s'ouvrit. Un garçon aux cheveux châtains, souples et légers, la dévisagea. Il avait les yeux bleus et très clairs de Clémence, ainsi que le sourire de Johann Kaufman.

— Noëlle! criait-il. Ma sœur! Tata Suzanne, viens vite, ma sœur est là! Noëlle!

Il n'y avait pas de meilleur passeport que l'enthousiasme et la joie délirante de Franz. La jeune femme le serra dans ses bras, muette d'émotion. Il l'avait reconnue immédiatement, comme s'il guettait son arrivée, comme s'ils s'étaient séparés la veille.

Suzanne et son mari se montrèrent aussi chaleureux. Le court séjour en Dordogne resterait gravé dans le cœur de Noëlle à jamais. Elle s'attarda un jour de plus. Amédée veillait sur ses bêtes, à Durrenbach, alors qu'Anna était métamorphosée par la compagnie bienveillante de son oncle Franz, de six ans son aîné.

Quand Noëlle reprit le train avec les deux enfants, si Suzanne avait le cœur déchiré, elle sut le dissimuler. Elle avait rempli une valise de bonnes choses, des pâtés, des biscottes et des biscuits, des fruits secs... Franz portait un gros sac contenant son linge et ses livres. Il avait de lui-même décidé de se séparer de son chien bien-aimé et de le laisser à Suzanne.

— Il te consolera, dit-il gravement, car je sais que tu m'aimes et que je vais te manquer.

Le fils de Clémence et de Johann était déjà en cours moyen et se révélait un lecteur passionné.

— Est-ce que maman et papa nous attendent, en Alsace? demanda-t-il à sa sœur à mi-chemin.

— Non, mon chéri! dit-elle gentiment. C'est nous qui allons les attendre le temps qu'il faudra. Ils reviendront, tu verras.

Noëlle avait honte de déformer la vérité, mais elle refusait de ternir le bonheur de Franz.

10 juin 1944

— Eh oui, ma petite Noëlle, c'est comme je vous le dis, le vent tourne. Les Alliés ont débarqué en Normandie il y a quatre jours. Vous ne le saviez pas? Voyons, il faut vous acheter un poste de radio. C'est une nouvelle fantastique. Nous sommes sauvés!

Amédée exultait. Noëlle portait un tablier bleu et avait les bras dénudés, ainsi qu'une bonne partie des mollets. Elle massait les pis de sa Roussine qui refusait de donner son lait depuis que son veau avait disparu. La jeune femme l'avait vendu au boucher du bourg, revenu de Dordogne depuis un an.

— Cela signifie que la guerre est bientôt terminée? demanda-t-elle d'un ton sceptique.

— Ah ça, je ne peux pas l'assurer. Mais les Américains obligent l'armée allemande à refluer. Ils vont libérer Paris, vous allez voir, ça ne va pas tarder! Et après ce sera notre tour à nous, les Alsaciens.

Anna était assise sur un des tabourets de traite, son baigneur dans les bras. À quatre ans, c'était une fillette sage et sérieuse, un peu trop au goût de sa mère. Perché dans un des râteliers, Franz était plongé dans la lecture d'un roman d'aventures que Noëlle avait déniché dans le grenier. Il s'agissait d'un ouvrage de Johann David Wyss, *Le Robinson suisse.* L'enfant avait remarqué le prénom de l'auteur qui était aussi celui de son père et il s'était d'autant plus attaché au livre.

— Clotilde vous invite à dîner, annonça Amédée. Elle a tué un poulet et je crois bien qu'il y aura des bretzels. Tu as entendu, Anna? Tu aimes toujours les bretzels? Et toi, Franz?

— Oui! répondirent en chœur les enfants.

Noëlle remercia et promit de venir. Pourtant elle avait du travail à la fromagerie. Souvent, elle avait envie d'abandonner, car les gains qu'elle en tirait n'étaient pas en rapport avec le mal qu'elle se donnait. De plus, une partie de sa clientèle, à Durrenbach et au marché d'Haguenau, était allemande.

Son voisin tapota du bout de sa canne le mur le plus proche.

— Quand même, Noëlle, je viens par cette chaleur vous annoncer le débarquement des Américains, et vous ne réagissez pas. Ces valeureux soldats ont versé leur sang pour nous. Ils vont délivrer la France. Il faut fêter ça!

— Évidemment, mon cher Amédée, c'est juste que Roussine me cause du souci. Si elle retient son lait, elle risque un engorgement.

— Je ne vous dérange pas plus, alors! dit-il, un peu vexé. Si le sort de votre vache vous intéresse davantage que le destin de la France...

Amédée sortit de l'étable. Anna se mit tout de suite à chantonner.

— Ma chérie, continue! s'écria Noëlle. Ça y est, son lait coule! Roussine aime ta voix. Maintenant tu seras obligée de chanter chaque fois, d'accord?

Elles se sourirent. Un quart d'heure plus tard, elles traversaient la cour en direction du jardin. À cette époque de l'année, il avait repris son allure paradisiaque, croulant sous les roses, les lilas et les viornes aux lourdes boules blanches.

— Tu viens m'aider pour les fromages, Anna?

— Je mettrai le sel dessus, maman?

— Oui, mademoiselle! Ma petite reine des bibeleskäs. Puisque Franz préfère lire, tout seul avec les vaches, je t'embauche, ma chérie!

Noëlle fabriquait de préférence ces fromages frais qui caillaient sans apport de présure et se consommaient rapidement. Elle les parfumait à l'ail, aux noix ou aux herbes de son jardin. Ils lui rappelaient sa grand-mère et le ton câlin qu'elle prenait pour lui dire: «Petite chatte, je t'en mets un de côté», lorsqu'elle était enceinte. La jeune femme était très fière d'avoir repris le flambeau familial. Aussi annonçait-elle toujours à sa fille, après la fabrication des petits caillés:

— Le premier sera pour toi, ma petite chérie.

Et la fillette lui accordait le plus charmant des sourires. Cette expression de joie était pour elle la preuve de reconnaissance la plus complète de sa profession, le gage d'une continuité qui passait par le travail et par l'amour.

Anna aimait la fromagerie. Le bâtiment avait été chaulé et les boiseries, repeintes. Une grande partie de l'argent de Samuel avait servi à la remise en état du lieu.

Un réduit adjacent, que Gretel appelait le hâloir, servait à l'affinage des munsters. Ce fromage devait séjourner vingt et un jours en cave humide. Noëlle les retournait tous les deux jours, les lavait et les brossait avant de les rincer à la bière et d'enduire leur croûte de carvi, qui n'est rien d'autre que du cumin sauvage. Mais elle n'obtenait pas vraiment la belle croûte orange dont s'enorgueillissait sa grand-mère. Les petits géromés, une gamme de munsters plus réduits, ne pesaient, eux, que cent vingt grammes environ. Ils suivaient le même traitement, mais ne restaient que quatorze jours dans le hâloir. Après, tous ces grands et petits délices, orgueil du pays, étaient bons à être dégustés selon la tradition, avec un gewurztraminer gouleyant, un pinot noir savoureux ou avec une bonne bière alsacienne, à moins qu'ils ne servent à préparer un baeckeofe, une tourte aux pommes de terre, une quiche ou une omelette au munster.

Ce labeur quotidien l'aidait à ne pas se tourmenter l'esprit avec trop questions et de chagrins. Entre les repas à préparer pour eux trois, le jardin potager, le ménage et la lessive, elle s'étourdissait et s'activait, refusant de songer à l'avenir ou au passé. Elle se couchait épuisée et se levait à l'aube. Elle était lasse de cette guerre et, comme bien des femmes, elle n'aspirait qu'à une existence tranquille et harmonieuse.

Pour toutes ces raisons, elle n'avait guère envie de dîner chez Amédée et Clotilde, qui semblaient de plus en plus avides de sa présence. Mais elle se rendit chez eux, car cela faisait plaisir à Franz et à la petite Anna. Ce soir-là, les vieux époux entreprirent une discussion qu'ils rêvaient d'aborder depuis plusieurs semaines.

—Ma chère Noëlle, commença Clotilde, nous vous aimons beaucoup, autant que nous aimions Gretel et Christian. Nous n'avons pas eu d'enfants, hélas, et d'un commun accord Amédée et moi-même avons décidé de vous léguer nos terres et la maison. Si vous vous remariez un jour, cela vous fera un beau domaine à exploiter en comptant les terres de votre grand-père. Quand votre jeune frère sera en âge de vous aider, vous pourrez agrandir la fromagerie. Et, sans vouloir être indiscrète, je suppose que le père de votre fille est décédé?

La jeune femme ne sut que répondre, embarrassée. Ils la virent pâlir.

— C'est très généreux, vraiment, et si gentil, mais vous avez sans doute de la famille, des cousins, des parents proches?

Clotilde fit non de la tête, l'air attristé. Noëlle lui prit la main.

— Nous en reparlerons, d'accord? Quant au père d'Anna, il est vivant, enfin, je l'espère de toute mon âme. Nous sommes fiancés, pas plus, mais je le considère comme mon époux.

Ils n'insistèrent pas, mais elle les vit échanger des regards soulagés.

*

D'autres jours s'écoulèrent, ponctués par les visites d'Amédée, fidèle à son rôle d'informateur. Le matin du 26 août, il accourut, tremblant d'excitation.

— Paris est libéré, Noëlle!

— Paris! répéta-t-elle, ébahic. Vous en êtes sûr?

Elle l'avait reçu devant la maison, là où étaient disposées une table de jardin et des chaises. Alentour, la campagne présentait un spectacle idyllique, symphonie de couleurs et de verdure. Pourtant, cela n'empêcha pas la jeune femme de revoir l'appartement de la rue du Temple, le sourire las de Rebecca, le visage émacié de Samuel.

— C'est une merveilleuse nouvelle, s'écria-t-elle en embrassant son voisin.

À cet instant précis, le bruit d'un moteur les figea. Une voiture noire entra dans la cour, faisant crisser les graviers. Hans en descendit, claqua la portière et se rua vers la terrasse.

— Oh! Vous avez de la visite, petite. Qui est-ce?

752

Noëlle posa une main sur son cœur. Elle avait reconnu Hans et éprouvait une joie fulgurante. Sans Amédée, elle aurait fait comme Anna, qui sortait de la cuisine en courant et en criant «papa». Mais la jeune femme n'osait pas quitter son voisin et regrettait amèrement de ne pas être seule pour accueillir son bien-aimé enfin de retour.

Hans souleva sa fille et la serra dans ses bras.

— C'est mon compagnon, expliqua-t-elle tout bas. Hans, je te présente mon cher voisin Amédée.

— Je vous laisse en famille, s'empressa le vieil homme en les saluant.

Noëlle scruta avec passion le visage de Hans. Elle comprit vite qu'il était agité, anxieux. Il y avait dans son arrivée impromptue en plein jour quelque chose d'insolite. Elle ne se trompait pas. Il l'étreignit en hâte avant de déclarer :

— Je viens vous chercher. Il ne faut pas rester ici. Les troupes alliées avancent, repoussant la Wehrmacht, mais les zones frontalières ne seront pas libérées sans de gros dégâts. J'ai des renseignements. L'aviation britannique et américaine va bombarder la région, car plusieurs postes de l'armée allemande, bien installés ici, ne se laisseront pas déloger sans combattre. Rassemble quelques affaires. Dépêche-toi! Je vous conduis à Troyes par de petites routes plus au sud. De là-bas vous pourrez prendre un train pour Paris. La capitale est libérée, il n'y a plus aucun danger. Ce n'est pas le cas ici, en Alsace.

— Hans, ce n'est pas possible. Et mes vaches, mes poules, mes lapins, le chat? Je n'abandonnerai pas cette maison une seconde fois. Personne ne m'a cherché de noises dans la région. Tu t'affoles pour rien, il n'y a aucune raison pour que nous soyons bombardés. En plus, j'ai pu reprendre mon frère. Il doit être quelque part dans le grenier à foin.

Le jeune homme serra les dents, exaspéré. Il jeta un coup d'œil circulaire sur la cour, le jardin et les prés.

—Ne sois pas sotte, Noëlle! Les bombes tombent parfois à côté de l'objectif, à quelques kilomètres près, cela suffit à tout ravager. Tu as envie de voir mourir Anna et Franz sous les décombres? Et même si vous en réchappez, tu imagines ce que les enfants risquent d'endurer: la peur, la terreur plutôt, et la peine de voir tout ce qu'ils aiment saccagé! Ou bien se retrouver seuls en plein cauchemar si tu étais tuée? Je t'en prie, ne perdons pas de temps.

Hans sentit Noëlle hésiter. Leur fille gambadait en cajolant son chat, sans prêter attention à la conversation de ses parents.

—Écoute, si le sort de tes bêtes te préoccupe, mets-les dans le plus grand pré que tu possèdes et confie tes lapins, ta volaille et ton chat à tes voisins, insista-t-il.

La jeune femme baissa la tête, vaincue, mais elle demanda:

—Où habiterons-nous, à Paris? Je ne vais pas retourner chez Samuel, il n'en est pas question. De toute façon, il ne doit plus rien rester des affaires et des meubles.

—Tu logeras dans une pension de famille. Ce ne sera pas très long, un mois ou deux, six mois, peut-être. J'ai de l'argent et toi aussi tu as des économies. Tu m'en as parlé cet hiver. Je t'en supplie, Noëlle. La guerre sera bientôt finie.

Elle fit un geste de dénégation et se réfugia au fond de sa cuisine, près du buffet en bois ouvragé peint de tendres couleurs. Le décor familier, entretenu avec soin, la fortifia dans sa volonté. Elle refusait de tout abandonner à nouveau. Hans la rejoignit.

—Quand Rebecca m'a forcée à fuir, en 1940, c'était

sous le coup de la panique générale, affirma-t-elle. Il ne s'est rien passé de grave, mais cette ferme est restée ouverte à tous vents, des gens l'ont pillée, saccagée. Dès le mois de juillet, les Alsaciens étaient rapatriés ici, jusqu'à l'automne. Alors, à quoi bon partir encore?

Hans regarda sa montre d'un air agacé.

—Est-ce que cela te ferait changer d'avis, Noëlle, si je te disais que les prisonniers des camps, s'ils sont libérés, transiteront par Paris? Tu as une chance de retrouver ta mère et tes grands-parents. Je t'installerai dans un arrondissement où personne ne te connaît. Il vaut mieux que tu évites la rue du Temple, enfin, le quartier où tu vivais.

—Et pourquoi? protesta-t-elle.

Le jeune homme évita son regard. Il alla jusqu'au seuil de la maison pour surveiller Anna.

—Des gens m'ont vu entrer chez les Cohen, j'y ai séjourné souvent. Les filles qui ont eu des relations avec les Allemands le paient cher, depuis la libération de Paris. Elles sont tondues et rouées de coups. Certaines en sont mortes. Les querelles ordinaires se règlent aussi par des dénonciations abusives. Les collabos, comme on les nomme, sont fusillés sans procès.

Noëlle roula des yeux terrifiés. La violence, elle n'en voulait plus. Plus jamais.

—Dans ce cas, Hans, conduis-nous à l'abri, mais pas à Paris. Une petite ville où personne ne me connaît. Je pourrais habiter chez tes parents. Où sont-ils?

—En Bavière, dans le chalet que nous possédons, celui où je t'avais invitée. Ils sont plus en sécurité qu'à Endingen, mais c'est beaucoup trop loin et surtout très risqué à cause des offensives alliées. Noëlle, ne t'entête pas! Tu sais quand même que la ville de Mulhouse a été bombardée au mois de mai, avant le débarque-ment. Les troupes du général Leclerc se dirigent vers l'Alsace avec la ferme intention de libérer Strasbourg et Colmar. Cela ne se fera pas sans combats, sans pertes humaines parmi les civils.

Brusquement, la jeune femme prit peur. Elle éclata en sanglots et monta à l'étage. Tout bas, elle se répéta qu'une femme doit obéir à son mari.

« S'il arrivait quelque chose à Anna, Hans ne me le pardonnerait jamais! se dit-elle encore. Et je dois protéger mon frère, il n'a plus que moi au monde. »

Ils mirent deux heures à préparer le départ. Noëlle conduisit ses vaches chez ses voisins. Clotilde se mit à pleurer.

— Vous nous quittez? Quel dommage! Je m'étais attachée aux enfants et à vous.

— Ce n'est pas pour longtemps. Je vous jure que je reviendrai vite, très vite.

Amédée promit de s'occuper des bêtes. Noëlle lui donna une clef qui permettait d'ouvrir une porte secondaire de la maison, ainsi que la fromagerie.

— Allez chercher les fromages frais d'ici deux jours, ils seront à point. Ceux que j'ai mis à affiner seraient perdus; prenez-les aussi.

Noëlle boucla ses bagages. Elle éprouvait une colère impuissante. En fermant les volets, la jeune femme dut serrer les dents pour ne pas hurler de dépit. Hans la trouva ainsi, le front appuyé à un des carreaux, les mains nouées autour de la poignée.

— J'ai tout vérifié, ne traînons plus. J'ai si peu de temps, Noëlle!

Elle le dévisagea attentivement, quêtant sur son visage aimé un peu de compassion.

— Hans, je te suivrais n'importe où si tu devais vivre avec nous. Si au moins ce voyage précipité nous réunissait, je serais heureuse, mais tu vas me laisser quelque part et disparaître encore, et pour combien de mois? Je n'aurai aucune nouvelle de toi, je serai seule, toujours seule.

Il la serra contre lui et embrassa ses cheveux.

— Nous devons mettre toutes les chances de notre côté, afin de nous retrouver vivants et libres. Et cela va se produire, j'en suis sûr. Je te demande un gros sacrifice, mais c'est pour vous garder en vie toutes les deux, pardon, tous les trois. Bien entendu, j'élèverai Franz comme mon fils, si ses parents ne reviennent pas.

— Et si toi tu meurs, cela n'aura servi à rien, se lamenta-t-elle.

Hans ne répondit pas. Il la prit par la main et l'entraîna vers la cour. Anna s'était couchée sur la banquette arrière, sa jolie tête blonde nichée au creux d'un oreiller. Elle tenait son baigneur et riait de joie. Franz s'était blotti contre la vitre, son livre entre les mains. Il avait la mine grave et les yeux pleins de larmes. Depuis quatre ans, il passait d'une maison à une autre, privé de sa mère et de son père, dont le souvenir s'estompait déjà. Quitter la fromagerie Weller le mettait au supplice.

Noëlle s'installa à l'avant. Hans démarra. La jeune femme pensa alors qu'ils n'avaient jamais partagé de tels moments, en apparence ordinaires : un couple et des enfants dans une voiture, un beau jour d'été. La différence, c'était le monde entier en guerre, des pays exsangues de leurs forces vives, des milliers de personnes disparues, gommées de la surface de la Terre, des morts, une infinité de morts.

Les premiers kilomètres, Hans se confia. Ancien soldat allemand devenu résistant, il était très bien renseigné.

— Si tu savais, Noëlle, tous ces jeunes Alsaciens qui ont été enrôlés de force dans la Wehrmacht. Ceux qui refusaient étaient exécutés ou déportés en Russie.

Anna n'a pas l'âge d'aller à l'école, sinon elle aurait dû apprendre à lire en allemand, à ne plus dire un mot de français. Les nazis ne méritent pas le nom d'hommes. Mais il y a eu des suicides, déjà, dans leurs rangs. C'est la déroute en Allemagne. Hitler voudrait pratiquer la politique de la terre brûlée, ne rien laisser au vainqueur. Il recrute n'importe quel individu capable de se tenir debout et de manier une arme pour refaire son armée. Himmler fait fusiller les déserteurs, même si ce sont des gosses de quinze ans.

Noëlle lui cita le cas de cet officier qui l'avait interrogée le soir où elle arrivait à Durrenbach et qui l'avait laissée en paix, car il se souvenait de lui, Hans Krüger.

— Tu n'aurais pas dû donner mon nom! s'alarma-t-il.

— Désolée! J'étais malade de terreur! répliqua-t-elle. Je crois que cela nous a évité le pire, à Anna et moi.

Ils se turent un long moment. Hans empruntait un itinéraire très complexe, sillonnant des routes étroites parfois envahies de végétation. Il l'avait prévenue qu'ils rouleraient sûrement pendant deux jours afin d'éviter tous les axes fréquentés. Elle avait donc emporté des bouteilles d'eau, du pain, des fromages, des biscuits et des fruits.

Petit à petit, la jeune femme cédait à la satisfaction étonnée d'être en compagnie de Hans, sans témoin ni menace imminente. Anna et Franz s'endormirent au bout de deux heures de voyage. Le couple eut droit à un magnifique coucher de soleil sur les collines de Lorraine, puis le crépuscule bleuit le paysage. L'air était suave, les criquets chantaient dans les prés. Sur la tour d'un vieux logis en ruine, ils virent un nid de cigognes. Cela rappela à Noëlle bien d'autres étés, à Ribeauvillé, quand tous les gens du bourg guettaient le départ des migrateurs en faisant des paris sur l'arrivée de l'hiver. Et, au printemps, quelle allégresse c'était de les voir revenir!

Après un pique-nique au bord de la route, qui permit aux enfants de se dégourdir les jambes, ils continuèrent leur voyage. En prévision de la nuit, Noëlle installa Franz et Anna de son mieux sur la banquette arrière. Elle les couvrit avec tendresse et les embrassa sur le front. La petite fille sombra dans un profond sommeil.

— Vers minuit, je trouverai un chemin pour me garer, hors de vue, et nous dormirons un peu nous aussi, dit Hans.

Il posa sa main sur la cuisse de Noëlle. Le même désir les troubla, chassant craintes et regrets. La nuit à venir leur parut chargée de promesses. Ils allaient vivre des heures d'intimité volées à ce destin injuste qui les avait si souvent séparés.

Ce fut dans un pré à l'herbe rase, sous les étoiles. Un ruisseau gazouillait non loin de là. La jeune femme s'allongea, les bras en croix, frémissante d'exaltation. Les baisers passionnés de Hans, ses caresses et les mots qu'il chuchotait à son oreille la grisèrent comme un vin doux. Elle perdit la conscience du lieu et de leur fuite pour s'offrir en gémissant, plus ardente encore que lui. Ils savourèrent à pleine bouche, éblouis, la saveur de leur peau, le parfum de leur chair. Plus rien ne comptait, hormis cette fièvre d'amour dont ils souffraient depuis des années.

23

Le temps de l'espérance

Sainte-Maure, 2 mai 1945

Déjà neuf mois que je vis dans cette jolie bourgade de Sainte-Maure, au nord de la ville de Troyes. À l'heure où j'écris ces lignes, il y a plusieurs jours que les Alliés ont franchi le Rhin. Ils occupent le Hanovre, la Saxe et la Bavière et sont entrés en Autriche et en Bohême. Metz, Strasbourg et Colmar sont enfin libérés, mais, Hans avait raison, cela ne s'est pas fait sans d'épouvantables dégâts. Il paraît qu'Haguenau, où j'allais au marché, ressemble à un champ de bataille, tout en ruine et dévasté. J'aimerais savoir si mes pauvres amis, Amédée et Clotilde, ont survécu, si la ferme Weller est toujours debout. Je leur ai écrit deux fois sans obtenir de réponse, ce qui me laisse à penser qu'ils ont dû mourir sous les bombes comme tant d'autres.

Je me félicite souvent d'avoir pu convaincre Hans de m'installer ici, à Sainte-Maure, et non à Paris. J'ai pu louer une maisonnette avec un jardin pour une bouchée de pain et j'ai repris mon travail de couturière, l'ancienne occupante des lieux ayant laissé sa machine à coudre.

Les événements se succèdent, je les apprends par le journal, ou encore par la radio, un appareil qui fonctionne mal, mais que j'affectionne, car Hans me l'a offert à Noël. Je ne sais comment il a réussi à nous rejoindre, malgré tout. Il est arrivé à onze heures du soir pour me quitter à l'aube.

Mais cela a suffi pour que j'attende un enfant qui naîtra en septembre. Le futur papa l'ignore encore, car je n'ai aucune nouvelle de lui depuis des mois. J'explique le grand mystère de la vie à Anna, toute contente d'avoir bientôt un petit frère ou une petite sœur. Franz s'enferme dans son monde, ce qui m'inquiète de plus en plus. Il ne fait que lire. L'annonce d'un bébé ne lui a pas arraché un sourire. Le plus étonnant, c'est qu'il ne parle plus jamais de notre mère, comme s'il s'était résigné à sa perte. Je sais qu'il se souvient très bien d'elle, comme il se souvenait de moi.

J'espère surtout que je pourrai élever ces trois enfants, qui n'ont que moi sur terre, dans la paix, ou du moins la quiétude. Je rêve d'une existence simple, douce et laborieuse, en famille. S'il m'est donné de partager la vie de Hans et si je revois ceux qui me sont chers, je ne me plaindrai plus jamais de quoi que ce soit, ma vie durant.

En fait, je n'avais pas écrit dans ce cahier depuis des mois. Si j'ai repris la plume, c'est pour une raison précise : demain, je pars pour Paris. Seule. Je confie Anna et Franz à ma voisine, une femme accommodante et sympathique, afin de leur épargner un voyage qui risque d'être très pénible.

Les survivants des camps de la mort, comme la presse les appelle, ont été rapatriés en France. Le monde entier s'est retrouvé en état de choc en apprenant les atrocités commises par les nazis. J'ai honte de m'être lamentée à cause des rationnements quand je pense à tous ceux qui ont souffert le martyre. Pour avoir des renseignements sur les prisonniers survivants, il faut aller à l'hôtel Lutetia. Je voudrais tant retrouver ma mère et mes grands-parents.

Hitler s'est suicidé le 30 du mois dernier, dans son bunker à Berlin. Il n'a pas payé l'étendue de ses crimes pour autant, lui qui avait mis au point la solution finale. Des millions de gens ont péri, torturés, gazés et brûlés. En voyant les photos des charniers prises par les Américains, j'ai éclaté en sanglots. C'était atroce, intolérable.

Parmi ces cadavres, il y avait peut-être Rebecca et Samuel. Tous ces Juifs sacrifiés à l'idéologie d'un fou, quelle honte pour l'humanité entière! Des femmes, des enfants...

Quand je songe à ce génocide, aux souffrances physiques et morales que ces personnes ont endurées, j'estime que j'ai eu de la chance. Mon isolement de ces derniers mois m'a aidée à réfléchir à tout ceci. En somme, moi, je n'ai eu qu'un ennemi, et de taille: Martha Kaufman.

J'étais naïve et vulnérable quand elle m'a enfermée pour me tenir à sa merci. Mais, grâce à elle, à sa haine et à sa folie, j'ai appris à me battre, à ruser. Elle est morte et je suis vivante. Si je retrouve Hans, nous aurons gagné la plus dure des batailles. Je pense à lui si souvent! Où est-il? En Afrique, en Chine, au Canada? Ou bien dort-il pour l'éternité? Non, cela je le sentirais, je le saurais. Je rêve souvent de lui et il est tel que je l'ai toujours vu: rieur, aimable, câlin. Ses yeux ne peuvent pas s'être fermés, sa voix n'a pas pu se taire à jamais, ses mains me caresseront encore, j'en suis sûre.

Noëlle referma son cahier, posa son porte-plume et poussa un gros soupir. Hans lui manquait cruellement. Elle observa en fixant la flamme de la bougie:

—Mon amour, je vais attendre notre bébé toute seule, comme cela s'est passé pour Anna. J'aurais tellement voulu que tu sois à mes côtés, cette fois!

Elle se sentait un peu perdue sans la présence des deux enfants qui dormaient chez la voisine. Un bus partait de Sainte-Maure à cinq heures du matin pour la gare de Troyes, où la jeune femme prendrait le train en direction de Paris.

Il n'était que minuit. Avant de se coucher, Noëlle observa son reflet dans le miroir accroché au-dessus de la cheminée. Elle s'étonna de l'air juvénile qui s'obstinait à adoucir ses traits moins ronds que jadis, de la blondeur dorée de ses cheveux. Son regard d'un bleu pur avait une expression de doute.

Son ventre commençait à pointer, tendant le tissu soyeux de sa combinaison. Le bébé avait bougé quand elle s'était levée de la chaise. Doucement, un petit coup sous le nombril qui l'avait émue aux larmes.

«Ce sera un garçon!» se dit-elle.

Paris, hôtel Lutetia

L'horreur s'imposait à Noëlle, venant à bout de son courage, de son espérance. Depuis deux heures, elle parcourait le vaste hall de l'hôtel, encombré de civières et de fauteuils roulants. Des fantômes de forme humaine erraient ici et là, blafards, décharnés. Leurs regards voilés reflétaient l'incompréhensible calvaire qu'ils avaient enduré, des années ou des mois durant. C'était les rescapés de Dachau, de Buchenwald, d'Auschwitz, des noms qu'on échangeait à voix basse, encore incrédules.

Près d'elle, une femme nota tristement:

—Comment peut-on réduire des gens à cette extrémité?

—Je ne sais pas, répondit Noëlle faiblement.

Ceux qui étaient venus, comme elle, rechercher un être cher parmi la cohorte des déportés, se distinguaient aisément par leur stature robuste, leur démarche ferme. Mais dès qu'ils reconnaissaient un visage familier, émacié mais vivant, toute cette assurance s'effondrait. Il y avait des sanglots et des gémissements de soulagement, des cris d'exaltation. Mais les personnes qui avaient cette chance-là étaient bien rares...

Prise d'une envie irrépressible de s'enfuir, Noëlle, en robe claire, épanouie par sa grossesse, se mit à trembler de tous ses membres. Les procédures d'identifications et de dépositions étaient longues. D'autres convois allaient arriver, il faudrait revenir, lui disait-on.

«Je ne les reverrai jamais!» pensa-t-elle en s'appuyant au montant d'une porte.

Elle ferma les yeux, avec l'envie forcenée de se retrouver dans son petit jardin de Sainte-Maure, près d'Anna et de Franz. L'innocence de ces enfants bien-aimés était le seul bouclier contre l'atmosphère de tragédie qui l'oppressait.

—Noëlle!

La voix était rauque, chevrotante. Une voix surgie de nulle part, qu'il était difficile d'identifier immédiatement. Mais il fallait chercher qui appelait ainsi.

—C'est bien toi, Noëlle?

—Maman! Oh! Maman!

Vêtue d'un pyjama à rayures crasseux, Clémence se tenait debout à un mètre de sa fille. Quelqu'un avait mis un châle en laine sur ses épaules osseuses. Noëlle la fixait, hébétée. Cette femme au crâne rasé, aux traits anguleux sous la peau couleur de cire, c'était sa mère. Le regard bleu le prouvait, plus clair que jadis, comme délavé.

—Maman, tu es vivante! Oh! Merci, mon Dieu, merci!

La jeune femme l'entoura de ses bras avec délicatesse. Clémence fondit en larmes en se réfugiant contre elle. Noëlle percevait l'épuisement de ce corps soumis à des privations inouïes. Elle s'avança dans le hall vers un banc en bois verni. Assises l'une près de l'autre, toujours enlacées, elles pleurèrent. Toutes deux étaient incapables de parler, il leur fallait un peu de temps. Après de longues minutes, Clémence dit doucement:

—Quelle joie quand je t'ai vue! Une si grande joie! Comme un miracle, une immense lumière au sortir de la nuit...

—Je désespérais de te trouver, répondit Noëlle, sans oser demander des nouvelles de ses grands-parents.

La jeune femme pressentait l'état de santé précaire de sa mère, qu'on avait aussi privée de sa dignité d'être humain. Clémence ne serait plus jamais la même personne qu'avant.

—Maman, je vais prendre soin de toi. Tu sais, Anna est une jolie petite fille, maintenant, je lui apprends l'alphabet et les chiffres. Je lui ai parlé de toi bien souvent en lui montrant des photos. Et Franz vit avec moi depuis deux ans. Je suis allée le chercher en Dordogne dès que j'ai pu. Il passe son temps à lire.

—Ah, que c'est bon d'entendre leurs noms! C'est en pensant à vous tous que j'ai eu la force de survivre.

Elle voulut sourire à Noëlle et cacha sa bouche de la main. Il lui manquait des dents.

—Comme tu as dû souffrir, maman! Mais je t'ai retrouvée et nous allons être heureuses, tu verras. Le plus important, c'est que tu sois vivante.

—J'ai moins souffert que d'autres, puisque je suis là, répliqua Clémence. Ta grand-mère est morte très vite, au bout de trois mois. Elle n'a pas supporté les privations, et le travail était trop pénible. Nous étions dans le même camp, elle et moi. Ton grand-père, je ne l'ai pas revu. Nous avons été séparés tout de suite. Et Johann, as-tu des nouvelles?

—Non, maman!

—Lui aussi, il a dû mourir dans un camp, conclut Clémence avec un détachement de somnambule. Je vois que tu attends un bébé?

—Un bébé de Hans. Je te raconterai.

Noëlle retenait ses larmes en vain. Elle ne reverrait jamais l'énergique Gretel, menue, mais si vive. Elle pleura encore. Il faudrait se renseigner, savoir si Christian Weller était parmi les revenants de l'enfer. Clémence se blottit à nouveau contre elle, comme une fillette blessée. Les rôles étaient inversés et ce détail brisa le cœur de la jeune femme.

Clémence tenait à faire bonne figure devant sa petite-fille et son fils. Plusieurs fois pendant le voyage en train, elle avait dit à Noëlle qu'elle ferait peur aux deux enfants, qu'il fallait peut-être attendre encore avant de les revoir. Mais la jeune femme pensait le contraire.

— Franz a besoin de toi, maman. Tu lui as manqué, il ne t'a pas oubliée. De toute façon, ils sont prévenus, ils nous attendent.

En descendant du car, sur la place principale de Sainte-Maure, Clémence arrangea une mèche de la perruque que Noëlle lui avait achetée. Elle l'avait aussi pourvue de vêtements neufs.

— Franz ne va pas me reconnaître, j'en suis sûre, dit-elle d'un ton angoissé qui serra le cœur de sa fille.

— Mais si, maman, tu n'as pas tellement changé. Quand je suis arrivée à Périgueux devant la quincaillerie, Franz est sorti du magasin en criant mon nom.

Elles étaient restées deux jours à Paris, hébergées dans une pension de famille bon marché. Noëlle avait raconté à sa mère sa fuite vers la capitale, soutenue par Rebecca Cohen, puis son retour à Durrenbach, ainsi que les visites de Hans et ses activités de résistant. Clémence avait su faire la part des choses.

— Ce garçon me plaisait. Cela ne m'étonne pas qu'il ait choisi de se battre pour la justice. Tu ne l'aurais pas autant aimé, autrement.

C'était vrai. Pourtant, Noëlle se souvenait trop bien de la méfiance qu'elle avait eue à l'égard de son fiancé, quand elle l'avait revu rue de Rivoli, portant l'uniforme allemand.

— Je n'ai pas pu un instant l'assimiler aux SS ou aux nazis, maman, car je le connaissais. Il y a eu de telles horreurs perpétrées à la Libération contre celles qui avaient aimé un ennemi! Les sentiments que j'avais pour Hans m'ont aidée à rester neutre, à ne pas juger un individu sur sa nationalité, mais sur ses actes et ses pensées.

Maintenant, elles se tenaient immobiles sur le parvis de l'église. Soudain, une femme apparut au coin d'une rue, tenant d'une main une fillette en robe rose aux cheveux nattés et, de l'autre, un garçon de dix ans aux cheveux châtains et raides, coupés au bol.

—Regarde, là-bas, ce sont eux avec ma voisine! s'écria Noëlle.

Clémence tressaillit, une main sur sa bouche pour cacher sa dentition abîmée, mais, submergée par un bonheur infini, elle ne pouvait pas s'empêcher de rire tout bas. Cette belle enfant qui marchait droit vers elle ressemblait tant à sa propre fille au même âge. Et Franz, son Franz, qu'il était grand, sérieux! Quelques instants plus tard, il la fixa d'un air incrédule.

—Maman! hurla-t-il presque tout de suite. Maman!

L'enfant se jeta dans les bras ouverts et se plaqua contre le corps émacié. Il l'étreignit, paupières closes, enfin délivré d'une peur innommable, celle de ne plus jamais la retrouver.

—Mon fils, mon petit! réussit-elle à articuler en sanglotant.

Anna, impressionnée par la scène, attendait sagement son tour. Noëlle la poussa en avant.

—Embrasse ta grand-mère, ma chérie. Elle revient d'un pays lointain, elle est très triste et va se reposer chez nous.

La fillette eut un sourire réjoui, presque protecteur, quand Clémence se pencha pour déposer un timide baiser sur sa joue ronde et satinée.

—J'ai fait un gâteau pour toi, déclara Anna. Lucienne m'a aidée, juste un petit peu. C'est la dame, là.

Lucienne expliqua alors, avec une mine confuse :

—J'ai cru bon d'avancer jusqu'ici, la petite ne tenait plus en place. C'est que sa maman lui manquait. Et Franz voulait partir tout seul.

Noëlle serra sa fille à l'étouffer en la couvrant de mille bises légères. Après les angoissantes images de l'hôtel Lutetia, de sentir le parfum de savon et de lait de son enfant la consolait.

Clémence s'attela à une tâche difficile dès son arrivée à Sainte-Maure. Elle devait reprendre des forces et afficher une bonne humeur qui ne trompait pas Noëlle. Les premiers jours, elle ne put avaler que de la chicorée au lait et des biscuits. Peu à peu, elle put s'alimenter normalement. Le soir, quand les enfants dormaient, c'était l'heure des confidences.

—Nous avons d'abord été placées dans le camp de Schirmeck[43], chez nous, en Alsace. Ensuite, nous sommes parties pour Buchenwald. C'est là-bas que notre chère Gretel s'est éteinte. Je ne sais pas comment j'ai pu résister. Je voulais tellement vous revoir. Cela m'a aidée à tenir bon.

Noëlle lui prenait la main tout en écoutant le récit des abominations que subissaient les déportés. Ni l'une ni l'autre n'osait plus évoquer Christian Weller et Johann Kaufman.

—Ils sont morts, sans doute, disait Clémence. Et parfois je me dis que cela vaut peut-être mieux. Souvent, je pensais que cela ne servait à rien de lutter pour être témoin de tant d'horreurs. Mais, l'instant suivant, je pensais à toi, ma Noëlle, à Franz, à Anna. Je

---

43. Le seul camp situé en France.

l'ai quittée dans ses langes et à présent elle parle si bien! Sais-tu que le matin elle vient près de mon lit et me chante des comptines? Franz est plus réservé, mais il ne me quitte guère. J'ai l'impression qu'il me surveille, de peur que je ne disparaisse à nouveau.

— Au début, expliquait Noëlle, je lui parlais beaucoup de toi. Un matin, il a tellement pleuré que je n'ai plus osé le faire. Mais il était content de vivre avec moi et Anna. Hélas, quand nous avons dû fuir la fromagerie, il a eu beaucoup de mal à accuser le coup. Il se sentait bien, là-bas, il adorait le chat et nourrissait les poules et les lapins. Déjà, il a laissé son chien chez Suzanne avec une résignation touchante. Je ne le lui avais pas demandé, pourtant. Dans le train du retour, il m'a expliqué que la cousine Suzanne aimait l'animal autant que lui.

— Quel bon garçon! s'attendrit Clémence. Nous lui offrirons un autre chiot, n'est-ce pas, ma chérie?

— Oui, maman. Nous ferons tout pour le bonheur de ces enfants privés de leur père, Anna et Franz, et aussi celui que je porte.

Chaque jour, Noëlle guettait le facteur. Elle espérait une lettre de Hans, un courrier de Paris concernant son grand-père ou son père adoptif, dont elle avait signalé les noms aux services des déportés. Mais elle était toujours déçue. Cependant, plus son ventre s'arrondissait, plus elle se résignait.

— Si Hans était en vie, il m'aurait fait signe, maman. Je vais devoir élever seule mes deux petits. Heureusement, tu es là, près de moi.

La jeune femme refusait de gémir sur son sort. Elle écrivit à Durrenbach afin d'obtenir des renseignements sur la fromagerie Weller et sur ses voisins Amédée et Clotilde. La mairie lui répondit que les bâtiments avaient été détruits par les bombardements de novembre 1944. Clotilde avait succombé à une crise cardiaque, mais son époux résidait encore sur la commune.

—Je suis si triste, maman, dit-elle à Clémence après avoir lu le courrier à voix haute. J'avais travaillé dur pour protéger cette maison, notre maison. Je me suis occupée des vaches, j'ai fabriqué des fromages, tout cela en vain. Mais au moins il nous reste les terres. Les murs, les toits, on peut les reconstruire.

Ce fut un bel été, malgré l'annonce, au mois d'août, d'un fait sans précédent. La forteresse volante Enola Gay avait largué sur Hiroshima la première bombe atomique. On parlait de milliers de morts, d'une ville entière réduite à néant. Ensuite ce fut Nagasaki, le neuf du même mois, trois jours plus tard. Clémence et Noëlle apprirent la nouvelle dans le jardin, alors qu'elles cousaient face à face, installées à une petite table en fer.

—Les hommes sont fous, décidément, soupira la jeune femme. C'est une arme effroyable, monstrueuse. Dans cet article, ils prétendent que les radiations causeront des dégâts pendant des années encore.

Paradoxalement, cela tira Clémence de sa prostration. Elle se montra plus énergique, consciente soudain de sa chance.

—J'ai survécu, contrairement à des millions de gens innocents. Je n'ai pas le droit de me complaire dans la mélancolie. Tu m'as soignée, ma chérie, j'ai repris des forces. Tu vas bientôt accoucher, c'est à moi de t'aider.

—Le bébé naîtra fin septembre, selon le docteur, répliqua la jeune femme. Maman, tu vas me juger extravagante ou stupide, mais j'aimerais qu'il vienne au monde en Alsace, chez nous.

Elle lui expliqua alors la décision d'Amédée de lui léguer sa maison et ses terres.

— Il nous hébergera avec joie, maman. Il doit se sentir si isolé! Je t'en prie, partons. Je lui envoie un télégramme et je suis sûre qu'il va répondre le plus vite possible.

— Si tu penses que c'est une bonne idée, cela me fera plaisir de revoir les paysages qui ont bercé mon enfance. Mais Franz souffrira de trouver ce qu'il aimait anéanti.

— Si nous le préparons, il comprendra.

Le départ fut décidé. Lucienne promit de donner leur adresse à toute personne qui chercherait à les contacter et de faire suivre le courrier. Deux jours plus tard, les deux femmes aperçurent derrière la vitre d'un train le dessin sombre des Vosges, veillant sur la vaste plaine d'Alsace.

*

Amédée Roos versa des larmes de bonheur en serrant Noëlle dans ses bras. Veuf à soixante-douze ans, cet homme au caractère sympathique n'avait pas renoncé à ses activités quotidiennes. Il avait récupéré les vaches de la fromagerie Weller, les poules et les lapins.

Clémence parut charmée par la maison, plus grande que celle de ses parents, avec sa cheminée monumentale, les boiseries ouvragées et ajourées au-dessus des fenêtres, les porcelaines décoratives disposées sur des étagères courant le long des murs.

— Je veille au ménage, déclara-t-il, car ma chère Clotilde ne voudrait pas que son foyer soit mal entretenu.

— Nous allons vous aider, monsieur! assura Clémence. C'est tellement aimable de votre part de nous accueillir.

— Christian et moi avons usé nos fonds de culotte sur les bancs de la communale. Votre père était mon ami. Vous êtes chez vous, ici, Clémence. Je vous ai vue grandir, vous faites partie de la famille. Oh, pardon! Je dis de la famille, alors que nous n'avons malheureusement pas eu d'enfants. Notre famille, c'était vous et votre fille, votre fils et votre petite-fille! Quoi de plus normal que de vous recevoir!

Dès le lendemain, après une nuit passée dans des lits fermés par de jolis volets en bois vernis, Clémence, Noëlle, Franz et Anna suivirent le chemin qui rejoignait la ferme des Weller. Il faisait un temps chaud et ensoleillé.

Les enfants marchaient en avant, cueillant les dernières marguerites sur les talus. Le chat Doudou les suivait de près, la queue haute. L'animal se portait bien, ayant coulé des jours paisibles chez le vieux couple. Il s'était montré caressant avec ses anciennes maîtresses et leur avait fait la fête. Tout de suite après le virage qu'amorçait l'étroite route de campagne, un amas de pierres et de poutres apparut au groupe.

— Quel désastre! se rembrunit Clémence. Ma maison natale n'est plus qu'une ruine.

La grange conservait un pan de mur, mais la toiture de chaume s'était effondrée. Anna s'arrêta, suffoquée.

— Maman, tout est cassé!

— Je te l'avais dit, ma chérie! répondit calmement Noëlle. Il y a eu des bombardements.

— Oui, mais moi j'voulais pas! gémit la petite.

— C'est à cause de la guerre, déclara Franz d'une voix douce.

Mais sa bouche tremblait. Il se retenait de pleurer.

La jeune femme regretta soudain de les avoir emmenés. Elle les prit par la main pour entrer dans la cour encombrée à nouveau d'orties et de ronces.

— Regarde, Anna, les rosiers ont fleuri et les

dahlias aussi. Les arbres et les fleurs sont toujours là. Quand papa reviendra, nous reconstruirons la ferme et la fromagerie. Je vous en prie, mes petits, ne soyez pas désolés. Le plus important, c'est d'être en vie, tous réunis.

Clémence prit son fils par l'épaule. Franz avait tressailli lorsque sa sœur avait prononcé le mot papa.

— Ton père reviendra aussi, dit tendrement sa mère afin de le rassurer.

Mais elle en doutait. La nuit, le jour, elle se demandait où était Johann en refusant l'inéluctable. Pourquoi serait-il mort, puisqu'elle avait survécu?

Noëlle marchait parmi les décombres du petit bâtiment où, durant des années, Gretel Weller avait préparé avec soin munsters et fromages blancs. La jeune femme ramassa une faisselle en cuivre rose, un peu cabossée. Elle la reconnut; suspendu à la porte du local, l'objet avait une fonction ornementale. Clémence le contempla elle aussi, émue aux larmes.

— Eh bien, j'ai au moins un souvenir de ma mère, soupira-t-elle.

Le premier choc passé, elles décidèrent de cueillir, avec l'aide des enfants, un énorme bouquet de roses rouges et de dahlias jaunes et blancs qui, une fois disposé sur le gros buffet, agrémenta la cuisine d'Amédée. Afin de faire honneur à ses invités, il avait préparé une choucroute. La viande était rare encore, mais, en bon Alsacien, le brave homme avait du lard dans son saloir, troqué contre du lait frais et du beurre.

Une semaine s'écoula ainsi dans une harmonie reconquise grâce à la bonne volonté générale. Clémence et Amédée s'entendaient à merveille. Ils s'occupaient du bétail, mettaient le couvert ensemble, disputaient des parties de cartes.

Noëlle ne devait pas se fatiguer, c'était le mot

d'ordre. Sa grossesse ne lui causait aucun problème, mais, la sachant proche de son terme, chacun veillait à lui éviter le moindre effort. Au crépuscule, elle se chargeait cependant d'arroser les massifs de capucines qui illuminaient de leurs corolles orange le bas de la façade. Anna en profitait pour jouer près du poulailler, distribuant des graines oubliées aux six poules et au coq.

Ce soir-là, Noëlle respirait avec un plaisir sensuel la senteur de la terre tiède brusquement rafraîchie par l'eau fraîche. Le bébé s'agita dans son ventre, ce qui la fit sourire.

— Petit coquin, tu as hâte de sortir de là! Sois patient, attends ton père! dit-elle tendrement en se moquant un peu d'elle-même.

Mais une autre réponse, inattendue celle-là, lui fit écho. Anna avait poussé un cri perçant. Noëlle se retourna, plus surprise qu'inquiète, car sa fille avait hurlé de joie, non de douleur.

— Qu'est-ce que tu as, ma chérie?

— Là! Papa! Mon papa!

Deux hommes se tenaient derrière la barrière du jardin. Noëlle en eut le souffle coupé. Elle reconnut immédiatement le premier: grand, mince, les cheveux d'un châtain doré enflammés par le soleil couchant. C'était Hans, en chemise bleu clair. Le second, grand, très maigre, un chapeau ombrageant ses traits, elle n'était pas sûre de l'identifier, mais son allure générale lui était familière.

— Entrez! Mais entrez donc! leur cria-t-elle.

Le plus vite possible, en soutenant son ventre qui la gênait pour courir, Noëlle traversa la cour. Elle avait l'impression de se déplacer au ralenti et, plus elle approchait des visiteurs, plus elle ressentait un bonheur immense, un soulagement infini. Anna se mit à hurler de toutes ses forces:

—Mamie, Amédée, papa est revenu!

Clémence et Franz sortirent aussitôt sur le perron. Déjà, Hans ouvrait le portillon et prenait Noëlle dans ses bras. La jeune femme passa d'une étreinte virile, celle de son amant, à celle plus timide de l'autre personnage.

«Merci, mon Dieu, merci!» songea Noëlle en reconnaissant enfin l'homme.

Elle voulait appeler sa mère, mais le souffle lui manquait. Hans l'examina avec stupeur.

—Mais tu es enceinte, constata-t-il. Si je me doutais! Je vais être papa!

Le jeune homme étouffa un sanglot d'émotion. Au même instant, Clémence poussa un cri rauque.

—Johann!

—C'est mon père? demanda Franz.

Noëlle se cramponna à Hans pour assister aux retrouvailles de Clémence et de Johann Kaufman. Ils marchaient l'un vers l'autre, le sable de la cour crissait sous leurs pieds. Ils ne se quittaient pas des yeux, sans rien voir des stigmates que les terribles épreuves endurées avaient laissés sur leur visage. Le temps s'abolissait, ils n'avaient plus d'âge ni l'un ni l'autre. Seule comptait la certitude d'être là, baignés par l'air parfumé du soir d'été, loin des camps, des clôtures en barbelé et des miradors.

Franz n'osait plus avancer. De son regard limpide, il contemplait ses parents enfin réunis, qui s'étreignaient en pleurant. Johann, le premier, lui fit signe:

—Viens, mon fils, viens! Tu as bien grandi, et j'ai changé, mais nous referons connaissance, bonhomme!

Le viticulteur n'avait plus que la peau sur les os. Son teint sanguin avait viré à une pâleur d'ivoire. Le crâne rasé sous son chapeau, il portait à la joue gauche une profonde cicatrice. Intimidé, Franz se blottit contre lui.

Hans expliqua tout bas à Noëlle comment il avait croisé Johann dans le hall de la gare de l'Est, à Paris.

—Ton beau-père allait prendre le train pour Strasbourg. Le malheureux, à peine rescapé des camps de la mort, n'a eu qu'une idée, se rendre en Dordogne chez sa cousine. Il croyait que Clémence et Franz vivaient toujours à Périgueux. Mais là-bas ils lui ont expliqué que tu avais récupéré ton frère et que tu habitais vers Haguenau. Moi, de mon côté, j'étais allé jusqu'à Sainte-Maure, certain de t'y trouver. Ta voisine m'a tout raconté : que tu avais retrouvé ta mère et que vous aviez décidé de venir habiter chez Amédée. Le hasard a bien fait les choses, pour une fois. J'ai pu le rassurer à votre sujet et, du coup, nous avons voyagé ensemble.

—Alors, le cauchemar est fini? dit Noëlle en pleurant de joie. Vraiment fini? Et toi, tu ne vas plus disparaître?

—Oh! non, plus jamais! assura-t-il. Je serai près de toi pour la naissance du bébé.

Anna s'impatientait, tirant sur la manche de son père. Hans la souleva et l'embrassa.

Amédée ne savait plus où donner de la tête. Il déclara qu'il fallait fêter ça. Il descendit dans sa cave et en rapporta deux bouteilles de champagne.

—Je les garde pour une grande occasion depuis quatre ans au moins! avoua-t-il. Nous trinquerons tous ensemble. J'aurais tellement voulu que ma chère Clotilde soit encore avec nous. Elle vous aimait de tout son cœur, Noëlle!

—Je le sais, Amédée, et je ne vous remercierai jamais assez pour toute l'assistance que vous m'avez apportée, tous les deux. Maintenant, je vais mettre la table. Les enfants vont m'aider. Par chance, nous avions préparé des brotwurst en quantité et il y a suffisamment de pommes de terre sautées.

Clémence et Johann s'étaient assis à l'écart, sur le divan du salon. Ils se tenaient par la main.

— Hans m'a dit que tu avais été arrêtée? souffla-t-il. Où t'a-t-on emmenée?

— Je ne veux plus prononcer le nom de ces camps; cela ternirait ma joie, affirma-t-elle. Je me demande encore souvent comment j'ai pu survivre là-bas. Dix-huit heures par jour de travaux inhumains et, en guise de soupe, de l'eau tiède où flottaient des feuilles de rave. Certains rongeaient le cuir de leurs chaussures ou mastiquaient du tissu. Ce que j'ai vu, je ne l'oublierai pas, mais j'aurai du mal à témoigner. Plus tard, peut-être.

— Moi, ils m'ont envoyé dans des mines de sel après quinze mois à Dachau. Je n'étais pas juif. Certains soldats me prenaient même pour un Allemand. J'ai tenu bon dans l'espoir de te revoir, Clémence, de retrouver Franz et Noëlle. Quelle belle jeune femme, hein? Et la petite Anna est une beauté aussi. Nous avons le devoir d'être heureux le temps qu'il nous reste à vivre. Ce qui a été détruit, il faudra le reconstruire. Les ruines et les terres en friche, tout ça n'est pas irréparable. Mais, ceux qui sont morts, nous ne pouvons plus les sauver. Je m'étais fait des amis dans les mines. Je leur ai fermé les yeux, à tous.

Clémence devinait chez lui le même désespoir profond, incrédule, dont elle avait souffert en arrivant à Sainte-Maure, chez Noëlle, malgré tout l'amour dont on l'entourait. Johann se tourna vers elle et la regarda longuement.

— Je ne m'inquiétais pas pour toi, confessa-t-il. J'avais tort! Nous en avons, des choses à nous raconter, n'est-ce pas? Mais ce soir, c'est fête. Viens dans mes bras, que je sois bien sûr que tu es enfin là.

Elle se réfugia sur son épaule et pleura sans bruit.

—Le domaine a brûlé! dit-elle tout bas. Ta mère a trouvé la mort dans l'incendie de la grande maison. Tout doit être perdu, maintenant, tes vignobles, ton matériel.

—Ah! Ma mère est morte! marmonna-t-il sans marquer d'émotion apparente. Pauvre vieille! J'espère qu'elle a enfin trouvé le repos, là où elle est... Enfin, pour en revenir au domaine, je suppose que j'en suis toujours propriétaire. Je ferai valoir mes droits. Les vignes des Kaufman renaîtront et je produirai un kirchberg encore meilleur que jadis. J'ai un héritier et une épouse bien-aimée. Je suis l'homme le plus riche du monde.

Devant la force invaincue qui émanait de son mari, Clémence céda au bonheur inouï de l'avoir enfin retrouvé. Elle l'entraîna vers la cuisine où Noëlle s'affairait, les joues rouges, un tablier blanc moulant son ventre rebondi.

Le repas fut très animé. Amédée avait sorti la vaisselle du dimanche et des coupes en cristal destinées à la dégustation du champagne. Le vin se révéla exquis. Johann, ragaillardi, se montra le plus bavard.

—J'en ai appris de belles, sur ton Hans, Noëlle, s'exclama-t-il. De Paris à Strasbourg, aujourd'hui même. Nous récapitulions nos faits de guerre. Les siens sont plus glorieux que les miens. Il m'a avoué à l'oreille: «Monsieur Kaufman, j'ai déserté l'armée allemande, oui, la Wehrmacht, et j'ai intégré un réseau de Résistance français.» Et comme je le félicitais, Hans a précisé: «J'ai agi par amour et par souci de justice.» Alors, moi, ce soir, je vous dis que tous les hommes sur cette terre devraient adopter la devise de Hans Krüger. Amour et justice! Après des années à côtoyer la haine et l'injustice.

Noëlle remercia son beau-père d'un sourire ému. Il

venait de rendre hommage à l'héroïsme de Hans et cela détendit Amédée, qui avait observé le jeune homme avec indécision, jusque-là.

—J'espère que vous allez vous installer ici, jeunes gens? interrogea bientôt le vieil homme. Je ne retire pas ma promesse. Cette maison et mes terres sont à vous. Pour ma part, j'ai comme projet de rejoindre ma sœur Janine, dans le Sud, vers Nice. Le climat y est plus doux. Elle est veuve et sera contente d'avoir de la compagnie.

—Vous n'êtes pas obligé de partir, Amédée, protesta Noëlle, vous serez notre grand-père d'adoption, à Hans et à moi, et un arrière-grand-père pour nos enfants.

—Je le sais bien. Vous êtes si gentille que vous seriez prête à vous occuper d'un vieux rhumatisant comme moi. Non, ma sœur m'attend et je ne veux pas la décevoir. Mais je penserai à vous, comblé à l'idée qu'une famille profite de ce décor créé par Clotilde. Et puis, j'ai trop de souvenirs sous ce toit.

—C'est vraiment très généreux, déclara Hans. Cela nous aidera beaucoup. Mais je vais solliciter un poste dans l'enseignement, puisque j'étais intendant au lycée de Ribeauvillé. Je ne sais pas si Noëlle, avec deux enfants à élever, pourra relancer la fromagerie.

—Je m'en sens capable, répliqua la jeune femme. Nous rebâtirons tout en plus moderne, en plus pratique. J'ai pris l'habitude de travailler avec acharnement; il n'y a aucune raison pour que j'arrête.

C'était dit sur un ton un peu frondeur. Clémence admira sa fille, auréolée de ses boucles blondes, les traits magnifiés par la maternité, son regard bleu enchanteur brillant de détermination.

—Hans, vous aurez fort à faire, avec Noëlle, dit-elle en souriant. Elle a son caractère!

—Et je l'aime telle qu'elle est, déclara le jeune homme.

— Rien ni personne ne m'empêchera de perpétuer la tradition des fromages Weller, renchérit Noëlle. Je tiens à rendre hommage à mon grand-père Christian et à ma grand-mère Gretel. Je n'ai pas eu le temps de bien les connaître, mais je les ai aimés tout de suite. Ils méritent que je préserve ce qu'ils ont fondé.

La conversation porta ensuite sur les vignes Kaufman. Johann annonça sa décision de reprendre les rênes de son domaine.

— Je rachèterai des chevaux, je retrouverai Charles Merki et il deviendra mon contremaître. Il y a toujours moyen d'hypothéquer, même si le pays aura du mal à se relever encore une fois des ravages causés par la guerre.

Noëlle et Clémence échangèrent un bref coup d'œil navré. Johann ignorait tout de ce qui s'était passé après sa déportation. Il faudrait lui apprendre le rôle qu'avait joué Hainer Risch, son demi-frère, et les derniers méfaits de l'ogresse. Mais plus tard, bien plus tard.

— Mon épouse et moi, nous trouverons à nous loger sur la propriété, poursuivit le viticulteur. Je rétablirai mon capital et je pourrai choyer ma Clémence. Tu m'aideras, Franz?

— Bien sûr, papa, répondit le jeune garçon avec un sourire radieux.

Après cette déclaration, Franz bâilla de fatigue. Anna, elle, dormait déjà sur les genoux de Clémence. Amédée clignait des yeux.

— Je crois que nous devrions tous aller au lit, constata Noëlle. Mais, avant, je voudrais dire une dernière chose. Je n'ai guère à me plaindre personnellement de la guerre, car j'ai été sauvée à plusieurs reprises : par ma mère et par Charles Merki dans de pénibles circonstances, puis par Rebecca, une véritable amie. Son frère Samuel m'a hébergée des années, rue du Temple à Paris, et, grâce à lui, je n'ai pas eu faim ni froid. Ensuite, vous, mon cher Amédée, vous êtes venu m'aider à nettoyer la maison Weller que les bombes ont hélas détruite, et Clotilde, une femme si profondément bonne, a veillé sur moi et Anna. Alors j'ai compris que la haine, la rancœur, la vengeance sont des sentiments dangereux, qui nuisent à la paix du cœur et de l'âme. Tandis que les généraux et les présidents lançaient leurs armées, tandis qu'ils envoyaient des soldats se battre et mourir, les gens simples, généreux et tolérants continuaient à vivre. Certains entraient dans la Résistance ou secouraient les persécutés, d'autres veillaient sur leur famille. Ils n'étaient pas là pour juger les autres sur leur nationalité ou leur religion, mais sur leurs actes, qu'ils soient français, juifs ou allemands. Pour cette raison, je voue à Hans un amour sincère et total. Je sais qu'il n'était pas le seul Allemand à avoir rejoint le maquis en France. Des Alsaciens, mobilisés malgré eux sous l'uniforme ennemi, ont déserté. Chacun doit suivre le chemin dicté par sa conscience et son cœur. Maintenant, malgré les êtres chers que nous avons perdus, nous devons recommencer à vivre en appréciant chaque instant de paix.

Les larmes aux yeux, Johann la remercia d'un sourire. Il se doutait que Noëlle, en évoquant la haine et la rancœur, faisait aussi allusion à sa mère, Martha Kaufman, la terrible ogresse. Mais il lui resterait à savoir toute la vérité sur les causes profondes de cette haine tenace. Seules Clémence et Noëlle la connaissaient. Il fallait attendre un peu avant de réveiller les ombres du passé, d'évoquer les fantômes dont le souvenir effrayait encore, celui de la vieille dame cruelle et de son fils caché, Hainer, né d'un viol et deux fois assassin.

Quand Hans et Noëlle montèrent se coucher, ils s'allongèrent avec précaution pour ne pas réveiller Anna, endormie au beau milieu du grand lit qu'elle partageait avec sa mère depuis des semaines. Le bébé bougeait beaucoup moins ces derniers jours, mais il daigna gratifier son père d'un bref sursaut, dont la vague effleura les doigts de Hans posés sur le ventre de la jeune femme.

—Si c'est un garçon, avoua-t-elle, j'aimerais l'appeler Samuel.

—Bien sûr, dit-il, c'est une excellente idée.

—Et pourquoi pas Liesele, si c'est une fille!

Hans caressa à l'aveuglette le visage de Noëlle. Il sentit des larmes sur ses joues.

—Liesele me plaît beaucoup, dit-il avec tendresse. Et ce sera rendre hommage à une étoile filante que tu chérissais et qui t'aimait comme une petite sœur. Demain, j'écrirai à mes parents. Ils ont passé la guerre dans leur chalet, en Bavière; je sais qu'ils vont bien. Dès que tu auras accouché, enfin, si tu peux voyager, j'aimerais aller leur présenter Anna et le bébé. Ils ont vu notre fille en photographie, celles que j'avais prises à Paris, quand un de mes amis de régiment m'avait prêté un appareil.

—Oui, nous irons, je l'ai tant désiré, faire connaître nos enfants à leurs grands-parents, répliqua-t-elle en pleurant de plus belle.

Un total sentiment de plénitude l'alanguissait, à tel point que son corps lui semblait léger, parcouru de frissons délicieux, malgré les sanglots qui la secouaient toute.

—Tu ne nous quitteras plus? demanda-t-elle encore. Je ne veux plus être seule, me battre seule. J'ai besoin de toi, Hans!

—Je te le promets, comme je l'ai promis à Anna. Et

personne ne vous fera plus de mal, jamais. Si j'ai disparu si souvent, comme tu le dis, c'était pour lutter contre la haine et pour pouvoir t'épouser la tête haute. Car nous allons nous marier, Noëlle, le plus vite possible, si tu le veux bien...

— Oh! oui, mon amour! Tant de circonstances dramatiques se sont opposées à cette union! Ne crois-tu pas que nous l'avons bien mérité?

Rassérénée, Noëlle s'abandonna à une douce torpeur. Hans lui tenait la main et, désormais, il serait son rempart, son horizon. Ils vivraient ensemble, sur la même rive du Rhin, qui pour eux n'avait jamais représenté une frontière, car l'amour se moque bien des pointillés tracés sur les cartes.

Table des matières

Achevé d'imprimer
en janvier 2011
par Printer Industria Gráfica
pour le compte de France Loisirs, Paris

Numéro d'éditeur : 62664
Dépôt légal : novembre 2010
Imprimé en Espagne